홍루몽

紅樓夢
3

조설근 지음 · 홍상훈 옮김

솔

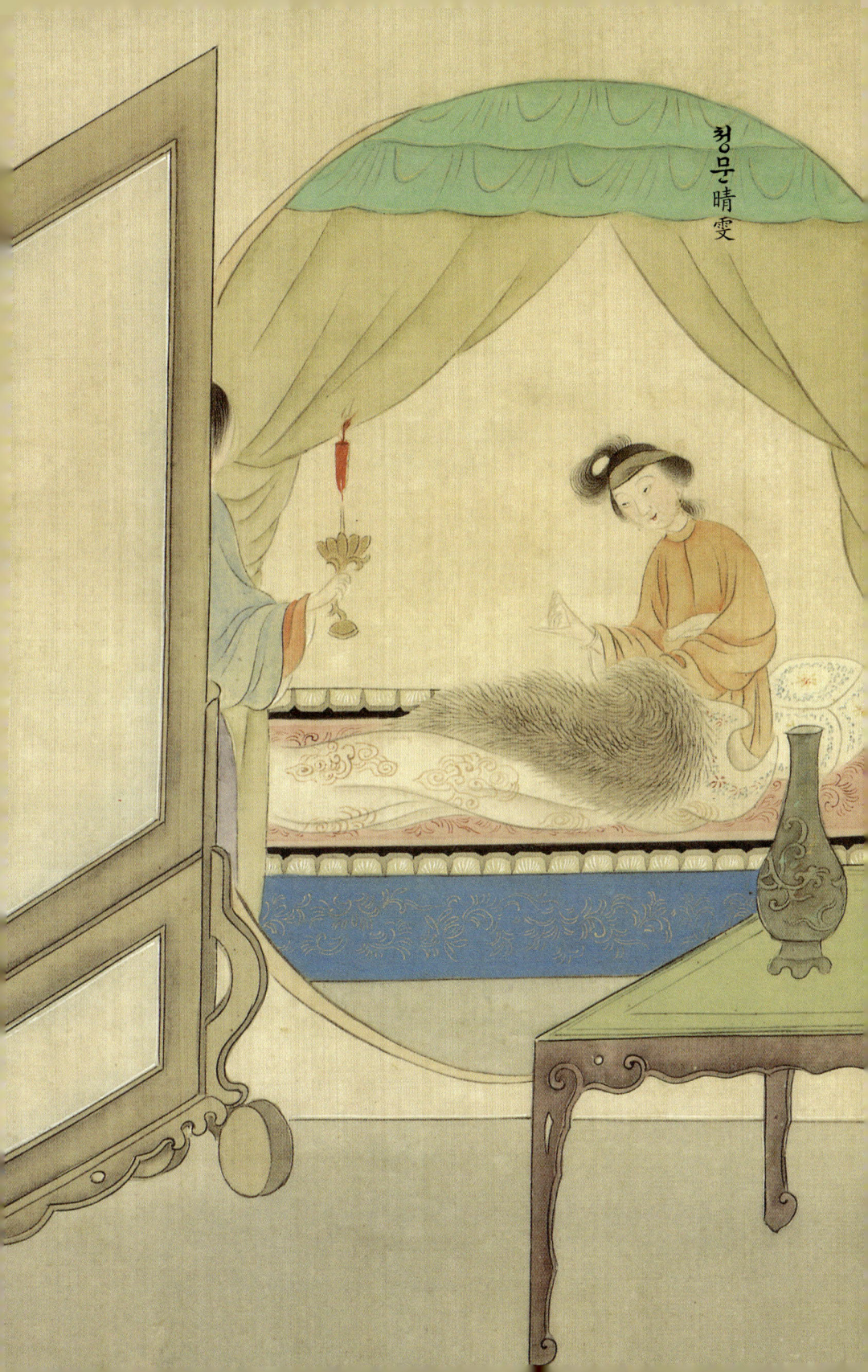
청문 晴雯

가용 賈蓉

| 일러두기 |

1 — 이 번역은 조설근曹雪芹·고악高鶚 저, 『홍루몽紅樓夢』〔북경北京: 인민문학출판사 人民文學出版社, 1996〕을 완역한 것이다.
2 — 독자들의 이해를 돕고자 각 권의 책 뒤에 역자 주석과 함께 가계도, 등장인물 소개, 찾아보기, 대관원 평면도, 연표 등을 부록으로 붙였다. 번역의 주석은 저본底本의 주석과 기타 문헌을 참조하여 각 회마다 1, 2, 3, 4… 차례대로 번호를 매겨 붙였으며, 특별한 경우가 아니면 저본의 원래 주석은 따로 구별하여 밝히지 않았다. 본문의 등장인물에는 •, 찾아보기에는 * 표시를 하고, 부록 면에 각각 가나다 순으로 간단한 설명을 달아두었다.
3 — 이 번역에서 책 제목은 『 』로, 시나 짧은 문장, 그림 제목, 노래 제목 등은 「 」로 표시했다.
4 — 등장인물에 대한 호칭은 대화를 비롯하여 특별히 필요한 경우가 아니면 일괄적으로 본명으로 표기했다. (예: 가우촌→ 가화, 진사은→ 진비)
5 — 본문에 인용된 시 구절은 주석의 분량이 길어지는 것을 감수하고 가능한 한 원작 전체를 소개했는데, 이는 해당 구절의 정확한 의미와 인용된 맥락을 이해하는 데 도움을 주기 위해서이다.
6 — 각 권 앞에 실은 그림들은 청나라 때 개기改琦가 그린 것으로 『청채회홍루몽도영 淸彩繪紅樓夢圖詠』(중국서점, 2010)에 수록된 것이다. 본문 중 각 회마다 사용된 삽화는 『전도금옥연全圖金玉緣』의 공개된 삽화를 다듬어 사용한 것이다.
7 — 본문에서 시詩, 사詞, 부賦 등 문학작품, 역자 주석이 달린 부분, 성어成語, 의미 강조가 필요한 부분, 동음이의어와 인명, 지명, 사물명 등 처음 나오는 고유명사에 한자를 병기했다. 부록의 각 항목에도 한자가 병기되어 있으며, 한글과 독음이 다를 경우 〔 〕를 사용했다.

| 차례 |

제36회 강운헌에서 원앙을 수놓을 때 꿈의 계시를 받고
　　　 이향원에서 연분은 운명에 따라 정해짐을 깨닫다 21

제37회 추상재에서 우연히 해당사를 결성하고
　　　 형무원에서 밤에 국화를 제목으로 시를 쓰다 41

제38회 임대옥은 국화 시 짓기에서 으뜸을 차지하고
　　　 설보차는 게에 대한 시로 세상을 풍자하다 71

제39회 시골 노파는 제멋대로 입을 놀리고
　　　 정 많은 총각은 짓궂게 마음을 캐묻다 97

제40회 태부인은 대관원에서 두 차례 잔치를 열고
　　　 김원앙은 술자리에서 세 번 주령을 내다 115

제41회 농취암에서 차를 품평할 때 눈 같은 매화 피고
　　　 이홍원에는 걸신들린 메뚜기가 들이닥치다 143

제42회 설보차는 부드러운 말로 의혹을 풀어주고
　　　 임대옥은 점잖은 농담으로 여운을 보충하다 163

제43회 재미 삼아 돈을 모아서 생일잔치를 하고
　　　 옛정을 못 잊어 흙을 모아 향을 피우다 185

제44회 예기치 못한 변이 생겨 왕희봉은 질투를 하고
　　　 뜻밖의 기쁜 일이 생겨 평아는 단장을 하다 205

제45회 마음 맞는 친구는 서로 마음을 나누고
         비바람 부는 밤 시름 속에 비바람을 노래하다 225

제46회 고약한 사람은 고약한 일을 피하기 어렵고
         원앙 아가씨는 짝을 갖지 않기로 맹세하다 247

제47회 어리석은 패왕은 집적대다가 모진 매를 맞고
         냉정한 사내는 재앙이 두려워 타향으로 도망치다 269

제48회 난봉꾼은 사랑에 실패하자 기예를 배우려 생각하고
         고상함을 흠모하는 여인은 힘겹게 시짓을 만들다 289

제49회 유리 같은 세상의 흰 눈 속에서 붉은 매화 피고
         규중의 아름다운 아가씨는 날고기를 베어 먹다 309

제50회 노설엄에서 앞다투어 연구를 지어 풍경을 노래하고
         난향오에서 고상하게 봄맞이 등롱 수수께끼를 만들다 331

제51회 설보금은 회고시를 새로 짓고
         돌팔이 의원 호씨는 독한 약을 함부로 쓰다 365

제52회 현명한 평아는 인정상 새우수염 팔찌 일을 덮어 주고
         씩씩한 청문은 병중에도 공작 깃털 갖옷을 기워주다 389

역자 주석 413

부록   가씨 가문 가계도 448 | 주요 가문 가계도 449 | 등장인물 소개 450
         찾아보기 466 | 가부와 대관원 평면도 482 | 연표 483

제36회

강운헌에서 원앙을 수놓을 때 꿈의 계시를 받고
이향원에서 연분은 운명에 따라 정해짐을 깨닫다

繡鴛鴦夢兆絳芸軒　識分定情悟梨香院

설보차가 잠든 가보옥 곁에서 원앙을 수놓다.

왕부인王夫人*의 방에서 돌아온 태부인[賈母]*은 보옥의 몸이 나날이 좋아지는 것을 보고 더할 나위 없이 기뻤다. 하지만 나중에 또 가정賈政이 보옥寶玉을 부를까 걱정스러운 나머지, 가정 가까이에서 시중을 드는 하인들의 우두머리를 불러 이렇게 지시했다.

"앞으로 혹시 손님을 접대하는 일 같은 게 생겨서 너희 나리가 보옥이를 부르시거든 보옥이에게 알리지 말고 바로 나한테 얘기해라. 보옥이가 매를 심하게 맞아서 몇 달은 요양을 해야 걸을 수 있기도 하거니와, 그 애의 별자리[星宿] 때가 이롭지 않으니¹ 하늘에 제사를 지내고 바깥 사람들을 만나지 말아야 하기 때문이다. 팔월이 지난 후에야 중문 바깥을 드나들 수 있다고 하더구나. 알겠느냐?"

하인은 명을 받고 나갔다. 태부인은 이씨 어멈을 시켜 습인을 불러서 이 말을 보옥에게 전해주어 그를 안심시키라고 했다. 보옥은 본래 사대부 남자들과 만나 이야기하는 것이나 예복을 차려 입고 축하나 조문을 하러 가는 일 따위를 무척 싫어했는데, 그 소식을 듣고는 더욱 득의양양했다. 그래서 친척이나 친구들과도 일체 연락을 끊었을 뿐만 아니라, 집안에서 아침저녁으로 드려야 하는 문안 인사조차 제멋대로 했다. 매일 대관원大觀園*안에서 하릴없이 놀면서, 그저 매일 아침 태부인과 왕부인의 방에만 잠깐 들렀다가 바로 돌아갔다. 그리고는 매번 하녀들의 치다꺼리나 해주면서

제36회 **23**

한가하기 그지없는 나날을 보냈다. 어쩌다가 보차 등이 기회를 봐서 타이르면 그는 오히려 화를 내면서 투덜거렸다.

"청결하기 그지없는 여자의 몸으로, 명예를 탐내고 봉록에 눈이 멀어 나라에 해나 끼치는 무리에 들어가려 하다니! 이건 다 옛사람들이 괜히 일을 만들고 말을 지어냈기 때문이야. 알고 보면 후세의 수염 기른 더러운 것들을 위해 길을 안내한 것일 뿐인데 말이야. 불행히도 내가 남자로 태어났고, 또 아름다운 규방에까지 이런 기풍이 물들었으니 정말 하늘과 땅이 신령한 기운을 모아 빼어난 인재를 태어나게 한 은덕을 저버리는 짓이 아니냔 말이야!"

보옥은 재앙을 옛사람 탓으로 돌리고 '사서四書'를 제외한 모든 책을 불태워버렸다. 그가 이렇게 미친 짓을 하자 아무도 그에게 바른 말을 하지 않았다. 대옥만은 그에게 출세해서 이름을 날리라는 따위의 말을 하지 않았기 때문에, 보옥은 그녀를 깊이 존경했다.

쓸데없는 이야기는 그만하고, 이제 희봉熙鳳˚의 이야기를 해보자. 금천金釧˚이 죽은 후 갑자기 몇몇 하인이 이런저런 물건들을 갖다 바치고, 시도 때도 없이 대접하겠다며 모시러 오자 희봉은 이상하다고 생각했지만 도무지 무슨 영문인지 알 수가 없었다. 이날도 누군가 물건을 보내오자 저녁에 사람이 없는 틈을 타서 평아에게 웃으면서 물었다.

"이 사람들이 내 일에는 별로 상관하지 않다가 왜 갑자기 이렇게 친근하게 굴지?"

평아가 쓴웃음을 지었다.

"아씨, 그런 눈치도 없으세요? 아마 그 사람들 딸들이 모두 마님 방 하녀일걸요? 지금 마님 방에 있는 큰 시녀 네 명은 매달 은돈을 한두 냥씩 받지만, 나머지는 한 달에 몇백 전밖에 받지 못하잖아요. 이제 금천이가 죽었으니 그 은돈 받을 자리를 꿰찰 절호의 기회라고 생각하지 않겠어요?"

"호호, 그래, 맞아! 네 덕에 그 이유를 알게 됐구나. 보아하니 다들 욕심이 너무 심하구나. 돈은 많이 벌고 싶고 힘든 일은 하기 싫다 이거지? 하녀가 됐으면 그런대로 지내면 될 일이지 이런 생각까지 하는구먼. 뭐 그러라지! 그 사람들이 그간 나한테 쉽게 돈을 쓰지 못했겠지만, 이거야 그 사람들이 자청해서 하는 일이니까 나한테 뭐랄 순 없지. 가져오는 대로 다 챙겨두지 뭐. 나도 나름대로 생각이 있으니까."

희봉은 사람들이 뇌물을 충분히 갖다 바칠 때까지 시간을 끌다가 기회를 봐서 왕부인에게 말하기로 했다.

어느 날 점심 무렵, 보차寶釵 모녀와 대옥黛玉 등이 왕부인의 방에서 간식을 먹었다. 희봉이 이때다 싶어 왕부인에게 물었다.

"금천이가 죽은 뒤로 마님 방에 시녀가 하나 부족한데, 혹시 마음에 두고 계시는 아이가 있으면 말씀하세요. 다음 달부터 삯을 내줄게요."

왕부인이 잠시 생각하다가 말했다.

"내 생각엔 시녀를 꼭 네다섯 명씩 둘 필요는 없는 것 같다. 지금 부리는 아이들이면 충분하니 굳이 더 필요 없을 것 같구나."

"호호, 따지고 보면 맞는 말씀이세요. 하지만 이건 오래된 관례예요. 다른 방에도 두 명[2]이나 있는데 마님만 관례를 따르지 않는 셈이잖아요? 게다가 은돈 한 냥 아끼는 것쯤이야 별거 아니지요."

왕부인이 다시 생각해보고 말했다.

"뭐 그렇게 해라. 그렇게 돈 쓰는 관례를 지켜야 한다면 사람을 보충할 것 없이 그 돈을 금천이 동생 옥천*이에게 주면 될 게 아니냐? 걔 언니가 한동안 내 시중을 들다가 끝이 좋지 않았고 동생만 남았으니, 두 몫을 받는다 해도 과한 건 아닐 게다."

희봉이 그러겠노라 하고 옥천을 돌아보며 말했다.

"호호, 좋겠구나, 축하해!"

옥천이 다가와 감사의 절을 올리자 왕부인이 희봉에게 말했다.

"안 그래도 물어볼 참이었는데, 지금 조씨[趙姨娘]•와 주씨[周姨娘]•는 매달 얼마씩 받고 있느냐?"

"관례대로 하자면 매달 두 냥씩인데, 조씨 댁에는 환이 도련님 몫으로 두 냥이 더 나가서 모두 네 냥이고, 별도로 동전 네 꿰미[串]를 더 드려요."

"늘 정해진 액수만큼 주느냐?"

희봉은 질문이 이상하다 싶어 얼른 대답했다.

"당연히 그렇지요!"

"예전에 얼핏 들으니 누가 동전 천 전이 모자란다고 불평하던데 그건 어찌 된 일이냐?"

"호호, 그쪽에 딸린 시녀들은 원래 한 달에 동전 천 전씩 받았는데, 작년부터 바깥분들이 상의해서 그 시녀들의 삯을 반으로 줄여 오백 전씩만 주기로 했어요. 각 방에 시녀가 둘씩 있으니 천 전이 줄어든 거지요. 이 문제는 절 원망하면 안 돼요. 저야 많이 주면 좋겠지만 바깥분들이 깎아버린 걸 제가 보태서 줄 수는 없잖아요? 이 일에 관한 한 저는 그저 받은 만큼 내주는 대리인에 지나지 않으니까 제 마음대로 할 수 없어요. 저도 원래대로 주자고 두어 번 얘기했지만, 그분들이 그만큼밖에 줄 수 없다고 하시니 저도 더 이상 얘기하기 곤란해요. 저는 매달 날짜를 꼬박꼬박 지켜서 삯을 주고 있어요. 전에 바깥에서 삯을 줄 때는 매번 짜증나게 굴면서 정확하게 제 날짜에 내준 적이 한 번도 없잖아요!"

그 말을 듣고 왕부인은 그랬나 보다 생각하고 있다가 한참 후에 또 물었다.

"어머님 방에는 한 냥을 받는 애가 몇 명이냐?"

"원래 여덟 명인데, 지금은 일곱 명밖에 없어요. 습인이가 빠졌거든요."

"그렇지. 보옥이도 한 냥짜리 시녀가 하나도 없지. 습인이야 어머님 방에 속한 애니까."

"호호, 걔는 원래 할머님 방에 딸린 애지요. 보옥 도련님에게는 그저 데려다 쓰게 해준 것뿐이고요. 걔 몫의 삯은 할머님 방 시녀들의 몫과 함께 나가요. 걔가 보옥 도련님 방에 있다고 해서 그 삯을 깎아버리는 건 절대 안 되지요. 하지만 할머님 방에 시녀를 하나 더 들이면 습인이 몫을 깎아도 돼요. 안 그러면 환이 도련님 방에도 한 냥짜리 시녀를 하나 더 두어야 공평해져요. 청문°이나 사월°이 같은 큰 하녀들 일곱 명은 매달 동전 천 전씩 받고, 가혜를 비롯한 여덟 명의 하녀들은 매달 오백 전씩 받아요. 어쨌든 이건 할머님 분부대로 하는 건데 누가 감히 불평할 수 있겠어요?"

설씨 댁 마님이 웃으며 말했다.

"쟤가 입 놀리는 걸 들으면 꼭 호두 실린 수레가 엎어지는 것처럼 요란하지만, 계산도 확실하고 조리도 공평하게 딱 들어맞는다니까!"

"호호, 고모님, 제가 틀린 말 했나요?"

"호호, 말이야 틀린 데가 없지만 좀 천천히 얘기하면 힘이 덜 들지 않겠어?"

희봉은 터져 나오려는 웃음을 얼른 누르고 왕부인의 결정을 기다렸다. 왕부인은 한참 생각하다가 희봉에게 말했다.

"내일 괜찮은 아이를 하나 골라 할머님께 보내서 습인이 자리를 채우게 해라. 그리고 그 방으로 나가는 습인이 몫의 삯은 깎아라. 대신 매달 나한테 나오는 은돈 스무 냥에서 은돈 두 냥과 동전 천 전을 떼어서 습인이에게 주어라. 이후로 무슨 일이든 조씨나 주씨에게 해주는 것만큼 습인이한테도 똑같이 해주어라. 다만 습인이한테 들어가는 비용은 모두 내 몫에서 제하고 집안 공금은 건드리지 마라."

희봉은 왕부인의 결정에 일일이 "예, 예!" 대답하고는 설씨 댁 마님을 향해 웃으며 말했다.

"고모님, 들으셨지요? 제가 평소 뭐라고 했어요? 정말 제 얘기대로 됐잖아요?"

"진즉 이랬어야지! 습인이가 용모는 말할 필요도 없고 행동거지도 대범

한데다 온화한 말투 속에 적당히 강직한 성품도 배어 있으니, 그런 아이는 정말 보기 드물어."

왕부인이 눈물을 글썽이며 말했다.

"다들 그 아이가 얼마나 괜찮은지 알기나 해? 우리 보옥이보다 열 배는 나을 거야! 보옥이가 운이 좋아서 그 아이의 시중을 오래도록 받을 수 있다면 좋겠구먼."

희봉이 말했다.

"그럼 아예 그 아이 이마의 솜털을 밀고 정식으로 보옥 도련님 첩실로 삼는 게 좋지 않겠어요?"

"그건 좋지 않아. 둘 다 나이도 어리고, 나리께서도 허락하시지 않을 거야. 게다가 습인이가 하녀니까 보옥이가 방종한 짓을 해도 그 아이의 충고를 듣는 거야. 하지만 첩실로 삼으면 습인이가 충고해야 할 일이 있더라도 감히 마음껏 하기 어려워지겠지. 지금은 이렇게 넘기고 이삼 년 뒤에 다시 얘기하자."

한참 뒤에 이야기가 끝나고 희봉은 밖으로 나왔다. 회랑 처마쯤에 이르자 몇몇 집사의 아낙들이 보고하려고 기다리고 있다가 그녀를 보고 모두 헤실거리며 말했다.

"아씨, 오늘은 무슨 일로 이렇게 오래 걸리셨어요? 그러다 더위 잡수시겠네요."

희봉은 소매를 몇 번 걷어올리더니 쪽문 문턱에 발을 척 올리고 서서 말했다.

"호호, 여긴 바람이 시원하네? 바람 좀 쐬고 가야겠어."

그리고 아낙들에게 말했다.

"무슨 얘기를 그리 오래 했냐고? 마님께서 이백 년 동안의 일까지 다 생각해내셔서 물으시는데 대답하지 않을 수 있나?"

희봉은 또 쓴웃음을 지으며 말했다.

"내 이제부턴 독하다는 소리를 들을 만한 말 좀 몇 마디 해야겠어. 마님 귀에 원망하는 소리가 들어가더라도 무섭지 않아! 멍청하게 세상 무서운 줄도 모르고, 혀가 썩어 문드러지고 제 명에 뒈지지 못할 천한 것들은 염병할 단꿈 꾸지 말라고 해! 조만간 대가리 싸맬 날이 있을 테니까. 근래 하녀들 삯을 깎으니까 우리를 원망하는데, 지가 하녀를 두셋씩이나 부릴 만한 주제가 되는지는 생각도 못해봤겠지!"

희봉은 그렇게 욕을 퍼부은 뒤 돌아가서 시녀를 뽑아놓고 태부인에게 보고했다. 거기에 대해서는 더 이상 이야기하지 않겠다.

한편, 왕부인 등은 수박을 다 먹고 나서 잠시 한담을 나누다가 각자 거처로 돌아가고, 보차와 대옥 등은 대관원으로 돌아왔다. 보차가 대옥에게 우향사藕香榭*에 가보자고 했으나 대옥이 당장 목욕부터 하고 싶다고 하는 바람에 그대로 헤어졌다. 혼자 걷던 보차는 가는 김에 이홍원怡紅院*에 가서 보옥과 이야기나 나누며 한낮의 나른함을 풀어볼까 생각했다. 이홍원에 들어가니 새소리조차 들리지 않았고, 심지어 두 마리 학은 파초 잎 아래에서 졸고 있었다. 그녀는 곧 회랑을 따라 방 안으로 들어갔다. 바깥방에는 서너 명의 하녀가 침상에 이리저리 누워 잠들어 있었다. 꽃무늬가 수놓인 비단 칸막이를 돌아 보옥의 방 안에 이르니 보옥도 침상에 누워 자고 있었다. 습인은 그 옆에 앉아 바느질을 하고 있었고, 그녀 옆에는 무소 뿔 손잡이에 큰사슴 꼬리털을 달아 만든 파리채가 놓여 있었다. 보차가 다가가 조용히 웃으며 말했다.

"호호, 조심성이 너무 과한 거 아닌가요? 이 방 어디에 파리나 모기가 있다고 파리채를 갖다놨어요?"

갑작스러운 말에 깜짝 놀라 고개를 든 습인은 보차를 발견하자 얼른 바느질감을 내려놓고 일어나며 말했다.

"아가씨, 오셨어요? 깜짝 놀랐지 뭐예요? 모르시는 말씀인데, 파리나 모기는 없어도 저 비단 창으로 작은 벌레가 들어오거든요. 모르고 잠들었다가 물리기라도 하면 꼭 개미한테 물린 것처럼 따끔거려요."

"어쩐지! 이 방 뒤쪽은 물에서 가깝고 향긋한 꽃밭이 있는데다 방 안에서도 향기가 풍기니, 꽃 속에서 자란 벌레들이 향기를 맡고 달려드는 모양이네."

그러면서 습인이 들고 있던 바느질감을 슬쩍 보니 하얀 능라 비단 안쪽에 분홍색 천을 댄 배두렁이〔兜肚〕[3]였다. 위쪽에는 연꽃 사이에서 노니는 원앙을 수놓았는데 붉은 연꽃과 푸른 연잎, 오색 원앙새가 아름다웠다. 보차가 말했다.

"이야, 정말 솜씨 좋네! 누구 건데 이리 공을 많이 들여요?"

습인이 침상을 향해 입을 삐죽 내밀자 보차가 말했다.

"호호, 이렇게 어른이 다 돼서도 이런 걸 차고 다녀요?"

"호호, 원래는 차고 다니지 않으시니까 일부러 예쁘게 만드는 거예요. 보면 차고 다니고 싶은 마음이 들게 하려고요. 날씨가 이리 무덥다고 주무실 때 조심하지 않으시니, 이걸 차고 주무시면 밤에 이불을 꼭 덮지 않더라도 괜찮을 거예요. 이걸 보고 공을 들인다고 하시는데, 도련님이 지금 차고 계신 걸 보지 못하셔서 그러세요."

"호호, 그것도 습인이 만들었겠지요?"

"오늘은 바느질을 좀 오래 했더니 목이 다 뻐근하네요. 호호, 아가씨, 잠깐만 앉아 계셔요. 전 잠시 나가 좀 걷고 들어올게요."

그러고는 곧 밖으로 나갔다. 보차는 계속 바느질감을 쳐다보다가 자기도 모르게 습인이 앉았던 자리에 앉아 바느질감을 손에 들고는 뒤를 이어 수를 놓았다.

상운이 생각지도 않게 대옥을 찾아와 습인에게 가서 축하 인사를 해주자고 했다. 이홍원은 사방이 쥐 죽은 듯 고요했다. 상운이 먼저 곁방으로 가서 습인을 찾았고, 대옥은 창밖으로 가서 비단 창 너머로 안을 들여다보았다. 보옥은 연분홍 비단 적삼을 입은 채 침상 위에 대충 누워 자고 있었고, 그 옆에 보차가 한쪽에 파리채를 놓아두고 앉아 바느질을 하고 있었다.

그 모습을 본 대옥은 얼른 몸을 숨기고 손으로 입을 틀어막은 채 웃음을 참으며 상운을 손짓하여 불렀다. 상운은 무슨 재미있는 일이 있나 싶어 얼른 달려왔다. 상운도 그 광경을 보고 웃음을 터뜨리려다가 평소 보차가 자기한테 잘해준 사실을 떠올리고는 얼른 입을 가렸다. 또한 그녀는 대옥이 남에게 지지 않으려는 성격이라는 것을 알기에 이야기 도중에 이를 놀림감으로 삼으리라는 걸 헤아리고서 얼른 대옥의 팔을 잡아끌며 말했다.

"가요. 지금 생각났는데 습인 언니는 점심 때 빨래하러 연못에 간다고 했어요. 아마 거기 갔나봐요. 우리도 거기 가서 찾아봐요."

대옥도 그녀의 속내를 눈치챘지만, 그저 콧방귀만 두어 번 뀌고는 어쩔 수 없이 그녀를 따라갔다.

한편, 보차가 꽃잎을 두어 개 수놓았을 때 쯤, 갑자기 보옥이 꿈결에 소리를 지르며 누군가를 꾸짖었다.

"중이나 도사의 말을 어떻게 믿어요? '금과 옥의 인연'이란 게 뭐랍니까? 나는 차라리 '나무와 돌의 인연'을 믿겠어요!"

그 소리에 보차가 멍해져 있는데 습인이 와서 웃으며 말했다.

"아직 안 일어나셨네요."

보차가 고개를 가로젓자 습인이 말했다.

"호호, 조금 전에 오다가 대옥 아가씨와 상운 아가씨를 뵈었는데 여기 들렀다 가셨나요?"

"못 봤는데요?"

보차는 습인을 향해 미소 지으며 말을 이었다.

"호호, 그 아가씨들이 혹시 무슨 얘기 안 하던가요?"

"호호, 뻔한 농담이죠, 뭐. 무슨 진지한 얘깃거리라도 있나요?"

"호호, 농담이 아닐걸요? 나도 마침 얘기해주려고 했는데 습인이 서둘러

나가버리더군요."

 말이 채 끝나기도 전에 희봉이 사람을 보내 습인을 불렀다. 보차가 웃으며 말했다.

 "바로 그 일 때문인가 보네요."

 습인은 하녀 둘을 불러 방에 두고, 보차와 함께 이홍원을 나와 희봉의 거처로 갔다. 희봉은 습인에게 왕부인의 선처를 이야기해준 뒤, 왕부인에게 감사 인사를 하라고 말했다. 하지만 태부인에게는 인사 갈 필요가 없다고 하니 습인은 기분이 좀 찜찜했다. 습인이 왕부인에게 인사하고 급히 돌아오니 보옥은 이미 깨어 있었다. 그가 무슨 일이 있었는지 묻자 습인은 대충 둘러대고, 밤이 되어 조용해지자 그제서야 사실대로 이야기했다. 보옥이 뛸 듯이 기뻐하며 말했다.

 "하하, 거 보라고. 누난 집에 돌아갈 수 없을 거라고 했잖아? 그때 집에 다녀올 때 오빠가 누나 몸값을 치르고 데려갈 거라느니, 여기 있어봐야 결국 별 볼 일 없다느니 하면서 매정하고 서운한 말로 날 놀라게 했지? 이제부턴 감히 누가 데리러 오는지 봐야겠군!"

 "흥! 그런 말씀 마세요. 이제부터 전 마님 소속이니까 가고 싶으면 도련님한테도 알릴 필요 없이 그저 마님께만 여쭙고 나가면 되니까요."

 "하하, 내가 마음에 안 들어 어머니께 말씀드리고 떠난 다음에, 남들이 소문을 듣고 내가 못되게 굴어서 누나가 떠났다고들 하면 그게 누나한테도 별로 안 좋을걸?"

 "호호, 안 좋을 게 뭐가 있겠어요? 날강도 같은 망나니라도 따라가버리지요 뭐. 그것도 아니면 죽어버리면 그만이지요. 인생이 백 년이라 해도 결국 죽기 마련이고, 일단 숨이 끊어져서 보지도 듣지도 못하게 되면 그만 아니겠어요?"

 보옥이 다급히 그녀의 입을 막으며 말했다.

 "그만, 그만, 됐어! 그런 얘긴 하지 마."

습인은 보옥의 괴팍한 성정을 잘 알았다. 그는 잘 떠받들며 좋은 이야기를 하면 실없는 소리라고 핀잔을 주고, 이처럼 마음에서 우러난 진지한 이야기를 하면 슬퍼했다. 습인은 괜히 그런 이야기를 꺼내서 보옥의 마음을 상하게 한 것 같아 후회하며 얼른 말머리를 돌렸다. 그녀는 보옥이 평소 좋아하는 이야기만 골라 물었다. 우선 봄가을 풍광 속의 풍류를 물어보고, 다시 여자들의 화장품 따위에 대해 이야기한 후, 여자가 얼마나 좋은지를 이야기했다. 그러다가 이야기가 또 여자의 죽음에 이르려 하자 습인은 급히 입을 다물었다. 보옥은 이야기가 한창 무르익어 가는데 그녀가 입을 다물자 웃으면서 말했다.

"하하, 사람은 누구나 죽지만, 죽더라도 잘 죽어야 해. 저 수염 달린 지저분한 것들은 '문신文臣은 간언하다 죽고 무신武臣은 전쟁터에서 죽는다.'는 것만 알고, 그게 명예와 절개를 중시하는 대장부의 죽음이라고 여기지. 하지만 그게 얼마나 안 좋은 죽음인데! 어리석은 군주가 있어야 간언을 할 수 있는데, 명예만 생각하고 갑자기 죽어버리면 장차 군주는 어디로 내팽개치겠다는 거야! 그리고 전쟁이 일어나면 싸워야 하는데, 갑자기 죽어버리면 그저 '한마지로汗馬之勞'[4]를 다했다는 명성만 얻을 뿐이지 장차 나라는 어디다 팽개치겠다는 거야! 그러니까 그것들은 모두 제대로 된 죽음이 아니라고."

"충신과 명장은 어쩔 수 없는 경우에만 죽게 되는 법이지요!"

"무장이 혈기만 내세울 뿐 지략이 모자라고 무능해서 목숨을 잃는 것도 어쩔 수 없는 경우라는 거야? 문관은 더욱이 거기에 비할 바가 아니다. 그저 몇 구절 읽고 지저분하게 마음에 품고 있다가 조정에 조금이라도 흠이 있으면 멋대로 지껄이며 아무렇게나 간언하면서, 오로지 충렬지사忠烈之士라는 명성만 추구하다가 혼탁한 기운이 치밀면 즉시 목숨을 버리지. 이것도 어쩔 수 없는 경우라는 거야? 알아둬야 할 게 있어. 조정이란 것은 하늘의 명을 받는 것이니, 군주가 성인도 아니고 어질지도 않으면 천지신명이 천하를 다스리는 중책을 결코 그에게 부여하지 않아. 그러니 그렇게 죽은 이들은 모두 명예를 얻으려는 것일 뿐, 대의라는 건 전혀 모르는 작자들이라고. 나한테 복이 있어서 지금 죽어야 한다면 누나들이 있을 때 죽겠어. 그러면 나를 위해 울어주는 누나들의 눈물이 큰 강을 이루어, 내 시체를 거기에 띄워서 저 까마귀나 참새도 가지 못할 깊고 외진 곳으로 보내 비바람에 먼지로 흩어지겠지. 이후로 다시는 사람으로 태어나지 않을 테니, 그야말로 제때 죽는 거 아니겠어?"

습인은 갑자기 이런 황당한 소리를 듣자 피곤하다는 핑계를 대며 아예 상대하지 않았다. 보옥은 곧 눈을 감고 잠들었다. 다음 날이 되자 보옥은 그런 이야기를 했다는 사실조차 까맣게 잊어버렸다.

하루는 보옥이 여기저기 놀러 다니다 싫증이 났다. 『모란정牡丹亭』*이 생각나 두어 번 읽어보았으나 여전히 기분이 좋지 않았다. 그때 이향원梨香院*에 있는 열두 명의 여자애들 가운데 소단 역을 연기하는 영관*이 노래를 제일 잘한다는 소문이 떠올라 쪽문으로 나가 찾아갔다. 보관과 옥관*이 뜰 안에 있다가 보옥을 보고 환하게 웃으며 자리를 권했다. 보옥이 물었다.

"영관이만 안 보이는구나?"

"방에 있어요."

보옥이 얼른 그녀의 방으로 가보니, 영관은 베개를 베고 혼자 누워 있었다. 그녀는 보옥이 들어오는 걸 보고도 꼼짝하지 않았다. 평소 다른 여자애들과 노는 게 익숙한 보옥은 영관도 다른 애들처럼 생각하고 방으로 들어갔다. 그녀 옆에 앉아 생글거리며 얼른 일어나 「요청사裊晴絲」⁵를 불러달라고 했다. 그런데 영관은 그가 앉는 걸 보자마자 황급히 일어나 몸을 피하면서 정색을 하고 말했다.

"목이 쉬었어요. 그저께 귀비마마께서 저희를 궁으로 부르셨을 때도 전 노래를 부르지 않았는걸요."

보옥은 그녀가 똑바로 앉자 다시 자세히 살펴보았는데, 그녀는 저번에 장미꽃 시렁 아래에서 '장薔' 자를 쓰고 있던 바로 그 아이였다. 이제까지 남에게 거절을 당해본 적이 없는 보옥은 괜히 무안해져서 얼굴이 붉어진 채 그냥 나올 수밖에 없었다. 보관이 무슨 일인지 묻자, 그는 대충 둘러대고 밖으로 나갔다. 그러자 보관이 말했다.

"잠깐만요. 가장賈薔˚ 도련님이 오셔서 시키면 틀림없이 부를 거예요."

그 말에 보옥은 궁금증이 일어 물었다.

"가장 형님은 어디 있지?"

"조금 전에 나가셨어요. 분명히 영관이가 뭘 사달라고 해서 구하러 가셨을 거예요."

보옥은 이상한 일이라고 생각하며 잠시 서 있는데, 그때 가장이 밖에서 들어왔다. 가장은 새장을 하나 들고 있었는데, 안에는 조그마한 무대와 새 한 마리가 들어 있었다. 그는 신이 나서 안으로 들어가며 영관을 찾다가 보옥을 보고는 걸음을 멈추었다. 그러자 보옥이 물었다.

"무슨 새야? 깃발을 물고 무대에서 왔다 갔다 날아다닐 줄이나 아는 거야?"

"하하, '옥정금두玉頂金豆'˚라는 새지요."

"얼마짜린데?"

"은돈으로 한 냥 여덟 전이지요."

가장은 보옥에게 자리를 권하고는 영관의 방으로 들어갔다. 보옥은 영관의 노래를 듣고 싶은 생각은 싹 사라지고, 가정과 영관이 무슨 사이인지 알아보려고 했다.

가장은 방 안으로 들어가 싱글대며 말했다.

"일어나봐. 이거 아주 재미있어."

영관이 일어나 그게 뭐냐고 묻자 가장이 말했다.

"새야. 데리고 놀라고 사왔어. 매일 풀이 죽어서는 기분 좋은 날이 없는 것 같아서 말이야. 자, 보여줄게. 이렇게 데리고 노는 거야."

가장은 모이로 새를 꾀어 무대 위를 이리저리 날아다니게 하고, 귀신 얼굴이 그려진 깃발을 물게 했다. 여자애들은 모두 깔깔대며 "재미있네!" 하고 감탄했지만, 영관은 픽 웃으며 다시 자리에 벌렁 누워버렸다. 가장은 웃음을 지으며 재미있지 않느냐고 물었다. 영관이 말했다.

"도련님 댁에서 멀쩡한 사람을 데려와 이런 감옥 같은 데 가둬두고 그런 일이나 배우게 만드는 것이야 그렇다 치더라도, 이번엔 새까지 사와서 이런 짓을 시키는군요. 이런 꼴로 사는 우릴 빗대서 그놈을 놀리는 게 분명한데도 저한테 재미있냐고 물으세요?"

그 말에 당황한 가장은 다급히 목숨을 걸고 맹세했다.

"오늘 내가 무슨 연지 냄새에 취해 정신이 멍청해졌는지 원! 은돈 한두 냥 써서 저걸 사와서는 니 기분을 풀어주려고만 했지 그런 생각은 전혀 못했어. 됐어, 됐어. 차라리 방생해서 네 재앙이나 면하게 해주지!"

가장은 정말 새를 놓아주고 새장도 단번에 부숴버렸다. 그러자 영관이 말했다.

"그 새가 사람보단 못해도 둥지에 부모가 있을 텐데, 어떻게 붙잡아다가 그런 짓을 시킬 수 있어요! 불쌍하지도 않아요? 오늘 제가 피를 두어 번 토하니까 마님께서 의원을 불러 살펴보라고 하셨어요. 그런데 제 병세는 자세히 물어보지도 않고 그따위 것이나 가져와서 놀리시는군요. 하필 아무도 돌봐주는 사람도 없는 내가 병까지 걸리다니!"

영관이 울음을 터뜨리자 가장이 다급히 말했다.

"어제 저녁에 의원에게 물어보니 괜찮다고 하더라고. 약을 두어 제 먹고 나서 다시 보자고 했는데, 오늘 또 피를 토할 줄 누가 알았겠어? 당장 가서 다시 모셔 와야겠군."

그러면서 가장이 의원을 부르러 가려 하자 영관이 말했다.

"아서요! 이런 뙤약볕에 그렇게 홧김에 가셔서 의원을 불러온다 해도 전 진찰받지 않을 거예요."

그 말에 가장도 걸음을 멈출 수밖에 없었다. 그 모습을 보자 보옥은 자기도 모르게 멍해져서는 그제야 비로소 그녀가 '장' 자를 쓴 속뜻을 이해하게 되었다. 더 이상 거기 서 있을 수 없는 보옥은 밖으로 나와버렸다. 가장은 영관에게만 온통 정신이 팔려 있었기 때문에 보옥을 배웅할 생각도 하지 못했고, 다른 여자애들이 배웅하러 나왔다.

보옥이 계속 이런저런 생각을 하면서 멍하니 이홍원으로 돌아오니, 마침 대옥과 습인이 앉아 이야기를 나누고 있었다. 보옥은 들어가자마자 탄식하며 습인에게 말했다.

"엊저녁에 내가 한 얘기는 틀렸어. 어쩐지 아버지께서 나한테 '대 구멍으로 하늘을 보고 표주박으로 바닷물을 되는〔管窺蠡測〕'놈이라고 하시더라니! 엊저녁에 누나들 눈물로 나를 묻어주기만 하면 된다고 한 건 틀린 말이었어. 난 결국 다 얻을 수 없을 테니까. 이후로는 각자 자기 몫의 눈물을 얻기만 하면 그만이야."

습인은 간밤에 보옥이 한 말이 그저 농담일 뿐이라 생각하고 진즉 잊어버렸는데, 갑자기 보옥이 또 그 이야기를 꺼내자 쓴웃음을 지으며 말했다.

"호호, 도련님이 정말 머리가 이상해지신 모양이네요!"

보옥은 묵묵히 있을 뿐 아무 대답도 하지 않았다. 이후로 그는 인생에서 사랑과 인연이라는 것이 각자 운명에 따라 정해져 있다는 것을 깊이 깨달았다. 하지만 남몰래 늘 가슴이 아팠다.

'훗날 나를 묻어주고 눈물 흘려줄 사람은 누굴까?'

이것은 그가 마음속에 품고 있던 생각이기 때문에 함부로 인용할 수가 없다.

한편, 대옥은 보옥의 그런 모습을 보자 그가 또 어디선가 귀신이 들렸나 보다 생각해서 더 이상 캐묻지 않고 이렇게 말했다.

"조금 전에 숙모님께 들은 건데 내일이 보차 언니 어머니 생신이라고 하시면서, 저한테 오빠도 갈 건지 물어보라고 하셨어요. 미리 사람을 보내 알려두지 그래요?"

"지난번 큰아버지 생신 때도 가지 않았는데, 이번에 갔다가 마주치기라도 하면 곤란하지 않겠어? 차라리 전부 안 가는 게 낫지. 날씨도 이리 더운데 옷까지 차려 입어야 하잖아? 내가 안 가도 이모님이 화를 내시진 않을 거야."

그러자 습인이 다급히 말했다.

"그게 무슨 말씀이세요? 이모님은 큰나리와 다르잖아요? 사시는 곳도 가깝고 친척이신데 도련님이 가시지 않으면 서운해하시지 않겠어요? 더위가 걱정이시면 아침 일찍 가서서 인사하고 차나 한잔 마시고 돌아오시면 되잖아요?"

보옥이 입을 열기도 전에 대옥이 웃으면서 말했다.

"호호, 모기 쫓아준 은덕을 생각해서라도 다녀오셔야지요."

보옥은 그게 무슨 말인지 몰라 물었다.

"모기를 쫓아주었다니 그게 무슨 말이야?"

습인은 어제 보옥이 잘 때 옆에 사람이 없어서 보차가 잠시 앉아 있었다는 이야기를 해주었다. 보옥이 탄식했다.

"이런! 내가 어쩌다 잠이 들어서 누나한테 그런 실례를 저질렀지?"

그리고 다시 말했다.

"내일 꼭 가봐야겠군."

그때 상운이 말끔하게 차려 입고 찾아와서는 집에서 자기를 데려오라고 사람을 보냈다면서 작별 인사를 했다. 보옥과 대옥은 얼른 일어나 자리를 권했다. 하지만 상운이 앉으려 하지 않자 어쩔 수 없이 대문 앞까지 그녀를 전송했다. 상운은 눈물이 그렁그렁했지만 집안에서 보낸 사람들 앞이라 마음 놓고 슬퍼하는 기색을 드러낼 수가 없었다. 잠시 후 보차가 달려오자 더욱 헤어지기 아쉬워했다. 그래도 생각이 넓은 보차는 상운의 집안 사람들이 돌아가 그녀의 숙모에게 이런저런 이야기를 하면 그녀를 구박할지 모른다고 생각해, 상운에게 얼른 가라고 재촉했다. 모두들 중문까지 전송했는데, 보옥이 대문 밖까지 전송하려 하자 오히려 상운이 말렸다. 잠시 후 그녀는 몸을 돌려 보옥에게 다가가 나직이 당부했다.

"노마님께서 절 생각하지 못하시더라도 오빠가 자주 절 데려오도록 사람을 보내시라고 말씀드려줘요."

보옥은 연신 그러겠노라고 대답했다. 상운이 수레에 오르고 나서야 모두들 안으로 들어갔다. 이후에 어찌 되었는지는 다음 회를 보시라.

제37회

추상재에서 우연히 해당사를 결성하고
형무원에서 밤에 국화를 제목으로 시를 쓰다
秋爽齋偶結海棠社　蘅蕪苑夜擬菊花題

추상재에서 해당사를 결성하다.

그 해에 가정은 다시 학정學政¹으로 뽑혀 팔월 이십일에 출발하기로 날짜를 잡았다. 이날 그가 조상의 사당에 참배하고 태부인에게 인사한 후 출발하자, 보옥과 여러 조카가 쇄루정灑淚亭*까지 나와 전송했다.

가정이 집을 나선 후 밖에서 일어난 모든 일에 대해서는 다 기록할 수 없다. 다만 보옥은 매일 대관원에서 마음 내키는 대로 놀러 다니기만 하면서 세월을 헛되이 보내고 있었다. 이날은 마침 무료하던 차에 취묵*이 편지를 한 통 건네주었다.

"참, 잊고 있었구나. 탐춘이가 좀 나아졌는지 가볼까 했는데 마침 네가 왔구나."

"아가씨는 좋아지셨어요. 오늘은 약도 잡수지 않았어요. 그저 감기에 걸리신 것뿐이에요."

그 말을 듣고 편지를 열어보니 이렇게 적혀 있었다.

둘째 오라버니께

전날 밤 날이 맑아 씻은 듯 달빛이 환하기에 모처럼 청량한 날씨가 아까워 차마 누워 있지 못하고 한밤이 훌쩍 지나도록 오동나무 난간 밑을 서성이다가, 바람과 이슬에 맞아 몸을 움직이기 어려운 병〔採薪之患〕²에 걸리고 말았어요. 어제 몸소 문병을 와주시고 또 여러 차례 시녀들을 보내 병세를 물으시면서 신선한 여지荔枝*와 안진경顔眞卿*의 글씨까지 보내주셨으니, 그 깊은 마음에 어떻게 감사해야 할지요!

　이제 탁자에 기대어 가만히 생각해보니, 역대의 옛사람들 가운데 명예와 이익을 추구하는 지위에 있으면서도 산수가 어우러진 정원 풍경을 만들어놓고 멀고 가까운 이들을 초청해 간절히 붙들어놓고는³ 그 가운데 뜻을 같이하는 몇 명과 사단詞壇을 세우거나 시사詩社*를 열었던 분들이 있었습니다. 그것들은 비록 잠시 동안의 우연한 흥취였겠지만 천고에 길이 남을 아름다운 이야기가 되었습니다. 제가 재주는 없지만 외람되게 아름다운 정원에서 지낼 수 있는 은혜를 입었고, 아울러 설보차와 임대옥 두 언니의 재능을 흠모하게 되었습니다. 바람 시원한 뜰과 달빛 아름다운 정자가 있는데 애석하게도 아직 시인들이 모인 적이 없으니, 술집이 있는 살구꽃 마을이나 복사꽃 핀 개울가에서 술잔 기울이며 시를 읊을 수 있게 되면 좋겠습니다. 연사蓮社⁴에서 빼어난 재능을 발휘하는 것이 어찌 남자들에게만 허락되고, 그저 동산東山⁵의 고상한 모임에만 여자들이 낄 수 있는 법이겠습니까?

　오라버니께서 흥을 빌려 눈길을 와주신다면⁶ 저는 꽃길을 쓸어 놓고 기다리겠습니다.⁷

동생 탐춘 삼가 올림.

이걸 본 보옥은 기뻐 손뼉을 쳤다.

"그래도 탐춘이가 고아한 풍취가 있군. 당장 가서 상의해봐야겠어."

그렇게 말하며 즉시 걸음을 옮기자 취묵이 뒤를 따라갔다. 보옥이 막 심방정沁芳亭*에 이르렀을 때, 대관원 후문에서 당번을 서고 있던 할멈이 짧은 편지를 한 통 들고 걸어오다가 그를 발견하고는 웅얼웅얼 말했다.

"가운賈芸* 도련님이 문안 인사를 하러 오셔서 후문에서 기다리고 계십니다. 저한테 이걸 갖다드리라고 하셨습니다."

보옥이 열어보니 이렇게 적혀 있었다.

부친 대인大人, 만복을 받으시고 옥체 평안하시옵소서.

제가 천은을 입어 부친의 자식이 된 후 주야로 늘 효도를 다해 모시고 싶은 마음이 있으나 마땅한 때를 만나지 못했습니다. 전날 화초를 매입하는 일을 맡았을 때 부친 대인의 홍복洪福 덕택에 화초 가꾸는 장인들과 유명한 정원들을 많이 알게 되었습니다. 그러다가 우연히 구하기 어려운 하얀 해당화를 발견했기에, 갖은 방법을 다 동원하여 겨우 두 그루를 구했습니다. 대인께서 저를 친아들처럼 여겨주신다면 이 화분을 받아두고 관상해주시옵소서. 날씨가 무더운지라 대관원 안의 아가씨들이 불편해하실까 염려되어 감히 직접 가서 뵙지 못하고, 삼가 글을 써서 아뢰옵니다.

머리 숙여 평안을 기원하면서,

불초자식 운 삼가 올림.

"하하, 혼자 왔던가, 아니면 누굴 데려왔던가?"
"화분을 두 개 가져오셨잖아요."
"가서 전하게, 알았으니 그 마음 고맙게 여기겠노라고 말일세. 그리고 화분은 자네가 내 방에 갖다 두게."

그렇게 말하고 보옥은 취묵과 함께 추상재秋爽齋*로 갔다. 그곳에는 이미 보차와 대옥, 영춘이 와 있었다.

보옥이 들어오자 모두들 웃으며 말했다.

"또 한 사람이 오시네."

탐춘이 생글대며 말했다.

"저도 속물은 아닌 것 같네요. 우연히 생각이 떠올라 시험 삼아 편지를 몇 통 썼는데, 뜻밖에도 모든 분이 초청에 응해주셨군요."

보옥이 말했다.

"하하, 애석하게도 늦었어. 진즉 시사를 하나 세웠어야 했는데 말이야."

대옥이 말했다.

"여러분들이 시사를 세우는 거야 상관없지만, 전 빼주세요. 제겐 과분한 일이거든요."

영춘이 말했다.

"호호, 네가 과분하다고 빼면 감히 나설 사람이 없잖아?"

보옥이 말했다.

"이건 아주 중요한 일이니까 모두 용기를 내야지 서로 겸양을 떨면 안 돼요. 각자 가지고 있는 생각을 얘기해서 함께 논의해봐야지요. 보차 누나도 의견을 내주시고 대옥 누이도 얘기 좀 해봐."

보차가 말했다.

"뭘 그리 서둘러요? 아직 사람들이 다 오지 않았잖아요."

그 말이 채 끝나기도 전에 이환이 문으로 들어서며 말했다.

"호호, 정말 고상하네요! 시사를 세운다니 제가 주재자가 되어야겠어요. 지난봄에 저도 이런 생각을 했었거든요. 하지만 저는 시도 잘 못 짓는데 괜히 일을 벌이는 것 같아서 그냥 잊어버리고 얘기도 꺼내지 못했어요. 셋째 아가씨가 흥이 일었다 하니 제가 거들게요."

대옥이 말했다.

"기왕 시사를 세울 요량이면 우리 모두 시인이 되어야지요. 우선 언니, 동생, 숙모, 형수 같은 호칭부터 고쳐야 고상해지지 않을까요?"

이환이 말했다.

"정말 지당한 의견이네요. 모두들 별호를 지어서 부르는 게 어때요? 저는 '도향노농稻香老農'*으로 할래요. 아무도 제 걸 차지하려 하면 안 돼요!"

탐춘이 웃으며 말했다.

"저는 '추상거사秋爽居士'*로 하지요."

보옥이 말했다.

"거사니 주인이니 하는 건 적절하지도 않고 쓸데없는 군더더기 같아요.

여기엔 오동나무며 파초 등이 다 있으니까 그런 걸 따서 별호를 짓는 게 나을 것 같네요."

석춘이 말했다.

"호호, 그렇네요. 전 파초를 제일 좋아하니까 '초하객蕉下客'*으로 하지요 뭐."

모두들 아주 운치가 있다고 칭찬하자 대옥이 웃으며 말했다.

"어서 끌고 나가 육포를 만들어 술안주로 삼읍시다!"

모두들 무슨 말인지 알아듣지 못하자 대옥이 말했다.

"호호, 옛말에 '나뭇잎으로 사슴을 덮었다〔蕉葉覆鹿〕.'[8]라는 말이 있잖아요? 자기 입으로 '초하객'이라고 했으니 자기가 바로 사슴이라는 얘기잖아요? 얼른 사슴 육포를 만들자니까요!"

모두 폭소를 터뜨리자 탐춘이 말했다.

"호호, 바쁜 와중에 교묘한 말로 욕이나 하다니! 제가 언니한테 딱 맞는 멋진 별호를 준비해두었어요."

탐춘은 사람들을 향해 말했다.

"옛날 순舜임금의 두 아내 아황娥皇과 여영女英이 뿌린 눈물이 대나무에 얼룩이 되었다고 해서 오늘날 반죽班竹을 '상비죽湘妃竹'이라고도 부르지요. 지금 대옥 언니가 사는 곳 이름이 소상관瀟湘館*이고 또 울기도 잘하니까 나중에 언니가 형부를 그리워하게 되면 거기 대나무들도 반죽으로 변할 거예요. 그러니 이후로는 모두들 대옥 언니를 '소상비자瀟湘妃子'*라고 부르면 되겠네요."

모두들 박수를 치며 훌륭하다고 칭찬했다. 대옥이 고개를 푹 숙이고 아무 말도 못하자 이환이 말했다.

"호호, 나도 보차 동생을 위해 별호를 하나 생각해둔 게 있는데, 세 글자야."

석춘과 영춘이 뭐냐고 물었다.

"난 보차 동생을 '형무군蘅蕪君'*에 봉할까 하는데 다들 어떻게 생각해요?"

탐춘이 웃으며 말했다.

"아주 멋진 봉호로군요!"

보옥이 말했다.

"그럼 나는? 제 별호도 지어줘요."

보차가 웃으며 말했다.

"도련님 별호는 이미 있잖아요? '무사망無事忙'*이라고 하면 딱이겠네!"

이환이 말했다.

"도련님은 옛날에 쓰던 '강동화주絳洞花主'*라는 별호를 쓰면 되겠네요."

"하하, 어릴 때 철없이 지어본 걸 왜 또 끄집어내고 그래요?"

탐춘이 말했다.

"오빠는 호가 많은데 뭐하러 또 지어요? 그냥 우리가 부르고 싶은 대로 부르게 내버려둬요."

보차가 말했다.

"제가 하나 지어드릴게요. 아주 속된 별호지만 도련님한테는 딱 어울려요. 세상에 부귀영화와 한가로움만큼 얻기 어려운 게 없는데 이걸 한꺼번에 가질 수는 더더욱 없지요. 그런데 도련님은 그걸 둘 다 가지셨으니 '부귀한인富貴閑人'*이라고 하면 되겠군요."

"하하, 말도 안 돼요! 어쨌든 그냥 마음대로 부르세요."[9]

이환이 말했다.

"둘째 아가씨와 넷째 아가씨는 별호를 뭐라고 지었어요?"

영춘이 말했다.

"우리는 시도 잘 짓지 못하는데 쓸데없이 별호는 지어서 뭐하게요?"

탐춘이 말했다.

"그래도 하나 지어야지요."

보차가 말했다.

"영춘 아가씨는 자릉주紫菱洲*에 사니까 '능주菱洲'*라 하고, 넷째 아가씨는 우향사에 사니까 '우사藕榭'*라고 하면 되겠네요."

이환이 말했다.

"그렇게 하지요. 하지만 제가 나이가 제일 많으니까 제 말에 다들 동의해줘요. 우리 일곱 명이 시사를 세웠는데 나와 둘째, 넷째 아가씨는 시를 지을 줄 모르니까 시 쓸 때 우리 셋은 빼줘야 해요. 대신 우리 셋은 각자 일을 하나씩 나누어 맡을게요."

탐춘이 말했다.

"호호, 이미 별호를 지었는데 아직도 그렇게 부르시면 별호가 없느니만 못하잖아요. 이후로 또 잘못 부르면 벌을 줘야겠어요."

이환이 말했다.

"시사를 세우고 나서 벌칙을 정하지요. 제 거처가 널찍하니까 거기서 열기로 해요. 저는 시를 못 짓지만 여기 계신 시인들께서는 속된 손님이라고 꺼리지 마시고 저를 주재자로 삼아주세요. 그럼 저도 자연히 고상해지지 않겠어요? 저를 주재자로 밀어주신다면 저 혼자로는 부족하니까 부주재자 두 명을 모시겠어요. 능주와 우사 두 분 선생[學究]10 가운데 한 분은 제목과 운韻을 정하고, 다른 한 분은 기록과 현장 감독을 맡아주시는 거예요. 물론 우리 셋도 아예 시를 짓지 않는다고 정해놓지 말고, 조금 쉬운 제목이나 운이 제시될 때는 한 수씩 짓도록 하지요. 하지만 나머지 네 분은 반드시 지어야 해요. 이렇게 하면 되겠지요? 제 말대로 하지 않으면 저도 감히 훌륭한 분들에게 얹혀가지11 못하겠네요."

영춘과 석춘은 시사詩詞*를 짓는 재능을 타고나지 못한 데다 보차와 대옥이 앞에 있는지라 이환의 말이 마음에 쏙 들어서 둘 다 "아주 좋습니다!" 하고 대답했다. 탐춘 등도 그 말의 뜻을 이해했고 영춘과 석춘도 기꺼이 따르겠다고 하자, 억지로 권하지 않고 이환의 말대로 하기로 했다. 탐춘이 웃으며 말했다.

"얘기가 다 됐네요. 하지만 생각해보니 우습네요. 얘기는 제가 꺼냈는데 오히려 세 분의 감독을 받게 되었으니 말이에요."

보옥이 말했다.

"그럼 이제 도향촌稻香村*으로 가지요."

이환이 말했다.

"또 서두르시네요. 오늘은 상의만 하고 나중에 제가 모실게요."

보차가 말했다.

"며칠 만에 한 번씩 모일 건지도 정해야지요."

탐춘이 말했다.

"너무 자주 모이면 재미없으니까 한 달에 두세 번만 모이지요."

보차가 고개를 끄덕이며 말했다.

"한 달에 두 번이면 충분하겠네요. 정해진 날에는 날씨에 상관없이 모이도록 해요. 그 두 번 외에도 흥이 나서 따로 모임을 열겠다는 사람이 있거나 자기 집으로 초청하는 사람이 있으면 더 모이는 것도 괜찮겠지요. 그럼 더 운치가 있어 좋지 않겠어요?"

모두 그 말에 찬성했다.

"그러면 더 좋겠군요."

탐춘이 말했다.

"하지만 제가 먼저 얘기를 꺼냈으니 제 거처에서 먼저 모여야 되지 않겠어요?"

이환이 말했다.

"그럼 내일 먼저 모임을 소집해요."

"내일까지 기다릴 거 있나요? 지금 당장 하지요 뭐. 주재자가 제목을 제시하시고, 능주가 운을 정해주시고, 우사는 감독을 맡아주세요."

영춘이 말했다.

"제 생각엔 한 사람이 제목을 제시하고 운을 정하는 것보다 제비뽑기로 하는 게 더 공평할 것 같아요."

이환이 말했다.

"아까 올 때 하얀 해당화 화분 두 개를 들여가는 걸 봤는데 아주 멋지더군요. 그걸 소재로 시를 읊어보면 어떨까요?"

영춘이 말했다.

"다들 꽃을 보지도 못했는데 시부터 짓는다고요?"

보차가 말했다.

"그냥 하얀 해당화일 뿐인데 꼭 직접 봐야 지을 수 있는 건 아니잖아요? 옛사람들의 시부詩賦도 사물에 감흥을 실어 묘사한 것에 지나지 않잖아요. 직접 봐야만 지을 수 있는 거라면 지금 그런 시들이 남아 있지 않겠지요."

영춘이 말했다.

"그럼 제가 운을 정할게요."

그러면서 영춘은 책장으로 걸어가 시집을 하나 뽑아 들고 손 가는 대로 넘기니 칠언율시가 한 수 나왔다. 그녀는 사람들에게 보여주며 칠언율시를 지어야 한다고 했다. 그리고 시집을 덮고는 주변에 있는 하녀 가운데 하나에게 물었다.

"아무 글자나 하나 말해봐."

그 하녀는 마침 문에 기대 서 있었기 때문에 그냥 "문門이오." 하고 대답했다. 영춘이 웃으며 말했다.

"바로 '문' 자가 운자韻字*입니다. 열세 번째 '원元' 항목12에 들어 있는 운자이지요. 첫 구절의 운자는 반드시 이 '문' 자로 써야 해요."

영춘은 운패韻牌*가 담긴 상자를 가져오라고 해서 '십삼원十三元'이라고 적힌 서랍을 빼내더니, 다시 조금 전의 그 하녀에게 내키는 대로 네 개를 뽑으라고 했다. 그 하녀는 곧 '분盆', '혼魂', '흔痕', '혼昏'이라고 적힌 네

제37회 51

개의 운패를 뽑았다. 그러자 보옥이 말했다.

"'분'과 '문'은 시 짓기가 상당히 어려운 운자인데!"

탐춘의 시녀인 대서待書가 네 벌의 종이와 붓을 준비하자 모두들 조용히 생각에 잠겼다. 하지만 대옥은 오동나무를 어루만지며 가을 경치를 구경하기도 하고 하녀들과 농담을 주고받기도 했다. 영춘은 하녀들에게 '몽첨향夢甛香'*을 하나 피우게 했다. 몽첨향은 길이가 세 치밖에 안 되고 굵기는 등잔 심지만 한 것이라 금방 다 타버리기 때문에 이걸로 시간을 제한하고, 향이 다 타도록 시를 짓지 못하면 벌을 주기로 했다.

잠시 후 탐춘이 먼저 한 수를 지어 붓으로 쓰고 나서 다시 한 번 다듬어 영춘에게 제출하고는 보차에게 물었다.

"형무군도 다 지었겠지요?"

"짓긴 했는데 별로 안 좋아요."

보옥은 등짐을 지고 회랑을 왔다 갔다 서성이다가 대옥에게 물었다.

"들었어? 다들 지었다는군."

"제 걱정은 마세요."

또 보옥은 보차가 벌써 다 옮겨 적은 걸 보고 이렇게 말했다.

"대단한걸! 향이 한 치밖에 안 남았는데. 난 겨우 네 구절을 지었어."

그리고 다시 대옥에게 말했다.

"향이 곧 다 타는데 그 축축한 땅에 쪼그려 앉아 뭐하는 거야?"

그래도 대옥이 상대해주지 않자 보옥이 말했다.

"네 걱정 할 때가 아니로군. 좋든 나쁘든 나도 쓰고 봐야지."

보옥도 탁자 앞으로 걸어가 쓰기 시작했다. 이환이 말했다.

"우리는 시를 살펴보겠어요. 다 볼 때까지 제출하지 않으면 벌을 받을 거예요."

보옥이 말했다.

"도향노농께서 시를 잘 짓진 못해도 감상을 잘하고 품평도 아주 공평하니까 모두들 품평 결과에 승복할 겁니다."

모두들 "당연하지요." 하고 동의했다.

먼저 탐춘의 시는 이러했다.

하얀 해당화를 노래함 — 門, 盆, 魂, 痕을 운자로

詠白海棠　限門盆魂痕昏

석양빛에 물든 시든 풀 겹겹 대문에 이어졌고
비 맞은 화분에 푸른 이끼 가득 깔렸네.
정신은 옥 같아 비할 데 없이 깨끗하고
살결은 눈 같아 보는 이 혼을 쉬이 빼앗네.
한 조각 꽃 같은 마음[13] 나긋나긋한 아름다움 피워내니
한밤의 아름다운 그림자 달빛 속에 흔적 남기네.
흰옷의 선녀 날 수 있다고 부러워 마오
다정한 이 나와 함께 황혼을 노래한다네.

斜陽寒草帶重門
苔翠盈鋪雨後盆
玉是精神難比潔
雪爲肌骨易銷魂
芳心一點嬌無力
倩影三更月有痕
莫謂縞仙能羽化
多情伴我詠黃昏

보차의 시는 다음과 같았다.

아리따운 자태 아껴 낮에도 대문 닫고[14]

몸소 항아리 들고 이끼 낀 화분에 물을 주네.

연지 씻어낸 모습 가을 계단에 어른거리니

눈처럼 하얀 넋이 이슬 내린 섬돌에 불려왔구나.

너무나 담백하여 비로소 꽃이 더욱 아름다움을 알겠고

시름 많으니 어찌 옥에 상처 없을까?[15]

백제白帝[16]에게 보답하려 청결한 몸 지키며

고운 자태로 말없이 날이 또 저물어가네.

珍重芳姿晝掩門

自攜手甕灌苔盆

胭脂洗出秋階影

冰雪招來露砌魂

淡極始知花更艷

愁多焉得玉無痕

欲償白帝憑淸潔

不語婷婷日又昏

이환이 웃으며 말했다.

"역시 형무군이로군요."

보옥의 시를 보니 다음과 같았다.

엷고 맑은 가을 자태 겹겹 대문에 비치나니

일곱 마디 가지 모여 화분에 눈이 가득하네.

목욕하고 나온 양귀비인가, 얼음처럼 투명한 몸이여!

가슴 누르며 찡그리는 서시인가, 옥 같은 넋이여!

새벽바람에도 스러지지 않는 천 가지 수심

간밤의 비에 더해진 한줄기 눈물 자국.[17]
고운 난간에 홀로 기댄 모습 무슨 생각에 잠긴 듯
맑은 다듬이 소리 애절한 피리 소리 황혼을 전송하네.

秋容淺淡映重門
七節攢成雪滿盆
出浴太眞冰作影
捧心西子玉爲魂
曉風不散愁千點
宿雨還添淚一痕
獨倚畫欄如有意
清砧怨笛送黃昏

모두 보고 나서 보옥은 탐춘의 시가 좋다고 하고, 이환은 보차의 시가 품격이 있다고 칭찬했다. 대옥에게 빨리 제출하라고 재촉하자 대옥이 말했다.
"모두들 다 지었군요."
그러면서 붓을 들어 단숨에 써서는 사람들에게 툭 던졌다. 이환 등이 보니 이렇게 적혀 있었다.

반쯤 걷힌 상죽湘竹 주렴 반쯤 닫힌 문
얼음 갈아 흙 삼고 옥으로 화분 만들었네.
半卷湘簾半掩門
碾冰爲土玉爲盆

이 구절을 보더니 보옥이 먼저 칭찬했다.
"어떻게 이런 생각을 했지!"
다음 구절은 이러했다.

제37회

배꽃 꽃술의 하얀색을 조금 훔쳐온 듯
매화의 한 가닥 넋을 빌려온 듯
偸來梨蕊三分白
借得梅花一縷魂

모두 감탄을 금치 못했다.
"과연 다른 이들과는 착상이 다르군요!"
그다음 구절은 이러했다.

달나라 선녀가 지은 하얀 비단옷인가
가을 규방의 애절한 여인이 눈물 닦은 흔적인가
수줍게 말 못하는 마음 누구에게 하소연할까?
서풍 맞으며 서 있노라니 어느새 밤이 깊어졌네.
月窟仙人縫縞袂
秋閨怨女拭啼痕
嬌羞黙黙同誰訴
倦倚西風夜已昏

다들 이 시가 가장 훌륭하다고 하자 이환이 말했다.
"특별한 풍류로 말하자면 당연히 이게 최고지만, 깊은 뜻을 함축한 걸로 말하자면 형무군의 작품이 더 나아요."
탐춘이 말했다.
"일리 있는 품평이에요. 소상비자의 작품은 이등으로 해야 해요."
이환이 말했다.
"이홍공자怡紅公子*가 꼴찌인데 불만 없으시지요?"
보옥이 말했다.

"제 작품은 별로라니 아주 공평한 품평이라고 봅니다."

그는 다시 웃으며 말했다.

"하지만 형무군과 소상비자의 작품은 다시 평가해봐야 할 듯합니다."

이환이 말했다.

"제 품평에 따르기로 했으니까 여러분이 상관하실 수 없어요. 또 이의를 제기하는 사람에겐 벌을 내릴 거예요."

보옥도 어쩔 수 없이 이 품평에 따르기로 했다. 이환이 말했다.

"이후로 매월 이일과 십육일에 모임을 갖고, 제목과 운자를 제시하는 것도 제 의견대로 해야 해요. 그사이에 혹시 흥이 이는 분이 있으면 다른 날짜를 정해 모임을 열도록 하세요. 한 달 내내 매일 모인다 해도 상관 않겠어요. 하지만 이일과 십육일에는 반드시 제 거처에서 모여야 해요."

보옥이 말했다.

"그래도 시사의 이름은 정해야 되지 않을까요?"

탐춘이 말했다.

"속된 것은 좋지 않고, 너무 신기하거나 괴상한 것도 좋지 않아요. 마침 조금 전에 해당화에 대한 시로 첫 모임을 가졌으니까 시사 이름도 '해당사 海棠社'*라고 하지요. 좀 속되긴 하지만 실제로 그런 일이 있었으니까 괜찮지 않겠어요?"

모두 잠시 상의한 후 술과 과일을 조금 먹고 헤어졌다. 어떤 이들은 자기 방으로 돌아갔고, 어떤 이들은 태부인과 왕부인의 방으로 갔다. 여기서는 특별히 이야기할 만한 일이 없다.

한편, 습인은 보옥이 편지를 읽은 뒤 서둘러 취묵과 함께 나가는 걸 보았지만, 무슨 영문인지 몰랐다. 조금 뒤에 후문에서 할멈들이 해당화 화분을 두 개 가져왔다. 어디서 보낸 거냐고 물으니 할멈은 보옥과 나눈 이야기를 들려주었다. 습인은 화분을 잘 놓아두라 하고 할멈들을 아래채로 데려가

자리에 앉힌 후, 자기는 방에 들어가 은돈 여섯 전을 달아 봉투에 담았다. 또 동전 삼백 전을 가지고 나와서 두 할멈에게 주며 말했다.

"이 은돈은 꽃을 날라온 하인들에게 나눠주고, 이 돈으로는 두 분이 술이나 사 드세요."

두 할멈은 자리에서 일어나 활짝 웃으며 고맙지만 받지 않겠노라고 누차 사양하다가 습인이 계속 권하자 마지못하다는 듯 받아들었다. 습인이 또 말했다.

"후문 밖에 당번 서는 하인들이 있지요?"

"매일 네 명이 당번을 섭니다. 안에서 심부름을 시킬지 모르니까요. 혹시 시키실 일이 있으면 말씀하세요. 저희들이 가서 전하겠습니다."

"호호, 무슨 심부름거리가 있겠어요? 오늘 도련님이 사후史侯 댁과 상운 아가씨께 보낼 물건이 있다고 하셨는데 마침 두 분이 오셨네요. 나가시는 길에 후문의 하인들에게 수레를 한 대 불러달라고 전해주세요. 품삯은 나중에 두 분이 여기로 오셔서 가져가세요. 쓸데없이 앞쪽 회계방〔賬房〕*에 가서 내놓으라고 소란 피우지 마시고요."

할멈들이 그러겠노라 대답하고 나갔다.

습인이 방으로 돌아와서 상운에게 보낼 물건을 접시에 담으려고 선반을 보니, 접시 두는 칸이 비어 있었다. 고개를 돌려보니 청문과 추문, 사월 등이 모여 앉아 바느질을 하고 있어 그들에게 물었다.

"줄무늬가 있는 그 하얀 마노 접시가 어디 갔지?"

서로 얼굴을 쳐다보며 한참 생각하더니 청문이 웃으며 말했다.

"셋째 아가씨께 여지를 담아 보내드렸는데 아직 돌려보내지 않으셨나 보네."

"쟁반도 많은데 하필 거기에 담아 보낼 게 뭐람?"

"나도 그렇게 얘기했지만 도련님께서 신선한 여지를 담아 보내려면 그 접시가 잘 어울린다고 하시지 뭐야. 내가 갖다드렸는데 셋째 아가씨도 보기 좋다고 하시면서 접시까지 두고 가라셔서 그냥 놓고 왔지. 다시 봐. 선반 맨 위쪽에 있던 연주병聯珠瓶[18] 한 쌍도 아직 돌려받지 못했잖아."

추문이 웃으며 말했다.

"병 얘기가 나오니 재미있는 일이 떠오르네요. 우리 도련님은 효도해야겠다는 생각이 들면 너무 과하게 하시는 것 같아요. 예전에 정원에 계화桂花가 핀 것을 보시고 두 가지를 꺾어오셨는데, 이 방에 꽂아두려 하시다가 갑자기 생각이 달라지셨어요. 우리 정원에서 막 피어난 꽃이니까 도련님이 먼저 감상하시는 건 옳지 않다고 하시면서, 그 병을 한 쌍 꺼내 직접 물을 담고 꽃을 잘 꽂으시더니 손수 들고 가셔서는 하나는 노마님께, 다른 하나는 마님께 드렸어요. 도련님께서 효도하려는 마음이 동하시면 모시는 사람들도 뜻밖의 복을 받게 되지요. 마침 그날은 제가 그걸 들고 따라갔는데, 노마님께서 보시고는 너무너무 기뻐하시며 만나는 사람에게 모두 이렇게 말씀하시는 거예요. '보옥이가 효성이 지극해서 꽃가지 하나를 보더라도 나를 생각하지. 그런데도 남들은 내가 개를 너무 아낀다고 원망한단 말이야.' 다들 아시다시피 노마님께선 평소 우리한테 말씀을 많이 안 하시잖아요? 뭔가 그분 눈에 차지 않는 게 있는 모양이지요. 그런데 그날은 저한테 수백 전을 내리시면서, 참하게 생기긴 했는데 몸이 약하게 보인다고 하셨어요. 그건 정말 생각지도 못했던 복이었지요. 돈 몇백 전이야 별일 아니지만, 이런 체면치레를 하기는 어렵잖아요? 또 마님 방에 갔을 때는 마님께서 희봉 아씨, 조씨, 주씨 등과 함께 상자를 열어놓고 마님이 젊었을 때 입었던 색깔의 옷을 찾고 계셨어요. 누구한테 주시려던 건지는 모르겠어요. 어쨌든 도련님이 드린 꽃을 보시자 옷 찾는 것도 그만두고 꽃을 구경하셨어요. 희봉 아씨께서는 옆에서 농담을 하시면서 도련님께서 얼마나 효성이 지극하시고 세상사를 잘 아시는지 있는 말 없는 말을 잔뜩 늘어놓으셨지요. 사람들 앞에서 그런 얘기를 하시니 마님 체면도 서고 다른 사람들은 딴소리를 못하게 되었지요. 마님도 더욱 기분이 좋아지셔서는 앞에 있던 옷 두 벌을 저한테 상으로 주셨어요. 옷이야 별거 아니지요, 해마다 받는 거니까요. 하지만 이렇게 받는 것처럼 영광스럽진 않겠지요."

청문이 웃으며 말했다.

"쳇! 세상 물정 모르는 계집애 같으니! 좋은 건 다른 사람 주고 남은 걸 너한테 준 건데 그게 체면이 서는 일이라는 거야?"

"남은 걸 주는 거라고 해도 어쨌든 마님이 은혜를 베푸신 거잖아요?"

"나 같으면 안 받았을 거야. 남한테 주고 남은 걸 주는 거야 그렇다 치자. 어차피 다 같은 방에 있는 사람들인데 누가 누구보다 신분이 더 높다는 거야? 좋은 건 남 주고 남은 걸 나한테 주면 난 차라리 안 받아. 마님께는 결례가 되겠지만 그렇게 무시당하긴 싫어!"

"이 방의 누구한테 주었대요? 제가 전에 몸이 안 좋아 며칠 동안 집에 가 있어서 잘 모르잖아요? 언니, 좀 얘기해줘요."

"내가 얘기해주면 마님께 받은 걸 다시 물리기라도 할 거야?"

"호호, 무슨 소리! 그냥 재미 삼아 들어나 보자니까요? 설사 이 방의 개한테 주고 남은 거라 해도 전 마님의 은혜를 기꺼이 받아들일 거예요. 다른 건 신경 안 써요."

그 말에 모두들 폭소를 터뜨렸다.

"빌어먹게도 하필이면 바로 저 서양 얼룩 삽살개한테 주셨대!"

습인이 웃으며 말했다.

"호호, 주둥이 썩어 문드러질 것들, 틈만 나면 날 가지고 놀려대는군! 다들 곱게 죽지 못할 줄 알아!"

추문이 말했다.

"호호, 알고 보니 언니가 받으셨군요. 전 정말 몰랐어요. 용서해주세요."

"호호, 경박한 수다는 그만 떨고 누가 가서 접시나 좀 가져와."

사월이 말했다.

"그 병도 시간 있을 때 가져와야지요. 노마님 방에 있는 건 그렇다 치고,

마님 방에는 드나드는 사람이 많아 잡다한 손길을 탈 테니까요. 다른 사람은 그래도 괜찮지만 조씨 같은 사람이 보고 우리 방 물건이라는 걸 알면 못된 마음을 품고 부숴버릴 거예요. 마님께서도 이런 데는 별로 신경을 쓰지 않으시니까 조금이라도 일찍 가져오는 게 나을 것 같아요."

그러자 청문이 바느질감을 내려놓고 말했다.

"그도 그렇네. 내가 다녀올게."

추문이 말했다.

"아무래도 제가 다녀오는 게 낫겠어요. 언니는 접시나 가져와요."

"호호, 이번엔 꼭 내가 가야겠어. 다들 좋은 기회를 얻었는데 나만 그런 기회를 못 얻으면 되겠어?"

사월이 웃으며 말했다.

"추문이야 어쩌다 운 좋게 옷을 얻었지. 설마 오늘도 마님께서 옷을 찾고 계실까?"

"홍! 옷은 못 보더라도 마님께서 내가 부지런하다고 마님 용돈에서 은돈 두어 냥쯤 나눠주실지 누가 알아?"

청문이 또 웃으며 말했다.

"이상한 소리로 헷갈리게 하지 마. 내가 모를 줄 알고?"

청문은 밖으로 내달렸다. 추문도 같이 나가 탐춘의 거처에서 접시를 가져왔다.

습인은 물건들을 잘 담아놓고 이홍원 안에 있는 송할멈*을 불러 말했다.

"우선 세수하고 외출복으로 갈아입어요. 상운 아가씨 댁에 물건을 갖다 드려야 하니까요."

"걱정 마시고 물건과 전할 말씀을 얘기해주세요. 준비하고 바로 다녀올 테니까요."

습인은 곧 두 개의 겹사揩絲19 상자를 들고 나왔다. 하나를 여니 그 안에는 빨간 마름과 가시연밥이 들어 있었고, 다른 하나에는 햇밤과 계화당桂

花糖*을 넣어 찐 떡이 한 접시 들어 있었다.

"이건 올해 우리 대관원에서 새로 열린 과일들인데 도련님께서 아가씨에게 맛 좀 보시라고 보내시는 거예요. 그리고 전에 아가씨가 이 마노 접시가 예쁘다고 하셨으니 두고 쓰시라고 해요. 이 비단 보자기에는 저번에 아가씨가 저한테 만들어달라고 하신 일거리가 들어 있는데, 솜씨가 안 좋긴 하지만 받아주시라고 전해요. 그리고 우리와 도련님을 대신해서 안부를 전해주시면 돼요."

"도련님께서 하실 말씀이 있을지 모르니까 여쭤보고 오셔요. 나중에 잊어버렸다고 하지 마시고요."

습인이 추문에게 물었다.

"조금 전에 셋째 아가씨 거처에 계셨지?"

"모두들 거기 모여 무슨 시사를 세우는 일에 대해 상의하고 시를 지으셨어요. 아마 따로 하실 말씀은 없는 것 같으니, 할멈은 그냥 가셔요."

송할멈이 겹사 상자를 들고 나머지는 머리에 이자, 습인이 또 당부했다.

"후문으로 가면 하인들과 마차가 대기하고 있을 거예요."

송할멈이 나간 뒤의 일에 대해서는 더 이상 이야기하지 않겠다.

보옥은 돌아오자마자 먼저 해당화부터 살펴보고, 방에 들어가 습인에게 시사를 세운 일에 대해 들려주었다. 습인도 송할멈 편에 상운에게 물건을 보낸 이야기를 전했다. 보옥이 손뼉을 짝 쳤다.

"그걸 잊고 있었군! 뭔가 마음에 걸리는 게 있었는데 도무지 생각이 나지 않더니만 누나가 일깨워주었어. 얼른 불러와야겠어. 이 시사에 개가 빠지면 무슨 재미가 있겠어?"

"뭐 그리 중요한 일이라고 그러셔요? 그냥 놀이에 지나지 않잖아요? 아가씨는 여기 분들보다 자유롭지 않고, 댁에서도 마음대로 하지 못하시잖아요. 그런 말씀을 하시면 아가씨께서 오시고 싶어도 마음대로 오실 수 없으니, 더 애만 타실 거 아니에요? 괜히 아가씨만 불편하게 해드리는 거 아닌가요?"

"괜찮아. 할머님께 말씀드려서 사람을 보내 데려오라고 하지 뭐."

한참 이야기를 하고 있는데 송할멈이 돌아와서 상운이 습인에게 수고가 많았다고, 감사하다는 말을 전하라고 했다며 계속 말했다.

"도련님은 뭐 하시느냐고 물으시기에 아가씨들과 무슨 시사를 세워 시를 짓는다고 말씀드렸어요. 그랬더니 자기한테는 알리지도 않았다면서 무척 화를 내시더군요."

보옥은 즉시 태부인의 거처로 가서 얼른 사람을 보내 상운을 데려오게 해달라고 청했다. 태부인이 말했다.

"오늘은 날이 저물었으니 내일 아침 일찍 보내자꾸나."

보옥은 어쩔 수 없이 풀이 죽어 돌아올 수밖에 없었다.

이튿날 날이 새자마자 보옥은 다시 태부인의 거처로 가서 빨리 사람을 보내시라고 졸랐다. 오후가 되어서야 상운이 왔다. 보옥은 그제야 안심하고 그녀에게 시사를 세우게 된 전후 사정을 이야기하면서 그때 지은 시들을 보여주었다. 그러자 이환 등이 말했다.

"잠깐, 시를 보여주지 말고 운자부터 말해줘요. 늦게 왔으니까 화답시를 쓰는 걸로 벌을 주자고요. 시를 잘 지으면 시사에 가입시켜주고, 잘못 지으면 벌로 한턱 쓰게 해요. 그러고 나서 다시 얘기하기로 해요."

"저를 잊고 부르지 않았으니까 제가 여러분께 벌을 줘야 하지 않나요? 어쨌든 운자나 말해줘요. 재주는 없지만 못난 작품이라도 억지로 지어볼게요. 시사에 가입만 시켜주신다면 바닥 쓸고 향 피우는 일이라도 기꺼이 하겠어요."

상운이 흥겨워하는 걸 보자 모두들 더욱 기뻐했다. 어쩌다 어제 그녀를 잊었는지 원망하며 얼른 그녀에게 운자를 가르쳐주었다. 상운은 흥이 올라서 원고를 다듬어 고칠 겨를도 없이 사람들과 이야기를 나누면서 마음

속으로는 이미 시를 한 편 만들어놓고 있었다. 그녀는 즉시 손에 닿는 대로 종이와 붓을 준비해 써 내려갔다.

"호호, 운자에 맞춰 두 수를 지었는데, 좋은지 나쁜지는 모르겠고 그저 시키는 대로 했을 뿐이에요."

상운이 사람들에게 시를 보여주자 모두들 이렇게 말했다.

"우리는 한 수만 짓고도 생각이 다해서 또 한 수를 지으라고 하면 못할 것 같은데, 두 수나 지었네? 무슨 할 말이 그리 많아? 틀림없이 우리가 쓴 것과 내용이 겹칠 거야."

그러면서 살펴보니 두 수는 다음과 같았다.

첫째 수

어제는 신선이 도성 성문에 내려와
남전藍田의 옥을 한 화분에 심었다네.[20]
이때부터 상아嬾娥[21]는 찬 것만 좋아하게 되었고
천녀倩女[22] 또한 혼이 떠나는 걸 상관하지 않게 되었다네.
가을 구름은 어디서 눈을 가져왔나?
간밤의 비가 흔적을 더해놓았구나.
시인들은 계속 노래하는 것을 좋아하거늘
어찌 아침저녁을 적막하게 보내게 하는가?

其一
神仙昨日降都門
種得藍田玉一盆
自是霜娥偏愛冷
非關倩女亦離魂
秋陰捧出何方雪
雨漬添來隔宿痕

卻喜詩人吟不倦
豈令寂寞度朝昏

둘째 수

향기로운 풀 덮인 계단은 덩굴 우거진 대문으로 통하여
담장 모퉁이에도 화분에도 심기 좋다네.
깨끗한 걸 좋아하는 꽃은 짝을 찾기 어렵고
시름겨워 슬픈 사람은 애끊어지기 쉽다네.
옥같이 하얀 촛농은 바람 속의 눈물처럼 마르고
수정 주렴 너머로 달빛 속의 모습 이지러져 보이네.
그윽한 정 항아에게 말하고 싶건만
어이 하랴! 빈 회랑엔 밤만 깊어가는 것을.

其二
蘅芷階通蘿薜門
也宜牆角也宜盆
花因喜潔難尋偶
人爲悲秋易斷魂
玉燭滴乾風裏淚
晶簾隔破月中痕
幽情欲向嫦娥訴
無奈虛廊夜色昏

한 구절을 읽을 때마다 사람들은 놀라 찬탄했다.
"이거야말로 제대로 읊은 해당화 시로군요. 정말 '해당사'를 세울 만하네요."
상운이 말했다.

"내일은 제가 벌 서는 셈 치고 먼저 여러분을 모시고 시회詩會*를 열어 볼까 하는데 어때요?"

모두들 이구동성으로 말했다.

"그럼 더욱 좋지요!"

이어서 상운에게 어제 지은 시들을 보여주며 품평을 들었다.

저녁이 되자 보차는 상운을 형무원蘅蕪苑*으로 데려가 쉬게 해주었다. 상운은 등불 아래에서 음식을 준비하면서 시 제목을 제시하는 것에 대해 자기 생각을 말했다. 보차는 그녀의 이야기를 한참 들어보았지만 모두 타당하지 않다고 생각했다.

"시사를 세우니까 바로 주재자가 되려 하네? 재미로 하는 일이긴 하지만, 앞뒤를 잘 살펴서 자기도 편하고 다른 이들한테도 결례가 안 되게 해야 모두들 즐거워할 거야. 넌 집에서도 마음대로 못하는데, 한 달에 용돈이 동전 몇 꿰미나 되겠어? 네 생활비로도 모자라잖아? 그런데 이렇게 중요하지도 않은 일을 했다가 네 숙모가 들으면 더욱 널 미워할 거 아냐. 게다가 네가 가진 돈을 다 내놓는다 해도 시회를 주최하기엔 모자랄 거야. 이걸 위해 집에다 좀 도와달라고 할 수도 없잖아. 아니면 이 댁에다 좀 도와달라고 할 거야?"

현실을 깨달은 상운이 주저하자 보차가 말했다.

"여기에 대해선 나도 생각이 있어. 우리 전당포 점원 집에서 아주 좋은 게가 나왔다면서 며칠 전에 몇 근 보내왔어. 노마님부터 대관원 안에 있는 사람들까지 대부분 게를 좋아하시거든. 예전에 이모님께서도 노마님을 모시고 대관원 안에서 계화를 감상하며 게를 먹자고 하셨는데, 다른 일이 생기는 바람에 성사되지 않았어. 그러니까 이번엔 시회를 연다는 얘기는 하지 말고 그냥 평상시처럼 여러 사람을 초청해. 사람들이 자리를 뜨고 나면 우리끼리 시를 좀 지으면 되잖아. 내가 오빠한테 얘기해서 아주 큰 게를 몇 바구니 가져오고, 또 가게에서 좋은 술 몇 단지도 가져올게. 과일도 네

다섯 상 차려놓으면 일도 간편하고 여러 사람이 즐길 수 있잖아?"

상운은 보차의 말에 감복하며 아주 훌륭한 생각이라고 극찬했다. 보차가 웃으며 말했다.

"진심으로 널 생각해서 한 얘기니까 오해는 말아줘. 내가 널 얕본다고 생각하면 그간 우리 사이에 쌓은 정이 헛것이 되어버릴 거야. 너만 괜찮다면 내가 사람들에게 그렇게 준비하라고 해놓을게."

"호호, 언니, 그렇게 얘기하면 오히려 절 불편하게 대하시는 거잖아요. 제가 아무리 멍청해도 그런 세상 물정도 모를까요? 그럼 어떻게 사람 노릇을 할 수 있겠어요? 제가 언니를 친언니처럼 생각하지 않는다면 지난번처럼 집안에서 겪는 짜증스럽고 곤란한 일을 죄다 얘기했을 것 같아요?"

보차는 곧 할멈을 하나 불러 이렇게 지시했다.

"오빠한테 가서 전해줘요. 예전 같은 그 게가 몇 바구니 필요하다고요. 내일 밥 먹고 노마님과 이모님을 모시고 계화를 감상할 때 쓸 거라고요. 제가 벌써 사람들을 초청했으니까 절대 잊어버리면 안 된다고 하세요."

할멈이 나가 설반薛蟠*에게 이야기하고 돌아온 것에 대해서는 더 이야기하지 않겠다.

보차가 또 상운에게 말했다.

"시제詩題도 너무 새롭거나 기발하면 안 돼. 너도 옛사람들 시 가운데 괴상한 제목이나 고약한 운자를 쓴 것들을 보았을 거 아냐? 제목이 너무 새롭거나 괴상하고 운자가 너무 까다로우면 좋은 시를 지을 수 없으니 결국 허접스러운 티만 날 거야. 시라는 게 익숙한 말 쓰는 걸 꺼리긴 하지만 지나치게 새로운 걸 추구하는 건 더 좋지 않아. 무엇보다도 시상이 맑고 신선하고 어휘가 자연스럽게 쓰여야 속되지 않게 되는 거라고. 사실 이건 뭐 별게 아니지. 길쌈하고 바느질하는 게 너와 나의 본분에 맞는 일이니까 말이야. 잠깐 한가해지면 우리한테 유익한 책을 보는 게 올바른 일이지."

상운은 그저 "예, 예!" 하더니 웃으며 말했다.

"지금 생각난 건데, 어제는 해당화로 시를 지었으니까 이번엔 국화로 지어보는 건 어떨까요?"

"국화도 철에 맞긴 한데 옛날 사람들이 너무 많이 지어놓았어."

"내 생각도 그래요. 너무 상투적인 시만 나올 것 같아요."

보차가 잠시 생각하다가 말했다.

"맞다! 국화를 손님으로 하고 사람을 주인으로 삼아 몇 가지 제목을 내는 거야. 전부 두 글자로 말이야. 하나는 허자虛字[23]를 쓰고 하나는 실자實字를 쓰는데, 실자는 반드시 '국菊' 자를 쓰되 허자는 각자 융통성 있게 쓰는 거야. 그러면 국화도 노래하고 사물을 서술할 수도 있을 거야. 이런 시는 옛날 사람들도 쓴 적이 없으니까 상투적인 시가 나올 리 없지. 풍경을 묘사하면서 사물을 노래하는 두 가지를 동시에 하게 되니 신선하기도 할 뿐더러 아주 자유롭기도 하겠지."

"호호, 그것도 아주 좋군요. 하지만 어떤 허자를 써야 좋을까요? 하나만 예를 들어줘요."

보차가 잠시 생각하다가 웃으며 말했다.

"「국몽菊夢」이라고 하면 되겠네."

"호호, 정말 좋네요. 저도 하나 생각해봤는데, 「국영菊影」은 어때요?"

"그것도 되겠네. 하지만 옛날 사람이 써먹은 제목이잖아. 제목을 많이 낼 거면 그것도 넣을 수 있지. 난 또 하나 생각해냈어."

"얼른 얘기해보세요."

"「문국問菊」은 어때?"

상운이 탁자를 탁 치며 절묘하다고 감탄하고는 이어서 말했다.

"저도 지었어요. 「방국謗菊」은 어때요?"

보차도 훌륭하다고 칭찬하면서 말했다.

"아예 열 개쯤 지어놓고 다시 생각해보자."

둘은 먹을 갈아 붓을 적시고 보차가 부르는 대로 상운이 받아쓰자 금방 열 개가 되었다. 상운이 한 번 훑어보더니 웃으며 말했다.

"열 개로는 종이 한 면이 차지 않으니까 열두 개를 만들면 완전해지겠네요. 마치 자화책字畵冊*의 한 쪽처럼 말이에요."

보차가 다시 두 개를 더 생각해내 모두 열두 개를 만들고서 말했다.

"이제 됐으니 아예 순서를 정해놓는 게 좋겠어."

"그럼 더 좋겠네요. 일종의 '국화보菊花譜'가 만들어질 테니까요."

"첫 작품은 「억국憶菊」으로 하자. 그리움을 참지 못하면 찾아가게 되니까 두 번째는 「방국訪菊」으로 하고, 찾아가 얻게 되면 심게 될 테니까 세 번째는 「종국種菊」, 심어서 꽃이 피면 마주보며 감상할 테니까 네 번째는 「국대菊對」, 마주보며 흥이 넘치면 꺾어다 병에 꽂아두고 감상할 테니까 다섯 번째는 「공국供菊」, 병에 꽂아두고 노래를 읊지 않으면 국화가 빛을 잃을 테니까 여섯 번째는 「영국詠菊」, 시사를 지었으면 글로 쓰거나 그림을 그릴 테니까 일곱 번째는 「화국畵菊」, 애써 그려놓고도 국화에 무슨 오묘한 점이 있는지를 모르면 물어볼 수밖에 없을 테니까 여덟 번째는 「문국問菊」, 국화가 사람의 말을 알아듣는다면 기뻐 어쩔 줄 모르게 될 테니까 아홉 번째는 「잠국簪菊」, 사람의 일은 다 되었지만 아직 국화에 대해서는 노래할 만한 것이 있을 테니까 「국영菊影」과 「국몽菊夢」을 열 번째와 열한 번째로 연속해서 두자. 마지막은 「잔국殘菊」으로 앞서 지은 작품들의 풍성함을 마무리하는 거야. 이렇게 되면 한가을의 아름다운 경치와 오묘한 일들을 모두 노래하게 되겠지."

상운은 보차의 말대로 제목을 적어놓고 다시 한 번 살펴보더니 또 물었다.

"운자는 뭘로 정할까요?"

"난 운자를 정해놓는 게 제일 싫어. 좋은 시만 지으면 되지 굳이 운자에 얽매일 필요 있어? 우린 그런 허접스러운 기풍을 따르지 말고 운자의 제한 없이 제목만 내자. 우연히 좋은 구절을 얻어 즐겨보려고 시회를 여는 거니까 운자 때문에 참가자들을 곤란하게 만들면 안 되지."

"정말 그래요. 이렇게 하면 우리들 시도 한층 발전할 거예요. 그런데 사람은 다섯 명이고 제목은 열두 개이니, 설마 각자 열두 수를 지어야 하는 건 아니겠지요?"

"그건 너무 힘들어. 이 제목을 잘 써놓고 모두에게 칠언율시를 지어야 한다고 하면서 내일 벽에 붙여놓는 거야. 다들 보고 짓고 싶은 제목으로 시를 지으면 돼. 재주 있는 사람은 열두 수를 다 지어도 되고, 안 그런 사람은 한 수도 짓지 않아도 돼. 재주 많고 민첩한 사람을 으뜸으로 뽑는 거야. 열두 수가 다 되면 더 짓지 못하게 하고, 어기는 사람은 벌을 주면 돼."

"그렇게 해요."

둘은 상의를 마치고 비로소 불을 끄고 잠자리에 들었다. 이후에 어찌 되었는지는 다음 회를 보시라.

제38회

임대옥은 국화 시 짓기에서 으뜸을 차지하고
설보차는 게에 대한 시로 세상을 풍자하다
林瀟湘魁奪菊花詩　薛蘅蕪諷和螃蟹詠

임대옥이 국화 시를 지어서 으뜸을 차지하다.

　보차와 상운이 상의를 마치고 잠자리에 든 다음에는 이야기할 만한 일이 없었다. 이튿날 상운이 태부인 등에게 계화를 감상하자고 청하자 태부인이 말했다.

　"그 아이가 흥이 일었나 본데 그런 고상한 흥을 깨면 안 되겠지."

　한낮이 되자 태부인이 왕부인과 희봉, 설씨 댁 마님 등을 청해서 함께 대관원으로 들어왔다. 태부인이 물었다.

　"어디가 좋을까?"

　왕부인이 대답했다.

　"어머님 마음에 드시는 곳으로 가시지요."

　희봉이 말했다.

　"우향사에 벌써 차려놓았어요. 그곳 산비탈에는 계화 두 그루가 멋지게 피어 있고 개울물도 맑으니까 개울 안에 있는 정자에 앉아 있으면 가슴이 탁 트이고, 물을 보면 눈도 시원해질 거예요."

　태부인은 "그거 아주 좋구나." 하면서 사람들을 이끌고 우향사로 갔다. 우향사는 연못 안에 지어졌는데 사방에 창이 나 있고, 좌우로 구불구불한 회랑이 연결되어 뭍으로 건너갈 수 있게 되어 있으며, 뒤쪽에는 구불구불한 대나무 다리가 보이지 않게 연결되어 있었다. 사람들이 대나무 다리에 오르자 희봉이 얼른 다가가 태부인을 부축하면서 나직하게 말했다.

"할머님, 마음 놓고 걸으세요. 이 대나무 다리는 원래 삐걱삐걱 소리가 나도록 만들어진 거니까 신경 쓰지 마세요."

잠시 후 정자에 들어가자 난간 밖에 대나무 탁자 두 개가 따로 놓여 있었다. 하나에는 술잔과 젓가락 등 술 마시는 데 필요한 것들이 차려져 있었고, 다른 하나에는 차를 젓는 차선茶筅*과 찻물 받는 접시 등 다구가 놓여 있었다. 한쪽에서는 두세 명의 하녀가 풍로에 부채질을 하며 차를 끓이고 있었고, 다른 한쪽에선 몇 명의 하녀가 역시 풍로에 부채질을 하며 술을 데우고 있었다.

태부인이 기뻐하며 물었다.

"차를 준비한 건 아주 잘했구나. 장소도 좋고 준비된 것들도 모두 깔끔하구나."

상운이 웃으며 말했다.

"보차 언니가 도와줘서 준비한 거예요."

"그것 봐라. 그 아이는 아주 세심해서 무슨 일이든 빈틈없이 준비한다니까."

태부인은 기둥에 걸린, 검은 옻칠 바탕에 조개껍질을 박아 만든 대련을 보더니 누구든 읽어보라고 했다. 그러자 상운이 읽었다.

부용꽃 그림자 헤치며 난목蘭木 상앗대 저어 돌아가는데
마름과 연 뿌리 향기 대나무 다리에 가득 퍼지네.
芙蓉影破歸蘭槳
菱藕香深寫竹橋

태부인이 다시 고개를 들어 편액을 보더니 설씨 댁 마님을 쳐다보며 말했다.

"내 어렸을 때 집에도 이런 정자가 있었다네. 이름이 '침하각枕霞閣'*이라고 했던가? 당시 내 나이가 저 아이들과 비슷했는데, 날마다 자매들과 거기서 놀았지. 하루는 그만 발을 잘못 디뎌서 물에 빠져 죽을 뻔했다가 겨우 구조를 받았는데 나무 말뚝에 머리를 부딪혀 터져버렸어. 여기 귀밑머리 근처에 손가락만 하게 움푹 들어간 자리가 바로 그때 생긴 흉터라네. 모두들 내가 물에 빠지고 바람까지 맞았으니 살아남을 수 있을까 걱정했는데 다행히 나았지."

희봉이 냉큼 나서서 생글대며 말했다.

"그때 살아남지 못하셨다면 지금 이런 큰 복은 어느 분이 누리셨을까요? 아무래도 할머님께선 어릴 적부터 수복壽福을 많이 누리셨나봐요. 귀신이 그 상처를 만들어놓고 수복을 가득 채워주었나 보네요. 수명을 관장하는 남극성南極星* 머리에도 움푹 파인 곳이 하나 있는데, 거기에 만복과 만수萬壽가 가득 담겨 있어서 오히려 좀 불룩 튀어나와 보인다고 하잖아요?"

태부인과 모든 사람들이 폭소를 터뜨렸다. 태부인이 웃으며 말했다.

"아무튼 요놈의 원숭이는 보통이 아니라니까! 걸핏하면 나를 놀려대니 그 반질반질한 주둥이를 찢어놓고 말 테다!"

"호호, 조금 있다가 게를 잡수실 텐데, 할머님 속에 냉기가 차 있을까봐 일부러 한 번 웃겨드린 거예요. 그래야 즐거운 마음에 두어 마리 더 잡수셔도 탈이 나지 않으실 테니까요."

"호호, 넌 밤낮으로 내 곁에 있게 해야겠구나. 그럼 늘 즐겁게 웃을 수 있을 테니까 말이다. 네 방에도 돌아가지 못하게 할 거야!"

왕부인이 웃으며 말했다.

"어머님께서 얘를 예뻐하셔서 저렇게 버릇이 없어졌는데, 또 그렇게 말씀하시면 갈수록 더할 거예요."

"호호, 이래서 난 얘가 좋다. 적어도 얘는 위아래도 모르는 철부지가 아니지 않느냐? 집에 외인이 없으면 아낙들은 원래 이래야 하는 거야. 예의에 어긋나지만 않으면 되지, 무엇하러 귀신 섬기듯 그토록 조심스럽게 지내게 한단 말이냐?"

이야기를 나누며 모두 정자로 들어가 차를 마시고 나자 희봉은 서둘러 탁자를 날라와 술잔과 젓가락을 차렸다. 위쪽 탁자에는 태부인과 설씨 댁 마님, 보차, 대옥, 보옥이 앉았고, 동쪽 탁자에는 상운과 왕부인, 영춘, 탐춘, 석춘이 앉았다. 서쪽 문가의 탁자는 이환과 희봉의 자리였지만, 그 둘은 감히 자리에 앉지 못하고 태부인과 왕부인의 탁자 곁에서 시중을 들었다. 희봉이 하녀들에게 분부했다.

"게는 너무 많이 가져오지 말고 일부는 찜통 안에 넣어둬라. 열 마리만 가져오고, 다 드시고 나면 다시 가져오너라."

희봉은 손 씻을 물을 가져오라 한 후 태부인 옆에 서서 게살을 발라 먼저 설씨 댁 마님과 보차에게 권했다. 그러자 설씨 댁 마님이 말했다.

"난 직접 발라서 향기롭고 단것만 먹을 테니 발라줄 필요 없네."

희봉은 태부인에게 그걸 권하고, 다시 보옥에게 주면서 하녀들에게 말했다.

"따끈하게 데운 술을 가져오너라."

그리고 손을 닦을 때 쓰도록 국화잎과 계화 꽃술을 넣고 쪄서 비린내를 없앤 녹두가루를 가져오라고 했다. 상운은 왕부인 옆에서 게 한 마리를 먹고 나서 아래쪽 자리로 와 사람들에게 권하고, 밖으로 나가 하녀들에게 쟁반 두 개에 게를 담아 조씨와 주씨에게 갖다주라고 했다. 그때 희봉이 나와 말했다.

"넌 음식 차리는 일에 익숙하지 않으니까 가서 먹기나 해. 내가 우선 차려줄게. 자리가 파하면 나도 먹으면 되지."

상운은 그럴 수 없다면서 하녀들에게 회랑 쪽에 탁자 두 개를 더 놓게 하고 원앙과 호박˚, 채하˚, 채운˚, 평아˚를 앉혔다. 그러자 원앙이 희봉을 향해 웃으며 말했다.

"아씨께서 시중을 들고 계신데 저희가 먹고 있을 수 있나요?"

"괜찮으니까 다 나한테 맡기고 가서 먹어."

그러면서 희봉은 다시 상운을 자리에 앉게 하고 이환과 함께 정신없이 시중을 들었다. 희봉이 음식을 차리다가 잠시 회랑으로 나오자, 원앙 등이 신나게 먹고 있다가 그녀를 보고 일어났다.

"아씨, 왜 또 나오셨어요? 저희도 좀 먹어야지요."

"호호, 원앙이 요 계집애는 갈수록 못되게 변하는구나? 내가 너 대신 시중을 들고 있는데 감사는 못할망정 원망을 퍼붓다니! 당장 술이나 한잔 따라 올려라!"

원앙이 웃으며 얼른 술을 한잔 따라 희봉의 입에 대주자 희봉이 목을 쭉 빼고 마셨다.

호박과 채하도 한잔씩 따라 똑같이 해주자 희봉은 같은 식으로 받아 마셨다. 평아가 노란 게알을 잘라주자 희봉이 말했다.

"생강하고 식초를 좀 더 쳐야지."

게알을 먹고 나서 희봉이 말했다.

"호호, 다들 앉아 먹어라. 난 가봐야겠다."

원앙이 말했다.

"호호, 염치도 없이 저희 몫을 잡수시다니요!"

"호호, 그만 까불어라. 그나저나 이거 아느냐? 우리 나리께서 너한테 반해 할머님께 널 첩으로 달라고 하셨다던데?"

"쳇! 아씨 체면에 어떻게 그런 말씀을! 비린내 나는 손으로 얼굴을 문질러드려야겠군요!"

원앙이 달려들어 얼굴에 문지르려 하자 희봉이 빌었다.

"아이고, 아가씨, 이번만 용서해줘요!"

호박이 웃으며 말했다.

"원앙이가 첩이 되면 평아가 가만둘까? 저것 봐요. 게는 두 마리도 채 먹지 않았는데 식초는 한 접시나 마셨으니, 신 걸 잘 못 먹는다[1]고 할 수 있을까요?"

 평아가 알이 꽉 찬 게를 바르고 있다가 이렇게 비꼬는 소리를 듣자, 게를 집어 들고 호박의 얼굴에 문지르려고 달려들면서 나직하게 웃으며 욕을 퍼부었다.

 "이 주둥이만 잘 놀리는 이 계집애를……!"

 호박이 웃으며 얼른 옆으로 피해버리자, 평아는 헛손질을 하며 앞으로 몸이 기울어져서 하필 희봉의 볼에 게를 문질러버렸다. 희봉은 원앙과 농담을 하느라 미처 방비하지 못하고 깜짝 놀라 "아이쿠!" 소리를 질렀다. 모두들 웃음을 참지 못하고 깔깔 웃어대자, 희봉도 웃으며 욕을 퍼부었다.

 "이런 죽일 갈보년 같으니라고! 눈깔이 삐었어? 제 어미 얼굴에 그걸 문지르다니!"

 평아가 황급히 달려와 닦아주고 물을 뜨러 갔다. 그러자 원앙이 말했다.

 "아미타불! 인과응보로다!"

 태부인이 그 소란을 듣고 연신 물었다.

 "무슨 재미있는 일이냐? 우리도 웃어보게 얘기해봐라."

 원앙 등이 큰 소리로 대답했다.

 "아씨께서 게를 빼앗아 잡수시니까 평아가 화가 나서 아씨 얼굴에 게알을 문질러버렸습니다. 주인과 하녀가 싸움을 벌였답니다!"

 태부인과 왕부인 등도 웃음을 터뜨렸다. 태부인이 말했다.

 "호호, 너무 불쌍하구먼. 작은 다리와 배꼽이라도 좀 떼어주렴."

 원앙 등이 웃으며 그러겠노라 하고 또 큰 소리로 말했다.

 "여기 탁자 위에 다리가 가득 있으니까 아씨께 다 잡수시라고 할게요!"

 희봉은 손을 씻고 와서 다시 태부인 등의 시중을 들었다. 대옥은 많이 먹지 않고 그저 집게발 속살만 조금 먹고 자리에서 내려왔다.

 잠시 후 태부인이 손을 놓자 모두들 자리를 파하고 손을 씻었다. 그러고 나서 꽃구경을 하거나 물장난을 치며 물고기를 구경하면서 한참을 놀았다. 왕부인이 태부인에게 말했다.

"여긴 바람도 많이 불고 또 방금 게를 잡수셨으니까 방에 돌아가셔서 좀 쉬셔요. 즐거우시거든 내일 또 오시고요."

"호호, 그렇긴 하지. 헌데 다들 즐거워하는데 내가 가버리면 흥이 식을 거 아니겠느냐? 기왕 그렇다면 다들 함께 가자꾸나."

태부인은 상운을 돌아보며 당부했다.

"보옥이와 대옥이한테는 많이 먹이지 마라."

상운이 그러겠노라고 하자 태부인은 상운과 보차에게 또 당부했다.

"너희도 많이 먹지 마라. 저게 맛있긴 하지만 그다지 좋은 게 아니라서, 많이 먹으면 배탈나기 쉬워."

둘은 얼른 "예!" 대답하고 대관원 밖까지 전송했다. 그들은 돌아와서 남은 음식을 치우고 상을 다시 차리게 했다. 보옥이 말했다.

"또 차릴 거 없이 시나 짓지요. 저 큰 원탁을 중앙에 두고 술과 요리를 차려놓으면 되잖아요. 그러면 따로 자리를 정할 필요 없이 맛있는 거 있으면 같이 가서 먹고 편하게 흩어져 앉아 있으면 좋잖아요?"

보차가 말했다.

"그거 아주 좋은 생각이네요."

상운이 말했다.

"그렇긴 해도 다른 사람들도 있잖아요."

상운은 따로 한 상을 차리게 하고 잘 익은 게를 골라 습인과 자견•, 사기•, 대서, 입화•, 앵아•, 취묵 등에게 모여 앉아 먹게 했다. 산비탈 계수나무 아래에는 양탄자를 두 개 깔고 심부름하는 할멈들과 하녀들에게 마음대로 먹고 마시다가 시킬 일이 있어 부르면 오라고 했다.

상운이 시제를 가져다가 벽에 대고 바늘로 꽂았다. 사람들이 보더니 이구동성으로 말했다.

"신기하긴 한데 시를 잘 지어낼 수 있을지 모르겠네."

상운이 운자를 한정하지 않은 이유를 설명하자 보옥이 말했다.

"그래야 이치에 맞지. 나도 운자를 한정하는 게 제일 싫거든."

술도 그다지 많이 마시지 않고 게도 많이 먹지 않은 대옥은 수놓은 방석을 놓아달라고 해서 난간 옆에 앉더니 낚싯대를 들고 물고기를 낚았다. 보차는 계화 한 가지를 들고 잠시 놀다가 창틀에서 허리를 숙인 채 계화 꽃잎을 뜯어 수면에 던졌다. 물고기들이 거기에 끌려 수면으로 올라와 후룩 입으로 집어 삼키곤 했다. 상운은 잠시 멍하니 있다가 습인 등에게 음식을 권하고, 다시 산비탈에 있는 이들에게도 많이 먹으라고 소리쳤다. 탐춘과 이환, 석춘은 버들 그늘에 서서 갈매기와 해오라기를 구경했다. 영춘은 꽃그늘 아래 혼자 앉아 꽃 바늘에 재스민 꽃잎을 꿰고 있었다. 보옥은 대옥이 낚시질하는 것을 잠깐 지켜보다가 보차 옆에서 같이 허리를 숙이고 몇 마디 농담을 하고, 습인 등이 게를 먹는 것을 구경하다가 자기도 합석해서 한두 모금 술을 마셨다. 습인이 게살을 발라 보옥에게 먹여주었다.

대옥이 낚싯대를 내려놓고 와서 검은 칠 바탕에 매화무늬가 새겨진, 은으로 된 술 주전자를 들고, 동석凍石*에 해당화 무늬가 장식된 파초 잎 모양의 조그마한 잔을 골랐다. 하녀들이 그녀가 술을 마시려 하는 줄 알고 얼른 달려와 술을 따르려 하자 대옥이 말했다.

"그냥 계속 먹어. 내가 직접 따라야 재미있거든."

그렇게 말하면서 반쯤 따라놓고 보니 황주黃酒*였다. 그걸 보고 대옥이 말했다.

"게를 조금 먹었더니 속이 쓰려서 따끈한 소주나 좀 마셨으면 싶은데……"

그러자 보옥이 얼른 말했다.

"소주 있어."

보옥은 하녀들에게 자귀꽃〔合歡花〕을 담가 데운² 술 주전자를 가져오라고 했다. 대옥은 한 모금만 마시고 잔을 내려놓았다.

보차도 다가가 다른 잔에다 소주를 따라 한 모금 마시고, 붓을 적셔서 벽에 적힌 시제들 가운데「억국憶菊」에다 표시를 한 뒤, 그 밑에 '형蘅' 자를 써놓았다. 그러자 보옥이 급히 말했다.

"누나, 두 번째 제목은 내가 이미 네 구절을 지어놓았으니까 저한테 양보해요."

"호호, 저는 간신히 한 수를 지었는데 뭘 그리 서두르세요?"

대옥은 아무 말 없이 붓을 넘겨받아 여덟 번째의「문국問菊」에 표시하고, 이어서 열한 번째의「국몽菊夢」에도 표시한 후 '소瀟' 자를 적었다. 보옥도 붓을 들어 두 번째의「방국訪菊」에 표시하고 '강絳' 자를 적었다. 탐춘이 와 살펴보더니 말했다.

"「잠국簪菊」을 택한 사람이 없으니 제가 이걸 지을게요."

그리고 보옥을 가리키며 말했다.

"호호, 방금 얘기했듯이 여자 같은 작품을 지으면 안 되니까 조심하세요."

그렇게 말하고 있는데 상운이 오더니 네 번째와 다섯 번째「대국對菊」과「공국供菊」에 모두 표시하고 '상湘' 자를 썼다. 그러자 탐춘이 말했다.

"너도 호를 지어야 돼."

"호호, 우리 집에 '헌軒' 이나 '관館' 이 몇 개 있긴 하지만, 난 거기 살지 않으니까 그런 이름을 빌려온들 무슨 의미가 있겠어?"

보차가 웃으며 말했다.

"조금 전에 노마님께서 너희 집에도 이렇게 물 가운데 서 있는 '침하각' 이라는 정자가 있다고 하셨는데, 그게 네 거 아니겠니? 지금은 없어졌다지만 어쨌든 네가 옛 주인이잖아."

모두들 일리 있는 말이라고 했다. 보옥은 상운이 움직이기도 전에 그녀 대신 '상' 자를 지우고 '하霞' 자를 써주었다. 다시 밥 한 그릇 먹을 정도의 시간이 지나자 열두 수가 다 지어져 각자 종이에 쓴 후 영춘에게 제출했다. 설랑전雪浪箋[3]을 한 장 가져와서 단정하게 기록했는데, 각 작품 아래에는 지은 사람의 호를 써두었다. 이환 등이 첫 작품부터 읽기 시작했다.

국화를 그리워하며   - 형무군 -

서글피 서풍 맞으며 수심에 젖나니
붉은 여뀌 하얀 갈대에 애가 끊어지네.
텅 빈 울타리 안 옛 화단엔 가을 흔적[4] 없고
야윈 달 맑은 서리 꿈에서나 알겠네.
그리운 마음 먼 길 가는 기러기를 따라가고
쓸쓸히 앉아 밤중의 다듬이 소리에 귀 기울이네.
국화 그리워 병든 나를 누가 동정해줄까?
중양절[5] 되면 만날 수 있을 거라 위로해주네.

憶菊

悵望西風抱悶思
蓼紅葦白斷腸時
空籬舊圃秋無跡
瘦月淸霜夢有知
念念心隨歸雁遠
寥寥坐聽晚砧痴
誰憐爲我黃花病
慰語重陽會有期

국화를 찾아가며   - 이홍공자 -

서리 갠 날을 틈 타 나들이를 나왔는데
술잔이며 약사발 핑계로 오래 있지 말아야지.
서리 내린 달빛 아래 누가 심었을까?

난간 밖 울타리 가에 가을빛[6]은 어디 있나?
나막신 신고 먼 길 오니 정취가 특별하여
가을의 시 못다 읊어도 흥이 넘치네.
국화여, 시인을 아낄 줄 안다면
오늘 아침 지팡이에 술값 건 마음[7] 저버리지 말아다오.

訪菊

閑趁霜晴試一遊
酒杯藥盞莫淹留
霜前月下誰家種
檻外籬邊何處秋
蠟屐遠來情得得
冷吟不盡興悠悠
黃花若解憐詩客
休負今朝掛杖頭

국화를 심으며   – 이홍공자 –

호미 들고 가을 화단에서 손수 옮겨와
울타리 옆 뜰 앞에 특별히 심었다네.
간밤에 내린 비에 뜻밖에 살아나
오늘 아침 기쁘게도 서리 끼고 피었구나.
가을빛 읊조리니 천 수의 시가 이루어지고
차가운 향기에 취하여 술 한잔 올린다네.[8]
샘물 주고 흙 북돋으며 정성껏 아끼나니
밭 사이 길[9]만 알고 속세와는 연을 끊어야지.

種菊

攜鋤秋圃自移來

籬畔庭前故故栽

昨夜不期經雨活

今朝猶喜帶霜開

冷吟秋色詩千首

醉酌寒香酒一杯

泉漑泥封勤護惜

好知井徑絶塵埃

국화 앞에서　　－침하구우枕霞舊友*－

먼 꽃밭에서 옮겨온 황금처럼 귀한 꽃

한 떨기는 연하고 한 떨기는 진하구나.

성긴 울타리 가에 모자도 쓰지 않고 앉아

청량한 향기 속에서 무릎 끌어안고 읊조리네.

헤아려봐도 그대처럼 속세에 초연한 이 다시없어

보아하니 오직 나만이 그대의 지기인 듯하네.

덧없이 흐르는 가을 햇빛 저버리지 마오

서로 마주보며 시간을 아껴야지.

對菊

別圃移來貴比金

一叢淺淡一叢深

蕭疏籬畔科頭坐

淸冷香中抱膝吟

數去更無君傲世

看來惟有我知音

秋光荏苒休辜負

相對原宜惜寸陰

국화를 병에 꽂으며   -침하구우-

거문고 타고 술 따르며 기꺼이 벗 삼을 만하니
탁자 위에 아름답게 그윽한 자태 장식했네.
자리 건너 이슬 젖은 뜰[10]에까지 향기 나눠주니
책 내던지고 가지 가득한 가을을 마주하네.
가을날 종이 휘장[11] 속에 새로운 꿈을 꾸나니
싸늘한 꽃밭에 석양 비낄 때 옛 교유 추억하네.
속세에 초연한 것도 그대의 기질 닮았기 때문이니
봄바람에 핀 복사꽃은 마음에 오래 남지 않는다네.

供菊

彈琴酌酒喜堪儔
几案婷婷點綴幽
隔座香分三徑露
抛書人對一枝秋
霜淸紙帳來新夢
圃冷斜陽憶舊遊
傲世也因同氣味
春風桃李未淹留

국화를 노래하다   -소상비자-

끈덕진 시마詩魔*가 종일토록 쳐들어와
울타리 서성이며 바위에 기대 홀로 나직이 되뇌네.
붓끝에 글재주 담아 서리 맞으며 써나가고
입안에 향기 머금은 채 달빛 아래 읊조리네.
종이 가득 스스로 연민하며 가을의 원망을 적었는데
알아줄 이 어디 있어 이 시름 하소연할까?

도잠이 품평한 이래로[12]

천고에 높은 품격 지금까지 전해지네.

詠菊

無賴詩魔昏曉侵

繞籬欹石自沉音

毫端蘊秀臨霜寫

口齒噙香對月吟

滿紙自憐題素怨

片言誰解訴秋心

一從陶令平章後

千古高風說到今

국화를 그리며　　-형무군-

시를 읊고 나서 장난삼아 붓을 놀리며 미친 듯 빠져드니

그림 그리는 데에 어찌 부질없이 구상만 낭비하랴?

수북한 잎사귀는 천 방울 먹물 뿌려 그려내나니[13]

흐드러진 꽃송이 속에 서리 자국 얼마나 묻어 있나?

묽고 진한 먹물로 바람에 하늘거리는 자태 훌륭히 표현하니

가을 국화 생생히 피어 팔목 아래에서 향기가 풍기네.[14]

동쪽 울타리에서 느긋하게 따는 진짜 국화로 착각하지는 마오

병풍에 붙여진 것으로나마 잠시 중양절에 위안은 될 테니.

畫菊

詩餘戲筆不知狂

豈是丹青費較量

聚葉潑成千點墨

攢花染出幾痕霜

淡濃神會風前影
跳脫秋生腕底香
莫認東籬閑採掇
粘屛聊以慰重陽

국화에게 묻다 　　 - 소상비자 -
가을 정취 물어도 아는 이 없어
중얼중얼 뒷짐 지고 동쪽 울타리를 찾아가 묻네.
고고하게 속세에 초연하여 뉘와 함께 은거할까?
똑같이 꽃을 피우면서 왜 이리 늦게 피나?
이슬 젖은 꽃밭 서리 내린 뜰 어찌나 적막한지
기러기 돌아가고 귀뚜라미 슬피 우는데 그대도 날 생각할까?
온 세상에 얘기할 사람 없다 하지 말아야지
내 뜻 알아주는 그대와 잠시나마 얘기하면 될 테니!

問菊
欲訊秋情衆莫知
喃喃負手叩東籬
孤標傲世偕誰隱
一樣花開爲底遲
圃露庭霜何寂寞
鴻歸蛩病可相思
休言擧世無談者
解語何妨片語時

국화를 머리에 꽂고 　 - 초하객 -
병에 꽂고 울타리에 심으며 날마다 바빴는데

꺾어오는 건 거울 보며 꾸미려는 뜻은 아니라네.[15]
장안의 귀공자[16]는 꽃을 너무 좋아했고
팽택현령 도잠은 술에 빠져 살았다지.[17]
짧은 귀밑머리 뜰의 이슬에 차갑게 젖고
갈건에는 가을 서리의 향기 스미네.
고고한 정취는 세인들의 눈에 차지 않을 테니
박수 치며 길가에서 비웃으라지![18]

簪菊

瓶供籬栽日日忙
折來休認鏡中妝
長安公子因花癖
彭澤先生是酒狂
短鬢冷沾三徑露
葛巾香染九秋霜
高情不入時人眼
拍手憑他笑路旁

국화 그림자　　　- 침하구우 -

가을빛[19] 첩첩이 또 겹겹이 피어나
몰래 달빛을 타고 뜰 안으로 옮겨왔구나.
창 너머 흐린 등불 먼 듯 가까운 듯[20]
울타리 사이로 부서진 달빛 영롱하게 갇혀 있네.
차가운 향기 그림자에 남기니 영혼이 안에 머무는 듯
서리에 찍힌 그림자 너무 생생해 꿈처럼 아련하네.
은은히 풍기는 소중한 향기 밟아 부수지 말지니
뉘라서 취한 눈으로 몽롱한 그 그림자 알아볼까?

菊影

秋光疊疊復重重

潛度偸移三徑中

窓隔疏燈描遠近

籬篩破月鎖玲瓏

寒芳留照魂應駐

霜印傳神夢也空

珍重暗香休踏碎

憑誰醉眼認朦朧

국화 꿈　　　　　- 소상비자 -

울타리 옆에 깊이 잠든 국화 꿈속도 청량하여

구름 속 달과 노니니 황홀하기 그지없네.

신선 되어 하늘 가더라도 장자莊子의 나비 부러워 마오

지난날 돌아보면 도잠의 맹서 찾을 수 있다네.

잠들어도 잊지 못하고 기러기 따라 떠났다가

놀라 돌아온 건 끝없이 귀를 어지럽히는 귀뚜라미 소리 때문.

깨었을 때의 그윽한 시름 누구에게 하소연할까?

시든 풀에 서린 차가운 안개에 한없는 감정 일어나네.

菊夢

籬畔秋酣一覺淸

和雲伴月不分明

登仙非慕莊生蝶

憶舊還尋陶令盟

睡去依依隨雁斷

驚回故故惱蛩鳴

醒時幽怨同誰訴

衰草寒煙無限情

지는 국화　　　　- 초하객 -

이슬 얼고 서리 쌓여 몸이 점점 기우나니

잔치 열고 감상했더니 어느새 소설小雪[21]이 지났구나.

꼭지에는 향기 남았지만 금빛 옅어졌고

가지에는 성한 잎 없어 푸른 빛 떠나갔네.

침대 언저리에 달빛 비칠 때 귀뚜라미 소리 구슬프고

하늘 만리에 찬 구름 덮여 기러기 떼도 느리게 나네.

내년에 가을바람 불면 다시 만날 수 있을 테니

잠시 헤어진다 해도 너무 그리워하지 말아야지.

殘菊

露凝霜重漸傾欹

宴賞才過小雪時

蔕有餘香金淡泊

枝無全葉翠離披

半床落月蛩聲病

萬里寒雲雁陣遲

明歲秋風知再會

暫時分手莫相思

　

모두 한 수 한 수 읽어보며 서로 칭찬하자 이환이 웃으며 말했다.

"제가 공평하게 품평하지요. 전체를 읽어보니 각자 나름대로 놀랄 만한 구절이 있군요. 오늘 품평 결과는 「국화를 노래하다」가 일등이고, 「국화에게 묻다」가 이등, 「국화 꿈」이 삼등이에요. 제목도 신선하고 시는 말할 것도 없어요. 발상은 더욱 신선하니 의심할 바 없이 소상비자가 으뜸이네요. 그다음은 「국화를 머리에 꽂고」, 「국화 앞에서」, 「국화를 병에 꽂으며」, 「국화를 그리며」의 순서로 되겠군요."

보옥이 박수를 치며 말했다.

"지당한 평가네요! 아주 공평해요!"

대옥이 말했다.

"제 시도 별로 안 좋아요. 너무 자잘한 기교에만 치우친 경향이 있거든요."

이환이 말했다.

"수사가 지나치게 화려하지 않고 기교도 훌륭해서 세련된 멋이 있어요."

대옥이 말했다.

"제가 보기엔 '싸늘한 꽃밭에 석양 비낄 때 옛 교유 추억하네〔圃冷斜陽憶舊遊〕.'라는 구절이 제일 훌륭한 것 같아요. 이 구절은 그림 바탕에 분을 칠한 것처럼 주제 이면에 적당한 배경이 깔려 있거든요. '책 내던지고 가지 가득한 가을을 마주하네〔抛書人對一枝秋〕.'라는 구절도 정말 절묘해요. 국화를 병에 꽂았다는 얘기를 더할 나위 없이 완벽하게 표현했기 때문에, 국화를 꺾어 병에 꽂기 전의 상황까지 되짚어 생각할 수 있거든요. 정말 착상이 깊고 훌륭해요."

이환이 웃으며 말했다.

"그렇게 따지자면 '입안에 향기 머금은 채〔口齒噙香〕'라는 아가씨 시의 구절도 절대 못지않아요."

탐춘이 또 말했다.

"어쨌든 차분한 면에서는 아무래도 형무군이 나은 것 같네요. '가을 흔적 없고〔秋無跡〕'랄지 '꿈에서나 알겠네〔夢有知〕.' 같은 구절들은 '그리움〔憶〕'을 돋보이게 만들잖아요."

보차가 웃으며 말했다.

"너의 시 구절에서 '짧은 귀밑머리 차갑게 젖고〔短鬢冷沾〕'와 '갈건에 향기 스미네〔葛巾香染〕.'도 머리에 국화를 꽂은 모습을 아주 자연스럽게 묘사했잖아."

상운이 말했다.

"'뉘와 함께 은거할까〔偕誰隱〕?'와 '왜 이리 늦게 피나〔爲底遲〕?'라는 구절은 국화가 대답할 말이 없을 정도로 절묘한 질문이에요."

이환이 웃으며 말했다.

"아가씨는 '모자도 쓰지 않고 앉아〔科頭坐〕'라든지 '무릎 끌어안고 읊조리네〔抱膝吟〕.'라고 했으니 한시도 떠날 수 없다는 거 아닌가요? 만약 국화가 생각할 줄 안다면 아마 지겨워할걸요? 호호!"

그 말에 모두 웃음을 터뜨렸다. 보옥도 웃으며 말했다.

"난 또 낙제군요. '누가 심었을까〔誰家種〕?'라든가 '가을빛은 어디 있나〔何處秋〕?', '나막신 신고 먼 길 오니〔蠟屐遠來〕', '가을의 시 못다 읊어도〔冷吟不盡〕' 같은 건 국화를 찾아갔다는 뜻이고, '간밤에 내린 비〔昨夜雨〕'와 '오늘 아침 서리〔今朝霜〕'는 국화를 심는다는 뜻이잖아요. 하지만 아쉽게도 '입안에 향기 머금은 채 달빛 아래 읊조리네〔口齒噙香對月吟〕.'라든가 '청량한 향기 속에서 무릎 끌어안고 읊조리네〔淸冷香中抱膝吟〕.' '짧은 귀밑머리〔短鬢〕', '갈건葛巾', '금빛 옅어졌고〔金淡泊〕', '푸른 빛 떠나갔네〔翠離披〕.' '가을 흔적 없고〔秋無跡〕', '꿈에서나 알겠네〔夢有知〕.' 같은 구절들에는 못 당하겠어요."

그리고 보옥이 또 덧붙였다.

"내일 시간 있으면 혼자 스무 수를 지어봐야겠어요."

이환이 말했다.

"도련님 시도 좋아요. 다만 신선하고 교묘한 면에서는 그 몇 구절에 미치지 못하지요."

모두 품평을 더 하고 나서, 다시 찐 게를 가져오라고 해서는 커다란 원탁에서 먹었다. 보옥이 말했다.

"하하, 오늘 게를 먹으며 계화를 감상했으니, 여기에 대해서도 시를 짓지 않을 수 없겠어요. 저는 벌써 지어놓았는데 또 지을 사람 있나요?"

보옥은 얼른 손을 씻고 붓을 들어 시를 썼다. 다 같이 읽어보니 이런 내용이었다.

집게발 먹으니 계화의 서늘한 그늘 더욱 기껍고
초를 치고 생강 뿌리니 흥을 주체할 수 없네.
식탐 많은 왕손[22]에겐 분명 술이 있을 테지만
모로 걷는 공자에겐 창자가 없다네.[23]
배꼽 사이에 냉기 쌓이는 걸 깜박 잊었더니[24]
손가락에 비린내 물어 씻어내도 냄새가 남았네.
세상 사람들 입과 배 즐겁게 해주었는데
소식은 평생 바쁘다고 비웃었다지.[25]

持螯更喜桂陰涼
潑醋擂薑興欲狂
饕餮王孫應有酒
橫行公子卻無腸
臍間積冷饞忘忌
指上沾腥洗尙香
原爲世人美口腹
坡仙曾笑一生忙

대옥이 웃으며 말했다.

"이런 시라면 백 수도 짓겠네요."

보옥도 웃으면서 말했다.

제38회 93

"넌 이제 힘이 다했을 텐데, 못 짓겠다는 소리는 안 하고 남을 헐뜯는구나!"

대옥은 그 말에 대답도 안 하고 별로 생각도 안 하더니 붓을 들어 단번에 한 수를 썼다.

철갑에 긴 창은 죽어도 못 잊어
쟁반에 쌓인 모습 기꺼이 먼저 맛본다네.
집게발엔 어여쁜 옥 쌍쌍이 채워져 있고
볼록한 딱지 속 발그레한 알은 덩이마다 향기롭네.
살도 많지만 그대의 여덟 다리가 더 좋으니
누가 분위기 맞춰 내게 술 천 잔 권할까?
이 훌륭한 음식에 아름다운 절기 보답하니
계화에 맑은 바람 일고 국화에 서리 앉았네.
鐵甲長戈死未忘
堆盤色相喜先嘗
螯封嫩玉雙雙滿
殼凸紅脂塊塊香
多肉更憐卿八足
助情誰勸我千觴
對斯佳品酬佳節
桂拂淸風菊帶霜

보옥이 읽으며 한창 칭찬을 늘어놓고 있는데, 대옥이 냉큼 그 시를 집어 북 찢어버리더니 하녀에게 불에 태워버리라고 했다.

"호호, 제 시가 오빠 시보다 못해서 태워버리라고 했어요. 오빠의 그 시는 조금 전에 쓴 국화 시보다 좋으니, 두었다가 다른 사람에게도 보여주세요."

보차가 웃으며 말을 받았다.

"호호, 저도 억지로 지었으니 좋지는 않겠지만 그냥 재미 삼아 한번 써 볼게요."

그녀는 다음과 같은 시를 써냈다.

계화 향기 속 오동나무 그늘에 앉아 술잔을 드니
장안 욕심 많은 이들 침 흘리며 중양절 기다리네.[26]
눈앞의 길은 종횡으로 반듯하게 나 있지 않고
속을 알 수 없는 딱지[27] 속엔 부질없이 검은 막과 노란 알뿐.
桂靄桐陰坐擧觴
長安涎口盼重陽
眼前道路無經緯
皮裏春秋空黑黃

여기까지 읽고 나자 사람들은 절묘하다면서 감탄을 금치 못했다. 보옥이 말했다.

"정말 통쾌하게 썼군요! 제 시도 불태워버려야겠어요."

계속해서 그다음은 이러했다.

술로는 비린내 감당 못하니 국화가 필요하고
냉기 쌓이는 걸 막으려면 생강을 쳐야지.
이제 솥에 담긴 신세 되었으니 무슨 도움 되랴?
달빛 비치는 포구엔 부질없이 벼 향기만 남았구나.[28]
酒未敵腥還用菊
性防積冷定須薑
於今落釜成何益

제38회 **95**

月浦空餘禾黍香

　모두들 이 시야말로 게 먹는 것을 소재로 한 시 가운데 절창絶唱이라고 칭송했다. 다만, 별것 아닌 제목에 큰 뜻을 담을 줄 알아야 재능이 뛰어나다고 할 수 있는데, 세상 사람들을 너무 심하게 풍자한 경향이 있다고 평했다.

　그렇게 품평을 하고 있는데 평아가 다시 대관원으로 들어왔다. 이후에 무슨 일이 일어났는지는 다음 회를 보시라.

제39회

시골 노파는 제멋대로 입을 놀리고
정 많은 총각은 짓궂게 마음을 캐묻다
村姥姥是信口開合　情哥哥偏尋根究底

유노파가 다시 찾아와 태부인과 만나다.

사람들이 평아를 보고 물었다.
"너희 마님한테 무슨 일 있어? 왜 안 오시지?"
"호호, 오실 틈이 어디 있어요? 아까 제대로 드시지도 못했는데 오실 수도 없다고 하시면서, 저더러 남은 거 없냐고 여쭤보라 하셨어요. 집에서 드시게 몇 마리 가져오라고요."
상운이 말했다.
"남았어요. 아직 많아요!"
그녀는 얼른 하녀들에게 아주 큰 걸로 열 마리를 가져오라고 했다. 그러자 평아가 말했다.
"배가 통통한 암게를 많이 가져와요."
사람들은 평아를 붙들어 자리에 앉히려고 했지만 평아는 앉으려 하지 않았다. 이환이 그녀의 팔을 붙들고는 웃으며 말했다.
"일단 앉아보라니까!"
이환은 평아를 끌어당겨 자기 옆에 앉히고 술을 한잔 따라 입에 대주었다. 평아가 얼른 한 모금 마시고 가려 하자 이환이 말했다.
"절대 안 보내줄 거야. 넌 희봉 아씨 말만 들으려 하고 내 말은 안 들을 거야?"
이환은 어멈들에게 지시했다.

"먼저 찬합을 갖다드리고, 내가 평아를 붙들고 있다고 전하시게."

잠시 후 어멈이 찬합을 들고 돌아와서 말했다.

"아씨 말씀이 먹을 걸 밝힌다고 비웃지 말라 하시네요. 그리고 이 찬합에는 외숙모님께서 보내주신 마름 떡과 닭기름에 튀긴 과자가 있으니 여기 아가씨들과 함께 드시라고 하셨어요."

그 어멈은 또 평아에게 말했다.

"심부름을 시켰더니 노는 데 정신이 팔려 돌아오지도 않는다고 나무라시면서, 술은 조금만 마시라고 하셨어요."

평아가 웃으며 말했다.

"호호, 많이 마시면 어쩔 건데?"

평아는 연거푸 술을 마시고 게를 먹었다. 이환이 그녀를 끌어안으며 말했다.

"이리 예쁜 애가 불쌍하게도 팔자는 그다지 좋지 못해 시녀 노릇밖에 못하는구나. 호호, 모르는 사람은 아마 널 아씨나 마님으로 생각할 거야."

평아는 보차와 상운 등과 술을 마시다가 뒤를 돌아보며 말했다.

"호호, 아씨, 간지러우니까 그만 만지세요."

"어머! 이 딱딱한 건 뭐야?"

"열쇠예요."

"무슨 열쇠? 무슨 보물이 있기에 도둑맞을까봐 몸에 지니고 다니는 거야? 내 평소 우스갯소리로 하는 얘기지만, 불경 가지러 간 삼장법사는 타고 갈 백마가 있었고, 천하를 호령한 유지원劉知遠[1]에게는 투구를 갖다준 오이 요정[瓜精]이 있었고[2], 희봉 아씨한테는 네가 있지. 너야말로 희봉 아씨의 열쇠인데 이런 열쇠는 뭐하러 가지고 다니는 거야?"

"호호, 아씨, 취하시니까 또 저를 놀림감으로 삼으시는군요."

보차가 웃으며 말했다.

"호호, 그래도 그 말은 맞잖아요? 우리도 한가할 때면 남 얘기를 하곤 하는데, 평아를 비롯한 몇몇은 백 명 가운데 하나도 뽑기 어려운 사람들이에요. 모두들 각자 장점이 있거든요."

이환이 말했다.

"모든 일에는 하늘의 도리가 들어 있어. 예를 들어서 할머님 방에 원앙이가 없다면 일이 안 되지. 어머님을 비롯해서 누구 하나 감히 할머님 말씀에 토를 달지 못하는데 지금 원앙이는 그걸 해내거든. 할머님께서도 꼭 그 아이 얘기만 들어주시지. 할머님의 옷이나 신을 다른 사람은 기억하지 못해도 원앙이는 다 기억하니, 걔가 관리하지 않는다면 사람들이 얼마나 속여서 가져갔을지 몰라. 원앙이는 마음 쓰는 것도 공정해서 설령 그런 일이 있더라도 오히려 할머니 앞에서 좋게 말씀드리지 위세를 믿고 남을 업신여기지도 않아."

석춘이 웃으며 말했다.

"호호, 어제 할머님께서도 그러셨잖아요. 원앙이가 우리보다 낫다고요!"

평아가 말했다.

"원앙이는 원래 좋은 애라서 우리와는 비교도 안 돼요."

보옥이 말했다.

"어머니 방에 있는 채하도 착실해요."

탐춘이 말했다.

"그렇고말고요. 외모도 반듯하고 속으로 계산도 잘하지요. 마님께선 부처님 같으셔서 무슨 일이 생겨도 마음에 두지 않으시는데 채하는 다 알고 있어요. 무슨 일이든 다 채하가 마님께 말씀드려서 하시게 하잖아요. 심지어 나리께서 집에 계실 때나 외출하실 때 준비해야 하는 일도 채하가 다 알지요. 마님께서 혹시 잊고 계시면 그 아이가 뒤에서 슬쩍 알려드리곤 하지요."

이환이 말했다.

"그건 그렇다 치지 뭐."

그녀는 보옥을 가리키며 말했다.

"이 도련님 방에도 습인이 없다면 어떻게 됐겠어요? 희봉이가 초패왕楚霸王 같은 사람이라 두 팔로 천 근짜리 솥을 들어올릴 수 있다지만[3], 습인이가 없다면 어떻게 모든 일을 그리 주도면밀하게 처리할 수 있겠어요?"

평아가 웃으며 말했다.

"우리 아씨가 예전에 시집오실 때 하녀를 네 명 데리고 오셨는데, 죽은 사람도 있고 떠난 사람도 있고 해서 지금은 저 하나만 남았어요."

이환이 말했다.

"그래도 넌 운이 좋아. 희봉이도 운이 좋지. 옛날 내 서방님이 살아 계실 때는 내 방에도 두 명이 있었어. 보라고, 내가 어디 아랫사람들을 건사하지 못할 사람이야? 그런데 걔들이 늘 불편해해서, 서방님이 돌아가시고 나자 내가 어린 생각에 다 내보내버렸어. 하나만이라도 남겨두었으면 내 한쪽 팔이 되었을 텐데……"

그렇게 말하며 눈물을 흘리자 모두들 웃으며 말했다.

"또 그리 상심하셔요? 아무래도 이만 자리를 파하는 게 낫겠어요."

모두들 손을 씻고 태부인과 왕부인에게 문안 인사를 하러 가자고 했다.

할멈들과 하녀들은 정자를 청소하고 술잔과 쟁반을 챙겼다. 습인은 평아와 함께 돌아가다가 자기 방에 가서 차나 한잔 마시자고 했다. 평아가 말했다.

"차는 안 마실래. 나중에 또 올게."

그러면서 나가려고 하는데 습인이 다시 불러세웠다.

"이번 달 용돈 말이야, 노마님과 마님께도 드리지 않았던데 무슨 일이야?"

평아가 얼른 몸을 돌려 습인에게 다가가더니 주위에 다른 사람이 없는지 확인한 다음 나직이 말했다.

"그 얘긴 꺼내지도 마. 어쨌든 며칠 뒤에 내줄 거야."

"왜 그리 놀래?"

평아가 다시 속삭이듯 말했다.

"이번 달 용돈은 우리 아씨가 벌써 받아왔는데 다른 사람한테 빌려주었거든. 다른 데서 이자를 다 받으면 내줄 거야. 너한테만 하는 말이니까 다른 사람한테 말하면 안 돼!"

"설마 아씨가 용돈이 궁한 거야, 아니면 욕심이 과한 거야? 굳이 이런 짓을 하실 게 뭐람?"

"호호, 언제는 안 그랬어? 요 몇 년 동안 그 돈을 굴려서 몇 백 냥을 벌어들였어. 자기 용돈도 쓰지 않고 열 냥이든 여덟 냥이든 푼돈까지 다 쓸어모아 굴리는데, 그렇게 혼자 벌어들인 이자가 일 년도 안 돼서 은돈으로 천 냥이 넘는다고!"

"호호, 너희 주인과 하인들이 우리 돈으로 이자놀이를 하면서 우릴 그냥 멍청하게 기다리게 만든단 말이지!"

"또 마음에도 없는 소리 하네! 설마 너도 용돈이 부족해서 그래?"

"난 괜찮아. 나야 쓸 데도 없지만, 우리 방 그 양반 때문에 미리 준비해 두려는 거지."

"급한 돈이 필요하면 얘기해. 내 방에 은돈이 몇 냥 있으니까 우선 갖다줄게. 나중에 네 몫에서 제하면 되잖아?"

"지금은 괜찮아. 나중에 혹시 필요하면 사람을 보낼게."

평아는 그러라 하고 곧장 대관원 문을 나서 집으로 가보니, 방 안에 희봉이 없었다. 그 대신 지난번에 거짓 핑계로 돈을 뜯어간 유노파[劉姥姥]*가 외손자 판아와 와서 저쪽 방에 앉아 있었고, 장재댁과 주서댁이 함께 앉아 말상대를 해주고 있었다. 두세 명의 하녀가 자루에 들어 있는 대추며 호박, 몇 가지 나물을 방바닥에 쏟아붓고 있다가 평아가 들어오자 모두들 자리에서 얼른 일어났다. 유노파는 지난번에 와봐서 평아의 신분을 알고 있었기 때문에 얼른 아래쪽으로 내려와 인사했다.

제39회 103

"아가씨, 안녕하셨어요? 저희 집 식구들이 모두 안부 여쭤달라고 했습니다요. 좀 더 일찍 와서 아씨와 아가씨께 인사를 올렸어야 했는데 농사일이 바빠서요. 다행히 올해는 곡식을 두어 섬 더 거뒀고, 과일이나 야채도 풍성하게 열렸습니다. 이건 처음 딴 것들인데 내다 팔지 못하고, 이 아이 고모님과 아가씨들께 맛이나 좀 보여드릴까 하고 제일 좋은 걸로 골라왔습지요. 아가씨들이야 매일 산해진미를 물리도록 잡수시겠지만, 이런 촌스러운 것도 별미려니 하고 좀 잡숴보셔요. 그래도 우리 같은 가난뱅이들이 정성으로 준비한 거니까요."

"고마워요."

평아는 유노파에게 자리를 권하고 자기도 앉았다. 장재댁과 주서댁에게도 자리를 권하고, 하녀에게 차를 내오라고 했다. 그러자 장재댁과 주서댁이 웃으며 말했다.

"아가씨, 오늘은 얼굴에 발그레하게 화색이 돌고 눈가도 붉어졌네요."

"호호, 그럴 거예요. 술을 좀 마셨거든요. 안 마시려고 했는데 큰아씨랑 아가씨들이 붙들고 억지로 먹이는 바람에 어쩔 수 없이 큰 잔으로 두 잔이나 마셨더니 얼굴이 온통 달아오르지 뭐예요."

장재댁이 말했다.

"호호, 저도 먹고 싶었는데 권하는 사람이 없더군요. 나중에 또 누가 청하거든 저도 데려가주세요."

그 말에 모두들 웃었다. 주서댁이 말했다.

"아침에 저도 그 게를 봤는데 한 근에 두세 마리밖에 안 되더라고요. 그렇게 큰 광주리가 세 개면 아마 칠팔십 근은 됐겠어요. 그래도 위아래 사람들이 다 먹었으면 모자랐겠어요!"

"호호, 모자라고말고요! 그저 윗분들이나 두어 마리쯤 드실 수 있는 정도지요. 나머지 사람들은 손만 대본 사람도 있고 그것마저 못 해본 사람도 있어요."

유노파가 말했다.

"그런 게라면 올해는 한 근에 다섯 푼씩 나가니까, 열 근이면 다섯 전이고, 오오면 두 냥 다섯 전, 삼오는 십오이고, 거기다 술하고 안주까지 더하면 모두 은돈 스무 냥이 넘겠군요. 세상에, 아미타불! 한 끼 먹는 데 드는 걸로 우리 같은 농사꾼 집안 같으면 한 해를 지내고도 남겠네요!"

평아가 물었다.

"아씨는 만나보셨나요?"

"예. 잠시만 기다리고 있으라 하셨습니다요."

그러면서 유노파는 창밖으로 하늘을 보면서 말했다.

"날이 곧 저물 것 같으니 저희도 가봐야겠네요. 성문이 닫혀버리면 골치 아프니까요."

주서댁이 말했다.

"하긴 그렇네요. 제가 한번 가보고 올게요."

주서댁은 곧장 나가더니 한참 만에 돌아와서 웃으며 말했다.

"할머니, 복도 많으시네요. 두 분과 인연을 맺게 되었으니 말이에요."

평아가 무슨 소리냐고 묻자 주서댁이 말했다.

"희봉 아씨는 노마님 방에 계셔서 조용히 말씀드렸지요. '그 할머니가 이만 돌아가시겠답니다. 날이 저물면 성문이 닫힐까 걱정스럽다고 하네요.' 그러니까 아씨께서 그 먼 길을 짐까지 지고 오셨으니, 늦었으면 하룻밤 묵고 내일 가시라고 하라셨어요. 이러니 희봉 아씨와 인연을 맺게 된 게 아니겠어요? 그것만 해도 괜찮은데, 갑자기 노마님께서 그 얘기를 들으시고 유할멈이 누구냐고 물으시지 않겠어요? 아씨께서 설명해드리자 노마님께서 이러셨어요. '나도 마침 나이 많은 노인과 얘기를 해보고 싶었는데 잘됐다. 가서 좀 모셔 오너라.' 이렇게 됐으니 그야말로 생각지도 못했던 천상의 인연을 맺게 된 게 아니겠어요?"

주서댁이 어서 가자고 재촉하자 유노파가 말했다.

제39회 **105**

"이 꼴을 하고 어떻게 노마님을 뵙겠어요. 아줌마, 그냥 제가 떠났다고 말씀드려줘요."

그러자 평아가 얼른 말을 받았다.

"얼른 가보셔요. 괜찮아요. 우리 노마님께서는 연로하고 가난한 분들을 무척 동정하시는 분이라서 거드름 피우며 젠 체하는 사람들과는 다르셔요. 송구스러우시면 저하고 주아주머니가 함께 모셔다 드릴게요."

평아는 주서댁과 함께 유노파를 안내하여 태부인 방으로 갔다. 중문에서 당번을 서고 있던 하인들은 평아를 보자 모두 자리에서 일어났다. 그때 두 녀석이 평아에게 달려와 "아가씨!" 하고 불렀다.

"무슨 일이야?"

"헤헤, 날도 저물었고 저희 엄마가 몸이 안 좋으셔서 의원을 모셔가야 해요. 아가씨, 한나절만 다녀오면 안 될까요?"

"잘들 한다. 모두 작당을 해서 하루에 한 명씩 휴가를 내겠다고? 아씨한테는 여쭙지 않고 나한테 들러붙는구나? 저번에 주아*를 내보냈을 때 하필 우리 나리께서 걔를 찾으시더구나. 계속 찾으시길래 별수 없이 내가 갔더니, 나더러 인정을 너무 베푼다고 하시더라. 그런데 오늘은 네가 가겠다고?"

그러자 주서댁이 말했다.

"쟤 엄마가 몸이 안 좋은 건 사실이에요. 아가씨, 그냥 보내주세요."

평아가 말했다.

"내일 아침 일찍 돌아와. 알았지? 내가 심부름 시킬 일이 있으니까. 해가 궁둥이를 비출 때까지 자기만 했단 봐라! 가는 길에 왕아*한테 소식 좀 전해줘. 아씨께서 내일까지 이자를 갚지 않으면, 받지 않고 아예 그냥 주는 셈 치겠다 하시더라고 말이야."

그 하인 녀석은 뛸 듯이 기뻐하며 "예!" 하고 떠났다.

평아 일행이 태부인 방에 도착했을 때는 대관원의 자매들도 모두 그곳에

와 있었다. 방 안 가득 진주와 비취가 장식되고 꽃가지가 하늘하늘 흔들리는 듯한 모습만 보일 뿐 누가 누구인지는 전혀 알 수가 없었다. 그런데 긴 평상에 노인 하나가 비스듬히 누워 있었는데, 그 뒤쪽에 비단에 감싸인 미녀 같은 하녀가 다리를 주무르고 있었고, 희봉이 서서 우스갯소리를 하고 있었다. 유노파는 그 노인이 바로 태부인이라는 걸 알고 얼른 나아가 웃음을 지으며 만복萬福의 예[4]를 행하고 우물우물 인사를 올렸다.

"노수성老壽星[5]님, 안녕하십니까?"

태부인도 허리를 가볍게 숙여 인사하고, 주서댁에게 의자를 가져와 노파를 앉히라고 했다. 판아는 여전히 주눅이 들어 인사조차 하지 못했다. 태부인이 말했다.

"사돈, 올해 연세가 어찌 되시는지요?"

유노파가 황급히 일어나며 대답했다.

"올해 일흔다섯 살이 되었습니다."

태부인이 사람들에게 말했다.

"그 연세에도 이리 건강하시구나. 나보다도 몇 살이나 더 많으신데 말이야. 난 저 나이가 되면 운신조차 제대로 못할 텐데."

유노파가 헤실거리며 말했다.

"저희야 고생을 타고났고 노마님께선 복을 타고나셨습지요. 저희까지 그러면 농사일 할 사람이 없겠지요."

"눈과 이도 아직 다 괜찮습니까?"

"모두 괜찮습니다만, 올해는 왼쪽 어금니가 좀 흔들립니다."

"저는 늙어서 쓸 만한 게 없구려. 눈도 흐려졌고 귀도 어두워졌고 기억력도 약해졌지요. 사돈 같은 친척 분도 알아보지 못합니다. 친척이 오시면 비웃음을 살까 싶어 만나지도 않습니다. 그저 씹을 만한 것이나마 두어 입 먹고, 잠을 자고, 심심할 땐 이 손자 손녀들과 우스갯소리나 잠시 나눌 뿐이지요."

"호호, 그게 바로 노마님의 복입지요. 저희는 그렇게 하고 싶어도 할 수 없답니다."

"복은 무슨…… 쓸모없는 늙은이에 지나지 않지요."

그 말에 모두들 웃음을 터뜨렸다. 태부인도 웃으며 말했다.

"조금 전에 희봉이 얘기가 사돈께서 채소를 많이 가져오셨다기에 얼른 받아 챙기라고 했어요. 나도 마침 밭에서 금방 딴 채소를 먹고 싶었거든요. 밖에서 사온 것은 밭에서 직접 따온 것만큼 맛있지가 않아요."

"호호, 이거야 시골 맛이니 그저 좀 신선한 걸 먹는다는 것뿐이지요. 저희는 생선이나 고기를 먹고 싶어도 여력이 없답니다."

"이제야 친척을 알게 되었는데, 빈손으로 돌아가시지 마세요. 여기가 불편하지 않으시면 한 이틀 묵었다가 가시고요. 여기도 정원이 있으니 내일 그 안에 있는 과일 맛도 좀 보시고 집에도 좀 가져가시구려. 그래야 친척 찾아온 보람이 있지 않겠습니까?"

희봉은 태부인이 기뻐하는 모습을 보자 얼른 유노파에게 말했다.

"여기가 할머니 댁만큼 크진 않지만 빈방이 두어 개 있어요. 한 이틀 묵었다 가셔요. 우리 할머님께 시골에서 들은 새로운 소식도 좀 들려주시고요."

태부인이 웃으며 말했다.

"희봉아, 그분을 놀리지 마라. 시골 분이라 고지식한데 네 장난을 어찌 받아들이실 수 있겠느냐?"

태부인은 하녀를 시켜 판아에게 과일이라도 좀 갖다주라고 했다. 판아는 낯선 사람이 많아서 감히 먹지 못했다. 태부인은 판아에게 돈도 좀 주라 하고, 또 어린 하인들에게 판아를 밖에 데려가 놀라고 했다. 유노파가 차를 마시고 나서 시골에서 들은 새로운 소식들을 들려주자 태부인은 더욱 즐거워했다. 유노파가 한창 이야기하고 있을 때 희봉이 유노파에게 저녁 식사하러 오라며 사람을 보냈다. 태부인은 자신의 반찬 가운데 몇 가지를 골라 사람을 시켜서 유노파에게 갖다주라고 했다.

 희봉은 유노파가 태부인의 마음에 들었다는 걸 알고, 유노파가 식사를 하고 나자 다시 태부인에게 보냈다. 원앙은 할멈들에게 서둘러 유노파를 데려가 씻기게 하고, 직접 평상복 두 개를 골라 유노파에게 주며 갈아입으라고 했다. 유노파가 언제 이런 일을 겪어보기나 했겠는가? 유노파는 서둘러 옷을 갈아입고 태부인의 걸상 앞에 앉아 또 이야깃거리를 풀어놓았다. 그때 보옥과 자매들도 모두 그곳에 있었다. 그들은 이제껏 들어보지 못한 이야기에 장님 이야기꾼이 들려주는 이야기보다 재미있다고 생각했다.

 유노파는 시골사람이지만 타고난 식견이 있는데다 나이도 많아서 세상 물정을 많이 겪어본 사람이었다. 그녀는 태부인이 즐거워하고 도련님과 아가씨들이 모두 자기 이야기를 좋아하자 없는 이야기까지 꾸며서 들려주었다.

 "시골에서 농사짓고 채소 가꾸는 사람들은 매년 매일 사시사철 비가 오나 바람이 부나 앉아 있을 틈도 없이 일을 하다가 밭머리에서 잠시 쉬는 정도인데, 그러다 보니 별별 괴상한 일들을 다 보게 됩니다. 작년 겨울에는 며칠 동안 계속 눈이 내려서 서너 자 정도 쌓였지요. 그날 아침 제가 일어나 아직 방문을 나가지 않았는데, 밖에서 땔감이 부스럭거리는 소리가 들리지 뭡니까. 전 누가 땔감을 훔치러 왔나 보다 생각했지요. 그래서 창문으로 밖을 내다보니 우리 마을 사람이 아니었습니다."

 태부인이 말했다.

 "길 가던 사람이 추워서 남이 장만해둔 땔감을 보고 불쏘시개를 뽑아가는 일은 있을 법하지."

 유노파가 웃으며 말했다.

 "지나가던 사람이 아니었습지요. 그러니까 괴상한 일이라는 말씀입니다. 노수성님, 그게 누구였는지 아십니까? 알고 보니 열일곱이나 열여덟 살쯤 되어 보이는 굉장히 예쁜 아가씨였습지요. 윤기 나는 머리를 단정히

빗고 진한 붉은색 저고리에 하얀 능라 비단 치마를 입고 있는데……"

여기까지 이야기했을 때 갑자기 밖에서 시끄러운 소리가 났다. 그 속에서 누군가의 목소리가 들려왔다.

"괜찮아. 괜히 노마님 놀라시게 하면 안 돼!"

태부인이 무슨 일이냐고 묻자 하녀가 대답했다.

"남쪽 뜰에 있는 마구간에 불이 났었는데 지금은 괜찮답니다. 다 꺼졌답니다."

태부인은 간이 작은 사람이라 이 소식을 듣고는 급히 자리에서 일어났다. 하녀들의 부축을 받으며 회랑으로 나가 살펴보니, 동남쪽에 아직 불빛이 환하게 빛나고 있었다. 태부인은 깜짝 놀라 속으로 염불을 외며 얼른 불 신〔火神〕앞에 향을 피우라고 지시했다. 왕부인 등도 서둘러 달려와 태부인을 위로하며 안심시켰다.

"벌써 다 꺼졌으니 방으로 들어가셔요."

태부인은 불길이 다 꺼질 때까지 지켜보고 나서야 사람들을 이끌고 방으로 들어갔다. 보옥이 조바심을 내며 유노파에게 물었다.

"그 여자애는 큰 눈이 내린 날 왜 땔감을 뽑았대요? 추워서 병이라도 생기지 않았을까요?"

태부인이 말했다.

"땔감 뽑는 얘기를 하는 바람에 불이 났는데 또 그걸 묻는구나. 그 얘긴 그만두고 다른 얘기를 하자꾸나."

보옥은 기분이 좋지 않았지만 그 말대로 따를 수밖에 없었다. 유노파는 다시 이야기를 하나 생각해내 입을 열었다.

"저희 동네 동쪽 마을에 올해 아흔 살 남짓한 할머니가 한 분 계시지요. 그분은 매일 소식素食*을 하면서 염불을 외는데, 관음보살이 감동해서 뜻밖에 꿈에 나타나 이렇게 말씀하셨답니다. '정말 경건하구나! 그대는 원래 후손이 끊겨야 마땅하지만, 이제 옥황상제께 말씀을 아뢰어 그대에게 손자를 점지하겠노라.' 이 할머니에겐 아들만 하나 있었고, 그 아들도 아들 하나만 낳았는데 그만 열일곱이나 열여덟 살쯤에 죽어버려서 얼마나 통곡했는지 모릅니다. 그런데 과연 손자가 또 하나 태어나서 올해 열서너 살쯤 되었습니다. 인물도 잘생긴 데다가 아주 총명하고 영리하지요. 그러니 이런 신이나 부처가 정말 있다는 걸 알 수 있지 않겠습니까?"

그날 저녁 유노파의 이야기는 태부인과 왕부인의 마음에 쏙 들어맞아서 왕부인마저도 유노파의 이야기에 귀를 기울였다. 보옥은 땔감 뽑은 처녀 이야기만 생각나 답답한 마음으로 이런저런 생각에 빠져 있었다. 그때 탐춘이 물었다.

"어제는 상운 언니한테 신세를 졌으니까 돌아가면 의논해서 다시 자리를 마련해 할머님을 모시고 국화를 감상하는 게 어때요?"

"하하, 할머님께서도 상운이한테 답례 술자리를 한 번 마련하시겠다면서 우리도 함께 참석하라고 하셨어. 우선 할머님께서 준비하신 걸 먹고 나서 우리가 다시 상운이를 초청하자."

"갈수록 추워질 테니 할머님께서 즐거워하실지 모르겠네요."

"할머님은 비가 오고 눈이 와도 즐거워하셔. 다음번 눈이 내릴 때 할머님 모시고 눈 구경을 하는 게 어때? 눈 속에서 시를 읊으면 더 운치 있을 것 같아."

대옥이 웃으며 말했다.

"눈 속에서 시를 읊자고요? 제 생각엔 나무를 한 단 구해다가 눈 속에 묻어놓고 하나씩 뽑는 게 훨씬 재미있을 것 같네요."

그 말에 보차 등이 모두 웃음을 터뜨렸다. 보옥은 대옥을 힐끗 째려보며 대답하지 않았다.

자리를 파한 후에도 보옥은 혼자 뒤에 남아 한참 동안 유노파를 붙들고 그 여자애가 누구인지 물었다. 유노파는 하는 수 없이 이야기를 꾸며 들려주었다.

"알고 보니 우리 마을 북쪽 언덕에 있는 어느 사당에서 모시던 이였습지요. 신이나 부처는 아니었고요. 예전에 어떤 나리가 있었는데 이름이……"

그렇게 말하면서 유노파는 가짜 이름을 생각하려고 했다. 보옥이 말했다.

"이름이야 상관없으니 애써 생각해낼 필요 없어요. 그저 어찌 된 영문인지만 얘기해줘요."

"그 나리한테는 아들이 없고 딸만 하나 있었는데 이름이 명옥茗玉이라고 했습지요. 그 아가씨는 책도 읽고 글도 쓸 줄 알아서 나리 부부가 보배처럼 아꼈지요. 하지만 애석하게 명옥 아가씨는 열일곱 살 때 갑자기 병이 들어 죽어버렸답니다."

보옥이 발을 구르며 탄식했다.

"그 뒤에는 어떻게 되었어요?"

"나리 부부는 딸 생각을 잊지 못해 이 사당을 지어 명옥 아가씨의 상을 빚어 모셔놓고, 사람을 시켜 향을 사르고 등불을 밝혔지요. 지금은 세월이 오래되어 나리 부부도 세상을 떴고 사당도 폐허가 되어버렸는데 그 상이 정령으로 변한 것이지요."

보옥이 얼른 말을 받았다.

"정령이 된 게 아니지요. 이런 사람은 죽어도 죽지 않는 법이니까!"

"아미타불! 그런 게로군요. 도련님 말씀이 아니었다면 저희는 모두 정령으로 여기고 있었겠네요. 그 아가씨는 늘 사람으로 변해 사당을 나와서 여기저기 마을과 여관, 길들을 돌아다니곤 하지요. 조금 전에 제가 말씀드렸던 그 땔감을 뽑은 이가 바로 그 아가씨였습지요. 그래서 우리 마을 사람들이 그 상을 부숴버리고 사당을 없애버릴까 상의하고 있습지요."

"그러지 마세요! 사당을 없애면 큰 죄를 짓게 되는 겁니다."

"다행히 도련님께서 말씀해주셨으니 내일 제가 돌아가서 사람들한테 얘기하지요."

"우리 할머님과 어머님은 선한 분들이시고, 온 집안의 사람들이 위아래 할 것 없이 모두 보시하기를 좋아해요. 특히 사당을 짓고 신상 만드는 일을 좋아하세요. 제가 내일 공고문〔疏頭〕6을 하나 써서 보시를 받아줄 테니 할머니가 향두香頭7가 되셔서 돈이 모이면 사당을 수리하고 상에 장식도 다시 해주세요. 매달 분향할 돈을 보내드릴게요. 어때요?"

"그렇게 해주시면 저도 그 아가씨 덕택에 용돈을 좀 벌겠네요."

보옥이 그곳 지명과 마을 이름, 거리, 방향 등을 묻자 유노파는 입에서 나오는 대로 지어 얼버무렸다. 보옥은 그 말이 정말인 줄 알고 방으로 돌아와서도 밤새 궁리했다. 이튿날 아침 일찍 그는 명연*에게 몇백 전을 주며 유노파가 알려준 방향과 지명을 가르쳐주면서 먼저 가서 잘 살펴보고 오라고 했다. 보옥은 명연이 돌아오면 다시 조치를 취할 생각이었다. 명연이 떠나고 난 뒤 보옥은 마치 뜨거운 솥에 들어간 개미처럼 안절부절못하면서 기다렸다. 명연은 해가 질 무렵에야 아주 신이 나서 돌아왔다. 보옥이 다급히 물었다.

"사당을 찾았어?"

"헤헤, 도련님, 제대로 듣고 말씀하셨어야지요. 잘못 알려주신 바람에 제가 찾느라 엄청 고생했어요. 지명이나 위치가 도련님 말씀과는 달라서 종일 찾아 헤매다가, 동북쪽 밭머리 언덕에 이르러서야 겨우 무너진 사당을 하나 찾았어요."

보옥은 기뻐서 얼굴이 환해지며 물었다.

"유할멈은 나이가 많은 분이니까 잠시 잘못 기억하실 수도 있는 일이지. 그래 네가 찾은 곳은 어땠어?"

"사당 문이 남쪽으로 나 있긴 했는데 역시 다 부서져 있었어요. 사당을 찾느라 맥이 빠져 있었는데 그걸 보자 '그나마 다행이네.' 생각하고 얼른 안으로 들어가봤지요. 그런데 상이 앉아 있는 자리를 보고 깜짝 놀라 밖으로 뛰쳐나오고 말았어요. 꼭 살아 있는 것 같더라고요!"

"하하, 사람으로 변할 수도 있으니까 당연히 생기가 좀 있겠지."

명연이 손뼉을 치며 말했다.

"하지만 여자는 없고 퍼런 얼굴에 붉은 머리카락이 치렁치렁한 온역신이던걸요?"

보옥이 침을 퉤 뱉으며 욕을 퍼부었다.

"정말 쓸모없는 놈이로구나! 그런 일조차 제대로 못 해내다니!"

"도련님, 무슨 책을 보셨는지, 아니면 누구한테 헛소리를 들으셨는지 모르지만 그걸 진짜로 여기시다니요! 이런 얼토당토않은 일을 시켜놓으시고 저한테 쓸모없는 놈이라고 하시면 어떡해요?"

보옥은 명연이 화를 내자 얼른 그를 달랬다.

"핏대 올리지 마. 나중에 한가한 때가 생기면 다시 가서 찾아봐. 그 할멈이 우릴 속였다면 당연히 그런 사당이 없겠지만, 정말 있다면 너도 음덕을 쌓는 셈이잖아? 찾기만 하면 내가 두둑하게 상을 줄게."

그때 중문에서 하인이 와서 말했다.

"노마님 방의 시녀들이 중문에 와서 도련님을 찾고 있습니다."

이후에 어찌 되었는지는 다음 회를 보시라.

제40회

태부인은 대관원에서 두 차례 잔치를 열고
김원앙은 술자리에서 세 번 주령을 내다
史太君兩宴大觀園　金鴛鴦三宣牙牌令

태부인이 대관원에서 잔치를 열 때 원앙이 주령놀이를 이끌다.

보옥이 하인의 말을 듣고 급히 안으로 들어가보니 호박이 병풍 앞에 서 있다가 말했다.

"얼른 들어가보셔요. 도련님에게 하실 얘기가 있다고 기다리고 계셔요."

보옥이 윗방으로 들어가보니 태부인과 왕부인, 그리고 여러 자매가 상운에게 답례하는 술자리를 마련할 일에 대해 의논하고 있었다. 이에 보옥이 말했다.

"제 생각에는 바깥손님도 없으니까 먹을 것도 특별히 종류나 수를 정하지 말고 다들 평소 즐겨 먹는 걸로 몇 가지만 만드는 게 좋겠어요. 탁자도 따로 마련할 필요 없이 각자 앞에다 작은 상을 하나씩 놓고는 거기에 자기가 좋아하는 음식 한두 가지와 십금찬심합什錦攢心盒[1]만 하나씩 놓고, 술은 각자 따라 마시는 거지요. 이러면 특별한 운치가 있지 않겠어요?"

태부인이 "아주 좋구나!" 하고는 급히 주방에 명을 전하게 했다.

"내일 우리가 좋아하는 음식을 골라 만들어서 사람 수에 맞춰 찬합에 담아오너라. 아침도 대관원 안에 차리도록 해라."

그렇게 상의하는 사이에 어느새 등불을 밝힐 시간이 되었다. 그날 밤은 특별한 일이 없었다.

이튿날 아침은 다행히 날씨가 맑았다. 새벽녘에 먼저 일어난 이환은 할멈들과 하녀들이 낙엽을 쓸고, 탁자와 의자를 닦고, 다구와 술잔 등을 준비하는 것을 감독했다. 그때 풍아豐兒가 유노파와 판아를 데리고 들어와서 말했다.

"아씨, 정말 바쁘시네요!"

"호호, 내 말이 맞았지요? 어제는 집에 못 가실 거라고 했는데도 서둘러 가려 하시더라니."

유노파가 웃으며 말했다.

"노마님께서 하루 놀다 가라고 붙드셔서요."

풍아가 크고 작은 열쇠를 몇 개 꺼내며 말했다.

"우리 아씨 말씀이 밖에 있는 상들만으로는 부족할 테니 다락에 넣어둔 것들을 꺼내 쓰는 게 좋겠다고 하셨어요. 원래는 직접 오실 생각이었는데 마님과 하실 말씀이 있다고 하시면서, 큰아씨께서 다락을 여시고 사람들을 데려가 날라주십사 부탁드리라고 하셨어요."

이환은 곧 소운素雲에게 열쇠를 받아두라 하고, 할멈들에게 중문에 나가 하인들을 몇 명 불러오라고 지시했다. 이환은 대관루大觀樓 아래에 서서 위를 올려다보며, 사람들에게 누각으로 올라가 철금각綴錦閣을 열고 상을 하나하나 들어서 내리라고 지시했다. 하인들과 할멈들, 하녀들이 일제히 움직여 스무 개 남짓한 상을 내려왔다. 이환이 말했다.

"조심들 해! 귀신한테 쫓기는 것처럼 서둘지 말고. 상 모서리의 꽃 장식이 깨지면 안 돼!"

이환은 다시 유노파를 보고 웃으며 말했다.

"할머니도 올라가 구경해보세요."

유노파는 그 말이 나오길 기다렸다는 듯이 곧장 판아를 이끌고 계단을 올라갔다. 안으로 들어가니 병풍이며 탁자, 의자, 크고 작은 꽃등 따위가 빽빽이 쌓여 있었다. 제대로 알아볼 수 있는 건 많지 않았지만 오색찬란한 빛에 눈이 어지러울 지경이었고 모두 신기하고 교묘한 것들이었다. 유노파는 몇 번이나 "아미타불!" 하며 감탄하고 내려왔다. 문을 잠그고 모두 내려오자 이환이 말했다.

"할머님께서 흥이 오르셔서 뱃놀이를 하자고 하실지 모르니, 이참에 노와 상앗대, 차양도 모두 내려다놓고 미리 준비해둬."

모두들 "예." 하고 다시 문을 열어 갖가지 물건들을 내려왔다. 이환은 하인들을 시켜 나루터에 가서 사공 어멈들에게 배 두 척을 끌어다 물가에 대놓으라고 지시했다.

그렇게 한참 준비하고 있는데 태부인이 사람들을 이끌고 들어왔다. 이환이 얼른 나가 맞이했다.

"호호, 할머님, 흥겨우셔서 벌써 오셨네요. 전 아직 세수도 안 하고 계신 줄 알고 막 국화를 몇 송이 꺾어 보내드리려던 참이었어요."

그러면서 벽월碧月*에게 커다란 연잎 모양의 비취 쟁반을 들고 오게 했다. 거기에는 각양각색의 국화 가지가 얹혀 있었다. 태부인은 진홍색 꽃송이를 하나 골라 귀밑머리에 꽂았다. 그리고 고개를 돌리다가 유노파를 발견하고 얼른 웃음을 지으며 말했다.

"이리 와서 꽃을 꽂아보셔요."

말이 끝나기도 전에 희봉이 유노파의 팔을 잡아끌고 다가오며 말했다.

"호호, 제가 꽂아드릴게요."

희봉은 쟁반에 있는 꽃들을 죄다 집어 유노파의 머리에 되는 대로 꽂아주었다. 그 모습에 태부인과 곁에 있던 사람들은 모두 웃음을 터뜨렸다. 유노파가 웃으며 말했다.

"제 머리에 무슨 복이 있는지 오늘 이런 호사를 다 누리네요."

그러자 모두들 깔깔대며 말했다.

"꽃을 뽑아 희봉 아씨 얼굴에다 던져버려요! 할머니를 늙은 요괴처럼 만들어놨잖아요."

"호호, 제가 지금은 이리 늙었지만 젊었을 때는 멋을 좀 부렸지요. 꽃도 꽂기 좋아하고 화장하는 것도 좋아했어요. 오늘은 늙은이가 멋을 부려보는 것도 괜찮겠지요."

모두들 웃고 떠들다 보니 어느새 심방정에 이르렀다. 하녀들이 커다란 비단 방석을 안고 와서 난간의 걸상에 깔아놓자 태부인이 기둥에 기대앉으며 유노파도 곁에 앉으라 하고 물었다.

"이 정원이 어떻습니까?"

유노파가 염불을 하며 말했다.

"우리 시골사람들은 연말이면 모두 시내로 와서 그림을 사다 붙입니다. 가끔 한담을 할 때면 어떻게 하면 그림 속에 들어가 놀아볼 수 있을까 얘기들을 하곤 하지요. 그러면서도 그 그림도 가짜로 만든 것일 뿐이고 세상에 그런 데가 정말로 어디 있겠냐고들 생각했지요. 하지만 오늘 이 정원에 들어와보니 그 그림보다 열 배나 아름답습니다. 누가 이 정원을 그림으로 그려서 제가 집에 가져가 사람들에게 보여주면, 다들 죽어서도 좋은 곳에 갈 거라고 하겠습니다."

그러자 태부인이 석춘을 가리키며 말했다.

"호호, 저 손녀 아이가 그림을 잘 그린답니다. 나중에 저 아이더러 한 장 그려달라고 할까요?"

그 말에 유노파는 뛸 듯이 기뻐하며 석춘에게 달려가 손을 꼭 붙들고 말했다.

"아가씨, 이 나이에 얼굴도 이리 고우신데 또 그런 재주까지 있으시다니, 분명 하늘에서 내려오신 선녀이신 게로군요!"

태부인은 잠시 쉬고 나서 유노파에게 여기저기를 구경시켜주었다. 먼저 소상관에 이르러 대문을 들어서자 푸른 대숲 사이로 한줄기 길이 구불구불 나 있었다. 흙바닥에는 푸른 이끼가 가득 깔렸고 그 중간에 돌을 깔아 만든 길이었다. 유노파는 태부인과 다른 사람들에게 길을 양보하고 자신은 흙바닥을 걸었다. 그러자 호박이 유노파의 팔을 잡아당기며 말했다.

"할머니, 길 위로 올라오셔요. 이끼가 미끄러워요."

"괜찮아요, 우리야 이런 길에 익숙하니까요. 아가씨들은 그대로 가셔요. 그 예쁜 신에 더러운 게 묻으면 안 되니까요."

유노파는 고개를 들고 사람들과 이야기하느라 발밑을 조심하지 않다가 결국 미끄러져 꽈당 넘어져버렸다. 그러자 모두들 박수를 치며 깔깔 웃어댔다. 태부인도 웃으며 꾸짖었다.

"애들아, 어서 부축해서 일으켜드리지 않고 그렇게 서서 웃어대기만 할 거냐?"

그렇게 말하는 사이에 유노파는 벌써 일어나서 멋쩍게 웃으며 말했다.

"호호, 큰소리쳤다가 금방 제 주둥이 때릴 꼴을 당하고 말았네요."

태부인이 물었다.

"허리 삐지 않았어요? 하녀들더러 좀 주물러드리라고 할까요?"

"제가 그리 약해보이셔요? 한두 번 넘어지지 않는 날이 없는데, 그럴 때마다 주물러달라고 하면 어디 감당이 되겠습니까?"

자견이 대나무로 만든 발을 걷자 태부인 등은 안으로 들어가 자리에 앉았다. 대옥이 몸소 작은 차 쟁반에 뚜껑 덮인 차 종지를 받쳐들고 와서 태부인에게 올렸다. 그러자 왕부인이 말했다.

"우리는 안 마실 테니 따를 필요 없다."

대옥은 자신이 늘 창가에 두고 앉는 의자를 가져오게 해서 왕부인에게 앉으라고 권했다. 유노파는 창가 탁자에 벼루와 붓이 놓여 있고 책장 가득 책이 꽂혀 있는 것을 보고 말했다.

"여긴 분명 어느 도련님의 서재인가 보군요."

태부인이 웃으며 대옥을 가리켰다.

"여긴 제 외손녀인 저 아이 방이랍니다."

유노파는 대옥을 한참 살펴보다가 웃으며 말했다.

"여긴 도무지 아가씨의 규방 같지 않네요. 상등의 서재보다 훨씬 더 낫습니다!"

태부인이 물었다.

"그런데 보옥이가 보이지 않는구나?"

하녀들이 대답했다.

"연못에서 배를 타고 계셔요."

"누가 배까지 준비해놓았더냐?"

이환이 얼른 대답했다.

"다락에서 상을 꺼내다가 할머님께서 뱃놀이를 하고 싶어 하실지 몰라 제가 준비해놓게 했어요."

그 말을 듣고 태부인이 막 무슨 말을 하려는 찰나 하인이 와서 알렸다.

"설씨 댁 마님께서 오셨습니다."

태부인 등이 자리에서 일어나자마자 설씨 댁 마님이 들어왔다. 태부인에게 다시 자리에 앉으시라고 권하면서 설씨 댁 마님이 말했다.

"호호, 오늘은 노마님께서 기분이 무척 좋으신 모양입니다. 이렇게 일찍 거동을 하셨네요."

"호호, 조금 전에 내가 늦게 온 사람은 벌을 주어야 한다고 했는데, 하필 사돈이 늦었구먼."

잠시 담소를 나누다가 태부인은 창에 바른 비단의 색이 바랜 것을 발견하고 왕부인에게 말했다.

"이 비단은 처음 발랐을 때는 예쁘더니 시간이 지나니까 푸른색이 바랬구나. 이곳 뜰에는 복숭아나 살구나무가 없고 대나무뿐인데, 초록색 대나무에 또 이렇게 초록색 비단을 바르니까 어울리지 않아. 내 기억에 창에 바를 비단이 네다섯 가지 색깔로 있는 것 같던데, 내일 그걸 가져다줘서 바꿔 바르게 해라."

희봉이 얼른 말을 받았다.

"어제 제가 곳간을 열어보니까 큰 상자 안에 연분홍색 선익사蟬翼紗* 가 몇 필 있었어요. 꽃무늬가 있는 것도 있고, 구름무늬에 만복卍福 문양의 꽃무늬가 들어 있는 것과 꽃무늬 사이에 온갖 나비가 수놓아진 것도 있었어요. 색깔도 환하고 재질도 가벼우면서 얇은 것이 예전에는 보지 못한 것이었어요. 두어 필 가져다가 이불보를 만들면 아주 예쁠 것 같았어요."

태부인이 웃으며 말했다.

"홍! 모두들 네가 안 해본 것도, 못 본 것도 없다고 하더니만, 그 비단조차 알아보지 못하는구나. 그러고도 앞으로 주둥이를 나불댈 거냐?"

설씨 댁 마님이 웃으며 말했다.

"저 아이가 아무리 아는 게 많다고 한들 어찌 감히 노마님께 견주겠어요? 이참에 한번 가르침을 주세요, 저희도 좀 배우게요."

희봉도 말했다.

"호호, 할머니, 좀 가르쳐주셔요."

태부인이 웃으며 말했다.

"그 비단은 너희들 나이보다 오래된 것이야. 쟤가 그걸 선익사라고 생각한 것도 당연하지. 원래 좀 비슷한 데가 있으니까 모르는 사람은 누구나 선익사라고 여길 거야. 정식 이름은 '연연라軟煙羅'*라고 하는 것일세."

희봉이 말했다.

"이름이 정말 예쁘네요. 그런데 저도 나이를 제법 먹었고 비단도 수백 가지를 보았지만, 여태 이런 이름은 들어보지 못했어요."

"호호, 네가 나이를 얼마나 먹었는데? 보잘것없는 것이나마 얼마나 봤다고 주둥이를 나불대는 거냐? 그 '연연라'는 네 가지 색깔이 있단다. 하나는 비 갠 하늘색이고, 나머지는 연한 녹색[秋香色], 솔잎 같은 초록색[松綠], 연분홍색[銀紅]이지. 그걸로 휘장을 만들거나 창에 바르면 멀리서 볼 때 흡사 안개가 낀 것처럼 보이기 때문에 '연연라'라고 부르는 게야. 연분홍색은 또 '하영사霞影紗'*라고도 부르지. 지금 궁중에서 쓰는 비단도 이것처럼 부드럽고 가벼우면서 올이 촘촘한 건 없어!"

설씨 댁 마님이 웃으며 말했다.

제40회 123

"그런 건 희봉이뿐만 아니라 저도 들어보지 못했어요."

그사이에 희봉은 사람을 보내 비단 한 필을 가져와보라고 했다. 태부인이 말했다.

"바로 이거야! 예전엔 창에만 발랐지만 나중에 이걸로 침실 휘장을 만들어보니 아주 좋더구나. 내일 몇 필 꺼내 와서 여기 창에다 연분홍색으로 발라주어라."

희봉은 그러겠다고 대답했다. 모두들 비단을 구경하며 찬탄을 금치 못했다. 유노파도 비단에서 눈을 떼지 못한 채 염불하며 말했다.

"저희는 이런 걸로 옷도 못 지어 입는데 이 아까운 걸 창에다 바르다니요!"

태부인이 말했다.

"그걸로 옷을 만들면 별로 예쁘지 않답니다."

희봉은 얼른 입고 있던 붉은 비단 저고리의 옷깃을 잡아당겨 내보이며 태부인과 설씨 댁 마님에게 물었다.

"제 저고리는 어때요?"

태부인과 설씨 댁 마님이 말했다.

"그것도 최상품으로 지금 궁중에서 쓰는 것이지만 그래도 이것보다는 못하다."

"이 얇은 것도 궁중에서 쓰는 거라고요? 일반 관청에서 쓰는 것보다 못한 것 같은데요."

태부인이 말했다.

"더 찾아보면 아마 푸른색도 있을 게다. 있으면 가져와서 여기 사돈께 두 필 정도 드리고, 내 방의 휘장도 만들어라. 나머지는 안을 대서 저고리를 만들어 시녀 아이들에게 입혀라. 괜히 묵혀두면 곰팡이만 필 게다."

희봉은 얼른 그러겠다고 대답하고 사람을 시켜 연연라를 가져다 두게 했다. 태부인이 자리에서 일어나며 말했다.

"호호, 이 방은 좁으니까 다른 곳으로 가보자꾸나."

유노파가 염불을 하며 말했다.

"모두들 대갓집에서는 큰 방에서 산다더니, 어제 본 노마님 방은 큰 장롱하고 큰 궤짝, 큰 탁자, 큰 침대들이 갖춰져서 정말 으리으리하더군요. 그 궤짝만 하더라도 우리 집 방 하나보다 더 높고 크던데요. 어쩐지 뒤뜰에 사다리까지 있더라고요. 물건을 널어 말리려고 지붕에 올라가지는 않을 텐데 사다리가 왜 필요할까 궁금했는데, 나중에 생각해보니 그 궤짝을 열고 물건을 넣어두는 데 필요할 것 같더군요. 사다리 없이는 올라갈 수도 없을 테니까요. 이제 또 이 작은 방을 보니 큰 방보다 더 말끔하게 정리되어 있네요. 온 방 안의 물건이 모두 보기 좋긴 하지만 이름은 잘 모르겠습니다. 보면 볼수록 이곳을 떠나고 싶지 않네요."

희봉이 말했다.

"좋은 곳이 또 있으니까 제가 모시고 구경시켜드릴게요."

일행은 곧장 소상관을 떠났다.

멀리 연못 안에 한 무리 사람들이 배를 타고 노는 모습을 보자 태부인이 말했다.

"기왕 배를 준비했으니 우리도 타보자꾸나."

태부인은 곧 자릉주紫菱洲의 요서蓼溆* 근처로 걸음을 옮겼다. 연못에 이르기도 전에 할멈 몇 명이 금실로 꽃무늬를 엮어 공기가 통하게 하고 금박 무늬를 상감해 넣은 오색 칠기 찬합을 받쳐들고 왔다. 희봉이 왕부인에게 아침 식사를 어디다 차릴 건지 물었다.

"할머님께 여쭤보고 원하시는 곳에 차려야지."

태부인이 그 말을 듣고 고개를 돌리며 말했다.

"탐춘이 방이 좋겠구나. 너는 사람들을 데리고 그리 가거라. 우리는 여기서 배를 좀 타보고 가마."

희봉은 탐춘과 이환, 원앙, 호박과 함께 음식을 가져온 이들을 데리고 지름길을 통해 추상재로 가서 효취당曉翠堂*에 상을 차렸다. 원앙이 웃으며 말했다.

"듣자 하니 바깥에서 나리들이 약주를 드시거나 식사를 하실 때마다 멸편 나리〔篾片相公〕²를 배석시킨다고 하던데, 오늘 우리도 '멸편 여사'를 배석하게 되었네요. 호호!"

이환은 성품이 어진 사람이라 그게 무슨 말인지 알아듣지 못했지만, 희봉은 곧바로 유노파 이야기라는 걸 알아차렸다.

"호호, 그럼 오늘 그 할멈을 놀림감으로 삼아줄까?"

둘이 그렇게 하기로 상의하자 이환이 웃으며 말렸다.

"자네들 두 사람은 도무지 좋은 일이라곤 전혀 안 한다니까! 어린애도 아니고 그런 장난을 치면 되겠어? 할머님한테 한소리 들을 텐데?"

그러자 원앙이 말했다.

"아씨는 상관 마셔요. 제가 있잖아요?"

그렇게 말하고 있는 차에 태부인 등이 와서 각자 편한 자리에 앉았다. 먼저 하녀들에게 차를 가져오게 해서 모두 마시고 나자 희봉이 서양 천으로 만든 수건에 오목烏木의 상, 중, 하 세 군데에 은으로 테를 박아 넣은 젓가락을 싸들고 와서 각자의 자리에 헤아려 늘어놓았다. 그러자 태부인이 말했다.

"저 녹나무〔楠木〕로 만든 작은 상을 가져와서 사돈을 이쪽에 앉으시게 해드려라."

하녀들이 얼른 상을 날라오자 희봉이 원앙에게 눈짓을 했다. 원앙이 유노파를 데리고 나가 조용히 몇 마디 당부하고 이렇게 덧붙였다.

"이건 우리 집안의 규범인데, 실수하시면 웃음거리가 될 거예요."

준비가 끝나자 각자 자리에 앉았다. 설씨 댁 마님은 아침을 먹고 왔기 때문에 차만 마셨다. 태부인은 보옥과 상운, 대옥, 보차와 한 상에 앉았다. 왕부인은 영춘 등 세 자매와 한 상에 앉았고, 유노파는 태부인 옆에 따로 마련된 상에 앉았다. 평소 태부인이 식사할 때 늘 하녀들은 옆에서 가래 받는 통과 먼지떨이, 수건 등을 들고 시중을 들었다. 이제 원앙은 그런 시중을 들지 않지만 이날은 일부러 먼지떨이를 받아들고 옆에 서 있었다. 하녀들은 그녀가 유노파를 놀리려고 그런다는 걸 알고 있었기 때문에 자리를 내주었다. 원앙은 시중을 들면서 유노파에게 나직이 속삭였다.

"명심하셔요!"

"아가씨, 염려 말아요."

유노파는 자리에 앉아 젓가락을 들었는데, 너무 무거워서 마음대로 놀릴 수가 없었다. 희봉과 원앙이 짜고 유노파에게 네모난 상아에 금을 박아넣은 젓가락을 주었던 것이다. 유노파가 그걸 보고 말했다.

"이 쇠스랑 같은 놈은 우리 집 쇠가래보다 무거워서 도저히 감당할 수가 없구먼."

그 말에 모두들 웃음을 터뜨렸다.

그때 어멈 하나가 찬합을 받쳐들고 오자 하녀가 덮개를 열었다. 그 안에는 요리 두 그릇이 들어 있었다. 이환이 한 그릇을 날라다 태부인의 상에 놓았다. 희봉이 일부러 비둘기 알이 담긴 그릇을 유노파의 상에 놓았다. 태부인이 "드시지요." 하자 유노파가 자리에서 벌떡 일어나 큰 소리로 말했다.

"이 할망구는 말씀이지요, 먹성이 소만큼 좋아서 암퇘지 한 마리를 먹어도 성이 안 찬답니다!"

그런 다음 자기 뺨을 찰싹 때리고는 아무 말도 하지 않았다.

사람들은 처음에는 멍하니 있다가, 그 말뜻을 생각해보고는 위아래를 막론하고 모두 하하 호호 폭소를 터뜨렸다. 상운은 입에 머금고 있던 음식을 다 내뿜었고, 대옥은 웃다가 숨이 막혀 탁자에 엎드려 헉헉댔다. 그리고 보옥은 태부인의 품에 안겨 깔깔 웃어댔다. 태부인은 그런 보옥을 끌어안고 "아이구, 내 새끼!" 하고 소리쳤다. 왕부인은 웃으며 희봉에게 손가락질을 했지만 아무 말도 하지 못했고, 설씨 댁 마님도 머금고 있던 차를 내뿜어 탐춘의 치마를 적셔버렸다. 탐춘은 손에 들고 있던 밥그릇을 영춘의 몸에 쏟아버렸고, 석춘은 자리에서 벗어나 유모를 붙들고 배를 쓸어달라고 했다. 아래쪽에 서 있던 하녀들도 모두 배꼽을 쥐고 웃어댔는데, 어떤 이는 자리를 피해 밖에서 쪼그리고 앉아 웃어댔고, 어떤 이는 웃음을 참으며 옷을 버린 주인 아가씨들의 옷을 갈아입혀주었다. 희봉과 원앙만은 웃음을 참으며 계속 유노파에게 음식을 권했다.

유노파는 젓가락을 들긴 했지만 도무지 비둘기 알을 집을 수가 없었다.

"여기는 닭까지 날씬해서 알도 이리 깜찍하고 아주 날씬하게 낳는군요. 저도 한 마리 접을 붙여야겠어요."

사람들이 웃음을 멈추려는 찰나 이 말에 다시 웃음보가 터졌다. 태부인이 눈물까지 흘리며 웃자 호박이 등을 두드려주었다. 태부인이 웃으며 말했다.

"이건 분명 희봉이의 농간이 분명하니 걔 말을 믿지 마시구려!"

유노파가 달걀이 깜찍하다고 허풍을 떨며 한 마리 접을 붙여야겠다고 하자 희봉이 웃으며 말했다.

"하나에 은돈 한 냥짜리니까 어서 잡숴보세요. 식으면 맛이 없어요."

유노파가 젓가락을 대보았으나 잡힐 리가 없었다. 그릇을 한바탕 휘저으며 고생한 끝에 간신히 하나를 집어서 목을 내밀고 막 먹으려는데 비둘기 알이 다시 쏙 미끄러져 땅에 떨어져버렸다. 유노파는 황급히 젓가락을 놓고 손으로 집으려 했지만 아래쪽에 서 있던 이가 벌써 집어서 치워버린 뒤였다. 유노파가 탄식했다.

"에그, 은돈 한 냥이 소리도 없이 사라져버렸구먼."

사람들은 진즉 밥 생각이 없어져서 모두 그 모습을 보며 웃었다. 태부인이 또 말했다.

"이번에도 저 젓가락을 내왔구나. 무슨 큰 잔치도 아닌데 말이야. 이게

다 희봉이가 시킨 일이겠지? 당장 바꿔드려라!"

상아 젓가락은 아래에 서 있던 이들이 준비한 것이 아니라 희봉과 원앙이 일부러 가져온 것이었다. 그들은 얼른 상아 젓가락을 가져가고, 다른 사람들 앞에 놓인 것처럼 오목에 은테를 박아 넣은 젓가락으로 바꿔주었다. 유노파가 말했다.

"금을 치우고 나니 은이 나오는군요. 하지만 당최 우리가 쓰던 것만큼 손에 익지 않네요."

희봉이 말했다.

"음식에 독이 있을 경우 이 은을 대보면 바로 알 수 있어요."

"이런 음식에 독이 들어 있다면 우리 집 음식은 죄다 비상砒霜이겠군요! 중독돼 죽더라도 다 먹고 말겠어요."

태부인은 유노파가 이렇게 말도 재미있게 하고 음식도 맛있게 먹자, 자기 앞에 있던 요리까지 모두 유노파에게 가져다주라고 했다. 또 할멈을 하나 불러 갖가지 요리를 사발에 담아 판아에게도 가져다주라고 했다.

잠시 후 식사를 마치고 태부인 등은 탐춘의 침실로 가서 한담을 나누었다. 남은 사람들은 식탁을 치우고 다시 상을 하나 차렸다. 유노파는 이환과 희봉이 마주앉아 밥 먹는 걸 보고 감탄하며 말했다.

"다른 건 그렇다 치고 저는 이 댁의 이런 모습이 정말 마음에 듭니다. 어쩐지 '예절은 대갓집에서 나온다〔禮出大家〕.'라는 말이 있더라니요!"

희봉이 웃으며 말했다.

"언짢아하지 마세요. 조금 전엔 그냥 한번 웃어보자고 한 일이니까요."

말이 채 끝나기도 전에 원앙도 들어와 웃으면서 말했다.

"할머니, 화내지 마세요. 제가 사죄 턱을 단단히 낼게요."

"호호, 무슨 말씀을! 우리 덕에 노마님께서 기분 좋게 웃으셨는데 왜 화를 내겠소! 아까 나한테 당부할 때부터 사람들을 한번 웃겨보자는 뜻인 줄 다 알고 있었다오. 속으로 화를 내고 있었다면 말도 하지 않았을 겁니다."

원앙이 옆에 있던 하녀들을 꾸짖었다.

"여태 할머니께 차도 따라드리지 않았잖아!"

유노파가 얼른 사양했다.

"조금 전에 저 아주머니가 따라주어서 마셨어요. 아가씨도 식사하셔야지요."

희봉이 원앙을 잡아끌며 말했다.

"너도 앉아 우리랑 같이 먹자. 또 상을 차린다고 법석 떨지 말고."

원앙이 자리에 앉자 할멈들이 사발과 수저를 가져왔다. 세 사람이 식사를 마치자 유노파가 웃으며 말했다.

"모두들 그것밖에 안 드시고도 배가 고프지 않나 보군요? 어쩐지 미녀들은 바람만 불어도 넘어진다고 하더라니!"

원앙이 할멈들에게 물었다.

"오늘 남은 요리가 많은데 다 어쨌어요?"

"아직 그대로 두었어요. 여기서 기다렸다가 모두에게 한꺼번에 나눠주려고요."

"여기 있는 사람들도 다 먹을 수 있을 것 같지 않으니까, 두어 사발 담아 희봉 아씨 댁의 평아에게도 보내줘요."

그러자 희봉이 말했다.

"걔는 벌써 먹었을 테니 보낼 필요 없어."

"평아가 먹지 않으면 거기 고양이한테라도 줘요."

할멈들이 서둘러 찬합 두 개에 음식을 담아 가져가자 원앙이 말했다.

"소운이는 어디 갔어요?"

이환이 말했다.

"걔들은 다 여기서 함께 먹을 텐데 뭐하러 찾아?"

"그럼 됐네요."

그러자 희봉이 말했다.

"습인이는 여기 없으니까, 개한테도 두어 가지 보내주라고 해."

원앙은 곧 사람들에게 그렇게 지시한 후 할멈들에게 물었다.

"좀 있다가 술안주로 내놓을 찬합들은 다 준비했어요?"

"아마 시간이 좀 더 걸릴 것 같습니다."

"서두르라고 하세요."

할멈들이 "예!" 하고 대답했다.

희봉 등이 탐춘의 방에 들어가자 모두들 담소를 나누고 있었다. 탐춘은 평소 환히 트인 것을 좋아해서 이 세 칸짜리 방도 칸을 나누지 않았다. 방바닥에는 화리목에 대리석을 얹은 커다란 탁자가, 그 위에는 여러 명인의 각종 법첩法帖[3]들과 수십 개의 훌륭한 벼루, 각양각색의 필통이 놓여 있었고, 필해筆海[4]에는 나무숲처럼 많은 붓이 꽂혀 있었다. 여요汝窯[5]에서 만든, 크기가 말〔斗〕만 한 꽃병〔花囊〕[6]에는 수정 구슬 같은 하얀 국화가 가득 꽂혀 있었다. 서쪽 벽에는 미불米芾[7]이 그린 커다란 「연우도煙雨圖」가 걸려 있었고, 그 좌우에는 안진경의 글씨로 된 대련이 한 쌍 걸려 있었는데, 그 내용은 이러했다.

노을 물든 안개처럼 느긋한 품격
바위 사이 흐르는 샘물 같은 초야의 삶
煙霞閑骨格
泉石野生涯

탁자 위에 놓인 커다란 세발솥의 왼쪽에는 자단목으로 만든 틀 위에 대관요大觀窯[8]에서 만든 커다란 접시가 얹혀 있었고, 그 안에는 수십 개의 노란색 영롱한 불수감佛手柑[9]들이 담겨 있었다. 그 오른쪽에는 니스를 칠한 시렁에 백옥으로 만든 비목경比目磬[10]이 하나 걸려 있었고, 그 옆에는 작은 망치〔錘〕가 하나 걸려 있었다. 판아가 어느 정도 분위기에 익숙해져서 그

망치를 들고 쳐보려고 하자 하녀들이 얼른 말렸다. 또 불수감을 먹고 싶다고 하자 탐춘이 하나 집어주며 말했다.

"가지고 놀아라. 먹을 순 없는 거야."

동쪽에는 침상이 놓여 있었는데, 발보상拔步床[11] 위에는 꽃과 곤충들이 수놓인 초록색 비단 휘장이 걸려 있었다. 판아가 그곳으로 가서 살펴보면서 말했다.

"이건 베짱이잖아! 이건 메뚜기네?"

유노파가 다급히 따귀를 한 대 올리며 꾸짖었다.

"천한 것! 함부로 이것저것 가리키며 떠들어대지 마! 데리고 들어와 구경을 시켜주니까 기가 사는 모양이구나!"

이에 판아가 울음을 터뜨리자, 사람들이 달래서 겨우 그쳤다. 태부인이 비단 창 너머로 뒤뜰을 한 번 둘러보고 말했다.

"뒤쪽 회랑 처마 아래에 있는 오동나무는 보기는 좋은데 줄기가 너무 가늘구나."

그때 갑자기 한줄기 바람이 스쳐 지나면서 음악 소리가 은은하게 들려왔다. 태부인이 물었다.

"어느 집에서 혼례식을 치르나? 하긴 여기가 길거리와 가깝긴 하지."

왕부인이 웃으며 대답했다.

"길거리에서 나는 소리가 어떻게 여기까지 들리겠어요? 이건 우리 집에 있는 열 명 남짓한 여자애들이 풍악을 연습하는 소리예요."

"호호, 그 애들더러 들어와서 연습하라고 해라. 그럼 그 애들도 잠시 바람이나 쐬는 셈이 되고, 우리도 즐겁지 않겠느냐?"

희봉이 얼른 사람을 보내 아이들을 불러오라 하고, 다른 한편으로는 상을 차리고 붉은 양탄자를 깔게 했다. 태부인이 말했다.

"우향사의 물 위에 있는 정자에다 자리를 마련해라. 물소리와 같이 들으면 더 좋지 않겠느냐? 그러고 나서 철금각 아래에서 술을 마시면 자리도 널찍하고 악기 소리도 가까이에서 들을 수 있지 않겠느냐?"

다들 거기가 좋겠다고 동의하자 태부인이 설씨 댁 마님에게 웃으면서 말했다.

"가세. 저 아이들은 사람들이 찾아오는 걸 별로 좋아하지 않네. 방이 지저분해지지나 않을까 싶어서 말일세. 그리 눈치를 보니 잠깐 뱃놀이나 하면서 술이나 좀 마시는 게 낫지."

모두 일어서서 나가려고 하자 탐춘이 웃으며 말했다.

"무슨 말씀이셔요! 할머님과 이모님은 일부러 모시기도 어렵잖아요!"

태부인이 웃으며 말했다.

"그래도 이 탐춘이가 좀 낫지. 하지만 '옥玉' 자가 들어 있는 두 녀석은 밉살스럽게 군단 말이야. 나중에 술이 취하면 그 애들 방에 가서 어질러놓으세!"

그 말에 사람들이 웃음을 터뜨리며 밖으로 나갔다. 얼마 걷지 않아서 행엽저荇葉渚*에 도착하자 소주蘇州*에서 뽑아온 두 명의 여자 뱃사공이 팥배나무로 만든 두 척의 배를 저어왔다. 태부인을 부축하고 왕부인, 설씨 댁 마님, 유노파, 원앙, 옥천 등이 한 배에 탔고, 잠시 후 이환도 따라 탔다. 희봉도 배에 올라 뱃머리에 서서 삿대를 저어보겠다고 했다. 그러자 태부인이 선창 안에서 말했다.

"그게 장난인 줄 아느냐? 강은 아니지만 여기도 꽤 깊다. 당장 안으로 들어와라!"

"호호, 뭐 어때요! 걱정 마셔요, 할머니."

희봉은 상앗대를 밀어 배를 띄웠다. 배가 연못 한가운데에 이르자 작은 배에 많은 사람이 타서 다루기가 힘들어졌다. 희봉은 얼른 사공에게 삿대를 맡기고 쪼그려 앉았다. 잠시 후 영춘 자매와 보옥이 다른 배를 타고 따라왔다. 나머지 할멈들과 하녀들은 모두 연못 가장자리를 따라 걸었다. 보옥이 웃음 지으며 말했다.

"시든 연잎들이 보기 싫은데 사람들을 불러 뽑아버리지 않고……"

보차도 웃으며 말했다.

"올해는 단 며칠이라도 대관원이 한가할 틈이 없었잖아요. 날마다 나들이를 나왔으니 사람을 불러 청소하게 할 시간이 없었지요."

대옥이 말했다.

"저는 이상은李商隱*의 시를 제일 싫어하지만, '마른 연잎 남겨두어 빗소리 듣네〔留得殘荷聽雨聲〕.'12라는 구절은 좋아해요. 그런데 다들 시든 연잎을 남겨두려 하지 않는군요."

보옥이 말했다.

"과연 멋진 구절이로군. 이제부터는 뽑아버리지 말라고 해야겠네."

그렇게 이야기를 나누는 사이 어느새 화서花溆*의 나항蘿港* 아래에 도착했다. 싸늘한 기운이 뼛속까지 파고들고, 양쪽 물가의 시든 풀과 마른 마름들이 가을 정취를 더욱 북돋았다.

태부인이 물가의 널찍하고 시원한 건물을 보고 물었다.

"여기가 보차의 집인가?"

사람들이 그렇다고 대답하자 태부인은 즉시 배를 물가에 대라 하고, 돌계단을 따라 올라가 다 함께 형무원으로 들어갔다. 들어서자마자 기이한 향기가 코를 찔렀다. 기화요초와 멋들어진 등나무는 날이 쌀쌀해질수록 더욱 짙푸르게 변하면서, 구슬 모양으로 다듬은 산호 같은 열매를 주렁주렁 늘어뜨려 무척 아름다웠다. 방 안으로 들어서자 눈 속 동굴처럼 장식품이라고는 전혀 없고, 탁자 위에는 그저 국화 몇 가지를 꽂은 토정병土定瓶13 하나와 두세 부部의 책, 다구와 찻잔밖에 없었다. 침상 위에는 푸른 비단 휘장만 걸려 있었고, 이불과 요도 무척 소박했다. 태부인이 탄식하며 말했다.

"이 아이는 너무 고지식하구나! 진열할 게 없으면 이모한테 좀 달라고 하지. 나도 신경을 안 써서 생각지도 못했는데, 아마 집에서 물건을 가져오지 않아서 이런가 보구나."

태부인은 원앙에게 골동품을 좀 가져오라 한 뒤 희봉을 꾸짖었다.

"동생한테 놀잇감이라도 좀 가져다주지 않고. 그렇게 통이 작아서야!"

그러자 왕부인과 희봉이 웃으며 대답했다.

"본인이 원치 않아요. 저희가 보내준 것도 모두 돌려보냈어요."

설씨 댁 마님도 미소를 지으며 말했다.

"집에서도 그런 건 별로 늘어놓지 않았지요."

태부인이 고개를 내저으며 말했다.

"그래서는 안 되지. 본인이 번거로운 걸 싫어한다 해도 혹시 친척이라도 찾아오면 모양새가 좋지 않아. 젊은 애들 방이 이렇게 너무 간소한 것도 좋은 게 아니야. 우리 같은 늙은이들이야 갈수록 마구간에서나 지내야 마땅하지. 책이나 연극에서 아가씨들 규방에 대해 얘기하는 거 못 들어봤어? 아주 화려하게 잘 꾸며놓았잖아! 저 아이들이 그런 아가씨들에 비할 수는 없다 해도 너무 격이 떨어져서도 안 돼. 있는 물건이라도 진열해놓아야 할 게 아니냐? 간소한 걸 좋아한다면 몇 가지 덜 늘어놓을 수는 있지. 나는 방 꾸미기를 아주 잘했지만 이제 늙어서 그런 데 신경 쓸 틈이 없어졌어. 저 아이들도 방 꾸미는 법을 좀 배워야겠어. 엉성하면 좋은 물건도 제대로 진열할 줄 모르니까 말이야. 내가 보기엔 아이들이 그리 엉성한 것 같지는 않지만, 내가 손을 좀 봐준다면 대범하면서도 간소하게 만들 수 있지. 내가 두 가지 물건을 가지고 있는데 보옥이한테도 보여주지 않았단다. 그 아이 눈에 띄었으면 벌써 빼앗겼을걸?"

태부인은 원앙을 불러 분부했다.

"돌을 얹어 꾸민 분재와 비단 병풍, 진한 초록색 동석凍石으로 만든 솥을 가져다 여기 탁자에 늘어놓으면 될 게다. 그리고 수묵화와 글씨가 들어가 있는 하얀 비단 휘장을 가져와서 여기 있는 휘장과 바꿔서 걸어주어라."

원앙이 그러겠노라며 웃으면서 말했다.

"그것들은 동쪽 다락에 있는데, 어느 상자에 들어 있는지 모르겠어요. 천천히 찾아서 내일 갖다 놓을게요."

"내일이건 모레건 괜찮지만, 잊어버리지는 마라."

태부인은 잠시 앉아 있다가 나와서 곧장 철금각 아래로 갔다. 문관* 등이 다가와 인사를 하면서 물었다.

"무슨 곡을 연습할까요?"

태부인이 말했다.

"너희들 가운데 생生[14] 배역이 연습한 걸로 몇 개 해보려무나."

문관 등이 내려와 우향사로 간 것에 대해서는 더 이상 이야기할 게 없다.

한편, 희봉은 벌써 사람들을 데리고 자리를 잘 마련해놓고 있었다. 위쪽 좌우로는 긴 걸상을 두 개 놓고, 그 위에 비단 요와 연꽃 무늬로 장식된 대나무 방석을 깔았다. 걸상 앞에는 조각하여 옻칠한 상을 두 개씩 놓아두었는데 그 모양은 해당화와 매화, 연잎, 해바라기, 사각형, 원형 등 다양했다. 한쪽 상 위에는 노병爐瓶[15]과 찬합을 두었고, 다른 한 상은 각자 좋아하는 음식을 놓을 수 있도록 비워놓았다. 위쪽에 놓인 두 개의 걸상과 네 개의 상은 태부인과 설씨 댁 마님을 위한 것이었다. 아래쪽에는 의자 하나와 두 개의 상이 놓여 있었는데, 이것은 왕부인의 자리였다. 나머지 자리에는 모두 의자 하나에 상이 하나씩 놓여 있었다. 동쪽은 유노파의 자리였고, 그 아래가 바로 왕부인의 자리였다. 서쪽은 상운의 자리였고 그다음은 보차, 대옥, 영춘, 석춘의 순서로 자리가 마련되었다. 보옥은 맨 마지막 자리였다. 이환과 희봉은 삼층 난간 안쪽과 이층 벽사주碧紗櫥* 바깥에 상을 놓았다. 찬합의 모양 역시 상의 모양에 따라 달리 차려졌다. 상에는 서양식 무늬가 조각된 오은烏銀[16]으로 만든 자작용自酌用 주전자와 각종 무늬가 들어간 법랑 술잔이 하나씩 놓여 있었다.

모두들 정해진 자리에 앉자 태부인이 활짝 웃으며 먼저 말했다.

"우선 두어 잔씩 마시자꾸나. 오늘도 주령놀이*를 해야 재미있겠지?"

설씨 댁 마님 등이 웃으며 말했다.

"노마님께서야 주령을 잘하시지만 저희는 잘 못해요. 일부러 저희를 취하게 만드시려는 거지요? 저희는 다들 두어 잔 더 마셔야 주령이 생각날 거예요."

"호호, 오늘은 사돈이 너무 겸양을 부리는구먼. 내가 늙었다고 꺼리는 겐가?"

"호호, 겸양이 아니라 제대로 못해서 웃음거리가 될 것 같아서요."

왕부인이 웃으며 얼른 말을 받았다.

"못하면 한잔 더 마시고, 취하면 가서 자면 되지. 우리가 주령을 못한다고 비웃을 사람이 어디 있나?"

설씨 댁 마님도 고개를 끄덕이며 말했다.

"그럼 주령에 따르기로 하지요. 어쨌든 노마님께서 먼저 한잔 드시고 시작하셔야 합니다."

태부인이 "그야 당연하지." 하고 한잔을 마셨다.

희봉이 얼른 달려와 웃으며 말했다.

"주령을 노실 거면 원앙이더러 진행하게 하면 더 좋을 겁니다."

모두들 원앙이 태부인이 낼 주령을 귀띔해줄 거라는 걸 알았기 때문에 "맞아요!" 하고 동의했다. 희봉이 원앙을 잡아끌고 오자 왕부인이 웃으며 말했다.

"주령에 끼어들었으니 서 있으면 안 되지."

그리고 하녀에게 지시했다.

"의자를 하나 가져다가 희봉 아씨 자리에다 놓아라."

원앙은 떠밀리다시피 자리에 나가서 몇 번을 사양하다 자리에 앉더니 큰 잔으로 한잔 마시고 웃으면서 말했다.

"주령은 군령軍令처럼 엄해서 신분의 귀천을 가리지 않습니다. 오직 제가 주재자가 되니 제 말대로 하시지 않으면 벌을 받아야 해요."

왕부인 등이 모두 웃으며 말했다.

"당연히 그래야지! 어서 시작하자!"

원앙이 입을 열기도 전에 유노파가 자리에서 내려와 손을 내저으면서 말했다.

"이런 식으로 놀리지 마십시오. 전 집에 가렵니다."

사람들이 웃으며 말했다.

"그건 안 돼요!"

원앙이 하녀들에게 호통을 쳤다.

"어서 자리에 끌어다 앉혀라!"

하녀들도 낄낄거리며 유노파를 자리에 끌어다 앉혔다. 유노파가 계속 "살려주시오!" 하고 소리치자 원앙이 말했다.

"한마디만 더 하시면 벌주로 한 주전자를 드시게 할 거예요!"

유노파가 입을 다물자 원앙이 말했다.

"이제 제가 골패 이름〔骨牌副兒〕17을 댈 테니까 노마님부터 순서대로 짝을 맞춰서 유할머니까지 가면 끝나는 겁니다. 예를 들어 제가 하나의 짝을 얘기할 텐데, 이 석 장의 패를 첫째 장부터 하나씩 얘기하고, 둘째 장과 셋째 장까지 다 얘기하면 이 짝의 이름이 만들어지겠지요. 그러면 시詩나 사詞, 부賦, 속담, 성어成語 가운데 아무거나 만드시면 되는데, 모두 앞 구절과 같은 운韻으로 맞춰야 해요. 틀리면 벌주를 한잔 마셔야 합니다."

모두 웃으며 말했다.

"그거 아주 훌륭한걸? 어서 시작하자!"

원앙이 말했다.

"자, 한 짝이 나갑니다. 왼쪽에 있는 패는 '천天'입니다."

태부인이 말했다.

"머리 위에 푸른 하늘 있고〔頭上有青天〕."

다들 "훌륭합니다!" 하자 원앙이 말했다.

"중간에 있는 패는 '오五'와 '육六'입니다."

태부인이 말했다.

"여섯 다리의 매화 향기 뼛속까지 스며드는데〔六橋梅花香徹骨〕."

원앙이 말했다.

"남은 한 장은 '육'과 '일〔幺〕'입니다."

태부인이 말했다.

"바퀴 같은 붉은 해 구름 속에서 나오네〔一輪紅日出雲霄〕."

원앙이 말했다.

"패들을 합치면 '더벅머리 귀신〔蓬頭鬼〕'이 됩니다."

태부인이 말했다.

"이 귀신은 종규鐘馗[18]의 다리를 끌어안고 있구나〔這鬼抱住鐘馗腿〕."

주령을 마치자[19] 사람들이 "아주 절묘합니다!" 하고 칭찬했고, 태부인은 술을 한잔 마셨다.

원앙이 또 말했다.

"다시 하나가 나갑니다. 왼쪽에 있는 패는 '대장오大長五'입니다."

설씨 댁 마님이 말했다.

"매화 꽃잎 송이송이 바람 앞에 춤추고〔梅花朶朶風前舞〕."

원앙이 말했다.

"오른쪽에 있는 패는 '대오장大五長'입니다."

"시월의 매화 고개에서 향기 풍기는데〔十月梅花嶺上香〕."

"가운데는 '이二'와 '오五'로 이루어진 '잡칠雜七' 패입니다."

"견우와 직녀가 칠석에 만나네〔織女牛郎會七夕〕."

"패들을 합치면 '이랑신二郎神[20]이 오악五嶽[21]을 노닐다〔二郎遊五嶽〕.'가 됩니다."

"세상 사람들은 신선의 즐거움 따르지 못하지〔世人不及神仙樂〕."

제40회 139

주령이 끝나자[22] 모두들 입이 마르게 칭찬했고, 설씨 댁 마님도 술을 한잔 마셨다.

원앙이 또 말했다.

"또 나갑니다. 왼쪽에는 '장요長幺'로서 두 점이 선명한 패입니다."

상운이 말했다.

"해와 달 나란히 걸려 하늘과 땅을 비추고〔雙懸日月照乾坤〕."

"오른쪽도 '장요'로서 두 점이 선명하지요."

"느긋이 지는 꽃 소리 없이 떨어지는데〔閑花落地聽無聲〕."

"가운데는 '일'과 '사'입니다."

"해 옆의 붉은 살구나무 구름에 기대 심네〔日邊紅杏倚雲栽〕."

"패를 합치면 '앵두가 아홉 번 무르익었네〔櫻桃九熟〕.'가 됩니다."

"황궁 뜰에서 새들이 물고 나가지〔御園卻被鳥銜出〕."

주령을 마치자[23] 상운도 술을 한잔 마셨다.

원앙이 말했다.

"또 나갑니다. 왼쪽에 있는 패는 '장삼長三'입니다."

보차가 말했다.

"제비들 쌍쌍이 들보 사이에서 지저귀고〔雙雙燕子語梁間〕."

"오른쪽은 '삼장三長'입니다."

"마름 풀 바람에 끌려 푸른 허리띠처럼 길게 늘어졌는데〔水荇牽風翠帶長〕."

"가운데는 '삼'과 '육'의 구점이 있습니다."

"삼산은 반쯤 푸른 하늘 밖에 걸렸구나〔三山半落青天外〕."

"패를 합치면 '쇠사슬에 외로운 배 매였구나〔鐵鎖練孤舟〕.'가 됩니다."

"곳곳에 풍파 일어 가는 곳마다 근심일세〔處處風波處處愁〕."

보차도 주령을 마치고[24] 술을 마셨다.

원앙이 또 말했다.

140

"왼쪽은 '천天' 패가 있습니다."

대옥이 말했다.

"이른 아침 좋은 경치, 어쩔 수 없는 나날〔良辰美景奈何天〕."

그 말에 보차가 고개를 돌려 대옥을 쳐다보았지만, 대옥은 그저 벌을 받을까봐 마음이 쓰여 보차에게는 관심을 두지 않았다. 원앙이 말했다.

"가운데는 '비단 병풍〔錦屛〕'이 있는데 색깔이 아름다워요."

대옥이 말했다.

"비단 창가에서도 홍낭紅娘의 보고가 없네〔紗窗也沒有紅娘報〕."

"남은 건 '이'와 '육'인데, 점 여덟 개가 가지런해요."

"나란히 옥좌 바라보며 조정 의례를 이끄네〔雙瞻玉座引朝儀〕."

"패를 합치면 꽃을 꺾어 담기 좋은 '바구니〔籃子〕'가 돼요."

"신선 지팡이에 향기롭게 걸린 작약꽃〔仙杖香挑芍藥花〕."

주령을 마치자[25] 대옥은 술을 마셨다.

원앙이 말했다.

"왼쪽엔 '사'와 '오'가 아홉 개의 꽃송이를 이루고 있어요."

영춘이 말했다.

"비에 젖은 복사꽃 색깔 더욱 진하네〔桃花帶雨濃〕."[26]

그러자 저마다 떠들어댔다.

"벌을 받아야 해! 운도 틀렸고 뜻도 비슷하지 않아."

영춘은 웃으며 술을 한잔 마셨다. 사실은 희봉과 원앙이 유노파를 놀려줄 속셈으로 일부러 주령을 틀리게 말하게 하고 벌주를 준 것이었다. 왕부인 차례가 되자 원앙이 대신 읊어주었고, 드디어 유노파 차례가 되었다. 유노파가 말했다.

"우리 시골에서도 한가할 때면 몇 사람이 모여 앉아 이런 놀이를 하지요. 하지만 이렇게 멋진 주령은 하지 못합니다. 어쩔 수 없이 저도 한번 해보지요."

사람들이 웃으며 말했다.

"쉬워요. 괜찮으니까 그냥 얘기하셔요."

원앙이 웃으며 말했다.

"왼쪽에는 '사' 와 '사' 가 있는 '인人' 패입니다."

유노파는 한참 생각하다가 이렇게 말했다.

"농사꾼이라고 하지요."

모두 지붕이 들썩일 정도로 웃었다. 태부인도 웃으며 말했다.

"잘하셨어요. 그렇게 하면 돼요."

유노파도 멋쩍게 웃으며 말했다.

"우리 농사꾼들이란 게 본래 이렇지요 뭐. 그러니 여러분, 부디 비웃지 말아주세요."

원앙이 말했다.

"중간에는 '삼' 과 '사' 인데, 초록색과 빨간색이 섞인 패입니다."

"큰 불에 털벌레가 타 죽었습니다."

사람들이 웃어대며 말했다.

"말이 돼요. 본업에 맞게 말씀하셨어요."

원앙이 말했다.

"오른쪽엔 '일' 과 '사' 가 있는데 아주 보기 좋아요."

"무 하나랑 마늘 한 뿌리네요."

다 함께 또 박장대소했다. 원앙이 웃으며 말했다.

"패를 합치면 꽃가지 하나예요."

유노파가 두 손으로 손짓하며 말했다.

"꽃이 떨어지고 커다란 호박이 열렸네요."

사람들이 다시 폭소를 터뜨렸다. 그때 바깥에서 시끄럽게 떠드는 소리가 들렸는데……

제41회

농취암에서 차를 품평할 때 눈 같은 매화 피고
이홍원에는 혼신들린 메뚜기[1]가 들이닥치다
櫳翠庵茶品梅花雪　怡紅院劫遇母蝗蟲

가보옥이 농취암에서 차를 품평하다.

 유노파가 두 손으로 손짓하며 "꽃이 떨어지고 커다란 호박이 열렸네요."라고 말하자 사람들은 지붕이 들썩거릴 정도로 크게 웃어댔다. 그러자 유노파는 앞에 놓인 잔을 비우고 또 우스갯소리를 했다.
 "사실 제 손발이 투박한데다 또 술까지 마셨으니 실수로 이 자기 잔〔瓷杯〕을 떨어뜨려 깨뜨리지나 않을까 걱정입니다. 나무로 만든 잔이 있으면 좀 내주세요. 그러면 제가 실수로 떨어뜨리더라도 괜찮을 테니까요."
 그 말에 다들 또 웃음을 터뜨렸다. 희봉이 얼른 말했다.
 "호호, 정말 나무 술잔을 원하신다면 제가 갖다드릴게요. 하지만 먼저 알아두실 게 있어요. 이 나무 술잔은 자기 잔에 비할 수 없어요. 그건 모두 한 벌로 되어 있으니까 정말 거기에다 마시려면 한 벌의 술잔을 모두 마셔야 돼요."
 유노파는 속으로 생각했다.
 '그냥 웃겨보려고 한 말인데 진짜 나무 술잔이 있을 줄이야! 시골 유지 집에서 벌인 잔치에 자주 가봐서 금이나 은 술잔은 본 적이 있지만, 나무 술잔이 있다는 얘기는 들어본 적이 없는데. 아, 그래! 아마 아이들이 쓰는 나무 사발을 가져오려는 모양이군. 나한테 술을 몇 잔 더 먹이려는 모양인데, 그러라지 뭐. 어쨌든 이 술은 꿀물 같으니까 좀 많이 마셔도 괜찮겠지!'
 이렇게 생각하고 유노파가 말했다.

"일단 가져온 다음에 다시 생각해보지요."

희봉이 풍아에게 말했다.

"앞쪽 건물 안채의 책장 위에 대나무 뿌리로 만든 열 개짜리 잔이 있으니, 가서 가져와라."

풍아가 "예!" 하고 가려는데 원앙이 말했다.

"호호, 그건 너무 작아요. 게다가 조금 전에 나무 술잔이라고 했는데 대나무 뿌리로 만든 잔을 가져오면 보기가 좋지 않아요. 차라리 우리 방에 있는, 회양목 뿌리로 만든 열 개짜리 큰 잔을 가져와서 열 잔을 마시게 하는 게 좋지 않을까요?"

희봉이 말했다.

"호호, 그게 더 좋겠구나!"

원앙이 사람을 시켜서 그 잔을 가져오게 했다. 유노파는 그 잔을 보자 놀랍고도 기뻤다. 그 열 개의 잔이 크기대로 차곡차곡 쌓여서 큰 것은 족히 작은 대야만 했고 제일 작은 것도 지금 손에 들고 있는 잔보다 두 배나 컸기 때문에 놀랐다. 게다가 잔에 아주 정교한 조각으로 산수와 나무, 인물 도며 초서草書*로 된 글씨와 도장까지 새겨져 있었기 때문에 기뻤다. 그녀가 다급히 말했다.

"그 작은 잔만 가져오면 되지 왜 이리 여러 가지를 가져왔을까요?"

희봉이 웃으며 말했다.

"이 잔은 하나만 마셔서는 안 돼요. 우리 집에는 주량이 이처럼 많은 사람이 없어서 아무도 이 잔을 쓰지 못했어요. 그런데 할머니께서 달라고 하시니까 겨우 찾아온 거예요. 그러니 반드시 순서대로 한잔씩 드셔야 해요."

유노파가 깜짝 놀라 다급히 말했다.

"그건 못합니다! 아이고, 아씨, 좀 봐주세요!"

태부인과 설씨 댁 마님, 왕부인은 연로한 유노파가 그 많은 술을 감당해내지 못하리라는 걸 알고 얼른 말했다.

"그냥 웃자고 한 얘기니까 너무 많이 드시게 하진 말고, 그냥 제일 큰 잔으로 한잔만 마시는 걸로 하자꾸나."

유노파가 말했다.

"아미타불! 그냥 작은 잔으로 한잔만 마시겠습니다. 이 큰 잔은 챙겨두었다가 집에 가져가서 천천히 마시지요."

그 말에 모두 또 한바탕 웃었다.

원앙이 어쩔 수 없이 큰 잔에 술을 따르게 했고, 유노파는 두 손으로 받들고 마셨다. 태부인과 설씨 댁 마님이 말했다.

"천천히 마셔요, 사레들리겠어요!"

또 설씨 댁 마님이 희봉에게 안주를 가져다주라고 하자 희봉이 말했다.

"호호, 할머니, 드시고 싶은 안주를 말씀해주시면 제가 집어드릴게요."

"제가 어떻게 이름을 알겠어요? 그냥 다 좋습니다."

태부인이 말했다.

"호호, 가지 말랭이를 집어드리렴."

희봉이 그 말대로 가지 말랭이를 몇 개 집어 유노파의 입에 넣어주면서 말했다.

"호호, 할머니야 매일 가지를 잡수시겠지만 저희 집 가지 맛이 어떤지도 한번 봐주세요."

"호호, 또 절 속이시네요. 가지가 정말 이런 맛을 낸다면 우리도 곡식 대신 가지만 심을 겁니다!"

그러자 사람들이 웃으며 말했다.

"진짜 가지예요! 이번엔 정말이라고요!"

유노파는 깜짝 놀라며 말했다.

"진짜 가지라고요? 저는 여태 헛것만 먹었군요! 아씨, 한입만 더 줘요. 이번엔 꼭꼭 씹으며 맛을 음미할 테니까요."

희봉이 또 몇 개를 집어 입에 넣어주었다. 유노파는 한참 씹으며 음미하다가 말했다.

"호호, 가지 냄새가 조금 나긴 하지만 그래도 가지 같지는 않네요. 어떻게 만들었는지 좀 가르쳐주시구려. 저도 만들어 먹어보게요."

"그야 어렵지 않지요. 갓 딴 가지의 껍질을 벗기고 살만 발라서 가늘고 길쭉하게 썬 뒤에 닭기름에 튀겨요. 거기다 닭고기 포와 표고버섯, 죽순, 버섯, 향료를 넣어 말린 두부, 그리고 각종 말린 과일들을 모두 가늘게 썰어 닭고기 국물에 넣고 바짝 졸인 다음, 참기름에 담갔다가 바깥에 조유糟油[2]를 버무려서 옹기에 넣고 단단히 봉해두었다가, 먹을 때 꺼내서 볶은 닭고기와 버무리기만 하면 돼요."

그 설명을 듣자 유노파는 혀를 내두르고 고개를 내저으며 말했다.

"맙소사! 닭이 열 마리도 넘게 들어갔군요. 어쩐지 이런 맛이 나더라니!"

그녀는 우스갯소리를 하면서 천천히 술을 다 마신 뒤 다시 그 잔을 찬찬히 살펴보았다. 희봉이 웃으며 말했다.

"호호, 모자라면 한잔 더 드시지요."

"아이고, 안 됩니다! 그럼 취해 죽어버릴 겁니다! 잔이 예뻐서 그래요. 어쩌면 이리 잘 만들었을까?"

원앙이 생글대며 말했다.

"술은 다 드셨군요? 그런데 그게 무슨 나무로 만든 건지 아셔요?"

"아가씨는 당연히 모르시겠지요. 이렇게 으리으리한 집에 살고 계시니 나무 이름을 어찌 아시겠어요? 우리는 늘 숲을 길거리 삼아 지내면서 피곤하면 나무를 베개 삼아 자고, 지치면 나무에 기대어 앉고, 흉년이 들어 배가 고프면 나무를 먹지요. 날마다 나무를 보고 듣고 얘기하니, 좋은 건지 나쁜 건지, 진짜인지 가짜인지도 알아볼 수 있지요. 어디 한번 봅시다."

그러면서 한참 동안 찬찬히 살피더니 이렇게 말했다.

"이런 댁에서 그런 값싼 물건을 갖고 있을 리 없지요. 쉽게 구할 수 있는 나무라면 갖고 계시지 않을 테니까요. 잔이 묵직한 걸 보니 백양나무는 절대 아니겠고 틀림없이 황송黃松이겠군요."

그 말에 모두들 지붕이 들썩거리도록 웃었다.

그때 할멈 하나가 와서 태부인에게 물었다.

"아가씨들이 모두 우향사에 도착했습니다. 연주를 시작할지 조금 더 기다릴지 분부를 내려주십시오."

"이런! 잊고 있었구먼, 호호! 어서 연주를 해보라고 하게."

그 할멈이 "예!" 하고 나간 뒤 얼마 지나지 않아 통소가 은은히 가락을 울리고, 생황과 피리 소리도 함께 어우러져 들려왔다. 마침 시원한 바람이 불어와 음악 소리가 숲을 뚫고 물을 건너 들려오니, 자연히 즐겁고 가슴이 탁 트였다. 보옥은 흥에 겨워 잔에 술을 따라서는 단숨에 마셨다. 그리고 다시 따라 마시려고 했다. 그걸 본 왕부인도 술이 마시고 싶어져서 시중드는 이들에게 따뜻한 술로 바꿔달라고 했다. 보옥이 자기 잔을 얼른 받쳐들고 가서 왕부인 입에 대주자, 그대로 두어 모금을 마셨다. 잠시 후 따뜻한 술이 나오자 보옥은 다시 자기 자리로 돌아가 앉았다. 왕부인이 따뜻한 술 주전자를 들고 자리에서 내려오자 모두들 따라 일어났다. 설씨 댁 마님도 일어나자 태부인은 이환과 희봉에게 술 주전자를 받아오라고 했다.

"너희 이모를 자리에 앉게 해야 모두들 편히 즐길 게 아니냐?"

그 말에 왕부인도 술 주전자를 희봉에게 건네주고 자기 자리로 돌아갔다. 태부인이 웃으며 말했다.

"모두들 두어 잔 더 하자꾸나. 오늘은 정말 즐겁구나."

그러면서 잔을 들어 설씨 댁 마님에게 권하고, 또 상운과 보차를 향해 말했다.

"너희도 한잔씩 해라. 대옥이가 잘 못 마신다고 봐주면 안 된다."

태부인이 자기 잔을 비우자 상운과 보차, 대옥도 잔을 비웠다. 유노파는 이런 음악을 듣고 또 술도 얼큰하게 취하자 흥에 겨워 손을 휘젓고 발을 구르며 춤을 추었다. 보옥은 자리에서 일어나 건너와서 대옥에게 웃으며 말했다.

"저 할머니 좀 봐."

대옥이 웃으며 말했다.

"호호, 옛날에 '신성한 음악이 울리면 뭇 짐승들이 춤을 추었다.' 라고 하더니, 오늘은 소 한 마리만 춤을 추는군요!"

그 말에 자매들이 모두 웃었다.

잠시 후 음악이 그치자 설씨 댁 마님이 자리에서 일어나 말했다.

"호호, 모두들 술이 적당히 취했으니, 잠시 나가서 바람을 쐬고 다시 들어와 앉는 게 어때요?"

태부인도 마침 바람을 쐬려던 참이었다. 모두들 자리에서 나와 태부인을 따라 산책하며 놀았다. 태부인은 유노파를 데려가 심심풀이를 하려고 했다. 그래서 유노파를 데리고 산 앞의 나무 아래를 한참 동안 거닐면서 이건 무슨 나무이고, 저건 무슨 돌이고, 이건 무슨 꽃이라고 설명해주었다. 유노파는 유심히 듣고 있다가 태부인에게 말했다.

"성 안에는 사람도 존귀할 뿐만 아니라 참새까지도 존귀하군요! 참새라도 여기 오면 멋지게 변해서 말까지 할 줄 알게 되네요!"

무슨 소리인지 몰라 사람들이 뜻을 묻자 유노파가 말했다.

"저기 회랑〔廊下〕금 시렁에 앉아 있는 초록색 깃털에 빨간 부리를 가진 게 앵무새라는 건 저도 알지요. 그런데 저 조롱 안에 있는 까마귀[3]는 어떻게 부리 위쪽에 봉황 깃털 같은 게 나 있고 말도 할 줄 알지요?"

그 말에 모두들 웃음을 터뜨렸다.

잠시 후 하녀들이 간식을 준비해놓고 모시러 왔다. 태부인이 말했다.

"술을 두어 잔 마셨더니 배가 고프지 않구나. 그래도 이리 가져오려무나. 다들 편한 대로 먹게 말이다."

하녀들이 상을 두 개 날라오고 또 작은 찬합을 두 개 가져왔다. 뚜껑을 여니 안에는 두 가지 간식이 들어 있었다. 하나에는 연뿌리 가루에 계화와 설탕을 넣어서 찐 떡과 잣을 넣고 거위 기름에 튀긴 유권油卷⁴이 들어 있었다. 다른 하나에는 크기가 한 치쯤 되는 작은 교자餃子가 들어 있었다. 태부인이 속에 뭘 넣었냐고 묻자 할멈들이 게살을 넣었다고 얼른 대답했다. 그러자 태부인이 눈살을 찌푸리며 말했다.

"이렇게 느끼한 걸 누가 먹겠느냐!"

다른 한 가지는 우유에 튀긴 밀가루 과자였는데, 태부인은 그것도 마음에 들지 않았다. 설씨 댁 마님에게 권하자 설씨 댁 마님은 떡만 하나 집었고, 태부인은 유권을 하나 들어 맛만 보고 반쯤 남은 것은 하녀에게 주었다.

유노파는 작고 예쁘게 만들어진 과자 중에 모란꽃 모양의 과자를 하나 집어 들고 싱글거리며 말했다.

"시골에서 솜씨가 제일 좋은 아가씨들에게 종이를 오려보라고 해도 이렇게 예쁘게 만들지 못할 거예요! 먹고 싶지만 아까워서 못먹겠네요. 싸가지고 집에 가서 개들한테 꽃본〔花樣子〕*으로 쓰라고 주면 좋겠어요."

그 말에 모두들 웃자 태부인이 말했다.

"집에 가실 때 한 단지를 드릴 테니 따뜻할 때 좀 잡숴보시구려."

다른 이들은 각자 좋아하는 걸로 한두 개 집어 먹었다. 유노파는 여태 이런 걸 먹어보지 못했다. 그것들은 모두 깜찍하게 만들어졌고 양도 그리 많지 않았다. 유노파가 판아와 함께 골고루 맛을 보다 보니 어느새 쟁반의 반이나 없어져버렸다. 희봉이 남은 것은 두 쟁반에 모아서 찬합에 담아 문관 등에게 가져다주라고 했다.

그때 갑자기 유모가 희봉의 딸 대저大姐를 안고 왔다. 모두들 아이를 어르며 한참 놀았다. 대저는 커다란 유자를 가지고 놀다가 판아가 불수감을 가지고 있는 걸 보고는 그걸 달라고 했다. 하녀들이 가져다주겠다며 얼렀지만 대저는 당장 달라면서 울음을 터뜨렸다. 사람들이 얼른 유자를 판아한테 주고, 그 아이가 가지고 있던 불수감을 대저에게 주자 겨우 울음을 그쳤다. 판아는 반나절이나 그 불수감을 가지고 놀았고, 또 지금은 두 손에 과자를 들고 있는 참이었다. 게다가 이번에는 이렇게 향기롭고 둥근 유자를 보자 마음이 더 끌려서, 그걸 공으로 삼아 차고 놀면서 불수감은 다시 찾지 않았다.

태부인 등은 차를 마시고 나서 다시 유노파를 데리고 농취암으로 갔다. 묘옥妙玉*이 얼른 맞이하여 안으로 모셨다. 뜰 안에 가득 핀 꽃을 보고 태부인이 웃으며 말했다.

"수행하는 사람들이 특별한 일이 없어 화초를 늘 가꾸었으니 다른 곳에 비해 훨씬 보기 좋구먼!"

그렇게 말하면서 동쪽 선당禪堂*으로 갔다. 묘옥이 웃으며 안쪽으로 들어가시라고 권하자 태부인이 말했다.

"우리는 방금 술과 고기를 먹었네. 여긴 보살님께서 계시는 곳이니 죄를 지을 수 없지. 그냥 여기 앉아 있을 테니 좋은 차나 좀 주게. 한잔 마시고 가겠네."

묘옥은 서둘러 차를 끓여 내왔다. 보옥은 그녀의 행동을 유심히 지켜보았다. 그때 묘옥이 해당화 모양에 금으로 '운룡헌수雲龍獻壽'[5]의 문양을 상감하고 옻칠한 작은 차 쟁반을 직접 받쳐들고 나왔는데, 그 안에는 성요成窯[6]에서 만든 뚜껑이 달린 오색 찻잔이 얹혀 있었다. 그녀가 태부인에게 찻잔을 올리자 태부인이 말했다.

"난 육안차六安茶[7]는 마시지 않네."

"호호, 저도 압니다. 하지만 이건 '노군미老君眉'[8]입니다."

태부인이 찻잔을 받아들며 무슨 물로 끓였냐고 물었다.

"호호, 작년에 받아 밀봉해둔 빗물로 끓였습니다."

그러자 태부인은 반쯤 마신 뒤 유노파에게 건네주며 말했다.

"호호, 맛이나 한번 보시지요."

유노파는 단숨에 잔을 비우더니 웃으며 말했다.

"좋긴 한데 좀 심심하네요. 좀 더 진하게 끓였으면 더 좋았겠네요."

태부인을 비롯한 여러 사람이 모두 웃음을 터뜨렸다. 그런 다음 다른 사람들에게는 모두 관요官窯에서 구워낸, 도드라진 꽃무늬에 마노 광택제를 바르고 그사이에 하얀색 광택제를 채운, 뚜껑 달린 청자 찻잔을 주었다.

　묘옥이 보차와 대옥의 옷깃을 슬쩍 잡아끌자 두 사람은 그녀를 따라 나갔다. 보옥도 살그머니 뒤따라 나갔다. 묘옥이 두 사람을 곁방으로 데려가자 보차는 걸상에 앉고 대옥은 묘옥의 부들방석에 앉았다. 묘옥이 풍로에 부채질을 해서 물을 끓이고 따로 차를 한 주전자 끓였다. 그러자 보옥이 안으로 들어와 생글거리며 말했다.

　"자기들끼리만 숨겨놓은 차를 마시려고?"

　보차와 대옥이 웃음 지으며 말했다.

　"또 쫓아와서 얻어 마시려고요? 여기 도련님 몫은 없네요!"

　묘옥이 막 찻잔을 가지러 나가려 할 때 나이 많은 여도사가 위채에서 마신 찻잔을 챙겨서 돌아왔다. 묘옥이 얼른 지시했다.

　"성요에서 만든 찻잔은 챙기지 말고 밖에 그대로 둬요."

　보옥은 묘옥의 마음을 이해했다. 그녀는 그 찻잔에 유노파가 입을 댔기 때문에 지저분해졌다고 생각하여 쓰고 싶지 않았던 것이다. 잠시 후 묘옥은 다른 찻잔을 두 개 꺼내왔다. 하나는 옆에 귀가 달려 있고 몸통에 '반포가㼽匏斝'[9]라는 글자가 예서隸書*로 새겨져 있었고, 반대편에는 작은 해서로 "진晉나라 왕개王愷[10]가 만든 진귀한 물건〔珍玩〕"이라는 글과 "송나라 원풍元豐 5년(1082) 4월에 미산眉山 땅의 소식이 황실 창고〔秘府〕에서 감정하다."라는 글이 각기 한 줄씩 적혀 있었다. 묘옥이 그 잔에 차를 따라 보차에게 권했다. 다른 하나는 작은 바리때 모양이었는데, 거기에도 '수주전자垂珠篆字'[11]로 '점서교點犀䀉'[12]라고 새겨져 있었다. 묘옥은 그 잔에 차를 따라 대옥에게 주었다. 그리고 평소에 자신이 차를 마시던 녹옥綠玉으로 만든 잔에 차를 따라 보옥에게 주었다. 보옥이 웃으며 말했다.

　"속담에 '세상 법도는 평등하다〔世法平等〕.'[13]라고 했는데, 저 두 사람한테는 진귀한 골동품을 주고 나한테는 이런 하찮은 잔을 주는군!"

묘옥이 말했다.

"그게 하찮은 잔이라고요? 허튼소리가 아니라 도련님 댁에서도 아마 그런 잔은 찾아보기 어려울걸요!"

"하하, 속담에 '그 지방에 가면 그 지방 풍속에 따르라〔隨鄕入鄕〕.'고 했는데, 여기 오면 자연히 금이나 옥, 진주 같은 보물들도 모두 하찮은 그릇으로 변해버리는 거지."

묘옥은 그 말을 듣고 무척 기뻐했다. 또 아홉 번 구부러지고 열 개의 고리가 달렸으며 백이십 개의 마디가 촘촘한 대나무 뿌리에 규룡虬龍*이 휘감고 있는 모습을 조각한 커다란 잔을 꺼내와서 말했다.

"호호, 남은 건 이거 하나뿐인데, 이 큰 잔에 모두 마실 수 있겠어요?"

보옥이 기뻐하며 얼른 말했다.

"당연하지요!"

"호호, 마실 순 있지만 이만큼 써버릴 차가 없어요. '한잔을 마시는 것은 맛을 음미하는 것이지만 두 잔을 마시는 것은 차로 갈증을 푸는 바보 같은 짓이요, 석 잔을 마시는 것은 소나 나귀가 물 마시는 것과 같다〔一杯爲品 二杯卽是解渴的蠢物 三杯便是飮牛飮騾了〕.'라는 말도 들어보지 못하셨나요? 그런데 이만큼을 마시면 도련님은 뭐가 되시겠어요?"

그 말에 보차와 대옥, 보옥이 모두 웃음을 터뜨렸다.

묘옥이 찻주전자를 들고 대나무 잔에 따르니 거의 한잔이 되었다. 보옥이 천천히 음미하며 마셔보니 과연 차 맛이 비할 데 없이 훌륭하여 감탄을 그치지 못했다. 그러자 묘옥이 정색하며 말했다.

"도련님이 오늘 마신 차는 두 분 아가씨 덕분이에요. 혼자 오셨다면 절대 대접해드리지 않았을 거예요."

"하하, 그건 나도 잘 알아요. 그러니 나도 스님에게보다는 이 두 분께 감사해야겠지요."

"일리 있는 말씀이네요."

그러자 대옥이 물었다.

"이것도 작년에 받아둔 빗물인가요?"

묘옥이 피식 웃으며 말했다.

"아가씨도 참 범속한 분이시군요. 물맛도 구별하지 못하시다니요! 이건 오 년 전에 제가 현묘산玄墓山14반향사蟠香寺*에 있을 때 매화에 쌓인 눈을 모아 저 짙푸른 꽃 항아리에 담아둔 건데, 아까워서 먹지 못하고 땅에 묻어두었다가 올 여름에야 파냈지요. 저도 한 번만 먹어보았고, 이번이 두 번째예요. 어떻게 이 물맛을 구별해내지 못할 수 있어요? 작년에 받아둔 빗물이 어떻게 이리 좋을 수가 있겠어요? 그런 걸 어떻게 마셔요?"

대옥은 그녀가 천성적으로 괴팍하다는 걸 알았기 때문에 더 이상 말을 하지 않았다. 하지만 오래 앉아 있기도 불편해서 차를 다 마시자 곧 보차에게 이야기하고 나와버렸다.

보옥이 묘옥에게 웃으며 말했다.

"그 찻잔이 더러워지긴 했지만 그냥 던져두긴 아깝잖아요? 내 생각에는 그 가난뱅이 할머니에게 줘버리는 게 좋을 것 같네요. 갖다 팔면 생활비라도 좀 벌지 않겠어요? 어떤가요?"

묘옥은 잠시 생각해보다가 고개를 끄덕이며 말했다.

"그것도 괜찮겠군요. 다행히 그 잔은 제가 차를 마셔보지 않은 거였어요. 만약 제가 썼던 거라면 깨뜨려버리는 한이 있더라도 그 할멈에게 주지 않았을 거예요. 그걸 그 할멈에게 주고 싶으시다면 전 상관하지 않겠어요. 도련님께 드릴 테니 얼른 가져가셔요."

"하하, 당연히 그럴 테지요. 스님이 어찌 그 할멈과 말을 섞고 물건을 주고받을 수 있겠어요? 그러면 스님까지도 더럽혀질 테니까요. 그냥 저한테 주시면 돼요."

묘옥이 사람을 시켜 잔을 가져오라고 하자 보옥이 받아들며 말했다.

"우리가 나간 뒤에 아이들을 몇 명 보내서 개울물을 몇 통 길어다가 바닥을 닦으라고 할까 하는데, 어때요?"

"호호, 그럼 더 좋지요. 하지만 하인들더러 물을 길어다가 산문山門 바깥 담장 아래에 두고 안으로 들어오진 말라고 해주세요."

"그야 당연하지요."

보옥은 찻잔을 소매에 집어넣고 나와서 태부인 방의 하녀에게 건네주며 말했다.

"내일 유할머니가 집에 돌아가실 때 가져가시라고 해."

보옥이 하녀에게 찻잔을 전해주자 태부인은 벌써 밖으로 나가 돌아가려고 했다. 묘옥도 굳이 만류하지 않고 산문까지 전송해주고는 곧 돌아서서 대문을 잠갔다. 여기에 대해서는 더 이상 이야기하지 않겠다.

한편, 몸이 피곤해진 태부인은 곧 왕부인과 영춘 자매더러 설씨 댁 마님에게 가서 술을 마시라 말하고, 자신은 도향촌으로 가서 쉬겠다고 했다. 희봉은 서둘러 대나무로 만든 의자가 얹힌 작은 가마를 대령시켰다. 태부인이 가마에 오르자 할멈 두 명이 가마를 멨고 희봉과 이환, 그리고 여러 하녀와 할멈들이 가마를 에워싸고 도향촌으로 갔다. 여기에 대해서는 그만 이야기하겠다. 남아 있던 설씨 댁 마님도 곧 작별 인사를 하고 떠났다. 왕부인은 문관 등을 돌려보내고 찬합에 든 음식을 하녀들에게 나눠주며 먹게 했다. 그리고 그 틈에 자신도 휴식을 취할 요량으로 조금 전에 태부인이 앉아 있던 걸상에 편한 자세로 비스듬히 누워 하녀에게 주렴을 내리고 다리를 주무르게 하면서 이렇게 말했다.

"노마님 계신 곳에서 전갈이 오면 바로 깨워라."

그리고 왕부인은 비스듬히 누운 채 잠이 들었다.

보옥과 상운 등은 하녀들이 노는 것을 바라보았다. 가산*의 바위 위에 찬합을 놓고 바위 위나 풀밭에 앉아 있거나, 나무에 기대기도 하고 물가에서 있기도 하면서 다들 즐겁게 놀았다. 잠시 후 또 원앙이 와서 유노파를 데리고 여기저기 구경을 시켜주겠다고 했다. 그러자 모두 유노파를 놀려주려고 따라 나섰다. 얼마 뒤 '성친별서省親別墅'*의 패방牌坊* 아래에 이르자 유노파가 말했다.

"세상에! 여기도 큰 사당이 있구먼!"

그러면서 바닥에 엎드려 머리를 조아리자 모두 배꼽을 잡고 웃었다.

"왜 웃어요? 이 패방에 적힌 글자는 저도 읽을 수 있어요. 우리 마을에도 이런 사당이 아주 많은데 모두 이런 패방이 있다고요. 저 글자는 바로 사당 이름이 아닌가요?"

모두 웃으며 말했다.

"그럼 이게 무슨 사당인지 알아요?"

유노파는 고개를 들어 글자를 가리키며 말했다.

"저기 '옥황보전玉皇寶殿'이라고 적혀 있는 거 아닌가요?"

사람들은 손뼉을 치고 발을 구르며 웃다가 또 그녀를 놀려주려고 했다. 그런데 유노파는 갑자기 배가 살살 아파왔다. 얼른 어린 하녀를 붙들고 휴지를 달라고 하고는 치마끈을 풀었다. 모두들 또 웃으며 다급히 말렸다.

"여기선 안 돼요!"

그리고 급히 할멈 하나를 불러 그녀를 동북쪽으로 데려가게 했다. 그 할멈은 화장실이 있는 곳을 가리켜 보이고는 잘됐구나 싶어서 자리를 피해 쉬러 갔다.

유노파 비위에는 황주가 맞지 않았다. 또 기름기 많은 음식을 많이 먹어서 갈증이 나는 바람에 차를 몇 잔이나 마셨더니 설사가 나올 수밖에 없었다. 그녀는 한참을 쪼그려 앉아 있다가 겨우 볼일을 마쳤다. 화장실에서 나와 바람을 쐬자 술기운이 조금 누그러졌다. 하지만 연로한 사람이 너무 오래 쪼그려 앉아 있다가 갑자기 몸을 일으키니 눈앞이 어지러워 길을 분간할 수 없었다. 사방을 둘러봐도 보이는 것이라곤 온통 숲과 바위, 누각,

건물들뿐이어서 어디가 어디인지 알 수가 없었다. 어쩔 수 없이 자갈이 깔린 길을 따라 천천히 걸어갔다. 하지만 건물 앞에 이르러서도 대문을 찾을 수 없었다. 한참을 헤매는데 갑자기 대나무 울타리가 하나 보였다. 그녀는 속으로 생각했다.

'여기에도 강낭콩 시렁이 있나 보네?'

그렇게 생각하며 꽃담을 따라 걸어가다가 눈앞에 나타난 월동문月洞門* 안으로 들어갔다. 그러자 갑자기 앞에 폭이 일고여덟 자쯤 되는 연못이 나타났다. 연못 둘레에는 돌을 쌓았고, 안쪽에는 푸른 물이 넘실거리며 저쪽으로 흘러가고 있었다. 그 위에는 하얀 돌다리가 얹혀 있었다. 유노파가 돌다리를 건너 자갈이 깔린 길을 따라 두어 굽이를 돌아가자 방문이 보였다. 그 안으로 들어가자 맞은편에서 여자아이 하나가 얼굴에 웃음을 머금고 맞이하러 나왔다. 유노파가 얼른 웃음을 지으며 말했다.

"아가씨들이 나를 버려두고 가버리는 바람에 여기저기 헤매고 있구먼."

하지만 그 여자아이는 아무 대답이 없었다. 유노파가 다가가 손을 잡으려 했지만 "쿵!" 하는 소리와 함께 벽에 머리를 부딪히고 말았다. 아픈 머리를 만지며 자세히 살펴보니 그것은 그저 그림이었다.

'어쩌면 그림이 이리도 생생하게 튀어나와 있지?'

하며 생각에 잠겨 살펴보다가 손으로 만져보니 그림은 모두 평평했다. 고개를 끄덕이며 감탄하다가 돌아보니 작은 문이 하나 보였다. 그 문에는 꽃무늬가 수놓인 초록색 비단 문발이 걸려 있었다. 문발을 걷고 안으로 들어가 고개를 들어보니 사방의 벽에는 영롱한 빛을 뿌리는 거문고와 칼, 병, 향로 등이 박혀 있었고, 비단 휘장들은 금인 듯 진주인 듯 광채를 뿌리고 있었다. 심지어 바닥에 깔린 벽돌조차 모두 짙푸른 바탕에 꽃무늬가 새겨져 있어 눈이 더욱 어지러웠다. 문을 찾고 나가려 해도 찾을 수가 없었다. 왼쪽에는 책장이 있었고, 오른쪽에는 병풍이 세워져 있었다. 가까스로 병풍 뒤에서 문을 하나 찾아 그쪽으로 돌아가려는데, 맞은편에서 자기 사돈 할멈이 들어오고 있었다. 유노파가 깜짝 놀라 물었다.

"사돈 양반, 제가 며칠 동안 집에 돌아가지 않으니까 찾으러 오신 모양이구려? 어떤 아가씨가 모시고 들어오셨소?"

하지만 그 사돈은 웃기만 할 뿐 말이 없었다. 유노파가 헤실대며 말했다.

"정말 주책일세! 이 정원 꽃이 예쁘니까 앞뒤 못 가리고 마구 꺾어 온 머리에다 꽂으셨네!"

그래도 대답이 없었다. 유노파는 갑자기 이런 생각이 들었다.

'부잣집에는 옷 입을 때 보는 체경體鏡이 있다던데, 혹시 저건 체경에 비친 내 모습이 아닐까?'

손을 내밀어 만지며 자세히 살펴보니 틀림없었다. 그것은 투각透刻으로 장식한 자단목 판자 사이에 거울을 박아 넣은 것이었다.

"여긴 막혔는데 어떻게 나가지?"

이렇게 중얼거리며 계속 손으로 더듬었다.

이 거울은 원래 서양식 스위치〔機括〕[15]가 달려 있어서 열고 닫을 수 있는 장치가 되어 있었다. 그런데 뜻밖에도 유노파가 마구 만지는 바람에 그 힘이 교묘하게 들어맞아 스위치를 켜 거울이 가려지고 문이 나타나게 되었다. 유노파는 놀랍고도 기뻐하며 잰걸음으로 나왔다. 그러자 아주 아름다운 침실 휘장이 보였다. 이때 그녀는 술이 상당히 취해 있었고 또 걷느라 피곤해서 침상에 털썩 주저앉아버렸다. 그녀는 그저 잠시 쉴 생각이었지만, 몸을 마음대로 가눌 수 없어서 앞뒤로 흔들흔들 하더니 눈이 몽롱해져서는 그대로 침대에 비스듬히 누워 잠이 들어버렸다.

한편, 아무리 기다려도 유노파가 나타나지 않자 판아는 할머니가 없어진 줄 알고 자지러지게 울어댔다. 사람들은 웃으면서 말했다.

"설마 측간에 빠진 건 아니겠지? 어서 누구더러 가보라고 해."

명을 받고 두 할멈이 찾으러 갔지만 측간에는 아무도 없었다. 이에 모두 여기저기 찾아보았으나 도무지 찾을 수가 없었다. 습인은 노파가 간 길을 추측해보았다.

'술에 취해 길을 잃은 모양인데, 이 길로 가면 우리 이홍원의 뒤뜰로 들어가잖아? 꽃담으로 들어가 방의 뒷문으로 들어갔다면 갑자기 누군가 만나더라도 아이들이 누군지 알아보았겠지. 하지만 꽃담 안으로 들어가지 않고 서남쪽으로 갔다면 곤란해. 길을 돌아나갔다면 다행이겠지만 그렇지 않다면 계속 맴돌고 있을 거야. 내가 가서 찾아봐야겠다.'

그렇게 생각하며 돌아와 이홍원으로 들어가서 사람을 불렀다. 하지만 방을 지키고 있던 하녀들은 벌써 몰래 놀러가버린 상태였다.

습인이 방문에 들어서서 진열장〔集錦樀子〕[16]을 돌아 들어가자 우레같이 코고는 소리가 들려왔다. 황급히 들어가보니 온 방 안에 술 냄새와 방귀 냄새가 가득하고, 유노파는 침상에서 손발을 활개치며 누워 있었다. 습인은 너무 놀라 다급히 다가가서 유노파를 마구 흔들어 깨웠다. 유노파도 놀라 깨어났고 습인을 발견하자 얼른 일어나며 말했다.

"아가씨, 제가 실수를 저질렀구먼요! 하지만 침대는 더럽히지 않았습니다요!"

그러면서 누웠던 자리를 손으로 털었다. 습인은 시끄러워지면 보옥이 알게 될까 걱정스러워 유노파에게 아무 말하지 말라고 손짓했다. 그리고 서둘러 향로 안에 백합향을 서너 줌 집어넣고 뚜껑을 닫았다. 대충 정리하고 나오긴 했지만 유노파가 토해놓지 않은 게 천만다행이었다. 습인은 얼른 미소를 지으며 나직이 말했다.

"괜찮아요, 제가 있잖아요. 저를 따라 나오세요."

유노파가 습인을 따라나와 하녀들 방으로 갔다. 습인은 그녀를 자리에 앉히고 이렇게 말했다.

"사람들에게는 술에 취해 산 속 바위 위에서 잠깐 졸았다고 하세요."

유노파가 그러겠다고 하자, 습인은 다시 그녀에게 차를 두어 잔 주었다. 유노파가 술이 깨자 물었다.

"거긴 어느 아가씨 규방이기에 그리 아름답습니까? 꼭 하늘나라에 온 것 같습니다."

습인이 희미하게 미소를 지으며 말했다.

"거기는 바로 보옥 도련님 침실이에요."

유노파는 너무 놀라 아무 소리도 내지 못했다. 습인은 그녀를 데리고 앞쪽으로 나가서, 사람들에게 유노파가 풀밭에 누워 자고 있기에 데려왔다고 둘러댔다. 모두들 더 캐묻지 않고 그랬나 보다 생각했다.

잠시 후 태부인이 잠에서 깨어나 도향촌에 저녁 식사를 차리게 했다. 태부인은 피곤해서 밥도 먹지 않고 대나무로 만든 의자가 얹힌 가마를 타고 방으로 돌아갔다. 그리고는 희봉 등에게 가서 식사를 하라고 했다. 여러 자매들은 다시 대관원으로 들어갔다. 이후에 어찌 되었는지는 다음 회를 보시라.

제42회

설보차는 부드러운 말로 의혹을 풀어주고
임대옥은 점잖은 농담으로 여운을 보충하다

蘅蕪君蘭言解疑癖　瀟湘子雅謔補餘香

임대옥이 농담으로 좌중을 웃기다.

 여러 자매들이 다시 대관원으로 들어가 밥을 먹고 자리를 파한 것까지는 별로 이야기할 만한 것이 없다.
 한편, 유노파는 판아를 데리고 먼저 희봉을 찾아가 말했다.
 "내일 아침 일찍 집으로 돌아갈까 합니다. 날짜는 많지 않았지만 이삼일 지내면서 이제껏 듣도 보도 못했던 것들과 먹어보지 못한 것들을 원없이 경험했습니다. 노마님과 아씨들, 아가씨들, 심지어 각 방의 시녀들까지 모두 가난한 저를 불쌍히 여겨 살뜰하게 보살펴주셔서 정말 감사합니다. 돌아가더라도 달리 보답할 길은 없기에 다만 경건히 기다란 향을 사르며 날마다 이 댁을 위해 염불을 외우고, 모든 분이 백세까지 장수하시도록 보살펴주십사고 기원하겠습니다."
 "호호, 너무 좋아하지 마셔요. 할머니 때문에 저희 할머님도 감기에 걸리셔서 누워 고생하시고, 저희 대저도 감기에 걸려 몸이 불덩이가 되어 있거든요."
 유노파가 탄식하며 말했다.
 "노마님은 연세가 많으셔서 피로를 이기지 못하셨나 봅니다."
 "하지만 이제껏 어제처럼 즐거워하신 적이 없었어요. 대관원에야 늘 들어가시지만 그저 한두 군데 들르셔서 잠시 앉아 계시다가 돌아오시는 정도였지요. 어제는 할머니가 계셔서 구경을 시켜드리겠다고 대관원을 반쯤 걸어다니셨잖아요. 우리 대저도 저를 찾으러 왔을 때 노마님께서 떡 한 조각을 주셨는데, 바람을 맞으면서 먹어서 그런지 바로 열이 나기 시작했어요."

"아기씨는 대관원에 자주 들어가지 않으셨나 봅니다. 어린 아이들은 원래 낯선 곳에는 가지 말아야 하는 법이지요. 우리네 애들과는 다릅니다. 걔들은 걸음마만 할 줄 알면 공동묘지고 뭐고 할 것 없이 돌아다니지 않는 데가 없지요. 그렇지만 아기씨는 바람을 맞았을 수도 있고, 또 몸도 눈도 깨끗한 아기씨께 무슨 귀신이 붙었을 수도 있어요. 제 생각에는 아기씨께 수서崇書[1]를 좀 보여드려서 귀신이 붙어 있지 못하게 해드리는 게 좋겠습니다."

그 말에 희봉은 퍼뜩 떠오르는 게 있어 평아에게 『옥갑기玉匣記』*를 꺼내 오라하고, 채명더러 대저에게 읽어주라고 했다. 채명이 책을 넘기면서 소리 내어 읽었다.

"팔월 이십오일, 병든 사람은 동남쪽에서 꽃신을 만나리라. 오색 지전紙錢 마흔 장을 동남쪽 마흔 걸음 떨어진 곳에서 불사르면 크게 길하리라."

희봉이 웃으며 말했다.

"과연 그렇군! 대관원 안에 꽃신이 없을 리 없지! 혹시 할머님도 꽃신에 들린 게 아닐까?"

그리고 사람을 보내 지전 두 뭉치를 준비하게 하여 두 사람을 시켜, 하나는 태부인의 액을 물리치고 다른 하나는 대저의 액을 물리치는 데 쓰도록 했다. 그러자 과연 대저의 열이 내리면서 편히 잠들었다.

희봉이 웃으며 말했다.

"아무래도 연세 많은 분이라 견문이 넓군요. 우리 대저는 자주 병에 시달리는데 무슨 까닭인지 모르겠어요."

"그럴 수도 있지요. 부귀한 집안의 아이들은 대개 허약해서 조금만 힘들어도 견디지 못합니다. 아기씨도 너무 귀하게 자라셔서 그런 게지요. 이후로 아씨께서 아기씨에게 신경을 조금만 덜 쓰시면 괜찮아질 겁니다."

"그것도 일리가 있군요. 지금 생각난 건데 저 아이한테 아직 이름이 없어요. 할머니가 하나 지어주셔요. 그러면 할머니가 누리시는 장수의 복도 조금 얻을 수 있고, 또 할머니같이 시골에 계신 분들은, 이런 말 한다고 화내지 마셔요, 어쨌든 가난에 좀 시달리잖아요? 그러니 할머니가 이름을 지어주시면 저 아이는 그런 고생을 하지 않을 수 있지 않겠어요?"

유노파가 잠시 생각해보더니 웃으며 말했다.

"아기씨가 언제 태어나셨지요?"

"생일이 좋지 않아요. 공교롭게도 칠월 칠일이거든요."

"호호, 그럼 잘됐네요! 아기씨 이름을 '교가巧哥'라고 하지요. 이런 걸 두고 '이독제독以毒制毒, 이열치열以熱治熱'의 방법이라고 하지요. 아씨께서 제 말대로 이름을 지으시면 아기씨는 분명 백세까지 장수하실 겁니다. 나중에 커서 출가하신 뒤에 혹시 무슨 일이 잠시 뜻대로 되지 않는다 해도 결국은 전화위복轉禍爲福이 되실 겁니다. 흉한 일을 만나도 길하게 변하게 되니 바로 이 '교묘하다[巧]'는 이름 덕분이 아니겠습니까?"

그 말에 당연히 희봉도 기뻐하며 얼른 감사를 표하고 이렇게 말했다.

"호호, 할머니 말씀대로 저 아이가 신명의 덕으로 복을 누리게 되면 좋겠군요."

그러고 나서 평아를 불러 분부했다.

"내일은 일이 많아 틈이 없을 것 같다. 지금 시간 있을 때 유할머니에게 드릴 물건들을 골라두어야 내일 아침 일찍 떠나시기가 편할 것 같구나."

유노파가 얼른 말했다.

"그렇게까지 하실 필요 없습니다. 벌써 며칠 동안이나 폐를 끼쳤는데 물건까지 가져가면 마음이 더 편치 않습니다."

"별게 아니라 그저 일상적인 물건일 뿐이에요. 마음에 드시거나 말거나 가져가셔요. 이웃에게 보여주기에도 좋지 않겠어요? 그래도 성 안에 다녀가시는 거잖아요."

그러자 평아가 다가와 말했다.

"할머니, 이쪽으로 오셔서 좀 보세요."

유노파가 서둘러 평아를 따라 다른 방으로 갔다. 구들 위에는 물건이 반쯤 쌓여 있었다. 평아가 하나하나 집어 보여주며 말했다.

"이건 어제 할머니가 탐내던 푸른 비단 한 필인데, 아씨께서 안감으로 쓰시라고 하늘색의 촘촘한 비단을 따로 주셨어요. 이건 명주 두 필인데 저고리를 만들어도 되고 치마를 만들어도 돼요. 이 보따리에는 주단 두 필이 들어 있는데 세밑에 설빔이나 만드셔요. 여기 찬합에는 궁중에서 만든 각종 간식거리가 들어 있어요. 할머니가 잡숴보신 것도 있고 못 드신 것도 있으니까 가져가서 손님 접대에 쓰세요. 거기서 사는 것보다는 그래도 좀 나을 거예요. 이 두 개의 자루는 어제 할머니가 채소를 담아오신 건데, 하나에는 어전御田에서 수확한 멥쌀 두 말을 담았어요. 죽을 끓이면 아주 좋아요. 그리고 이 자루에는 대관원에서 딴 과일들과 각종 말린 과일들을 담았어요. 그리고 이 봉지에는 은돈 여덟 냥이 들어 있어요. 모두 우리 아씨께서 드리는 거예요. 또 이 두 봉지에는 각기 쉰 냥씩 백 냥이 들어 있는데 이건 마님께서 드리는 거예요. 갖고 가셔서 자그마한 장사를 하시든지 땅을 조금 사시든지, 앞으로는 친척이나 아는 사람들에게 사정하며 살지 않도록 하라고 하셨어요."

그러고는 평아가 살며시 웃으며 말했다.

"이 저고리 두 벌하고 치마 두 개, 머리싸개 네 개, 털실 한 뭉치는 제가 드리는 선물이에요. 옷이 좀 오래되긴 했지만 험하게 입진 않았어요. 하지만 싫으시다면 굳이 권하진 않을게요."

평아가 한마디 할 때마다 유노파는 고맙다고 염불을 한 번씩 외워 벌써 수천 번이나 말했다. 그리고 이런 선물을 주면서도 평아가 이렇게까지 겸손하게 말하니 유노파가 황급히 염불을 외며 말했다.

"아가씨, 무슨 말씀을! 이리 좋은 것들을 제가 어찌 마다하겠어요! 저는 돈이 있어도 이런 걸 살 데가 없잖아요? 다만 송구스럽네요. 받기도 그렇고 안 받자니 아가씨의 성의를 저버리는 것 같아서요."

"호호, 다른 말씀 마셔요. 같은 집안사람이라서 저도 이런 걸 드리는 거니까 안심하고 받으셔요. 그리고 저도 할머니께 바라는 게 있거든요. 연말에 댁에서 말린 배추 시래기[灰條菜乾子]2와 광저기[豇豆], 강낭콩, 가지, 조롱박 말랭이[葫蘆條兒]3 같은 말린 채소들을 조금 보내주셔요. 이 집에서는 위아래를 막론하고 모두 좋아한답니다. 그거면 돼요. 다른 건 전혀 필요 없으니까 괜히 신경 쓰지 마셔요."

유노파가 계속 감사해하며 그러겠노라고 하자 평아가 말했다.

"가서 주무셔요. 제가 이것들을 잘 싸서 여기 두었다가 내일 아침에 하인들을 시켜 수레에다 싣게 할게요. 할머니는 전혀 신경 쓰지 마세요."

유노파는 더욱 감격하여 건너와서 또 희봉에게 계속 감사하다고 했다. 그런 다음 태부인의 거처로 가서 하룻밤을 자고, 다음 날 아침 세수를 하고 바로 작별 인사를 하려고 했다. 그런데 태부인의 몸이 불편해서 모두들 문안을 하러 오고, 의원을 부르러 사람을 보냈다. 잠시 후 할멈이 의원이 왔다고 알렸다. 어멈이 태부인에게 휘장 안에 들어가 앉으시라고 권하자 태부인이 말했다.

"나도 늙었다. 그런 것들쯤은 다 낳아 길러보았는데 뭘 피하겠느냐! 휘장 칠 것 없이 그냥 이대로 진찰하라고 해라."

할멈들은 곧 작은 탁자와 베개를 하나씩 가져다 놓고 의원을 모셔 왔다.

잠시 후 가진賈珍•과 가련賈璉•, 가용賈蓉•이 왕태의와 함께 들어왔다. 왕태의는 감히 가운데 길로 걷지 못하고 옆 계단으로 가진을 따라 걷다가 섬돌에 올라섰다. 양쪽에서 두 명의 할멈이 주렴을 걷자, 두 명의 할멈이 안으로 안내했고, 다시 보옥이 나와 맞이했다. 태부인은 태 속에 있던 양의 가죽[一斗珠]4에 주름 잡힌 푸른 비단을 댄 마고자를 입고 걸상에 반듯하게 앉아 있었다. 그 양쪽에는 네 명의 나이 어린 하녀들이 파리채와 가래 받는 타구 등을 들고 시립해 있었고, 또 대여섯 명의 할멈이 기러기가 나는 모양으로 가지런히 줄을 맞춰 양쪽에 시립해 있었다. 벽사주 뒤쪽에는 붉은 옷을 입고 진주 등의 보석으로 장식된 비녀를 꽂은 사람이 여러 명 서 있는 모습이 은은하게 비쳐 보였다. 왕태의는 감히 고개를 들지 못한 채 황급히 올라와 인사를 했다. 태부인은 그가 육품 관리의 옷을 입고 있는 것을 보고는 어의御醫임을 알고 웃음을 머금으며 물었다.

"공봉供奉[5], 안녕하시오?"

그리고 가진에게 물었다.

"이 공봉께선 성씨가 어찌 되시는가?"

"왕씨입니다."

"옛날 태의원을 관장하던 정당正堂으로 왕군효王君效라는 분이 계셨는데 진맥을 아주 잘하셨지."

왕태의가 황급히 허리를 굽히고 고개를 숙인 채 웃음을 머금고 대답했다.

"그분은 소인의 숙조叔祖이십니다."

태부인이 웃으며 말했다.

"그렇구려. 그럼 우리 집안과는 대대로 교분이 있는 셈이구먼."

그러면서 천천히 손을 내밀어 베개 위에 얹어놓았다. 할멈이 작은 걸상을 가져와 탁자 앞쪽의 조금 비스듬한 곳에 놓았다. 왕태의는 한쪽 무릎을 꿇고 고개를 비스듬히 기울인 채 한참 맥을 짚어보고 또 다른 손을 짚어본 후 곧 허리를 굽히고 고개를 숙인 채 물러났다. 태부인이 말했다.

"애쓰셨습니다. 진아, 모시고 나가 차를 대접해드려라."

가진과 가련 등은 얼른 "예! 예!" 대답하고 다시 왕태의를 데리고 서재로 갔다. 왕태의가 말했다.

"노마님께서는 별다른 병이 아니라 감기에 걸리셨을 뿐이니 약을 쓸 필요도 없이 안정을 조금 취하시고 따뜻하게 계시면 금방 나으실 겁니다. 이제 처방을 써드리겠습니다. 태부인께서 원하시면 처방대로 한 제만 달여 잡수시고, 싫다 하시면 안 드셔도 됩니다."

그러면서 왕태의는 차를 마시고 처방을 써주었다. 왕태의가 가려고 막 인사를 하려 할 때 유모가 대저를 안고 나와서 웃음 지으며 말했다.

"어르신, 저희도 좀 봐주세요."

왕태의가 황급히 일어나 왼손으로 유모의 품에 안긴 대저의 손을 잡고 오른손으로 진맥을 했다. 그리고 머리를 만져보고, 또 혀를 내밀어 보이라고 한 다음 한 번 살펴보고는 웃으며 말했다.

"제 얘기를 들으시면 아기씨께서 저를 욕하실 겁니다만, 그냥 두 끼 정도만 아무것도 드시지 않게 하면 괜찮아지실 겁니다. 탕약은 필요 없고, 제가 환약을 드릴 테니 주무실 때 따뜻한 생강 국물에 개어서 드시게 하면 됩니다."

그런 뒤에 왕태의는 인사를 하고 떠났다.

가진 등이 약방문을 가져와 태부인에게 설명했다. 약방문을 탁자에 두고 떠난 것에 대해서는 더 이상 이야기할 것도 없다.

왕부인과 이환, 희봉, 보차 등은 의원이 나가자 벽사주 뒤에서 나왔다. 왕부인은 잠시 앉아 있다가 자기 방으로 돌아갔다. 유노파는 별일 없다는 것을 알고 그제야 나아가 태부인에게 작별 인사를 했다. 태부인은 "짬이 나면 또 오시구려." 하고는 원앙에게 말했다.

"잘 전송해드려라. 저는 몸이 안 좋아서 바래다드리지 못하겠습니다."

유노파는 감사 인사를 하고 또 작별 인사를 한 다음 원앙과 함께 나갔다. 아래쪽 방에 도착하자 원앙이 구들 위에 놓인 보따리를 가리키며 말했다.

"이건 노마님의 옷가지들이에요. 모두 지난날 생신이나 명절 때 사람들이 예물로 드린 것들이지요. 그냥 두긴 아까워하셨어요. 한 번도 입지 않은 것들이니까요. 그런데 어제 저를 불러 할머니께 두 벌을 드리라고 하셨어요. 다른 사람에게 선물로 주시든지 집에서 입으시든지 마음대로 하시고, 하찮은 걸 드렸다고 비웃지 말기를 바란다고 하셨어요. 이 찬합에는

제42회

할머니가 좋다고 하신 밀가루 과자가 들어 있고, 이 봉지에는 할머니가 전에 말씀하신 약이 들어 있어요. 매화점설단梅花點舌丹[6]과 자금정紫金錠[7], 활락단活絡丹[8], 최생보명단催生保命丹[9] 등이 들어 있는데 각각 약방문을 적은 종이에 싸서 한 봉지에 담았어요. 그리고 이 두 개의 염낭[荷包]은 노리개 삼아 차고 다니셔요."

그러면서 염낭의 끈을 풀어 '필정여의筆錠如意' 금원보金元寶[10] 두 개를 꺼내 보여주면서 말했다.

"호호, 염낭은 가져가시고 이것들은 저를 주셔요."

유노파는 뜻밖의 선물에 너무 기뻤고 벌써 수천 번이나 염불을 외웠던 차였기에, 원앙이 그렇게 말하자 바로 대답했다.

"그래요. 그건 아가씨 가지셔요."

원앙은 유노파가 진심으로 여기는 것을 보고 다시 금원보들을 염낭에 담아 묶고 웃으면서 말했다.

"농담이에요. 이런 건 저도 많이 있거든요. 갖고 계시다가 연말에 아이들에게 주셔요."

이야기를 나누는 사이에 하녀 하나가 성요에서 구워낸 찻잔을 가져와 유노파에게 건네주었다.

"보옥 도련님께서 주시는 거예요."

유노파가 말했다.

"이거 무슨 말을 해야 할지…… 어느 전생에 덕을 쌓았기에 지금 이런 복을 받는지 모르겠네요."

그렇게 말하며 찻잔을 받자 원앙이 말했다.

"전에 목욕하시고 갈아입은 옷은 제 거였어요. 제겐 몇 벌이 있으니까 괜찮으시다면 그 옷은 할머니 가지셔요."

또 유노파는 얼른 감사하다고 했다. 원앙은 두 벌을 더 가져와 잘 싸서 유노파에게 주었다. 유노파는 보옥과 여러 자매들, 그리고 왕부인에게 감사 인사를 하러 대관원으로 가려고 했다. 그러자 원앙이 말했다.

"가실 필요 없어요. 그분들은 지금 사람을 만나려 하지 않을 거예요. 나중에 제가 대신 말씀드릴게요. 짬이 나면 또 오셔요."

이어서 그녀는 할멈 하나를 불러 지시했다.

"중문에 있는 하인 둘을 불러 할머니 짐 나르는 걸 도와드리라고 해요."

할멈이 그러겠다고 하자 원앙은 유노파와 희봉의 거처로 가서 함께 짐을 가져와 쪽문에서 하인들에게 밖으로 나르게 하고, 유노파가 수레에 오를 때까지 전송했다. 여기에 대해서는 더 이상 이야기하지 않겠다.

한편, 보차 등은 아침을 먹은 뒤에 태부인에게 문안 인사를 올리고 대관원으로 돌아왔다. 갈림길에 이르자 보차가 대옥에게 말했다.

"얘, 이리 좀 와봐. 물어볼 말이 있어."

대옥이 보차를 따라 형무원으로 갔다. 방에 들어가자 보차가 자리에 앉아 웃으며 말했다.

"무릎을 꿇어라, 심문을 해야겠다!"

대옥이 무슨 영문인지 몰라 역시 웃으면서 물었다.

"어머, 미쳤어요? 왜 절 심문해요?"

"흥! 귀한 댁에서 애지중지 자라 바깥 구경도 못해본 아가씨! 내내 뱉어낸 말이 뭐였지? 사실대로 불어!"

대옥은 여전히 무슨 말인지 몰라 겉으로는 계속 웃었지만 속으로는 의아해했다. 하지만 입으로는 그저 이렇게 말할 따름이었다.

"제가 무슨 말을 했다고 그래요? 괜히 생사람 잡지 마세요. 말해봐요, 제가 뭐라고 하던가요?"

"호호, 아직도 발뺌을 해? 어제 주령놀이를 할 때 뭐라고 했어? 난 대체 그게 어디서 나온 말인지 모르겠던걸?"

대옥은 그제야 자기가 어제 조심성 없이 『모란정牡丹亭』과 『서상기西廂

記』*에 들어 있는 두 구절을 말했다는 사실이 떠올랐다. 그러고는 자기도 모르게 얼굴이 빨개졌다. 그녀는 얼른 보차를 끌어안고 생글거리며 말했다.

"호호, 언니, 그건 뜻도 모르고 그냥 입에서 나오는 대로 한 말이었어요. 무슨 뜻인지 가르쳐주면 다시는 입에 담지 않을게요."

"나도 무슨 뜻인지는 몰라. 듣고 보니 아주 신기해서 너한테 물어보는 거야."

"언니, 제발 다른 사람들에게는 얘기하지 말아줘요. 이후로 다시는 그런 소리 하지 않을게요."

보차는 그녀가 부끄러워 얼굴이 빨개진 채 사정하자 더 이상 추궁하지 않았다. 그리고 대옥을 끌어당겨 자리에 앉히고 나서 차를 마시면서 천천히 말했다.

"넌 내가 어떤 사람이라고 생각해? 나도 장난기가 많아. 일고여덟 살 때부터 말썽을 많이 피웠지. 우리 집도 선비 집안이라 할아버지께서 장서藏書 모으는 취미가 있으셨어. 예전엔 식구들이 많고 형제자매들이 다 함께 살았는데, 모두 제대로 된 책은 보기 싫어했어. 형제들 가운데는 시나 사를 좋아하는 이들도 있어서 『서상기』나 『비파기琵琶記』11, 그리고 『원인백종元人百種』12 같은 책들이 없는 게 없었어. 남자 형제들은 우리 몰래 그런 책들을 읽었고, 우리 자매들도 그들 몰래 읽었어. 나중에 어른들이 알게 되는 바람에 매를 맞고, 꾸중도 듣고, 책을 불사르고 나서야 그만두게 되었어. 그러니까 우리 여자아이들은 글을 모르는 게 차라리 나았어. 남자들도 책을 읽어 이치를 모르면 읽지 않는 게 차라리 나아. 게다가 너와 나는 시도 짓고 글씨도 쓰는데, 이건 원래 우리 본분에 맞지 않을 뿐만 아니라 남자들에게도 할 일이 아닌 거야. 남자들은 글을 읽어 이치를 깨달아서 나라와 백성을 다스리는 데 도움이 되면 좋은 거야. 하지만 지금은 그런 사람이 있다는 얘기는 들어보지 못했어. 책을 읽어서 오히려 망가져버리는 거지. 이건 책이 사람을 망치는 거 아니겠어? 애석하게도 사람도 책을 모욕하고 있지. 그러니 차라리 농사를 짓거나 장사를 하면 크게 해로운 점이 없겠지. 너랑 나랑은 바느질이나 길쌈 같은 일을 해야지 글은 괜히 알게 된 거야. 또 기왕에 글을 알았다면 올바른 책을 골라 읽는 건 괜찮아. 하지만 잡스러운 책을 보면 성정性情이 변해서 구제불능이 돼."

대옥은 줄곧 고개를 푹 숙인 채 그 말을 들으면서 속으로 승복하며 그저 "맞아요! 그래요!" 하고 대답할 수밖에 없었다. 그때 갑자기 소운이 들어와 말했다.

"우리 아씨께서 중요한 일을 상의하신다고, 두 분을 모셔 오라고 하셔요. 영춘 아가씨, 탐춘 아가씨, 석춘 아가씨, 상운 아가씨, 보옥 도련님도 모두 모여 기다리고 계셔요."

보차가 말했다.

"또 무슨 일이래?"

대옥이 말했다.

"가보면 알겠지요."

두 사람은 함께 도향촌으로 갔다. 과연 모두들 거기에 모여 있었다.

이환이 두 사람을 보고 웃는 얼굴로 말했다.

"시사가 아직 제대로 시작도 하지 않았는데 벌써 빠져나가는 이가 생겼어요. 석춘 아가씨가 일 년 동안 휴가를 달라고 하네요."

대옥이 웃으면서 말했다.

"어제 할머님께서 하신 말씀 때문이로군요. 대관원 그림인지 뭔지를 그리라고 하시니까 그 핑계로 휴가를 내달라는 게지요."

탐춘이 생글대며 말했다.

"할머님 탓이 아니라 다 유할머니 말씀 때문이지요."

대옥이 얼른 말을 받았다.

"호호, 누가 아니래? 다 그 양반 말 때문이지. 어느 집안의 할멈인지는 몰라도 그냥 '암메뚜기'라고 불러야 마땅해."

그 말에 모두 웃음을 터뜨렸다. 보차가 말했다.

"호호, 세상의 모든 말은 희봉 언니 입에 걸리면 끝나지요. 하지만 다행히 희봉 언니는 글을 몰라서 아는 게 많지 않으니까 죄다 시정의 속된 일로 웃기는 정도예요. 하지만 빈아顰兒*는 입심도 세고 『춘추春秋』의 화법13을 써서 시정의 조잡한 말 가운데 핵심을 뽑고 군더더기를 깎은 후에 다시 윤색하고 비유를 하니 한마디를 해도 딱 부러지게 해요. 그 '암메뚜기'라는 말은 어제 그 할멈의 작태를 그대로 보여주지 않아요? 쟤는 정말 머리가 빨리 돌아간다니까!"

그 말에 모두 웃으며 말했다.

"그 설명도 저 두 사람에게 뒤지지 않는데요?"

이환이 말했다.

"여러분, 석춘 아가씨에게 얼마 동안 휴가를 줘야 할지 상의해보도록 해요. 저는 한 달을 제시했는데 석춘 아가씨는 짧다고 하네요. 여러분 생각은 어때요?"

대옥이 말했다.

"따져보면 일 년도 길지 않지요. 대관원을 짓는 데 한 해가 걸렸으니, 그걸 그리자면 당연히 두 해는 걸리지 않겠어요? 먹을 갈아 붓을 놀리고, 종이를 펴고, 색칠을 하고, 또……"

여기까지 말하자 모두 대옥이 석춘을 놀리는 것인 줄 알고는 웃으면서 물었다.

"또 뭐가 필요한데?"

대옥도 스스로 웃음을 참지 못하고 말했다.

"그리고 또 실물대로 천천히 그려야 하니까 두 해는 걸리지 않겠어요?"

그 말에 모두 손뼉을 치며 웃음을 멈추지 못했다. 보차가 말했다.

"마지막 말은 정말 절묘한걸? 그러니까 어제 했던 우스갯소리는 우습긴 했지만 다시 생각해보면 맛이 없어요. 그런데 잘 생각해보셔요. 빈아가 지금 한 말들은 평범해보이지만 다시 생각해보면 깊은 맛이 있거든요. 난 너무 웃겨서 움직일 기운도 없어요."

석춘이 말했다.

"언니가 자꾸 칭찬하니까 더하는 거라고요. 이번엔 나까지도 놀려대는군요!"

대옥이 얼른 그녀의 손을 잡으며 말했다.

"그런데 궁금한 게 있는데 말이야, 그냥 이 대관원만 그리는 거야 아니면 우리까지 그려넣을 거야?"

"원래는 대관원만 그릴 생각이었는데 어제 할머님이 그러시더라고요. 그냥 정원만 그리면 건물 조감에 지나지 않으니까 사람까지 그려넣어야 '행락도行樂圖'* 처럼 보기 좋겠다고 하셨어요. 저는 건물을 세밀하게 그릴 줄도 모르고 인물화도 잘 못 그리는데, 그렇다고 못 그리겠다고 말할 수도 없어서 정말 곤란한 상황이에요."

"인물화는 그래도 쉽지만 넌 초충草蟲은 잘 못 그리잖아?"

이환이 말했다.

"또 뭘 모르는 소리를 하네요. 이 그림에 초충을 그릴 필요가 있나요? 새는 한두 마리 넣어주는 게 좋겠지만요."

"호호, 다른 풀과 벌레는 안 그려도 되지. 하지만 어제의 그 '암메뚜기'를 그려 넣지 않으면 재미있는 고사故事가 빠지는 거잖아요!"

그 말에 또 모두 웃음을 터뜨렸다. 대옥은 웃다가 두 손으로 가슴을 누르면서 말했다.

"얼른 그려봐. 나는 벌써 제발題跋[14]까지도 생각해뒀어. 그림에 제목을 붙인다면 「메뚜기와 함께 게걸스럽게 먹다〔攜蝗大嚼圖〕」가 좋겠네."

그 말에 또다시 폭소를 터뜨리며 몸도 가누지 못했다. 그때 갑자기 "꽈당!" 하며 무언가 쓰러지는 소리가 들렸다. 황급히 돌아보니 상운이 의자 등받이에 기대고 있다가 의자와 함께 넘어지는 소리였다. 그 의자는 원래

제42회 177

제대로 놓여 있지 않았는데, 그녀가 등받이에 온몸을 기대고 웃다가 미처 생각지 않게 의자 다리가 동쪽으로 기울어지면서 의자와 사람이 한꺼번에 쓰러졌던 것이다. 다행히 벽이 막아주어서 방바닥에 떨어지지는 않았다. 그 모습을 본 사람들은 더욱 웃음을 멈추지 못했다. 보옥이 얼른 다가가 부축해 일으켜주자 차츰 웃음이 잦아들었다. 보옥이 대옥에게 눈짓을 했다. 대옥은 그 뜻을 눈치채고 안방으로 들어가 거울 덮개를 걷고 거울에 비춰보니 양쪽 귀밑머리가 조금 헝클어져 있었다. 그녀는 얼른 이환의 화장갑을 열고 머리 솔〔抿子〕[15]을 꺼내 거울을 보며 잘 다듬은 후 밖으로 나와 이환에게 말했다.

"언니는 저희한테 바느질을 시키고 여자의 도리를 가르쳐야 하는데, 오히려 웃고 떠들게만 만드시는군요."

"호호, 이 무슨 황당한 소리야? 자기가 먼저 장난을 쳐서 사람들을 웃겨 놓고 오히려 나한테 트집을 잡는군! 정말 괘씸하네! 나중에 고약한 시어머니와 수천만 명의 못돼 먹은 시누이와 올케들을 만나보라지. 그때 가서도 이렇게 교활한 짓을 할 수 있을까?"

대옥은 얼굴이 빨개져서 보차의 팔을 붙들고 말했다.

"일 년 동안 휴가를 주도록 하지요."

그러자 보차가 말했다.

"여러분, 제가 공평하게 한마디 할게요. 석춘 아가씨가 그림을 잘 그리긴 해도 사물의 모습에 자기 마음을 대충 표현하는 정도예요. 그런데 지금 대관원을 그리려면 마음에 여러 폭의 산수화를 담고 있어야만 가능해요. 대관원은 그 자체로 그림처럼 산과 바위, 나무, 누각, 건물들이 원근에 따라 드문드문하게 또는 빽빽하게 배치되어 있고, 너무 많지도 너무 적지도 않게 딱 어울리도록 되어 있어요. 그걸 그대로 그리면 좋은 그림이 나올 수 없을 거예요. 거리의 원근을 따져서 많고 적은 것을 정하고, 중심적인 것과 부차적인 것도 나누고, 더할 것은 더하고 뺄 것은 빼고, 숨길 것은 숨기고 드러낼 것은 드러내서 초고를 그린 다음, 다시 세밀하게 다듬어야 밑그림이 만들어지지요. 다음으로 이 누각들과 건물들은 반드시 '계화界畵'[16]의 수법으로 그려야 해요. 조금만 주의를 기울이지 않으면 난간이 삐뚤어지게 되거나 기둥이 쏠리고, 창과 문이 뒤집어지고, 계단에 틈이 생기고, 심지어 탁자가 벽에 박혀 있거나 화분이 주렴 위에 놓이게 되어서 '우스운 이야기〔笑話〕'[17]가 되어버리지요. 셋째, 인물을 삽입할 때도 드문드문 그리거나 밀집한 모습으로 그리거나, 키가 크게 그리거나 작게 그리도록 구별해야 해요. 옷의 주름이나 치마끈, 손가락과 발걸음도 아주 중요하지요. 조금이라도 세밀하지 못하면 손이 퉁퉁 부은 것처럼 보이거나 다리가 짝짝이가 되고 말아요. 그에 비하면 얼굴의 색이 얼룩지거나 머리카락이 흐트러지는 것은 오히려 자잘한 일이지요. 제 생각에는 정말 어려운 일이 될 것 같아요. 이제 일 년의 휴가는 너무 길고 한 달은 너무 짧으니까 반년 가량 휴가를 주고, 또 보옥 도련님이 도와주도록 하는 게 좋겠어요. 하지만 보옥 도련님이 그림을 알아서 석춘 아가씨를 가르치라는 뜻은 아니에요. 그러면 일을 더 그르치게 되겠지요. 그저 석춘 아가씨가 모르는 게 있거나 구도를 잡기 어려운 부분이 있을 때, 보옥 도련님이 계신 바깥 서재에 갖고 나가서 그림에 뛰어난 문객〔相公〕들께 자문을 구하게 하면 훨씬 쉬워질 거라는 얘기지요."

보옥이 기뻐하며 말했다.

"아주 좋은 생각이네요. 첨자량詹子亮은 세밀하게 누대를 잘 그리고, 정일흥程日興은 미인도를 그리는 데 특기가 있으니까 당장 그 사람들한테 가서 물어볼게요."

보차가 말했다.

"제가 괜히 도련님을 '무사망無事忙'이라고 한 게 아니에요. 말이 끝나기가 무섭게 물으러 가겠다고 하니 말이지요. 상의해서 결정이 되면 가셔야지요. 그럼 지금 가져갈 그림이나 있나요?"

"집에 설랑지가 있는데, 크기도 크고 먹물도 잘 먹어요."

"쯧! 그러니까 도련님은 쓸모가 없다니까요! 그 설랑지는 글씨를 쓰거나 성긴 문인화文人畵를 그릴 때, 또는 산수화를 그리더라도 남종화南宗畵[18]를 그리는 데에 적당해요. 먹물을 스며들게 하고 준찰皴擦[19]을 하는 데만 적당하니까요. 그런 설랑지에다 대관원을 그리게 되면 색도 잘 먹지 않고 물감과 먹의 층차도 뚜렷하지 않아서, 그려도 보기에 좋지 않아 괜히 종이만 낭비할 뿐이지요. 제가 한 가지 방법을 가르쳐드리겠어요. 전에 대관원을 지을 때 만든 상세한 도면이 있을 거예요. 장인이 그린 것이긴 하지만 거리와 방향은 맞을 거예요. 도련님께선 마님께 그것을 달라고 하신 뒤 그 종이의 크기를 재서 희봉 언니에게 두꺼운 비단을 달라고 하세요. 그리고 문객에게 부탁해서 명반明礬을 먹이게 하고[20], 석춘 아가씨가 그 도면을 보면서 뺄 건 빼고 보충할 건 보충해서 초고를 만든 후 인물을 그려 넣으면 될 거예요. 그리고 청록색 물감과 금박, 은박을 개는 일도 그분들에게 맡기면 돼요. 도련님과 석춘 아가씨는 풍로를 돌려서 아교를 녹이고 붓을 씻어두세요. 그리고 흰 칠을 한 큰 탁자를 준비해서 그 위에 펠트를 깔아두세요. 두 분한테는 물감 접시나 붓이 온전히 갖춰져 있지 않을 테니까 새로 한 벌 준비하는 게 좋겠어요."

석춘이 말했다.

"저한테 그런 그림 도구가 어디 있어요? 그냥 되는 대로 글씨 쓰던 붓으로 그림을 그렸을 뿐인데. 물감도 겨우 자석赭石과 황화廣花, 등황藤黃, 연지胭脂까지 네 가지밖에 없어요. 거기다 기껏 색칠하는 데 쓰는 붓 두 자루만 있을 뿐이에요."

보차가 말했다.

"진즉 말하지 그랬어요? 그런 것들은 저한테도 있어요. 다만 아가씨는 쓸 줄을 모르니까 줘봐야 헛일이었을 뿐이지요. 이제 제가 갖고 있는 것들을 아가씨에게 보내드릴게요. 근데 제 것들은 부채 그림을 그릴 때 쓰는 거라 이렇게 큰 그림을 그릴 때 쓰기에는 아까워요. 이제 제가 목록을 적어드릴 테니까 할머님께 구해달라고 해요. 두 분은 자세한 것은 모르실 테니까, 자, 제가 부를 테니 보옥 도련님이 적으세요."

보옥은 진즉 붓과 벼루를 준비해두었다. 들어서는 제대로 기억하지 못할 것 같아 적어두려 했던 것이다. 그런데 보차가 이렇게 얘기하자 기뻐하며 붓을 들고 조용히 귀를 기울였다. 보차가 말했다.

"1호 납작붓(排筆) 네 자루, 2호 납작붓 네 자루, 3호 납작붓 네 자루, 큰 색칠 붓 네 자루, 중간 색칠 붓 네 자루, 작은 색칠 붓 네 자루, 큰 남해조필 南蟹爪筆* 열 자루, 작은 해조필 열 자루, 수미필鬚眉筆 열 자루, 큰 착색필 着色筆 스무 자루, 작은 착색필 스무 자루, 개면필開面筆[21] 열 자루, 유조필 柳條筆 스무 자루, 전두주箭頭朱[22] 네 냥, 남자남赭[23] 네 냥, 석황石黃[24] 네 냥, 석청石靑[25] 네 냥, 석록石綠[26] 네 냥, 관황管黃[27] 네 냥, 광화廣花[28] 여덟 냥, 굴 껍질 가루(蛤粉) 네 갑匣, 연지胭脂 열 조각(片), 대적비금大赤飛金 이백 첩帖, 청금靑金 이백 첩, 광균교廣勻膠[29] 네 냥, 깨끗한 백반 네 냥. 그리고 비단에 먹일 백반은 밖에 있는 사람들이 알아서 할 테니까 신경 쓰지 마셔요. 도련님께서는 그냥 하얀 비단만 내주고 그분들더러 백반을 먹여달라고 하시면 돼요. 이 안료들을 빻아서 흙을 씻어내고(淘), 곱게 갈아 체에 걸러 아교 물에 씻고(澄), 위에 뜬 묽은 색을 불어 없애고(飛), 남은 것 가운데 중간색은 따라내 진한 색만 남기는 작업(跌)은 우리가 하기로 해요. 재미도 있고 사람을 쓸 수도 있으니까요. 도련님 평생 쓰기에도 충분할 거예요. 그리고 아주 고운 비단 네 장과 좀 성긴 비단 네 장, 담필擔筆[30] 네 자루, 크고 작은 유발乳鉢[31] 네 개, 크고 두꺼운 사발 스무 개, 다섯 치짜리 두꺼운 접시 열 개, 세 치짜리 두꺼운 흰색 접시 스무 개, 풍로 두 개, 크고 작은 질그릇 솥 네 개, 새 옹기 두 개, 새 물통 네 개, 한 자짜리 흰 포대 네 개, 부탄浮炭[32] 스무 근, 버드나무 숯 한 근, 서랍 세 개 달린 궤 한 개, 촘촘한 망사 한 길(丈), 생강 두 냥, 장 반 근."

그러자 대옥이 재빨리 말을 덧붙였다.

"쇠 가마 하나, 쇠 주걱 하나."

보차가 물었다.

"그건 어디에 쓰게?"

"언니가 생강하고 장 같은 것도 필요하다니까 가마를 준비해서 안료에 볶아 먹으려고요."

모두 웃음을 터뜨리자 보차가 말했다.

"호호, 그건 몰라서 하는 소리야. 두꺼운 접시들은 불에 얹으면 견뎌내지 못해. 미리 바닥에 생강즙과 장을 발라두지 않으면 불에 닿자마자 튀겨져서 갈라져버릴 테니까."

모두들 감탄하며 말했다.

"아하, 그런 거로군요!"

대옥이 또 목록을 보더니 웃으면서 탐춘의 팔을 잡아당기며 소곤소곤 말했다.

"이것 좀 봐. 그림 그리는 데 물 항아리며 궤까지 필요하다고 했잖아? 언니가 아마 헷갈려서 자기 혼수품 목록을 집어넣은 모양이야."

탐춘이 "에그!" 하면서 웃음을 참지 못하고 말했다.

"보차 언니, 대옥 언니 주둥이 좀 비틀어줘요. 언니 얘기에 뭐라고 꼬투리를 잡았는지 한번 물어봐요."

보차가 말했다.

"호호, 물어볼 필요 없지. 개 주둥이에 상아가 있을 리 없잖아?"

그러면서 냅다 달려들어 대옥을 구들에 눌러앉히고 그녀의 얼굴을 꼬집으려 했다. 대옥이 웃으며 얼른 빌었다.

"언니, 용서해줘요! 저는 나이가 어려서 말만 할 줄 알지 경중을 가릴 줄은 몰라요. 언니가 가르쳐주지 않고 용서해주지 않으면 누구한테 사정하라고요?"

사람들은 말속에 담긴 의미는 모른 채 모두 웃으며 말했다.

"너무 불쌍하게 말하니까 우리까지 마음이 약해지네. 용서해줘요."

보차는 원래 장난을 치려던 것이었는데, 대옥이 갑자기 잡스러운 책을 함부로 본다고 나무란 일까지 꺼내자 더 이상 추궁하기가 곤란해져서 그녀를 놓아주었다. 대옥이 웃으며 말했다.

"호호, 그래도 역시 언니라서 다르네. 나라면 절대 용서해주지 않았을 텐데."

보차가 그녀에게 손가락질을 하며 말했다.

"호호, 어쩐지 할머님께서 널 예뻐하시고 모두들 영리하다고 좋아하더라니! 이제 나도 널 예뻐해주겠어! 이리 와, 내가 머리를 다듬어줄게."

대옥이 다가오자 보차는 그녀의 머리를 다듬어주었다. 옆에 서 있던 보옥은 더욱 기분이 좋아져서 자기도 모르게 후회했다.

'아까 대옥이한테 귀밑머리를 다듬으라고 하지 말고 그대로 두게 해서 지금 내가 다듬어줄걸!'

그가 이런 황당한 생각에 빠져 있을 때 보차의 목소리가 들렸다.

"다 썼으면 내일 할머님께 말씀드려요. 집에 있다면 괜찮겠지만 아니라면 가서 사와야지요. 안료를 섞을 때 저도 도와드릴게요."

보옥은 얼른 목록을 챙겨 넣었다.

다 같이 잠시 더 한담을 나누었다. 저녁을 먹고 나선 태부인의 거처로 가서 문안 인사를 했다. 태부인은 큰 병에 걸린 것이 아니라 피로한데다 찬바람을 좀 쐰 것뿐이기 때문에, 하루 정도 따뜻하게 쉬면서 약을 한 첩 먹고 피부 아래 스민 병 기운을 흩뜨리고 나니 저녁 무렵에는 많이 괜찮아졌다.

다음 날 무슨 일이 일어나는지는 다음 회를 보시라.

제43회

재미 삼아 돈을 모아서 생일잔치를 하고
옛정을 못 잊어 흙을 모아 향을 피우다

閑取樂偶攢金慶壽　不了情暫撮土爲香

가보옥이 향을 피우고 금천을 위해 제사를 올리다.

　왕부인은 태부인이 그날 대관원에서 찬바람을 조금 맞은 것뿐이지 무슨 큰 병에라도 걸린 게 아니었기 때문에 의원을 불러 약을 두어 첩 쓰게 했고, 바로 괜찮아진 것을 알고는 마음을 놓았다. 그래서 희봉을 불러 가정이 가져갈 물건들을 미리 준비하게 했다. 둘이 한참 의논하고 있는데 태부인이 부른다는 전갈을 받자 희봉과 함께 급히 태부인의 거처로 갔다.
　"이제 많이 좋아지셨어요?"
　왕부인이 문안 인사를 하며 물었다.
　"오늘은 아주 좋아졌구나. 조금 전에 너희가 보낸 새끼 꿩탕이 제법 맛있었어. 고기도 두어 점 먹어보니 맛이 아주 좋더구나."
　"호호, 그건 희봉이가 어머님께 드린 거예요. 얘가 효성이 지극하니 평소 어머님이 이 아이를 아껴주신 보람이 있네요."
　태부인도 고개를 끄덕이며 말했다.
　"호호, 희봉이가 그런 생각까지 하다니! 아직 날고기가 남아 있다면 두어 점 튀기고 소금에 절여서 죽과 함께 먹으면 맛있겠구나. 탕도 좋긴 했지만 죽과는 맞지 않아서 말이다."
　희봉이 얼른 그러겠노라며 주방에 사람을 보내 분부를 전했다. 또 태부인이 왕부인에게 웃으며 말했다.
　"널 부른 건 다른 게 아니라 초이튿날이 희봉이 생일이 아니냐? 작년 재작년에도 내가 저 아이 생일잔치를 해주려고 생각했는데 하필 그 직전에 큰일들이 생겨서 대충 넘어갔지. 올해에는 사람들도 다 있고 별다른 일도 없으니 다 같이 하루를 즐겨보자꾸나."

"호호, 저도 그럴 생각이었어요. 기왕 어머님께서 기분을 내시겠다고 하니 당장 의논해서 정하기로 하시지요."

"예전에는 누구의 생일이든 간에 각자 예물을 보냈는데, 그건 좀 속되보이고 서먹서먹한 느낌이 들더구나. 이번에 내가 새로운 방법을 하나 생각했는데, 서먹하지도 않고 재미있기도 할게다."

"어떤 식이든지 어머님 생각대로 하시지요."

"호호, 내 생각엔 말이야, 우리도 보통 집안들처럼 돈을 추렴해서 많든 적든 그 돈으로 잔치를 치를까 한다. 어떠냐, 재미있지 않겠느냐?"

"호호, 아주 좋은 생각이십니다. 하지만 추렴을 어떻게 하지요?"

태부인은 더욱 신이 나서 급히 사람을 보내 설씨 댁 마님과 형부인, 그리고 아가씨들과 보옥을 불러오게 했다. 그리고 녕국부寧國府* 의 우씨와 뇌대댁을 비롯한 집사 우두머리의 아낙들까지 모두 불러모았다.

하녀들과 할멈들은 태부인이 즐거워하자 자기들도 덩달아 신이 나서 서둘러 각기 맡은 곳으로 달려가 사람을 모셔 오고, 분부를 전했다. 덕분에 밥 한 끼 먹을 시간이 되기도 전에 늙은이와 젊은이, 위아래를 막론하고 모두가 한 방에 빽빽이 들어찼다. 설씨 댁 마님은 태부인과 마주 앉고, 형부인과 왕부인은 방문 앞에 놓인 두 개의 의자에, 보차를 비롯한 아가씨들은 대여섯 명이 함께 구들에 앉았다. 보옥은 태부인의 품에 앉았다. 나머지 사람은 방 아래쪽에 빼곡하게 서 있었다. 태부인은 등받이 없는 작은 걸상을 몇 개 가져와 뇌대의 어머니를 비롯하여 나이 많고 신분 높은 몇몇 어멈을 앉게 했다. 가씨 집안의 풍속은 부모를 모셨던 나이 많은 하인이 젊은 주인보다 더 대접을 받았다. 그래서 우씨와 희봉 등은 방 아래쪽에 서 있어야 했다. 뇌대의 어머니 등 서너 명의 할멈은 죄송하다 인사하고는 모두 걸상에 앉았다.

태부인이 웃으며 방금 한 이야기를 들려주었다. 그러자 사람들은 너나없이 재미있는 이 일을 위해 추렴을 하겠다고 했다. 희봉과 관계가 좋은 이들은 기꺼이 동참하려 했고, 그녀를 무서워하는 이들도 어쩔 수 없이 따를 수밖에 없었다. 게다가 모두 돈을 낼 만한 여력이 있는 이들이라서 태부인의 그 말을 듣자마자 흔쾌히 수락했다. 태부인이 말했다.

"나는 스무 냥을 내겠네."

설씨 댁 마님이 말했다.

"호호, 저도 노마님을 따라 스무 냥을 내겠습니다."

형부인과 왕부인이 말했다.

"저희는 감히 어머님과 똑같이 낼 수 없으니까 한 등급 낮춰서 각자 열여섯 냥씩 내겠습니다."

우씨와 이환도 웃으며 말했다.

"저희도 한 등급 낮춰서 각자 열두 냥씩 내겠습니다."

그러자 태부인이 이환에게 말했다.

"너는 혼자 사는 몸인데 어떻게 너한테 그 돈을 내게 할 수 있겠느냐? 네 몫은 내가 대신 내주마."

그러자 희봉이 웃으며 말했다.

"할머니, 너무 기분 내지 마시고, 잘 따져보셔요. 벌써 두 사람 몫을 맡았는데 또 큰형님 몫 열두 냥까지 대신 내시겠다고요? 기분 좋으신 김에 말씀하셨다가 잠시 후에 다시 생각하시면 속이 쓰리실걸요? 나중에 또 '이게 다 희봉이 때문에 돈을 쓴 거야!' 이러시면서 교묘한 방법으로 저한테 서너 명 몫을 우려내실 모양인데, 이건 저 혼자만의 괜한 생각인가요?"

그 말에 모두들 웃음을 터뜨렸다. 태부인이 미소 지으며 말했다.

"그럼 네 생각은 어떻게 하자는 게냐?"

"호호, 생일도 아직 되지 않았는데 오늘 벌써 과분한 대접을 받았네요.

저만 한 푼도 내지 않고 여기 모인 분들에게 폐를 끼치는 것보다는 형님 몫을 제가 내는 게 좋겠어요. 생일날 제가 다른 분들보다 좀 더 많이 먹으면 더 많은 복을 받게 되겠지요."

그 말에 형부인 등이 모두 "좋은 생각이로구먼!" 하자 태부인도 그러라고 했다. 그러자 희봉이 또 웃으며 말했다.

"한마디만 더 말씀드리겠어요. 제 생각에는 할머님께서는 본인 몫 스무 냥 외에도 대옥 아가씨와 보옥 도련님 몫까지 내셨잖아요. 고모님께서도 본인 몫 스무 냥 외에 보차 아가씨 몫까지 내셨고요. 그건 공평하다고 할 수 있지요. 하지만 두 분 마님께서는 각자 열여섯 냥씩만 내시니, 본인 몫도 적은데다 다른 사람 몫을 대신 내는 것도 아니어서 이건 좀 불공평해요. 할머님만 바가지를 쓰셨네요!"

태부인이 웃으며 말했다.

"그래도 희봉이가 날 생각해주는구나. 옳은 말이야. 네가 아니었다면 저 아이들한테 또 속을 뻔했구나!"

"호호, 할머님, 저 두 오누이 몫은 두 분 마님께 맡기세요. 각자 한 몫씩 나눠 맡아 많든 적든 두 분이 대신 내라고 하셔요."

"그거 아주 공평하구나. 그렇게 하자!"

뇌대의 어머니가 얼른 일어나 웃는 얼굴로 말했다.

"이건 하극상입니다! 제가 두 분 마님들을 대신해서 따져야겠습니다. 저쪽 마님께는 며느님이시고 이쪽 마님께는 친조카 따님이 되시는데, 시어머님과 고모님 생각은 않고 다른 편을 드시다니요! 이건 며느님이 낯선 사람이 되고 친조카 따님이 외조카 따님으로 변한 게 아닙니까?"

그 말에 태부인을 비롯한 모든 사람들이 웃음을 터뜨렸다. 뇌대의 어머니가 또 물었다.

"아씨들께서 열두 냥을 내신다면 저희야 당연히 한 등급 낮춰 내야 되겠지요?"

태부인이 말했다.

"그건 안 되네. 자네들이 한 등급 낮추긴 해야겠지만, 난 자네들이 모두 부자라는 걸 알고 있어. 등급은 낮지만 돈은 저 애들보다 많아. 그러니 자네들도 저 아이들과 똑같이 내야 하네."

어멈들이 모두 그러겠노라고 얼른 대답하자 태부인이 또 말했다.

"아가씨들은 그저 성의만 보이면 되니까 각자 한 달 용돈에 맞춰 내도록 해라."

그리고 원앙을 불러 말했다.

"너희들도 상의해서 적당히 모아 내도록 해라."

원앙이 "예!" 하고 나가더니 잠시 후 평아와 습인, 채하 등과 몇몇 시녀들을 데리고 왔다. 그들도 각자 두 냥이나 한 냥씩 냈다. 태부인이 평아에게 물었다.

"너는 상전한테 따로 생일을 차려줘야지 여기 끼면 되겠느냐?"

"호호, 그건 제가 따로 하겠습니다. 이건 공식적으로 함께하는 일이니까 당연히 한몫을 내야지요."

"호호, 그래야지. 그래야 착한 아이인 게야!"

희봉이 또 싱글거리며 말했다.

"위아래가 모두 추렴에 참여했는데, 아직 두 분 작은마님들께선 내지 않으셨으니 한번 물어보셔요. 그분들까지 다 내셔야 이치에 맞아요. 안 그러면 그분들께선 무시당했다고 여기실 테니까요."

태부인이 말했다.

"그렇지, 내가 그 사람들을 깜박했구나! 하지만 그 사람들은 여기 올 틈이 없을 테니까 하녀를 보내 물어보라고 해라."

그 말이 채 끝나기도 전에 하녀가 하나 나갔다. 한참 후에 그 하녀가 돌아와 말했다.

"각자 두 냥씩 내시겠답니다."

태부인이 기뻐하며 말했다.

"필묵筆墨을 가져와서 계산해보거라. 모두 얼마냐?"

우씨가 조용히 희봉에게 핀잔을 주었다.

"에그, 이 욕심쟁이 계집애! 이리 많은 할멈들과 어멈들한테 은돈을 추렴해서 자기 생일을 치르면서, 그것도 모자라 그 가난뱅이들까지 끌어들여?"

"호호, 헛소리 그만해요. 조금 있다 여기서 나간 뒤에 따져보자고요. 그 사람들이 왜 가난해요? 돈이 있어도 쓸데없이 남한테 줘버리는데요. 차라리 긁어다가 우리가 즐기는 게 나아요."

그러는 사이에 계산을 끝냈는데 모두 백오십 냥 남짓 모아졌다. 태부인이 말했다.

"하루 종일 연극 구경하고 술 마시는 걸로는 다 못쓰겠구나."

우씨가 말했다.

"손님을 부르는 것도 아니고 술자리도 많지 않으니 이삼일 써도 충분하겠네요. 무엇보다 연극 보는 데 돈이 안 드니까 그 비용을 아낄 수 있겠어요."

태부인이 말했다.

"희봉이가 좋아하는 극단을 불러야지."

희봉이 말했다.

"집에 있는 극단의 노래는 익히 들었으니까 돈을 좀 들여서라도 다른 극단을 불러다 들어봐요."

태부인이 말했다.

"이 일은 진이 안사람한테 맡기마. 어쨌든 희봉이는 전혀 신경 쓰게 하지 말고, 하루 종일 마음껏 즐기게 해주어야 한다."

우씨가 그러겠노라고 대답했다. 잠시 더 이야기를 나누다가 모두들 태부인이 피곤해한다는 걸 알고 한 사람씩 자리를 떠났다.

우씨 등은 형부인과 왕부인을 전송하고 난 뒤 희봉의 방으로 가서 생일잔치에 대해 의논했다. 희봉이 말했다.

"저한테 묻지 마시고 그저 할머님 눈치를 살펴서 처리하시면 돼요."

우씨가 웃으며 말했다.

"요 귀여운 것, 정말 운도 좋다니까! 무슨 일로 부르나 싶었는데 겨우 이 일 때문이었어! 돈 내는 건 둘째 치고 신경까지 써야 한다니, 나한테 어떻게 사례할래?"

"호호, 뻔뻔하기는! 내가 시킨 것도 아닌데 사례는 무슨 사례! 신경 쓰는 게 싫으시면 지금 할머님께 말씀드려서 다른 사람을 시키라고 하시지?"

"호호, 이것 보라지. 할머님께 그렇게 귀여움을 받는다 이거지! 충고하건대 조금 줄이는 게 좋을 거야. 너무 차면 넘치기 마련이거든?"

둘은 잠시 이야기를 나누다가 헤어졌다.

이튿날 녕국부로 은돈이 전해졌다. 우씨는 일어나 세수하고 머리를 빗던 참이었다. 누가 보내왔느냐고 묻자 하녀들이 대답했다.

"임지효댁이 가져왔어요."

우씨는 그녀를 불러오라고 했다. 하녀들이 아랫방으로 가서 임지효댁을 불러왔다. 우씨는 그녀에게 발판에 앉아 있으라 하고는 서둘러 단장하며 물었다.

"가져온 은돈이 모두 얼마인가?"

"이건 저희 아랫사람들이 모은 건데 먼저 가져왔습니다. 노마님과 마님들 몫은 아직 오지 않았습니다."

그렇게 이야기하고 있는데 하녀가 와서 알렸다.

"영국부榮國府* 마님과 설씨 댁 마님께서 추렴할 몫을 보내왔습니다."

우씨가 웃으며 꾸짖었다.

"못된 계집애들, 쓸데없는 말만 기억하는구나! 어제 할머님께서 잠시 흥이 나셔서 일부러 보통 집안에서 추렴하는 것처럼 해보자고 하신 건데, 그걸 기억하고 있다가 네년들이 무슨 진지한 일인 양 말하는구나! 어서 받아놓고 차를 잘 대접해서 보내라."

하녀들이 "예!" 하고 얼른 나가 돈을 받아왔다. 돈은 모두 두 봉투였는데 보차와 대옥의 몫까지 들어 있었다. 우씨가 또 누구 몫이 빠졌냐고 묻자 임지효댁이 대답했다.

"노마님과 마님, 아가씨들, 그리고 그 아래 있는 시녀들 몫이 아직 들어오지 않았습니다."

"그리고 거기 큰아씨도 있잖아?"

"저쪽에 가보셔요. 그 돈은 모두 희봉 아씨께서 내실 테니까 거기에 다 있을 겁니다."

그사이에 우씨가 단장을 마치고 수레를 준비시켰다. 잠시 후 영국부로 가서 우선 희봉을 찾아갔다. 희봉은 은돈을 봉투에 잘 담아 보내려던 참이었다. 우씨가 물었다.

"전부 모았어?"

"호호, 다 모았으니 어서 가져가요. 모자라도 난 몰라요."

"호호, 못 믿겠으니까 보는 데서 세봐야지."

그러면서 정말 인원 수에 맞춰 세보니 이환의 몫만 없었다.

"호호, 수작을 부릴 줄 알았다니까! 큰동서 몫이 없잖아?"

"그걸로도 모자라다고요? 한 사람 몫 정도는 빠져도 돼요. 모자라면 제가 더 드릴게요."

"어제는 사람들 앞에서 인심을 쓰더니만 오늘은 나한테 또 수를 쓰는군? 하지만 이건 절대 그렇게 할 수 없어! 할머님께 가서 달라고 해야겠군."

"호호, 정말 지독하시네! 나중에 무슨 일이 있으면 나도 원칙대로 할 테니까 형님도 원망하시면 안 돼요!"

"호호, 그쪽도 만만치 않아. 평소에 나한테 잘했으니 나도 자네 말을 들어주는 거야!"

그러면서 평아 몫을 꺼냈다.

"평아야, 이리 와. 네 몫도 챙겨. 모자라면 내가 대신 채워넣을게."

평아가 그 뜻을 눈치채고 말했다.

"먼저 쓰시고 남으면 저한테 주셔도 되잖아요?"

"호호, 네 상전은 농간을 부려도 되고 나는 선심 쓰면 안 된다는 거야?"

그러자 평아는 어쩔 수 없이 받을 수밖에 없었다. 우씨가 또 말했다.

"내가 보기에 네 상전은 너무 깍쟁이야. 그 많은 돈을 모아 어디에 쓰려는 거야? 다 못 쓰면 나중에 관에라도 가져가려는 거겠지!"

그렇게 말하고 나서 그녀는 태부인의 거처로 갔다. 먼저 문안 인사를 하고 대충 두어 마디 설명한 후, 원앙의 방으로 가서 원앙과 상의했다. 원앙의 생각에 따라 일을 처리하면 태부인의 환심을 살 수 있을 거라고 생각했기 때문이다. 두 사람이 논의를 마치고 떠나려 할 때 우씨는 원앙이 낸 은돈 두 냥을 돌려주며 말했다.

"이것만 가지고 있으면 쓰고도 남지 않겠어?"

그리고 곧장 나가서 왕부인과 잠시 이야기를 나누었다. 그리고 왕부인이 불당에 들어간 틈을 이용해 채운에게 그녀의 몫을 돌려주었다. 그리고 희봉이 곁에 없는 틈을 타서 주씨와 조씨의 몫도 돌려주었다. 두 사람이 감히 받지 못하자 우씨가 말했다.

"댁들은 궁한 처지인데 이런 데 쓸 여윳돈이 어디 있겠어요? 희봉이가 알게 되면 제가 알아서 처리할게요."

그러자 두 사람은 한없이 감사해하며 받았다. 우씨가 바로 나와서 수레를 타고 집으로 돌아간 일에 대해서는 더 이상 이야기하지 않겠다.

어느새 구월 이일이 되었다. 대관원 안의 사람들은 우씨가 대단한 놀이판을 준비한다고 들었다. 연극 공연뿐만 아니라 온갖 재주꾼들과 이야기를 들려주는 남녀 장님 선생〔先兒〕[1]들까지 데려왔다는 소식에 다들 신나게 즐겨보자고 벼르고 있었다. 이환이 여러 자매들에게 말했다.

"오늘은 정식으로 시모임을 갖는 날이니까 잊지 마셔요. 보옥 도련님이 오시지 않았는데 아마 노는 데만 정신이 팔려 고상한 모임을 잊어버린 모양이네요."

그러고는 하녀에게 보옥이 뭘 하는지 가서 알아보고 얼른 모셔 오라고 했다. 한참 후에 하녀가 돌아와서 말했다.

"습인 언니 말로는 오늘 아침 일찌감치 외출하셨다고 합니다."

그 말에 모두들 의아해했다.

"외출했을 리가 없는데? 저 아이가 좀 맹해서 똑바로 얘기를 못 전하는 거 아냐?"

그래서 다시 취묵을 보냈다. 잠시 후 취묵이 돌아와서 말했다.

"정말 외출하셨다네요. 어떤 친구가 죽어서 문상하러 가셨답니다."

탐춘이 말했다.

"그럴 리 없어. 설령 무슨 일이 있다 하더라도 굳이 오늘 외출할 이유가 없거든. 가서 습인을 불러와. 내가 물어볼게."

그렇게 이야기하고 있는데 습인이 걸어왔다. 이환 등이 모두 한마디씩 말했다.

"오늘은 무슨 일이 있더라도 외출해서는 안 되는 거 아냐? 우선 희봉 아씨 생일이라 할머님까지 이렇게 즐거워하시고, 집안의 위아래가 모두 모여 들썩이는데 혼자 외출을 했다고? 그리고 오늘은 첫 번째 정식 시회가 열리는 날인데 휴가도 내지 않고 마음대로 가버렸다니!"

습인이 탄식하며 말했다.

"엊저녁에야 말씀을 하셨어요. 오늘 아침에 중요한 일이 있으니 북정왕부北靜王府*에 갔다가 오신다고요. 하지만 늦지 않게 돌아오시겠다고 하셨어요. 제가 가시지 말라고 설득했는데도 끝까지 고집을 부리셨어요. 오늘 아침에 일어나자마자 소복素服을 입혀달라고 하시던데, 아마 북정왕부에서 꽤 중요한 희첩姬妾이 돌아가셨는지 모르겠어요."

"정말 그렇다면 가보긴 해야겠지만, 제때에 돌아와야 할 텐데……"

그리고 모두들 다시 의논했다.

"우린 그냥 시를 짓고, 돌아오면 벌을 주기로 하지요."

그때 태부인이 사람을 보내서 모두 함께 갔다. 습인이 보옥의 일을 태부인에게 아뢰자 태부인은 언짢아하며 사람을 보내 데려오라고 했다.

사실 보옥은 마음속에 한 가지 비밀이 있어서 전날 명연에게 이렇게 지시해놓았다.

"내일 아침 일찍 밖에 나가 말 두 필을 준비해서 후문 입구에서 기다려. 다른 사람은 따라갈 필요 없고 이귀李貴*한테만 내가 북정왕부로 간다고 말해. 혹시 누가 찾으면 나서서 찾을 필요 없다 얼버무리라고 이귀에게 전해. 북정왕부에 있으니 곧 돌아올 거라고 말이야."

명연은 어찌 된 영문인지 모르고 그저 시키는 대로 하는 수밖에 없었다. 다음 날 아침 말 두 필을 준비해서는 대관원 후문에서 보옥을 기다렸다. 날이 밝자 보옥이 새하얀 소복을 입고 쪽문으로 나왔다. 그리고 한마디 말도 없이 말에 올라 허리를 굽힌 채 길을 따라 내달렸다. 명연도 어쩔 수 없이 말을 타고 채찍질을 하며 뒤쫓아가서 다급히 물었다.

"어디로 가시는 겁니까?"

"이 길은 어디로 통하지?"

"이건 북문의 큰길입니다. 여기로 나가면 휑해서 아무것도 볼 만한 게 없어요."

보옥이 고개를 끄덕이며 말했다.

"딱 그런 곳이면 좋지."

그러면서 더욱 세게 채찍질을 했다. 그러자 말은 이미 두 개의 모퉁이를 지나 성문 밖으로 나와 있었다. 명연은 영문을 알지 못하고 그 뒤를 바짝 따라가기만 했다.

단숨에 칠팔 리 정도를 달리니 인가가 드물어졌다. 그때야 비로소 보옥이 말고삐를 당기고 고개를 돌려 명연에게 물었다.

"여기도 향을 파는 곳이 있을까?"

"있기야 하겠지요. 그런데 어떤 향을 말씀하시는 건가요?"

보옥이 잠시 생각하더니 말했다.

"다른 향은 안 되고 반드시 단향檀香*과 운향芸香*, 강향降香* 이 세 가지가 필요해."

"하하, 그런 귀한 것들은 구하기 힘들어요."

보옥이 난감해하자 명연이 물었다.

"향은 어디에 쓰시게요? 도련님 염낭에 늘 향가루가 담겨 있던데 한번 찾아보시지 그러세요?"

그 말에 퍼뜩 생각이 난 보옥은 옷섶에서 염낭을 꺼내 더듬어보았다. 침향과 속향速香²을 섞은 조그마한 덩어리가 두 개 있었다. 그는 내심 기뻤지만 '아무래도 공경심이 부족해.' 하는 생각이 들었다. 하지만 다시 생각해보니 자신이 가지고 있는 게 사는 것보다 좀 나을 것 같았다. 그러고 나서 다시 화로와 숯을 구할 수 있느냐고 명연에게 물었다.

"그건 포기하세요. 황량한 교외에 그런 게 어디 있겠습니까? 미리 말씀하셨으면 가져왔을 텐데요."

"멍청아! 그런 걸 가져올 수 있었다면 이렇게 죽어라 달려왔겠어?"

명연이 한참 생각하다가 웃으며 말했다.

"저한테 좋은 생각이 있는데 도련님께서 어찌 생각하실지 모르겠네요. 아마 도련님께선 숯만 필요하신 게 아니라 다른 것도 필요하신 모양인데, 그건 일도 아니지요. 여기서 앞쪽으로 이 리쯤 가면 수선암水仙庵*이 나옵니다."

보옥이 다급히 물었다.

"수선암이 여기 있었어? 그럼 더 잘됐다. 어서 가보자."

그러고는 바로 말을 달리다가 고개를 돌려 명연에게 말했다.

"수선암 비구니 가운데 우두머리가 우리 집에 자주 오니까, 거기 가서 향로를 좀 빌려달라고 하면 당연히 빌려줄 거야."

"우리 집안의 시주를 받는다는 말씀은 하실 필요도 없어요. 생면부지의 절간에 가서도 빌려달라고 하면 감히 거절하지 못할 겁니다. 다만 한 가지 궁금한 건 도련님이 평소에 이 수선암을 엄청 싫어하셨는데 지금은 왜 이리 기뻐하시냐는 겁니다."

"난 평소 사람들이 까닭도 모르고 함부로 신을 모시고 사당 짓는 걸 싫어했어. 그건 다 옛날 돈 많은 환관들과 돈깨나 있는 어리석은 부인네들이 무슨 신이 있다는 말만 듣고는 사당을 지어 모시면서, 그 신이 어떤 신인지도 모른 채 그저 소설 따위에서 들은 얘기를 진짜로 믿었기 때문이야. 이 수선암은 낙신洛神³을 모시기 때문에 수선암이라고 불리지만, 원래 옛날부터 낙신이란 게 없었다는 걸 모르는 처사지. 그건 조식이 꾸며낸 말인데, 어리석은 사람들이 신상을 만들어놓고 모셨던 거야. 하지만 지금은 내 마음에 맞으니까 한 번 빌려 쓰려는 거야."

그렇게 말하는 사이에 어느새 수선암의 대문 앞에 이르렀다. 늙은 비구니는 보옥을 보자 뜻밖의 일이라서 마치 하늘에서 용이 내려온 것처럼 서둘러 달려와 인사했고, 늙은 도사에게 말고삐를 받아들게 했다. 보옥은 안에 들어가서 낙신에게 절하지 않고 그저 신상의 모습만 감상했다. 신상은 비록 진흙으로 빚은 것이지만 제법 "놀란 기러기처럼 민첩하고, 노니는 용처럼 아름다우며〔翩若驚鴻 婉若遊龍〕푸른 물결에 핀 연꽃인 듯, 아침노을에 빛나는 태양인 듯〔荷出綠波 日映朝霞〕"한 자태가 있었다. 그는 자신도 모르게 눈물이 나왔다. 늙은 비구니가 차를 올리자 보옥은 향로를 좀 빌려달라고 했다. 늙은 비구니는 한참 후에 향과 종이말〔紙馬〕까지 마련해서 가져왔다.

"다른 건 다 필요 없소."

그리고 명연에게 향로를 들고 뒤뜰로 가서 깨끗한 곳을 골라놓으라고 했다. 하지만 명연은 깨끗한 곳을 찾을 수가 없었다. 그래서 이렇게 물었다.
"저 우물가 언덕에 놓는 건 어떠세요?"
　보옥은 고개를 끄덕이며 우물가로 함께 갔다. 명연이 향로를 놓고 옆에 서자, 보옥은 향을 꺼내 불을 지피고 눈물을 머금은 채 반절을 올렸다. 그리고 돌아서서 향로를 거둬들이라고 했다. 명연은 "예!" 하고 대답은 하면서도 향로를 거둬들이지 않고 얼른 엎드려 몇 번이나 절을 하면서 속으로 기도했다.
　"이 몸 명연이 몇 년 동안 보옥 도련님을 모시면서도 그 마음을 헤아리지 못한 적이 없는데, 오늘 이 제사는 제게 말씀하지 않으셨습니다. 저로서는 감히 묻지도 못했습니다. 다만 이 제사를 받으시는 영혼들이 누구신지는 모르겠습니다만, 아마 인간 세상에서 유일하고 하늘나라에서도 둘도 없이 지극히 총명하고 빼어난 자매님들이실 것입니다. 도련님께서 마음속에 담은 것을 말씀하시지 않아 제가 대신 축원하옵니다. 아름다운 영혼들께서 감정이 있어 응해주신다면, 비록 이승과 저승으로 나뉘어 있긴 하지만 서로 알아주는 사이로서 자주 저희 도련님을 찾아와주세요. 저승에서 저희 도련님을 보우하사 내생에는 여자로 태어나 함께 지내게 해주시고, 다시는 이 수염 덥수룩한 추한 몸으로 태어나지 않게 해주시옵소서."
　기도를 마치고 명연은 다시 몇 번이나 절을 올리고 일어났다. 보옥은 명연의 기도가 끝나기도 전에 웃음을 참지 못하고 그를 툭 차며 말했다.
　"헛소리 그만 해! 누가 들으면 비웃겠다."
　명연은 일어나서 향로를 챙기고 보옥과 함께 걸으면서 말했다.
　"스님한테 도련님께서 아직 식사를 하지 않으셨으니까 되는 대로 좀 챙겨달라고 얘기해놨습니다. 억지로라도 조금 잡수세요. 지금 집에서 큰 잔치를 벌여 굉장히 시끄러우니까 도련님께서 그걸 피해 나오셨다는 걸 저도 알아요. 어쨌든 여기서 조용히 하루를 보내는 것도 예를 다하는 셈이 되겠지요. 하지만 뭘 좀 잡수셔야 하지 않겠어요."

"연극 보며 술 마시는 걸 마다했으니까 여기선 되는 대로 정갈한 걸 조금 먹는 것도 괜찮겠지."

"그래야지요. 그리고 저희가 나와버렸으니 걱정하는 분들이 계실 겁니다. 그게 아니라면 저녁쯤에 돌아가도 괜찮겠지요. 하지만 걱정하는 분들이 계시니 얼른 댁으로 돌아가셔야 됩니다. 그래야 먼저 노마님과 마님께서도 안심하실 테고, 또 예의도 다하셨으니 이만하면 됩니다. 댁에 가서서 연극을 보고 술을 마시는 것은 결코 도련님 뜻이 아니라 부모님 모시고 효도를 다하는 일입니다. 이 일만 생각하시고 노마님과 마님께서 걱정하실 일은 생각하지 않으시면, 방금 제사를 받은 영혼들도 편안하지 않을 겁니다. 도련님께선 어떻게 생각하세요?"

"하하, 무슨 소리인지 알아. 너 혼자 나를 따라왔으니 나중에 책임을 떠맡을까 싶어서 그럴듯한 말로 나를 설득하려는 거지? 여기 온 건 그저 예를 다하려고 한 것뿐이야. 다시 가서 술을 마시고 연극을 봐야지. 종일 돌아가지 않을 생각은 전혀 없어. 이제 소원을 풀었으니 얼른 돌아가서 모두를 안심시켜드려야지. 그럼 모두에게 도리를 다한 게 아니겠어?"

"그러신다면야 더 좋지요!"

둘이 선당禪堂으로 오니 과연 늙은 비구니가 정갈한 음식을 한 상 차려놓고 있었다. 보옥은 되는 대로 조금 먹었고, 명연도 함께 먹었다.

두 사람은 말을 타고 왔던 길로 되돌아왔다. 명연이 뒤에서 당부했다.

"도련님, 조심해 타세요. 말이 아직 길이 덜 들었으니까 고삐를 꽉 쥐셔야 해요."

이야기를 나누는 사이에 그들은 벌써 성 안으로 들어왔고, 다시 후문을 통해 안으로 들어왔다. 보옥이 급히 이홍원으로 가니 습인 등은 모두 방에 없었고 몇몇 할멈들만 방을 지키고 있었다. 그들은 보옥이 오는 걸 보자 모두 기뻐 환하게 웃으면서 말했다.

"아미타불! 오셨군요! 습인 아가씨가 안달이 나서 죽을 지경이라고요!

윗분들이 자리에 계시잖아요."

보옥은 서둘러 소복을 벗고 몸소 외출복으로 갈아입은 후, 연회가 마련된 장소를 물었다. 그러자 할멈이 새로 지은 대화청大花廳[4]이라고 알려주었다. 서둘러 대화청으로 가니 벌써 은은한 풍악 소리가 귓전에 울렸다. 천당穿堂*에 이르자 옥천 혼자 처마 아래에 앉아 눈물을 흘리고 있었다. 그러다가 그가 오는 것을 보고 눈물을 훔치며 말했다.

"봉황이 오셨군요. 어서 들어가보셔요. 조금만 늦으셨더라면 난리가 났을 거예요."

"하하, 내가 어디 갔다온 줄 알아?"

옥천은 말없이 그저 눈물만 훔쳤다. 보옥은 얼른 대청 안으로 들어가 태부인과 왕부인 등에게 인사했다. 모두 정말로 봉황이 내려온 듯이 반겼다. 보옥은 서둘러 희봉에게 축하 인사를 건넸다. 그러자 태부인과 왕부인은 모두 그를 철부지라고 나무랐다.

"어떻게 아무 말도 없이 혼자 나갔느냐? 그게 될 일이냐! 이후에 또 이런 일이 있으면 네 아비한테 얘기해서 혼쭐을 내주라고 이를 게다!"

그러면서 밑에 있는 하인들에게 그의 말만 듣고 가자는 대로 가면서 한 마디 보고도 하지 않은 일을 꾸짖었다. 그리고 어딜 다녀왔는지, 뭘 좀 먹었는지, 혹시 놀랄 일은 없었는지를 캐물었다.

"북정왕의 애첩 하나가 어제 죽어서 문상을 하고 왔어요. 너무 우는 바람에 금방 돌아오기 곤란해서 한참 기다렸어요."

태부인이 말했다.

"이후로 혼자 나가면서 우리한테 먼저 알리지 않으면 네 아비한테 얘기해서 혼쭐을 내주게 하겠다!"

보옥은 "예!" 대답했다. 또 태부인은 따라간 하인들을 매질하려고 했는데 모두들 황급히 말리며 인정을 베푸시라고 부탁했다.

"할머님께서도 너무 걱정 마셔요. 이제 돌아왔으니 모두 안심하고 즐겁게 보내야지요."
　태부인은 보옥이 걱정되어 화를 냈지만 이제 그가 돌아온 걸 보고 기뻐서 마음도 자연히 풀어졌다. 그리고 보옥이 밥을 먹었는지, 혹은 다른 데서 잘 먹었더라도 도중에 놀랄 일은 없었는지 등이 염려스러워 오히려 온갖 방법으로 그를 달래주었다. 습인도 진즉 와서 시중을 들었고, 모두 다시 연극을 구경했다. 그날 공연한 것은 「형차기荊釵記」[5]였다. 태부인과 설씨 댁 마님 등은 연극을 보면서 눈물을 흘리며 탄식도 하고, 못된 등장인물에게는 욕을 퍼붓기도 했다. 이후의 일에 대해서는 다음 회를 보시라.

제44회

예기치 못한 변이 생겨 왕희봉은 질투를 하고
뜻밖의 기쁜 일이 생겨 평아는 단장을 하다

變生不測鳳姐潑醋　喜出望外平兒理妝

가련의 난봉질에 왕희봉이 질투하여 난동을 부리다.

 모두 「형차기」를 관람하고 있을 때 보옥은 자매들과 함께 앉아 있었다. 대옥은 「남자의 제사〔男祭〕」[1]라는 대목을 보다가 보차에게 이렇게 말했다.
 "저 왕십붕도 참 답답한 사람이네요. 어디서든 제사만 지내면 되지 굳이 강가로 달려갈 건 뭐람? '물건을 보면 사람이 그리워진다〔睹物思人〕.'라는 속담도 있잖아요? 세상의 물은 모두 하나의 근원으로 돌아가니까 어디서든 물 한 사발 떠놓고 곡을 한다면 부부 간의 정을 다하는 게 아닌가요?"
 보차는 아무 대답도 하지 않았다. 보옥은 고개를 돌려 희봉에게 따뜻한 술을 권했다.
 태부인은 오늘이 여느 때와는 다르기 때문에 반드시 희봉이 하루 동안이라도 마음껏 즐겨야 한다고 했다. 그리고 자신은 자리에 앉아 있기가 피곤한지 안방 걸상에 비스듬히 누워 설씨 댁 마님과 함께 연극을 보면서, 작은 상에 먹고 싶은 음식을 몇 가지 골라놓고 내키는 대로 먹으며 이야기를 나누었다. 또 자기 앞에 차려져 있던 두 개의 상은 자리가 마련되지 않은 하녀들과 심부름하는 아낙들에게 주면서, 창밖 회랑의 처마 아래에서 예의를 차리지 말고 마음껏 먹고 마시라고 했다. 아래쪽에 마련된 탁자에는 왕부인과 형부인이 앉아 있었고, 바깥에 마련된 몇 개의 자리에는 보옥과 다른 자매들이 앉아 있었다.
 태부인은 수시로 우씨 등에게 당부했다.

"희봉이는 윗자리에 앉혀두고 너희들이 내 대신 잘 대접해라. 저 애는 일 년 내내 고생했으니까 말이다."

우씨가 "예!" 하고는 웃는 얼굴로 말했다.

"저 사람은 윗자리에 앉는 게 익숙하지 않아서 안절부절못하고 있어요. 술도 마시려 하지 않아요."

"호호, 네가 솜씨가 없구나. 좀 있다 내가 직접 가서 권해보마."

그러자 희봉이 얼른 들어와 싱글거리면서 말했다.

"할머님, 형님 말 믿지 마셔요. 저는 벌써 큰 잔으로 몇 잔이나 마셨거든요."

태부인이 웃음 지으며 우씨에게 말했다.

"어서 데리고 나가 의자에 앉히고, 너희들은 돌아가면서 한잔씩 권해라. 그래도 안 마신다면 정말 내가 직접 가겠다."

우씨가 웃으면서 얼른 희봉을 끌고 나가 앉혔다. 그리고 하녀에게 대잔臺盞[2]에 술을 따르라 하고 희색만연한 얼굴로 말했다.

"일 년 내내 할머님과 마님, 그리고 나한테 효도하느라 고생했네. 내 이제 자네를 아끼는 마음을 달리 표현할 길이 없어 몸소 잔에 술을 따라줄 테니 순순히 내 손에 들린 술을 마실지어다!"

"호호, 진심으로 술을 올릴 생각이면 무릎을 꿇고 올려야 하느니라!"

"감히 주제 모르는 소리를! 잘 들어라. 오늘 이런 기회가 다시 오기 쉽지 않노라. 이후에 오늘 같은 날이 또 있을 줄 아느냐? 그러니 이참에 큰 잔으로 두 잔을 마셔두도록 해라!"

희봉은 거절할 길이 없다는 걸 알고 시키는 대로 할 수밖에 없었다. 이어서 여러 자매들도 와서 각자 한잔씩 권했다. 뇌대댁은 태부인이 이처럼 즐거워하는 걸 보자 어쩔 수 없이 분위기를 맞춰주기 위해 할멈들을 이끌고 와서 술을 권했다. 희봉은 그 역시 거절하지 못하고 몇 모금 더 마셔야 했다. 원앙 등도 와서 술을 권하자 희봉은 도저히 더 마실 수 없다며 다급하게 애원했다.

"착한 아가씨들, 제발 나 좀 살려줘. 좀 있다 마실게."

원앙이 웃으며 말했다.

"정말 그러시면 저희들 체면은 뭐가 돼요? 저희가 모시는 마님께서도 저희 체면을 생각해주시는데 말이에요. 평소에는 제법 체면을 세워주시더니, 오늘은 이 많은 사람들 앞에서 상전 티를 너무 내시네요. 저희가 오지 말았어야 했나봐요. 안 드실 거면 저희는 갈게요."

그러면서 정말 돌아서자 희봉이 얼른 붙들며 말했다.

"호호, 착한 아가씨, 마실게. 마신다고!"

그러면서 잔에다 술을 가득 따라 단숨에 마셔버렸다. 그러자 원앙도 웃으면서 자기 자리로 물러갔다.

술을 과하게 마신 희봉은 속이 울렁거렸다. 집에 가서 좀 쉴까 하는데 이번에는 또 재주꾼들이 무대에 올라오자 우씨를 보고 말했다.

"저 사람들한테 줄 돈을 준비해두셔요. 전 가서 세수 좀 하고 올게요."

우씨가 고개를 끄덕였다. 희봉은 사람들 눈이 무대로 쏠린 틈을 타서 자리를 떠나 방문 뒤쪽 처마 아래로 걸어나갔다. 그녀를 지켜보던 평아가 얼른 따라나와 그녀를 부축해주었다. 그들이 막 회랑에 이르렀을 때, 자기 방의 하녀가 마침 거기 서 있다가 두 사람을 발견하고는 얼른 몸을 돌려 내달렸다. 희봉은 순간 의심이 생겨 급히 그 하녀를 불렀다. 하지만 그 하녀는 못 들은 척하며 계속 달렸다. 그러나 뒤쪽에서 평아까지 소리쳐 부르자 그 하녀는 하는 수 없이 되돌아왔다. 희봉은 더욱 의심스러워 얼른 평아와 함께 천당으로 들어가 그 하녀를 안으로 불러들이고 문을 닫았다. 희봉은 뜰로 통하는 계단에 앉아 그 하녀를 무릎 꿇리고 평아에게 호령했다.

"중문에 있는 하인 둘에게 밧줄과 채찍을 가져와서 상전도 안중에 없는 저 계집년을 피떡이 되도록 치게 해라!"

그 하녀는 벌써 혼비백산해서 엉엉 울며 땅바닥에 머리를 찧으면서 용서해달라고 빌었다. 희봉이 물었다.

"내가 귀신도 아닌데 날 보고 얌전히 서 있지 않고 어째서 앞쪽으로 내뺐느냐?"

하녀가 울면서 대답했다.

"아씨께서 오시는 건 못 봤습니다. 그리고 방이 비어 걱정이 되어서 달려갔던 겁니다."

"방이 비었다면서 누가 널 이리 보냈단 말이냐? 네가 날 못 봤다 해도 나와 평아가 뒤에서 목이 터져라 열 번이 넘게 불렀는데 못 들은 체 더 빨리 내빼지 않았느냐? 거리도 떨어져 있지 않은데 설마 네 귀가 먹었다는 게냐? 아직도 억지로 둘러댈 참이냐!"

그러면서 손을 번쩍 들어 그 하녀의 얼굴이 홱 돌아가도록 따귀를 갈겼다. 그리고 반대쪽 뺨도 한 대 갈겼다. 그러자 그 하녀의 두 볼은 순식간에 벌겋게 부어올랐다. 평아가 얼른 말렸다.

"아씨, 손 아프시겠어요."

희봉이 말했다.

"네가 나 대신 때리면서 왜 도망쳤는지 물어봐. 그래도 말을 안 하면 주둥이를 찢어버려!"

그 하녀는 처음에는 억지로 둘러대다가 희봉이 인두를 가져와 주둥이를 지져버리겠다고 하자 울면서 실토했다.

"나리께서 저더러 여기 와서 지켜보다가, 아씨가 자리를 뜨시면 먼저 와서 알리라고 하셨어요. 그런데 뜻밖에 아씨께서 지금 오신 거예요."

희봉은 그 말에 곡절이 있다는 걸 눈치채고 계속 다그쳤다.

"왜 널더러 날 살펴보라고 한 게냐? 설마 내가 집에 가는 게 두렵다는 거냐? 어서 사실대로 고해라. 그러면 이후로 널 아껴주마. 하지만 자세히 얘기하지 않으면 당장 칼로 네 살을 저며놓겠다!"

그러면서 고개를 돌려 머리에서 비녀를 하나 뽑아 하녀의 입을 향해 마구 찔러댔다. 하녀가 깜짝 놀라 피하면서 울음 섞인 목소리로 말했다.

"사실대로 말씀드릴 테니 제가 일러바쳤다는 말씀은 하지 마셔요."

평아는 희봉을 말리면서 하녀에게는 어서 말하라고 다그쳤다. 그러자 하녀가 말했다.

"나리께서 조금 전에 방에 오셨어요. 잠시 주무시다 일어나셔서 아씨를 살펴보게 사람을 보내라 하셨어요. 그러면서 조금 전에 자리에 앉았으니 한참 뒤에나 오실 거라고 하셨어요. 나리께서 장롱을 열고 은 두 덩이와 비녀 두 개, 비단 두 필을 꺼내시더니 저에게 몰래 포이鮑二°댁 아줌마한테 주고 아줌마를 데려오라고 하셨어요. 그 아줌마는 물건들을 챙겨넣고 바로 이쪽으로 왔어요. 나리께서는 저더러 아씨를 지켜보라고 하셨으니까 다음 일은 저도 모릅니다."

그 말을 듣자 희봉은 너무 화가 치밀어 온몸에 힘이 빠질 정도였다. 그녀는 황급히 일어나 곧장 집으로 갔다. 마당 문에 이르자 하녀 하나가 또 망을 보고 있다가 희봉을 보자 고개를 쏙 집어넣고 내달렸다. 희봉은 그 아이의 이름을 부르며 멈춰 세웠다. 그 하녀는 본래 영리해서 이 상황을 피할 수 없게 되었다는 걸 알아채고, 아예 달려나와 웃으며 말했다.

"마침 아씨께 알려드리러 가려는 참이었는데 공교롭게도 아씨께서 오셨네요."

"뭘 알린다는 게냐?"

곧 하녀는 가련이 집에서 여차저차 했다면서 방금 다른 하녀가 한 얘기를 죽 늘어놓았다. 희봉이 침을 퉤 뱉으며 말했다.

"아까는 뭐했어? 내가 널 먼저 발견하니까 이제 발뺌을 하는구나!"

그러면서 손을 들어 그 하녀의 몸이 휘청거리도록 따귀를 갈겼다. 그리고 살금살금 창가로 걸어가 안쪽에 귀를 기울여보니 웃으며 얘기하는 소리가 들렸다. 그 아낙이 낄낄대며 말했다.

제44회 211

"당신의 그 염라대왕 같은 마누라가 하루빨리 죽어버렸으면 좋겠어요."
그러자 가련이 말했다.
"그게 죽고 나서 새로 얻은 마누라도 똑같으면 어쩌지?"
"그년이 죽으면 평아를 정실로 앉히세요. 그럼 좀 나을 거예요."
"지금은 평아까지도 건드리지 못하게 해. 평아도 억울하겠지만 감히 말을 못하고 있지. 내 팔자에 어쩌다가 저런 야차성夜叉星[3]이 걸렸는지 원!"
그 말을 들은 희봉은 온몸이 부들부들 떨릴 만큼 화가 났다. 또 그 두 사람 모두 평아를 칭찬하자 평소에 평아가 뒷전에서 자기에게 원망을 퍼부었을 거라는 의심까지 들었다. 그러자 술기운이 더욱 올라와서 앞뒤 가리지 않고 돌아서서 평아를 두어 대 때렸다. 그리고 단번에 문을 박차고 들어가 다짜고짜 포이댁을 붙들고는 잡아뜯고 한바탕 두들겨 팼다. 그리고 가련이 도망치지 못하도록 문을 막고 서서 욕을 퍼부었다.
"음탕한 년! 몰래 상전과 서방질을 하면서 상전 부인까지 죽이려 하다니! 평아, 네년도 이리 와! 너희 음탕한 쌍년들이 하나가 되어 잘도 내 험담을 해대면서 겉으로는 알랑거렸지!"
그러면서 또 평아를 몇 대 때렸다. 평아는 억울함을 하소연할 데가 없어 그저 울면서 가련과 포이댁에게 욕을 퍼부을 수밖에 없었다.
"당신들은 이런 염치없는 짓을 하면서 왜 멀쩡한 저까지 끌어들이는 거예요!"
그러면서 그녀도 포이댁을 쥐어뜯고 때리기 시작했다.
가련은 술에 많이 취해 있었다. 그는 기분 좋게 집에 들어와 전에 해본 적이 없는 짓을 하려다가 희봉에게 들통 나는 바람에 일이 틀어져버린 데다 평아까지 난리를 치자 화가 치밀었다. 희봉이 포이댁을 때릴 때는 화도 나고 창피하기도 하여 뭐라고 할 말이 없었다. 하지만 이제 평아도 포이댁을 때리기 시작하자 그가 평아에게 달려들어 발길질을 하며 욕을 퍼부었다.
"이런 화냥년 같으니! 너까지 사람을 때려?"

평아는 겁이 나서 황급히 손을 멈추고 통곡하며 말했다.

"당신들끼리 뒷말을 하면서 왜 나를 끌어들여요?"

희봉은 평아가 가련을 무서워하는 것을 보자 더욱 화가 치밀었다. 그래서 또 쫓아와 평아를 때리며 계속 포이댁을 때리라고 다그쳤다. 화가 치민 평아는 밖으로 달려나가 칼을 찾아 자결하려고 했다. 밖에 있던 할멈들과 하녀들이 황급히 말리며 그녀를 달랬다. 희봉은 평아가 자결하려는 것을 보자 가련의 가슴팍을 머리로 들이박으며 고함을 질렀다.

"당신들이 한통속이 되어 나를 해치려다가 들통이 나니까 오히려 나를 겁주는 게로군! 그래, 아예 내 목을 졸라 죽여!"

가련이 홧김에 벽에 걸린 칼을 뽑아 들며 말했다.

"오냐, 죽겠다고 난리 칠 거 없다! 나도 열 받았으니 모조리 죽여버리고 나도 목숨을 끊어버리면 모두 깔끔해지겠지!"

그렇게 한창 난리법석을 떨고 있을 때 우씨 등이 몰려왔다.

"이게 무슨 일이야? 조금 전까진 아무 일 없었는데 갑자기 이 무슨 난리야?"

가련은 다른 사람들을 보자 술기운을 핑계로 더욱 기세등등해져서는 일부러 희봉을 죽일 듯이 허세를 부렸다. 희봉은 사람들이 온 것을 보자 조금 전처럼 난리를 피우지는 않고, 사람들을 뿌리치고 통곡하면서 태부인이 있는 곳으로 달려갔다.

이때는 이미 연극이 끝나 있었다. 희봉은 태부인 앞으로 달려가 품에 안겨 하소연했다.

"할머님, 저 좀 살려주세요! 서방님이 절 죽이려 해요!"

태부인과 형부인, 왕부인 등이 다급히 어찌 된 일인지 물었다.

"조금 전에 옷을 갈아입으려고 방에 갔는데 뜻밖에 서방님이 안에서 누군가와 얘기를 하고 있었어요. 손님이 왔나 싶어서 놀라 들어가지 못하고 창밖에서 들어보니까 저를 해치려고 포이댁과 의논하고 있었어요. 저를 독살하고 평아를 정실로 앉히겠다고 했어요. 저는 화가 치밀었지만 감히 서방님한테는 뭐라 하지 못하고, 평아를 두어 대 때리고 나서 왜 저를 해치려는지 따졌어요. 그러자 서방님이 창피해졌는지 저를 죽이려 들었어요!"

태부인 등은 모두 그 말을 진짜로 여기고 호통을 쳤다.

"어찌 이런 일이! 당장 그 못된 놈을 잡아와라!"

그 말이 끝나기도 전에 가련이 칼을 들고 달려오고, 그 뒤쪽으로 많은 사람들이 쫓아오고 있었다. 가련은 평소 태부인이 자기를 아낀다고 믿었던 터라 어머니와 숙모가 계시는 것도 아랑곳하지 않고 난동을 부렸다. 형부인과 왕부인이 그걸 보고 버럭 화를 내며 그를 가로막았다.

"이런 천한 놈! 갈수록 더 방자해지는구나! 여기 할머님까지 계셔!"

가련이 눈을 흘기며 말했다.

"이게 다 할머님이 저걸 감싸기 때문이라고요! 그러니까 저 모양이 돼서 저한테까지 욕을 해대잖아요!"

형부인이 칼을 빼앗으며 호통을 쳤다.

"당장 나가라!"

그래도 가련은 미친 척하고 뻔뻔스럽게 헛소리를 늘어놓았다. 그러자 태부인이 버럭 소리를 질렀다.

"네놈은 우리가 안중에도 없는 모양이구나! 당장 저놈 아비를 불러오너라!"

그 말을 들은 가련은 비틀비틀 나갔다. 그리고 홧김에 집으로 가지 않고 바깥 서재로 갔다.

형부인과 왕부인이 희봉을 달랬고, 태부인은 웃으면서 말했다.

"별일 아니다! 어린아이들이란 걸신들린 고양이처럼 색을 탐하기 마련이라, 이런 짓을 못하게 막을 순 없지. 어릴 때는 세상 사람들이 다 이런 일을 겪는단다. 다 내 잘못이다. 저 아이에게 술을 좀 많이 먹여놨더니 술김에 질투를 한 모양이구나."

그 말에 모두들 웃었다. 태부인이 또 말했다.

"걱정 마라. 내일 내가 그놈을 불러 사과하게 하마. 그러니 오늘은 너무 창피 주지 마라."

그러면서 또 욕을 퍼부었다.

"평아 그놈의 계집애는 평소 괜찮게 봤는데, 어떻게 뒷전에서 그런 못된 짓을 했는지 원!"

그러자 우씨 등이 웃으며 말했다.

"평아는 잘못 없어요. 희봉이가 괜히 애먼 사람한테 화풀이를 한 거예요. 부부 사이가 틀어져 서로 치고받고 하기 곤란하니까 둘 다 평아에게 화풀이를 했어요. 그러니 평아는 얼마나 억울하겠어요? 그러니 할머님께선 그 아이를 나무라시면 안 되지요."

"그런 거였구먼. 나도 그 아이가 여우 짓〔狐媚魘道〕⁴을 할 애가 아니라고 생각했지. 그렇다면 정말 불쌍하구나. 괜히 두 상전한테 분풀이 대상만 되고 말이야."

그러면서 호박을 불러 말했다.

"가서 평아한테 전해라. 억울한 일을 당했다는 걸 안다고 말이다. 내일 내가 희봉이더러 사과하도록 할 테지만 오늘은 네 상전 생일이니 함부로 소란을 피우지 말라고 해라."

한편, 평아는 벌써 이환에게 이끌려 대관원에 들어가 있었다. 평아는 계속 통곡하다가 목이 메어 말조차 하지 못할 지경이 되어 있었다. 보차가 위로했다.

"평아는 똑똑한 사람이니까 잘 알지 않아요? 평소 희봉 아씨가 얼마나 잘 대해줬어요? 오늘은 그저 술이 좀 과해서 그런 것뿐이에요. 평아한테라도 화풀이를 하지 않으면 누구한테 하겠어요? 남들도 희봉 아씨가 취해서 그런 거라 비웃고 있어요. 이번엔 억울하더라도 참아요. 평소 보여준 좋은 모습이 설마 전부 거짓은 아니겠지요?"

그러던 차에 호박이 와서 태부인의 말을 전했다. 평아는 자기 체면이 세워졌다는 걸 알고 울음을 멈추었다. 하지만 앞채로는 가지 않았다. 보차 등은 잠시 쉬다가 태부인과 희봉이 있는 곳으로 돌아갔다.

보옥은 평아를 이홍원으로 데려갔다. 습인이 얼른 맞이하며 말했다.

"호호, 나도 언니를 여기로 데려오려고 했어요. 그런데 큰아씨와 아가씨들이 데려가시기에 말을 꺼내기 곤란했지요."

평아는 웃음을 지으며 "고마워." 하고는 이렇게 말했다.

"까닭 없이 거기서 내 얘기를 하는 바람에 억울하게 한바탕 분풀이를 당했어."

"호호, 희봉 아씨는 평소 언니한테 잘해주시잖아요. 이번 일은 그저 잠시 화가 나서 그러셨던 것뿐이에요."

"아씨한테야 뭐라고 하진 않아. 하지만 그 음탕한 여편네가 멋대로 나까지 끌어들여 농담을 할 건 뭐람? 게다가 우리 멍청한 나리는 오히려 나를 때리기까지 했어!"

말을 하면서 그녀는 억울한 마음에 자신도 모르게 눈물을 흘렸다. 보옥이 얼른 달랬다.

"누나, 슬퍼 말아요. 내가 형님 내외를 대신해서 사과할게요."

"호호, 이 일이 도련님과 무슨 상관이라고요?"

"하하, 우리 형제자매는 모두 마찬가지니까, 형님 내외가 남에게 잘못을 저질렀다면 제가 대신 사과해야 마땅하지요."

그가 다시 말을 이었다.

"저런, 새 옷도 더럽혀졌네. 여기 습인 누나 옷이 있으니까 갈아입고, 그 옷은 술을 뿜어 다림질을 좀 해요. 머리도 빗고 세수도 좀 하세요."

그러면서 그는 하녀들에게 세숫물을 떠오고 다리미를 달궈오라고 시켰다. 평아는 평소 습인에게 보옥이 여자애들과 잘 어울린다는 얘기를 들었다. 보옥은 평아가 가련의 애첩이고 희봉의 심복이라 가까이 지낼 수 없어서, 자신이 진심으로 보살펴주지 못함을 늘 안타깝게 생각하고 있었다. 이제 평아는 그의 이런 모습을 보자 속으로 생각했다.

'과연 괜한 소문이 아니었구나! 여자의 차림새까지도 저리 꼼꼼히 생각하다니!'

습인이 손수 옷장을 열고 자신이 자주 입지 않는 옷을 두 벌 꺼내와 건네주었다. 평아는 얼른 자기 옷을 벗고 그 옷으로 갈아입고는 세수하러 갔다. 그러자 보옥이 옆에서 생글대며 말했다.

"누나, 분도 발라야지요. 안 그러면 둘째 형수님에게 화내는 것처럼 보여요. 게다가 오늘은 형수님 생일이고, 할머님께서도 사람을 보내 위로해주셨잖아요."

평아는 일리 있는 말이라 여기고 분을 찾았지만 보이지 않았다. 보옥이 얼른 화장대 앞으로 달려와 선요宣窯[5]에서 만든 자기함을 열었다. 그 안에는 꽃잎이 벌어지지 않은 옥잠화玉簪花* 모양의 분 덩어리 열 개가 한 줄로 늘어서 있었다. 그 가운데 하나를 집어 평아에게 건넸다.

"하하, 이건 연분鉛粉[6]이 아니라 자주색 재스민 꽃씨를 갈아 향료에 섞은 거예요."

평아가 손바닥에 쏟아놓고 살펴보니 과연 산뜻하고, 희고, 발그레하고, 향기로운 네 가지 특색이 모두 잘 갖춰져 있었다. 얼굴에 바르니 쉽게 고루 퍼지고 피부를 윤택하게 해주었다. 거칠고 무거워서 답답한 다른 분들과는 달랐다. 그다음에 연지를 보니 종이처럼 넓은 형태가 아니라 조그마한 백옥 상자에 장미 기름처럼 가득 담겨 있었다. 보옥이 웃음 지으며 말했다.

"시장에서 파는 연지는 모두 깨끗하지도 않고 색깔도 엷어요. 이건 최상급 연지에서 즙을 짠 후 깨끗이 거르고 꽃에서 우려낸 물에 섞어 쪄낸 거라, 가는 비녀에 조금 찍어 손바닥에 놓고 물을 조금 묻혀 개면 입술에도 바를 수 있어요. 손바닥에 남는 건 볼에 바르면 돼요."

평아가 그 말대로 화장을 해보니 과연 산뜻하고 아름다웠으며, 두 볼에는 달콤한 향기가 가득 풍겼다. 또 보옥은 화분에서 꽃봉오리가 달린 혜란蕙蘭을 대나무 가위로 잘라 평아의 귀밑머리에 꽂아주었다. 그때 이환이 하녀를 보내 평아를 부르러 왔다. 평아는 급히 나갔다.

보옥은 이제껏 평아에게 자신의 성의를 다해 보살펴줄 기회가 없음을 무척 안타깝게 생각하고 있었다. 게다가 평아는 대단히 총명하고 아름다운 여자라서 어리석고 못난 속물들과는 달랐다. 또한 오늘은 죽은 금천의 생일이라 보옥은 하루 종일 기분이 좋지 않았다. 그런데 뜻밖에 이런 일이 일어나는 바람에 조금이나마 평아에게 성의를 베풀 수 있게 되었다. 이는 뜻밖의 즐거움이었다. 그는 침상에 비스듬히 누워 속으로 무척 기뻐하고 있었다. 그러다가 문득 가련이 자기의 음란한 욕심만 채울 줄 알았지 여자를 제대로 대할 줄 모른다는 생각이 들었다. 그리고 부모와 형제자매도 없이 홀몸인 평아가 가련 부부를 함께 섬기고 있는 상황을 떠올렸다. 속물스러운 가련과 위세 등등한 희봉 밑에서 제대로 보살핌을 받지 못하고, 오늘은 또 이런 박해까지 받았으니 그녀의 운명이 대옥보다 더 박복하게 느껴졌다. 이런 생각이 들자 그는 또 슬픔이 치밀어 자기도 모르게 눈물을 흘렸다. 마침 습인도 방에 없었기 때문에 그는 마음껏 통한의 눈물을 흘렸다. 잠시 후, 다시 일어나보니 조금 전 옷에 뿌려둔 술이 반쯤 말라 있었다. 그는 다리미를 들고 다린 후에 잘 개어놓았다. 그리고 평아가 깜박해서 두고 간 손수건에 눈물자국이 남아 있는 걸 보고 세숫대야에서 헹궈 널어놓았다. 일을 마치고 나자 그는 기쁘기도 하고 슬프기도 해서 한참 생각에 빠져 있었다. 그리고 도향촌으로 가서 잠시 한담을 나누다가 밤이 되어서야 자리를 파했다.

평아는 이환의 집에서 하룻밤을 보냈고, 희봉은 태부인의 거처에 있었다. 가련이 밤중에 방으로 돌아가니 썰렁하기 그지없었다. 하지만 사람들을 부르러 보내기도 어색해서 대충 하룻밤을 자는 수밖에 없었다. 다음 날

깨어나 어제 일을 생각해보니 부끄럽기 그지없었다. 하지만 후회해도 이미 늦은 일이었다. 형부인은 어제 가련이 취한 것이 마음에 걸려, 아침 일찍 태부인의 거처로 가서 가련을 그쪽으로 불렀다. 가련이 부끄러움을 무릅쓰고 찾아와 태부인 앞에 무릎을 꿇었다. 태부인이 물었다.

"웬일이냐?"

가련이 얼른 멋쩍게 웃으며 말했다.

"어제 제가 술에 취해 할머님을 놀라게 해드려 사죄드리러 왔습니다."

태부인이 침을 퉤 뱉으며 말했다.

"이 망할 놈! 술을 처먹었으면 분수를 지키고 송장처럼 자빠져 있을 일이지 마누라는 왜 때려? 희봉이는 평소 말도 잘하고 패왕처럼 기세가 등등했는데 어제는 불쌍하게 겁을 먹고 있더구나. 내가 아니었다면 그 애를 죽일 것 같더니만 지금은 또 웬일로 이러는 게냐?"

가련은 풀이 죽어 감히 변명도 못하고 그저 잘못했다고만 했다. 태부인이 또 말했다.

"희봉이와 평아 모두 미인이 아니더냐? 그런데도 성이 안 차더냐? 허구한 날 더럽고 냄새나는 것들을 집으로 끌어들이다니! 그 음탕한 년 때문에 마누라를 때리고 또 첩까지 때리면서도 대갓집 자식이라고 계속 주둥이를 나불댄단 말이냐! 네가 날 안중에 두고 있다면 일어나라. 용서하마. 네 마누라한테 공손히 사죄하고 집으로 데려가라. 그러면 나도 기분이 풀리겠다. 그게 아니라면 그냥 나가라. 나도 네놈 무릎 꿇고 있는 꼴 보기 싫다!"

가련이 그 말을 듣고 희봉을 보니 치장도 하지 않고 울어서 눈이 통통 부은 채로, 화장도 않고 누렇게 뜬 얼굴로 저쪽에 서 있었다. 그 모습은 평소에 비해 너무 가련하고 사랑스러워 보였다.

'차라리 사죄하는 게 낫겠어. 그래야 피차간에도 좋고 할머님도 기뻐하실 테니까.'

그는 곧 웃으며 말했다.

"할머님 말씀을 제가 어찌 따르지 않을 수 있겠습니까? 하지만 그러면 저 사람이 더 방종해질까 걱정입니다."

태부인이 코웃음을 쳤다.

"헛소리! 쟤는 아주 예의 바르고 남한테 대들 줄 모르는 사람이야. 내가 다 알지. 나중에 혹시 쟤가 너한테 잘못을 저지르면 당연히 내가 나서서 다스려주마."

그러자 가련이 일어나서 희봉에게 허리를 굽히고 절을 하면서 말했다.

"하하, 내가 잘못했소. 아씨, 용서해주시구려."

그 말에 방 안의 모든 이들이 웃음을 터뜨렸다. 태부인도 웃으며 말했다.

"희봉아, 너도 화를 풀어라. 계속 그러면 나도 화를 내겠다!"

그러고는 사람을 보내 평아를 불러오게 해서, 희봉과 가련에게 평아를 위로하게 했다. 가련은 평아를 보자 더는 체면을 따질 수 없었다. '아내는 첩만 못하고, 첩은 몰래 정을 통하는 여자만 못하다.'라는 말도 있듯이 그는 태부인의 말을 듣자마자 얼른 평아에게 다가가 말했다.

"아가씨, 어제 억울한 일을 당한 건 모두 내 잘못이오. 아씨가 섭섭하게 대한 것도 나 때문에 생긴 일이오. 그러니 내 잘못은 물론이고 아씨 몫까지 사죄하겠소."

그러면서 또 공손히 절하자 그 모습을 본 태부인과 희봉이 웃었다. 태부인이 또 희봉더러 평아를 위로하라고 하자, 평아가 얼른 희봉에게 다가가 엎드려 절하며 말했다.

"아씨, 생신날에 제가 노엽게 해드렸으니 죽어 마땅합니다!"

희봉은 그렇지 않아도 어제 술이 과해서 평소의 정분을 헤아리지 못한 채 경솔하게 남의 말만 듣고 공연히 평아에게 창피준 것을 부끄럽게 생각하며 후회하고 있었는데, 지금 오히려 평아가 이렇게 나오자 부끄럽기도 하고 가슴도 아팠다. 그래서 얼른 평아의 팔을 잡아 일으키며 눈물을 흘렸다. 이에 평아가 말했다.

"제가 아씨를 여러 해 동안 모셨지만 여태 알밤 한 번 때리지 않으셨어요. 그렇다고 어제 저를 때리신 걸 원망하진 않아요. 이게 다 그 음탕한 년이 저를 끌어들이는 바람에 아씨께서 화를 내신 거니까요."

그러면서 평아도 눈물을 흘렸다. 태부인은 세 사람을 방으로 돌려보내면서 말했다.

"앞으로 누구든 이 일에 대해 말을 꺼내는 사람이 있으면 즉시 나에게 알려라. 그게 누구든 간에 잡아다가 몽둥이찜질을 하겠다!"

세 사람이 태부인과 형부인, 왕부인에게 엎드려 절을 올리고 나자 할멈이 그들을 방까지 전송했다. 방에 도착하여 주위에 다른 사람이 없는 걸 확인하자 희봉이 말했다.

"제가 어째서 염라대왕 같고 야차夜叉* 같다는 거지요? 그 음탕한 년이 나한테 죽으라고 저주를 하니까 당신도 거들더군요. 천 일 동안 안 좋더라도 하루쯤은 좋은 날이 있었을 거 아니에요. 불쌍하게도 그런 음탕한 년보다 못한 대접을 받아야 하니 제가 무슨 면목으로 살아가겠어요?"

그러면서 다시 통곡하자 가련이 말했다.

"아직도 부족해? 잘 생각해보라고, 어제 누구 잘못이 더 많은가? 오늘 나는 남들 앞에서 무릎을 꿇고 잘못했다고 사과까지 했으니 당신도 체면이 섰을 거 아냐! 그런데 이렇게 또 바가지를 긁어대면 나더러 당신에게 무릎이라도 또 꿇으라는 거야 뭐야? 너무 세게 나와도 좋지 않다고!"

그러자 희봉은 대꾸할 말이 없었고 평아도 피식 웃고 말았다. 가련도 웃으며 말했다.

"이제 됐지? 정말 나도 달리 방법이 없어!"

그렇게 이야기를 나누던 차에 어멈 하나가 와서 전했다.

"포이댁이 목을 매 죽었답니다."

가련과 희봉은 모두 깜짝 놀랐지만, 희봉은 얼른 겁먹은 표정을 거두고 오히려 호통을 내질렀다.

"뒈졌으면 그만이지 웬 호들갑이야!"

잠시 후 임지효댁이 들어와서 희봉에게 나직이 말했다.

"포이댁이 목을 매고 죽어서 친정 가족들이 관아에 고소하려 한답니다."

희봉이 코웃음을 쳤다.

"흥! 잘됐네! 나도 마침 송사訟事를 벌이려던 참이었거든!"

"조금 전에 제가 다른 사람들과 같이 그 사람들을 달래면서 한바탕 으름장을 놓았어요. 그리고 돈을 좀 주겠다니까 누그러지대요."

"난 한 푼도 없어! 돈이 있다 해도 주지 않을 테니 고소하라고 해! 달래지도 말고 협박할 필요도 없어. 그냥 고소하라고 해. 안 그러면 내가 '시체를 핑계로 사기친다.'고 고소할 테니까!"

그 말에 임지효댁은 어찌할 바를 몰랐다. 그때 가련이 눈짓하자 눈치를 채고 밖으로 나가서 기다렸다. 가련이 말했다.

"내가 가서 어찌 된 일인지 보고 오겠소."

희봉이 말했다.

"돈을 주면 안 돼요!"

가련은 곧장 나가서 임지효댁과 상의한 후, 사람을 보내 포이댁 친정 가족들을 온갖 방법으로 회유하여 이백 냥을 주기로 하고는 일을 마무리 지었다. 그는 또 무슨 변고가 생길까 걱정되어 왕자등에게 사람을 보내 번역番役[7]과 검시관[仵作]을 몇 명 보내서 장례를 도와달라고 청하게 했다. 이걸 본 포이댁의 친정 가족들은 더 따지고 싶은 게 있어도 감히 따지지 못하고 참을 수밖에 없었다. 가련은 다시 임지효댁에게 명하여 그 은돈 이백 냥을 출납부에 기록해두고 따로 보관하도록 했다. 또 자신의 돈 몇 냥을 포이에게 주면서 그를 달랬다.

"나중에 좋은 색시를 구해주마."

포이는 체면치레도 했고 돈도 챙겼기 때문에 그 말에 따르지 않을 이유가 없었다. 그가 여전히 가련을 떠받든 일에 대해서는 더 이상 이야기하지 않겠다.

　한편, 희봉은 마음이 불안했지만 겉으로 내색하지 않았다. 그러다가 방에 사람이 아무도 없는 것을 확인하고 평아의 손을 잡고는 웃음 지으며 말했다.

　"어젠 내가 술이 과해서 그랬으니까 너무 원망하지 마. 어딜 맞았어? 좀 보자."

　"그리 심하게 맞진 않았어요."

　그때 하녀가 밖에서 아뢰었다.

　"아씨와 아가씨들이 모두 오셨어요."

　이후에 어찌 되었는지는 다음 회를 보시라.

제45회

마음 맞는 친구는 서로 마음을 나누고
비바람 부는 밤 시름 속에 비바람을 노래하다

金蘭契互剖金蘭語　風雨夕悶製風雨詞

가보옥이 비를 무릅쓰고 밤에 임대옥을 찾아가다.

 희봉이 평아를 위로하고 있던 차에 갑자기 여러 자매들이 들어왔다. 그들에게 황급히 자리를 권하고 나서 평아가 차를 대접했다. 희봉이 웃으면서 말했다.

 "웬일로 이렇게 몰려왔어? 꼭 청첩장을 받은 사람들 같네?"

 탐춘이 웃는 얼굴로 말했다.

 "두 가지 일 때문에 왔어요. 하나는 제 일이고 하나는 석춘이 일이에요. 또 할머님 분부도 있었고요."

 "호호, 무슨 일이기에 그리 중요해?"

 "호호, 우리가 시사詩社를 만들었는데 첫 모임부터 사람들이 다 모이지 않았어요. 다들 여려서 기강이 문란해진 거지요. 제 생각에는 언니가 저희 시사를 감찰하는 어사御史가 되어서 사심 없이 냉정하게 집행해주셔야 할 것 같아요. 그리고 석춘이가 대관원 그림을 그리는 데 쓸 물건들이 이것저것 모자라요. 할머님께 여쭈었더니, 뒤쪽 다락 아래에 예전에 쓰던 것들이 남아 있으니 한번 찾아본 후에 있으면 꺼내 쓰고, 없으면 사람을 보내 사오라고 하셨어요."

 "호호, 난 시인지 나발인지는 지을 줄 모르니 그냥 먹으러만 가면 안 될까?"

 "시를 못 지으셔도 상관없어요. 언니는 시를 지을 필요 없이 그저 우리들 가운데 몰래 게으름 피우는 사람이 없나만 감찰해주시고 적당히 벌을 주시면 돼요."

"호호, 거짓말 마. 내 생각엔 나를 감찰어사로 초빙하려는 게 아니라 틀림없이 돈 대는 물주를 만들려는 속셈이지? 자기들끼리 무슨 모임을 만들었으니 분명히 돌아가며 한턱씩 내기로 했겠지. 그런데 자기들 한 달 용돈이 모자라니까 이런 방법으로 날 꾀어 돈 뜯어낼 생각을 한 거 아니야? 어때, 내 말이 맞지?"

그 말에 모두 웃음을 터뜨렸다. 이환이 웃으며 말했다.

"자넨 정말 수정으로 된 심장과 간이 달린 유리 인간이야!"

"에그, 큰올케라는 분이! 아가씨들을 올케에게 맡긴 건 책을 읽어 규범도 익히고 바느질도 배우게 하려는 거예요. 아가씨들이 그런 걸 제대로 못하면 형님이 충고해주셔야죠. 이번에 아가씨들이 만든 시사에 돈을 얼마나 쓸지 형님은 관심이 없으세요? 할머님이나 마님은 원래 '귀족〔封君〕'[1] 이시니까 그렇다 치고, 형님은 우리보다 매달 두 배나 많은, 은돈 열 냥이나 받으시잖아요. 그런데도 할머님과 마님께선 형님이 홀로 지내는 걸 불쌍히 여기시고, 용돈도 부족한데다가 어린 아들까지 있다고 열 냥을 더 주셨잖아요. 그래서 그분들과 똑같은 돈을 받게 되신 거고요. 게다가 형님께 전답도 주셔서 소작을 주어 세를 받게 하셨지요. 또 연말에 연례年例[2]를 나눌 때도 형님은 최상등으로 받으시지요. 형님네 모자母子와 하인들까지 다 합쳐도 열 명이 안 되고, 먹는 거나 입는 것도 다 공금에서 쓰시잖아요. 그러니 일 년 동안 쓰는 걸 다 합쳐봤자 은돈 사오백 냥 정도 될 거예요. 이제 형님이 매년 일이백 냥을 떼서 아가씨들과 놀아도 되잖아요. 그게 몇 년이나 가겠어요? 아가씨들이 각자 출가하고 나면 설마 형님께 비용을 대라고 하겠어요? 그런데도 지금 형님께선 돈 쓰기 싫으니까 오히려 아가씨들을 꼬드겨서 저를 꾀러 오셨군요. 좋아요, 저야 흔쾌히 가서 깡그리 먹어치워 드릴게요! 어쨌거나 전 아무것도 모르니까요!"

"호호, 저것 좀 봐. 내가 한마디 했더니 바로 펄쩍 뛰면서 시정잡배같이 버릇없이 말하네. 또 주판을 꼼꼼히 튕기면서 쫀쫀하게 따지는 푸념을 두 수레나 늘어놓잖아! 이런 인간이 어쩌다 시 짓고 책 읽어 높은 벼슬살이를 하는 명문 집안의 아가씨로 태어났지? 이런 집안에 시집와서도 계속 이러는데, 가난한 집 아들로 태어났더라면 얼마나 허접하고 못된 입버릇을 갖게 되었을까? 온 천하 사람들이 모두 자네 계략에 당했을 거야! 어제만 해도 평아를 잘도 손찌검하더군! 설마 그놈의 술이 개의 뱃속으로 들어간 건 아니겠지? 나도 화가 나서 평아 대신에 불평을 좀 하려고했지. 하지만 한참 동안을 다시 생각해보니 하필 '강아지가 꼬리를 다 기른〔狗長尾巴尖兒〕'[3] 좋은 날이었고 할머님도 언짢아하실까 걱정스러워서 참았어. 하지만 아직 분이 덜 풀렸어. 그런데 자네가 또 내 화를 부추기는군! 평아에게 뒤치다꺼리를 시킬 필요 없이 그냥 두 사람의 신분을 바꾸면 되겠구먼!"

그 말에 모두 웃음을 터뜨렸다. 희봉이 얼른 빈정대듯 웃으면서 말했다.

"결국 시나 그림 때문이 아니라 평아의 복수를 위해 절 찾아온 거로군요. 형님이 이렇게 평아의 든든한 배경이 되는 줄 몰랐네요. 진즉 알았더라면 귀신이 내 손을 잡아끌어 평아를 때리라고 해도 그렇게 하지 않았을 텐데요. 평아 아가씨, 이리 오시구려! 제가 큰아씨와 아가씨들 앞에서 사죄를 올릴 테니, 제가 취한 김에 술주정을 했으려니 여겨주시구려!"

그 말에 모두들 또 한바탕 웃었다. 이환이 웃으며 평아에게 물었다.

"어때? 내가 꼭 분풀이를 해주겠다고 했지?"

"호호, 그렇긴 해도, 아씨들께서 놀리시니 제가 감당할 수가 없네요."

"뭘 감당하지 못한다는 거야? 내가 있잖아! 얼른 열쇠를 가져와서 네 상전더러 다락을 열라고 해. 우리 물건을 찾아보게."

희봉이 웃는 얼굴로 말했다.

"아이고, 형님! 잠깐 아가씨들과 같이 대관원으로 돌아가 계셔요. 저는 쌀 장부도 맞춰봐야 하고 또 저쪽 큰마님께서 사람을 보내 부르셨어요. 무슨 말씀을 하실지 모르지만 한번 다녀와봐야지 안 되겠어요. 또 연말에 여러분에게 드릴 옷을 만들라고 아직 시켜놓지도 못했어요."

"호호, 그런 일들은 내가 상관할 바 아니지. 일단 내 일부터 해주면 나도 쉬러 갈 테고, 이 아가씨들도 나를 귀찮게 하지 않을 거 아냐?"

"형님, 시간을 좀 주세요. 저를 제일 아끼신다면서 어떻게 평아만 위하시고 저는 위해주시지 않나요? 평소 저한테 늘 그러셨잖아요. 일이 많더라도 몸 생각해서 어떻게든 틈을 만들어 좀 쉬라고요. 그런데 오늘은 오히려 절 못살게 구시네요. 게다가 다른 사람들 설빔이 늦어지는 건 괜찮지만 아가씨들 게 늦어지면 형님 책임이에요. 할머님께서 형님더러 쓸데없는 데에 간섭 좀 하지 말라고 빤한 꾸지람을 하시지 않겠어요? 저야 잘못돼도 괜찮지만 형님까지 끌어들이고 싶지는 않아요. 호호."

"오호, 다들 들었지? 말은 정말 잘하지 않아? 내 저 주둥이만 살아 있는 인간을 그냥! 어쨌든 대답해봐, 대체 우리 시사를 돌봐줄 거야 말 거야?"

"호호, 그게 무슨 말씀이세요? 제가 시사에 들어가서 돈이라도 한 푼 쓰지 않으면 대관원의 역적이 되겠네요. 그러고도 어떻게 여기서 밥을 얻어먹을 수 있겠어요? 내일 아침에 취임식을 하지요. 말에서 내려 관인官印도 받고, 우선 은돈 쉰 냥을 내서 천천히 모임의 음식을 대접할게요. 하지만 며칠 지나서 제가 시나 글도 지을 줄 모르는 걸 알면 그저 속된 사람으로 취급받겠지요. 그땐 '감찰'을 하든 말든 돈을 뜯어냈으니까 다들 절 내쫓을걸요?"

그 말에 사람들이 또 깔깔댔다. 희봉이 말했다.

"조금 있다가 다락을 열고 안에 있는 물건들을 다 꺼내 오라고 해서 보여줄게요. 그중에서 쓸 만한 것들은 쓰고, 부족한 게 있으면 목록에 적힌 대로 사람을 시켜서 사다 줄게요. 그림 그릴 비단은 제가 잘라드리지요. 그리고 그 도면은 마님께 없고 저쪽 진珍 나리 댁에 있어요. 괜히 엉뚱한 데 가서 꾸지람이나 듣지 말라고 가르쳐드리는 거예요. 제가 사람을 보내

가져오라고 할까요? 비단과 같이 문객들에게 보내 백반을 먹일겸요."

이환이 고개를 끄덕이며 말했다.

"호호, 그렇게까지 생각해주다니! 그러면 정말 좋지. 그럼 이제 우린 돌아갈까? 저 사람이 보내주지 않으면 다시 들볶으러 오자."

그러고 나서 자매들을 데리고 떠나려 하자 희봉이 말했다.

"이런 일들은 다름 아닌 보옥 도련님이 꾸며낸 거겠지요?"

이환이 얼른 돌아서서 웃으며 말했다.

"맞아! 보옥 도련님 때문에 왔는데 깜박 잊고 있었네. 시회 첫 모임은 그 도련님 때문에 틀어졌어. 우린 마음이 약해서 어떻게 벌을 줄지 모르겠는데, 자네 생각은 어때?"

희봉이 잠시 생각해보다가 말했다.

"달리 방법이 없지요. 도련님더러 벌로 여러분의 방을 한 번씩 청소하게 하세요."

모두들 웃으면서 말했다.

"그거 괜찮은 방법이네!"

일행이 막 돌아가려는데, 하녀 하나가 뇌할멈을 부축하고 들어왔다. 희봉이 얼른 일어나서 웃는 얼굴로 말했다.

"할머니, 앉으셔요."

이어서 모두 뇌할멈에게 축하 인사를 건넸다. 뇌할멈은 구들 가장자리에 앉아 싱글거리며 말했다.

"저도 기쁘고 상전들께도 기쁜 일이지요. 상전들의 은덕이 아니었다면 저희 집에 어떻게 이런 경사가 있을 수 있겠어요? 어제 아씨께서 채명이 편에 선물을 보내주셔서 제 손자가 대문 앞에 나가 아씨 쪽을 향해 큰절을 올렸답니다."

이환이 흐뭇한 미소를 지으며 말했다.

"언제 부임한대요?"

제45회 231

뇌할멈이 탄식하며 말했다.

"제가 그 애들 일에 어떻게 관여하겠습니까? 저희들이 알아서 하겠지요! 그제 그놈이 집에서 제게 절을 하기에 저는 좋은 말은 못하고 이렇게 얘기해주었지요. '애야, 벼슬아치가 되었다고 함부로 행동하지 마라! 네 나이가 올해 서른 살이다. 비록 남의 집 종 출신이지만 태어날 때 상전의 은혜로 종의 신분에서 풀려났고, 위로 상전의 은혜를 입고 아래로 부모 덕분에 대갓집 귀공자처럼 글공부도 할 수 있었다. 또 하녀들과 할멈, 유모들이 봉황처럼 받들어서 이 정도까지 자랄 수 있었지. 그러니 네가 '종'이라는 글자를 어찌 쓰는지나 알겠니? 그저 복을 누릴 줄만 알았지 네 할아버지와 아버지가 겪은 그 고생은 모르겠지. 이후로 두 세대를 거쳐 간신히 너 같은 아이가 하나 태어난 거란다. 어려서부터 온갖 병치레를 다 겪어서 거기 쓴 은돈만 하더라도 지금 너만 한 크기의 사람을 빚을 정도란다. 스무 살 무렵에 또 상전의 은덕을 입어 벼슬길에 오를 자격을 사주셨지. 너도 알다시피 좋은 집안에서 태어난 이들 가운데도 배를 곯는 이들이 얼마나 많으냐? 그런데 넌 종의 자식으로 태어났으니 받은 복을 잃지 않도록 조심해야 하느니라! 이제 십 년 동안 즐겁게 지냈는데 또 무슨 수를 썼는지 상전께 부탁해서 벼슬까지 얻게 되었구나. 주州나 현縣의 지방관이 높은 벼슬은 아니지만 해야 하는 일은 많단다. 한 고을을 다스리는 관리가 된다는 건 바로 그곳 백성들의 어버이가 되는 것과 마찬가지 아니겠느냐? 그러니 분수를 지키고 자중하며 충심을 다해 나라에 보답하고 상전을 잘 모셔야 한다. 그렇지않으면 하늘이 널 용납해주시지 않을 게다!' 이렇게 말씀이지요."

이환과 희봉이 함께 웃으며 말했다.

"걱정도 팔자시네요! 저희가 보기엔 손자 분이 아주 훌륭하던데요. 몇 년 전에 두어 번 여기 왔었는데 이후로는 통 오지 않았고, 연말이나 생일에 명첩만 봤을 뿐이네요. 그제 할머님과 마님께 인사 올리러 왔을 때 할머님 방에서 보니, 새 관복을 입어서 그런지 위풍도 당당하고 예전보다 살도 좀 쪘더군요. 이제 손자분이 벼슬을 얻었으니 할머니도 기뻐하셔야지 오히려 그런 걱정만 하시면 어떡해요! 설령 잘못하는 일이 있더라도 아드님이 계시잖아요. 할머니는 그저 복이나 누리시면 돼요. 가마 타고 들어오셔서 할머님과 골패놀이*나 하시고 담소나 나누시면 되잖아요. 누가 감히 할머니를 괄시하겠어요? 사시는 집도 큼직하니 누가 공경하지 않겠어요? 할머니도 이제 '귀족〔封君〕'과 같아지셨으니까요."

평아가 차를 따르자 뇌할멈이 황급히 일어나 받으면서 말했다.

"호호, 아가씨, 아무 아이나 불러서 따르라고 하면 될 텐데 또 이렇게 과분하게 손수 차를 대접해주시네요."

뇌할멈은 차를 마시면서 다시 말했다.

"아씨께선 모르시겠지만, 그런 아이들은 엄하게 단속해야 합니다. 그러지 않으면 몰래 말썽을 일으켜서 어른들을 걱정하게 만들지요. 아는 사람이야 아이들이 장난을 쳤다고 여기겠지만, 모르는 사람들은 재산과 권세를 믿고 남을 업신여긴다고 생각해서 상전의 명성에까지 누를 끼치거든요. 안타깝게도 제겐 달리 방법이 없어서 늘 제 아비를 불러 한바탕 꾸짖을 수밖에 없는데, 그러면 좀 나아지곤 하지요."

그러면서 또 보옥을 가리키며 말했다.

"도련님께선 절 싫어하실지 모르지만, 지금 나리께서 도련님을 이렇게 조금만 단속하셔도 노마님께선 도련님을 두둔하고 계시지요. 옛날 나리께서 어리셨을 땐 도련님 할아버지께 얼마나 많이 맞으셨는지 몰라요. 나리께서 어리셨을 때는 지금 도련님처럼 천하에 무서울 게 없이 지내지 못하셨어요. 그리고 저쪽 큰나리께서도 장난꾸러기셨지만 지금 도련님처럼 이렇게 늘 집에만 틀어박혀 계시지 않았습니다. 그런데도 늘 매를 맞으셨지요. 그리고 녕국부 진珍 나리의 할아버지께서는 성격이 불같으셔서 화가 나시면 아드님이고 뭐고 간에 도적놈 다루듯이 대하셨어요! 지금 제가 보고 듣기로는 진 나리께서 아드님을 단속하시는 게 옛날 할아버님께서 하시던 방식과 비슷합니다. 다만 세 가지는 단속하실 수 있지만 두 가지는 놓치는 경우가 있는 것 같습니다. 그리고 진 나리 자신에 대해서는 하나도 단속하지 않으시니까, 동생들이나 조카들이 그분을 겁내지 않는다고 어떻게 원망할 수 있겠습니까? 도련님께서도 제 말씀을 알아들으시면 기꺼이 들으시겠지만, 그게 아니라면 입으로는 뭐라 하기 곤란하셔도 마음으로는 저를 무척 욕하고 계시겠지요."

그렇게 얘기하고 있는데 뇌대댁이 왔고, 이어서 주서댁과 장재댁도 보고할 일이 있다면서 들어왔다. 희봉이 웃으며 말했다.

"며느님이 시어머니 모시러 오셨군요."

뇌대댁이 함박웃음을 지으며 말했다.

"어머님을 모시러 온 게 아니라 아씨와 아가씨들을 모시고 한턱 낼까 하는데, 의향이 어떠하신지 여쭈러 왔어요."

뇌할멈이 웃으며 말했다.

"이런, 내 정신 좀 보게! 정말 해야 할 중요한 얘기는 안 하고 쓸데없이 고리타분한 얘기만 주절주절 늘어놓았네요. 저희 손자가 벼슬을 얻었으니 친척들과 축하 인사를 해야 한다는군요. 그래서 어쩔 수 없이 집에서 술자리를 마련할까 합니다. 제 생각에는 하루 정도로는 딱히 누굴 초청하기 곤란할 것 같더군요. 그래서 생각해보니 상전 덕분에 이런 뜻밖의 영광을 누리게 되었으니, 잔치 때문에 집안 재산이 거덜난다 해도 기꺼울 것 같습니다. 그래서 아들 내외한테 사흘 동안 잔치를 열라고 일러두었습니다. 첫째 날은 누추하나마 저희 집 뜰에 자리를 마련하고 연극 공연을 준비해서 노마님과 마님들, 아씨들, 아가씨들을 모셔서 하루를 즐기게 해드리고, 바깥 대청에도 연극 공연을 준비해서 나리들과 도련님들을 모셔서 자리를 빛낼 생각입니다. 둘째 날은 친척들을 부르고, 셋째 날은 여기 양쪽 집안의 동료들을 대접할까 합니다. 이렇게 사흘 동안 잔치를 벌이는 것도 상전의 홍복洪福 덕분이니, 부디 와주시면 큰 영광으로 여기겠습니다."

이환과 희봉이 모두 웃으며 말했다.

"날짜가 언제예요? 꼭 갈게요. 하지만 할머님께서 흥이 일어 가시려고 하실지 모르겠네요."

뇌대댁이 얼른 말했다.

"날짜는 십사일로 잡았습니다. 그저 우리 할멈들의 체면을 봐서라도 꼭 와주십시오."

희봉이 말했다.

"호호, 다른 사람은 몰라도 저는 꼭 갈게요. 하지만 미리 말해둘 게 있는데, 저는 축하 선물도 드릴 게 없고 축의금도 못 낼지 몰라요. 그냥 먹고만 오더라도 비웃지 마셔요."

"호호, 무슨 말씀을! 아씨께서 축의금을 내신다면 은돈 이삼만 냥이라도 충분히 내실 텐데요."

뇌할멈이 미소 지으며 말했다.

"조금 전에 노마님께 가서 말씀드렸더니 오시겠다고 하셨어요. 그러니 제 체면도 선 셈이지요."

이렇게 얘기하고 나서 뇌할멈은 재삼 다짐을 받고 나서야 자리에서 일어나려 했다. 그러다가 주서댁을 보고는 한 가지 일이 생각나서 말했다.

"참, 아씨, 한 가지 더 여쭤볼 게 있습니다. 여기 주아주머니네 아들은 무슨 잘못을 저질렀길래 내쫓겼습니까?"

"안 그래도 며느님께 말씀드리려고 했는데 일이 많다 보니 잊고 있었네요. 아주머니, 돌아가시거든 영감님에게 전하세요. 양쪽 집안 어디에도 주어멈의 아들을 두지 말고 제 갈 길로 가게 하라고요."

뇌대댁은 그저 "예!" 할 수밖에 없었다. 주서댁이 황급히 무릎을 꿇고 사정하자 뇌할멈이 말했다.

"무슨 일입니까? 저한테도 말씀 좀 해주셔요."

"지난번 제 생일에, 안에서 아직 술을 시작하기도 전인데 저 집 아들이 벌써 취했어요. 제 친정에서 예물을 보내왔는데, 밖에 나가서 도울 생각은 안 하고 남의 욕이나 하면서 예물도 안으로 들여보내지 않았지요. 그러다가 심부름 온 두 어멈이 들어오니까 그제야 아이들과 함께 안으로 예물을 날라왔어요. 아이들은 다 괜찮았는데, 그놈은 찬합을 나르다가 떨어뜨려서 온 마당에 만두를 쏟아버렸지요. 손님들이 가고 나서 제가 채명을 보내 그놈에게 한마디 해주라고 했는데, 그놈이 오히려 채명에게 욕을 퍼부었답니다. 이렇게 하늘 무서운 줄 모르는 무도한 종자를 내쫓지 않을 수 있겠어요?"

뇌할멈이 웃으며 말했다.

"무슨 일인가 했더니 그런 일이었군요. 아씨, 제 말씀 좀 들어보십시오. 그놈이 잘못을 저질렀다면 곤장을 치거나 꾸짖어서 뉘우치게 해야지 쫓아내는 건 절대 안 될 일입니다. 그놈은 또 이 집안의 노비가 아니라 마님께서 시집오실 때 데려온 몸종의 자식입니다. 그러니 아씨께서 그놈을 내쫓으시면 마님 체면이 깎이게 될 겁니다. 제 생각에는 곤장을 몇 대 쳐서 다시는 그러지 못하도록 훈계를 하고 집안에 남겨두는 게 좋을 것 같습니다. 그놈 어미가 아니라 마님 체면을 생각하셔야지요."

그 말을 듣고 희봉은 뇌대댁에게 말했다.

"그럼 곤장 마흔 대를 치고, 이후로 술을 금한다고 하세요."

뇌대댁이 그러겠노라고 하자 주서댁은 희봉에게 감사의 절을 올렸다. 그러고 나서 뇌할멈에게도 절을 올리려 하자 뇌대댁이 말렸다. 그런 다음 세 사람이 떠났고, 이환 등도 대관원으로 돌아갔다.

저녁 무렵이 되자 희봉은 사람들을 시켜 옛날에 간수해두었던 많은 그림 도구들을 찾아 대관원으로 보내주었다. 보차 등이 한참 골라보니 쓸 만한 물건은 절반밖에 없었다. 나머지 절반은 다시 목록을 만들어 희봉에게 주어 사들이도록 했는데, 그 이야기는 그만하겠다.

어느 날 밖에서 비단에 백반을 먹이고 밑그림을 그려 들여보냈다. 보옥은 매일 석춘의 거처에서 그림 작업을 도와주었고, 탐춘과 이환, 영춘, 보차 등도 자주 그곳으로 가서 놀았다. 그곳에 가면 그림 그리는 것을 구경할 수도 있고 서로 만나기도 편했기 때문이다. 보차는 날씨가 서늘해지고 밤이 점점 길어지자 종종 어머니의 방에서 바느질감에 대해 의논했다. 낮에는 태부인과 왕부인의 거처에 두 차례씩 가서 문안 인사를 했다. 그곳에서 눈치를 살피며 어쩔 수 없이 잠시 한담을 나누기도 했고, 대관원 자매들의 거처에서도 잠시나마 시간을 보내야 했다. 바느질할 짬이 별로 없었기에, 매일 밤이면 등불 아래에서 밤늦도록 바느질을 하다가 잠자리에 들곤 했다.

해마다 대옥은 춘분과 추분이 지난 뒤에 기침을 하는 고질병이 있었다. 이번 가을에는 기분이 좋은 태부인이 두어 차례 나들이를 더 다녔기 때문에, 거기에 따라다니느라 과로를 해서인지 최근에 또 기침을 하기 시작했다. 그녀는 몸이 평상시에 비해 무거운 느낌이 들어서 줄곧 밖에 나가지 않고 자기 방에서 요양했다. 가끔 따분해지면 자매들이라도 찾아와서 이야기나 나누기를 바랐다. 하지만 보차 등이 찾아와 서너 마디 하고 나면 그녀는 금방 싫증을 냈다. 모두들 대옥이 병이 있는데다 평소에도 허약하다는 걸 알았기 때문에, 접대가 소홀하거나 예의를 좀 덜 차려도 어쩔 수 없이 참으면서 나무라지 않았다.

이날은 보차가 문안하러 왔다가 대옥의 병세에 대한 이야기를 꺼냈다.

"여기 드나드는 의원들이 모두 훌륭하긴 하지만 그 사람들이 지어준 약을 먹어도 별 효과가 없었어. 그러니 더 용한 의원을 불러와 살펴보고 치료하는 게 낫겠어. 해마다 봄과 가을만 되면 병이 도져서 더 심해지지도 않고 나아지지도 않으니 계속 그렇게 돼서야 되겠어? 상식에도 맞지 않잖아?"

"소용없어요. 제 병은 나을 수 없는 거라는 걸 알아요. 병이 있을 때는 말할 것도 없고, 괜찮을 때도 내가 어떤지 생각해보면 알 수 있잖아요?"

보차가 고개를 끄덕였다.

"정말 그건 그래. 옛말에 '밥심으로 산다〔食穀者生〕.'⁴고 했지. 그런데 네가 평소 먹는 것 같고는 정신과 기혈을 보양하지 못하니 문제야."

"휴! '죽고 사는 것은 운명이요, 부귀는 하늘에 달렸다〔死生有命 富貴在天〕.'⁵라는 말도 있듯이 인력으로 억지로 될 일이 아니에요. 올해는 작년보다 좀더 심한 것 같네요."

그렇게 말하는 사이에도 대옥은 벌써 기침을 두세 번이나 했다. 보차가 말했다.

"어제 네 약방문을 보니 인삼과 계수나무 열매〔肉桂〕가 너무 많이 들어가 있었어. 그것들이 비록 원기와 정신을 더해준다고는 하지만 너무 열성熱性이 많아서는 안 돼. 내 생각에는 우선 간을 다스리고 위를 튼튼하게 할 필요가 있을 것 같아. 간의 열기가 식으면 비위脾胃를 상하게 하지 못할 거고, 위에 병이 없으면 음식을 먹어서 몸에 영양을 줄 수 있을 거야.⁶ 매일 아침 상등급의 연와燕窩* 한 냥에 얼음사탕〔氷糖〕 다섯 전錢을 은 냄비〔銀銚子〕⁷에 넣고 죽을 쒀서 먹어봐. 계속 먹으면 약보다 나을 거야. 음陰을 북돋고 원기를 보충하는 데는 그만 한 게 없거든."

"휴! 언니는 평소 사람들에게 아주 잘 대해주는데, 전 너무 잡생각이 많아서 언니가 무슨 흑심을 품고 있다고 생각했네요. 예전에 언니가 잡스러운 책을 보면 좋지 않다고 하면서 좋은 말들로 충고해줘서 정말 감격했어요. 지난날 제가 너무 잘못해서 지금까지 이 지경으로 사는 거예요. 곰곰이 생각해보면 전 어머니가 일찍 세상을 떠나셨고 형제자매도 없어요. 올해 열다섯 살이 되는데 전에 언니가 한 것처럼 그런 말로 이끌어준 사람도 없었어요. 어쩐지 상운이도 언니가 좋은 사람이라고 하더라고요. 예전에는 상운이가 언니를 칭찬하는 걸 보면 기분이 좋지 않았는데, 이제 직접 겪어보고 나서야 알게 되었어요. 예전에 만약 언니가 그런 말을 했다면 전 가만있지 않을 거예요. 하지만 언니는 전혀 마음에 두지 않고 오히려 저한테 좋은 충고까지 해주었어요. 그러니 제가 스스로를 망쳤다는 걸 알게 되었지요. 그때 만약 언니에 대해 알지 못했더라면 오늘 이런 말도 하지 않았을 거예요. 조금 전에 저한테 연와죽을 먹으라고 했는데, 연와는 물론 쉽게 구할 수 있겠지요. 하지만 단지 몸이 좋지 않아서 해마다 이 병이 도지는데 별로 심각한 지경에까지는 이르지 않아요. 의원을 부르고, 약을 달이고, 인삼이다 계수나무 열매다 하면서 온갖 난리법석을 떨었는데 이번에 또 새로운 처방을 내서 무슨 연와죽을 끓이겠다고 하면, 할머님이나 외숙모님, 희봉 언니야 아무 말씀도 안 하시겠지만, 그 아래 할멈들이나 하녀들은 분명 저에게 손이 너무 많이 간다고 투덜거릴 거예요. 아시다시피 그 사람들은 할머님께서 보옥 오빠와 희봉 언니를 그렇게 아끼시는데도 호시탐탐 뒤에서 이런저런 말들을 하잖아요. 그런데 저는 어떻겠어요? 저는 그 사람들의 정식 상전도 아닌데다 의지할 데 없어서 얹혀살러 온 몸이니, 안 그래도 벌써부터 저를 무척 싫어하고 있었을 거예요. 그런데 지금 또 물정도 모르고 굳이 그 사람들한테 욕먹을 짓을 하라고요?"

"그런 식으로 얘기하면 나도 너랑 마찬가지잖아."

"언니가 어떻게 저랑 비교될 수 있겠어요? 언니한테는 어머니도 계시고 오빠도 있고, 또 이곳에 땅도 사놓았고, 고향에 옛날 집과 땅도 그대로 있잖아요. 언니야 그냥 친척의 정분으로 여기 살 뿐이지요. 크고 작은 일이 있어도 이 댁 돈을 한 푼도 쓰지 않아도 되고, 떠나고 싶으면 언제든지 떠나면 그만이잖아요. 저는 가진 것도 없는데 먹고, 입고, 쓰는 것들을 모두 이 댁 아가씨들과 똑같이 하고 있으니, 그 소인배들이 저를 무척 싫어하지 않겠어요?"

"호호, 그래 봐야 이후로는 한 사람 몫 혼수를 더 쓰는 정도에 지나지 않는데 지금 벌써 이렇게 걱정하면 안 되지."

그 말에 대옥은 자기도 모르게 얼굴이 빨개져서 웃으며 말했다.

"조금 전엔 점잖은 사람이라 여기고 마음의 고민을 털어놓았는데 오히려 나를 놀리다니요!"

"호호, 웃자고 한 말이긴 하지만 사실이기도 하잖아? 걱정 마. 내가 여기 있는 동안은 언제나 너랑 말동무해줄게. 무슨 억울한 일이나 고민이 있으면 다 나한테 얘기해. 내가 할 수 있는 일이라면 당연히 해줄게. 나한테 오빠가 있긴 하지만 너도 알다시피 그저 어머니가 계시다는 게 너보다 좀 나을 뿐이야. 그러니까 우리는 동병상련同病相憐의 처지라고 할 수 있지. 너도 똑똑한 사람인데 왜 굳이 '사마우司馬牛의 탄식'[8]을 하는 거야? 조금 전에 네가 한 말도 맞아. 일을 하나 늘리는 것보다 하나라도 줄이는 편이 더 낫지. 내일 집에 가서 어머니께 말씀드릴게. 우리 집에도 연와가 있으니까 몇 냥쯤 보내줄게. 매일 하녀들한테 죽을 끓이게 하면 편하기도 하고 여러 사람한테 불편을 끼치지 않아도 될 거야."

"호호, 물건이야 별거 아니지만 이렇게 마음을 써줘서 고마워요."

"무슨 소리! 난 그저 사람들 앞에서 잘못 처신하지나 않을까 걱정일 뿐이야. 피곤할 테니까 난 이만 갈게."

"저녁에 다시 와서 얘기나 나눠요."

보차는 그러겠다 하고 떠났다. 이 이야기는 그만하겠다.

대옥은 죽을 몇 순가락 먹고 침상에 비스듬히 누워 있었다. 그런데 뜻밖에 해가 지기도 전에 날씨가 변해 부슬부슬 비가 내리기 시작했다. 가을비는 그쳤다가 내리기를 반복했고, 하늘도 개었다가 흐렸다가 하는데, 그날은 점점 어두워지는 황혼도 음침했다. 또한 대나무 가지 끝에서 떨어지는 빗방울은 더욱 처량한 기분을 더해주었다. 그녀는 보차가 오지 못할 거라는 걸 알고 등불 아래에서 손에 잡히는 대로 책을 하나 집어 들었는데, 그것은 『악부잡고樂府雜稿』라는 책으로 「추규원秋閨怨」, 「별리원別離怨」 등의 사詞가 실려 있었다.[9] 그녀는 자기도 모르게 느끼는 바를 주체하지 못하고 「별리원別離怨」을 모방한 노래를 한 수 지었다. 그것은 「춘강화월야春江花月夜」[10]의 격식을 본뜬 것으로서 제목은 「비바람 부는 가을 밤 창가에서〔秋

窓風雨夕」라고 붙였다. 그 노래는 다음과 같다.

가을 꽃 참담하고 가을 풀 시들었는데
은은한 가을 등불 아래 가을밤은 길기만 하네.
가을 창가에 가을빛 이미 한없는데
처량함 부추기는 비바람까지 어찌 감당하랴!
秋花慘淡秋草黃
耿耿秋燈秋夜長
已覺秋窓秋不盡
那堪風雨助凄涼

가을 분위기 돕는 비바람은 너무나 빨리 와서
가을 창가에서 가을 녹음[11] 꿈꾸다 놀라 깨었네.
가을 정서 끌어안고 차마 잠 못 이루며
가을 병풍 앞으로 촛불을 옮겨놓네.
助秋風雨來何速
驚破秋窓秋夢綠
抱得秋情不忍眠
自向秋屛移淚燭

한들한들 촛불은 촛대 위에서 짧게 타들어가
수심 끌고 한을 비춰 이별의 정 일게 하네.
가을 뜰에 바람 들지 않는 집 어디 있으며
가을 창에 빗소리 들리지 않는 곳 어디 있으랴?
淚燭搖搖爇短檠
牽愁照恨動離情

誰家秋院無風入

何處秋窗無雨聲

비단이불도 가을바람의 힘 어쩌지 못하고
새벽 물시계 소리 가을비를 재촉하네.
밤새 부슬부슬 또 주룩주룩
등잔 앞에서 이별한 이의 눈물처럼 내리네.
羅衾不奈秋風力
殘漏聲催秋雨急
連宵脈脈復颼颼
燈前似伴離人泣

차가운 안개에 덮인 작은 뜰은 점점 쓸쓸해지고
성긴 대숲 빈 창가에서 이따금 빗방울 떨어지네.
비바람은 언제 그칠까?
이미 눈물 뿌려 비단 창 젖게 해놓고.
寒煙小院轉蕭條
疏竹虛窗時滴瀝
不知風雨幾時休
已教淚灑窗紗濕

대옥이 이렇게 노래를 읊고 난 뒤, 붓을 놓고 잠자리에 들려 하는데 하녀가 말했다.

"보옥 도련님이 오셨어요."

그 말이 채 끝나기도 전에 보옥이 큰 삿갓을 쓰고 도롱이를 입고 들어섰다. 대옥이 자기도 모르게 웃으며 말했다.

"어디서 오신 어부이신가요?"

"오늘은 좀 나아졌어? 약은 먹었고? 오늘은 밥을 얼마나 먹었어?"

보옥이 연거푸 물으면서 삿갓과 도롱이를 벗더니, 얼른 한 손으로 등잔을 들고 다른 한 손으로 불빛을 가리면서 대옥의 얼굴을 자세히 비춰보았다.

"하하, 오늘은 안색이 좀 좋아졌네?"

도롱이를 벗은 보옥을 보니, 안쪽에 조금 오래된 붉은 능단 저고리를 입고 초록색 허리띠를 맨 채 무릎 아래에는 초록 바탕 주단에 꽃무늬가 수놓인 바지를 입고, 금줄을 두르고 수를 가득 놓은 무명 버선을 신고 있었다. 그리고 바닥이 얇고 검푸른 융단으로 된 코에 구름과 꽃무늬가 들어 있는 단화〔蝴蝶落花鞋〕를 신고 있었다.

"위만 비에 젖을까 염려되고 아래는 괜찮아요? 이런 단화와 버선을 신고 오다니! 그래도 깨끗한 편이네요?"

"하하, 한 벌을 제대로 갖춰 입었어. 팥배나무로 만든 나막신도 신고 왔는데 회랑 처마 아래에 벗어두었어."

대옥은 그 도롱이와 삿갓이 보통 저자에서 파는 것이 아니라 무척 솜씨 좋게 만든 것임을 알고 물었다.

"이건 무슨 풀로 엮은 건가요? 어쩐지 입어도 고슴도치처럼 보이지 않더라니!"

"이 세 가지는 모두 북정왕께서 보내주신 거야. 그분도 한가하실 때나 비가 오면 댁에서 이런 걸 입으신대. 마음에 들면 한 벌 구해다 줄게. 다른 건 그렇다 치고 이 삿갓은 상당히 재미있어. 변형을 할 수가 있거든. 위쪽의 이 꼭지는 떼어낼 수 있어. 겨울에 눈이 내릴 때 모자를 쓰고 대나무 꼬챙이를 빼서 꼭지를 떼어내면 이 테두리만 남지. 눈 내릴 때는 남녀 모두 쓸 수 있어. 하나 줄 테니까 겨울에 써."

"호호, 싫어요. 그걸 쓰면 그림이나 연극 무대에 나오는 고기잡이 할멈처럼 보일 테니까요."

막상 말을 해놓고 나니 뜻밖에도 그 말이 방금 보옥이 했던 말과 이어진다는 생각이 들어서 후회했다. 하지만 때는 이미 늦었다. 그녀는 부끄러운 나머지 얼굴이 빨개져서 탁자에 엎드린 채 계속 기침을 해댔다.

보옥은 그 말에 마음을 두지 않고 있다가 탁자 위에 놓인 시를 발견하고 집어 들고는 한 번 죽 읽어보았다. 그러고는 훌륭하다면서 감탄을 금치 못했다. 대옥이 그 말을 듣고 얼른 일어나 빼앗아 등불에 태워버렸다.

"하하, 벌써 다 외웠으니까 태워도 괜찮아."

"제 몸도 많이 좋아졌어요. 하루에도 몇 번씩 보러 와줘서 고마워요. 이렇게 비까지 오는데 와주셨네요. 이제 밤도 깊었고 저도 쉬어야겠으니 돌아가셨다가 내일 다시 오셔요."

보옥은 품에서 호두만 한 크기의 금시계를 꺼내보았다. 바늘이 이미 술시戌時 말 해시亥時 초[12]를 가리키고 있었다. 그는 얼른 다시 집어넣으며 말했다.

"쉴 때가 되었는데 한참 동안 피곤하게 만들었군."

그러면서 삿갓을 쓰고 도롱이를 걸치고 나갔다. 그러다가 다시 들어와서 물었다.

"먹고 싶은 게 있으면 얘기해. 내일 아침에 할머님께 말씀드릴게. 그게 할멈들한테 얘기하는 것보다 낫지 않겠어?"

"호호, 밤에 생각해보고 내일 아침에 알려드릴게요. 빗소리가 점점 거세지니까 얼른 가셔요. 따라온 사람은 있어요?"

그러자 할멈 둘이 대답했다.

"있습니다. 밖에서 우산하고 등롱을 들고 기다리고 있네요."

"호호, 이런 날씨에도 등롱을 켜고 다녀요?"

보옥이 말했다.

"괜찮아. 명와明瓦[13]로 만든 거라 비가 오더라도 상관없어."

대옥은 책장에서 유리로 만든 둥근 등롱을 내려서 하녀를 시켜 그 안에 작은 촛불을 하나 켜게 한 다음 보옥에게 건네며 말했다.

"이게 그것보다 밝아요. 비 오는 날 쓰는 거니까요."

"나도 이런 게 있는데, 저 사람들이 미끄러져 넘어지면 깨질까봐 가져오지 않은 거야."

"등롱 깨지는 것보다 사람이 넘어져 다치는 게 돈이 더 들잖아요? 그리고 오빠는 나막신 신는 것도 익숙하지 않잖아요. 그 등롱은 저 사람들더러 앞에서 들고 가라고 하세요. 이건 가볍고 밝은데다 원래 비 오는 날 자기가 직접 들고 다니는 것이니까 오빠가 직접 들고 가면 돼요. 그리고 내일 돌려보내세요. 실수를 한들 별거 아닌데, 갑자기 왜 이리 '배를 갈라 진주를 숨기는〔剖腹藏珠〕'[14] 것처럼 바보 같은 고집을 부리는 거예요!"

그 말에 보옥은 얼른 유리등을 받아들었다. 앞에서는 두 할멈이 우산을 받친 채 명와로 만든 등롱을 들고, 뒤에서는 또 두 명의 하녀가 우산을 받쳐주었다. 보옥은 유리등을 하녀에게 들게 하고, 자신은 그녀의 어깨를 붙잡은 채 떠났다.

보옥이 떠나고 얼마 후에 형무원에서 할멈 하나가 왔다. 그녀도 역시 우산을 받쳐든 채 등롱을 들고 와서, 상등품 연와를 담은 커다란 꾸러미와 매화 모양에 새하얀 가루가 발린 서양 사탕 한 봉지를 전해주었다.

"이건 저자에서 파는 것보다 좋은 겁니다. 아가씨 말씀이 이것 먼저 잡수시고 떨어지면 또 보내드리겠다고 하셨어요."

"감사하다고 전해주셔요."

그리고 하녀에게 밖으로 모시고 나가 차를 대접하라고 지시하자 그 할멈이 웃으며 말했다.

"차는 됐습니다. 다른 일이 또 있거든요."

"호호, 저도 바쁜 건 알아요. 오늘처럼 쌀쌀하고 밤도 길 때는 더욱 판을 벌여 신나게 놀음이라도 해야 할 테니까요."

"호호, 솔직히 올해는 제 운수가 좋습니다. 어쨌든 밤마다 각처에서 몇 사람이 번을 서는데 시간을 어길 수 없으니까 차라리 놀음판이라도 벌이는 게 낫지요. 시간도 때우고 심심풀이도 되니까요. 오늘은 제가 또 판을 맡기로 했는데 이제 대관원 문도 잠갔으니 슬슬 시작해야지요."

"호호, 고생하셨어요. 돈벌이도 미루고 빗속에 심부름을 하셨네요."

대옥이 하녀에게 말했다.

"이분께 몇 백 전을 드리고, 빗길에 한기寒氣를 막게 술도 좀 드려."

그러자 할멈이 싱글대면서 말했다.

"아이고, 이거 술까지 얻어먹고 가는군요."

할멈은 고개 숙여 절을 하고 밖에 나가 돈을 받은 후에 우산을 받치고 떠났다.

자견은 연와를 챙겨 넣고 등잔을 옮긴 다음, 주렴을 내리고 대옥의 잠자리 시중을 들었다. 대옥은 베개를 베고 누워 보차의 고운 마음에 고마워하다가, 갑자기 어머니와 오빠가 있는 그녀가 부러워졌다. 다른 한편으로는 보옥이 평소 자신과 친하게 지내긴 하지만 그래도 의심스러운 생각이 들기도 했다. 그때 또 창밖의 대나무 끝과 파초 잎에 후드득 떨어지는 빗방울 소리와 주렴을 뚫고 들어오는 맑고 싸늘한 기운에 자신도 모르게 눈물이 흘렀다. 그녀는 거의 새벽이 되어서야 서서히 잠이 들었다. 이후로는 잠깐 들려줄 만한 이야기가 없다. 그다음에 일어난 일에 대해서는……

제46회

고약한 사람은 고약한 일을 피하기 어렵고
원앙 아가씨는 짝을 갖지 않기로 맹세하다

尷尬人難免尷尬事　鴛鴦女誓絶鴛鴦偶

원앙이 결혼하지 않겠다고 맹세하며 머리카락을 자르다.

대옥은 거의 새벽이 되어서야 서서히 잠이 들었는데, 이후로는 잠깐 들려줄 만한 이야기가 없다.

이제 희봉의 이야기를 해보자. 그녀는 형부인이 부르자 무슨 일인지 궁금하여 급히 옷을 차려입고 수레를 타고 찾아갔다. 형부인이 방 안에 있던 사람들을 내보내고 조용히 말했다.

"널 부른 건 다름 아니라 한 가지 곤란한 일이 생겼기 때문이다. 네 시아버님이 나한테 부탁하신 일이 있는데, 나도 어찌할 바를 몰라서 우선 너와 의논할까 한다. 네 시아버님이 할머님 방에 있는 원앙이 마음에 들어 첩으로 들이고 싶다면서 나더러 네 할머님께 말씀드려보라고 하시더구나. 물론 이런 일은 흔히 있지만 할머님께서 허락하실지 모르겠다. 너에게 무슨 방법이 없겠느냐?"

"제 생각에는 절대 그런 타박 맞을 말씀을 드리면 안 될 것 같아요. 할머님께서는 원앙이 없으면 진지도 못 잡수시는데, 보내주려 하시겠어요? 게다가 평소에도 '나이도 많은데 무엇하러 처첩을 여럿 두어서 괜히 남의 딸을 망치는지 원! 몸 생각도 하지 않고 관청 일도 제대로 하지 않고서 종일 집에서 첩과 술이나 마시다니!' 이러셨어요. 어머님, 이게 아버님을 마음에 들어하셔서 하시는 말씀인 것 같으세요? 이제 멀리 피하기도 어려울 판인데 오히려 풀 몽둥이로 범의 코와 눈을 찌르다니요! 전 감히 그런 말씀은 못 올리겠어요. 어머님. 제 말에 노여워 마셔요. 안 되는 줄 빤히 알면서 오히려 화를 자초할 까닭이 없지요. 아버님도 이제 연세가 많으신데, 옳지 않은 일을 하려 하신다면 어머님께서 충고를 하셔야지요. 젊은 사람이라면 모르겠지만, 지금 아우님과 조카, 아드님, 손자들이 수두룩한데 또 이런 문제를 일으키신다면 남들 볼 면목이 없잖아요."

형부인은 쓴웃음을 지었다.

"대갓집에서 첩을 서넛 두는 것쯤이야 예삿일인데 왜 우리만 안 된다는 게냐? 내가 충고해도 안 들으실 게다. 네 할머님께서 아끼시는 아이긴 하지만 저렇게 수염까지 다 센 영감이, 게다가 벼슬살이까지 하는 큰아들이 첩으로 들이겠다고 하면 거절하시기 어려울 게다. 널 부른 건 그저 상의나 해보자는 건데, 대뜸 안 된다는 말만 늘어놓는구나. 내가 설마 너한테 가서 말씀드리라고 하겠느냐? 당연히 내가 가서 말씀드려야지. 그리고 내가 충고를 하지 않았다고 하는데, 그건 네 시아버지 성격을 몰라서 하는 소리다. 충고를 듣기는커녕 먼저 나한테 화부터 내실 게다."

희봉은 형부인의 품성이 우직해서 그저 가사賈赦*에게 순종하며 자신의 안위를 챙기고, 또 탐욕스럽게 재물을 모으는 걸로 만족하면서 집안의 크고 작은 일들은 모두 가사의 처분에 맡긴다는 걸 알고 있었다. 하지만 돈이 오가는 일은 일단 형부인의 손을 거치면 아주 인색해지곤 했다. 그녀는 매사에 가사가 낭비를 한다는 명분을 내세워 "내가 관여해서 절약해야 모자라는 걸 메울 수 있어." 하면서 자녀들이며 하인들 가운데 누구도 믿지 않고 누구의 말도 듣지 않았다. 형부인이 이렇게 고집을 부리자 희봉은 그 어떤 충고도 소용없다는 걸 알고는 얼른 웃음을 지으며 말했다.

"지당하신 말씀이셔요! 제가 얼마나 살았다고 사리를 잘 분별할 수 있겠어요? 생각해보니 부모님 앞에서 하녀 하나쯤은 말할 것도 없고, 아무리 귀한 보배라도 아버님이 아니면 누구에게 주시겠어요? 뒷전에서 하시는 말씀이야 어디 믿을 수 있나요? 저도 참 바보지요. 서방님이 혹시 잘못을 저지르시면 아버님과 어머님께서는 당장 잡아다 때려죽일 것처럼 미워하시지만, 막상 얼굴을 대하면 언제 그랬냐는 듯 넘어가시면서 예전처럼 두 분이 아끼시던 물건을 주시겠지요. 당연히 할머님도 아버님을 그렇게 대하시겠지요. 제 생각엔 지금 할머님 기분이 좋으시니까 당장 가서 말씀드리는 게 좋겠어요. 제가 먼저 가서 할머님 기분을 풀어드리고 있다가 어머님이 오시면 핑계를 대고 빠져나오면서 방 안에 있는 사람들도 모두 데리고 나올 테니 그 틈에 할머님께 잘 말씀드리셔요. 허락하시면 더 좋겠지만 허락하시지 않아도 괜찮을 거예요. 아무도 그 일에 대해 모를 테니까요."

그 말을 듣자 형부인은 다시 기분이 좋아져서 이렇게 일렀다.

"내 생각엔 먼저 어머님께 말씀드리면 안 될 것 같다. 어머님께서 거절하시면 이 일은 그대로 끝장나버릴 테니까 말이다. 그러니 우선 원앙이와 조용히 얘기해볼까 한다. 그 아이가 부끄러워하겠지만 차근차근 말해주면 당연히 아무 말 않겠지. 그럼 된 거야. 그때 가서 어머님께 말씀드리는 거지. 어머님이 싫다고 하셔도 본인 생각을 막으실 수는 없을 게다. '떠나는 사람 막을 수 없다〔人去不中留〕.'라는 말도 있잖니? 그러면 일은 자연히 성사될 게야."

"호호, 과연 어머님은 지략이 대단하시네요! 정말 훌륭한 계책이에요. 원앙도 물론이고, 출세를 바라지 않는 사람이 어디 있겠어요? 반쪽짜리나마 이런 상전 자리를 마다하고 시녀 노릇만 하려 한다면, 나중엔 결국 별 볼 일 없는 사내의 아낙이나 되고 말겠지요."

"호호, 내 말이 바로 그거야! 원앙은 말할 필요도 없고, 집사 자리에 있는 시녀들 누구라도 그런 자리를 바라지 않겠어? 네가 먼저 가봐라. 하지만 절대 눈치채게 하면 안 된다. 나는 저녁을 먹고 바로 가마."

희봉은 속으로 생각했다.

'원앙은 성미가 고약해서 이렇게 얘기해도 꼭 뜻대로 되리라는 보장은 없어. 내가 먼저 가고 어머님이 나중에 오셔도 그 애가 승낙한다면 괜찮겠지만, 승락하지 않으면 의심 많은 어머님은 내가 말을 흘려서 원앙을 도도하게 굴도록 만들었다고 여기실 거야. 그러면 어머님은 원래 내 말대로 되었다는 걸 알고 창피한 마음이 분노로 변해 나한테 화풀이를 하려고 하실 거야. 그러면 내가 곤란해지겠지. 차라리 어머님과 함께 가면 그 애가 말을 듣든 말든 상관없겠지. 어쨌든 어머님께서 나를 의심하지는 않으실 테니까 말이야.'

이렇게 생각하고 그녀는 웃으며 말했다.

"아까 올 때 외숙모님께서 메추라기 두 바구니를 보내셔서 주방 사람들한테 튀겨놓으라고 했어요. 원래 어머님 저녁 드실 때 맞춰 보내드리려고 했거든요. 조금 전에 들어올 때 보니 하인들이 수레를 메고 들어오면서 어머님 수레의 이음새가 벌어져서 고치러 간다고 하더군요. 그러니 이번에는 제 수레로 함께 가시는 게 좋겠어요."

형부인은 곧 시녀를 불러 옷을 갈아입었다. 희봉도 얼른 형부인의 시중을 들어주고, 둘이 함께 수레를 타고 태부인의 거처로 갔다. 도중에 희봉이 말했다.

"어머님, 할머님께는 혼자 가셔요. 제가 따라가면 할머님께서 어머니 거처에는 뭐하러 갔느냐고 물으실 텐데, 그럼 곤란해지잖아요? 그러니 우선 어머님 먼저 가시고, 저는 옷을 갈아입고 따라갈게요."

형부인은 일리 있는 말이라 생각하고 혼자 태부인의 거처로 가서 잠시 한담을 나누었다. 그리고 왕부인의 거처에 간다는 핑계로 빠져나와 뒷문을 통해 원앙의 침실로 갔다. 원앙은 그곳에 앉아 수를 놓고 있다가 형부인을 보자 황급히 일어났다. 형부인이 웃으며 말했다.

"뭐하고 있었어? 어디 좀 보자. 꽃을 수놓는 솜씨가 갈수록 좋아지는구나."

그러고는 원앙의 손에 들린 바느질감을 받아 살펴보면서 계속 칭찬을 늘어놓았다. 그리고 수놓는 일감을 내려놓고 원앙의 몸매를 쭉 훑어보았다.

원앙은 지은 지 얼마 안 되는 연분홍 능라 저고리 위에 푸른 비단에 상아를 끼운 마고자를 걸치고, 그 아래에는 연두색 치마를 입고 있었다. 가는 허리와 반듯한 등, 계란 같은 얼굴, 검고 윤기 나는 머리카락, 높다란 코, 그리고 두 볼에는 희미한 몇 개의 주근깨가 박혀 있었다. 원앙은 상대가 자신을 이렇게 살펴보자 쑥스럽기도 하고 이상한 생각이 들어서 웃으며 물었다.

"마님, 아침도 저녁도 아닌 이 시간에 무슨 일로 오셨어요?"

형부인은 눈짓을 해서 따라온 사람들을 물리고, 자리에 앉아 원앙의 손을 잡고 조용히 웃으면서 말했다.

"너에게 기쁜 소식을 전하려고 일부러 왔다."

원앙은 무슨 얘기인지 대충 짐작하고 자기도 모르게 얼굴이 붉어져서 고개를 숙인 채 아무 말도 하지 못했다. 형부인이 말했다.

"너도 알다시피, 우리 나리 주변에는 믿을 만한 사람이 없다. 하나 사들일까 하는 생각도 했지만 거간꾼들이 내놓은 이들은 깔끔하지 못하고 또 무슨 병이 있는지도 몰라 걱정스러웠다. 사들이더라도 며칠만 지나면 요령을 피우며 못된 수작을 피울 수도 있지. 그래서 집안 전체 하인들의 딸들 가운데 골라보려 했지만 마음에 드는 애가 없더구나. 생김새가 빠지거나 아니면 성격이 안 좋고, 이런 점이 좋다 싶으면 저런 점이 모자랐지. 그래서 반년 동안 꼼꼼히 살펴본 결과 이곳 여자애들 가운데 네가 제일 낫더구나. 용모도 곱고, 일을 처리하는 것도 현명하고, 사람됨도 부드럽고 따사로우면서 믿을 만해서 모든 게 잘 갖춰져 있더구나. 그래서 어머님께 말씀드려 널 우리 집으로 들일까 한다. 너는 밖에서 사들인 사람과 다르니, 들어가자마자 바로 이마의 솜털을 밀고 작은마님〔姨娘〕으로 앉힐까 한다. 그러면 너도 체면이 서고 신분도 높아지지 않겠어? 너도 남한테 뒤지기 싫어하는 애가 아니더냐? 속담에 '금은 결국 금과 바꾸게 된다〔金子終得金子換〕.'[1]고 하더니, 결국 네가 나리 눈에 들 줄 누가 알았겠느냐? 이제 일이 이렇게 되었으니 너도 평소 품고 있던 큰 뜻을 이루게 되었고, 또 너를 미워하던 이들의 입도 막을 수 있게 되었구나. 자, 나랑 같이 가서 어머님께 말씀드리도록 하자!"

그러면서 원앙의 손을 끌고 가려고 했다. 원앙은 얼굴이 빨개져서 손을 빼려 했지만 뜻대로 되지 않았다. 형부인은 그녀가 쑥스러워서 그러는 줄 알고 또 말했다.

"쑥스러워할 게 뭐 있어? 너는 말하지 않아도 되니까 그저 잠자코 나를 따라가기만 하면 된다."

그래도 원앙은 고개를 숙인 채 움직이지 않았다. 그러자 형부인이 다시 말했다.

"설마 싫다는 게냐? 정말 그런 거라면 넌 참 바보구나. 상전의 아씨 자리를 팽개치고 시녀 노릇이나 하려 하다니! 이삼 년 뒤에는 기껏 보잘것없는 놈과 짝이 될 텐데, 그래봐야 여전히 종 신세야. 우리한테 오면, 너도 내 성격을 잘 알겠지만, 아량이 없는 사람이 아니야. 나리도 너희들한테 잘 대해 주시잖아? 그러다 일 년 반쯤 지나 아들이나 딸 하나만 낳으면 넌 나와 어깨를 견줄 신분이 되는 거야. 집안 하인들 가운데 누구라도 마음껏 부릴 수 있지. 손에 굴러온 상전 노릇을 하지 않고 이 기회를 놓치면 나중에 후회해도 소용없어."

원앙은 여전히 고개를 숙인 채 말이 없었다. 형부인이 또 말했다.

"너처럼 시원시원한 아이가 왜 이렇게 우물쭈물 말을 못해? 마음에 들지 않은 게 있다면 나한테 얘기하렴. 뭐든 네 뜻대로 해줄 테니까 말이다."

원앙이 여전히 말이 없자 형부인이 미소 지으며 말했다.

"아마 부모 때문에 마음대로 얘기하지 못하는 모양이구나. 뭘 부끄러워해? 네 부모가 얘기할 때까지 기다리려는 모양인데, 그것도 일리는 있지. 내가 네 부모한테 얘기해서 네 의향을 물어보라고 할 테니 하고 싶은 얘기가 있으면 부모님께 해라."

그렇게 말해놓고 형부인은 희봉의 방으로 갔다.

희봉은 옷을 갈아입고 나서 방 안에 다른 사람이 없는 틈을 타 평아에게 이 일을 얘기해주었다. 평아가 고개를 내저으며 말했다.

"호호, 제가 보기에 이 일은 성사될 수 없어요. 평소 저희가 뒷전에서 얘기를 꺼내 그 아이 생각을 떠본 적이 있었는데, 아마 그렇게 하려 하지 않을걸요? 어쨌든 얘기나 해놓고 봐야겠지요."

"틀림없이 어머님이 의논하러 이리 오실 거야. 원앙이가 말을 들으면 다행이지만 그게 아니라면 괜히 얘기해서 무안만 당한 셈이니 너희들 앞에서도 체면이 서지 않을 거 아냐? 그러니 가서 메추라기를 튀기고 거기다 몇 가지를 더해서 저녁을 준비하라고 해. 너도 잠시 다른 데 놀러갔다가 어머님이 가셨을 거라 생각될 때쯤 돌아와."

평아는 할멈들에게 그대로 전하고 느긋하게 대관원으로 갔다.

한편, 원앙은 형부인이 떠나자 틀림없이 희봉에게 상의하러 갈 테고, 또 분명 누굴 보내 의향을 물을 테니 차라리 이 자리를 피하는 게 낫겠다 싶어서 호박을 불러 말했다.

"노마님께서 날 찾으시거든 그냥 몸이 아프다고 해. 아침도 먹지 않고 대관원에 바람 쐬러 갔다고 말이야."

호박이 그러겠다고 하자 원앙도 대관원으로 가서 여기저기 돌아다녔다. 그러다가 뜻밖에 평아와 딱 마주쳤다. 평아는 주위에 다른 사람이 없는 걸 확인하고 소리 없이 웃으며 말했다.

"새 작은마님께서 오셨군요!"

원앙이 얼굴을 붉히며 말했다.

"어쩐지! 다들 한통속이 되어서 날 함정에 빠뜨릴 작정이로군! 언니 상전한테 가서 따져야겠어!"

평아는 실언을 했다고 후회하며 원앙을 잡아끌고 단풍나무 아래로 가서 바위에 앉았다. 그리고 조금 전에 희봉이 형부인에게 다녀와서 들려준 자초지종을 죄다 들려주었다. 원앙은 얼굴이 빨개진 채 평아에게 코웃음을 치며 말했다.

"우리 사이니까 하는 말인데, 습인이나 호박, 소운, 자견, 채하, 옥천, 사월, 취묵, 그리고 상운 아가씨를 모시러 따라간 취루翠縷˚, 죽은 가인可人˚과 금천, 쫓겨난 천설茜雪˚, 거기에 너하고 나까지 십여 명은 어려서부터 무슨 얘기든 숨기지 않고 말했고 무슨 일이든 함께했잖아? 지금은 다들 커서 각자 자기 일을 하고 있지만 내 마음은 여전해. 할 말이 있거나 무슨 일이 생기면 절대 이 모두에게는 속이지 않아. 이 얘기는 언니만 마음에 담아두고 희봉 아씨에겐 하지 마. 나리께서 날 첩으로 들이려 하셔도 마찬가지이고, 마님이 돌아가시고 난 뒤 온갖 중매쟁이들이 나를 정실부인으로 앉히려 해도 난 가지 않을 거야."

평아가 웃으며 대답하려는데, 갑자기 바위 뒤쪽에서 깔깔 웃는 소리와 함께 말소리가 들려왔다.

"이런 뻔뻔한 계집애, 어떻게 그런 징그러운 소리를 해!"

둘이 깜짝 놀라서 황급히 일어나 바위 뒤로 가보니 다름 아니라 습인이었다. 그녀가 웃으며 걸어나와 물었다.

"무슨 일이야? 똑바로 불어!"

셋은 바위에 앉아 평아가 방금 한 얘기를 습인에게 들려주자 습인이 말했다.

"정말 우리가 이런 얘기를 하면 안 되지만, 큰나리께선 너무 색色을 밝히신단 말이야! 조금만 반반하게 생긴 애가 있으면 꼭 손에 넣고 마시니 말이야."

평아가 말했다.

"네가 싫다면 내가 한 가지 방법을 알려주지. 이렇게만 하면 아주 간단하게 해결될 거야."

원앙이 말했다.

"무슨 방법이 있어? 좀 얘기해줘."

"호호, 그냥 가서 할머님께 말씀드려, 이미 련璉 나리께 몸을 바쳤다고 말이야. 그럼 큰나리께서도 포기하실 거야."

"퉤! 못됐어! 기껏 한다는 소리가! 전에 언니 상전도 그런 말도 안 되는 소리를 하더니만, 오늘 정말 그런 일이 생길 줄이야!"

습인이 끼어들었다.

"호호, 그게 싫으면 내가 노마님께 말씀드려서 이미 널 보옥 도련님께 주기로 했다고 말씀드리라고 할게. 그럼 큰나리께서도 단념하시겠지."

원앙은 화도 나고 쑥스럽고, 또 다급하기도 해서 욕을 퍼부었다.

"둘 다 곱게 죽지 못할 거야! 곤란한 일을 당해서 두 사람을 괜찮은 사람으로 생각하고 해결책을 좀 알려달라고 얘기했는데 오히려 그걸 놀림감으로 삼다니! 둘 다 당연히 몸을 맡길 데가 생겼으니 나중에 작은마님 노릇을 하시겠지! 내가 보기에 세상 일이 다 마음대로 되는 건 아니야. 그러니 두 사람도 기분 추스르고 너무 좋아하지 말라고!"

그녀가 화를 내자 둘은 얼른 웃으며 사죄했다.

"아이, 아가씨, 괜히 의심하지 마. 우린 어려서부터 친자매처럼 지내왔으니까 남들 없을 때 그냥 농담 좀 한 것뿐이야. 근데 넌 어쩔 생각이야? 얘기를 해줘야 우리도 안심할 거 아냐?"

"어쩌긴 뭘 어째! 안 가면 그만이지."

평아가 머리를 내저으며 말했다.

"네가 안 간다고 해서 끝날 일이 아니야. 큰나리 성미를 너도 알잖아? 네가 노마님 방에 있으니까 지금은 어쩌지 못하시겠지만, 설마 네가 평생 노마님과 함께하겠어? 어쨌든 나가게 될 텐데, 그때 나리 손에 떨어지면 오히려 더 안 좋은 꼴이 되겠지."

"흥! 노마님께서 살아 계시는 동안은 절대 여기서 떠나지 않을 거야. 그리고 노마님께서 서천西天으로 돌아가시면, 나리도 어쨌든 삼 년 동안 상을 치르셔야 하겠지. 모친께서 돌아가셨는데 첩부터 얻는 사람은 없을 테니까 말이야! 삼 년 뒤에 무슨 일이 있을지는 그때 가봐야 알겠지. 정말 긴박한 상황이 되면 난 머리 깎고 중이 돼버릴 거야. 그것도 안 되면 죽어버리지! 평생 시집 안 가면 또 어때? 깨끗이 즐기면서 살면 되잖아!"

평아와 습인이 웃으며 말했다.

"이 계집애는 정말 뻔뻔해! 입에서 나오는 대로 아무 소리든 다 한다니까?"

"이 지경이 됐는데 부끄러워할 게 뭐 있어! 못 믿겠거든 두고 보라고! 마님께서 조금 전에 우리 부모님을 찾아간다고 하시던데, 어디 남경南京까지 가시는지 보겠어!"

평아가 말했다.

"너희 부모님은 모두 남경에서 저택을 지키시느라 북경엔 오시지 않겠지만, 나중엔 결국 연락이 닿고 말걸? 지금 너희 오빠 내외도 여기 있잖아. 애석하게도 넌 이 댁 노비의 딸이라서 따로 고용돼 들어온 우리랑은 달라."

"노비의 딸이면 어떻다는 거야? 물 안 먹겠다는 소 대가리를 억지로 누를 거야? 내가 싫다고 한들 설마 우리 부모님을 죽이시겠어?"

그렇게 얘기하고 있는데 저쪽에서 원앙의 올케가 걸어오는 게 보였다. 습인이 말했다.

"지금은 너희 부모님을 찾을 수 없으니까 분명 너희 올케한테 말씀하셨을 거야."

원앙이 말했다.

"저 갈보년은 그저 '교묘한 말로 이익을 꾀하는 짓〔九國販駱駝的〕'[2]만 한다니까! 이 말을 들었으면 상전한테 알랑거리지 않을 리 없지."

그러는 사이에 원앙의 올케가 벌써 그들 앞에 와서 생글대며 말했다.

"아무리 찾아도 없더니, 여기 와 있었네요! 잠깐 저랑 얘기 좀 해요."

평아와 습인이 얼른 자리를 피하자 원앙의 올케가 말했다.

"아가씨들, 앉아 계셔요. 전 우리 시누이랑 할 말이 있어요."

평아와 습인은 모르는 체하며 물었다.

"호호, 무슨 얘기인데 그리 바빠요? 우린 여기서 수수께끼놀이를 하고 있는데 지는 사람이 손바닥을 맞는 거예요. 이 문제를 맞히고 가야지요."

원앙이 말했다.

"무슨 얘기예요? 그냥 여기서 해요."

"호호, 잠깐 저랑 저쪽으로 가요. 저기 가서 얘기할게요. 어쨌든 좋은 얘기니까요."

"혹시 큰마님께서 하신 얘기인가요?"

"호호, 다 알고 계시는데 나더러 무슨 얘기를 하라는 건지! 얼른 와요, 자세하게 얘기해줄 테니까요. 어쨌든 아주 경사스러운 얘기예요."

원앙은 벌떡 일어나 올케의 얼굴에 침을 퉤 뱉더니 삿대질을 하며 욕을 퍼부었다.

"그 더러운 주둥이 닥치고 당장 꺼져! 퍽이나 '좋은 얘기' 겠다! 송나라 휘종徽宗의 매 그림이나 조맹부趙孟頫의 말 그림이야 다 좋은 그림이지.[3] 뭐가 '경사스러운 일' 이라는 거야! 천연두에 물집이 생기면 경사스럽기도 하겠지.[4] 어쩐지 평소 남의 집에서 딸을 첩으로 들여보내놓고 온 집안이 그걸 믿고 거드름을 피우며 온 집안이 첩이라도 된 것처럼 구는 꼴을 부러워하더라니! 눈이 벌게지도록 쳐다보다가 나까지 불구덩이에 집어넣을 작정인 모양이지? 내 신분이 올라가면 오빠 내외가 밖에서 온갖 위세를 떨면서 처남이랍시고 떠들고 다닐 테고, 내가 잘못되면 그 빌어먹을 모가지를 쑥 집어넣고 죽든 말든 내 마음대로 하라고 할 테지!"

원앙이 이렇게 말을 하며 통곡하자 평아와 습인은 그만하라며 달랬다. 원앙의 올케는 무안해하며 말했다.

"좋든 싫든 좋게 말로 할 일이지 애먼 사람은 왜 끌어들여요? 속담에도

'난쟁이 앞에서는 키 작다는 소리 하지 말라〔當著矮人 別說短話〕.'고 했어요. 저한테야 욕을 해도 제가 감히 되받아치지 못하겠지만, 아무 상관없는 이 두 아가씨 앞에서 첩이 이러니저러니 하면 제 체면이 뭐가 돼요?"

습인과 평아가 얼른 그 말을 받았다.

"그런 소리 하지 마세요. 쟤도 우리 얘기를 한 게 아닌데 거기다 왜 우릴 끼워 넣어요? 어느 마님이나 나리가 우리를 첩으로 들인다고 하시던가요? 게다가 우리 둘은 이 집에서 우릴 믿고 거들먹거릴 부모나 오빠, 동생도 없어요. 원앙이가 욕을 한 사람이 있긴 하겠지만 우리를 놓고 한 말이라고는 생각하지 않아요."

원앙이 말했다.

"나한테 욕을 먹고 창피하니까 너희들한테 화풀이를 하는 게지. 너희들이 사리가 밝은 사람들이라 다행이야! 내가 홧김에 앞뒤 재지 않고 막말을 하니까 바로 이런 식으로 꼬투리를 잡는군!"

원앙의 올케는 무안해서 휙 돌아서 떠나버렸다.

원앙은 화를 내며 계속 욕을 퍼붓다가 평아와 습인이 달래자 겨우 그쳤다. 그러자 평아가 습인에게 물었다.

"거기 숨어서 뭐하고 있었어? 우린 전혀 모르고 있었어."

"보옥 도련님 보러 석춘 아가씨 거처에 갔는데 한걸음 늦어서 도련님은 벌써 집으로 돌아가셨다는 거야. 그런데 오는 길에 만나지 못해서 아마 대옥 아가씨 거처로 가셨나 보다 생각하다가 그 방에 있는 애를 만나 물어보니 안 오셨다는 거야. 그래서 혹시 대관원 밖으로 나가셨나 하고 생각하고 있던 참인데, 마침 언니가 저쪽에서 오더라고. 그래서 얼른 숨었지. 조금 있다가 원앙이도 왔어. 내가 나무 뒤에서 바위 뒤쪽으로 가니까 두 사람이 무슨 얘기를 하고 있는 게 보이더라고. 눈이 네 개씩이나 있는데도 나를 발견하지 못할 줄은 몰랐지."

그 말이 채 끝나기도 전에 뒤쪽에서 또 웃음소리가 들려왔다.

"하하, 눈이 네 개씩이나 있는데도 못 본다고? 여섯 개나 되는 눈으로도 나를 발견하지 못하면서 말이야!"

셋이 깜짝 놀라 돌아보니 다름 아니라 보옥이 걸어오고 있었다. 습인이 웃으면서 먼저 말했다.

"한참 찾았는데 어디 계셨어요?"

"하하, 석춘이 방에서 나오는데 멀리서 누나가 오는 게 보이더라고. 나를 찾으러 오는 것 같아 일부러 숨었지. 누나가 나를 지나쳐서 석춘이 거처로 들어가더니 곧 나와서 만나는 사람마다 날 못 봤느냐고 묻더군. 너무 웃기지만 참고 있다가, 누나가 다시 가까이 오면 깜짝 놀라게 해주려고 했지. 그런데 조금 있다가 누나도 몸을 숨기기에 누굴 놀려주려나 보다 짐작했지. 그래서 앞쪽을 보니 두 사람이 오고 있더군. 그래서 다른 길로 돌아서 누나 뒤쪽으로 갔다가, 누나가 나가고 난 뒤 그 자리에 숨어 있었지."

평아도 웃으며 말했다.

"다시 가서 찾아봐야겠어요. 두세 명을 더 찾을 수 있을지 모르잖아요?"

"하하, 더 이상 없어요."

원앙은 보옥이 모든 얘기를 들었다는 걸 알고 바위에 엎드려 자는 척했다. 그러자 보옥이 그녀를 흔들며 말했다.

"하하, 바위는 차가우니까 우리 방으로 가서 누워 있어요. 그게 낫지 않겠어요?"

그러고는 원앙을 끌어 일으키고 평아에게도 자기 방에 가서 차를 마시자고 청했다. 평아와 습인이 모두 원앙을 재촉하자 원앙도 일어나서 넷이 함께 이홍원으로 갔다. 보옥은 조금 전의 이야기를 다 들어서 기분이 좋지 않았기 때문에 말없이 침상에 비스듬히 기댄 채, 세 사람이 바깥방에서 웃고 떠들도록 내버려두었다.

한편, 형부인은 희봉을 찾아가 원앙의 부모에 대해 물었다. 그러자 희봉이 대답했다.

"그 아이 아비는 김채˙인데, 부부가 모두 남경에서 건물을 관리하고 있어서 경사에는 자주 올라오지 않아요. 오빠는 김문상˙인데, 지금 할머님 거처에서 물건 구입하는 일을 하고 있어요. 올케는 할머님 거처에서 빨래 일을 맡아 하고 있지요."

형부인은 곧 사람을 보내 김문상댁을 불러 자세히 이야기했다. 김문상댁은 무척 기뻐하며 신이 나서는 원앙을 찾아갔다. 그녀는 원앙에게 한마디만 하면 일이 성사될 줄 알았는데, 뜻밖에도 원앙에게 면박을 당하고 또 습인과 평아한테도 몇 마디 핀잔을 듣게 되었다. 그녀는 창피하기도 하고 화도 나서 형부인에게 이렇게 말했다.

"안 되겠어요. 오히려 제가 욕만 한바탕 얻어먹었어요."

그러다가 희봉이 옆에 있는 걸 보고 감히 평아 얘기는 꺼내지 못하고 이렇게 말을 덧붙였다.

"습인도 옆에서 거들면서 물정도 모르고 차마 말씀조차 올릴 수 없는 온갖 소리를 해대더군요. 마님, 나리께 상의하셔서 다른 사람을 사세요. 그 계집애는 이런 복을 받을 팔자가 안 되고, 저희도 이런 큰 행운을 누릴 팔자가 안 되나 봅니다."

형부인이 물었다.

"습인이는 또 무슨 상관이래? 걔들이 그 일을 어찌 알았지? 또 누가 같이 있더냐?"

"평아 아가씨도 있었어요."

그러자 희봉이 얼른 말했다.

"그 년 따귀를 한 대 갈겨주고 오지 그랬어? 내가 나가기만 하면 싸돌아다니면서 집에 돌아와도 그림자조차 볼 수 없다니까! 걔도 분명 뭐라고 거들었을 테지!"

"평아 아가씨는 옆에 없었어요. 멀찌감치 보이는 게 그 아가씨 같았는데 아닐지도 모르지요. 그냥 제가 짐작한 거예요."

희봉이 하녀를 불러 말했다.

"당장 가서 평아를 찾아오너라. 내가 집에 돌아왔고 어머님도 와 계시니 들어와서 일손을 도우라고 해!"

풍아가 얼른 나서서 대답했다.

"대옥 아가씨가 서너 번 사람을 보내 부르셔서 갔어요. 아씨께서 들어오시자마자 제가 바로 부르러 갔는데 대옥 아가씨 말씀이 '아씨께 내가 시킬 일이 좀 있다고 여쭤라.' 하셨어요."

희봉은 일부러 한마디 덧붙였다.

"매일 무슨 일을 그렇게 시켜!"

어쩔 수 없이 밥을 먹고 집으로 돌아간 형부인은 저녁에 가사에게 자초지종을 이야기했다. 가사는 잠시 생각하더니 즉시 가련을 불러 말했다.

"남경의 집은 돌볼 사람이 또 있으니까 당장 김채를 불러들여라."

"저번에 남경에서 편지가 왔는데, 김채가 담미심규痰迷心竅[5]에 걸려서 그쪽에서 벌써 장례비까지 내주었다고 했는데, 지금쯤 죽었는지도 모르겠습니다. 살아 있다 해도 인사불성이라 불러와도 소용없을 것 같습니다. 게다가 마누라는 귀머거리입니다."

가사가 버럭 소리를 지르고 욕을 퍼부었다.

"못난 놈 같으니, 그런 것 따위나 알고 있다니! 당장 꺼져라!"

가련이 물러나오자, 잠시 후 또 김문상을 불러들였다. 가련은 바깥 서재에서 대기하면서 감히 집에 돌아가지도 못하고 아버지를 뵙지도 못했다. 잠시 후 김문상이 오자 하인들이 곧장 중문 안으로 데리고 들어갔다. 그리고 밥을 대여섯 그릇 먹을 시간쯤 지나자 김문상이 밖으로 나왔다. 가련은 어떻게 되었는지 알아보지 못하고 있다가, 잠시 후 가사가 잠자리에 들었다는 소식을 듣고 집으로 돌아갔다. 그리고 밤에 희봉이 들려준 이야기를 듣고 나서야 영문을 알게 되었다.

원앙은 밤새 잠을 이루지 못했다. 이튿날 오빠가 찾아와 태부인에게 원앙을 잠시 집에 데려가고 싶다고 여쭈자 태부인은 다녀오라고 허락했다. 원앙은 가고 싶지 않았지만 태부인이 의심할 것 같아 억지로 나가는 수밖에 없었다. 오빠는 가사의 말을 전하면서 어떻게든 체면을 세워주겠다고 약속했고, 작은마님 노릇은 어떻게 해야 한다는 등의 이야기를 했다. 하지만 원앙이 이를 악물고 따르지 않자 어쩔 수 없이 가사에게 가서 보고했고, 이에 가사가 화를 내며 말했다.

"네 안사람을 시켜 내 말을 전해라. 첫째, 예로부터 '항아는 젊은 사람을 좋아한다.'고 했으니 필시 내가 늙어서 싫은 모양이다. 아마 젊은 도련님들한테 마음을 두고 있을 게다. 틀림없이 보옥이에게 눈독을 들이고 있거나 가련이 놈을 마음에 두고 있을 수도 있겠지. 행여 그런 마음이 있거든 일찌감치 포기하라고 해라. 내가 원해도 싫다고 했는데, 이후로 감히 누가 거둬들이겠느냐? 둘째, 어머님께서 그 아이를 아끼시니까 나중에 밖에서 정식으로 남편을 구해줄지 모른다고 생각할 수도 있겠지. 하지만 잘 생각해보라고 해라. 어디로 시집을 가든 내 손아귀에서 벗어나기 어려울 게다. 제가 죽거나 평생 시집을 가지 않는다면 내가 포기하마! 그렇지 않으면 일찌감치 마음을 돌리는 게 그나마 좋을 거라고 해라!"

김문상은 그저 말끝마다 "예, 예!" 대답했다. 가사가 또 말했다.

"속일 생각 마라! 내일 다시 너희 마님더러 원앙에게 물어보게 할 테다. 너희가 얘기를 했는데도 그 아이가 따르지 않겠다고 했다면 너희 잘못이 아닌 걸로 하마. 하지만 너희 마님이 물었을 때 따르겠다고 한다면 네놈의 목을 쳐버릴 게다!"

김문상은 황급히 "예, 예!" 하고 집으로 돌아와 아내에게 말을 전할 틈도 없이 직접 원앙에게 그 말을 들려주었다. 원앙은 너무 화가 나서 할 말이 없었다. 그녀는 잠시 생각하더니 이렇게 말했다.

"그러겠다 해도 오빠가 절 데리고 노마님께 가서 여쭈도록 해줘야 해요."

오빠 내외는 원앙이 마음을 돌렸다고 생각하고는 기뻐 어쩔 줄 몰랐다. 올케는 즉시 그녀를 데리고 태부인을 만나러 갔다.

공교롭게도 그곳에는 왕부인과 설씨 댁 마님, 이환, 희봉, 그리고 보차를 비롯한 여러 자매들과 바깥 집사들의 아낙들이 모여서 담소를 나누고 있었다. 원앙은 기뻐하는 올케를 잡아끌고 태부인 앞으로 나가 무릎을 꿇고 통곡하면서, 형부인이 찾아와서 한 말과 대관원 안에서 올케가 한 말, 그리고 또 조금 전에 오빠가 들려준 말을 죽 늘어놓고는 이렇게 말했다.

"제가 따르지 않겠다고 하니까 조금 전에 나리께서 제가 보옥 도련님을 마음에 두고 있거나 아니면 밖에서 남편을 얻어주기를 기다리고 있는 모양인데, 제가 죽기 전까지는 평생 나리의 손아귀에서 벗어나지 못할 거라고, 끝내 복수하실 거라고 말씀하셨답니다. 하지만 저는 마음을 모질게 먹었어요. 모두들 계시는 앞에서 맹세하건대 저는 평생 '보옥'이 아니라 '보금寶金'이나 '보은寶銀', '보천왕寶天王', '보황제寶皇帝'라 하더라도 그 누구한테도 시집가지 않겠어요! 노마님께서 저를 다그치신다면 전 단칼에 목숨을 끊을지언정 그 명에 따를 수 없습니다. 운이 좋으면 노마님보다 제가 먼저 죽을 테고, 그게 아니라면 처형을 당할 운명이지만, 그래도 전 서천으로 따라가서 노마님을 모실 겁니다. 제 부모나 오빠는 절대 따라가지 않을 겁니다. 차라리 목숨을 끊어버리거나 머리 깎고 비구니가 돼버리겠어요! 제가 진심이 아니라 말로만 둘러대고 나중에 다른 수를 꾀하는 거라면 천지신명과 해와 달이 제 목을 비춰서 목 안에 독창이 생겨 그대로 썩어 문드러질 거예요!"

사실 원앙은 소매에 가위를 하나 숨기고 들어왔는데, 이렇게 말하면서 왼손으로 머리카락을 잡고 오른손으로 가위질을 하려고 했다. 할멈들과 하녀들이 황급히 달려들어 막았지만 벌써 머리카락을 반 타래쯤 잘라버린 후였다. 다행히 머리숱이 많아 다 잘리지 않아서 얼른 다시 땋아주었다. 그 말을 듣고 태부인은 화가 나 온몸을 부들부들 떨며 중얼거렸다.

"내가 기댈 애는 이 아이 하나뿐인데 그것들이 해치려 들다니!"

그러면서 옆에 있는 왕부인에게 말했다.

"알고 보니 너희들 모두 날 속이고 있었구나! 겉으로는 효도하는 체하면서 몰래 흉계를 꾸미다니. 나한테 좋은 게 있으면 달라 하고, 좋은 사람이 있어도 달라 해서 기껏 이 아이 하나 남았는데, 내가 귀여워하니까 시샘이 나서 저 아이를 떼어놓고 나를 마음대로 주무르겠다는 게 아니더냐!"

황급히 일어난 왕부인은 감히 한마디도 대꾸하지 못했다. 왕부인까지 질책을 당하자 설씨 댁 마님도 나서기가 곤란했다. 이환은 원앙의 말을 듣자마자 일찌감치 자매들을 데리고 밖으로 나가버렸다.

탐춘은 눈치가 빨라서 왕부인은 억울해도 감히 변명하지 못할 것이고, 설씨 댁 마님도 친자매지간이라 거들어주기 곤란할 것이라고 생각했다. 또 보차도 이모를 위해 나서기 불편할 것이고, 이환과 희봉, 보옥도 모두 감히 나서지 못할 것이라고 생각했다. 지금은 딸들이 나서야 할 때인데 영춘은 너무 얌전하고 석춘은 너무 어려서 안 될 것 같았다. 그래서 그녀는 창밖에서 이야기를 듣자마자 안으로 들어가 태부인에게 웃는 얼굴로 말했다.

"이게 어머님과 무슨 상관이 있답니까? 할머니, 생각해보셔요. 큰아버님께서 첩을 들이려 하시는데 제수弟嫂되는 분이 어찌 아시겠어요? 설사 아시더라도 모르는 체하실 수밖에 없잖아요?"

그 말이 끝나기도 전에 태부인이 웃으며 말했다.

"그러고 보니 내가 잘못 생각했구나! 사돈 양반, 비웃지 마시구려. 언니는 제 남편 무서워 시어미 앞에서 기분이나 맞추는 저 큰며느리하고는 달리 아주 효성이 지극하다오. 그런데 내가 괜히 저 사람만 억울하게 만들었구먼."

설씨 댁 마님은 그저 "예." 대답하고 나서 말을 덧붙였다.

"그런 말씀 마셔요. 막내며느리를 더 귀여워하는 거야 있을 수 있는 일이니까요."

"그게 아니라오!"

그러면서 태부인은 다시 보옥에게 말했다.

"얘야, 내가 괜히 네 어미를 나무랐는데 왜 얘기하지 않고 보고만 있었느냐?"

"하하, 제가 어머니 편을 들어 큰아버님, 큰어머님에 대해 뭐라고 할 수 있겠어요? 어쨌든 누군가 잘못을 하긴 했는데, 어머님이 여기서 부인하시면 누구한테 떠밀겠어요? 제가 잘못했습니다, 하고 말씀드려도 할머님께선 믿지 않으실 텐데요."

"호호, 그도 그렇구나. 얼른 네 어미 앞에 무릎을 꿇고 말씀드려라. '어머님, 너무 억울해하지 마셔요. 할머님께서 연세가 많으셔서 실수하신 거니까 저를 봐서 마음을 푸셔요.' 하고 말이다."

보옥이 다가가 무릎을 꿇고 말하려 하자 왕부인이 얼른 일으켜 세우며 말했다.

"호호, 어서 일어나라, 어서! 그건 절대 안 된다. 네가 할머님 대신 사과한다는 게 말이나 되니?"

보옥이 얼른 일어나자 태부인이 또 웃음 지으며 말했다.

"희봉이도 아무 말 없었지?"

"호호, 전 할머니 잘못을 덮어드렸는데 오히려 절 나무라시면 어떡해요?"

태부인이 사람들과 함께 웃으면서 물었다.

"그건 또 무슨 소리냐? 그 잘못이란 게 뭐냐?"

"어디서 배우셨는지 모르지만 할머님은 사람을 큰고랭이〔水蔥〕* 처럼 튼실하게 키우시니 당연히 남들이 달라고 하지 않겠어요? 제가 손자며느리라서 다행이지, 손자였다면 진즉 사람 하나 달라고 했을 거예요. 지금까지 기다릴 수 있었겠어요?"

"호호, 그래, 그게 내 잘못이라 이거지?"

"당연히 그렇지요!"

"호호, 그렇다면 나도 필요 없으니 네가 데려가라!"

"이번 생생에서 잘 수련해서 내세에 남자로 태어나면 달라고 할게요."

"호호, 데려가서 련이 첩으로 들여라. 그러고도 네 염치없는 시애비가 달라고 하는지 보자!"

"그건 안 돼요. 서방님한테는 저나 평아같이 타버린 밀가루 과자〔卷子〕[6] 처럼 못생긴 여자나 어울리거든요."

그 말에 모두 웃음을 터뜨렸다. 그때 하녀가 아뢰었다.

"큰마님께서 오셨습니다."

왕부인이 얼른 나가 맞이했다. 이후에 어찌 되었는지는……

제47회

어리석은 패왕은 집적대다가 모진 매를 맞고
냉정한 사내는 재앙이 두려워 타향으로 도망치다

獸覇王調情遭苦打　冷郎君懼禍走他鄉

설반이 유상련에게 집적거리다 흠씬 두들겨 맞다.

　왕부인은 형부인이 왔다는 소리를 듣고 얼른 나가 맞이했다. 형부인은 태부인이 이미 원앙의 일을 알고 있다는 사실을 아직 모르고 원앙에게 소식을 알아보러 온 것이었다. 그런데 뜰의 대문을 들어서자 몇몇 할멈이 이 일을 나직이 알려주어서 상황이 그렇게 된 것을 알았다. 하지만 돌아가려 해도 안에서 이미 자신이 온 줄 알고 있고, 또 왕부인이 마중을 나왔기 때문에 어쩔 수 없이 들어갔다. 먼저 태부인에게 인사를 했지만 태부인이 한 마디도 하지 않자 스스로 부끄러웠고 후회스러웠다. 희봉은 진즉 일을 핑계로 자리를 피해버렸고, 원앙도 화가 치밀어 자기 방으로 돌아가버렸다. 설씨 댁 마님과 왕부인 등은 형부인이 민망해할까봐 하나씩 물러가버렸다. 하지만 형부인은 감히 나가지 못했다.

　태부인은 주위에 사람이 없는 걸 보고 비로소 입을 열었다.

　"네가 남편을 위해 중매를 섰다는 얘기를 나도 들었다. 너야 부덕婦德을 다한 것이겠지만, 이번엔 너무 과했더구나! 너희들은 지금 자식, 손자들이 여럿인데도 남편이 무서워서 한두 마디 충고도 못하고 그저 남편 성질 맞추며 하자는 대로만 해서야 되겠느냐?"

　형부인은 얼굴이 벌게져서 대답했다.

　"제가 몇 번이나 충고했지만 듣지 않았습니다. 어머님도 아시겠지만 저도 어쩔 수 없었습니다."

"그럼 남편이 살인을 하라 해도 정말 하겠느냐? 너도 생각해봐라. 네 동서는 본래 얌전하고 병도 많다. 하지만 위아래를 막론하고 그 아이가 모두 신경을 쓰고 있지 않느냐? 네 며느리 하나가 거들어주고 있어도 매일같이 부엌일 끝나면 청소가 기다리고 있는 지경이다. 지금은 모든 일을 내 스스로 줄이고 있다. 그 둘이 미처 하지 못한 일은 원앙이가 하고 있지. 그 아이는 성격이 세심해서 내 사정을 헤아려 내가 가봐야 할 일은 그 아이가 가고, 더해야 할 일은 그 아이가 눈치를 봐서 두 사람한테 알려서 더하게 해주지. 원앙이가 그렇게 해주지 않으면 그 둘이 안팎으로 크고 작은 일들 가운데 조금이라도 소홀할 수밖에 없으니, 그러면 내가 지금도 걱정해야 하지 않겠느냐? 아직도 내가 날마다 따져보고 너희한테 뭘 달라고 해야 한단 말이냐? 이 방에 있던 애들 가운데 그 아이 하나만 남았다. 이제 나이도 좀 들어서 내 성미까지도 제법 알고 있다. 그리고 그 아이는 아직 상전과의 연분에 기댈 줄 몰라서, 나를 핑계로 어느 마님한테 옷을 달라고 하거나 어느 아씨한테 돈을 달라고 하는 일도 전혀 없다. 그러니까 요 몇 해 동안 무슨 일이든 그 애가 뭐라고 하면 네 동서나 며느리부터 온 집안의 위아래 사람들이 그 애의 말을 미더워하지 않는 사람이 없었다. 그러니 나도 믿을 수 있을 뿐만 아니라 네 동서와 며느리도 모두 걱정을 덜 수 있었지. 이 아이 덕분에 혹시 며느리나 손자며느리가 미처 생각하지 못한 게 있더라도 나한테 부족한 것이 없게 되었고, 화낼 일도 없게 되었다. 이제 그 아이를 데려가버리면 누구한테 내 시중을 들게 할 셈이냐? 너희가 그 아이처럼 진주 같은 아이를 구해준다 해도 말재간이 없다면 쓸모없다. 마침 나도 사람을 보내 네 남편에게 말을 전할 참이었다. 얻고 싶은 사람이 있다면 여기 돈이 있으니까 만 냥이든 팔천 냥이든 사오면 그만이라고 해라. 하지만 이 아이만큼은 안 된다! 이 아이가 몇 년 동안 내 시중을 들어주면 네 남편이 밤낮으로 효도하는 것과 마찬가지다. 마침 잘 왔다. 네가 직접 이 말을 전하는 게 더 낫겠다."

그런 다음 하녀를 불러 지시했다.

"가서 애들 이모님과 아가씨들을 불러오너라. 얘기하다가 막 흥이 오르던 참이었는데 어째서 다들 가버렸단 말이냐!"

하녀들이 "예!" 하고 달려나갔다. 잠시 후 사람들이 서둘러 다시 왔다. 다만 설씨 댁 마님은 하녀에게 이렇게 말했다.

"금방 돌아왔는데 또 뭐하러 간단 말이냐? 그냥 나는 자고 있더라고 해라."

"아이, 마님, 제발 가주셔요! 우리 노마님께서 화가 나 계시잖아요? 마님께서 가시지 않으면 화가 풀리시지 않을 테니 제발 저희를 봐서라도 가주셔요. 피곤하시면 저희들이 업어서 모실게요."

"맹랑한 계집애! 뭐가 그리 무서워? 그냥 꾸중만 몇 마디 들으면 될 것을."

그러면서도 어쩔 수 없이 하녀를 따라 건너갔다. 태부인이 얼른 자리를 권하고 웃으며 말했다.

"골패놀이나 합시다. 사돈 양반은 골패놀이를 잘 못하니까 우리 둘이 함께 앉읍시다. 그래야 희봉이한테 속지 않아요."

"호호, 맞습니다. 노마님께서 제 패를 봐주셔요. 그런데 우리 넷만 하나요, 아니면 몇 명 더 넣을까요?"

왕부인이 웃으며 말했다.

"넷이면 되지 뭐."

희봉이 말했다.

"한 사람 더 있으면 좀 더 재미있을 거예요."

태부인이 말했다.

"원앙이를 불러와서 이 하수下手들 사이에 앉혀라. 사돈 양반도 눈이 어두우니까 그 애더러 우리 두 사람 패를 모두 봐달라고 하자꾸나."

희봉이 한숨을 쉬며 탐춘에게 말했다.

제47회 **273**

"아가씨들은 글은 알면서도 점치는 건 왜 안 배웠는지 몰라!"

"그게 무슨 말씀이세요? 정신 차려서 할머님 돈이라도 좀 딸 생각은 하지 않고 웬 점 얘기를 꺼내세요?"

"오늘 얼마나 잃을지 점을 쳐볼 생각이었지. 내가 어떻게 따겠어? 보라고, 판이 시작되지도 않았는데 좌우에 모두 복병이 숨어 있잖아?"

그 말에 태부인과 설씨 댁 마님이 모두 웃음을 터뜨렸다.

잠시 후 원앙이 와서 태부인 옆자리에 앉았다. 그 옆이 바로 희봉이었다. 붉은 양탄자를 깔고 패를 섞어 선을 정하고[告么][1] 나서 다섯 사람이 골패 놀이를 시작했다. 판이 한참 진행되었을 때 원앙은 태부인의 패가 이미 '십엄十嚴'[2]이 만들어져서 이병二餠[3] 패 하나만 나오기를 기다리고 있는 것을 보았다. 그래서 희봉에게 몰래 신호를 주었다. 희봉은 패를 내놓으려다가 일부러 한참 머뭇거린 다음에 생글대며 말했다.

"제가 기다리는 패는 분명 고모님께서 쥐고 계시는 것 같은데, 이걸 버리지 않으면 그 패가 나오지 않겠네요."

"내 손에는 네가 기다리는 패가 없다."

"나중에 조사해볼 겁니다?"

"그러렴. 어서 내놓기나 해라. 무슨 패인지 보자."

희봉이 설씨 댁 마님 앞에 패를 내놓았는데, 알고 보니 이병 패였다. 설씨 댁 마님이 웃으며 말했다.

"난 그게 반갑지 않다. 아마 노마님께서 기다리고 계셨던 것 같은데?"

"호호, 잘못 냈군요!"

태부인이 얼른 패를 내려놓으며 말했다.

"호호, 물리는 법은 없다! 누가 너한테 잘못 내라더냐?"

"아무래도 점을 쳐봐야 되겠어요. 제가 잘못 냈으니 복병을 탓할 수도 없네요!"

"호호, 당연하지! 네 손으로 네 뺨을 때리며 자기를 탓하는 수밖에!"

그리고 태부인은 설씨 댁 마님을 향해 웃으며 말했다.

"내가 돈을 따려고 안달하는 깍쟁이가 아니라 운이 좋아서 이리 된 거요."

"아무렴 그렇지요! 노마님께서 돈을 욕심내신다고 말할 멍청이가 어디 있겠어요?"

희봉이 돈을 세고 있다가 이 말을 듣자 얼른 다시 챙기면서 사람들에게 생글대며 말했다.

"그럼 제 돈은 안 드려도 되겠네요. 돈을 따기 위해서가 아니라 운이 맞아떨어지기를 바라고 골패놀이를 하신다고 하셨잖아요? 저는 쫀쫀해서 놀이에서 지면 돈부터 세지요. 어서 판을 거두셔요."

태부인은 골패놀이를 할 때 늘 원앙에게 패를 섞게 했다. 이번에도 설씨 댁 마님과 우스갯소리를 나누다가 원앙이 가만히 있는 걸 보고 말했다.

"아직도 화가 나 있는 게냐? 패도 섞지 않고 말이야."

원앙이 패를 모으면서 말했다.

"호호, 희봉 아씨가 돈을 내지 않으셨어요."

태부인이 말했다.

"돈을 내지 않는 걸 보니 운이 좋았던 모양이구나."

그리고 하녀에게 명했다.

"저 아이 돈 꿰미를 몽땅 가져와라."

하녀가 정말 돈을 가져와서 태부인 곁에 놓자 희봉이 웃으며 말했다.

"돌려주세요. 잃은 것만큼 세어 드리면 되잖아요."

설씨 댁 마님이 웃으며 말했다.

"정말 희봉이는 깍쟁이로구먼. 그냥 장난일 뿐인데 말이야."

희봉은 일어나 설씨 댁 마님의 팔을 잡아끌면서 고개를 돌려 태부인이 평소 돈을 넣어두는 작은 나무상자를 가리키며 말했다.

"호호, 고모님, 저것 좀 보셔요. 저 안에 저한테서 장난삼아 딴 돈이 얼마나 되는 줄 아셔요? 이 한 꿰미로는 한 시간도 못 버텨요. 저 안의 돈들이 손짓해서 부르고 있거든요. 이 돈마저 들어가면 골패놀이를 할 것도 없이 할머님 기분이 풀어지실 테고, 그러면 또 저한테 진짜 할 일을 시키실 거예요."

그 말이 끝나기도 전에 태부인을 비롯한 모든 사람들이 웃음을 터뜨렸다. 평아는 돈이 부족하다고 여겨 또 한 꿰미를 희봉에게 가져다주었다. 그러자 희봉이 말했다.

"내 앞에 둘 것 없이 아예 할머님 앞에 둬. 두 번씩이나 할 것 없이 한꺼번에 들어가면 상자 안의 돈들도 덜 번거로울 테니까 말이야."

태부인이 웃으며 들고 있던 패를 탁자에 쏟아버리고는 원앙의 등을 밀며 소리쳤다.

"저놈의 주둥이를 찢어버려라!"

평아는 희봉의 말대로 태부인 앞에 돈을 두고 한참 웃다가 돌아갔다. 대문 앞에 이르렀을 때 가련이 들어오다가 평아를 보고 물었다.

"어머님 어디 계셔? 아버님이 모셔 오라 하시던데."

"호호, 노마님과 함께 계시는데, 반나절 동안 계속 서서 기다리고 계셔요. 일찌감치 포기하셔요. 노마님께서 내내 화를 내고 계셔서 아씨도 줄곧 기분을 맞춰드리고 있었어요. 이제야 조금 기분이 풀리신 것 같아요."

"십사일에 뇌대의 집에 가실지만 여쭤볼 생각인데? 그래야 가마를 준비할 거 아냐? 그리고 어머님을 모셔 가면서 겸사겸사 분위기 좀 맞춰드리면 좋지 않겠어?"

"호호, 제 생각에는 안 가시는 게 좋을 것 같아요. 마님과 보옥 도련님까지 온 집안사람들이 꾸지람을 들었는데, 괜히 서방님까지 헛수고하실 필요 있나요?"

"다 지난 일인데 설마 또 그러실까? 게다가 난 아무 상관도 없잖아? 그리고 아버님께서 나한테 어머님을 모셔 오라고 직접 분부하셨는데, 다른 사람을 보냈다가 혹시 아시게 되면 좋을 게 없잖아? 괜히 이걸 핑계로 나한테 화풀이하실걸?"

그렇게 말하며 안으로 들어가자, 평아도 그 말이 일리가 있다고 생각하여 함께 들어갔다. 가련이 방에 들어가 발소리를 죽이고 안쪽의 동정을 살폈다. 과연 형부인이 거기 서 있었다. 눈치 빠른 희봉이 먼저 발견하고 들어오지 말라는 눈짓을 보낸 뒤에 형부인에게도 눈짓을 했다. 형부인은 바로 나오기가 곤란해서 차를 한잔 따라 태부인 앞에 놓았다. 태부인이 갑자기 몸을 돌리자 가련은 미처 몸을 피하지 못했다. 태부인이 물었다.

"밖에 누구냐? 웬 어린 것이 머리를 기웃거리는 것 같았는데?"

희봉이 얼른 일어나며 말했다.

"저도 언뜻 누군가를 본 것 같았어요. 제가 나가서 보고 올게요."

그러면서 일어나 밖으로 나가려는데 가련이 얼른 들어와 웃음 지으며 말했다.

"할머님, 십사일에 외출하실 수 있는지요? 가마를 미리 준비하려고요."

"그런 일이라면 왜 안 들어오고 도깨비놀음을 해?"

"헤헤, 골패놀이를 하시는데 방해가 될 것 같아 그냥 안사람을 불러서 물어보려고 했습니다."

"왜 하필 지금처럼 바쁜 때 물어보는 거야? 희봉이가 집에 돌아가면 얼마든지 물어볼 수 있잖아? 네놈이 언제부터 그리 조심성이 있었어? 무슨 귀동냥을 하거나 염탐을 하러 왔는지 몰라도 그렇게 살금살금 왔다 갔다 하니 내가 놀랐잖아! 못난 자식 같으니! 네 마누라는 나랑 골패놀이를 하고 있으니까 아직 반나절은 더 걸릴 게다. 집에 가서 그 조이 여편네랑 네 마누라 처치할 방법이나 의논해라."

그 말에 모두 웃음을 터뜨렸다. 원앙도 웃으면서 말했다.

"그건 포이댁이지요. 왜 또 애먼 조이댁은 끌어들이고 그러서요?"

태부인도 웃으며 말했다.

"그렇구나. 내가 안는[抱] 건지 업는[背] 건지 어찌 기억하겠느냐? 그 애기만 나오면 나도 모르게 화가 난다! 내가 이 집안에 들어와 증손 며느리 노릇을 하기 시작한 이래, 지금에 이르러서야 나도 증손 며느리를 두게 되었다. 그사이 오십사 년 동안 아주 놀랄 일, 위험한 일, 기괴한 일들을 겪어보긴 했지만 그래도 그런 일은 겪어보지 못했다. 당장 꺼지지 않고 뭐하느냐!"

가련은 찍 소리도 못하고 황급히 물러나왔다. 평아가 창밖에 서 있다가 나직이 웃으며 말했다.

"제 말을 듣지 않더니 결국 사지死地로 뛰어든 꼴이 되고 말았네요."

그때 형부인이 나오자 가련이 말했다.

"이게 다 아버님 때문이라니까요! 괜히 저랑 어머님만 봉변을 당했네요."

"벼락 맞아 뒈질 못난 불효자식 놈아! 남들은 아버지를 위해 목숨까지 건다는데, 꾸중 몇 마디 들었다고 불평을 해대? 조심하지 않다간 요 며칠 동안 화가 나 있는 네 아버지한테 매질을 면치 못할 게야!"

"어머니, 얼른 가보세요. 저한테 모셔 오라고 하신 지 한참 되었어요."

그러면서 형부인을 모시고 집으로 돌아갔다.

형부인이 조금 전에 겪은 이야기를 대충 들려주자 가사는 별다른 방법도 없고 또 창피하기도 했다. 그래서 이후로는 병을 핑계로 감히 태부인을 찾지 못하고, 그저 형부인과 가련을 시켜 매일 문안을 드리게 했다. 그리고 어쩔 수 없이 곳곳에 사람을 보내 알아본 뒤에 결국 은돈 팔백 냥을 들여 열일곱 살 된 언홍嫣紅이라는 여자아이를 첩으로 들였다. 이에 대해서는 더 이상 이야기하지 않겠다.

한편, 태부인의 방에서는 반나절 동안 골패놀이가 벌어지다가 저녁 먹을 무렵이 되어서야 파했다. 그로부터 한 이틀 동안은 별다른 일이 없었다.

어느덧 십사일이 되어 날이 밝기도 전에 뇌대댁이 찾아왔다. 태부인은 흥에 겨워 왕부인과 설씨 댁 마님, 보옥과 여러 자매들을 거느리고 뇌대의 정원에서 반나절을 보냈다. 그 정원은 대관원에는 미치지 못했지만 상당히 잘 가꾸어져 있고 널찍했다. 샘물과 바위, 숲, 누각과 정자 등이 세워져 있었고, 또 보는 사람들의 눈이 휘둥그레질 만큼 멋진 곳이 여러 군데 있었다. 바깥 대청에는 설반과 가진, 가련, 가용과 몇몇 친척들이 와 있었는데, 너무 먼 친척들과 가사는 오지 않았다. 뇌대의 집안에서도 몇몇 현직 관리들과 대갓집 자제들을 불러 자리에 배석하게 했다. 그 가운데는 유상련柳湘蓮*도 포함되어 있었는데, 설반은 예전에 그를 한 번 만난 뒤로 늘 그리워하고 있었다. 또 그가 연극 공연을 제일 좋아하고, 특히 남녀 간의 사랑 이야기만을 연기한다는 소문을 듣고 그를 난봉꾼으로 여겨왔다. 그래서 그와 사귀어보고 싶었으나 기회를 만들어주는 사람이 없었는데, 이날 우연히 만나게 되자 말할 수 없이 기뻤다. 게다가 가진 등도 그의 명성을 흠모하여 술김에 체면이고 뭐고 없이 그에게 몇 대목을 연기해달라고 간청했다. 그가 무대에서 내려오자 설반은 그의 옆자리로 옮겨 앉아 이것저것 묻고 이런저런 이야기를 떠벌이며 귀찮게 했다.

상련은 원래 지체 높은 집안의 자제였다. 하지만 과거에 급제하지 못했고 부모도 일찍 여의었다. 그러나 성격이 시원시원하고 자잘한 일에 얽매이지 않았으며, 창검술과 도박, 술, 계집질, 악기 연주까지 무척 좋아하여 못하는 게 없었다. 그는 젊고 잘생겨서 그의 신분을 모르는 사람은 배우로만 오인하곤 했다. 그는 뇌대의 아들 뇌상영賴尙榮*과 평소 친한 사이인지라 이날 초청을 받았던 것이다. 그런데 술을 마신 후 다른 사람들은 괜찮았는데 설반만은 또 옛날 버릇이 도졌다. 상련은 진즉 불쾌하여 자리를 뜨고 싶었지만 상영이 한사코 놓아주지 않았다. 상영은 또 이렇게 말했다.

"방금 보옥 도련님께서 내게 분부하시길, 아까 들어왔을 때 잠깐 보았지만 사람들이 많아 이야기를 나누기 곤란했으니, 자리가 파할 때 자넬 보내지 말고 붙들어두라 하셨네. 하실 말씀이 있다고 말일세. 그래도 가야겠다면 내가 도련님을 모셔 올 테니 뵙고 가시게. 그럼 나는 상관 않겠네."

그러면서 하인들에게 안에 들어가서 할멈을 하나 찾아 보옥을 모셔 오라고 지시했다. 그 하인이 떠나고 차 한잔 마실 시간도 채 되지 않아서 과연 보옥이 나왔다. 상영이 웃으며 말했다.

"숙부님, 이 친구를 맡기고 저는 손님 접대하러 갑니다."

상영이 나가자 보옥은 상련의 팔을 잡아끌고 대청 옆의 작은 서재에 앉아 최근에 진종秦鍾*의 무덤에 성묘하러 간 적이 있는지 물었다.

"당연히 다녀왔지요. 예전에 몇몇 친구들과 사냥하러 간 적이 있었는데, 그곳에서 그 친구 무덤까지 이 리밖에 떨어져 있지 않더군요. 생각해보니 올 여름에 비가 많이 와서 혹시 무덤이 상하지나 않았을까 걱정스러웠습니다. 그래서 사람들 몰래 잠깐 가봤더니 정말 조금 무너져 있더군요. 집에 돌아와 몇백 전을 마련해서 셋째 날 아침 일찍 가 일꾼 두 명을 불러 잘 손질해두었습니다."

"어쩐지! 지난달 우리 대관원 연못에 연실이 익었기에 열 개를 따서 명연이더러 그 친구 무덤에 가서 제사를 지내게 했네. 명연이 돌아오자 나도 무덤이 혹시 빗물에 쓸려 무너지지나 않았는지 물어보았는데, 그 아이 말이 무너지지도 않았고 오히려 전보다 더 깔끔해졌다고 하더군. 그래서 어떤 친구들이 손질을 한 모양이라고 생각했네. 안타깝게도 나는 매일 집에 붙들려 있어서 마음대로 할 수 있는 일이 전혀 없고, 조금만 움직이려 해도 누가 알면 이 사람이 말리거나 저 사람이 뭐라고 해대니, 마음만 있을 뿐 실행하기는 어렵네. 돈이 있어도 마음대로 쓸 수 없지."

"이런 일에 도련님까지 신경 쓰실 필요 없습니다. 밖에는 제가 있잖아요? 도련님께선 그저 마음으로 잊지 않으시면 됩니다. 곧 시월 일일이 되는데, 제가 벌써 성묘 비용을 마련해놨습니다. 아시다시피 저는 빈털터리라 집안에 모아둔 재산도 없고, 돈이 생겨도 되는 대로 다 써버리니 여유 있을 때 미리 그런 걸 마련해둬야 때가 닥쳤을 때 곤란한 상황에 처하지 않게 되지요."

"나도 그 일 때문에 명연이더러 자네를 찾아보라고 할 참이었네. 자네는 집에 있는 날이 드물고 매일 이리저리 떠돌아다니니 일정한 거처가 없지 않은가?"

"그런 일 때문에 절 찾으실 필요는 없습니다. 그런 일은 각자 성의를 다하면 되는 거니까요. 조만간 저는 또 집을 떠나 밖에서 사오 년 동안 놀다가 돌아올 생각입니다."

"아니, 무슨 일이 있는가?"

상련이 쓴웃음을 지으며 말했다.

"도련님께서야 제 심사를 모르시겠지요. 어쨌든 그때가 되면 아시게 될 겁니다. 자, 이제 그만 가볼까 합니다."

"모처럼 만났는데 저녁까지 있다가 함께 자리를 파하면 좋지 않겠는가?"

"도련님의 그 이종형은 여전히 그 모양이더군요. 더 앉아 있다간 무슨 일이 생길지 모르니 차라리 제가 자리를 피하는 게 낫겠습니다."

보옥이 잠시 생각하다가 말했다.

"그렇다면 피하는 게 낫지. 다만 멀리 떠날 때는 반드시 나한테 먼저 알려야 하네. 소리 소문 없이 떠나서는 절대 안 되네!"

그렇게 말하며 보옥이 눈물을 흘리자 상련이 말했다.

"당연히 작별 인사는 할 겁니다. 그저 다른 사람들에게 얘기하지만 않으시면 됩니다."

상련이 일어나 떠나려 하면서 또 말했다.

"들어가십시오, 배웅하실 필요 없습니다."

그러면서 서재를 나와 대문 앞에 이르렀는데 설반이 거기서 고래고래 소리를 지르고 있었다.

"누구야? 누가 우리 상련이를 가게 놔뒀어?"

상련은 그 말을 듣고 화가 치밀어 한 주먹에 때려죽이고 싶었지만, 다시 생각하니 술김에 주먹을 휘두르면 상영의 체면이 깎일 것 같아 어쩔 수 없이 꾹 참았다.

설반은 그를 보자 마치 보배를 얻은 것처럼 황급히 비틀비틀 다가와 그의 팔을 붙들고 웃으면서 말했다.

"동생, 어디 가시나?"

"잠시 다녀올 데가 있습니다."

"헤헤, 동생, 자네가 가버리면 재미없어지잖아? 제발 나를 생각해서라도 좀 앉아 있게. 급한 일이 있으면 자네가 바삐 다닐 것 없이 나한테 맡기게. 이 형님이 있으니 자넨 벼슬살이든 돈벌이든 다 어렵지 않게 할 수 있다네."

상련은 그가 이렇게 치근덕대자 밉살스럽기도 하고 창피하기도 했다. 그는 곧 한 가지 계책을 생각해내고 그를 이끌고 구석진 곳으로 가서 웃는 얼굴로 말했다.

"형님, 진심으로 저랑 친하게 지내자는 겁니까?"

그 말을 듣자 설반은 너무 기뻐 어쩔 줄 몰라 눈을 게슴츠레 뜨고 싱글거리며 황급히 말했다.

"동생, 왜 그런 걸 묻는 거야? 거짓이라면 내 당장 이 자리에서 죽고 말걸세!"

"그럼 여기는 불편하니, 잠깐 앉아 있다가 제가 먼저 나가면 뒤따라오십시오. 제 거처에 가서 둘이 따로 밤새 마셔봅시다. 거기엔 아주 괜찮은 아이[4]들도 둘 있는데, 여태 집 밖으로는 데리고 다니지 않았습니다. 형님은 아무도 데려오실 필요 없어요. 거기 가면 시중들 사람도 다 있습니다."

그 말에 설반은 술이 반이나 깰 정도로 기뻐하며 말했다.

"그게 정말인가?"

"무슨 말씀을! 제가 진심으로 말씀드리는 건데 믿지 않으시다니요!"

"헤헤, 내가 바보도 아닌데 믿지 않을 리 있겠는가! 그렇긴 한데 나는 길을 모르니 자네가 먼저 가버리면 어디 가서 찾지?"

"제 거처는 북문 밖에 있습니다. 그런데 집에 안 돌아가시고 성 밖에서 하룻밤을 묵어도 괜찮겠습니까?"

"하하, 자네가 있는데 집에는 뭐하러 가나!"

"그럼 제가 북문 밖 다리에서 기다리겠습니다. 잠시 자리에 앉아 술을 마시다가 제가 일어선 다음에 따라 나오시면 다른 사람들이 눈치채지 못할 겁니다."

설반은 얼른 그러겠다고 했다. 둘은 다시 자리로 돌아가 잠시 술을 마셨다. 설반은 조바심이 나서 계속 상련을 쳐다보았다. 생각할수록 기분이 좋아져서 누구한테 술을 권할 틈도 없이 혼자서 이리 한 병, 저리 한 병 마시고 또 마셔서 어느새 거나하게 취해버렸다.

상련은 남들이 눈치채지 않게 자리에서 일어나 성문 밖에 이르러 하인 행노杏奴*에게 말했다.

"먼저 돌아가라. 난 성 밖에 들렀다가 곧 가마."

그리고 말에 올라 곧장 북문을 나가 다리 위에서 설반을 기다렸다. 밥 한 그릇 먹을 시간도 채 되지 않아 설반이 말을 타고 멀리서 달려왔다. 그는 입을 헤 벌리고 눈을 휘둥그레 뜨고는 머리를 땡땡이처럼 좌우로 어지럽게 흔들며 두리번거렸다. 상련이 탄 말 앞을 지나면서도 그저 먼 곳만 쳐다볼 뿐 가까운 곳은 유심히 보지 않고 지나쳐버렸다. 상련은 우습기도 하고 가증스럽기도 해서 곧 말을 몰고 그 뒤를 따라갔다. 설반이 앞을 바라보니 점차 인가가 드물어져 다시 말머리를 돌려서 상련을 찾아보려고 했다. 그런데 고개를 돌리자마자 상련을 발견하고 보물이라도 얻은 것처럼 기뻐했다.

"하하, 자네가 약속을 어길 사람이 아니지!"

"하하, 얼른 갑시다. 누가 따라오기라도 하면 곤란하니까요."

그러면서 상련은 먼저 말을 달려 앞으로 갔다. 설반도 그 뒤를 바짝 따라갔다.

상련은 앞쪽에 인적이 드물고 갈대에 둘러싸인 연못이 보이자 말에서 내려 나무에 고삐를 매고 설반에게 웃으며 말했다.

"내리시지요. 먼저 맹세를 합시다. 이후로 마음이 변해서 다른 사람에게 누설하면 맹세한 대로 벌을 받을 겁니다."

"하하, 맞는 말일세!"

설반도 얼른 말에서 내려 나무에 고삐를 매더니 무릎을 꿇고 말했다.

"나중에 마음이 변해 다른 사람에게 누설하면 천지신명께서 죽음으로 벌을 주실……"

그 말이 끝나기도 전에 '쿵!' 하고 뒷덜미에 쇠망치가 떨어진 듯 갑자기 앞이 캄캄해지면서 설반의 눈앞에 별들이 어지럽게 빙빙 돌았다. 그가 몸을 가누지 못하고 쓰러지자 상련이 다가와 살펴보았다. 그는 설반이 많이 맞아본 적도 없는 멍청이라는 걸 알고 힘을 슬쩍 들여서 얼굴을 몇 대 쳤다. 그러자 설반의 얼굴은 금방 울긋불긋한 과자 가게로 변해버렸다. 설반이 버둥거리며 일어나려고 했지만 상련이 발끝으로 두 번 찍어버리자 다시 나자빠져서 입속으로 웅얼거렸다.

"애초에 둘 다 바라던 일이었잖아! 싫으면 좋게 말로 할 일이지 왜 꾀어내서 때리는 거야?"

그러면서 설반이 마구 욕을 퍼부어대자 상련이 말했다.

"이 눈깔 뺀 놈아! 이 어르신이 누구라고 생각하는 게냐! 그래도 잘못했습니다 하고 사정하지 않고 오히려 욕을 해? 네까짓 놈 때려죽여봐야 이로울 게 없으니 그저 매운맛이나 좀 보여주마!"

그러면서 그는 채찍을 가져와서 설반의 등짝부터 종아리까지 삼사십 대를 후려쳤다. 설반은 이미 술이 반쯤 깨었기에 아픔을 견디지 못하고 연신 "아이고! 나 죽네!" 소리를 질러댔다. 상련이 코웃음을 치며 말했다.

"기껏 이 정도냐? 매 같은 건 무섭지 않은 놈인 줄 알았더니!"

그러면서 설반의 왼쪽 다리를 잡아끌고 갈대밭 속의 진흙탕으로 몇 걸음 걸어 들어가 몇 번 굴려서 온몸을 진흙투성이로 만들어놓고 또 물었다.

"이제 내가 누군 줄 알겠느냐?"

설반은 아무 대답도 못하고 그저 엎드려 끙끙대기만 했다. 상련은 채찍을 내던지고 주먹으로 그의 몸을 몇 대 두들겨 팼다. 그러자 설반이 데굴데굴 구르며 정신없이 소리를 질러댔다.

"아이고, 갈빗대 부러졌네! 알아어, 알았다고! 자넨 착실한 사람인데 내가 주위 사람들 얘기를 잘못 들었어!"

"남 핑계 댈 필요 없어! 지금 네 생각을 얘기해봐!"

"아무 할 말 없네. 그냥 자네는 착실한 사람이라는 말밖에! 내가 자네를 잘못 봤네."

"용서를 받으려면 좀 더 공손하게 얘기해봐!"

설반이 끙끙거리며 말했다.

"도, 동생!"

상련이 또 주먹을 한 대 내지르자 설반이 "아이고!" 소리치며 말했다.

"혀, 형님!"

상련이 연달아 두 주먹을 내지르자 설반은 "아이고! 아이고!" 비명을 지르며 고래고래 소리를 질렀다.

"나, 나리! 제발 이 눈 먼 놈을 용서해주십시오! 이후로는 깍듯이 모시고 조심하겠습니다!"

"그 물을 두 모금 마셔라!"

설반이 눈살을 찌푸리며 말했다.

"이 더러운 물을 어떻게 마십니까!"

이 말에 상련이 주먹을 내지르려 하자 설반이 다급히 말했다.

"마, 마실게요! 마신다고요!"

그러면서 갈대 발치에 머리를 처박고 한 모금을 머금었지만 채 넘기기도 전에 "왝!" 하고 아까 먹었던 것들까지 모조리 토해냈다. 상련이 말했다.

"에이, 더러워! 그걸 다시 깨끗이 먹어야 용서해주마!"
설반이 정신없이 머리를 조아리며 빌었다.
"제발 음덕을 쌓는 셈 치고 용서해주십시오! 이건 죽어도 못 먹습니다!"
"에잇! 냄새 고약하군! 도저히 못 참겠어!"
상련은 설반을 내버려두고 말을 끌고 와서 올라타고 훌쩍 떠나버렸다. 그가 떠나자 설반은 비로소 마음을 놓으며 사람을 잘못 본 걸 후회했다. 설반이 안간힘을 써서 일어나려 하자 온몸이 말도 못할 정도로 욱신거렸다.

한편, 가진은 잔치 자리에서 갑자기 두 사람이 보이지 않자 곳곳에 사람을 보내 찾았지만 보이지 않았다. 그러자 누군가 "북문으로 나가시는 것 같았습니다." 하고 알려주었다. 설반의 하인들은 평소 그를 무서워했기 때문에, 그가 따라오지 말라고 하자 아무도 감히 찾아나서지 못했다. 나중에 가진은 마음이 놓이지 않아 가용더러 하인들을 데리고 가서 찾아보라고 했다. 가용 등이 여기저기 행적을 물어 북문 밖 다리를 지나 이 리 남짓 찾아가다가, 갈대밭 옆에 설반의 말이 묶여 있는 것을 보았다.
"다행이다! 말이 있으니 사람도 있겠지."
사람들이 일제히 말 앞으로 가보니 갈대밭 속에서 신음이 들렸다. 황급히 달려가보니 설반이 옷은 너덜너덜해지고 얼굴은 퉁퉁 부은 채 머리며 얼굴 할 것 없이 온몸이 진흙 범벅이 되어, 마치 진흙탕에 뒹군 돼지 같은 꼴로 널부러져 있었다.
가용은 대충 어찌 된 일인지 짐작하고 얼른 말에서 내려 하인들에게 그를 끌어내게 했다.
"하하, 아저씨, 날마다 애인 찾아 안달을 하시더니 오늘은 갈대밭까지 오셨군요? 아마 용왕님도 아저씨의 풍류가 마음에 들어 부마로 삼으려 하셨나보군요? 그런데 어쩌나? 그만 용뿔에 받히신 모양입니다그려!"
설반은 부끄러워 쥐구멍에라도 들어가고 싶은 심정인데다 말조차 탈 수 없었다. 가용은 성 밖 마을에 가서 작은 가마를 한 대 불러오게 하여 설반을 태우고 함께 성 안으로 들어갔다. 가용이 그대로 뇌대의 집으로 가려하자 설반이 자기 집으로 가게 해달라고 사정하고 나서 다른 사람들에게 절대 말하지 말라고 애걸했다. 가용은 그제야 그러겠다며 설반을 집으로 돌려보내고, 자신은 뇌대의 집으로 다시 가서 가진에게 조금 전의 상황을 전했다. 가진도 그가 상련에게 맞았다는 걸 알고 껄껄 웃으며 말했다.

"혼이 나봐야 그 버릇을 고치지!"

그리고 저녁이 되어 자리를 파하자 설반을 찾아가서 위문했다. 그러나 설반은 침실에 누워 조리를 하면서 병을 핑계로 만나주지 않았다.

태부인 등이 각자 거처로 돌아가고 난 뒤에 설씨 댁 마님과 보차는 향릉香菱*이 울어 눈이 퉁퉁 부은 걸 보고 어찌 된 영문인지 물었다. 그리고 황급히 달려가 살펴보니, 설반은 얼굴과 몸에 상처를 입었지만 다행히 뼈나 근육은 전혀 다치지 않았다. 설씨 댁 마님은 가슴이 아프기도 하고 화도 나서 설반과 상련을 번갈아 욕했다. 그리고 왕부인에게 알려서 상련을 잡으러 사람을 보내겠다고 했다. 그러자 보차가 다급히 말렸다.

"별일도 아니잖아요? 그저 같이 술을 마시다가 사이가 틀어진 모양이지요. 취한 사람이 몇 대 더 맞는 일도 다반사잖아요? 게다가 우리 집안이 오빠 기강을 제대로 잡지 못한다는 건 사람들도 다 아는 사실이에요. 지금은 가슴이 아프시니까 당장 알리러 가고 싶으시겠죠. 그러나 분풀이하는 건 쉬워요. 사오일 뒤에 오빠 몸이 좋아져 외출할 수 있게 되면 저 댁의 진 나리와 련 오라버니도 이 짓을 한 사람을 가만 놔두지 않으실 테지요. 아마 술자리를 마련해서 그 사람을 불러다 여러 사람 앞에서 오빠한테 사죄하게 하면 되지 않겠어요? 지금 무슨 큰일이나 되는 것처럼 사람들한테 알리시면, 다들 오히려 어머니께서 오빠를 너무 아끼시는 바람에 말썽을 일으키도록 부추기신다고 여길 게 뻔하잖아요? 오늘 어쩌다 모진 꼴을 한 번 당했는데 어머니께서 여러 사람을 모아 나서시면 친척의 위세를 믿고 남을 억압한다고 생각하지 않겠어요?"

"애야, 그래도 네가 생각이 깊구나. 내가 잠시 홧김에 판단이 흐려졌어."

"호호, 차라리 잘됐어요. 오빠가 어머니도 무서워하지 않고 남들 충고도 듣지 않고 매일 멋대로 구는데 두어 번 혼이 나면 정신을 차리겠지요."

설반은 구들에 누워 상련에게 욕을 퍼붓다가, 하인들에게 그의 집을 부숴버리고 그놈을 죽도록 패서 관청으로 끌고 가라고 명했다. 하지만 설씨댁 마님은 하인들을 막으면서, 상련이 술김에 잠시 무례하게 굴었지만 술이 깨자 후회해도 소용없다 여겨 도망쳐버렸다고 설반에게 일러주었다. 설반은 그 말을 듣자…… 이후에 어찌 되었는지는 다음 회를 보시라.

제48회

난봉꾼은 사랑에 실패하자 기예를 배우려[1] 생각하고
고상함을 흠모하는 여인은 힘겹게 시집을 만들다

濫情人情誤思遊藝　慕雅女雅集苦吟詩

향릉이 잠을 잊은 채 시 짓기에 몰두하다.

 설반은 그 말을 듣고서야 화가 가라앉았다. 사오일이 지나자 통증은 없어졌지만 상처는 아직 남아 있어서 병을 핑계로 집에만 있었다. 창피한 나머지 친구들도 만나지 못했다.
 어느덧 시월이 되자 각 점포의 점원들 가운데 연말 결산을 마치고 집으로 돌아가는 사람들이 있었다. 그래서 설반은 어쩔 수 없이 집에서 술자리를 마련하여 송별식을 해야 했다. 개중에 예순 살 넘은 장덕휘張德輝*라는 점원이 있었는데, 어려서부터 설씨 집안의 전당포를 맡아왔고, 자기 재산만도 이삼천 냥이나 되었다. 올해도 그는 집에 돌아갔다가 내년 봄에 다시 오겠다고 하면서 이렇게 말했다.
 "올해는 종이와 향료가 부족했으니 내년에도 분명 값이 오를 겁니다. 내년에는 먼저 큰아들을 보내 전당포를 맡게 하고, 저는 단오절 전에 돌아오면서 오는 길에 종이와 향, 부채를 사오겠습니다. 세금과 경비를 제외하고도 몇 배의 이익을 남길 수 있을 겁니다."
 그 말에 설반은 속으로 생각했다.
 '유상련에게 얻어맞고 남들 보기 민망하니 반년 정도 피해 있으면 좋겠지만 갈 곳이 없어. 매일 병을 핑계로 집에만 있는 것도 좋지 않아. 게다가 이 나이 되도록 글공부도 무예도 제대로 못하고, 장사를 한다지만 저울이나 주판을 만져본 적도 없어. 지방 풍속이나 길도 잘 모르니 차라리 밑천을 좀 마련해서 장덕휘를 따라 일 년쯤 돌아다니다 오자. 돈이야 벌든 말든 창피한 꼴은 피할 수 있겠지. 그리고 산천을 구경하는 것도 괜찮잖아?'

이렇게 생각을 굳힌 그는 술자리를 파한 후 장덕휘에게 말해서 이틀쯤 후에 같이 떠나자고 제안했다.

그날 밤 설반이 어머니에게 그 얘기를 하자, 설씨 댁 마님은 내심 기뻤지만, 객지생활에 익숙하지 않은 아들 생각에 한편으론 걱정스럽기도 했다. 밑천을 날리는 것쯤이야 별게 아니지만, 목숨을 잃을 수도 있기 때문이다.

"제발 그냥 내 곁에 있어라. 그래야 안심이 되겠다. 이런 장사는 안 해도 돼. 그깟 은돈 몇백 냥쯤은 안 벌어와도 된단다. 그까짓 돈보다 집 안에 얌전히 있는 게 훨씬 나아."

하지만 이미 마음을 굳힌 설반이 그 말을 들으려 할 리 없었다.

"저보고 세상 물정 모른다고 항상 나무라시잖아요. 이제 제가 마음먹고 저 쓸데없는 것들과 손을 끊고 사람답게 일하면서 장사를 배워볼까 하는데, 허락하지 않으시면 저보고 어쩌라는 겁니까? 계집애도 아닌데 언제까지 집에만 가둬두실 작정이세요? 게다가 장덕휘는 나이도 많고 사람도 후덕한데다 우리와는 대대로 왕래하는 사이인데, 제가 같이 간다고 잘못될 일이 있겠어요? 제가 조금이라도 잘못하면 당연히 그 사람이 충고해줄 텐데요. 그 사람은 장삿속도 밝으니 이것저것 물으면 일이 잘 풀릴 텐데 왜 못 가게 하시는 거예요! 한 이틀 뒤에 어머님께 말씀 안 드리고 혼자 밑천을 마련해서 떠날 겁니다. 내년쯤 돈을 벌어 돌아오면 그제야 제 능력을 아시게 될 거예요."

설반은 화를 내면서 그렇게 말하고는 자러 가버렸다.

설씨 댁 마님이 보차에게 상의하자, 보차가 웃으며 말했다.

"오빠가 정말 제대로 된 일을 하려 한다면 잘된 일이지요. 하지만 집에서는 고분고분하다가 밖에 나가 옛날 버릇이 도진다면 더 단속하기 어려워질 거예요. 그래도 걱정만 하고 있을 순 없지요. 오빠가 정말 마음을 고쳐먹었다면 자기 평생의 복이겠지요. 그게 아니라면 어머니도 별다른 방법이 없으실 거예요. 진인사대천명盡人事待天命 할 수밖에요. 오빠도 어른이 다 됐는데 세상 물정 모른다고 염려해서 대문 밖에도 나가지 못하고 일도 못하게 하면 되겠어요? 올해에 집에만 가둬두면 내년에도 그 모양일 거예요. 오빠 얘기가 명분도 그럴 듯하고 일리도 있으니까 까짓 거 한 천 냥쯤 버리는 셈 치고 시험 삼아 줘보셔요. 어쨌든 점원들이 도와주기는 해도 속여먹으려 하지는 않겠지요. 그리고 객지에 나가면 주변에 부추기는 사람도, 기댈 사람도 없을 거예요. 객지에서 누가 오빠를 무서워하겠어요? 아무리 둘러봐도 기댈 데가 없으니, 돈이 있으면 먹을 수 있고 없으면 굶어야지요. 그런 걸 겪다보면 집에 있을 때보다 말썽을 덜 일으킬지도 몰라요."

설씨 댁 마님은 한참 생각한 끝에 말했다.

"네 말이 맞다. 돈을 좀 쓰더라도 그놈이 영리하게 사는 법을 배우게 되면 그만 한 값어치는 하겠지."

그렇게 의논하고 난 그날 밤은 별다른 일이 없었다.

이튿날, 설씨 댁 마님은 장덕휘를 불러오게 해서 설반으로 하여금 서재에서 술을 대접하게 하고, 자신은 뒤쪽 회랑에서 창을 사이에 두고 안쪽의 장덕휘에게 설반을 잘 보살펴달라고 간곡히 당부했다. 장덕휘는 당연히 그러겠노라 말하고 식사를 한 후 인사를 하더니, 이렇게 말했다.

"십사일이 출발하기에 좋은 날이니, 도련님께서는 즉시 행장을 꾸리시고 노새를 구하십시오. 그날 아침 일찍 출발하겠습니다."

설반은 뛸 듯이 기뻐하며 설씨 댁 마님에게 그 말을 전했다. 설씨 댁 마님은 곧 보차와 향릉, 그리고 할멈 두 명과 함께 며칠 동안 행장을 꾸렸다. 그리고 설반의 유모 남편인 나이 많은 하인과 일을 잘 아는 오래된 하인 두 명, 시중들 어린 하인 두 명을 뽑았다. 그렇게 일행은 모두 여섯 명이 되었다. 또 큰 수레 세 대에 행장과 물품을 싣고, 튼튼한 노새 네 마리를 구했다. 설반은 집에서 기르던 검푸르고 튼튼한 노새를 타기로 하고, 별도로 말을 한 필 준비했다. 모든 준비가 끝나자 설씨 댁 마님과 보차 등은 며칠 밤에 걸쳐 설반에게 이런저런 당부를 했다. 그건 새삼스럽게 이야기할 필요가 없겠다.

십삼일이 되자 설반은 먼저 외삼촌에게 하직 인사를 하고 나서 가씨 집안의 여러 사람들에게도 작별 인사를 했다. 가진 등이 송별연을 베풀어준 일에 대해서는 자세히 설명할 필요 없겠다. 그리하여 십사일 아침이 되자 설씨 댁 마님과 보차 등은 설반과 함께 의문儀門*까지 나가 눈물을 글썽이며 전송하고 돌아왔다.

설씨 댁 마님이 경사에 올 때 데려온 하인은 네다섯 쌍의 부부와 두세 명의 할멈 및 하녀가 전부였는데, 이제 설반을 따라 다섯 명이 가고 나니 바깥일을 보는 남자 하인은 한두 명밖에 남지 않게 되었다. 이 때문에 설씨 댁 마님은 그날 서재로 가서 진열된 물품들과 휘장 등을 모두 거둬들여 창고에 넣고, 설반을 따라간 두 남자 하인의 아낙들에게 안으로 들어와 자도록 했다. 그리고 향릉에게도 방을 말끔히 치우게 하고 이렇게 말했다.

"문을 잠가라. 저녁에는 나랑 같이 자자."

보차가 말했다.

"어머니는 함께 잘 사람들이 있으니까 향릉 언니는 저랑 자는 게 좋겠어요. 형무원도 썰렁하고 밤도 길어졌는데, 매일 밤 바느질을 하려면 한 사람이라도 더 있는 게 좋지 않겠어요?"

그 말에 설씨 댁 마님이 웃으며 말했다.

"내가 깜박했구나. 애초에 저 아이를 너한테 보내줬어야 했어. 예전에 네 오빠한테도 얘기했다. 문행*이는 어려서 말귀를 제대로 알아듣지 못하고, 앵아 혼자서는 시중들기가 벅찰 테니 네가 부릴 하녀를 하나 더 사야겠다고 말이다."

"제대로 모르고 샀다가 혹시 잘못 사오게 되면, 돈 버리는 거야 큰 문제가 아니지만 괜히 성가시기만 할 거예요. 그러니 천천히 알아보고 내력을 제대로 알 수 있는 사람이 나타날 때 사는 게 좋겠어요."

그러면서 향릉에게 이불과 화장품을 챙기게 하고 할멈 하나와 진아를 시켜 형무원으로 짐을 나르게 했다. 그런 다음 향릉을 데리고 형무원으로 들어갔다. 향릉이 말했다.

"저도 진작 마님께 말씀드리려고 했어요. 서방님이 가시면 아가씨와 함께 있고 싶다고요. 하지만 마님께서 혹시 제가 대관원에 들어가 놀고 싶어서 그러는 게 아니냐고 의심하실까 걱정스러웠는데 뜻밖에 아가씨께서 말씀을 해주셨네요."

"호호, 언니가 대관원을 부러워한 게 하루 이틀이 아니라는 걸 저도 알았지만 말씀드릴 틈이 없었어요. 매일 한 번씩 오시기는 했어도 허둥지둥 다녀가시니 겨를이 없었지요. 그러니 이번 기회에 아예 일 년쯤 같이 지내요. 나도 동무할 사람이 있어서 좋고, 언니도 소원을 풀게 될 테니까요."

"호호, 아가씨, 이 기회에 저한테 시 짓는 법도 좀 가르쳐주세요."

"호호, 언니는 정말 욕심이 끝없다니까!² 오늘은 여기 들어온 첫날이니 먼저 동쪽의 쪽문으로 나가서 할머님부터 시작해 각처 사람들한테 찾아가 문안 인사부터 올려요. 대관원으로 옮겨 들어왔다고 굳이 말할 필요는 없지만, 혹시 어찌 된 일이냐고 물으면 그냥 내가 동무 삼으려고 데리고 들어왔다고 둘러대면 돼요. 나중에 대관원으로 돌아오면 여러 아가씨들 거처에도 들러 인사를 올려요."

향릉이 "예!" 하고 가려는데 평아가 바삐 걸어왔다. 향릉이 얼른 인사하자 평아도 웃으며 인사했다. 그러자 보차가 평아에게 웃음 지으며 말했다.

"오늘 제가 동무 삼으려고 데려왔어요. 이제 막 희봉 언니에게도 알려드리려던 참이었어요."

"호호, 아가씨, 무슨 말씀을! 저는 드릴 말씀이 없습니다."

"그래야 이치에 맞지요. 가게에도 주인이 있고 절에도 주지스님이 있는 법이니까요. 별일은 아니지만 알려둬야 대관원 안에서 밤에 당번 서는 사람들도 두 사람이 늘었다는 걸 알고 문단속하는 데 실수가 없겠지요. 언니가 돌아가면 그렇게 전해줘요. 저는 따로 사람을 보내지 않을게요."

평아는 그러겠노라 하고 향릉에게 웃으며 말했다.

"기왕 왔으니 이웃들한테 인사해야지?"

보차가 웃는 얼굴로 말했다.

"막 보내려 하고 있었어요."

평아가 말했다.

"우리 집에는 갈 필요 없어. 서방님이 몸이 안 좋아 집에 계시거든."

향릉이 알겠다 하고 나가서 먼저 태부인의 거처부터 들러 인사한 일에 대해서는 더 이상 이야기하지 않겠다.

한편, 평아는 향릉이 떠나자 보차의 팔을 붙들고 다급히 말했다.

"아가씨, 우리 집의 새 소식 들으셨어요?"

"무슨 소식이요? 전 며칠 동안 오빠 길 떠나는 채비를 해주느라 이 댁 소식은 전혀 몰라요. 심지어 자매들조차 한 이틀 동안 못 만났어요."

"호호, 나리께서 저희 서방님을 운신도 못할 정도로 때리셨는데, 설마 그 소식을 못 들으셨다고요?"

"저번에 얼핏 듣긴 했는데 설마 그럴 리가 있나 생각했지요. 나도 마침 희봉 언니한테 가볼 생각이었는데 뜻밖에 언니가 왔네요. 무슨 일로 매질을 하셨대요?"

평아가 이를 갈며 욕을 퍼부었다.

"이게 다 그 가우촌賈雨村°인지 뭔지 하는 미친 늙은이 때문이에요. 어디서 굴러먹던, 굶어 뒈지지도 않는 시골 잡놈인지 원! 이 집에 드나든 지 십 년도 안 됐는데 얼마나 많은 말썽을 일으켰는지 몰라요! 올 봄에 나리께서 어디선가 옛날 부채를 몇 자루 보셨는데, 돌아오셔서 집에 있는 좋은 부채들은 죄다 쓸모없다고 하시면서 당장 여기저기 사람을 보내 구해오라고 하셨어요. 그런데 누가 알았겠어요? 사람들이 돌 멍청이[石獸子]라고 별명을 붙인 그 죽일 놈의 원수, 끼니조차 제대로 때우지 못하는 그 가난뱅이 집에 옛날 부채가 스무 자루나 있었대요. 하지만 그 작자는 죽어도 부채를 대문 밖으로 내놓지 않겠다고 버티더래요. 서방님이 사정사정해서 간신히 만나 몇 번이나 얘기하고 나서야 자기 집으로 불러 그 부채를 꺼내 슬쩍 보여주었대요. 서방님 말씀으로는 세상에 다시없는 것들이었대요. 전부 상비죽湘妃竹과 종죽棕竹, 미록죽麋鹿竹, 옥죽玉竹³ 같은 걸로 만들었고, 또 옛사람의 그림과 글씨가 진품이었다고 하더군요. 돌아와서 나리께 말씀드리니까 얼마가 들어도 상관없으니 그걸 사오라고 하셨대요. 그런데 그 돌 멍청이가 이러더랍니다. '굶어 죽거나 얼어 죽는다 해도, 한 자루에 은돈 천 냥을 준다 해도 안 팔아요!' 그러니 나리께서도 달리 방법이 없어서 매일 서방님을 무능하다고 꾸짖으셨대요. 오백 냥을 줄 테니, 먼저 은돈을 주고 나중에 부채를 가져오라 하셨대요. 하지만 그 작자가 계속 안 팔겠다면서 부채를 가져가려면 먼저 자기부터 죽이라고 했대요. 생각해보셔요, 이러니 무슨 방법이 있겠어요? 그런데 뜻밖에 천리天理도 모르는 그 가우촌이라는 작자가 그 얘기를 듣고 계책을 꾸몄대요. 돌 멍청이가 관청 돈을 갚지 않았다고 꾸며서 관아로 잡아가서는 재산을 팔아 빚을 갚으라고 다그쳤대요. 그리고 그 부채들을 압수해서 관청에서 정한 값을 매겨 나리께 보내왔어요. 그 돌 멍청이는 지금 죽었는지 살았는지도 몰라요. 나리께선 부채를 들고 서방님을 꾸짖으셨대요. '이놈아, 다른 사람은 어떻게 구해왔다더냐?' 하고 말이에요. 그래서 서방님께서는 딱 한마디만 하셨대요. '이런 자잘한 일 때문에 남의 집안을 패가망신시키는 게 무슨 수완이라고 할 수 있겠습니까!' 그러자 나리께서 버럭 화를 내셨는데, 서방님께서 말대답을 하신 게 첫째 이유였지요. 그리고 요 며칠 동안 몇 가지 자잘한 일이 있었는데, 그건 저도 제대로 기억나지 않아요. 어쨌든 그런 일들이 한데 겹쳐서 매질을 하기 시작하신 거예요. 엎어놓고 판자나 곤봉으로 때리지 않고 세워둔 채 때리셨는데, 뭘 가지고 마구 때리셨는지 얼굴이 두 군데나 터졌어요. 마침 이모님 댁에 상처에 바르는 환약이 있다는 얘기를 들어서 왔어요. 얼른 하나만 얻어주세요."

보차는 급히 앵아를 보내 환약을 얻어와서 평아에게 주며 말했다.

"이리 되었으니 제 대신 위문을 해주세요. 전 가지 않을게요."

평아는 그러겠다 하고 떠났는데, 그 이야기는 더 이상 하지 않겠다.

한편, 향릉은 모두에게 인사하고 나서 저녁을 먹은 뒤에 보차 등이 태부인의 거처로 가자 자신은 소상관으로 갔다. 이 무렵 대옥은 몸이 많이 좋아져 있었다. 그녀는 향릉이 대관원으로 들어오자 당연히 기뻐했다. 향릉이 생글대며 말했다.

"이제 여기 들어와서 한가한 시간이 생겼으니 제발 저한테 시 짓는 법 좀 가르쳐주셔요. 그럼 저한테는 정말 행운일 거예요!"

"호호, 시를 지으려면 저를 스승으로 모셔요. 저도 잘은 모르지만 대충 언니를 가르칠 만한 수준은 되니까요."

"호호, 그럼 제가 스승으로 모실게요. 하지만 귀찮게 여기시면 안 돼요?"

"별로 어려운 일도 아니니까 배울 만할 거예요. 그저 기起, 승承, 전轉, 결結[4]만 맞추면 되는데, 그 가운데 승과 전은 대구對句를 맞춰야 해요. 그리고 평성平聲과 측성仄聲[5]의 짝을 맞추고, 허자虛字와 실자實字[6]도 서로 짝을 맞춰야 해요. 하지만 정말 훌륭한 구절이라면 평성과 측성, 허자와 실자의 짝이 맞지 않더라도 다 괜찮아요."

"아하, 그렇군요! 제가 옛날 시집을 한 권 구해서 틈날 때마다 한두 수씩 읽어보았는데, 대구가 아주 정밀한 것도 있고 맞지 않는 것도 있었어요. 또 '첫째, 셋째, 다섯째는 따지지 않고 둘째, 넷째, 여섯째는 분명해야 한다[一三五不論 二四六分明].'[7]라는 말도 들었어요. 옛사람의 시를 보니까 그걸 따른 것도 있고 둘째, 넷째, 여섯째 글자의 평측이 틀린 것도 있어서 늘 헷갈렸어요. 그런데 이제 아가씨 말씀을 들으니 원래 그런 격조格調의 규칙이란 게 실은 하찮은 것일 뿐이고, 단어와 구절을 참신하고 훌륭하게 하는 것이 우선이군요."

"맞아요. 바로 그 말이지요. 어휘와 구절은 결국 사소하다 할 수 있고 착상이 가장 중요해요. 뜻〔意趣〕이 참되다면 어휘나 구절을 꾸미지 않아도 저절로 훌륭해져요. 이걸 일컬어 '어휘나 격률 때문에 뜻을 해쳐서는 안 된다〔不以詞害意〕.'라고 하는 거예요."

"호호, 저는 육유陸游[8]의 시 가운데 '겹겹 주렴 걷지 않아 오래도록 향기 서려 있고, 옛 벼루는 얕게 파여도 먹물 많이 고인다네〔重簾不卷留香久 古硯微凹聚墨多〕.'라는 구절을 좋아하는데, 정말 깊은 맛이 있지 않아요?"

"그런 시는 절대 배우면 안 돼요. 언니 같은 분은 시를 모르니까 그렇게 뜻이 바로 드러나는 구절을 보면 금방 좋아하는데, 일단 그런 틀에 박혀버리면 배워도 더 이상 늘지 않아요. 제 말대로 하셔요. 정말 시를 배우고 싶으면 여기 『왕마힐전집王摩詰全集』이 있으니까 왕유王維*의 오언율시五言律詩를 백 수쯤 읽고 정성껏 연구해서 완전히 익히세요. 그런 다음 두보杜甫*의 칠언율시를 일이백 수 읽고, 다시 이백李白*의 칠언절구七言絶句를 일이백 수 읽으세요. 먼저 이 세 사람의 시를 머리에 넣고 기초로 삼은 다음 다시 위魏, 진晉, 남북조南北朝 시대의 도잠陶潛[9]과 응창應瑒[10], 사영운謝靈運[11], 완적阮籍[12], 유신庾信[13], 포조鮑照[14] 등의 시들을 보셔요. 언니는 아주 총명한 사람이니까 꼬박 일 년을 공부하지 않아도 훌륭한 시인이 될 수 있을 거예요!"

"호호, 그럼 아가씨, 그 책들을 좀 빌려주셔요. 갖고 가서 밤에 몇 수씩 읽어볼게요."

대옥은 자견에게 왕유의 오언율시집을 가져오게 해서 향릉에게 건네주었다.

"빨간 권점圈點*이 찍혀 있는 것들은 모두 제가 뽑은 거니까 한 수씩 외우셔요. 잘 모르는 게 있으면 보차 아가씨한테 물어보셔도 되고, 혹시 저를 만나면 제가 설명해드릴게요."

향릉은 시집을 받아들고 형무원으로 돌아가서, 만사를 제쳐놓고 오로지 등불 아래에서 한 수 한 수 읽기 시작했다. 보차가 몇 번이나 자라고 재촉해도 잠자리에 들지 않았다. 보차는 그녀가 이렇게 열심히 하는 걸 보고는 내버려두는 수밖에 없었다.

하루는 대옥이 세수를 마쳤을 때 향릉이 생글생글 웃으며 다가와 시집을 돌려주면서 두보의 율시와 바꿔달라고 했다. 대옥이 웃으며 물었다.

"몇 수나 외웠어요?"

"호호, 빨간 권점이 찍혀 있는 건 다 외웠어요."

"어느 정도 맛을 이해할 수 있던가요?"

"호호, 그런 것 같기는 한데 맞는지는 모르겠네요. 얘기해볼 테니까 들어보시고 말씀해주셔요."

"호호, 연구하고 토론해야 느는 법이지요. 어디 얘기해보셔요."

"제가 보기에 시의 좋은 점은, 말로는 설명할 수 없는 뜻이 담겨 있으면서 잘 생각해보면 사실감이 있는 듯하다는 거예요. 그리고 이치에 맞지 않는 듯하면서도 잘 생각해보면 이치와 정감이 담겨 있는 것 같아요."

"호호, 상당히 재미있는 얘기네요. 그런데 어디서 그런 걸 느꼈어요?"

"왕유의 시「변방에서〔塞上〕」15에 '넓은 사막에 외로운 연기 곧게 솟고, 긴 강에 지는 해 둥글구나〔大漠孤煙直 長河落日圓〕.'라는 구절이 있지요. 그런데 연기가 어떻게 곧게 오를 수 있겠어요? 해야 당연히 둥글지요. 그런데 그 '곧다〔直〕'라는 표현은 이치에 맞지 않는 듯하고, '둥글다〔圓〕'라는 표현은 너무 속된 것 같았어요. 하지만 책을 덮고 다시 생각하니 그 풍경이 눈에 선하지 뭐예요. 그래서 그 두 가지 표현을 다르게 바꿔보려 해도 마땅히 더 좋은 게 생각나지 않았어요. 그리고 '해 떨어지니 강과 호수는 새하얗고, 조수가 밀려오니 천지는 푸르구나〔日落江湖白 潮來天地靑〕.'[16] 라는 구절도 있지요. 여기서 '희다〔白〕'와 '푸르다〔靑〕'라는 표현은 이치에 맞지 않는 듯한데, 생각해보니 이렇게 해야만 묘사가 완전해지고, 소리 내어 읽어보면 몇천 근 무게의 감람橄欖*을 씹는 듯한 느낌이 들더라고요. 또 '나루터엔 낙조 기운 남아 있고, 마을에선 한줄기 연기 오르네〔渡頭餘落日 墟裏上孤煙〕.'[17]라는 구절에서 '남아 있다〔餘〕'와 '오른다〔上〕'라는 표현이 얼마나 대단한 착상인가요! 우리가 경사에 오던 도중 어느 날 저녁에 물굽이에 배를 대고 뭍에 올라보니, 근처에 사람은 없고 나무만 몇 그루 서 있더군요. 멀리 인가가 몇 채 보이는데 저녁밥을 짓고 있었지요. 그때 밥 짓는 연기가 아주 파랬는데 구름까지 반듯하게 솟아오르더라고요. 엊 저녁에 이 구절을 읽으니까 다시 그곳에 간 기분이 들지 뭐예요."

그렇게 이야기를 나누고 있을 때 보옥과 탐춘도 와서 함께 앉아 향릉이 시에 대해 이야기하는 것을 들었다. 보옥이 웃으며 말했다.

"이런 정도면 시를 읽지 않아도 되겠네요. 깨달음은 많이 보는 것에 달려 있는 게 아니라고 했듯이, 누나 얘기를 들으니 벌써 '삼매三昧'[18]의 경지에 이르렀다는 걸 알겠네요."

대옥이 웃으며 말했다.

"언니는 '한줄기 연기 오르네〔上孤煙〕.'라는 표현이 좋다고 했는데, 그건 그 구절이 옛사람의 표현을 흉내 낸 거라는 걸 모르고 하는 소리지요. 자, 이 구절을 보셔요. 조금 전의 그 구절보다 담백하면서도 잘 갖춰져 있을 걸요?"

그러면서 그녀는 도잠의 시 가운데 "어렴풋이 보이는 먼 인가, 희미하게 오르는 마을의 연기〔暖暖遠人村 依依墟裏煙〕."[19]라는 구절을 펼쳐 향릉에게 보여주었다. 향릉은 그 시를 읽어보고 고개를 끄덕이며 감탄하더니 웃으며 말했다.

"원래 '오른다〔上〕'라는 표현은 '희미하게 오른다〔依依〕.'라는 표현을 변화시켜 만든 거로군요."

그러자 보옥이 큰 소리로 웃으며 말했다.

"이미 깨달았다면 다시 설명할 필요 없어요. 더 이상 하면 잡다한 것만 배우게 될 테니까요. 이제 그냥 시를 지어봐요. 틀림없이 좋은 시가 될 거예요."

탐춘이 빙그레 웃으며 말했다.

"내일 초청장을 하나 써서 언니를 우리 시사에 가입시켜야겠어요."

"호호, 아가씨, 놀리지 마셔요! 저야 그저 마음으로 선망해서 놀이 삼아 배우는 것뿐인걸요."

탐춘과 대옥이 모두 웃으며 말했다.

"누군 놀이 삼아 짓지 않나요? 설마 우리가 진지하게 시를 짓겠어요? 우리가 진지하게 지은 시라 하더라도 이 대관원 밖을 나가면 사람들이 이가 흔들릴 정도로 웃어댈걸요?"

보옥이 말했다.

"그건 자포자기라고 할 수 있겠군. 저번에 내가 바깥에서 문객들과 그림에 대해 의논하는데, 우리가 시사를 만들었다는 소문을 듣고 그동안 써놓은 작품들을 좀 보여달라 하더라고. 그래서 그 자리에서 몇 수 써서 보여주었더니, 모두들 진심으로 탄복하면서 모두 베껴 썼고, 책으로도 간행하겠다고 하던걸?"

탐춘과 대옥이 다급히 물었다.

"그게 정말이에요?"

"하하, 거짓말은 저기 앉아 있는 앵무새나 하는 거지."

"정말 쓸데없는 짓을 하셨어요! 시 같지 않은 건 말할 필요도 없고, 설령 그럴 듯한 시라 하더라도 우리가 쓴 걸 밖에다 흘리면 안 되지요."

"무슨 걱정이야! 예로부터 규중에서 쓴 것은 밖에 내보내면 안 된다고 했지만, 그렇다면 지금도 그런 작품을 아는 사람이 없어야 되잖아?"

그때 석춘의 하녀인 입화가 보옥을 부르러 왔다. 보옥이 떠나자 향릉은 다시 대옥에게 두보의 율시를 빌려달라고 조르면서 탐춘과 대옥에게도 간청했다.

"제목을 하나 내주서요. 그리고 제가 시를 지어 오면 틀린 데를 고쳐주셔야 해요."

대옥이 말했다.

"어젯밤 달이 아주 멋져서 나도 한 수 지어볼까 했는데 아직 짓지 못했으니까 언니가 한 수 지어보셔요. 열네 번째 '한寒'의 운자韻字들[20] 가운데 언니가 좋아하는 몇 글자를 써서 지으면 돼요."

향릉은 기뻐하며 시집을 가지고 돌아가 한참 고심 끝에 두 구절을 지어 놓고, 또 두보의 시에 마음이 끌려 두 수를 읽었다. 이렇게 밥 먹고 차 마시는 것도 뒷전으로 미룬 채 앉으나 누우나 시 생각만 하고 있자 보차가 말했다.

"뭐하러 굳이 고생을 사서 해요? 이게 다 대옥이가 꾀어서 생긴 일일 테니 제가 가서 따져야겠군요. 언니는 본래 머리가 나쁜 사람인데 이런 것까지 하면 더 멍청이가 되고 말 거예요."

"호호, 아가씨, 제발 방해하지 말아주세요."

그러면서 시를 한 수 지어 먼저 보차에게 보여주었다. 보차가 그것을 보고 웃었다.

"이건 아니지요. 이렇게 지으면 안 돼요. 부끄러워하지 말고 그냥 대옥이한테 보여주고 무슨 말을 하는지 들어봐요."

향릉은 곧 그 시를 들고 대옥을 찾아갔다. 대옥이 보니 시는 이러했다.

달은 중천에 걸려 밤빛은 차갑고
맑은 빛 환하여 그림자 둥글구나.
시인은 흥겨워 늘 감상하려 생각하고

나그네는 시름 더해 차마 바라보지 못하네.

비취루 옆에 옥거울 걸린듯

진주 주렴 밖에 얼음 쟁반 걸린듯

좋은 이 밤 은촛불 밝힐 필요 없으니

휘황찬란한 빛 고운 난간에 비추기 때문이라네.

月挂中天夜色寒

淸光皎皎影團團

詩人助興常思玩

野客添愁不忍觀

翡翠樓邊懸玉鏡

珍珠簾外掛冰盤

良宵何用燒銀燭

晴彩輝煌映畵欄

대옥이 미소 지으며 말했다.

"착상은 좋은데 어휘가 우아하지 못하네요. 이건 언니가 읽은 시가 조금밖에 안 되고, 또 거기에 얽매이기 때문이에요. 이건 버리고 다시 한 수 지어보셔요. 그냥 과감하게 지으시면 돼요."

그 말을 들은 향릉은 묵묵히 돌아가더니 아예 방에는 들어가지도 않고, 연못가 나무 아래에 있다가 가산 위 바위에 넋을 놓고 앉아 있거나, 땅바닥에 쪼그리고 앉아 흙에다 무얼 쓰기도 하니 오가는 사람들이 모두 이상하게 생각했다. 이환과 보차, 탐춘, 보옥 등도 이 소식을 듣고 모두 멀찌감치 산비탈에 서서 그녀를 구경했다. 향릉은 한참 눈살을 찌푸리고 있다가 혼자서 싱글싱글 웃기도 했다. 보차가 웃으며 말했다.

"틀림없이 미쳤어! 엊저녁에도 계속 웅얼웅얼하다가 날이 샐 무렵에야 잠자리에 들었는데, 그로부터 밥 한 그릇 먹을 시간도 채 안 돼서 날이 밝았다니까요? 그리고 일어나는 소리가 들리는가 싶더니 대충대충 세수하고 머리 빗고 곧장 대옥이에게 가더군요. 또 돌아오더니 하루 종일 멍하니 있으면서 한 수를 지었는데 또 별로였어요. 이번에는 아마 다른 시를 짓고 있나 보네요."

보옥도 웃음 띤 얼굴로 말했다.

"이야말로 '신령한 땅에 호걸 나는〔地靈人傑〕' 격일세! 하늘이 사람을 태어나게 할 때 성품을 헛되게 부여하지 않는 거지요. 저런 사람이 속되게 살고 있다고 우리가 늘 탄식했는데, 결국 이런 날이 있을 줄 누가 알았겠어요? 이러니 천지신명이 정말 공평하다는 걸 알 수 있지요."

이 말을 듣고 보차가 웃으며 말했다.

"도련님도 저 언니처럼 열심히 하시면 나아지겠지요. 무슨 공부든 대성하지 못할까요?"

보옥은 아무 대답도 하지 못했다. 그때 향릉이 신이 나서 또 대옥의 거처로 가자 탐춘이 생글거리며 말했다.

"우리도 따라가봐요. 좀 괜찮은 시를 지었는지 봐야지요."

그들이 일제히 소상관으로 가니 대옥은 시를 놓고 향릉에게 설명하고 있었다. 모두들 대옥에게 시가 어떠냐고 물었다.

"물론 딴에는 잘 지었지만 아직 그다지 좋지는 않아요. 이 시는 표현을 만드는 데 너무 천착했으니 다시 지어야겠어요."

모두들 그 시를 한번 보자고 했다. 내용은 이러했다.

은도 물도 아닌 것이 창문에 차갑게 비치나니
보게나, 맑은 하늘이 옥쟁반 감싸고 있다네.
담담한 매화는 향기 물들이려 하고
가느다란 버들가지마다 이슬은 막 말랐네.
남은 분가루를 황금 섬돌에 발라놓은 듯

엷은 서리 옥난간에 내린 듯 황홀하네.

서쪽 누각에서 잠 깨니 인적도 끊어졌지만

남은 달의 얼굴은 아직 주렴 너머로 보이네.

非銀非水映窗寒

試看晴空護玉盤

淡淡梅花香欲染

絲絲柳帶露初乾

只疑殘粉涂金砌

恍若輕霜抹玉欄

夢醒西樓人跡絶

餘容猶可隔簾看

보차가 웃으며 말했다.

"달을 노래한 것 같지 않네요. '달'이 아니라 '달빛'이라면 그래도 괜찮을 것 같아요. 봐요, 구절구절 모두 달빛을 묘사했잖아요? 이것도 괜찮긴 하지요. 원래 시라는 건 허튼소리에서 시작되는 거니까요. 며칠 지나면 좋은 시를 지을 수 있겠네요."

향릉은 자기 딴에 아주 훌륭한 시라고 생각했는데, 이런 소리를 듣자 들뜬 기분이 싹 가셔버렸다. 그래도 그녀는 단념하지 않고 시를 다시 생각하려고 했다. 하지만 보차 등이 웃고 떠들자 혼자 계단 앞 대나무 그늘을 거닐면서 온 마음을 집중하여 시를 구상했다. 그 바람에 다른 건 귀에 들리지도 눈에 보이지도 않았다. 잠시 후 탐춘이 창 너머에서 웃으며 말했다.

"언니, 쉬엄쉬엄〔閑閑〕해요."

그러자 정신이 다른 데 팔려 있는 향릉이 엉뚱한 대답을 했다.

"'한閑' 자는 열다섯 번째 산刪에 속하는 운자라서 맞지 않아요."

그 말에 모두 폭소를 터뜨렸다. 보차가 말했다.

"정말 시 귀신〔詩魔〕에 들렸네요. 이게 다 대옥이 때문이야!"

대옥이 말했다.

"성인께서도 '남을 가르치는 데에 싫증 내지 않는다〔誨人不倦〕.'[21]라고 하셨지요. 저 언니가 계속 찾아와 묻는데 제가 어떻게 설명해주지 않을 수 있겠어요?"

이환이 웃으면서 말했다.

"저 사람 데리고 넷째 아가씨 방으로 가요. 그림을 보게 해서 정신을 좀 차리게 하는 게 좋겠어요."

그러면서 정말 향릉을 이끌고 우향사의 난향오〔暖香塢〕*로 갔다. 마침 석춘은 피곤해서 침상에 비스듬히 누워 낮잠을 자고 있었다. 벽 사이에 세워진 비단 그림은 얇은 면사로 덮여 있었다. 사람들이 석춘을 깨우고 나서 면사를 벗겨보니 그림은 겨우 삼 할쯤 그려져 있었다. 향릉은 그림에 몇 명의 미녀들이 있는 걸 보더니 손가락으로 가리키며 말했다.

"여기는 우리 아가씨고, 저기는 대옥 아가씨네요."

탐춘이 웃으며 말했다.

"시를 지을 줄 아는 사람들은 다 그림에 들어갈 테니까 얼른 배우세요."

그렇게 그들은 한참 동안 농담을 주고받으며 놀았다.

모두 헤어지고 나자 향릉은 다시 시를 구상하는 데 전념했다. 저녁에 등불 아래에서 한참을 넋을 놓고 있다가 자정이 지나서야 침대에 누웠다. 하지만 두 눈을 멀뚱멀뚱 뜨고 있다가 새벽녘이 되어서야 겨우 잠들었다. 잠시 후 날이 새어 잠에서 깬 보차가 귀를 기울여보니 향릉은 곤히 잠들어 있었다.

'밤새 뒤척이더니 시를 지었을까? 피곤한 모양이니 깨우지 말아야겠다.'

이렇게 생각하고 있는데 향릉이 잠꼬대하는 소리가 들렸다.

"결국 지었어. 설마 이번에도 모자랄까?"

보차는 감탄스럽기도 하고 우습기도 해서 황급히 향릉을 깨워 물었다.

"무슨 구절을 얻었어요? 언니 정성이 하늘을 감동시켰나 보네요. 시를 배우기도 전에 병부터 생기겠어요!"

그러면서 보차는 세수를 하고 자매들과 함께 태부인의 거처로 갔다. 향릉은 시를 배우려는 굳은 마음으로 온 심혈을 기울였다. 하지만 낮에는 짓지 못하고 있다가 갑자기 꿈속에서 여덟 구절을 지었던 것이다. 그녀는 세수하고 머리를 빗자마자 서둘러 종이에 그 시를 써두었다. 하지만 그 시구가 좋은지 어떤지 잘 몰라 다시 대옥에게 들고 갔다. 그녀가 심방정에 이르렀을 때 이환을 비롯한 자매들이 왕부인의 거처에서 돌아오고 있었다. 보차는 한창 사람들에게 향릉이 꿈속에서 시를 지으며 잠꼬대한 일을 들려주고 있었다. 모두들 웃다가 그녀가 오는 것을 보자 다투어 시를 보여달라고 했다. 이후에 어찌 되었는지는 다음 회를 보시라.

제49회

유리 같은 세상의 흰 눈 속에서 붉은 매화 피고
규중의 아름다운 아가씨는 날고기를 베어 먹다

琉璃世界白雪紅梅　脂粉香娃割腥啖膻

사상운과 가보옥이 노설엄에서 사슴 고기를 구워 먹다.

향릉은 사람들이 웃고 있는 것을 보고 다가가서 생글거리며 말했다.

"이 시 좀 봐주세요. 괜찮다면 더 공부하고, 아직도 모자란다면 시 짓는 걸 포기할래요."

그러면서 대옥을 비롯한 여러 사람에게 시를 건네주었는데, 그 내용은 이러했다.

아름다움 가리고 싶어도 어려울 것 같은데
그림자는 절로 아름답고 넋은 절로 쓸쓸하구나.
다듬이 소리 울릴 때 온 세상은 하얗고[1]
닭 우는 새벽녘에 반쪽 달 기우네.
초록 도롱이 입은 나그네[2]는 강 위에서 가을 피리 소리 듣고
붉은 소매 아가씨는 밤중에 누각 난간에 기대섰네.
항아를 만난다면 마땅히 물어봐야지
무슨 까닭에 늘 둥근 모습으로 있게 해주지 않느냐고.
精華欲掩料應難
影自娟娟魄自寒
一片砧敲千里白
半輪雞唱五更殘

綠蓑江上秋聞笛
紅袖樓頭夜倚欄
博得嫦娥應借問
緣何不使永團圓

시를 읽고 나자 모두 환하게 웃으며 말했다.

"아주 좋을 뿐만 아니라 신선하고 정교한 맛이 있네! '세상에 무서운 게 없지만 정성 지극한 사람은 두렵다〔天下無難事 只怕有心人〕.'라는 속담이 맞아. 향릉을 우리 시사에 꼭 가입시켜야겠어."

향릉은 믿기지 않았다. 다들 자기를 놀리려고 하는 말인 줄 알고, 대옥과 보차 등에게 정말 시가 괜찮은지 계속 물었다.

한창 이야기를 나누고 있을 때 몇몇 하녀와 할멈들이 다급히 와서 헤실거리며 말했다.

"저희들도 모르는 아가씨들과 아씨들이 많이 오셨는데, 어서 가셔서 친척 분들께 인사하셔요."

이환이 웃으며 말했다.

"그게 무슨 소리야? 대체 누구의 친척인지 분명하게 설명해줘야 할 거 아냐?"

"호호, 아씨의 두 여동생이 다 오셨어요. 그리고 다른 아가씨 한 분은 보차 아가씨의 여동생이라 하고, 나리 한 분은 설반 도련님의 동생분이라고 하시더군요. 저희는 설씨 댁 마님을 모시러 가야 하니까 아씨는 아가씨들과 먼저 가보셔요."

그러면서 급히 떠나자 보차가 웃으며 말했다.

"우리 설과薛蝌° 오빠와 그 여동생이 온 모양이네요."

이환도 웃으며 말했다.

"우리 숙모님이 또 경사에 오신 모양이네요. 그런데 어떻게 한꺼번에 오셨지? 정말 신기하네!"

모두 의아해하며 왕부인의 위채로 가니, 사람들이 까마귀 떼처럼 모여 있었다.

원래 형부인의 큰올케가 형부인에게 얹혀살기 위해 딸 형수연邢岫烟*을 데리고 경사에 왔는데, 공교롭게도 희봉의 오빠 왕인도 경사에 오다가 두 친척이 만나 모여서 왔던 것이다. 그리고 도중에 배를 정박했을 때 이환의 숙모가 과부의 몸으로 큰딸 이문李紋*과 작은 딸 이기李綺*를 데리고 경사로 오다가 또 우연히 그들과 만났다. 서로 인사를 하고 보니 모두 친척이어서 세 집 식구들이 동행하게 되었던 것이다. 그런데 나중에 또 설반의 사촌동생 설과가 합류했다. 옛날 그의 아버지가 경사에 있을 때 딸 보금을 경사에 사는 한림학사翰林學士* 매梅 아무개의 며느리로 주기로 언약한 바 있어서, 설과는 누이동생을 시집보내려던 참에 왕인이 경사에 간다는 소식을 듣고 누이동생을 데리고 뒤따라 왔다. 그리하여 그들은 오늘 함께 모여 각자의 친척을 찾아왔던 것이다.

모두 서로 인사를 나누었고, 특히 태부인과 왕부인이 무척 기뻐했다. 태부인이 웃는 얼굴로 말했다.

"어쩐지 엊저녁에 등잔 불똥이 자꾸 튀고 불꽃이 오그라들고 하더라니. 알고 보니 오늘 이런 일이 있을 징조였구먼."

그리고 집안의 안부를 물으며 가져온 예물들을 거둬 넣고, 술과 음식을 준비하라고 명했다. 당연히 희봉이 더욱 바빠졌던 것은 말할 필요도 없다. 이환과 보차도 각기 숙모와 동생과 떨어져 지낸 동안의 정을 함께 나누었다. 처음 그들을 보았을 때 대옥은 기쁜 마음을 감출 수 없었지만, 조금 뒤, 모두들 친척이 있는데 자신만 혈혈단신이라는 사실을 떠올리고는 자기도 모르게 눈물을 흘렸다. 그러한 마음을 잘 알고 있던 보옥이 극진히 위로한 뒤에야 대옥은 겨우 눈물을 거두었다.

그런 다음 보옥은 서둘러 이홍원으로 가 습인과 사월, 청문 등에게 말했다.

"하하, 어서 가보지 않고 뭐해? 보차 누나의 친오빠가 그 모양일 줄은 누구도 생각하지 못했지만, 사촌 형제들은 생김새나 행동거지가 전혀 달라. 오히려 그 사람들이 보차 누나의 친남매 같더라고. 게다가 다들 항상 보차 누나가 천하절색이라고 하는데, 이제 가서들 보라고. 누나의 사촌 여동생과 큰형수님의 두 사촌 여동생이야말로 기가 막힌 미인이야. 세상에! 하느님! 신령하고 빼어난 기운을 얼마나 많이 가지셨기에 그런 훌륭한 사람들을 이 세상에 태어나게 하셨나요! 난 정말 우물 안 개구리였어. 늘 지금 여기 있는 사람들이 유일무이하다고 생각했는데, 멀리서 찾을 필요도 없이 바로 지척에 있을 줄이야! 모두 우열을 가릴 수 없더라고. 이제 나도 배움이 한 단계 늘었어. 그 사람들 외에 설마 다른 사람들이 몇이나마 더 없겠어?"

그렇게 말하면서 혼자 웃고 감탄했다. 습인은 보옥이 또 엉뚱한 생각을 하는 괴벽이 도졌나 보다 여기고 가보려 하지 않았다. 그런데 청문 등이 어느새 보고 와서 습인에게 생글대며 말했다.

"어서 가보고 와요! 큰마님의 조카 따님과 보차 아가씨의 여동생, 큰아씨의 두 여동생은 한 무더기 큰고랭이처럼 다들 너무 예쁘더라고요!"

그 말이 채 끝나기도 전에 탐춘도 웃으며 들어와 보옥에게 말했다.

"우리 시사가 더 흥성할 수 있게 되었네요."

"하하, 그러게 말이야. 아마 네가 흥이 일어 시사를 세운 덕분에 귀신들이 그 사람들을 오게 해주셨나 보다. 그런데 그 사람들이 시 짓는 법을 배웠는지 모르겠구나."

"조금 전에 물어봤는데, 다들 겸손을 떨었지만 분위기를 보아하니 시 지을 줄 모르는 사람은 없는 것 같았어요. 뭐 못 짓는다 해도 괜찮지요. 오빠도 보셨지만 향릉 언니도 금방 배웠잖아요?"

그러자 습인이 웃으며 말했.

"다들 보차 아가씨의 여동생이 더 낫다고 하던데, 탐춘 아가씨가 보시기엔 어땠어요?"

"정말 그래요. 제가 보기에 보차 언니나 대관원에 있는 다른 아가씨들도 그 사람보다 못한 것 같아요."

습인이 놀라워하면서 말했다.

"호호, 정말 놀랍군요! 어디가 더 훌륭하다는 거지요? 아무래도 저도 한번 보고 와야겠어요."

"할머님께선 보시자마자 아주 기뻐하시면서 벌써 마님더러 수양딸로 삼으라고 하셨어요. 할머님께서 옆에 두고 싶어 하셨는데 조금 전에 이미 바로 그렇게 결정되었어요."

보옥이 기뻐하며 다급히 물었다.

"그게 정말이야?"

"제가 언제 거짓말을 하던가요? 호호, 이렇게 훌륭한 손녀를 얻으셨으니 이제 이쪽 손자는 잊어버리시겠네요."

"하하, 그야 상관없어. 여자아이를 더 귀여워하셔야 옳지. 내일이 십육 일이니까 시사를 열어야 하지 않겠어?"

"대옥 언니가 막 자리를 털고 일어나니까 이번엔 또 영춘 언니가 아프네요. 아무래도 열에 일고여덟만 모일 것 같아요."

"영춘 누나는 시를 잘 못 지으니 빠져도 상관없잖아?"

"아예 며칠 더 늦춰서 새로 오신 분들이 분위기에 좀 적응되면 함께 초청하는 게 낫지 않겠어요? 지금은 당연히 큰올케나 보차 언니도 시 지을 기분이 나지 않을 테고, 게다가 상운이도 오지 않았고, 대옥 언니도 막 병석에서 털고 일어났으니 다들 상황이 그렇잖아요. 그러니 상운이도 오고, 새로 온 사람들이 이곳 생활에 익숙해지면 모이도록 해요. 그사이 대옥 언니 몸도 완전히 좋아지고, 큰올케와 보차 언니도 여유가 생길 거예요. 향릉이 시 짓는 솜씨도 좋아질 거고요. 그때 모두 모여서 시사를 여는 게 낫지 않겠어요? 오빠는 지금 저와 할머님께 가서 말씀을 들어보도록 해요.

참, 보차 언니 여동생은 빼야지요. 거긴 틀림없이 우리 집에서 지낼 테니까요. 혹시 그 세 사람이 우리 집에서 지내려 하지 않으면 우리가 할머님께 부탁드려서 대관원에서 지내게 해달라고 하자고요. 우리도 사람이 몇 명 늘어나니까 더 재미있게 지낼 수 있지 않겠어요?"

기쁨에 찬 보옥이 환하게 웃으면서 황급히 말했다.

"역시 너는 똑똑해! 나는 어수룩해서 괜히 좋아하기만 했지 그런 생각은 미처 못했는데 말이야."

그들이 함께 태부인의 거처로 가니, 과연 왕부인은 이미 설보금薛寶琴*을 수양딸로 삼았다. 태부인은 아주 기뻐하며 대관원에도 보내지 않고 밤에 자기 곁에서 자라고 했다. 설과는 자연스럽게 설반의 서재에서 지내게 되었다. 태부인은 곧 형부인에게 말했다.

"네 조카딸도 집으로 바로 보낼 게 아니라 대관원에서 며칠 쉬었다 가게 해라."

안 그래도 살림이 어려웠던 형부인의 큰올케는 그 말을 듣고 무척 좋아했다. 형부인이 살 집과 여비까지 마련해준 덕분에 경사에도 올라올 수 있었기 때문이다. 형부인은 수연을 희봉에게 맡겼다. 그런데 희봉의 생각에는, 대관원에 자매들이 많고 각자 성격이 다른데다 따로 거처를 마련하기도 곤란하니 수연을 차라리 영춘의 거처로 보내는 게 나을 것 같았다. 그러면 혹시 나중에 수연에게 안 좋은 일이 생겨 형부인이 알게 되더라도 자신과는 무관한 일이 될 것이기 때문이었다. 이후로 수연이 자기 집에 있는 날은 제외하고, 대관원에 한 달 이상 머물게 된다면 그녀에게도 영춘과 똑같이 달마다 용돈을 주기로 했다. 희봉이 냉정한 눈으로 수연의 심성과 사람됨을 살펴보니, 수연은 형부인이나 자기 부모와는 달리 온후하고 귀여운 면이 있었다. 그래서 희봉은 가난한 집안에서 고생하는 수연을 불쌍히 생각하고 다른 자매들보다 조금 더 아껴주었다. 오히려 형부인은 수연에 대해 그다지 관심을 두지 않았다.

태부인과 왕부인은, 평소 현숙한데다 젊은 나이에 수절하면서 주위 사람들에게 공경을 받고 있는 이환을 좋아했다. 그렇기 때문에 더욱이 이환의 숙모가 홀몸이 되어 오자 밖에서 지내게 하지 않았다. 이환의 숙모가 한사코 사양했지만 태부인이 고집을 부리는 데에야 어쩔 수가 없었다. 결국 그녀는 이문과 이기를 데리고 도향촌에서 지내게 되었다.
　이렇게 해서 거처가 정해지고 나자, 뜻밖에 보령후保齡侯 사내史鼐●가 지방관으로 승진해 옮기게 되어 조만간 가족을 이끌고 부임지로 떠나게 되었다. 태부인은 상운을 떠나보내기 아쉬워하여 그녀를 영국부로 데려왔다. 원래 태부인은 희봉에게 상운의 거처를 따로 마련해주라고 했으나, 상운이 한사코 사양하고 보차와 함께 있겠다고 하여 결국 그렇게 하도록 허락했다.
　이때 대관원은 이전보다 더 북적거리게 되었다. 이환을 필두로 가영춘과 가탐춘, 가석춘, 설보차, 임대옥, 사상운, 이문, 이기, 설보금, 형수연, 그리고 왕희봉과 가보옥●까지 모두 열세 명이나 그곳에서 함께 지내게 되었던 것이다. 나이를 따져보니 이환이 가장 연장자였고, 나머지 열두 명은 모두 열다섯이나 열여섯 살밖에 되지 않았다. 이쪽 세 명이 나이가 같기도 하고 저쪽 다섯 명이 같기도 했다. 또한 이쪽 두 명은 같은 달, 같은 날에 태어나기도 했고, 저쪽 두 명은 심지어 같은 시각에 태어나기도 했다. 그러니 차이라고 해봐야 기껏 태어난 시각이나 달만 다른 정도여서 그들끼리도 자세히 구분하지 못하고 그저 되는 대로 언니, 동생, 누나, 누이 하고 불렀다.
　마침 향릉이 시 짓는 데 온통 정신이 팔려 배우고 싶은 것은 많았지만 감히 보차를 귀찮게 하지 못하고 있던 차에 상운이 대관원에 들어오게 되어 그녀에게 시를 가르쳐달라고 청했다. 상운은 말하기를 아주 좋아하는 사람이었기 때문에 향릉의 청을 마다할 리 없었다. 오히려 그녀가 더 흥이 나서 밤낮 없이 고담준론高談峻論을 늘어놓았다. 보차가 웃으며 말했다.
　"정말 귀가 소란스러워 못 견디겠네. 여자가 시 짓는 것만 중요한 일인

제49회　317

것처럼 떠들어대는데, 학문 깊은 사람이 들으면 본분을 지키지 않는다고 비웃을 거야. 향릉 언니 하나만 분별없는 건 그렇다 치고, 말하기 좋아하는 상운이까지 더해져서 온통 떠들어대는 게 무슨 두보 시의 침울沈鬱함이니, 위응물韋應物[3] 시의 담박하고 우아함〔淡雅〕이니, 온정균溫庭筠[4] 시의 화려함〔綺靡〕이니, 이상은李商隱[5] 시의 난해하고 괴벽함〔隱僻〕이니[6] 하는 것들뿐이라니! 지금 있는 두 시인도 잘 모르는데 그런 죽은 사람들까지 거론해서 어쩌자는 거야?"

상운이 얼른 웃으며 물었다.

"어떤 두 시인 말이에요? 아이, 언니, 얘기해줘요."

"호호, 누구긴! 마음고생만 하는 멍청한 향릉과 말만 많은 미친 상운이지 누구야?"

그 말에 상운과 향릉이 모두 웃음을 터뜨렸다.

한참 재미있게 이야기하고 있는데 보금이 왔다. 그녀는 금빛과 푸른빛이 번쩍이는 망토를 걸치고 있었는데, 무엇으로 만든 것인지 알 수 없었다. 보차가 물었다.

"그건 어디서 난 거야?"

"호호, 눈이 내린다고 할머님께서 이걸 찾아서 주셨어요."

향릉이 다가와 살펴보고 말했다.

"어쩐지 이리 곱더라니! 알고 보니 공작 깃털로 짠 거로군요?"

상운이 말했다.

"공작 깃털이 아니라 들오리의 머리털이네. 할머님께서 널 얼마나 아끼시는지 알겠어. 보옥 오빠를 그리 예뻐하시면서도 이건 내주지 않으셨거든."

보차가 말했다.

"정말 속담에도 '각자 타고난 복이 있다〔各人有緣法〕.'고 하더니만! 쟤도 이번에 여기 올 줄은 생각하지도 못했을 테고, 더구나 오고 나서도 노마님께서 이리 귀여워해주실 줄은 꿈에도 몰랐을 거야!"

"할머님 곁에 있을 때가 아니면 대관원으로 와. 이 두 곳에서는 마음 놓고 놀면서 먹고 마실 수 있어. 마님 방에 갔을 때 마님께서 계시면 말상대가 되어드리면서 좀 오래 앉아 있어도 괜찮아. 하지만 마님께서 안 계시면 들어가지 마. 그 방에는 심보가 고약한 사람들이 많아서 모두 우리한테 해만 끼치려 들거든."

그 말에 보차와 보금, 향릉, 앵아가 모두 웃음을 터뜨렸다. 보차가 웃음 지으며 말했다.

"네가 아무 생각이 없는 줄 알았는데 그게 아니네? 그래도 말이 너무 직설적이야. 우리 보금이도 너랑 좀 비슷한 데가 있어. 넌 항상 나더러 네 친언니가 되어달라고 하는데, 이제 네가 보금이를 친동생으로 삼아봐."

상운은 한참 동안 보금을 뜯어보더니 생글거리며 말했다.

"이 옷은 애한테만 어울리는 것 같아. 다른 사람이 입으면 전혀 안 어울릴 거야."

그때 호박이 와서 웃으며 말했다.

"노마님께서 보차 아가씨더러 보금 아가씨를 너무 단속하지 말라고 하셨어요. 보금 아가씨는 아직 어리니까 하고 싶은 걸 마음대로 하게 해주시고, 갖고 싶은 게 있으면 아무 걱정 말고 그냥 말만 하라고 하셨어요."

보차가 얼른 일어나 그러겠노라 대답하고, 보금을 툭 치며 말했다.

"호호, 넌 정말 복도 많아! 아무래도 여기서 나가는 게 좋겠다, 우리가 구박하면 안 될 테니까 말이야. 내가 어디가 너보다 못한지 모르겠는걸?"

그렇게 말하는 사이에 보옥과 대옥이 들어왔다. 보차가 계속 스스로 비웃자 상운이 웃으며 말했다.

"언니, 농담이라고 하는 말이겠지만 진담으로 여기는 사람도 있을 거예요."

그러자 호박이 웃으며 말했다.

"정말 화낼 사람이 있다면 다른 사람이 아니라 바로 저분 혼자일걸요?"

그러면서 보옥을 가리키자 보차와 상운이 모두 웃는 얼굴로 말했다.

"도련님은 그럴 분이 아니지."

호박이 또 웃으며 말했다.

"그럼, 저분이겠군요?"

그러면서 이번에는 대옥을 가리켰다. 상운이 입을 다물어버리자 보차가 얼른 웃으며 말했다.

"거긴 더 아니지요. 제 동생은 대옥이 동생이나 마찬가지니까요. 대옥이가 저보다 더 귀여워할 텐데 화를 낼 리 있나요? 아무 말이나 하면 안 돼요. 상운이가 언제 믿을 만한 얘기를 한 적이 있나요?"

보옥은 평소 대옥의 속이 좁다는 걸 알았지만, 최근에 대옥과 보차 사이에 일어난 일에 대해서는 아직 모르고 있었다. 그는 태부인이 보금을 귀여워한다는 걸 대옥이 기분 나쁘게 생각하지 않을까 염려하고 있었는데, 상운이 그런 말을 하고 또 보차가 그렇게 대답하자 대옥의 눈치를 살폈다. 과연 대옥의 표정이 예전과는 달라 보여 보차의 말이 맞는 듯했다. 그는 속으로 걱정하며 생각했다.

'둘이 평소에는 사이가 좋지 않았는데, 지금 보니 다른 사람들보다 열 배는 친해 보이네?'

잠시 후 대옥도 보금을 친동생처럼 대하면서 이름을 부르지 않았고 '동생'이라고 불렀다. 보금은 나이는 어린데 마음이 따뜻하고, 총명하기도 해서 어릴 적부터 글을 배우고 책을 읽었다. 이제는 가씨 집안에서 며칠 지내면서 집안 사람들도 거의 알게 되었다. 또 여러 자매들이 모두 경박한 여자들이 아니고 자기 언니와도 친한 사이이기 때문에 함부로 대하지 않았다. 그리고 대옥은 그 가운데서도 빼어난 사람이었기 때문에 남달리 친근하고 공경스럽게 대했다. 그 모습을 본 보옥은 그저 속으로 신기한 일이라고 여겼다.

잠시 후 보차 자매가 설씨 댁 마님 방으로 가자 상운은 태부인의 방으로 가고, 대옥은 자기 방으로 돌아가 쉬었다. 그때 보옥이 찾아와 생글대며 말했다.

"내가 『서상기』를 읽고 겨우 몇 구절만 이해한 걸로 농담을 했더니 네가 화를 낸 적이 있었지. 지금 생각해도 한 구절은 도무지 무슨 뜻인지 모르겠는데, 외워볼 테니까 뜻을 좀 설명해줘."

대옥은 무슨 곡절이 있는 말임을 짐작하고 미소 지으며 말했다.

"어디, 외워봐요."

"하하, 그「편지 소동〔鬧簡〕」이라는 대목에 아주 멋진 구절이 있잖아? '맹광孟光은 언제 양홍梁鴻의 밥상을 받았는가〔是幾時孟光接了梁鴻案〕.'[7]라고 말이야. 이게 아주 오묘한 것 같아. '맹광이 양홍의 밥상을 받았다.'라는 말은 원래 있던 전고典故*지만, '언제'라고 물은 게 아주 재미있단 말이야. 그러니까 언제 받았는지 설명해줘."

그 말에 대옥은 자기도 모르게 웃음이 나왔다.

"재미있는 질문이네요. 홍낭紅娘도 제대로 물었고 오빠도 제대로 물었어요."

"예전에는 나를 의심하기만 하더니 이제 아무 얘기도 안 하니까 오히려 이상해지네?"

"호호, 알고 보니 언니는 정말 좋은 사람이더군요. 그런 줄도 모르고 전 평소 언니를 속이 음흉한 사람이라고 생각했지 뭐예요."

그러면서 그녀는 주령酒令을 잘못 말한 일부터 보차가 연와를 보내준 일, 아픈 중에 둘이 얘기를 나눈 일들을 자세히 들려주었다. 보옥은 그제야 이유를 알고 웃는 얼굴로 말했다.

"그러니까 나는 '맹광이 언제 양홍에게 밥상을 받았을까?' 고민하고 있었는데, 알고 보니 '어린애가 말을 함부로 하는구나〔小孩兒口沒遮瀾〕!'[8] 하고 나무랄 때부터 받았던 게로군!"

대옥은 다시 보금에 대한 얘기가 나오자 자신은 자매가 없다는 걸 떠올리고 자기도 모르게 눈물을 흘렸다. 보옥이 다급히 위로했다.

"또 걱정을 사서 하네? 보라고! 올해는 작년보다 더 야위었잖아! 그런데도 자기 몸을 돌보지 않아서야 되겠어? 날마다 괜한 걱정거리만 일부러 찾아서 한바탕 울어야 직성이 풀리니 원!"

대옥이 눈물을 훔치며 말했다.

"요즘엔 그냥 가슴만 아프지 눈물은 예전에 비해 조금 덜 흘려요. 마음이야 계속 아프지만 눈물은 오히려 늘지 않았어요."

"그건 우는 게 습관이 돼서 속으로 생각하는 거지, 어떻게 눈물이 줄어들 수 있겠어?"

그때 방 안의 하녀가 붉은 털실로 만든 망토를 갖다주면서 말했다.

"큰아씨께서 조금 전에 사람을 보내셨는데, 눈이 왔으니 내일 사람들을 초대해 시 짓는 일에 대해 의논하자고 하시네요."

그 말이 채 끝나기도 전에 이환의 하녀가 대옥을 데리러 왔다. 보옥은 대옥에게 함께 도향촌으로 가자고 했다. 대옥은 금실로 가장자리를 두르고 구름무늬를 수놓은, 붉게 염색한 양가죽으로 만든 목이 짧은 장화로 갈아 신고, 비나 눈이 새지 않는 촘촘한 우모사羽毛紗*에 여우 겨드랑이 털로 안을 댄 학창의鶴氅衣9를 걸치고, 청금青金과 초록색 명주를 짜서 쌍환사합여의雙環四合如意* 문양의 매듭이 달린 반짝이는 비단 허리띠를 매고, 눈 모자를 썼다. 이어서 두 사람이 나란히 눈길을 밟고 가니 여러 자매들이 모두 와 있었다. 그들은 모두 붉은 펠트와 우모사로 만든 망토를 걸치고 있었는데, 이환은 홀로 푸른색 치라니哆羅呢10로 만든 외투를 입고 있었다. 또 보차는 남색과 자주색이 교차된 무늬 위에 실제 꽃을 달아 장식한, 비단과 모직을 섞어 짠 학창의를 걸치고 있었다. 수연은 집에서 입던 옷을 입었을 뿐 눈을 가릴 외투는 걸치지 않은 상태였다. 잠시 후 상운이 왔다. 그녀는 태부인이 준 외투를 입고 있었는데, 그것은 담비 머리털 가죽에 검은 다람쥐 털을 안에 댄 것이었다. 머리에는 겉이 붉은 펠트로 되어 있고 안쪽은 '아황금편鵝黃金片'[11]을 대서 만든 소군투昭君套*를 쓰고 있었는데, 모자 앞쪽에는 안쪽부터 바깥까지 굽어 이어진 구름무늬가 장식되어 있었다. 또 목에는 담비 털로 만든 목도리처럼 생긴 깃을 두르고 있었다. 대옥이 먼저 웃으며 말했다.

"저것 좀 봐요, 손오공이 오네요! 쟤는 보통 때처럼 눈 막는 옷을 입고 일부러 소달자騷達子[12] 흉내를 냈군요."

그러자 상운이 웃으면서 말했다.

"다들 제가 안쪽을 어떻게 차려입었는지 보세요."

그러면서 그녀가 외투를 벗으니, 통이 좁고 짧은 양쪽 소매 가장자리와 깃에 황록색 계열의 천을 대고, 꽃무늬 위에 금실로 용을 수놓은, 은서銀鼠* 가죽을 댄 짧은 저고리가 보였다. 그 아래에는 회색빛이 도는 분홍색 장단粧緞[13]에 여우 겨드랑이 털을 댄 겹옷〔褶子〕[14]을 입고 있었다. 또 허리에는 나비 모양의 매듭에 긴 술이 달린 오색 궁띠〔宮條〕를 단단히 매고, 노루 가죽을 뒤집어 만든 목 짧은 장화를 신고 있는 모습이, 영락없이 가는 허리와 긴 팔에 머리를 치켜들고 가슴을 쭉 편 무사와 같은 모습이었다. 그 모습을 보고 모두들 웃으며 말했다.

"쟤는 꼭 남자아이처럼 차려 입는 걸 좋아한단 말이야. 하긴 여장을 했을 때보다 좀 더 예쁘긴 하네."

상운이 말했다.

"어서 시 짓는 거나 의논해요! 그런데 이번엔 누가 음식을 내는 건가요?"

이환이 말했다.

"내 생각은 이래요. 어제가 정기적으로 시사를 여는 날이었지만 이미 지나갔고, 다음 날짜를 기다리자니 너무 멀어요. 마침 눈도 내렸으니 함께 모임을 열어서 저 사람들을 위한 환영회도 열고 시도 짓지요. 여러분 생각은 어때요?"

보옥이 먼저 말했다.

"아주 좋습니다. 다만 오늘은 너무 늦었고, 내일은 날이 개면 재미가 없을 것 같아요."

모두 하늘을 살피며 말했다.

"이 눈은 쉽게 그칠 것 같지 않아요. 설사 날이 갠다 하더라도 오늘 밤에 내린 것만 갖고도 충분히 감상할 수 있을 거예요."

이환이 말했다.

"여기도 좋지만 노설엄蘆雪广[15]보다는 못해요. 벌써 사람을 보내 온돌에 불을 때놓으라고 했으니 모두 난로에 둘러앉아 시를 짓도록 해요. 할머님은 아마 내켜 하지 않으실 테고, 우리끼리 가볍게 놀러가는 거니까 희봉이한테만 기별해주면 되겠지요. 각자 은돈 한 냥씩만 내면 충분하니까 저한테 보내세요."

그러면서 그녀는 향릉과 보금, 이문, 이기, 수연을 가리키며 말했다.

"이 다섯 사람과 병석에 누워 있는 둘째 아가씨, 그리고 휴가 중인 넷째 아가씨를 제외한 나머지 네 명은 각자의 몫을 저한테 보내세요. 저까지 포함해서 모두 대여섯 냥이면 충분할 거예요."

보차 등은 그러자며 시의 제목과 운을 정하는 문제를 이야기했다. 그러자 이환이 웃으며 말했다.

"제가 다 생각해두었으니까, 내일 때가 되면 어쨌든 알게 될 거예요."

의논을 마치자 잠시 한담을 나누다가 모두들 태부인의 방으로 갔다. 이 날은 별다른 일 없이 지나갔다.

이튿날 아침, 보옥은 이 일을 생각하느라 밤새 잠을 제대로 자지 못하다가 날이 새자마자 일어났다. 휘장을 젖히고 살펴보니 창문은 닫혀 있었지만 창 위로 비치는 햇빛이 눈부셔서 내심 머뭇거려졌다. 그는 날이 개어서 해가 떴나 보다 생각하며 서둘러 일어나 덧창을 젖히고 유리창 밖을 쳐다보았다. 그러나 그것은 햇빛이 아니라 밤새 내린 큰 눈이었다. 눈은 한 자

가까이 쌓여 있었고 하늘에도 여전히 솜 같은 눈송이들이 날리고 있었다. 그는 무척 기뻐하며 급히 사람들을 깨웠다. 그리고 세수와 양치질을 마치고 자줏빛 치라니 천에 여우 가죽을 덧댄 저고리와, 해룡피海龍皮[16]로 만들어 매 날개에 있는 것과 같은 자그마한 무늬가 있는 적삼(褂子)을 걸치고, 허리띠를 매고, 옥침 도롱이(玉針蓑)[17]를 걸쳤다. 그리고 금등으로 만든 삿갓(金藤笠)[18]을 쓰고, 사당沙棠나무로 만든 나막신을 신은 후 서둘러 노설엄으로 갔다. 이홍원 대문을 나서서 사방을 둘러보니 사방이 온통 하얀색이었고, 멀리 푸른 솔밭과 대밭만 보일 뿐이어서 마치 자신이 유리 상자에 갇힌 듯한 기분이었다. 산비탈 아래로 걸어가서 산발치를 따라 막 돌아갈 때 문득 싸늘한 향기가 코를 찔렀다. 고개를 돌려보니 공교롭게도 묘옥이 사는 절 앞 농취암에 있는 열 그루 남짓한 홍매紅梅가 눈을 배경으로 연지처럼 빨간 자태를 유달리 산뜻하게 드러내고 있는 것이 정말 운치가 있어 보였다. 그는 곧 걸음을 멈추고 한참 동안 자세히 감상하고 나서 걸음을 옮겼다. 그때 봉요교蜂腰橋* 위에 누군가 양산을 받쳐들고 걸어왔다. 바로 희봉을 데리러 가는 이환의 하녀였다.

보옥이 노설엄에 이르러 보니 하녀들과 할멈들이 눈을 쓸어 길을 내고 있었다. 원래 이 노설엄은 산 옆에 물을 끼고 물가에 지어진, 흙벽에 초가지붕을 얹은 몇 칸짜리 건물이었다. 이곳은 무궁화나무로 울타리를 삼고 대나무로 창을 내서 창을 열면 바로 낚싯대를 드리울 수 있었다. 그리고 사방이 갈대로 덮여 있었는데, 그사이로 난 길을 구불구불 가다 보면 우향사의 대나무 다리에 이르게 되어 있었다. 하녀들과 할멈들은 보옥이 도롱이를 걸치고 사립을 쓴 채 나타나자 웃으며 말했다.

"그렇지 않아도 여기에 어부 하나가 빠졌다고 얘기하던 참이었는데 이제 다 갖춰졌네요. 아가씨들은 아침을 드시고 나서야 오실 텐데, 도련님은 참 성급하기도 하시네요."

그 말을 듣자 보옥은 발길을 돌릴 수밖에 없었다. 그가 막 심방정에 이르렀을 때 탐춘이 추상재 쪽에서 걸어오고 있었다. 그녀는 진홍색 펠트 망토를 두르고 관음두觀音兜[19]를 쓴 채 하녀의 부축을 받으며 걷고 있었는데, 그 뒤에는 어멈 하나가 푸른 비단 양산을 받쳐들고 있었다. 보옥은 그녀가 태부인의 거처로 가는 중이라는 걸 알고, 정자 옆에 서서 기다렸다가 함께 대관원을 나섰다. 보금은 안방에서 세수하고 옷을 갈아입고 있었다.

잠시 후 자매들이 모두 오자, 보옥은 배가 고프다며 빨리 밥을 달라고 재촉했다. 간신히 상이 차려졌는데 맨 처음 나온 요리는 바로 아직 태어나지 않은 새끼 양을 우유에 찐 것이었다. 그러자 태부인이 말했다.

"이건 우리처럼 나이 많은 이들에겐 약이지만, 너희처럼 어린 아이들은 해를 보지 못한 걸 먹어서는 안 된다. 오늘은 신선한 사슴 고기도 있으니 좀 기다렸다가 그걸 먹으렴."

모두 그러겠다고 대답했지만, 보옥은 기다릴 수가 없어서 차를 가져다 밥을 말고, 꿩 고기와 호박, 부추를 버무린 반찬에다 허겁지겁 다 먹어버렸다. 태부인이 말했다.

"오늘 너희들한테 무슨 일이 있는 모양이구나, 밥도 대충 먹는 걸 보니?"

그러면서 곧 분부했다.

"사슴 고기를 조금 남겨두었다가 저녁에 보옥이한테 주어라."

희봉이 얼른 대답했다.

"아직 더 있어요."

그러자 상운이 보옥의 귀에 대고 속삭였다.

"신선한 고기가 있으면 한 덩이 달라고 하세요. 정원으로 가져가 직접 구워 먹으면 재미있지 않겠어요?"

그 말을 기다렸다는 듯이 보옥은 정말로 희봉에게 사슴 고기를 한 덩어리 달라고 해서 할멈에게 대관원으로 가져가게 했다.

잠시 후 모두들 태부인의 방에서 나와 대관원 안의 노설엄으로 가서 이환이 시의 제목과 운을 알려주기를 기다리고 있었다. 그런데 상운과 보옥이 보이지 않았다. 그러자 대옥이 말했다.

"그 둘은 어딜 같이 다니면 안 돼요. 만약 그랬다면 뭔가 사고를 칠 거예요. 틀림없이 지금 그 사슴 고기를 어떻게 해보려 하고 있을 거예요."

그렇게 말하고 있을 때 이환의 숙모가 구경하러 와서 이환에게 물었다.

"옥을 걸고 다니는 도련님과 금 기린을 걸고 다니는 아가씨는 왜 저럴까? 깔끔하고 고운 분들이 먹을 것도 부족하지 않을 텐데, 둘이 저기서 날고기 먹을 궁리를 하면서 이렇게 하자느니 저렇게 하자느니 말이 많더구먼. 고기도 날것으로 먹을 수 있다는 게 도무지 믿기지 않아."

그 말에 모두들 웃음을 터뜨리며 말했다.

"못 말린다니까! 얼른 가서 두 사람을 잡아옵시다."

그러자 대옥이 웃으며 말했다.

"그건 아마 상운이가 벌인 짓일 테지요. 제 점괘가 맞을걸요?"

이환 등이 서둘러 두 사람을 찾아와서 말했다.

"날고기를 먹으려 한다면 제가 두 사람을 할머님께 데려가겠어요. 거기 가서 사슴 한 마리를 날것으로 다 먹든지 말든지 하셔요. 탈이 난다 해도 저랑은 상관없으니 말이에요. 이렇게 눈이 많이 내려 추운 날씨에 말썽을 일으키시면 어떡해요?"

보옥이 생글거리며 말했다.

"하하, 누가 날것으로 먹는다고 그래요? 구워 먹을 건데."

"뭐 그럼 괜찮지요."

그때 할멈들이 무쇠 화로며 쇠꼬챙이, 적쇠 따위를 들고 오자 이환이 말했다.

"손 베이지 않게 조심해요. 괜히 울지 말고!"

그리고 그녀는 탐춘과 함께 안으로 들어갔다.

희봉은 평아를 보내서 자신은 연례年例*를 나눠주느라 바빠서 올 수 없다고 알려왔다. 상운은 평아를 보자 놓아주려 하지 않았다. 평아도 놀기를

제49회 327

좋아해서 평소 희봉을 따라 온갖 것을 다 해보았는데, 이렇게 재미있는 걸 보자 그녀도 장난치며 놀고 싶어졌다. 그래서 그녀는 팔찌를 벗어놓고 셋이서 화로에 둘러앉아 먼저 사슴 고기 세 덩이를 구워 먹어보려고 했다. 보차와 대옥은 평소 습관이 되어 이상하게 여기지 않았지만, 보금 등과 이환의 숙모는 무척 신기하게 생각했다. 탐춘과 이환 등은 이미 시의 제목과 운을 의논하여 정했다. 탐춘이 웃는 얼굴로 말했다.

"이것 좀 봐요. 고기 굽는 냄새가 여기까지 풍기네요. 나도 가서 먹어야겠어요."

그러면서 보옥 등을 찾아가자 이환도 따라나와 말했다.

"손님들이 다 모였는데 아직 덜 먹었나요?"

상운이 먹으면서 말했다.

"이걸 먹으니까 술 생각이 나네요. 술을 먹어야 시를 짓겠어요. 이 사슴고기가 없었더라면 전 오늘 절대 시를 짓지 못할 거예요."

그러다가 오리털로 만든 외투를 입고는 저쪽에 서 있는 보금을 발견하고 싱글대며 말했다.

"멍하니 있지 말고 와서 맛 좀 봐."

"호호, 지저분해서 싫어요."

그러자 보차가 말했다.

"가서 먹어봐. 맛있어. 대옥 언니는 몸이 약해서 먹어도 소화가 잘 안 되니까 안 먹지, 그렇지 않으면 저 언니도 좋아했을 거야."

보금이 다가가 한 점을 먹어보니 과연 맛있었다. 그래서 그녀도 곧 함께 먹기 시작했다.

잠시 후 희봉이 평아를 부르러 하녀를 보냈다. 평아가 말했다.

"상운 아가씨가 붙들고 놓아주지 않잖아. 너 먼저 가."

하녀가 가고 나서 얼마 후에 희봉도 망토를 걸치고 나타나 웃는 얼굴로 말했다.

"이런 걸 먹으면서 나한텐 얘기도 안 하다니!"

그러면서 자리를 잡고 함께 먹기 시작했다. 대옥이 웃으며 말했다.

"어디서 이런 거지떼가 몰려왔담? 저런, 저런! 오늘 노설엄이 액운을 만나서 괜히 상운이한테 짓밟히게 되었네. 내가 노설엄을 위해 곡이라도 한 번 해줘야겠어!"

상운이 코웃음을 쳤다.

"흥! 그건 모르시는 말씀! '진짜 명사名士라면 자연히 풍류가 넘치는 법'인데 언니들은 모두 거짓으로 맑고 고결한 체하니 정말 싫어! 우리가 지금은 비리고 노린내 나는 걸 먹고 있지만 나중엔 비단처럼 아름다운 시 구절들을 읊을걸?"

보차가 웃으며 말했다.

"너 나중에 시를 잘 짓지 못하면 그 고기를 다 끄집어내고 여기 눈에 덮인 갈대를 네 뱃속에 쑤셔넣어 이 액운을 끝장낼 거야!"

그러는 사이에 고기를 다 먹고 손을 씻고 양치질도 했다. 평아는 팔찌를 다시 차려다가 하나가 보이지 않아 이리저리 한바탕 난리를 피우면서 찾아다녔다. 하지만 어디에도 보이지 않았다. 모두 의아하게 생각하고 있는데 희봉이 웃으며 말했다.

"난 어디 있는지 알지요. 다들 시나 지어요. 우리도 더 찾을 필요 없이 가자. 사흘도 안 되어 찾게 될 테니까."

그리고 다시 물었다.

"오늘 무슨 시를 짓나요? 할머님 말씀이 연말도 가까워졌으니 정월에 등롱 수수께끼놀이를 해서 함께 즐겨보자고 하시더군요."

사람들이 웃으며 말했다.

"그걸 잊고 있었네! 지금 미리 좋은 걸 몇 개 만들어두는 게 좋겠어요."

그들은 일제히 온돌이 있는 방 안으로 들어갔다. 술과 안주, 과일 등이 모두 차려져 있었고 벽에는 벌써 시의 제목과 운자, 격식을 적은 종이가 붙어 있었다. 보옥과 상운이 황급히 보니, 시의 제목은 '즉경연구卽景聯句'[20]이고 오언배율五言排律[21]을 짓는데, 운자는 두 번째 소운蕭韻[22]으로 한다고 되어 있었다. 그다음에는 아직 순서가 정해져 있지 않았다.

이환이 말했다.

"저는 시를 잘 지을 줄 몰라서 처음 세 구절만 말할 테니까 그다음에 누구든 먼저 짝을 맞춰 구절을 잇도록 해요."

보차가 말했다.

"그래도 순서를 정해야지요."

그다음에 어찌 되었는지는 다음 회를 보시라.

제50회

노설엄에서 앞다투어 연구를 지어 풍경을 노래하고
난향오에서 고상하게 봄맞이 등롱 수수께끼를 만들다

蘆雪广爭聯卽景詩　暖香塢雅製春燈謎

노설엄에서 앞다투어 연구를 지어 풍경을 노래하다.

"그래도 순서를 정해야지요. 불러보셔요, 제가 받아쓸게요."

보차는 사람들에게 제비를 뽑아 순서를 정하게 했다. 공교롭게도 첫 번째가 이환이었고, 그다음 순서들도 정해졌다. 희봉이 말했다.

"그럼 저도 맨 처음 한 구절만 얘기할게요."

모두 웃으며 말했다.

"그러면 더 재미있겠네요!"

보차가 '도향노농稻香老農' 위에 '봉鳳'이라고 쓰자, 이환이 희봉에게 제목을 일러주었다. 희봉은 한참 생각하더니 웃음 지으며 말했다.

"다들 웃지 말아요. 어설프게 한 구절 지었는데 그다음은 저도 몰라요."

사람들이 웃는 얼굴로 말했다.

"어설픈 구절일수록 좋아요. 어서 얘기하고 볼일 보러 가셔요."

"호호, 제 생각에는 눈이 내리면 북풍이 불기 마련이지요. 어젯밤 내내 북풍 소리를 들었거든요. 그래서 이렇게 지었어요.

밤새 북풍이 몰아쳤는데
　一夜北風緊

괜찮아요?"

그러자 서로 쳐다보며 웃었다.

"어설프긴 하지만 바닥을 드러내진 않았으니 시의 첫머리로 딱 어울리네요. 괜찮을 뿐만 아니라 다음 사람에게도 많은 여지를 남겨주었어요. 그럼 이 구절을 시작으로 해서 도향노농께서 어서 뒤를 이어보셔요."

희봉과 이환의 숙모, 평아가 술을 두어 잔 더 마시고는 자리를 떠났다. 그러자 이환은 "밤새 북풍이 몰아쳤는데〔一夜北風緊〕"라는 구절을 쓰고 난 후 다음과 같이 그 뒤를 이었다.

> 문을 여니 눈이 아직 날리네.
> 가련하게도 진흙에 순결한 몸 들어가고
> 開門雪尙飄
> 入泥憐潔白

이어서 향릉이 말했다.

> 애석하게도 땅바닥에 온통 옥구슬 깔리네.
> 일부러 시든 풀에 꽃을 피우고
> 匝地惜瓊瑤
> 有意榮枯草

탐춘이 뒤를 이었다.

> 무심히 마른 갈대꽃을 장식하네.
> 값비싼 시골 술 익어가고
> 無心飾萎苕
> 價高村釀熟

이기가 말했다.

　　거둔 곡식 관청 창고에 풍성하네.
　　갈대피리 안의 재 날리고[1]
　　年稔府梁饒
　　葭動灰飛管

이문이 말했다.

　　양기 돌아오니 북두칠성 자루가 도네.[2]
　　추운 산에는 이미 녹음이 사라졌고
　　陽回斗轉杓
　　寒山已失翠

수연이 말했다.

　　얼어붙은 나루터엔 물결 소리 들리지 않네.
　　성근 버들가지엔 쉽게 걸려도
　　凍浦不聞潮
　　易挂疏枝柳

상운이 말했다.

　　시든 파초 잎에는 쌓이기 어렵네.
　　향기로운 숯[3]은 귀한 솥 안에서 타고
　　難堆破葉蕉

麝煤融寶鼎

보금이 말했다.

비단 소매에는 금빛 담비 털 씌웠네.
창 앞의 거울은 빛을 빼앗겼고
綺袖籠金貂
光奪窓前鏡

대옥이 말했다.

벽에 발린 산초[4]에 향기 스미네.
비스듬한 바람 여전히 불어오니
香粘壁上椒
斜風仍故故

보옥이 말했다.

맑은 꿈은 끊어졌다 이어지네.[5]
어디서 들려오나 「매화락梅花落」[6] 부는 피리 소리.
淸夢轉聊聊
何處梅花笛

보차가 말했다.

누가 부는가 벽옥 퉁소?

큰 거북은 지축 무너질까 걱정하고[7]

誰家碧玉簫

鰲愁坤軸陷

이환이 웃으며 말했다.
"저는 가서 술을 데워 올게요."
보차가 보금에게 뒤를 이으라고 하자 상운이 일어나며 말했다.

용들의 싸움 끝나 먹구름 스러지네.[8]
들판 물가로 홀로 노 저어 돌아올 때

龍鬪陣雲銷

野岸迴孤棹

보금도 일어나서 말했다.

시 읊조리며 채찍 들어 파수의 다리를 가리키네.[9]
갖옷 하사하여 수자리 서는 병사를 위로하시니[10]

吟鞭指灞橋

賜裘憐撫戍

상운이 어디 남한테 질 사람인가? 게다가 다른 사람들은 모두 그녀처럼 민첩하지 못해서, 그녀가 눈썹을 곤추세우고 허리를 쫙 편 채 자신만만하게 말하는 모습을 그저 지켜볼 수밖에 없었다.

솜을 넣으며 부역 나간 그 사람 생각하네.[11]
파인 곳 튀어나온 흙더미 잘 살피소서!

加絮念征徭
坳垤審夷險

보차가 계속 "훌륭해!" 하고 찬탄하더니 곧 뒤를 이었다.

나뭇가지 흔들릴까 걱정이라오.
새하얀 눈 걸음 따라 사뿐히 따라와
枝柯怕動搖
皚皚輕趁步

대옥이 얼른 뒤를 이었다.

하늘하늘 허리 따라 춤추네.
토란 국12 끓인 듯 새롭게 감상할 수 있고
翦翦舞隨腰
煮芋成新賞

그러면서 그녀는 보옥을 툭 치며 뒤를 이으라고 했다. 보옥은 보차와 보금, 대옥이 함께 상운과 싸우는 모습을 보며 너무 재미있어서 시 구절을 생각할 겨를이 없었다. 대옥의 재촉을 받자 뒤를 이었다.

소금 뿌린 것 같다는 것은 옛 노래라네.13
갈대 도롱이 입은 채 배 대고 낚시질하나니14
撒鹽是舊謠
葦簑猶泊釣

상운이 웃으며 말했다.

"얼른 계속해요. 제대로 못해서 제 차례가 늦어지게 되잖아요!"

그러는 사이에 보금이 뒤를 이었다.

숲 속의 도끼질 소리 나무꾼이 있는 듯.[15]
엎드린 코끼리인 듯 수많은 봉우리 볼록하고
林斧或聞樵
伏象千峰凸

상운이 얼른 뒤를 이었다.

똬리 튼 뱀인 듯 오솔길 멀리 뻗어 있네.
꽃은 추위를 겪고 나서 모여 피었으니
盤蛇一逶迤
花緣經冷聚

보차를 비롯한 다른 이들이 또 훌륭하다고 찬탄했다. 이어서 탐춘이 말했다.

빛깔이 어찌 서리에 시들까 걱정하랴?
깊은 뜰에서는 추위에 떠는 참새 놀라고
色豈畏霜凋
深院驚寒雀

상운이 목이 말라 황급히 차를 마시는 사이 수연이 얼른 뒤를 이었다.

빈산에 늙은 올빼미 울어대네.¹⁶
계단 섬돌을 따라 위아래로 층을 이루고
空山泣老鴞
階墀隨上下

상운이 얼른 찻잔을 내려놓고 뒤를 이었다.

연못 물 위에서 하염없이 떠도네.
날이 샐 무렵 환하게 비추더니
池水任浮漂
照耀臨淸曉

대옥이 뒤를 이었다.

긴 밤이 되어도 어지러이 날리네.
정성 어린 마음에 삼척장검의 차가움도 잊고¹⁷
繽紛入永宵
誠忘三尺冷

상운이 생글대며 금세 뒤를 이었다.

상서롭게 궁중 황제의 근심 풀어주네.¹⁸
뻣뻣이 누운 사람 누가 찾아가랴?¹⁹
瑞釋九重焦
僵臥誰相問

보금도 웃음 지으며 바로 뒤를 이었다.

> 거침없이 사귀며 기꺼이 손님 부르지.[20]
> 하늘 베틀에서 하얀 명주 띠를 끊은 듯
> 狂遊客喜招
> 天機斷縞帶

상운이 얼른 또 받았다.

> 바다 궁궐에서 교초鮫綃[21]를 잃어버린 듯.
> 海市失鮫綃

대옥은 상운의 입이 떨어지기 무섭게 뒤를 이었다.

> 적막하게 누대 마주보면서
> 寂寞對臺榭

상운이 재빨리 뒤를 이었다.

> 가난하지만 안회처럼 살고 싶네.[22]
> 淸貧懷簞瓢

보금도 뒤지기 싫어서 얼른 끼어들었다.

> 차를 끓이니 얼음물 점차 부글거리고
> 烹茶冰漸沸

제50회 **341**

상운은 이런 모습이 재미있어 또 얼른 말했다.

    술 데우려 해도 나뭇잎 태우기 어렵네.
    煮酒葉難燒

대옥도 웃으면서 말했다.

    산 속 스님 마당 쓸 빗자루 묻혀버렸고
    沒帚山僧掃

보금도 웃음 지으며 말했다.

    어린아이 타던 거문고 묻어버렸네.
    埋琴稚子挑

상운은 배꼽을 잡고 깔깔대면서 빨리 한 구절을 읊조렸다. 사람들이 못 알아듣고 물었다.
"대체 뭐라고 한 거야?"
그러자 상운이 큰 소리로 다시 읊었다.

    바위 누대에서 한가로이 잠든 학
    石樓閑睡鶴

대옥도 가슴을 쥐어짜고 웃으면서 큰 소리로 외쳤다.

    비단 이불 따뜻하여 고양이가 다가가네.

錦罽暖親貓

보금도 웃으면서 재빨리 이었다.

　　달나라에는 은빛 물결[23] 출렁이고
　　月窟翻銀浪

상운이 말했다.

　　적성산赤城山 꼭대기[24]도 가려졌네.
　　霞城隱赤標

대옥도 웃으며 냉큼 말했다.

　　향기 스미는 매화 씹을 만하고[25]
　　沁梅香可嚼

보차가 웃으면서 훌륭하다고 칭찬하고는 얼른 뒤를 이었다.

　　대밭에 내리면 취기를 다스릴 만하네.
　　淋竹醉堪調

보금도 얼른 말했다.

　　원앙 수놓은 허리띠 적시기도 하고
　　或濕鴛鴦帶

상운이 재빨리 뒤를 이었다.

이따금 비취 머리장식[26]에 서리기도 하지.
時凝翡翠翹

또 대옥이 얼른 말했다.

바람 없어도 끊임없이 내리고
無風仍脈脈

보금이 웃으면서 곧바로 이었다.

비는 아니지만 소슬하게 내리지.
不雨亦瀟瀟

  상운은 웃다가 맥이 빠져 엎드려 있었다. 사람들은 세 사람이 다투어 시를 읊는 모습을 구경하느라 끼어들 생각도 하지 못하고 그저 낄낄대기만 했다. 대옥이 상운을 툭툭 치며 계속 해보라고 재촉하면서 이렇게 말했다.
  "너도 재주가 바닥날 때가 있네? 계속해보시지! 뭐라고 나불대나 들어볼까?"
  상운은 그저 보차의 품에 안겨 웃어대기만 했다. 보차가 그녀를 밀치면서 말했다.
  "재간이 있다면 두 번째 '소蕭'에 속한 운자를 다 써서 해봐. 그럼 나도 승복하지."
  상운이 일어나 웃는 얼굴로 말했다.
  "시를 짓는 게 아니라 목숨을 건 결투를 한 셈이네요."

모두들 웃어대며 말했다.

"그래도 네가 계속해봐."

탐춘은 진즉 자기가 끼어들 틈이 없다고 생각하고는 그들이 읊는 것을 받아 적고 있다가 한마디 덧붙였다.

"아직 마무리가 안 됐어요."

이환이 말을 받아 한 구절을 읊조렸다.

오늘 아침의 이 즐거움 적어두려는 것은
欲志今朝樂

이기가 마지막 한 구절을 읊었다.

시를 빌려 태평성대를 축원하기 위함이라네.
憑詩祝舜堯

이환이 말했다.

"됐어요! 충분해요! 운자를 다 쓰지는 못했지만, 남은 운자를 잘못 쓰면 오히려 안 좋아져요."

그리고 다들 함께 한 구절씩 꼼꼼하게 살피며 품평을 했다. 그런데 그 가운데 상운이 지은 구절이 가장 많아서 모두들 웃으며 말했다.

"이건 다 사슴 고기를 먹은 효과일 거야."

이환이 찡긋 웃음 지으며 말했다.

"한 구절씩 살펴보면 모두 한 사람이 지은 것처럼 잘 되었는데, 다만 보옥 도련님이 지은 구절은 또 낙제로군요."

"하하, 저는 원래 연구聯句 이어짓는 걸 잘 못하니까 좀 봐주셔요."

"매번 봐줄 수는 없지요. 그저 운자가 어렵다, 실수했다, 연구를 이어 지을 줄 모른다 하면서 핑계만 대는데, 오늘은 반드시 벌을 주겠어요. 조금 전에 보니까 농취암의 홍매가 예쁘게 피었던데, 한 가지 꺾어다가 꽃병에 꽂아두고 싶었지만 묘옥의 사람됨이 싫어서 상대하지 않았지요. 이제 도련님이 벌로 한 가지만 꺾어오세요."

모두들 그 벌이 고상하면서도 재미있다고 동의했다. 보옥도 기꺼이 하겠다면서 당장 다녀오려고 했다. 그러자 상운과 대옥이 일제히 말했다.

"밖이 아주 추우니까 따뜻한 술 한잔 하고 다녀오셔요."

상운은 어느새 술 주전자를 들고 대옥이 건넨 큰 잔에 가득 따라놓고는 생글대면서 말했다.

"우리가 드린 술을 마시고도 꽃을 가져 오지 못하면 벌을 두 배로 줄 거예요!"

보옥은 서둘러 한잔을 마신 후 눈 속을 헤치고 떠났다. 이환이 하인들에게 잘 모시고 다녀오라 지시하자 대옥이 얼른 막았다.

"그럴 필요 없어요. 다른 사람이 있으면 오히려 일이 안 돼요."

이환은 "그렇겠군요." 하면서 하녀에게 미녀용견병美女聳肩甁[27]을 하나 가져와서 물을 담아놓고 홍매 꽃을 준비를 하게 했다. 그리고 웃으면서 말했다.

"돌아오시면 홍매를 주제로 시를 짓게 해야겠네."

상운이 재빨리 말했다.

"제가 먼저 한 수 지을게요."

보차가 황급히 말렸다.

"넌 오늘 절대 더 이상 짓지 못하게 할 거야. 네가 먼저 지어버리니까 다른 사람들은 할 일이 없고 재미가 없잖아. 이따가 보옥 도련님한테 벌로 짓게 하자. 연구 이어 짓기는 못한다고 했으니 이번엔 시를 짓게 해보자는 거야."

대옥이 웃으며 말했다.

"지당한 말이네요. 저도 한 가지 생각이 있어요. 조금 전에 연구 이어 짓기는 불충했으니까 연구 짓기에서 적게 지은 사람들을 골라 홍매에 대한 시를 짓게 하는 게 좋겠어요."

보차도 웃으며 말했다.

"아주 좋은 생각이야. 조금 전에 수연, 기, 문까지 세 명은 재능을 펼칠 기회가 부족했고, 또 다들 손님이기도 하잖아? 보금, 대옥, 상운이는 기회를 많이 빼앗았으니까 우리는 모두 짓지 말고 저 세 사람만 짓도록 해야 옳지."

그러자 이환이 말했다.

"기는 시를 잘 못 지으니까 보금 아가씨만 짓게 하지요."

보차는 어쩔 수 없이 그러자고 하면서 이렇게 덧붙였다.

"그러니까 '홍매화紅梅花'라는 세 글자를 운자로 삼아 각자 칠언율시를 한 수씩 짓게 하는 겁니다. 수연 아가씨는 '홍' 자로, 문 아가씨는 '매' 자로, 보금이는 '화' 자로 운을 삼는 것이지요."

이환이 말했다.

"그럼 보옥 도련님을 빼주는 거잖아요? 난 동의할 수 없어요!"

상운이 얼른 말했다.

"오빠한테 줄 좋은 제목이 있어요."

모두 그게 뭐냐고 물었다.

"그러니까 '묘옥을 찾아가 홍매를 구걸하다'라는 제목으로 시를 짓게 하는 거예요. 어때요, 재미있지 않겠어요?"

다들 괜찮은 생각이라고 동의했다.

그 말이 채 끝나기도 전에 보옥이 홍매화 한 가지를 들고 싱글벙글 웃으며 들어왔다. 하녀들이 얼른 받아들여 꽃병에 꽂았다. 모두 웃으면서 수고했노라고 하자 보옥이 생글대며 말했다.

"다들 지금 신나게 감상하고 있지만 내가 얼마나 신경을 썼는지는 모를 걸요?"

그러자 어느새 탐춘이 또 큰 잔에 따뜻한 술을 따라 건네주었고, 하녀들도 와서 그의 도롱이와 삿갓을 받아들고 눈을 털었다. 각 방의 하녀들도 모두 껴입을 옷을 가져왔는데, 습인도 사람을 시켜 보옥이 몇 번 입었던 여우 겨드랑이 털로 만든 외투를 보내왔다. 이환은 하녀들에게 찐 토란을 쟁반 하나에 담고, 또 귤과 오렌지, 감람 등을 두 개의 쟁반에 담아 습인에게 갖다주라고 했다. 상운이 보옥에게 방금 정한 시 제목을 알려주면서 빨리 지으라고 재촉하자 보옥이 말했다.

"여러분, 운은 제가 알아서 쓸 테니 따로 제한하지는 말아줘요."

다들 마음대로 하라며 수락했다.

그렇게 이야기를 나누며 모두 홍매를 감상했다. 원래 이 매화 가지는 길이가 겨우 두 자 남짓한데, 곁가지가 종횡으로 대여섯 자 가까이 나 있고, 그 사이에 많은 잔가지가 나 있었다. 개중에는 몸을 휘감은 용처럼 생긴 것도 있고 뻣뻣하게 굳은 지렁이처럼 생긴 것, 붓처럼 끝이 뾰족한 것, 숲처럼 빽빽하게 자란 것들도 있었다. 가지마다 붉은 연지 같은 꽃이 피어 있고 향기는 난초보다 그윽해서 모두들 찬탄을 금치 못했다. 그사이 수연과 이문, 보금이 어느새 시를 완성하여 각자 종이에 써냈다. 모두들 '홍매화'라는 글자 순서에 따라 지은 시를 살펴보니 이러했다.

홍매화를 노래함   - 형수연 -
'홍'자를 얻어 씀.[28]

복사꽃 향기 살구꽃 붉은빛 아직 피어나기도 전에
추위 무릅쓰고 먼저 봄바람에 웃었네.
혼백이 유령[29]으로 날아가도 봄이 온 줄 잘 모르겠고
노을에 막힌 나부산[30]은 꿈에도 닿지 못하네.
초록 꽃받침에 붉은 촛농으로 단장한 듯

흰옷의 취한 선녀가 흐린 무지개를 밟은 듯
아무리 봐도 예사로운 빛깔이 아닌 것은
짙고 엷은 색이 그대로 빙설 속에서 나왔기 때문이지.

詠紅梅花 得紅字
桃未芳菲杏未紅
沖寒先已笑東風
魂飛庾嶺春難辨
霞隔羅浮夢未通
綠萼添妝融寶炬
縞仙扶醉跨殘虹
看來豈是尋常色
濃淡由他冰雪中

홍매화를 노래함　　－이문－
'매'자를 얻어 씀.

흰 매화 읊기 싫어 붉은 매화 읊나니
아름다움 드러내 앞서 맞으며 취한 눈 떴구나.
언 얼굴에 맺힌 흔적 모두가 핏자국이라
시린 마음은 한이 없어도 재가 되겠네.
단약을 잘못 먹어 원래 몸이 바뀌었나?
요지에서 몰래 내려와 옛 허물 벗어버렸나?
강남에도 강북에도 봄빛이 찬란한데
벌들아, 나비야, 봄이 왔나 착각 마라.

詠紅梅花 得梅字

白梅懶賦賦紅梅
逞艶先迎醉眼開
凍臉有痕皆是血
酸心無恨亦成灰
誤呑丹藥移眞骨
偸下瑤池脫舊胎
江北江南春燦爛
寄言蜂蝶漫疑猜

홍매화를 노래함   -설보금-
'화'자를 얻어 씀.

성근 것은 가지요 화려한 것은 꽃이라
봄단장 한 여인네와 화사함을 다투네.
조용한 정원 굽은 난간에 남은 눈 없고
물 흐르는 빈 산에 노을이 내렸구나.
미녀의 시린 피리 소리 따라 그윽한 꿈을 꾸나니
강하[31]에 향기로운 배 띄우고 신선세계 노니네.
전생에는 틀림없이 요대瑤臺*에서 자랐을 테니
색깔과 모양[32] 다르다고 다시 의심하지 말아야지.

詠紅梅花 得花字
疏是枝條艶是花
春妝兒女競奢華
閑庭曲檻無餘雪
流水空山有落霞

幽夢冷隨紅袖笛

遊仙香泛絳河槎

前身定是瑤臺種

無復相疑色相差

모두 읽고 나서 환하게 웃었다. 그리고 저마다 훌륭하다고 칭송하면서, 특히 마지막 작품이 가장 좋았다고 평했다. 보옥은 보금이 나이도 제일 어린데 재주가 영민한 걸 보고 무척 기특하게 여겼다. 대옥과 상운은 작은 잔에 술을 따라 보금에게 건네며 축하했다. 보차가 미소를 지으며 말했다.

"세 작품이 각기 좋은 점이 있네. 너희 둘은 날마다 나를 지겹게 놀려대더니 이젠 또 개를 놀리는구나?"

이번에는 이환이 보옥에게 물었다.

"다 지으셨나요?"

"짓긴 했는데 조금 전에 그 세 수를 보고 놀라서 그만 잊어버렸어요. 다시 생각해볼 테니 시간을 조금 더 주세요."

그러자 상운이 구리 부젓가락으로 손난로를 두드리며 말했다.

"호호, 제가 북을 치겠어요.[33] 이 소리가 끝날 때까지 짓지 못하면 또 벌을 받아야 해요."

"하하, 벌써 다 됐어!"

대옥이 붓을 들고 말했다.

"어디 읊어보셔요. 제가 쓸게요."

상운이 다시 한 번 손난로를 치면서 말했다.

"호호, 한 번이 지나갔어요."

"하하, 다 됐다니까? 자, 받아쓰라고."

모두들 귀를 기울이자 보옥이 첫 구절을 읊었다.

술 단지 아직 열리지 않아 글귀도 아직 만들어지지 않았고
　　酒未開樽句未裁

대옥은 글을 써놓고 고개를 내저었다.
"호호, 첫 구절이 너무 평범해요."
상운이 말했다.
"어서 계속해요!"
보옥이 웃음을 머금고 계속했다.

　　봄 찾아 섣달 물으며 봉래산에 이르렀네.
　　尋春問臘到蓬萊

대옥과 상운이 고개를 끄덕였다.
"호호, 좀 재미있어졌네요."
보옥이 계속 읊었다.

　　관음보살 호리병 속의 감로수甘露水* 구하지 않은 것은
　　항아의 울타리 밖 매화를 얻고 싶었기 때문이지.
　　不求大士瓶中露
　　爲乞嫦娥檻外梅

대옥이 받아 써놓고는 고개를 내저었다.
"그냥 기교만 부린 구절에 지나지 않는군요."
상운이 다시 손난로를 치며 재촉하자 보옥이 또 웃으면서 읊었다.

　　세상에 들어왔다가 추위 무릅쓰고 붉은 눈 따러 가며

속세 떠나 향기로운 자줏빛 구름 베어 왔네.[34]
뉘라서 애석해하랴, 땔나무처럼 마른 시인의 어깨를?
옷자락엔 아직 사원의 이끼 묻어 있구나.
入世冷挑紅雪去
離塵香割紫雲來
槎枒誰惜詩肩瘦
衣上猶沾佛院苔

대옥이 다 쓰고 나자 상운을 비롯한 여러 사람들이 보옥의 시를 평했다. 그러고 있을 때 몇 명의 하녀가 달려와서 말했다.

"노마님께서 오셔요!"

모두 급히 마중을 나가며 히죽거리면서 말했다.

"웬일로 흥이 일어 여기까지 오실까?"

그때 멀리 태부인의 모습이 보였다. 태부인은 커다란 망토를 두르고 은서 가죽으로 만든 방한모를 쓴 채 작은 대나무 가마에 앉아 푸른 비단에 기름을 먹인 우산을 받쳐들고 있었다. 원앙과 호박을 비롯한 대여섯 명의 하녀들도 각자 우산을 받쳐들고 가마를 에워싼 채 오고 있었다. 이환 등이 얼른 마중을 나가자 태부인이 사람을 보내 나오지 말고 그 자리에 있으라고 했다. 그리고 가까이 이르자 태부인이 미소를 지으며 말했다.

"네 시어미와 희봉이를 속이고 왔다. 큰 눈이 내려도 이걸 타고 오면 괜찮으니, 괜히 이 아이들한테 눈길을 걷게 할 필요는 없지."

사람들이 얼른 다가가 망토를 받아들고 부축하면서 "그러셨군요." 하고 응대했다. 방 안에 들어온 태부인이 웃으며 말했다.

"정말 멋진 매화로구나! 너희도 제법 놀 줄 아는구나. 내가 제대로 왔네."

그러면서 이환에게 늑대 가죽으로 만든 요를 방 가운데 펴게 했다. 태부인이 자리에 앉아 웃으면서 말했다.

"너희는 계속 놀면서 먹고 마셔라. 날이 짧아져서 낮잠을 자지 않고 골패를 좀 만지다가 너희들 생각이 나서 왔단다. 같이 끼어서 재미 좀 볼까 하고 말이야."

이환이 손난로를 가져오자 탐춘은 술잔과 젓가락을 새로 가져다 놓고 직접 따뜻한 술을 따라 태부인에게 올렸다. 태부인은 한 모금을 마시고 쟁반에 있는 게 무엇이냐고 물었다. 사람들이 얼른 쟁반을 가져와서 절인 메추라기라고 대답했다.

"이것도 그런대로 괜찮지. 다리나 한두 점 찢어서 놓아다오."

이환이 "예!" 하고 물을 가져오라고 해서 손을 씻고 직접 다리살을 찢었다. 태부인이 또 말했다.

"다들 아까처럼 앉아 얘기하며 놀아라. 나도 들어보자."

그리고 또 이환에게 말했다.

"너도 가서 내가 없는 셈 치고 놀아라. 안 그러면 난 가련다."

다들 그 말에 따라 자리에 앉았다. 이환은 제일 끝자리로 가서 앉았다. 태부인이 무얼 하고 있었느냐고 묻자 모두들 시를 짓고 있었노라고 대답했다. 태부인이 말했다.

"시를 지을 줄 안다면 등롱 수수께끼를 만드는 게 더 낫겠다. 정월에 다들 재미있게 놀 수 있지 않겠느냐?"

모두들 그러겠다고 대답했다. 잠시 담소를 나누다가 태부인이 말했다.

"여긴 습하니까 너무 오래 앉아 있지 마라. 몸에 안 좋아. 석춘이 방이 따뜻하니 거기 가서 그림을 좀 보자. 올해 안에 끝낼 수 있으려나?"

모두 웃으면서 말했다.

"연말까진 어림도 없어요! 아마 내년 단오절은 돼야 끝날걸요?"

"그래서야 되나! 대관원을 짓는 것보다 그리는 시간이 더 걸리는구나."

태부인은 다시 가마에 올라 사람들의 옹위를 받으며 우향사로 갔다. 좁은 골목으로 들어서자 동서 양쪽에 모두 대관원 안팎으로 통하는 문이 있는데, 문루門樓 위에는 안팎으로 모두 돌로 만든 편액이 박혀 있었다. 지금 들어가는 문은 서문인데, 바깥으로 향한 편액에는 '천운穿雲'이라고 새겨져 있었고, 안쪽으로 향한 편액에는 '도월度月'이라고 새겨져 있었다. 중간쯤 이르러 남쪽으로 난 정문으로 들어갔다. 태부인이 가마에서 내리니 석춘이 벌써 마중을 나와 있었다. 안쪽 회랑을 지나가자 바로 석춘의 침실이 나왔는데, 문틀 위쪽[門斗]에 '난향오暖香塢'라고 적힌 편액이 걸려 있었다. 하녀들이 붉은 펠트로 만든 휘장을 걷자 따뜻한 향기가 얼굴을 스쳤다. 방으로 들어가자 태부인은 앉을 생각도 하지 않고 그림이 어디 있느냐고 물었다. 그러자 석춘이 방실대며 말했다.

"날씨가 추워져서 아교가 모두 딱딱하게 굳어 매끄럽지 않으니 그려도 보기가 좋지 않을 것 같아 거둬버렸어요."

"오호, 연말까진 다 그려야 해. 게으름 피우지 말고 어서 가져와 그리도록 해라!"

그 말이 채 끝나기도 전에 희봉이 자주색 양털 외투를 걸치고 생글거리며 와서 웅얼웅얼 말했다.

"할머니, 말씀도 안 하시고 몰래 오시면 어떡해요? 한참 찾았잖아요!"

태부인은 그녀를 보고 저절로 기분이 좋아졌다.

"너희들이 추운데 고생할까 싶어서 알리지 말라고 했다. 넌 정말 귀신이구나, 이렇게 기어이 찾아냈으니 말이다. 따지고 보면 꼭 그래야 효도를 다하는 게 아니란다."

"호호, 제가 어찌 효심 때문에 찾아왔겠어요? 할머님 방에 가니까 쥐 죽은 듯이 조용해서 하녀들한테 물어도 도무지 알려주지 않고 그냥 대관원에 가서 찾아보라고 하더군요. 어디로 가셨을까 고민하고 있는데 갑자기 비구니 두세 명이 오기에 비로소 눈치챘지요. 비구니들은 틀림없이 연소年疏[35]를 드리러 왔거나 아니면 매년 받아가는 향불 비용을 달라고 왔을 텐데, 할머님께서는 연말에 일이 많으시니까 분명 빚쟁이들을 피하셨을 거라 생각했지요. 얼른 그 비구니들한테 가서 물어보니 과연 제 짐작이 맞더군요. 그래서 제가 향불 비용을 줘서 돌려보냈어요. 이제 빚쟁이들이 떠났으니 숨어 계실 필요 없어요. 야들야들한 꿩 고기를 푹 삶아났으니 어서 가서 저녁 진지 잡수셔요. 늦으면 고기가 굳어요."

그녀가 한마디 할 때마다 모두들 한바탕 웃음을 터뜨렸다. 희봉은 태부인의 말을 기다리지도 않고 바로 하인들에게 가마를 가져오라고 지시했다. 태부인은 웃으며 희봉의 손을 잡고 다시 가마에 올라 사람들을 데리고 담소를 나누면서 골목 동쪽 문으로 나갔다. 사방을 둘러보니 모두 은빛으로 치장하고 있었는데, 홀연 보금이 오리 머리 가죽으로 만든 털옷을 입고 산비탈에 서서 기다리고 있었고, 뒤쪽에 하녀 하나가 홍매를 꽂은 꽃병을 안고 있었다. 그러자 모두들 웃으며 말했다.

"두 사람이 안 보인다 했더니 저기서 기다리고 있었군. 매화를 꺾으러 갔던 모양이지?"

태부인이 기뻐하며 말했다.

"봐라. 저 산을 배경으로 저 아이 같은 인물이 저런 옷차림으로 뒤에다 저런 매화까지 두고 있으니, 어떤 장면 같으냐?"

모두 웃으면서 말했다.

"영락없이 할머님 방에 걸려 있는 구영仇英[36]의 「쌍염도雙艶圖」 같네요."

태부인이 고개를 내저으며 말했다.

"호호, 그 그림에 어디 저런 옷차림이 있더냐? 사람도 저렇게 예쁠 수는 없지!"

그 말이 끝나기도 전에 보금의 뒤쪽에서 붉은 망토를 걸친 사람이 돌아나왔다. 태부인이 물었다.

"저건 또 어떤 아가씨인가?"

또 모두들 웃으며 대답했다.

"저희는 모두 여기 있잖아요. 저 사람은 보옥 도련님이에요."

"호호, 내 눈이 갈수록 어두워지는구나."

이야기를 나누는 사이에 가까이 가보니 과연 보옥과 보금이었다. 보옥이 보차와 대옥 등을 향해 생글생글하며 말했다.

"조금 전에 또 농취암에 다녀왔어. 묘옥이 모두에게 각기 한 가지씩 선물하겠다고 해서 내가 벌써 사람을 시켜 갖다 놓으라고 했지."

그러자 모두 방실대며 말했다.

"신경 써주셔서 고마워요."

그러는 사이에 대관원 문을 나와 태부인의 방에 이르렀다. 저녁을 먹고 나서 다들 함께 잠시 담소를 나누었다. 그때 설씨 댁 마님도 왔다.

"눈이 너무 많이 와서 종일 노마님께 문안 인사를 올리지 못했네요. 오늘은 기분이 어떠신지요? 눈 구경이라도 하셨으면 좋았을 텐데요."

"호호, 기분이야 아주 좋지! 저 아이들 노는 데 찾아가서 한참을 놀았다오."

"호호, 오늘 제 언니랑 같이 대관원의 한곳을 빌려 간단하게 두어 상 차려놓고 노마님을 모셔다가 눈 구경이라도 할까 했는데, 엊저녁에 노마님께서 일찍 주무셨더군요. 딸아이 말이 노마님 기분이 그다지 좋지 않으시다고 해서 오늘도 청할 엄두를 내지 못했습니다. 진즉 이런 줄 알았으면 모실 걸 그랬습니다."

"이건 시월에 내린 첫눈이니 이후에도 눈 내릴 날이 많을 거예요. 그때 쓰셔도 늦지 않아요."

"그렇게만 된다면 저도 나름대로 효도를 한 셈이 되겠네요."

희봉이 웃으며 말했다.

"고모님, 혹시 잊으실지 모르니까 지금 우선 은돈 쉰 냥을 달아 저한테 맡기셔요. 눈이 내리면 제가 바로 술상을 준비할 테니까 고모님께선 신경 쓰실 필요도 없고 잊어버릴 염려도 없을 게 아니에요?"

태부인이 웃으며 말했다.

"그럼 그렇게 하세요. 내가 저 애하고 스물다섯 냥씩 나눠 갖고 있다가, 눈이 내리는 날이 되면 내가 기분이 안 좋은 척하고 대충 지나가버리지요 뭐. 그럼 더욱 신경 쓸 필요도 없고, 나와 희봉이만 잇속을 챙기게 될 게 아닌가요?"

희봉이 손뼉을 치며 말했다.

"호호, 정말 절묘하네요! 어쩌면 제 생각하고 그리 똑같으실까!"

사람들이 한바탕 웃음을 터뜨리자 태부인도 웃으면서 말했다.

"에라, 요 뻔뻔한 것아! 그 틈에 내 생각을 이용해먹는구나! 우리 집에 손님으로 와 지내시면서 불편할 테니까 우리가 청해야지, 오히려 돈을 쓰게 해서야 되겠느냐! 그렇게는 하지 못할망정 먼저 쉰 냥을 내놓으라고 하다니 정말 부끄러운 줄도 모르는구나!"

"호호, 할머님은 정말 눈치가 빠르셔요. 슬쩍 떠보고 고모님께서 생각 없이 쉰 냥을 내놓으시면 저랑 나눠 가지실 생각이셨지요? 그런데 이제 그게 먹힐 것 같지 않으니까 거꾸로 저한테 뒤집어씌우시면서 그런 점잖은 말씀을 하시네요. 이제 저도 고모님께 돈을 달라고 하지 않고 제 돈으로 술자리를 마련해서 할머님을 모시겠어요. 그리고 따로 쉰 냥을 봉투에 담아 할머님께 바쳐서 쓸데없는 일에 참견한 벌로 치겠어요. 이러면 될까요?"

그 말을 마치기도 전에 모두들 깔깔대며 웃다가 구들에 쓰러졌다.

태부인은 보금이 눈 속에서 매화를 꺾어오는 모습이 그림보다 예쁘더라고 말하면서, 그 김에 그녀의 나이와 사주, 집안 형편 등을 자세히 물었다. 설씨 댁 마님은 보옥의 배필을 정하려는 의도라고 짐작했다. 그녀는 심중으로는 그 뜻에 따르고 싶었지만 보금이 이미 매씨 가문과 정혼했고, 태부인도 명확히 말하지 않았기 때문에 혼자 짐작해서 정하기도 곤란하여 은근슬쩍 얼버무렸다.

"애석하게도 이 아이는 박복해서 재작년에 아버지를 여의었어요. 어려서부터 세상 경험을 많이 했고 아버지를 따라 사방의 명산들도 두루 돌아보았다고 하네요. 저 아이 아버지는 돌아다니는 걸 좋아하는데다 각처에 가게가 있어서, 가족들을 데리고 올해는 이 지역에서 일 년, 내년에는 저 지역에서 반년, 이런 식으로 지냈지요. 그래서 천하의 열에 대여섯은 돌아다녔을 겁니다. 그러다가 어느 해 경사에서 지낼 때, 저 아이를 한림원翰林院*의 매학사 댁 자제에게 주기로 했답니다. 그런데 이듬해에 저 아이 아버지가 세상을 떠나고, 또 어머니는 천식〔痰症〕에 걸리고 말았지요."

그 말이 끝나기도 전에 희봉이 탄식하며 발을 굴렀다.

"아뿔싸! 제가 중매를 하려고 했더니 벌써 정혼을 했군요!"

태부인이 웃으며 말했다.

"누구한테 중매를 서줄 생각이었느냐?"

"할머님께서 상관하실 일이 아니지요. 전 그 둘이 천생연분이라고 생각했는데, 벌써 정혼을 했다니 얘기해봐야 이로울 것도 없네요. 차라리 얘기하지 않는 게 낫겠어요."

태부인도 그녀의 뜻을 알아챘다. 이미 정혼을 했으니 더 이상 그 말은 꺼내지 말라는 뜻이었다. 이어서 다들 잠시 한담을 나누다가 헤어졌는데, 그날 밤은 별다른 일 없이 지나갔다.

이튿날은 눈이 그쳤다. 아침을 먹고 나자 태부인이 몸소 석춘에게 당부했다.

"날씨가 따뜻하든 춥든 간에 계속 그림을 그려라. 그래도 연말까지 다 그리지 못하면 어쩔 수 없지. 무엇보다도 어제 보금이와 매화를 들고 서 있던 하녀의 모습은 그 모양 그대로, 조금도 틀리지 않게 얼른 그려 넣어라."

석춘은 어렵긴 하지만 그러겠노라고 대답할 수밖에 없었다. 잠시 후 다들 석춘이 어떻게 그리는지 보려고 찾아가니, 석춘은 멍하니 생각에 잠겨 있었다. 그 모습을 보고 이환이 웃으면서 사람들에게 말했다.

"넷째 아가씨는 그림을 구상하게 그냥 두고, 우리끼리 잠시 얘기 좀 해요. 어제 할머님께서 등롱 수수께끼를 만들라고 하셔서, 집에 돌아가 기랑 문이랑 셋이 잠도 자지 못하고 고민했어요. 나는 '사서四書'*를 가지고 두 개를 지었고, 쟤들도 각자 두 개씩 지었어요."

모두 웃으면서 말했다.

"짓긴 해야겠지요. 먼저 얘기해보서요. 우리가 맞춰 볼게요."

"'관음보살에겐 세가世家의 전기傳記가 없다.'라는 말에 해당하는 '사서'의 구절을 맞혀봐요."

그러자 상운이 바로 말을 받았다.

"'지극한 선의 경지에 머무는 데에 달려 있다〔在止於至善〕.'[37]가 아닌가요?"

보차가 말했다.

"호호, '세가의 전기'라는 말의 뜻을 잘 생각해보고 다시 맞혀보렴."

이환이 웃음 지으며 말했다.

"틀렸으니까 다시 생각해봐요."

대옥도 웃으며 말했다.

"아, 맞다! '훌륭하긴 하지만 증명할 수 없다〔雖善無徵〕.'[38]로군요?"

모두들 방실대며 입을 모아 말했다.

"맞아! 맞네요!"

이환이 또 말했다.

"그럼 온 연못에 푸른 풀이 덮였는데 그 푸른 것의 이름은 뭘까요?"

상운이 얼른 대답했다.

"이건 분명 '갈대와 같다〔蒲蘆也〕.'[39]일 거야. 또 틀렸나요?"

"그걸 맞히다니, 대단하네요! 문이가 만든 건 '바위 곁으로 흘러나오는 물은 차갑다.'인데, 옛사람의 이름이에요."

탐춘이 웃으며 말했다.

"산도山濤[40]가 아닌가요?"

"맞아요. 또 기가 낸 문제예요. '반딧불'이 가리키는 것을 한 단어로 뭐라고 할까요?"

다들 한참 생각하고 있는데 보금이 웃으며 말했다.

"이건 뜻이 아주 깊은데, 혹시 꽃 '화花'가 아닌가요?"

"용케 맞혔군요!"

그러자 사람들이 물었다.

"반딧불과 꽃이 무슨 관계가 있어요?"

보금이 생글대며 대답했다.

"아주 오묘해요! 반딧불은 풀이 변한 거잖아요?"

다들 그제야 이해하고 함박웃음을 지으면서 이구동성으로 말했다.

"정말 훌륭해!"

보차가 말했다.

"그것들도 좋은 수수께끼들이긴 하지만 할머님의 뜻에는 맞지 않으니까 좀 알기 쉬운 물건을 대상으로 짓는 게 좋겠어요. 그래야 누구나 즐길 수 있는 '아속공상雅俗共賞'*의 효과가 있을 테니까요."

모두 그 말에 찬성하자 상운이 웃으며 말했다.

"저는 「점강순點絳脣」[41]을 흉내 내서 흔한 물건에 대한 수수께끼를 만들어보았어요. 다들 맞혀 보셔요."

그러면서 이렇게 읊었다.

개울과 골짝을 떠나
속세에서 노닐며 즐기나니
진정 무슨 재미란 말이냐?
명예와 이익이란 오히려 허망한 것
뒷일은 결국 잇기 어렵다네.

溪壑分離

제50회 **361**

紅塵遊戲

眞何趣

名利猶虛

後事終難繼

　무슨 뜻인지 몰라 모두 한참을 생각했다. 승려라는 사람도 있고, 도사라는 사람도 있고, 꼭두각시 인형이라는 사람도 있었다. 그러자 보옥이 한참 동안 웃다가 말했다.

　"다 틀렸어요. 제가 맞혔지요. 틀림없이 재주 부리는 원숭이일 거예요."

　상운이 파안대소하며 말했다.

　"바로 그거예요."

　사람들이 의아해하며 물었다.

　"앞부분은 다 좋은데, 마지막 구절은 무슨 뜻이야?"

　상운이 대답했다.

　"재주 부리는 원숭이들은 모두 꼬리를 잘라버리잖아요?"

　그 말에 모두 웃으면서 말했다.

　"쟤는 수수께끼도 괴상망측하게 짓는다니까!"

　이환이 말했다.

　"어제 이모님 말씀이 보금 아가씨가 세상 경험이 많고 가본 곳도 많다고 하셨는데, 아가씨가 수수께끼를 만들어야 쓸모가 있겠네요. 아가씨는 시도 잘 지으니까 몇 개 만들어봐요."

　보금이 미소를 머금고 고개를 끄덕이더니 생각에 잠겼다. 그때 보차가 먼저 하나를 지어서 이렇게 읊었다.

　　박달나무 깎고 가래나무 새겨 한층 한층 이루었지만

　　어찌 솜씨 좋은 장인이 정성 들여 만든 것이랴?

하늘 높이 솟아 비바람 맞아도
구리 방울[42] 소리 들어본 적 없다네.
鏤檀鍥梓一層層
豈系良工堆砌成
雖是半天風雨過
何曾聞得梵鈴聲

"자, 이게 무슨 물건인지 맞혀봐요."
사람들이 답을 생각하고 있을 때 보옥도 수수께끼를 하나 지어 이렇게 읊었다.

하늘과 인간 세상은 사이가 아득하니
대숲 지나갈 때는 조심해야지.
난새와 백학 어디 있나 눈 여겨 살펴야지,
인간의 탄식 하느님께 전해야 하니!
天上人間兩渺茫
琅玕節過謹隄防
鸞音鶴信須凝睇
好把唏嘘答上蒼

대옥도 하나를 지어서 읊었다.

천리마 녹이[43]에 자줏빛 고삐는 왜 매나?
성곽도 해자垓子*도 거침없이 달리니 위세도 드세구나.
주인이 지시하면 바람처럼 우레처럼 내달리니
큰 거북 등에 얹힌 삼산에서 홀로 이름 날리는구나.

騄駬何勞縛紫繩
馳城逐塹勢猙獰
主人指示風雷動
鰲背三山獨立名

탐춘도 하나 지어 읊으려고 했다. 그때 보금이 다가와 생글거리면서 말했다.

"제가 어려서부터 다녀본 지역에는 옛날 유적들이 많았어요. 그중 열 개 지역의 옛 유적들을 골라 열 수의 회고시懷古詩를 지어봤어요. 시는 보잘것없지만 지난날을 회상하며, 흔히 보는 물건 열 가지를 시 속에 감춰두었어요. 언니들, 듣고 맞혀보셔요."

그러자 모두 입을 모아 말했다.

"그거 재미있겠네! 글로 써서 다들 볼 수 있게 해줘."

이후에 어찌 되었는지는 다음 회를 보시라.

제51회

설보금은 회고시를 새로 짓고
돌팔이 의원 호씨는 독한 약을 함부로 쓰다

薛小妹新編懷古詩　胡庸醫亂用虎狼藥

돌팔이 의원이 엉터리로 청문의 약방문을 짓다.

사람들은 보금이 평소 둘러본 각 지역의 옛 유적들을 제재로 열 수의 회고시를 지어서 그 안에 열 가지 물건을 숨겨두었다는 이야기를 듣고 모두 신선하고 재미있다면서 앞다투어 읽어보려고 했다. 그 시는 이러했다.

적벽[1] 회고

적벽에 병선 가라앉아 강물도 흐르지 못하고
부질없이 헛된 이름만 빈 배에 남았구나.
요란한 불 한바탕에 슬픈 바람 차가운데
수없는 영혼들 그 안을 떠도네.

赤壁懷古(其一)

赤壁沉埋水不流
徒留名姓載空舟
喧闐一炬悲風冷
無限英魂在內遊

교지[2] 회고

구리로 주조한 큰 종에는 나라의 기강 진동하여
그 소리는 멀리 이역 오랑캐 땅까지 퍼졌다네.

마원³은 당연히 큰 공을 세웠으니
쇠피리 불었지만 장자방⁴은 거론할 필요 없다네.

交趾懷古(其二)
銅鑄金鏞振紀綱
聲傳海外播戎羌
馬援自是功勞大
鐵笛無煩說子房

종산⁵ 회고

명예와 이익이 언제 그대와 함께한 적 있던가?
까닭 없이 부름 받고 속세로 나왔구나.
얽매임을 결국 끊어버리기 어려웠나니
남들이 자주 조롱한다 해도 원망하지 말지라!

鐘山懷古(其三)
名利何曾伴汝身
無端被詔出凡塵
牽連大抵難休絶
莫怨他人嘲笑頻

회음⁶ 회고

사나이는 모름지기 악한에게 수모 당하지 않게⁷ 방비해야 하나니
제齊⁸ 땅의 제후 되자 관 뚜껑 덮을 때 닥쳤네.
세상 사람들아, 경박하게 천한 짓 하지 마라
밥 한 끼의 은혜도 죽어도 잊지 않으리라.

淮陰懷古(其四)
壯士須防惡犬欺

三齊位定蓋棺時

寄言世俗休輕鄙

一飯之恩死也知

광릉[9] 회고

매미 울고 까마귀 깃드는 때 어느새 지나가니

수나라 제방의 풍경 지금은 어떠한가?

그저 풍류의 명성 얻은 까닭에

분분하게 남들의 구설 수에만 오르게 되었구나.

廣陵懷古 (其五)

蟬噪鴉棲轉眼過

隋堤風景近如何

只緣占得風流號

惹得紛紛口舌多

도엽도[10] 회고

시든 풀 한가로운 꽃 얕은 못에 비치고

복사꽃 가지와 잎은 늘 떨어져 있네.

육조시대 뛰어난 인재들 가운데 이런 이들 많아

초상화만 부질없이 벽 위에 걸려 있구나.

桃葉渡懷古 (其六)

衰草閑花映淺池

桃枝桃葉總分離

六朝樑棟多如許

小照空懸壁上題

청총[11] 회고

망망한 흑하 강물 막히어 흐르지 못하고

비파 소리 다 울리는데 곡조엔 수심만 가득하네.

한나라 제도는 정말 한숨이 나올 만하구나

제목 안 될 나무는 응당 만고의 수치를 느껴야 하리!

青塚懷古(其七)

黑水茫茫咽不流

冰弦撥盡曲中愁

漢家制度誠堪嘆

樗櫟應撕萬古羞

마외[12] 회고

처량하게 연지 자국에 땀 젖어 반짝이더니

따스하던 미녀를 하루아침에 동해에 바쳐버렸구나.

다만 풍류 즐기던 흔적 남아 있어

오늘도 옷자락엔 향기가 남아 있네.

馬嵬懷古(其八)

寂寞脂痕漬汗光

溫柔一旦付東洋

只因遭得風流跡

此日衣衾尙有香

포동사[13] 회고

홍낭은 천한 몸이지만 몸이 아주 가벼워

몰래 데려가 두 사람 맺어주었네.

때때로 부인에게 고문을 당했어도

이미 그 사람 데려와 짝을 맺어준 뒤라네.[14]

蒲東寺懷古(其九)

小紅骨踐最身輕

私掖偸攜强撮成

雖被夫人時吊起

已經勾引彼同行

매화관[15] **회고**

매화 곁이 아니라 버드나무 곁에서

그 가운데 누가 미녀의 초상화 주웠는가?

다시 만난 날 춘향[16]이 오지 않았다고 걱정 마오

가을바람 불 때 헤어져 또 한 해가 지났다오.

梅花觀懷古(其十)

不在梅邊在柳邊

個中誰拾畫嬋娟

團圓莫憶春香到

一別西風又一年

모두 읽고 나서 저마다 시가 훌륭하다고 칭찬했다. 보차가 먼저 평했다.

"앞쪽의 여덟 수는 역사적인 근거가 있는데 뒤쪽의 두 수는 그렇지 않은 것이어서 우리도 잘 모르니 차라리 두 수를 다시 짓는 게 좋겠네."

그러자 대옥이 얼른 막으며 말했다.

"보차 언니는 너무 '융통성 없어서〔膠柱鼓瑟〕'[17] 일을 부자연스럽게 만든단 말이야. 이 두 수는 비록 역사책에서는 찾아볼 수 없고 우리도 그런 '외전外傳'을 읽어보지 못했기 때문에 자세한 것은 모르지만, 그래도 두 가지 연극은 본 적이 있잖아요? 세 살 먹은 아이들도 아는 걸 우리가 모를 수 있나요?"

탐춘이 "맞아요." 하자 이환도 말했다.

"게다가 보금 아가씨는 그런 곳들을 다 가봤잖아요? 이 두 가지는 고증할 수 없다 해도, 예로부터 거듭해서 와전된 이야기를 가지고 호사가들이 일부러 그런 유적을 만들어 사람들을 우롱하곤 하지요. 제가 경사에 올 때 본 관우의 무덤만 하더라도 서너 군데나 되더군요. 관우가 평생 이룬 업적은 모두 근거가 있지만, 어떻게 무덤이 여러 개가 될 수 있겠어요? 당연히 후세 사람들이 그가 살아 있을 때의 사람됨을 존경하고 사랑한 까닭에 그렇게 만들어냈을 텐데, 그럴 수도 있는 일이지요. 『광여기廣輿記』[18]를 보면 관우의 무덤뿐만 아니라 예로부터 지금까지 몇몇 명망 높은 사람들은 무덤도 많고, 고증할 수 없는 유적은 더 많지요. 지금 이 두 수는 비록 근거가 없긴 하지만 여러 이야기꾼의 이야기나 연극, 심지어 점을 치는 막대기〔籤〕에도 이에 대한 설명이 적혀 있어서 남녀노소를 막론하고 일상적으로 이야기하는 것이라 누구나 알고 있지요. 하물며 이 시들은 『서상기』나 『모란정』에 들어 있는 노래를 보고 지은 것도 아니니까, 잡서를 보았다고 해서 뭐라고 할 수도 없어요. 별 문제없으니까 그냥 두도록 하지요."

보차도 그 말을 듣자 일리가 있다고 여겨 그러자고 했다. 모두 한참 동안 정답을 생각해보았으나 다들 틀리고 말았다.

겨울은 낮이 짧아 어느새 저녁 먹을 시간이 되었다. 모두 함께 태부인의 거처로 가서 식사를 했다. 그때 하인이 들어와 왕부인에게 알렸다.

"습인의 오빠 화자방*이 들어와서 이르길, 자기 어머니가 중병에 걸려 누워 있는데 딸을 보고 싶어 하니, 은혜를 베푸셔서 습인에게 집에 다녀올 수 있도록 해주십사 간청하고 있습니다."

"모녀가 마지막 만남을 한다는데 어찌 허락하지 않을 수 있겠느냐?"

그러면서 희봉을 불러 사정을 얘기하고 잘 조치하라고 지시했다.

희봉은 그러겠노라 대답하고 방으로 돌아와서는 곧 주서댁더러 습인에게 알리라고 하면서 또 이렇게 일렀다.

"어멈 하나를 불러 둘이서 하녀 둘을 데리고 습인과 함께 다녀오게. 바깥에는 수레를 따라갈 사람으로 나이가 좀 듬직한 하인 네 명을 골라달라고 하게. 큰 수레 한 대에는 자네 둘이 습인을 데리고 타고, 또 작은 수레를 한 대 달라고 해서 하녀들을 태우게."

주서댁이 "알겠습니다." 하고 떠나려 하자 희봉이 또 말했다.

"습인은 간소한 걸 좋아하는 사람이니까 내 말을 전하게. 이번에는 색깔 좋은 옷을 몇 벌 가져가서 입고, 또 큼직한 보따리에 옷들을 싸가라고 하게. 보자기도 좋은 것으로 고르고, 손난로도 좋은 걸로 가져가라고 하게. 그리고 출발하기 전에 잠깐 나한테 들르라고 하게."

주서댁이 "예!" 하고 나갔다.

한참 후에 습인이 옷을 차려입고 왔고, 하녀 둘과 주서댁은 손난로와 옷 보따리를 들고 따라왔다. 희봉이 보니, 습인은 그런대로 화려한 금비녀 몇 개와 금팔찌를 차고, 분홍 비단 바탕에 온갖 무늬를 수놓은 은서 가죽을 덧댄 저고리와 초록 바탕에 금실로 수를 놓은 비단 치마를 입고, 있었다. 그리고 겉에는 푸른 주단에 다람쥐 가죽을 덧댄 마고자를 걸치고 있었다. 희봉이 웃으며 말했다.

"이 옷들은 모두 마님 것인데 너한테 주셨구나. 다 괜찮네. 하지만 이 마고자는 너무 소박해. 그리고 지금은 이걸 입으면 추우니까 긴 털옷을 입는 게 좋겠어."

"호호, 이 다람쥐 가죽 마고자는 마님께서 주신 거고, 저한테는 은서 가죽으로 만든 것도 있어요. 연말에 또 긴 털옷을 주신다고 하셨는데 아직 받지 못했어요."

"나한테 긴 털옷이 하나 있긴 한데, 털이 밖으로 드러나 있는 게 싫어서 고치려던 참이었어. 이렇게 하자. 우선 그걸 입고 다녀오고, 연말에 마님께서 지어주실 때 내 것으로 새로 짓는 게 어때? 그럼 습인이가 그걸로 대신 내 옷을 돌려주는 것과 마찬가지잖아?"

그러자 모두들 웃으며 말했다.

"하여튼 아씨는 늘 이런 말씀만 하신다니까! 일 년 내내 마님 대신 큰 재물을 뭉텅뭉텅 쓰시면서 뒷전으로 얼마나 내놓으시는지 모르고, 정식으로 내놓는 것들도 말로 못할 정도이실 텐데 어떻게 또 마님께 계산을 해달라고 하셔요? 그러면서 이제 또 그런 째째한 농담을 하시네요!"

"호호, 마님께서 그런 일까지 신경을 쓰시겠어? 어쨌든 그건 점잖은 일도 아니니까 모르는 체하시는 게 대갓집 체면을 차리는 일이지. 그러니 어쩔 수 없이 내가 손해를 좀 보더라도 사람들 체통에 맞게 차려줘야지. 그래서 좋은 소리 좀 들으면 다행이고. 사람들이 다들 '타버린 밀가루 떡'처럼 꾀죄죄하면 내가 집안일을 맡아 하면서 사람들을 거지로 만들었다고 남들이 비웃을 거 아냐?"

모두 감탄하면서 말했다.

"아씨처럼 거룩하고 슬기로운 분이 또 어디 있겠어요! 위로는 마님 체면을 살려주시고 아래로는 아랫사람들을 아껴주시니 말이에요."

그러는 사이에 희봉은 평아를 시켜서 어제 자기가 입었던, 하늘색 실로 여덟 개의 꽃무늬를 수놓은 천마피天馬皮[19] 웃옷을 꺼내오게 해서 습인에게 주었다. 그리고 옷 보따리를 보니 먹물을 뿌린 듯한 꽃무늬가 들어 있는 능라에다 진분홍 주단으로 안을 댄 보자기 안에 반쯤 낡은 솜저고리와 갖옷만이 들어 있었다. 또 희봉은 평아에게 옥색 주단에 치라니 천으로 안을 댄 보자기를 가져오게 하고, 눈 내리는 날 입는 웃옷을 한 벌 더 넣어 싸라고 했다.

평아가 나갔다가 반쯤 낡은 붉은 펠트로 만든 웃옷과 붉고 촘촘한 우사羽紗로 만든 웃옷을 들고 왔다. 습인이 말했다.

"한 벌만 해도 받기 황송한데……"

평아가 웃으며 말했다.

"이 붉은 펠트로 만든 걸 가져가. 이건 수연 아가씨께 드리려고 가는 김에 꺼내온 거야. 어제 그렇게 큰 눈이 내리니, 다들 붉은 펠트나 우사 따위로 만든 웃옷을 입고 있었잖아? 열 명이 넘는 사람들이 붉은 옷을 입고 큰 눈이 쌓인 풍경을 배경으로 있으니까 정말 보기 좋더라고. 그런데 수연 아가씨만 낡은 펠트로 만든 망토를 걸치고 있으니 움츠린 어깨와 등이 더 두드러져 보여서 너무 안쓰러웠어. 그래서 이걸 드릴까 해서……"

희봉이 웃어대며 말했다.

"아이고, 내 물건을 갖고 자기 마음대로 인심을 쓰네? 나 혼자 인심 쓰는 걸로는 모자라니까 너까지 보탠다니 더 잘됐구나!"

모두 즐거운 표정으로 환하게 웃으며 말했다.

"그야 아씨께서 평소 마님께 효도하고 아랫사람들을 아껴주셨기 때문이지요. 평소 쫀쫀하게 구시면서 물건만 챙기고 아랫사람은 돌보지 않으셨다면 평아 아가씨가 감히 이런 일을 할 수 있겠어요?"

"호호, 그러니까 쟤가 내 마음을 어느 정도 알아주는 셈이지."

그러면서 희봉은 습인에게 당부했다.

"어머니 몸이 좋아지면 괜찮겠지만, 가망이 없어 보이면 계속 거기 있어. 사람을 보내 알려주면 내가 따로 이부자리를 보내줄게. 남이 쓰던 이불이나 빗 같은 걸 쓰면 안 돼."

그리도 또 주서댁에게 말했다.

"다들 여기 규율을 알 테니 내가 따로 부탁하지 않아도 되겠지?"

"예. 거기 도착해서도 그곳 사람들한테 얼굴을 내보이지 않을게요. 만약 거기서 지내게 되면 반드시 따로 방을 한두 칸 마련할게요."

그렇게 말하면서 그녀는 습인을 따라나가 등롱을 미리 준비하라 이르고 수레에 올라 화자방의 집으로 갔다. 그 이야기는 그만하겠다.

또 희봉은 이홍원의 할멈 둘을 불러 이렇게 지시했다.

"습인은 금방 돌아올 것 같지 않네. 자네들은 평소 하녀들을 잘 알고 있으니까 눈치 빠른 아이 둘을 보내 보옥 도련님 밤 시중을 들게 하게. 자네들도 잘 감독해서 아이들이 보옥 도련님과 딴 짓을 못하게 하고!"

두 할멈이 나갔다가 잠시 후 돌아와서 보고했다.

"청문이와 사월이를 들여보냈습니다. 저희 넷은 원래대로 돌아가며 밤에 당번을 서겠습니다."

희봉이 고개를 끄덕였다.

"저녁에는 일찍 주무시게 하고 아침엔 일찍 깨워드리게."

할멈들은 "예!" 하고 대관원으로 돌아갔다. 잠시 후 주서댁이 와서 소식을 전했다.

"습인 아가씨는 어머니가 세상을 뜨셔서 돌아오지 못합니다."

희봉은 왕부인에게 알리고, 대관원에 사람을 보내 습인의 이불과 화장품 상자를 챙겨오게 했다.

보옥은 청문과 사월이 습인의 물건을 챙기는 모습을 지켜보았다. 물건을 보내고 나자 청문과 사월은 모두 치장을 벗고 치마와 저고리를 갈아입었다. 청문이 훈롱熏籠[20] 위에 앉아 있자 사월이 웃으며 말했다.

"아가씨처럼 얌전 떨지 말고 같이 좀 거들어요."

"다들 나가고 난 뒤에 시작해도 늦지 않아. 너희들이 있는 동안은 나도 편히 지낼 거야."

"호호, 아가씨, 전 이불을 깔 테니까 저 전신거울 덮개를 벗기고 위쪽의 휘장 고리도 좀 걸어줘요. 아무래도 언니가 나보다 키가 크잖아요?"

그러면서 그녀는 보옥의 잠자리를 준비하러 갔다. 청문은 한숨을 내쉬고는 웃으면서 말했다.

"앉아서 몸이나 녹일까 하는 참인데 방해를 하네."

이때 보옥은 습인 어머니의 생사를 걱정하며 앉아 있다가 청문의 말을 듣자 밖으로 나가 거울 덮개를 벗긴 후 휘장 고리를 걸어놓고 들어와 미소를 지으며 말했다.

"내가 다 해놨으니 둘 다 몸이나 녹여."

청문이 방실대며 말했다.

"결국 그러긴 틀렸네요. 탕파湯婆[21]를 아직 안 가져왔거든요."

사월이 말했다.

"기특하게도 그런 생각을 해냈네! 하지만 도련님께선 평소 그걸 쓰시지 않아요. 우리 저 훈롱 위에서 몸을 녹여요. 여긴 저쪽 방의 차가운 구들하고는 다르니까 지금은 필요 없어요."

보옥이 웃음을 지어 보이며 말했다.

"그러니까 둘은 다 저 위에서 잔다는 말인데, 내가 있는 이 바깥에는 아무도 없겠네? 그럼 난 무서워서 밤새 잠을 자지 못할 텐데."

청문이 말했다.

"내가 여기서 잘 테니까 사월이가 도련님 곁에서 자."

그러는 사이 밤이 깊어져서 사월은 휘장을 내리고 등불을 옮긴 다음, 향을 피우고 보옥 옆에 누웠다. 청문은 훈롱 위에서, 사월은 난각暖閣* 밖에서 자게 되었다.

한밤중이 되자 보옥은 잠결에 습인의 이름을 불렀다. 두어 번 불러도 아무 대답이 없자 잠에서 깼다. 그제서야 그녀가 여기 없다는 사실을 떠올리고 혼자 웃었다. 이미 깨어 있던 청문이 나직이 웃으며 사월을 깨웠다.

"나까지 깼는데 옆에 있는 사람이 모르고 있다니 정말 송장 같네."

사월이 돌아누워 하품을 하며 말했다.

"호호, 습인 언니를 찾으셨는데 나랑 무슨 상관이람?"

그러면서 무슨 일이냐고 보옥에게 물으니 그는 차를 마시고 싶다고 했다. 사월이 얼른 일어나 붉은 명주로 된 짧은 솜저고리를 걸쳤다. 그러자 보옥이 말했다.

"내 가죽 저고리를 입어. 감기 걸릴라."

사월은 보옥이 밤에 일어나 있을 때 걸치는, 담비 털 가죽으로 만든 깃이 큰 저고리를 걸치고 나가서 대야에 손을 씻었다. 그리고 우선 큰 잔에 따뜻한 물을 따르고 양치질할 때 쓰는 커다란 주발을 가져왔다. 보옥이 양치를 하고 나자 그녀는 시렁에서 찻잔을 꺼내 먼저 뜨거운 물로 헹군 다음, 주전자에서 차를 반 잔쯤 따라 보옥에게 건네주었다. 그리고 자신도 입을 헹구고 반 잔을 마셨다. 그러자 청문이 웃으며 말했다.

"착한 동생, 나도 한 모금 줘."

"호호, 얼굴도 두꺼우셔라!"

"착한 동생, 내일 저녁에는 손도 까딱하지 않도록 내가 밤새 시중을 들어줄게. 어때?"

사월은 어쩔 수 없이 그녀의 양치질 시중을 들어주고, 차를 반 잔 따라 건네주며 말했다.

"호호, 두 분 다 주무시지 마시고 얘기 좀 나누세요. 저는 잠깐 밖에 나갔다 올게요."

"호호, 밖에 귀신이 기다리고 있을걸?"

보옥이 말했다.

"밖에는 당연히 달빛이 밝겠지. 우린 얘기나 하고 있을 테니 나갔다 와."

그러면서 콜록콜록 기침을 했다.

사월이 뒷문을 열고 펠트 휘장을 걷고 보니 과연 달빛이 멋지게 비치고 있었다. 청문은 그녀가 나가자 장난삼아 놀라게 해주려고 했다. 청문은 자신이 평소 남들보다 담이 크다는 걸 믿고는 추위에도 아랑곳하지 않고 옷도 입지 않고서 그저 짧은 저고리만 하나 걸친 채 훈롱에서 내려와 살금살금 사월을 따라나갔다. 보옥이 웃는 얼굴로 말했다.

"감기 들겠네. 장난으로 여길 일이 아니야."

그래도 청문은 손을 내저으며 사월을 따라 밖으로 나갔다. 달빛은 교교

皎皎*한데 갑자기 한줄기 바람이 불어왔다. 마치 뼛속을 파고드는 것 같아 소름이 오싹 돋았다.

'몸을 따뜻이 해야지 바람을 쐬면 안 된다고들 하더니 과연 추위가 대단하긴 하네.'

그러면서 사월을 놀라게 해주려는데 안에서 보옥이 큰 소리로 말했다.

"청문 누나, 밖에 나갔어?"

청문이 얼른 돌아와 웃으면서 말했다.

"설마 걔가 놀라서 죽게 될 것 같아요? 하여튼 꼭 할망구처럼 별거 아닌 일에 놀라고 그러신다니까!"

"하하, 아무래도 그건 안 하는 게 좋겠어. 그러다 감기에 걸릴 수도 있고, 만약 사월이가 놀라서 소리를 지르면 다른 사람들이 깰 거 아냐? 우리가 장난 좀 쳤다고 생각하지 않고, 습인 누나가 없으니까 당장 너희들이 도깨비 놀음을 한다고 비웃을 게 아냐? 이리 와서 이불 속에 들어와 몸 좀 녹여."

청문이 다가와 이불을 당기며 손을 밀어넣자 보옥이 말했다.

"하하, 손이 엄청 차갑네! 그거 보라고, 감기 조심하라고 했지?"

그리고 청문의 두 볼이 연지처럼 빨개진 걸 보고 손으로 쓰다듬으니 얼음처럼 차가웠다.

"얼른 들어와 몸 좀 녹여."

그 말이 채 끝나기도 전에 삐걱 문소리가 났다. 사월이 허둥지둥 들어와 호들갑스레 웃으며 말했다.

"깜짝 놀랐지 뭐예요! 어둠 속에서 가산 바위 뒤에 누군가 쪼그려 앉아 있지 않겠어요? 깜짝 놀라 소리를 지르려다 보니 다름 아니라 커다란 금계錦鷄더라고요. 그놈도 사람을 보고 놀라 밝은 곳으로 날아가는 바람에 제대로 볼 수 있었어요. 생각 없이 소리를 질렀더라면 사람들이 놀라 깼겠지요."

그리고 사월은 손을 씻으면서 물었다.

"호호, 언니도 나갔던 모양인데 왜 보지 못했을까? 틀림없이 날 놀래주려고 나갔을 거야."

보옥이 말했다.

"하하, 여기서 몸을 녹이고 있잖아? 내가 얼른 부르지 않았더라면 정말 널 깜짝 놀라게 해줬을걸?"

청문이 웃음을 지으며 말했다.

"그럴 필요도 없었네요. 저 계집애는 벌써 제 풀에 놀랐으니까요."

그러면서 다시 자기 이불로 돌아갔다. 사월이 말했다.

"아니, 설마 그렇게 '말 타고 재주 부리는 사람' 처럼 가벼운 차림으로 나갔단 말이야?"

보옥이 웃으면서 말했다.

"왜 아니겠어?"

사월이 말했다.

"죽을 때 길일도 가리지 않는다 이거야? 나가서 잠깐만 서 있어도 살이 얼어 터져버릴 텐데!"

그러면서 그녀는 화로의 구리 덮개를 열고 부삽으로 석탄을 불덩이 속에 묻었다. 그다음에는 소향素香[22]을 두 덩이 얹고 다시 뚜껑을 덮었다. 그리고 병풍 뒤로 가서 등잔 심지를 자르고 자리에 누웠다.

청문은 조금 전 추위에 떨다가 다시 따뜻해지자 자기도 모르게 두어 차례 재채기를 했다. 보옥이 한숨을 쉬며 말했다.

"그것 봐. 결국 감기에 걸렸군."

사월이 웃으며 말했다.

"아침에 일어나서부터 몸이 안 좋은데다 종일 밥도 안 먹었어요. 그런데 몸조리는 하지 않고 남을 놀릴 생각만 하잖아요. 그러니까 병을 자초한 셈이죠."

보옥이 물었다.

"머리에 열이 나?"

청문이 두어 번 기침을 하고 말했다.

"괜찮아요. 그렇게 약골일 리가 없잖아요."

그때 바깥방의 조각된 나무 틀 안에 있는 자명종이 '뎅! 뎅!' 울렸다. 이어 밖에서 번을 선 할멈이 두어 번 기침하며 말했다.

"아가씨들, 주무시고 얘기는 내일 하셔요."

보옥이 나직이 웃으며 말했다.

"그만하자. 저 사람들이 또 뭐라 하겠네."

그제야 그들은 모두 잠이 들었다.

다음 날 일어나보니 청문은 과연 코가 좀 막혔고 몸 움직이기가 불편했다. 보옥이 말했다.

"소문 내지 마! 어머님께서 아시면 집에 가서 조리하고 오라 하실 거야. 집이 좋기야 하겠지만 여기보단 추울 테니 그냥 있는 게 좋아. 안방에 누워 있어. 내가 가서 의원을 불러올 테니까. 뒷문으로 조용히 와서 살펴보고 가게 하면 될 거야."

"그래도 큰아씨한테는 말씀을 드려야 해요. 안 그랬다가 의원이 왔을 때 사람들이 무슨 일이냐고 물으면 뭐라고 대답하겠어요?"

보옥은 일리 있다고 생각해서 할멈 하나를 불러 말했다.

"큰형수한테 가서 청문 누나가 감기에 걸렸는데 그리 심하지는 않다고 전해요. 습인 누나도 없는데 청문 누나까지 몸조리한다고 집에 가버리면 여긴 아무도 없게 되니까, 뒷문으로 의원을 불러 조용히 진맥하고 가게 할 테니 어머님께는 알리지 말라고 해요."

할멈이 한참 뒤에 돌아와서 전했다.

"큰아씨께서 알겠다고 하시면서, 약을 두어 제 먹고 괜찮아지면 몰라도 그렇지 않으면 집에 가서 요양하는 게 좋겠다고 하셨어요. 지금은 날씨가 안 좋으니 다른 사람한테 옮기는 건 별일 아니지만 아가씨들 건강은 중요하니까요."

난각 안에 누워 있던 청문이 그 말을 듣고 화가 나서 소리쳤다.

"내가 무슨 역병이라도 걸렸다고 남한테 옮길까봐 걱정이야! 여기서 나가지 뭐. 당신들은 평생 열나고 머리 아픈 꼴을 안 당하는지 보자고!"

그러면서 정말 일어나려고 하자 보옥이 얼른 만류하며 말했다.

"하하, 화내지 마. 큰형수님도 책임을 지고 있으니까 어머님께서 아시면 꾸중을 하실까 싶어서 하신 말씀이겠지. 누나는 평소 화를 잘 내니까 당연히 간에 열이 차서 지금 병이 난 거야."

그때 하녀가 의원이 왔다고 알렸다. 보옥은 곧 방을 나와 책장 뒤쪽으로 몸을 피했다. 잠시 후 뒷문을 지키던 할멈 서너 명이 의원을 데리고 들어왔다. 방에 있던 하녀들도 모두 몸을 피하고, 할멈 서너 명이 난각에 붉은 휘장을 쳤다. 청문은 휘장 안에서 손만 밖으로 내밀었다. 의원은 그 손의 손톱 두 개가 길이는 족히 세 치나 되고 봉숭아물을 들여 분홍빛 흔적이 있자 얼른 고개를 돌렸다. 할멈 하나가 얼른 손수건을 가져와 덮어주었다. 의원은 한참 진맥을 해보더니 일어나 바깥방으로 가서 할멈들에게 말했다.

"아가씨는 밖으로 감기에 걸렸고 안으로는 체했군요.[23] 근래에 날씨가 안 좋아서 가벼운 감기에 걸린 게지요. 다행히 평소 음식을 절도 있게 잡수셔서 감기도 심하지 않습니다. 원래 기혈이 약해서 가벼운 감기에 걸린 것뿐이니까 약을 두어 제 먹고 땀을 내시면 괜찮아질 겁니다."

그렇게 말하며 할멈들을 따라 밖으로 나갔다.

그때는 이환이 이미 사람을 시켜 뒷문에 있는 사람들과 하녀들에게 몸을 피하게 한 뒤였기 때문에, 의원은 대관원의 경치만 볼 수 있었을 뿐 여자는 하나도 보지 못했다. 그는 대관원 대문을 나가 곧 문지기 하인들이 쓰는 방에 앉아서 약방문을 썼다. 할멈이 말했다.

"잠시 기다리시구려. 우리 도련님은 까다로운 분이라 더 하실 말씀이 있을지 모르니까요."

"조금 전에 그분이 아가씨가 아니라 도련님이셨소? 방이 규방처럼 생겼고 휘장까지 쳐 있던데 어떻게 도련님이라는 거지요?"

할멈이 나직이 웃으며 말했다.

"아이고, 어르신! 어쩐지 하인들이 오늘은 새 의원님을 모시고 왔다고 하더니, 정말 이 댁 사정을 모르시는구려. 그 방은 우리 도련님 방이고, 환자는 그 방의 하녀랍니다. 그냥 하녀 아가씨도 아니고 상등 시녀입지요. 아가씨의 규방이라면 아가씨가 병이 들었다 한들 그리 쉽게 들어가실 수 있었을라고요!"

그러면서 약방문을 들고 들어갔다.

보옥이 보니 앞쪽에는 차조기〔紫蘇〕, 도라지〔桔梗〕, 방풍나물〔防風〕, 정가〔荊芥〕 등의 약이 적혀 있었고 뒤쪽에는 탱자〔枳實〕와 마황麻黃이 적혀 있었다. 그걸 보고 보옥이 말했다.

"이런 죽일 놈! 그 작자는 여자를 우리 남자처럼 치료하려 하는데, 이게 될 일이야? 청문 누나가 설령 안으로 체한 게 있다 할지라도 탱자와 마황으로 어떻게 치료할 수 있겠어? 이 작자를 누가 불러왔어요? 빨리 보내버리고 잘 아는 사람으로 다시 불러와요!"

"약을 잘 썼는지 어쨌는지는 저희들로서 알 도리가 없지요. 하인들한테 다시 가서 왕태의님을 모셔 오라고 하는 건 어렵지 않은데, 다만 저 의원도 총관總管*에게 알리지 않고 불러왔으니 왕진비를 주어야 합니다."

"얼마나 주면 되지요?"

"너무 적으면 보기가 좋지 않을 테니 그래도 은돈 한 냥은 주어야 집안의 체면이 섭니다."

"왕태의를 모셔 올 때는 얼마나 드리지요?"

"호호, 왕태의님과 장태의님은 늘 드나드시니까 매번 왕진비를 드리지는 않습니다. 그저 해마다 절기가 되면 한꺼번에 모아 드리는데, 그건 정해진 연례年例입니다. 저 의원은 처음 왔으니까 은돈 한 냥은 줘서 보내야 합니다."

보옥이 곧 사월에게 은돈을 가져오라고 하자 사월이 말했다.

"습인 언니가 어디다 두었는지 모르겠어요."

"매번 나전螺鈿으로 된 작은 농에서 돈을 꺼내는 것 같던데, 같이 가서 찾아보자."

둘은 보옥이 물건을 쌓아두는 방으로 가서 나전 농을 열었다. 위칸에는 모두 붓과 먹, 부채, 향 덩어리, 각종 염낭〔荷包〕, 허리띠 따위가 들어 있었고, 아래칸에는 동전 꿰미가 들어 있었다. 서랍을 열자 작은 광주리에 은돈 몇 덩이와 저울이 들어 있었다. 사월이 은돈 한 덩이를 집어 들고 저울을 꺼내더니 보옥에게 물었다.

"어디가 한 냥을 가리키는 눈금인가요?"

"하하, 그걸 나한테 물어? 우습네. 꼭 방금 온 사람처럼 말이야!"

사월이 멋쩍게 웃으면서 다른 사람한테 물어보려고 가려 하자 보옥이 말했다.

"그냥 저 큰 덩이를 하나 갖다줘버려. 장사하는 것도 아닌데 뭐하러 꼼꼼히 달고 그래?"

사월이 저울을 내려놓고, 은돈 한 덩이를 집어 들고 손으로 무게를 어림짐작해보니 웃으며 말했다.

"이게 한 냥이 되는지 모르겠네요. 좀 넘으면 몰라도 적으면 안 돼요. 그 가난뱅이가 비웃으면서 우리가 저울 눈금도 볼 줄 모른다고 하거나 째째하다고 할 테니까요."

할멈이 바깥쪽 섬돌에 서서 웃으며 말했다.

"그건 다섯 냥짜리 덩이를 반으로 자른 거니까 적어도 두 냥은 될 겁니다! 아가씨, 지금은 자를 도구도 없으니까 그건 넣어 두고 작은 덩이를 하나 골라 주셔요."

하지만 사월이 어느새 농을 닫고 나와 웃으면서 말했다.

"또 들어가 찾으라고요? 좀 남더라도 그냥 가져가요."

보옥이 말했다.

"할멈은 얼른 가서 명연이더러 왕태의님을 모셔 오라고 하세요."

할멈은 은을 받아들고 가서 알아서 처리했다.

잠시 후 왕태의가 진맥해보니, 병의 증세는 먼저 왔던 의원과 같았지만 처방에는 과연 탱자나 마황 같은 약물이 없고, 그 대신 당귀와 진피[24], 백작약白芍藥 뿌리[25] 등이 들어 있었다. 약의 분량도 먼저 온 의원이 처방한 것보다 조금 줄어 있었다. 보옥이 좋아하며 말했다.

"이게 바로 여자한테 맞는 약이지. 막힌 걸 풀어준다 해서 너무 과하면 안 되는 법이야. 예전에 내가 아팠을 때 감기에 체까지 겹쳤지만, 왕태의가 보고는 내가 마황이나 석고石膏, 탱자 같은 독한 약은 이기지 못한다고 했어. 나와 너희를 비교하자면 이래. 나는 무덤 울타리에서 몇십 년을 자란 백양나무와 같고, 너희는 가을에 운이 갓다준 그 막 피어난 하얀 해당화와 같아. 그러니 나조차 이기지 못하는 약을 너희가 어떻게 견뎌낼 수 있겠어?"

사월이 웃으면서 말했다.

"무덤에 백양나무만 있나요? 설마 소나무나 잣나무는 없다는 건가요? 전 백양나무가 제일 싫어요. 덩치는 그리 크면서도 잎은 얼마 안 되고, 바람도 별로 안 부는데 시끄럽게 바스락거리잖아요? 하필 그런 나무에 비유하시다니 너무 저속한 거 아닌가요?"

"하하, 감히 소나무 잣나무에는 비유할 수 없지. 심지어 공자께서도 '겨울이 와봐야 소나무와 잣나무가 늦게 시든다는 것을 알게 된다〔歲寒然後知松柏之後凋也〕.'[26]라고 하셨으니, 염치없는 것들이나 돼야 자기를 함부로 거기에 비유하는 거야."

그때 할멈이 약을 가져왔다. 보옥은 은으로 만든 탕관湯罐을 가져와 화로에서 약을 달이라고 시켰다. 그러자 청문이 말했다.

"그냥 약방에서 달여오라고 하셔요. 방 안에 약 냄새가 배면 안 되잖아요."

"약 냄새는 어떤 꽃향기나 과일 향기보다 훌륭해. 신선한 약초를 캐서 약을 달이고, 또 도사나 은사隱士들도 약초를 캐서 약을 만드니까, 약 냄새야말로 가장 오묘한 것 중 하나야. 그렇지 않아도 이 방 안에 다른 건 다 갖춰져 있는데 약 냄새만 빠져 있다고 생각하던 차였어. 그런데 이젠 다 갖춰지게 됐군."

그러면서 어서 약을 달이라고 재촉했다. 그리고 사월에게 물건을 좀 마련해서 할멈을 시켜 습인을 찾아가보고, 곡을 적당히 하라면서 위로하라고 했다. 모든 일을 다 안배하고 나자 보옥은 문안 인사도 할 겸 식사하러 태부인의 거처로 갔다.

그곳에서는 마침 희봉이 태부인과 왕부인에게 일을 의논하고 있었다.

"날도 짧고 추우니까 이제부터는 형님이 아가씨들과 함께 대관원 안에서 식사하는 게 좋겠어요. 그러다가 날이 길어지고 따뜻해지면 다시 여기로 와도 되잖아요?"

왕부인이 웃으며 말했다.

"좋은 생각이다. 바람 불고 눈 내리는 날이면 그게 편하지. 식후에 냉기를 쐬는 것도 좋지 않고, 빈속으로 걸어오느라 속에 찬바람이 차 있을 텐데, 거기에 음식이 들어가는 것도 좋지 않아. 차라리 대관원 안 다섯 칸짜리 큰 건물에 어쨌든 밤에 당번을 서는 여자들이 있으니, 주방에서 두 명을 골라 거기 지내면서 아이들 식사만 전담하게 하는 게 좋겠구나. 신선한 채소는 정해진 배당량이 있으니까 총관한테 가서 돈이든 물건이든 받아가면 되겠지. 꿩이나 노루 같은 고기들도 조금씩 나눠주면 될 거야."

태부인이 말했다.

"나도 그런 생각을 하고 있었지만 주방이 하나 더 생기면 일이 많아질까 걱정이구나."

희봉이 말했다.

"일은 전혀 늘지 않아요. 똑같은 양이니까 여기가 늘어나면 저기가 줄어

들게 되겠죠. 좀 번거롭다 해도 어린 아가씨들이 찬바람을 맞는 것보다야 낫지 않겠어요? 다른 사람은 몰라도 대옥 아가씨가 어떻게 견뎌내겠어요? 보옥 도련님도 견뎌내기 어려운데 다른 아가씨들은 말할 필요도 없지요."

태부인이 말했다.

"그러게 말이다. 저번에 이 얘기를 할까 했는데… 너희들한테 큰일이 많은데 이런 일까지 더해지면……"

태부인이 무슨 말을 했는지는……

제52회

현명한 평아는 인정상 새우수염 팔찌 일을 덮어주고
씩씩한 청문은 병중에도 공작 깃털 갖옷을 기워주다
俏平兒情掩蝦鬚鐲　勇晴雯病補雀金裘

청문이 아픈 몸을 이끌고 공작 깃털 갖옷을 기워주다.

태부인이 말했다.

"그러게 말이다. 저번에 이 얘기를 할까 했는데 차마 못했구나. 너희들한테 큰일이 많은데 이런 일까지 더해지면, 원망도 못하고 내가 손자 손녀만 챙기고 집안일을 맡아보는 너희는 안중에 없다고 생각할 게 아니냐? 그러던 차에 네가 먼저 얘길 꺼내주니 더 잘됐구나."

이때 설씨 댁 마님과 이환의 숙모도 자리에 있었고, 형부인과 가진의 아내 우씨도 문안 인사를 하러 왔다가 아직 건너가지 않은 상태였다. 태부인이 왕부인 등에게 말했다.

"여태 아무 말 안 하다가 오늘에야 이 얘기를 꺼낸 것은 우선 희봉이가 너무 나서지 않을까 걱정스럽기도 했고, 또 다른 사람들이 따르지 않을까 걱정스러웠기 때문이다. 다들 여기 모였으니 말이지만, 너희들도 모두 시어미, 며느리, 시누이, 올케 노릇을 해보았을 텐데 저 아이처럼 세심하게 생각하는 이가 없구나?"

설씨 댁 마님과 이환의 숙모, 우씨 등이 일제히 웃으며 말했다.

"정말 저런 사람이 드물지요. 남들은 그저 체면치레만 하는 정도인데 저 사람은 정말 시동생과 시누이들을 아끼거든요. 그리고 노마님께도 효성이 지극하고요."

태부인이 고개를 끄덕이며 탄식했다.

"내가 저 아이를 아끼지만, 너무 영리한 것도 좋은 게 아니라고 걱정했지."

희봉이 얼른 웃으며 말했다.

"할머님, 그건 잘못된 말씀이셔요. 다들 너무 영리하고 총명하면 오래 살지 못한다고 하지요. 모두 그렇게 말하고 누구나 그렇다고 믿지만, 그래도 할머님께서는 그렇게 말씀하셔서도 믿으셔도 안 돼요. 할머님은 저보다 열 배나 영리하시고 총명하신데도 어떻게 이렇게 복도 많으시고 지금까지 장수하시는 건가요? 아마 저는 나중에 할머님보다 두 배는 누리게 될 거예요! 한 천년 살다가 할머님께서 서방정토西方淨土*로 돌아가신 다음에나 죽을 거예요."

"호호, 다들 죽고 우리 둘만 늙은 요괴로 남아 있게 되면 무슨 재미가 있겠느냐?"

태부인의 말에 모두 웃음을 터뜨렸다.

보옥은 청문과 습인 등의 일이 마음에 걸려 먼저 대관원으로 돌아왔다. 방에 이르니 약 냄새가 가득한데, 다른 사람은 하나도 보이지 않고 얼굴이 타는 듯이 붉어진 청문만 홀로 구들에 누워 있었다. 가만히 손으로 만져보니 델 것만 같았다. 얼른 화로에 손을 녹이고 다시 이불 속에 손을 넣어 그녀의 몸을 만져보니, 역시 불덩이였다.

"다른 사람들이야 그렇다 치고, 사월이와 추문이까지 이렇게 무정할 수 있나? 이렇게 혼자 두고 제 일만 보러 가다니!"

그러자 청문이 말했다.

"추문이는 밥 먹고 오라고 보냈고, 사월이는 조금 전에 평아 언니가 불러서 갔어요. 둘이서 살금살금 무슨 얘기를 하던데 틀림없이 제가 아픈데도 집에 가지 않고 있다는 얘기를 했겠지요."

"평아 누나는 그런 사람이 아니야. 게다가 누나가 아픈 걸 알고 일부러 보러 온 것도 아니고, 아마 사월이한테 할 얘기가 있어서 왔을 거야. 그러다가 누나가 아픈 걸 보고는 병문안 왔다고 대충 둘러댔을 거야. 그거야 사람 사이에 친하게 지내려고 늘 하는 일이니까. 그리고 누나가 집에 가지 않은 게 잘못이라 해도 그게 평아 누나랑 무슨 상관이겠어? 다들 평소 사이 좋게 지내는데 이렇게 괜한 일로 기분 상하게 할 리 없지."

"그도 그렇네요. 그런데 왜 갑자기 저한테 숨길까요?"

"하하, 내가 뒷문으로 나가 창가에서 들어보고 알려줄게."

그러면서 뒷문으로 나갔다. 보옥이 창가에서 몰래 엿들으니 사월이 평아에게 나직이 묻는 소리가 들렸다.

"어떻게 찾았어요?"

"그날 손을 씻을 때 보이지 않았는데 희봉 아씨가 소동을 피우지 말라고 하셨지. 그리고 대관원을 나온 뒤에 바로 대관원 안의 각처에서 일하는 어멈들한테 잘 찾아보라고 분부하셨어. 우리는 수연 아가씨의 하녀를 의심했지. 본래 가난하기도 하고, 집에서 보지 못하던 거라 가져갔을 수도 있으니까. 하지만 그게 결국 여기 있을 줄은 생각지도 못했어. 다행히 희봉 아씨가 집에 안 계실 때 여기 있는 송할멈이 이 팔찌를 갖고 와서, 하녀 추아墜兒˙가 훔친 게 자기한테 들통 나서 희봉 아씨께 말씀드리려고 왔다는 거야. 나는 얼른 팔찌를 받고 나서 생각해봤지. 보옥 도련님은 누구보다도 너희들한테 신경을 많이 쓰고 계시잖아? 어느 해인가 양아良兒˙가 옥을 훔쳤잖아. 그 뒤로 한두 해 잠잠했는데도 아직 그 일을 거론하려는 사람들이 있어. 그런데 또 금을 훔친 애가 갑자기 나타난 거야. 게다가 밖에 내다 팔려고까지 했단 말이야. 일을 저지른 건 그 아이지만 결국 주인이 구설수에 오를 거 아냐? 그래서 내가 얼른 송할멈한테 절대 이 일을 보옥 도련님께 알리지 말라고 당부했어. 없었던 일로 치고 다른 사람들한테도 얘기하지 말라고 말야. 게다가 노마님이나 마님 귀에 들어가면 화를 내실 거 아냐? 그러면 습인과 너희들도 면목이 없어지겠지. 그래서 희봉 아씨께는 그냥 이렇게 말씀드렸어. '제가 큰아씨 방에 다녀오다가 갑자기 팔찌 고리가 풀려서 풀밭에 떨어져버렸는데 눈이 많이 쌓여서 찾지 못했어요. 그런데 오늘 눈이 다 녹아 뭔가 햇빛에 번쩍거리기에 가보니 팔찌가 거기 있는 게 아니겠어요? 그래서 바로 주워왔지요.' 그러니까 희봉 아씨도 그랬나 보다 믿으시더라고. 그래서 너희들한테도 알려주는 거야. 이후로 그 아이를 단속하고 다른 곳에는 심부름 보내지 마. 습인이 돌아오면 상의하고 무슨 수를 내서 그 아이를 내보내면 될 거야."

"그 발랑 까진 계집애도 귀한 물건들을 제법 봤을 텐데, 어찌 그리 쉽게 재물에 혹했을까?"

"이 팔찌가 뭐 그리 대단한 건 아니야. 희봉 아씨 말씀으로는 '새우수염 팔찌〔蝦鬚鐲〕'*라고 한다는데, 이 진주가 그나마 귀한 거래. 청문 그 계집애는 성질이 불같아서 이 일을 알면 그냥 넘어가지 않을 거야. 울컥 화를 내면서 때리고 욕하고 예전에도 그랬듯이 난리를 피울 거란 말이야. 그래서 너만 알고 있으라고 일러주는 거야."

그렇게 말하고 나서 평아는 인사하고 떠났다.

보옥은 기쁘기도 하고, 화가 나기도 하고, 또 한숨이 나오기도 했다. 기쁜 것은 평아가 자기 체면을 살려주었기 때문이고, 화가 난 것은 추아가 도둑질을 했기 때문이고, 한숨이 나온 것은 추아처럼 영리한 애가 이런 지저분한 일을 저질렀기 때문이다. 그는 방으로 돌아가서 평아의 이야기를 청문에게 그대로 들려주었다.

"평아 누나는 누나가 남한테 지기 싫어하는 성격이기 때문에 지금 병을 앓고 있는 중에 그런 얘기를 들으면 병이 더 심해질 것 같아서, 나은 다음에 얘기해주려 했다는군."

청문은 너무 화가 나서 눈살을 찌푸리더니, 이내 커다란 눈을 부릅뜨고는 즉시 추아를 부르려고 했다. 보옥이 얼른 말리면서 말했다.

"지금 소리를 지르면 우리를 생각해준 평아 누나의 마음을 저버리는 셈이 되잖아. 그러니 그 마음을 생각해서 나중에 저 아이를 내보내면 될 거 아냐?"

"그렇긴 해도 이 화를 어떻게 참아요!"

"화낼 일이 뭐 있어? 누나는 그저 몸조리나 잘 해."

청문은 약을 먹고, 저녁에 또 재탕을 먹었다. 밤에 땀을 좀 흘렸지만 아직 낫지는 않고, 여전히 열이 나고 두통과 코 막힘 때문에 목소리도 갈라졌다. 이튿날 왕태의가 또 와서 진찰해보고 약제를 조절해주었다. 그 뒤로 열은 조금 내렸지만 두통은 여전했다. 이에 보옥이 사월에게 말했다.

"비연鼻煙[1]을 가져와서 코로 들이마시고 재채기를 몇 번 세차게 하게 하면 코가 뚫릴 거야."

사월이 금으로 두 개의 별을 상감한 유리 상자를 가져와 보옥에게 건네주었다. 보옥이 뚜껑을 열자 안쪽에 서양 법랑琺瑯으로 만든 금발 미녀가 나타났다. 그녀는 벌거벗은 몸으로 양쪽 겨드랑이에 날개가 나 있었다. 그 안에는 왕흡汪恰[2] 상표가 붙은 진품 서양 담배가 들어 있었다. 청문이 그림만 쳐다보고 있자 보옥이 말했다.

"냄새를 맡아. 냄새가 날라가버리면 효과가 없어."

청문이 얼른 손톱으로 몇 조각을 집어 콧속에 대고 냄새를 맡았다. 하지만 별 효과가 없었다. 다시 좀 더 많이 집어 냄새를 맡자 갑자기 콧속에서 시큼한 기운이 숨구멍으로 들어와 연달아 대여섯 번 재채기를 해대며 순식간에 눈물과 콧물이 동시에 흘러내렸다. 청문은 얼른 뚜껑을 닫고 웃으며 말했다.

"대단하네요, 정말 시원해졌어요! 휴지 좀 가져와."

하녀가 부드러운 휴지를 한 묶음 건네주자 청문은 한 장씩 집어 들고 코를 풀었다. 보옥이 미소를 머금고 말했다.

"어때?"

"호호, 정말 좀 개운해졌어요. 하지만 관자놀이가 아직 아파요."

"아예 서양 약을 써서 치료해야겠군. 그래야 빨리 낫겠어."

그러면서 사월에게 말했다.

"둘째 형수님께 가서 내 말대로 전하고 약을 가져와. 거기 두통에 붙이는 '이프나〔依弗哪〕'³라는 서양 고약이 있을 테니 조금 달라고 해."

사월이 "예!" 하고 가더니 한참 후에 반 토막을 가져왔다. 보옥은 붉은 비단 조각을 달라고 해서 손가락 두 마디만 한 크기로 둥글게 자르더니, 그 약을 불에 녹인 후 비녀를 써서 비단 조각에 발랐다. 청문은 한 손에 손거울을 들고 그 고약을 양쪽 관자놀이에 붙였다. 사월이 그걸 보고 웃으며 말했다.

"아플 땐 봉두난발한 귀신같더니 그걸 붙이니까 오히려 예뻐졌네? 희봉 아씨는 매번 붙이고 다니셔서 별로 눈에 띄지 않던데."

그리고 다시 보옥에게 말했다.

"희봉 아씨 말씀이 내일이 외삼촌 생신인데 마님께서 도련님더러 다녀오시라고 분부하셨대요. 내일 무슨 옷을 입으실 건가요? 오늘 저녁에 준비해놔야 내일 아침 일이 줄지 않겠어요?"

"아무거나 입지 뭐. 일 년 내내 생일만 해도 다 챙기기 힘들 지경이로군."

그러면서 그는 방을 나가 석춘의 방에 그림을 구경하러 갔다.

보옥이 막 이홍원 대문 밖에 이르렀을 때 마침 보금의 하녀 소라•가 지나가는 것이 보였다. 그가 얼른 따라가 물었다.

"어디 가니?"

"호호, 우리 아가씨들께서 대옥 아가씨 방에 계시거든요. 저도 거기 가는 중이에요."

그러자 보옥도 발걸음을 돌려 소라와 함께 소상관으로 갔다. 그곳에는 보차와 보금뿐만 아니라 수연까지 네 명이 훈롱 위에 둘러앉아 한담을 나누고 있었다. 자견은 난각 안에서 창가에 앉아 바느질을 하고 있었다. 보옥이 오는 걸 보자 모두 웃는 얼굴로 말했다.

"또 한 사람이 왔네! 그런데 도련님은 앉을 자리가 없네요."

"하하, 이야말로 한 폭의 '겨울 규방에 모인 미녀들〔冬閨集艷圖〕'이라는 그림 같네! 애석하게 한발 늦었군. 어쨌든 이 방이 다른 방들보다 따뜻하니까 이 의자에 앉아도 전혀 춥지 않겠지 뭐."

그러면서 대옥이 늘 앉는, 친칠라* 가죽을 씌운 의자에 앉았다. 그러다가 난각 안에 있는 옥석으로 만든 화분에 수선화를 서너 포기씩 심고 선석宣石⁴을 장식해놓은 걸 발견하고는 칭찬을 늘어놓았다.

"꽃이 예쁘네! 방이 따뜻해지니까 꽃향기도 더 상쾌해지는군. 어제는 못 봤는데 말이야."

그러자 대옥이 말했다.

"그건 이 댁 대총관 뇌대의 아주머니가 보금이한테 보낸 건데, 두 개는 납매이고 두 개는 수선화예요. 보금이가 저한테는 수선화 화분 하나를, 탐춘 아가씨한테는 매화 화분 하나를 주었어요. 저는 원래 필요 없었지만 보금이 마음을 저버릴 수 없어서 받았는데 필요하시면 오빠 드릴까요?"

"내 방에도 화분이 두 개나 있지만 이것보다는 못해. 그렇지만 보금이가 너한테 준 건데 다른 사람한테 줘버리면 어떡해? 절대 그럴 순 없지."

"저는 하루도 화로 곁을 떠나지 못하고 약으로 사는데, 꽃향기 맡을 틈이 어디 있어요? 갈수록 허약해지고 있는데요. 게다가 이 방은 온통 약 냄새에 찌들어서 꽃향기까지 이상하게 만들어버려요. 그러니 차라리 오빠가 가져가요. 그러면 이 꽃도 잡냄새에 섞이지 않으니까 향기가 더 깨끗해질 거예요."

"하하, 내 방에도 지금 환자가 있어서 약을 달이고 있는데 어떻게 알았지?"

"무슨 소리예요? 그냥 해본 말인데, 어떻게 오빠 방의 일을 알겠어요? 좀 일찍 왔으면 옛날이야기를 들었을텐데, 이제야 와서 괜히 혼자 놀라는군요."

"하하, 그나저나 내일 또 시사를 여는 게 어때? 마침 소재도 있잖아. 수선화와 매화를 읊으면 될 거 아냐?"

"됐네요, 됐어! 전 더 이상 시를 지을 수 없어요. 지을 때마다 벌을 받으니 괜히 창피하기만 하잖아요."

그러면서 대옥이 두 손으로 얼굴을 가리자 보옥이 웃으며 말했다.

"왜 그래! 왜 또 나를 놀리는 거야? 나도 부끄러워하지 않는데 네가 얼굴을 가리면 어떡해?"

그러자 보차가 미소를 지으며 말했다.

"다음번엔 제가 모임을 주최할게요. 시와 사의 제목 네 개를 준비해서 각자 시와 사를 네 편씩 짓는 거예요. 첫 번째 시 제목은 「태극도[5]를 노래하다〔詠太極圖〕」인데, 첫 번째 '선先'의 운[6]으로 오언배율을 짓되 '선' 운의 글자를 하나도 빠짐없이 다 써야 해요."

보금이 웃으며 말했다.

"그건 언니가 진심으로 시사를 열겠다는 게 아니라 분명히 남들을 골탕 먹일 기회를 만들겠다는 얘기네요. 따지고 보면 억지로 지을 수는 있겠지만 『역경易經』에 들어 있는 글자들을 이리저리 억지로 꿰맞추면 대체 무슨 맛이 있겠어요? 제가 여덟 살 때 아버지를 따라 서해 바닷가에 서양 물건을 사러 간 적이 있어요. 그런데 뜻밖에 진진국眞眞國[7]에서 온 열다섯 살짜리 여자를 만났지요. 얼굴은 서양 그림에 나오는 미녀처럼 생겼고, 금발머리를 두 갈래로 땋아 내렸는데 온통 산호며 묘안석猫眼石, 에메랄드 같은 보석으로 치장했더라고요. 금실로 짜서 둥근 고리 문양이 들어 있는 서양식 비단 저고리를 입고, 일본식 칼을 차고 있었는데 그것도 금과 보석을 박아 넣은 것이더군요. 정말 그림에서도 그만한 미녀는 보지 못했어요. 누군가 그 여자가 중국의 시와 글씨에 능통하고 '오경五經'을 해설할 줄도 알고 시와 사도 잘 짓는다고 하기에, 아버지께서 몸소 통역관을 통해 그 여자한테 글씨를 한 장 써달라고 했지요. 그러자 바로 자기가 지은 시를 써주었어요."

모두들 정말 신기하다며 감탄하자 보옥이 웃으면서 말했다.

"동생, 그거 좀 보여줘."

"호호, 남경에 두고 왔는데 지금 어떻게 가져와요?"

보옥이 무척 실망하여 말했다.

"나한테 그런 걸 구경할 복이나 있으려고!"

그러자 대옥이 보금의 팔을 붙들고 찡긋 웃으며 말했다.

"거짓말하기 없다! 이번에 오면서 그런 것들을 집에 두고 가져오지 않았을 리 없는데 거짓말을 해? 다른 사람들은 믿어도 나는 안 믿어!"

보금은 금방 얼굴이 빨개진 채 말없이 고개를 숙이고 멋쩍은 미소만 지을 뿐이었다. 보차가 웃음 지으며 말했다.

"빈아나 되니까 저리 까놓고 얘기하지. 넌 너무 영리해서 탈이야!"

대옥이 말했다.

"가져왔다면 우리한테도 좀 보여주면 되잖아?"

보차가 웃으며 말했다.

"잔뜩 쌓아놓은 궤짝이랑 장롱들을 아직 정리도 못했는데 어디 있는지 어떻게 알아! 나중에 짐 정리하고 나면 찾아서 모두에게 보여줄게."

그리고 다시 보금에게 말했다.

"혹시 기억하고 있으면 한 번 읊어볼래?"

"오언율시 하나는 기억하고 있는데, 외국 여자치고는 대단한 것 같아요."

"잠깐! 상운이를 불러서 함께 들어보자."

보차는 곧 소라에게 말했다.

"내 방에 가서 여기 시를 잘 짓는 외국 미인이 하나 와 있으니까, 그 '시에 미친 사람〔詩瘋子〕'더러 와서 좀 보라고 해. 그리고 우리 집 '시에 빠진 바보〔詩獃子〕'도 데려오라고 해."

소라가 웃으면서 떠났다. 한참 후 상운의 웃음소리가 들려왔다.

"어느 나라 미인이 왔어요?"

그 소리와 함께 상운과 향릉이 나타났다. 모두들 웃으며 말했다.

"모습이 보이기도 전에 목소리부터 들리는군!"

보금 등이 얼른 자리를 권하고 나서 조금 전의 이야기를 다시 들려주자 상운이 웃는 얼굴로 말했다.

"얼른 읊어봐."

그러자 보금이 이렇게 읊었다.

> 어젯밤엔 화려한 누각에서 꿈꾸었는데
> 오늘 밤은 물의 나라에서 시를 읊네.
> 섬 위의 구름은 큰 바다에서 오르고
> 산의 기운은 우거진 숲에 이어졌네.
> 달은 예나 지금이나 한결같지만
> 사랑과 인연은 제 스스로 얕아지고 깊어지네.
> 남방 고향에는 봄빛이 역력할 텐데
> 어찌 마음 흔들리지 않으랴!
>
> 昨夜朱樓夢
> 今宵水國吟
> 島雲蒸大海
> 嵐氣接叢林
> 月本無今古
> 情緣自淺深
> 漢南春歷歷
> 焉得不關心

모두 감탄을 금치 못했다.

"정말 대단하군! 우리 중국 사람들보다 나은 것 같아."

그 말이 채 끝나기도 전에 사월이 와서 말했다.

"도련님, 마님께서 사람을 보내 전갈하셨어요. 내일 아침 외삼촌댁에 가시면 마님께선 몸이 안 좋아서 몸소 오시지 못했다고 전해주시래요."

보옥이 얼른 일어서서 "예!" 대답하고, 보차와 보금에게 함께 갈 수 있겠느냐고 물었다. 그러자 보차가 대답했다.

"우리는 안 가고 그냥 선물만 보내드릴 거예요."

모두 한참 동안 이야기를 더 나누다가 헤어졌다. 보옥이 자매들을 먼저 보내고 혼자 나중에 가려고 하자 대옥이 불러세워 물었다.

"습인 언니는 언제 돌아와요?"

"당연히 장례가 끝나야 돌아오겠지."

대옥은 또 하고 싶은 말이 있었지만 하지 못하고 한참을 멍하니 있다가 말했다.

"잘 가요."

보옥도 하고 싶은 말이 많았지만 어떻게 꺼내야 좋을지 몰라 잠시 생각하다가 미소를 지으며 말했다.

"내일 다시 얘기하자!"

그러면서 계단을 내려가 고개를 숙이고 걸음을 옮기려다가, 다시 황급히 돌아서며 물었다.

"요즘 밤이 길어졌는데, 밤새 기침은 몇 번이나 해? 자다가 자주 깨?"

"엊저녁에는 괜찮았어요. 기침은 두어 번 했지만, 사경四更(오전 1~3시) 무렵에야 잠이 들어서 두 시간밖에 못 잤어요. 그 이상은 잘 수가 없더라고요."

"하하, 마침 중요한 얘기가 있었는데, 이제야 생각이 났네."

그러면서 몸을 앞으로 기울여 나직이 물었다.

"내 생각에는 보차 누나가 너한테 보내준 그 연가……"

말을 마치기도 전에 가정의 첩 조씨가 들어와서 대옥을 보고 물었다.

"요즘 몸은 어때요?"

대옥은 그녀가 탐춘의 거처에 다녀오다가 지나는 길에 들렀다는 걸 눈치 채고, 얼른 자리를 권하면서 말했다.

"생각해주셔서 고마워요. 날씨도 추운데 몸소 와주시고……"

그녀는 서둘러 차를 준비하라고 시키면서 보옥에게 슬쩍 눈짓했다. 보옥도 그 뜻을 알아차리고 바로 나왔다.

마침 저녁 먹을 시간이라서 보옥은 왕부인에게 인사를 하러 갔다. 왕부인은 보옥에게 내일 아침 일찍 외삼촌댁에 다녀오라고 당부했다. 그는 이홍원으로 돌아가 청문이 약을 먹는 걸 도와주었다. 이날 저녁 그는 청문을 난각에 그대로 누워 있게 하고, 자신은 청문의 바깥 자리로 갔다. 그리고 훈롱을 난각 앞으로 옮겨놓게 하고, 사월에게 그 위에서 자라고 했다. 그날 밤은 별다른 일이 없었다.

이튿날, 날이 채 밝기도 전에 청문이 사월을 불러 깨웠다.

"일어나, 많이 잤잖아! 나가서 도련님께 드릴 차를 준비하라고 해. 난 도련님을 깨울 테니까."

사월이 서둘러 옷을 걸치면서 말했다.

"도련님을 깨워 옷을 입히고, 이 훈롱을 밖으로 옮긴 다음에 다른 사람들을 들어오게 해야 돼. 그렇지 않아도 할멈들이 도련님께 병을 옮길지 모르니까 이 방에서 주무시게 하지 말라고 했잖아? 이렇게 한 방에 있는 걸 보면 또 무슨 잔소리를 해댈지 몰라."

"내 생각도 그래."

둘이 깨우려고 할 때 보옥은 벌써 일어나 서둘러 옷을 입고 있었다. 사월은 우선 하녀들을 불러 방 안을 정리하고, 다시 추문과 단운을 불러 셋이서 함께 보옥의 세수 시중을 들었다. 보옥이 머리까지 빗고 나자 사월이 말했다.

"날씨가 흐린 것이 눈이 올 것 같으니 저 펠트로 된 옷을 입으셔요."

보옥은 고개를 끄덕이며 즉시 옷을 갈아입었다. 하녀가 작은 차 쟁반에 복건福建에서 난 연밥에 대추를 넣고 끓인 국을 한 그릇 얹어오자 그는 두어 모금 마셨다. 사월이 또 작은 접시에 생강 절임을 담아오자 한 덩이를 먹었다. 그리고 청문에게 몇 가지를 당부하고 곧 태부인의 거처로 갔다.

태부인은 아직 자리에서 일어나지 않았지만, 보옥이 외출한다는 걸 알고 곧 방문을 열고 들어오라고 했다. 태부인의 뒤쪽에는 보금이 안쪽을 보고 누워서 아직 자고 있었다. 태부인이 보니 보옥은 붉은 치라니 천에 사막여우 털을 댄 전수箭袖[8]와 붉은 펠트에 금색 실로 수를 놓고 비취색 실로 테두리에 술을 드리운 마고자를 입고 있었다.

"눈이 내리더냐?"

"날은 흐리지만 아직 내리지는 않아요."

태부인이 원앙에게 분부했다.

"어제 그 오운표烏雲豹[9]로 만든 학창의를 갖다주어라."

원앙이 "예!" 하고 옷을 가져왔다. 그것은 금빛과 비취빛이 눈부시게 번쩍여서, 보금이 입고 있던 오리 머리 가죽으로 만든 갖옷과는 또 달랐다. 태부인이 웃음 지으며 말했다.

"그건 '작금니雀金呢'라고 하는데, 아라사에서 공작새 깃털을 꼬아 만든 실로 짠 거란다. 저번에 들오리 깃털로 만든 걸 보금이한테 주었으니 이건 너한테 주마."

보옥은 고개 숙여 절을 하고 학창의를 입었다.

"호호, 먼저 네 어미한테 한 번 보여주고 가렴."

보옥이 "예!" 하고 나오니, 원앙이 마루에 서서 눈을 비비고 있었다. 그녀는 결혼하지 않겠다고 맹세한 뒤로 줄곧 보옥과 말을 한마디도 나누지 않았다. 이 때문에 보옥은 늘 불편했는데, 이제 또 그녀가 자기를 피하려는 걸 보자 얼른 다가가 생글대며 말했다.

"누나, 이것 좀 봐. 이 옷 어때?"

하지만 원앙은 뿌리치듯 팔을 홱 휘저으며 태부인의 방으로 들어가버렸다. 보옥은 어쩔 수 없이 왕부인의 방으로 가서 인사하고, 대관원으로 돌아가 청문과 사월에게도 보여준 뒤, 다시 태부인의 방으로 가서 말했다.

"어머님께서 보시고, 아까우니까 망가지지 않도록 조심해서 입으라고 하셨어요."

"하나밖에 남지 않은 거니까 망가지면 안 된다. 다시 만들고 싶어도 그럴 수 없으니까 말이다. 이번엔 특별히 주었지만, 이런 걸 다시 만들 수도 없어."

그러면서 또 이렇게 당부했다.

"술은 조금만 마시고, 일찍 돌아오너라."

보옥은 연신 "예! 예!" 대답했다.

할멈이 그를 대청까지 데리고 나왔다. 그곳에는 보옥의 젖형〔奶兄〕10인 이귀와 왕영王榮˙, 장약금張若錦˙, 조역화趙亦華˙, 전계錢啓˙, 주서周瑞˙까지 여섯 명이 명연과 반학, 서약, 소홍 등 네 명의 하인들에게 옷 보따리를 등에 지거나 보료를 안게 하고, 화려한 안장과 고삐를 단 백마 한 마리를 끌고 와서 한참 전부터 기다리고 있었다. 할멈이 그들 여섯 명에게 몇 마디 당부하자 그들은 연신 "예! 예!" 대답하고, 서둘러 채찍을 들어 보옥에게 바치며 등자燈子˙를 바로잡았다. 보옥이 천천히 말에 오르자 이귀와 왕영은 고삐를 잡고, 전계와 주서는 앞에서 길을 이끌고, 약금과 역화는 보옥의 뒤쪽에서 바짝 따라왔다. 보옥이 말 위에서 웃는 얼굴로 말했다.

"주서 형, 전계 형, 저 쪽문으로 갑시다. 안 그러면 아버님 서재 입구에서 또 내려야 하니까요."

주서가 몸을 옆으로 기울이며 말했다.

"하하, 나리께서는 댁에 계시지 않습니다. 서재는 늘 자물쇠가 채워져 있으니 말에서 내리지 않고 가셔도 됩니다."

"하하, 그래도 내려야 돼요."

전계와 이귀 등이 웃으며 말했다.

"맞는 말씀입니다. 귀찮다고 내리지 않으셨다가 혹시 뇌어른이나 임어른 눈에 띄기라도 하면, 나리께 이르시지는 않더라도 몇 마디 하시겠지요. 잘못된 일이 생기면 모두 저희 탓으로 몰아 저희가 도련님께 예의를 지키시라 말씀드리지 않았다고 나무라실 겁니다."

주서와 전계는 그대로 쪽문으로 향했다.

한참 이야기를 나누며 가고 있는데 과연 앞쪽에서 뇌대가 들어왔다. 보옥은 얼른 고삐를 당기고 말에서 내리려 했다. 그러자 뇌대가 얼른 달려와 그의 다리를 붙들면서 말렸다. 보옥이 등자에 서서 그의 손을 잡고 몇 마디 인사를 나누었다. 잠시 후 하인 하나가 빗자루를 든 이삼십여 명의 인부들을 데리고 들어오다가 보옥을 보더니 모두 담장 아래에 손을 늘어뜨리고 시립했다. 그들 가운데 우두머리 하인만이 한쪽 무릎을 꿇고 인사했다. 보옥은 그의 이름을 몰라서 그냥 미소를 지으며 고개만 끄덕였다. 그리고 말이 지나가자 그 우두머리 하인은 사람들을 이끌고 떠났다. 그렇게 해서 쪽문을 나가자 밖에는 또 이귀 등 여섯 명이 거느리는 하인들과 마부 몇 명이 십여 필의 말을 준비해놓고 대기하고 있었다. 쪽문을 나가자 이귀 등도 모두 각자의 말에 올라 앞에서 이끌고 좌우에서 호위하며 한줄기 연기처럼 달려갔다. 이 이야기는 그만하겠다.

한편, 청문은 약을 먹어도 병이 나을 기미가 보이지 않자 화가 나서 의원에게 욕을 퍼부었다.

"남의 돈만 후려 먹을 줄 알지, 좋은 약은 한 제도 짓지 못하는 놈 같으니라고!"

사월이 웃는 얼굴로 위로했다.

"왜 그리 성미가 급해요? 속담에도 '병은 산이 무너지듯 갑자기 왔다가 누에가 실 뽑듯이 느리게 물러간다〔病來如山倒 病去如抽絲〕.'라고 하잖아요? 태상노군太上老君*이 만든 단약도 아닌데 어디 그리 영험한 약이 있겠어요! 며칠 차분히 조리하면 자연히 나을 거예요. 조급할수록 더 치료하기 어려운 법이지요."

청문이 또 하녀들을 꾸짖었다.

"어디 틀어박혀 보이지도 않는 거야! 내가 아프니까 다들 간이 부어서 농땡이를 부리는군. 낫고 나면 하나씩 잡아다가 가죽을 벗겨줄 테야!"

깜짝 놀란 하녀 전아가 황급히 들어와서 물었다.

"언니, 시키실 일 있어요?"

"다른 것들은 다 뒈지고 너만 남았어?"

그러는 사이에 추아가 덜덜 떨며 들어오자 청문이 말했다.

"저 계집애 좀 보게. 찾지 않았으면 오지도 않았겠지? 월급을 준다거나 과일을 나눠준다고 하면 제일 먼저 달려왔을 텐데 말이야. 더 가까이 와! 내가 널 잡아먹을 호랑이로 보이냐?"

추아가 어쩔 수 없이 앞으로 다가오자 청문은 갑자기 허리를 굽혀 그녀의 손을 덥석 붙잡더니, 베갯맡에 놓여 있던 일장청一丈靑[11]을 집어 들고 마구 욕설을 퍼부으며 추아의 손을 찔러댔다.

"이놈의 손모가지는 어디 쓰는 거냐? 바느질도 못하고 그저 먹을 거나 훔쳐 먹을 줄 알지! 눈에 띄는 물건에는 욕심이나 내고, 손버릇도 나쁘지. 낯 두껍게 못된 짓만 일삼으니 아예 다져서 고깃덩이로 만들어주마!"

추아가 비명을 지르며 울고불고 난리를 피웠다. 사월이 재빨리 추아를 떼어내고 청문을 다시 자리에 눕히면서 말했다.

"호호, 방금 땀을 내놓고 또 죽으려고 이래요? 나중에 몸이 나으면 얼마든지 때려도 되잖아요? 지금 이러면 어떡해요!"

청문은 곧 송할멈을 불러들여 말했다.

"아까 도련님께서 나더러 할멈들한테 전하라고 하셨어요. 추아는 너무 게을러서 도련님께서 직접 일을 시켜도 이런저런 핑계만 대고 움직이지 않고, 심지어 습인 언니가 시켜도 뒤에서 욕만 해댄다고 하시더군요. 그러니 오늘 반드시 저년을 내보내고, 내일 도련님께서 직접 마님께 여쭙겠다고 하셨어요."

송할멈은 그 말을 듣자 팔찌 일이 들통 났다는 걸 알고 조심스럽게 웃으며 말했다.

"그래도 습인 아가씨가 돌아오신 뒤에 알리고 나서 내보내는 게 낫지 않을까요?"

"도련님께서 신신당부하셨는데 '꽃 아가씨〔花姑娘〕'인지 '풀 아가씨〔草姑娘〕'인지는 왜 들먹여요? 우리한테 다 방법이 있으니 그냥 제 말대로 하셔요. 얼른 저년 집안사람들을 불러 데려가라고 해요."

사월이 말했다.

"그렇게 하지요. 지금이든 나중이든 결국 나가게 될 텐데 하루라도 빨리 데려가는 게 나을 것 같아요."

송할멈은 어쩔 수 없이 추아의 어머니를 불러서 짐을 싸게 했다. 그녀의 어머니가 청문에게 찾아와서 말했다.

"아가씨들, 왜 그러셔요? 조카딸이 잘못을 저지르면 잘 가르쳐주셔야지 쫓아내면 어떡합니까? 저희 체면도 좀 살펴주셔요."

"그런 얘기는 도련님 돌아오시거든 그분께 하셔요. 우리랑은 상관없는 일이니까요."

추아의 어머니가 쓴웃음을 지으며 말했다.

"제가 그분께 여쭐 만큼 간이 클까요! 도련님과 관련된 일은 다 아가씨들께서 안배하시잖아요? 설사 도련님께서 제 말을 들어주신다 해도 아가씨들이 싫다고 하면 소용없을 텐데요. 조금 전만 하더라도 아가씨는 뒷전이기는 하지만 그분의 이름을 입에 담았지요. 그건 아가씨들이니까 할 수 있는 일이고, 저희가 그랬다가는 바로 돼먹지 못한 천한 년 취급을 받았을 테지요."

그러자 청문이 바로 얼굴이 벌게져서 말했다.

"내가 도련님 이름을 불렀다고 노마님께 가서 이르시지 그래요? 저도 돼먹지 못한 년이니까 쫓아내야 한다고 해요!"

사월이 얼른 나섰다.

"아주머니, 그냥 데리고 나가셔요. 할 말 있으면 나중에 하시고요. 여기는 아주머니가 예법에 대해 왈가왈부 떠들 수 있는 곳이 아니잖아요? 누가 우리한테 그러는 걸 본 적이 있나요? 아주머니는 말할 것도 없고, 뇌집사님 아주머니나 임집사님 아주머니도 우리한테는 어느 정도 양보하신단 말이에요. 도련님 이름을 부르는 건 어려서부터 지금까지 계속 그래 왔어요. 다들 아시다시피 그건 모두 노마님께서 그렇게 하라고 분부하신 거예요. 무사히 자라지 않을까 걱정해서 일부러 도련님 어릴 적 이름을 써서 여기저기 붙여놓고 모든 사람더러 그 이름을 부르게 하셨어요. 무사하게 자라 주시길 바라는 마음에서 심지어 물장수나 똥 푸는 사람, 거지까지 그 이름을 부르게 하셨는데, 하물며 우리야 어떻겠어요! 심지어 어제 임집사님 아주머니가 '도련님' 하고 불렀다가 노마님께 한소리 들으셨어요. 이게 첫째 이유이고, 다음으로 우리는 늘 노마님께 여쭐 일이 있는데 설마 이름을 부르지 않고 '도련님'이라고 칭할 수 있겠어요? 하루라도 '보옥'이라는 이름을 이백 번씩 부르지 않는 날이 없어요. 그런데 아주머니가 그걸 문제 삼다니요! 나중에 시간 있으면 노마님이나 마님 앞에서 우리가 도련님을 어떻게 부르는지 들어보세요. 아주머니야 원래 노마님이나 마님 앞에서 체통이 서는 심부름을 할 수 없고, 늘 셋째 대문 밖에서 궂은일이나 하니까 이 안의 법도를 모를 수도 있지요. 여기는 아주머니가 오래 서 있을 곳이 아니에요. 좀 있으면 우리가 얘기할 필요도 없이 누가 와서 아주머니를 문책할 거예요. 변명할 말이 있으면 추아를 데리고 나간 뒤에 임집사님 아주머니한테 얘기해서, 거기를 통해 도련님께 전하세요. 집안에 사람이 천 명도 넘는데 너도나도 찾아오면 우리는 얼굴이나 성조차 제대로 알아볼 수 없을 지경이 되지 않겠어요!"

그러면서 하녀를 불렀다.

"걸레 가져와서 마루를 닦아라!"

추아의 어머니는 대꾸할 말도 없고 오래 서 있을 수도 없어서 씩씩거리며 추아를 데리고 떠나려 했다. 그러자 송할멈이 다급히 말했다.

"정말 이 여편네가 법도를 모르는구먼! 자네 딸이 한동안 여기 신세를 졌으니 떠날 때 아가씨들에게 절이라도 해야 하지 않겠는가? 달리 감사 예물 같은 건 없어도, 하기야 그래봐야 아가씨들이 받으려 하지 않겠지만, 그래도 절이라도 해서 성의를 보여야 할 게 아닌가? 어떻게 가란다고 해서 그렇게 홱 가버리려는 게야?"

그 말에 추아는 어쩔 수 없이 다시 들어와 청문과 사월에게 절하고, 또 추문 등을 찾아갔다. 하지만 그들은 추아를 거들떠보지도 않았다. 추아의 어머니는 한숨을 내쉬면서도 감히 아무 말 못하고 한을 품은 채 떠났다.

청문은 조금 전에 또 바람을 쐰 데다 화까지 냈기 때문에 몸이 더 나빠졌다. 그래서 저녁이 될 때까지 뒤척이며 고생하다가 겨우 좀 진정이 되었나 싶었다. 그때 보옥이 돌아오더니 문에 들어서자마자 안타깝게 탄식하며 발을 구르는 것이었다. 사월이 급히 무슨 일이냐고 물었다.

"오늘 할머님께서 이 옷을 주셔서 너무 기뻤는데, 뜻밖에 뒷깃을 조금 태워버렸지 뭐야. 다행히 날이 어두워 할머님과 어머님께선 발견하시지 못했어."

그러면서 갖옷을 벗었다. 사월이 보니 과연 손가락 크기만 한 구멍이 나 있었다.

"손난로 불똥이 튄 모양이군요. 별거 아니니까 얼른 누굴 불러 조용히 들고 나가 솜씨 좋은 침모針母한테 고쳐달라고 하면 돼요."

그러면서 보자기에 싸서 할멈을 하나 불러 말했다.

"날이 밝을 때까지 고쳐달라고 해요. 절대 노마님이나 마님 귀에 들어가지 않게 하세요."

할멈은 한참 뒤에 그대로 들고 돌아와서 말했다.

"솜씨 좋은 침모는 물론이고 재봉사나 수놓는 기술자, 침모들까지 다들 이게 뭔지 모르겠다면서 맡으려 들지 않았어요."

사월이 말했다.

"이걸 어째! 그냥 내일 안 입으시면 되잖아요?"

"내일이 정식 생신이라고. 할머님과 어머님께서는 내일도 이걸 입고 다녀오라고 하셨어. 하필 첫날부터 태워먹었으니 기분 잡쳤지 뭐야!"

청문이 한참 동안 듣고 있다가 참지 못하고 돌아누우며 말했다.

"이리 좀 가져와봐요. 입을 복이 없으면 어쩔 수 없지요 뭐. 조급해한들 소용 있나요?"

보옥이 웃으며 말했다.

"그렇긴 하네."

그가 청문에게 옷을 건네주고 등불을 옮겨다 놓자, 청문이 자세히 살펴보고 말했다.

"호호, 이건 공작새 털 금실로 짠 거네요. 우리도 공작새 털 금실로 촘촘하게 짜깁기해놓으면 눈가림할 수 있겠네요."

사월이 웃으며 말했다.

"공작새 털 금실이야 있지만, 여기 언니 빼고 누가 짜깁기를 할 줄이나 알아?"

"어쩔 수 없지. 내가 어떻게든 해봐야지."

보옥이 황급히 말했다.

"그게 말이나 돼? 이제 겨우 몸이 좀 좋아졌는데 어떻게 일을 해?"

"걱정해주시는 척할 필요 없네요. 제 몸은 제가 알아요."

그녀는 일어나 앉아 머리를 걷어올려 묶고 옷을 입었다. 하지만 머리가 어지럽고 몸에 힘이 없어 눈앞에 별들이 오락가락하여 견딜 수가 없었다.

그래도 그만두자니 보옥이 조바심을 낼 것 같아 이를 악물고 버티면서 사월에게 공작새 깃털을 꼬아 실 만드는 걸 도와달라고 했다. 청문은 먼저 한 가닥을 들고 비교해보더니 웃음을 지으며 말했다.

"원래 실과 똑같지는 않지만 기워놓고 보면 그다지 눈에 띌 것 같지는 않네요."

보옥이 말했다.

"잘됐네. 아라사 재봉사를 찾아갈 수도 없으니까 말이야."

청문은 먼저 깃 안쪽을 따고, 찻잔 주둥이만 한 크기의 수놓는 대나무 틀을 뒤쪽에 고정시킨 후, 뚫린 구멍의 둘레를 칼로 긁어 올을 성글게 만들었다. 그런 다음 바늘에 실 두 가닥을 가로세로로 꿰고, 짜깁기하는 것처럼 먼저 틀을 엮고는 본래 무늬대로 깁기 시작했다. 두어 바늘 뜨고 살펴보고, 두어 바늘 짜깁고 나서 다시 꼼꼼히 살폈다. 이런 식으로 계속하자니 당연히 머리가 어지럽고 눈앞이 어질어질하면서 숨이 가빠와 바느질 서너 번 하고 나면 베개에 엎드려 한참 동안 쉬어야 했다. 보옥은 곁에서 "더운 물 좀 마실래?" 하고 물었다가, 잠시 후에는 또 "조금 쉬어." 하기도 하고, 또 잠시 후에는 친칠라 가죽으로 만든 망토를 가져다가 그녀의 등에 씌워주고, 하녀에게 팔에 괴는 베개〔拐枕〕를 가져와서 기대게 해주라고 시키기도 했다. 그러자 청문이 짜증을 내며 간청했다.

"도련님! 제발 가서 주무셔요. 한밤중까지 이러고 계시다가 내일 눈이 해쓱하게 들어가면 어쩌시려고!"

보옥은 어쩔 수 없이 자리에 누웠다. 하지만 잠을 이루지 못했다. 한참 후 자명종이 네 번을 울렸을 때에 그제야 겨우 바느질이 끝났는데, 청문은 다시 작은 칫솔로 살살 긁어 털을 일으켜 세웠다. 사월이 말했다.

"정말 훌륭해! 유심히 보지 않으면 알아보지 못하겠어."

보옥이 얼른 보여달라고 하더니 감탄했다.

"정말 똑같아!"

청문은 몇 번 기침을 하면서 간신히 일을 끝냈다.

"깁긴 했지만 똑같지는 않네요. 하지만 저도 그 이상은 못해요!"

말을 마치자마자 그녀는 "아이고!" 하면서 몸을 가누지 못하고 쓰러져버렸다. 이후에 어찌 되었는지는 다음 회를 보시라.

(4권에서 계속)

| 역자 주석 |

제36회

1. 옛날에는 점쟁이가 사주팔자를 써서 점을 칠 때 별자리의 운수에 따라 사람의 운명과 길흉화복을 점쳤는데, 불길한 일을 당하면 그에 상응하는 별자리가 불리하기 때문이니 하늘의 별 신에게 제사를 지내야 재앙이 없어진다고 생각했다.
2. 가정의 첩인 조씨와 가사의 첩인 주씨를 가리킨다.
3. 마름모꼴의 상의이며, 주로 어린아이들이 여름에 속옷의 가슴 부분이나 배 부분의 안쪽에 덧대어 입는 것이다.
4. 대개 전쟁에 나가 고생하는 것, 또는 전쟁에서 공을 세우는 것을 가리킨다. 『한비자韓非子』 「오두五蠹」에 "개인적인 집안일을 팽개치고 전쟁에서 공을 세웠는데, 집이 곤란해도 군주가 알아주지 않으면 궁핍하게 살 수밖에 없다〔棄私家之事而必汗馬之勞 家困而上弗論 則窮矣〕."라는 내용이 들어 있다.
5. 『모란정牡丹亭』 「경몽驚夢」에 들어 있는 「보보교步步嬌」라는 노래의 가사 중 처음 세 글자이다. 여기서는 「경몽」에 들어 있는 노래 전체를 가리킨다.

제37회

1. 정식 명칭은 '제독학정提督學政'이다. 각 지역〔省〕의 과거시험과 학교의 일을 관장하기 위해 조정에서 파견하는 관리이다.
2. 원문의 '채신지환採薪之患'은 원래 몸에 병이 들어 땔감조차 마련할 수 없다는 뜻으로(『맹자孟子』 「공손추하公孫丑下」 참조), 후세에는 자신의 병을 완곡하게 돌려 말할 때 쓰이는 상투적인 표현이 되었다.

3. 원문은 '투할반원投轄攀轅'인데, 한나라 때 진준陳遵이 손님을 불러놓고 술 마시기를 좋아해서 연회를 벌일 때마다 손님들이 타고 온 수레의 비녀장(轄)을 우물에 던져버려서 떠나지 못하게 했다는 이야기(『한서漢書』「진준전陳遵傳」)와, 후패侯覇가 임회臨淮 땅의 태수太守로 있을 때 조정에 불려가게 되자 백성들이 수레의 끌채(轅)를 잡아끌고 수레바퀴 아래 누워 수레가 움직이지 못하게 막으며 1년만 더 있어달라고 애원했다는 이야기(『육첩六帖』)를 인용하여 손님을 간절히 붙들어두었다는 뜻으로 썼다.
4. 동진시대의 저명한 승려 혜원慧遠이 여산廬山 호계虎溪의 동림사東林寺에서 결성한 문인결사文人結社의 이름이다.
5. 동산東山은 절강浙江 회계會稽를 가리킨다. 동진시대의 사안謝安이 이곳에 은거해 있을 때 늘 벗들을 불러모아 산수를 유람하면서 시를 읊고 글을 지었다고 한다.
6. 원문은 '도설이래棹雪而來'인데, '흥이 일어 눈길을 헤치고 찾아간다'라는 뜻이다. 『세설신어世說新語』「임탄任誕」에, 왕자유王子猷가 눈 오는 밤에 작은 배를 타고 노를 저어 대안도戴安道를 만나러 갔는데, 대문 앞까지 갔다가 그냥 돌아왔다고 한다. 사람들이 그 이유를 묻자 그는 "원래 흥이 일어 찾아갔는데 흥이 다해 돌아왔소. 굳이 그를 만날 필요가 있겠소?"라고 대답했다고 한다.
7. 두보杜甫의 시「손님이 찾아오다〔客至〕」에 "손님 때문에 꽃길 쓸어본 적 없지만, 그대 위해 사립문 열어두겠소〔花徑不曾緣客掃 蓬門今始爲君開〕."라는 구절이 있다.
8. 『열자列子』「주목왕周穆王」에 따르면, 정鄭나라의 어느 나무꾼이 사슴을 한 마리 잡았는데, 남들이 볼까봐 구덩이에 숨겨놓고 나뭇잎으로 덮어두었다. 하지만 나중에 숨겨둔 장소를 잊어버려서 허사가 되었다고 한다. 이 때문에 일반적으로 '초록蕉鹿'이라고 하면 세상사가 한바탕 꿈처럼 변해버렸다는 것을 비유한다. 여기서 임대옥은 나무꾼의 나무〔樵〕와 파초〔蕉〕를 나타내는 글자가 통한다는 점에 착안해서 가탐춘을 놀리고 있는 것이다.
9. 나중에 보충된 판본에는 이 부분에 이어서 임대옥의 제안에 따라 가보옥의 호를 '이홍공자怡紅公子'라고 정했다는 내용이 들어 있다.
10. '학구學究'는 원래 당나라 때 과거시험에서 '학구일경과學究一經科'에 응시한 사람을 가리키는 말이었는데, 후세에는 학생들을 가르치는 선생, 또는 엉터리 서생을 가리키는 뜻으로 쓰이게 되었다. 여기서는 시를 짓지 못하면서 시사의 회원이 된 가영춘과 가석춘을 놀리는 뜻으로 쓰였다.
11. 원문은 '부기附驥'이다. 『사기史記』「백이열전伯夷列傳」에 대한 사마정司馬貞의 색은

索隱에 "파리도 천리마의 꼬리에 붙으면 천리를 갈 수 있다〔蒼蠅附驥尾而致千里〕."라는 말이 들어 있는데, 다른 사람에게 의지하여 명성을 날린다는 뜻이다. 이후로 이 말은 겸양을 표시할 때 자주 쓰였다.

12. 중국 근체시近體詩는 모두 106개의 운부韻部를 사용하는데, 각 운부의 명칭은 해당 운자韻字의 첫 번째 글자를 따라 짓는다. '십삼원十三元'은 상평성上平聲 운부 가운데 첫 글자가 '원元'자로 시작되는 열세 번째 운부를 가리킨다.

13. 여기서 '꽃 같은 마음〔芳心〕'은 꽃술〔花蕊〕을 비유한 것이다.

14. 지연재脂硯齋의 비평에서는 이 시가 전체적으로 설보차 자신의 신분을 묘사한 것이라고 했다.

15. 지연재의 비평에서는 이 구절이 가보옥과 임대옥을 풍자한 것이라고 했다.

16. 고대 전설에 등장하는 5명의 천제天帝 중 하나로, 서방을 관장하는 신이다. 오행五行으로 말하면, 서방은 색깔로는 흰색에 속하고 계절로는 가을에 속하기 때문에 일반적으로 가을을 지칭할 때 '백제'라고 쓴다.

17. 지연재의 비평에 따르면 '새벽바람'은 가보옥 자신을, '간밤의 비'는 임대옥을 비유한다고 했다.

18. 아마 '쌍련병雙蓮甁'을 가리키는 듯하다. 이것은 크기가 같은 원형이 나란히, 또는 위아래로 연결된 자기 병〔瓷甁〕을 가리킨다. 일설에는 연주聯珠 무늬가 장식된 병이라고도 하는데, '연주'는 둥근 진주 문양이 고리처럼 길게 이어진 문양이다.

19. 수공예의 일종이다. 기물器物의 꽃무늬 가장자리에 금이나 은을 상감象嵌해 넣거나 실처럼 가는 금은으로 직접 꽃무늬를 상감해 넣는 기법이다.

20. 남전藍田은 섬서성陝西省 남전현藍田縣을 가리키는데, 이곳은 예로부터 백옥白玉의 생산지로 유명했다. 여기서 옥은 하얀 해당화를 가리킨다. 또 간보干寶의 『수신기搜神記』에 따르면 낙양洛陽 땅의 양백옹楊伯雍이 무종산無終山에 살았는데, 그 산은 높이가 80리나 되면서도 산 위에 물이 없어서 그가 물을 지고 올라가 물통에 담아두고, 지나는 사람들이 마실 수 있게 해주었다. 3년 뒤에 어느 신선이 그곳에 들러 물을 마시고 그에게 커다란 돌을 하나 주면서, 그것을 산 위 바위틈에 심어놓으면 거기서 옥이 자랄 것이라고 했다. 양백옹이 그 말대로 했더니 나중에 그곳에서 5쌍의 하얀 벽옥〔璧〕을 캐낼 수 있었다. 그걸로 혼수를 삼아 서 아무개라는 부자의 딸을 아내로 맞이했다고 한다.

21. 고대 신화에서 서리와 눈의 여신인 청녀靑女를 가리킨다.

415

22. 당나라 때 진현우陳玄祐가 쓴 『이혼기離魂記』의 이야기를 염두에 둔 묘사이다. 장일張鎰의 딸 천낭倩娘이 사촌 오빠인 왕주王宙와 서로 사랑했는데, 장일이 그녀를 다른 사람에게 시집보내려 하자 상심한 왕주가 멀리 떠나버렸다. 길을 가는 도중 밤낮으로 뒤쫓아 온 천낭과 다시 만나 둘은 다른 곳에서 5년 동안 함께 살았다. 그 후 두 사람이 고향으로 돌아가 천낭의 부모님을 뵙자 방 안에 병들어 누워 있던 또 다른 천낭이 마중을 나와 두 천낭이 하나로 합쳐졌다. 왕주와 도망쳤던 천낭은 바로 그녀의 혼이었던 것이다. 이 이야기는 훗날 원나라 때 정덕휘鄭德輝에 의해 잡극雜劇『미청쇄천녀리혼迷青瑣倩女離魂』으로 만들어졌고, 다시 명나라 때는 탕현조湯顯祖에 의해 전기傳奇『모란정牡丹亭』으로 만들어져 널리 유행했다.
23. 현대 중국어 어법에서 '허자虛字'는 글자 자체에 실질적인 의미가 있는 것이 아니라 문장 내에서 특별한 역할을 하는 글자들로서 이而, 지只, 단但, 차且 등의 접속사〔連詞〕와 어於, 우于, 호乎, 지之 등의 개사介詞, 야也, 의矣, 이耳, 이已, 재哉, 여歟 등의 어조사語助詞가 여기에 해당한다. 이에 비해 '실자實字'는 구체적인 사물이나 개념을 가리키는 명사와 동사, 형용사 등을 가리킨다. 여기서는 미리 정해진 주제에 맞춘 글자인 '국菊'을 '실자'라 하고, 시를 짓는 사람이 융통성을 발휘할 수 있는 내용을 가리키는 글자를 '허자'라고 간주하고 있다.

제38회

1. 식초를 의미하는 '초醋'자는 질투를 비유하는 말로 쓰이기 때문에 이렇게 놀란 것이다.
2. 술에 자귀꽃을 담가 우려내면 기를 다스리고 울혈을 풀어주어서 심신을 안정시키는 효과가 있다고 한다.
3. 시를 쓰는 하얀 종이이며, 물결 모양의 무늬가 들어 있다. 이 외에 두꺼운 화선지를 '설랑전'이라고 부르기도 한다.
4. 여기서 '가을 흔적'은 국화를 가리킨다.
5. 음력 9월 9일로, 옛날에는 이날 국화를 감상하며 술을 마시는 풍속이 있었다.
6. 여기서 '가을빛'은 국화를 가리킨다.
7. 『진서晉書』「완수전阮脩傳」에 따르면, 완수는 늘 지팡이 끝에 동전 100전을 걸고 다니다가 술집에 가서 혼자 얼큰해지도록 마셨다고 한다. 이 때문에 훗날 '장두전杖頭錢'

은 술값을 가리키는 뜻으로 쓰이게 되었다.
8. 앞 구절의 '가을빛'과 이 구절의 '차가운 향기'는 모두 국화를 비유한 것이다.
9. '밭 사이 길〔井徑〕'은 국화를 심어놓은 곳을 가리킨다.
10. 진晉나라 때 조기趙岐의 『삼보결록三輔決錄』「도명逃名」에 따르면, 장후蔣詡가 고향으로 돌아가 가시나무로 사립문을 막고 지냈는데, 집 안에 3개의 길이 있었지만 전혀 외출을 하지 않았다. 그리고 그의 친한 벗인 구중求仲과 양중羊仲만이 그와 어울려 지냈다고 한다. 이 때문에 후세에 '삼경三徑'은 은거한 이의 집에 있는 뜰이라는 뜻으로 쓰이게 되었다.
11. 명나라 때 고렴高濂의 『준생팔전遵生八箋』에 따르면 '종이 휘장〔紙帳〕'은 등나무 껍질과 견지繭紙를 나무에 감고 끈으로 단단히 묶어 주름이 생기게 한 후, 풀을 쓰지 않고 실로 꿰매어 만드는데, 천정 부분에도 종이를 쓰지 않고 성긴 천을 대서 공기가 잘 통하도록 만든다고 한다. 여기에 매화나 나비 등을 그려 넣곤 해서 넉넉한 정취가 저절로 풍긴다고 한다. 이것은 대개 더운 계절에 침실에 드리우는 휘장이다.
12. 도잠의 시 「술을 마시며〔飮酒〕」(20수 중 제5수)를 가리킨다. 전문은 다음과 같다.

　　結廬在人境　　사람 사는 곳에 초가집 엮었는데
　　而無車馬喧　　수레와 말 소리 시끄럽게 들리지 않네.
　　問君何能爾　　여보게, 어찌 그럴 수 있는가?
　　心遠地自偏　　마음이 멀어지면 땅도 절로 치우치기 마련이지.
　　採菊東籬下　　동쪽 울타리 아래에서 국화를 따고
　　悠然見南山　　느긋하게 남산을 바라보네.
　　山氣日夕佳　　산의 공기는 저물녘이라 아름답고
　　飛鳥相與還　　나는 새들은 더불어 둥지로 돌아가네.
　　此中有眞意　　이 가운데 참뜻이 있으나
　　欲辯已忘言　　말로 설명하자니 벌써 언어를 잊었다네.

13. 원문의 '취엽聚葉'과 '발묵潑墨'은 중국화의 기법이다. 일반적으로 잎을 그릴 때는 조밀하게 모인 부분과 흩어진 부분이 적절히 조화를 이루도록 해야 한다는 의미에서 '찬삼취오攢三聚五'라는 원칙이 있다. '발묵'은 붓놀림을 자유롭게 해서 마치 종이에 먹을 뿌린 것 같은 효과가 나게 하는 기법이다.
14. 원문의 '도탈跳脫'은 '조탈條脫' 또는 '조달條達'이라고도 쓰며, 원래는 팔찌를 가리키는 별칭인데, 나중에 대단히 생동적인 모습을 비유하는 뜻으로도 쓰이게 되었다.

여기서는 뒤에 이어지는 '팔목[腕]'이라는 글자와 어울려 그 두 가지 의미를 동시에 담았다. 즉 국화를 그린 화가가 팔찌를 찬 여자이고, 그림이 생동적이라는 것을 한꺼번에 표현한 것이다.

15. 옛날 중양절에 국화를 머리에 꽂는 것은 재앙과 병을 물리치는 풍속이니, 보통 꽃을 꽂아 단장하는 것과는 다르다는 뜻이다.
16. '장안의 귀공자[長安公子]'는 당나라 때의 시인 두목杜牧을 가리킨다. 그의 조부 두우杜佑가 덕종德宗과 헌종憲宗 때 재상을 지냈기 때문에 그에게 이런 별명이 붙었다고 한다. 두목의 시「구월에 제산에 올라[九月齊山登高]」에 "풍진 세상에서 마음껏 웃을 일 만나기 어려워, 머리 가득 국화 꽂고 돌아간다네[塵世難逢開口笑 菊花須揷滿頭歸]." 라는 구절이 들어 있다.
17. 남조南朝 양나라의 소통蕭統이 쓴「도연명전陶淵明傳」에 따르면, 강주자사江州刺史 왕홍王弘이 도잠과 친분을 쌓으려 했으나 기회가 없었다. 어느 중양절에 도잠이 집에 술이 떨어져 집 근처 국화꽃밭에 들어가 한참 앉아 있다가 국화꽃을 손에 가득 따 들고 있었는데, 마침 왕홍이 술을 가지고 찾아와서 함께 앉아 취할 때까지 마시고 돌아갔다고 한다. 또 도잠은 술이 익자 머리에 쓰고 있던 갈건葛巾을 벗어 술을 거른 후, 그 갈건을 다시 머리에 썼다는 이야기도 전해진다.
18. 이 구절은 이백李白의 시「양양가襄陽歌」에서, "양양 땅 아이들 일제히 손뼉 치며, 길을 막고 다투어「백동제白銅鞮」를 부르네. 옆에 있던 이가 뭐가 그리 우습냐고 물으니, 이 몸이 취해 흐느적거리는 게 너무 우습다 하네[襄陽小兒齊拍手 攔街爭唱白銅鞮 傍人借問笑何事 笑殺山公醉似泥]."라고 한 것을 변용해서 표현한 것이다. 여기서「백동제」는 양양 땅의 민요이고, '산공山公'은 본래 진晉나라 때 산도山濤의 아들 산간山簡을 가리킨다. 산간의 자는 계륜季倫인데, 술을 아주 좋아하여 양양 땅을 다스릴 때 늘 고양지高陽池로 나들이 가서 취할 때까지 마시다가 돌아오곤 했다고 한다. 후세의 시 사詩詞에서는 '산공'이라는 말로 작가 자신을 비유하거나 술을 좋아하는 벗을 가리키는 뜻으로 쓰곤 했다.
19. '가을빛'은 국화 그림자를 비유한 것이다.
20. 비단 창 너머 흐릿한 등불이 국화를 비춰 가깝고 먼 곳에 각기 그림자가 다르게 만들어졌다는 뜻이다.
21. 24절기 중 하나로 음력 10월, 양력으로는 대략 11월 22일이나 23일에 해당한다.
22. 원문의 '도철饕餮'은 본래 전설 속에 등장하는 식탐 많은 나쁜 짐승인데, 후세에는

종종 그것으로 식탐을 비롯해서 욕심이 한없는 사람을 비유하곤 했다. '왕손王孫'은 옛날 귀족 집안의 자제들을 가리키는 말이다.

23. '모로 걷는 공자[橫行公子]'는 게를 가리킨다. 송나라 때 부굉傅肱이 쓴 『해보蟹譜』에서는 게를 '모로 걷는 선비[橫行介士]'라고 했고, 진晉나라 때 갈홍葛洪이 쓴 『포박자抱朴子』에서는 '창자 없는 공자[無腸公子]'라고 했다. 이 때문에 원나라 때 원호문元好問은 「형에게 게를 보내며[送蟹與兄]」라는 시에서 "모로 걷는 공자는 본래 창자 없어, 강호의 시월 서리를 잘 참아낸다네[橫行公子本無腸 慣耐江湖十月霜]."라고 했다. 가보옥의 이 시 구절도 이것을 바탕으로 한 것이다.

24. 게는 본래 차가운 성질의 음식이라 많이 먹으면 배에 냉기가 차서 좋지 않기 때문에 일반적으로 게를 먹을 때는 뜨거운 성질을 지닌 생강과 함께 먹는다.

25. 소식蘇軾은 「노도부老饕賦」에서 게걸스럽게 먹어대는 도철饕餮을 비웃었고, 또 「처음 황주에 와서[初到黃州]」라는 시에서 "평생 먹느라 바빴던 게 스스로 우스운데, 늙고 나니 모든 일이 부질없어졌네[自笑平生爲口忙 老來事業轉荒唐]."라고 했다. 그러므로 가보옥의 이 두 구절은 소식의 부에 담긴 뜻을 시에 녹여서 배를 부르게 하려고 허겁지겁 게를 먹어댄 자신의 주책없는 행태를 스스로 비웃은 것이라 하겠다.

26. 이 구절은 두보杜甫의 시 「음중팔선가飮中八仙歌」에 들어 있는 "여양왕은 술 세 말 마시고 조회에 가다가, 도중에 술 실은 수레 보고 침을 흘렸네[汝陽三斗始朝天 道逢麯車口流涎]."라는 구절을 염두에 두고 만든 것이다. '여양왕'은 당나라 현종玄宗 때의 여양군왕汝陽郡王 이진李璡을 가리킨다.

27. 『진서晉書』「저부전褚裒傳」에는 환이桓彝가 저부의 사람됨을 품평하면서 '피리춘추皮裏春秋'라고 했다는 것이 기록되어 있다. 이 말은 겉으로는 좋고 싫음을 드러내지 않지만 마음속으로는 나름대로 상대를 칭찬하거나 깎아내리는 생각을 품고 있다는 뜻이다.

28. 이 구절은 게가 벼를 먹어 농사에 해를 끼쳤는데, 이제 죽고 나니 달빛 비치는 물가에 벼 향기만 남았다는 뜻이다.

제39회

1. 오대五代 후한後漢의 고조高祖(947~948 재위)인 유지원劉知遠을 가리킨다. 그는 황제에 즉위한 후 이름을 유호劉暠로 고쳤으며, 시호諡號는 '예문성무소숙효황제睿文聖

武昭肅孝皇帝'이다. 태원太原(지금의 산시성[山西省]에 속함) 사람으로 후당後唐 왕조에서 북평왕北平王에 봉해졌다가 나중에 스스로 황제라고 칭하며 후한 왕조를 건립했다.
2. 명나라 때의 남희南戲『백토기白兎記』제15단락[齣]「간과看瓜」에 따르면, 처가살이를 하던 유지원이 처남 내외의 계략에 빠져 밤중에 오이밭에 갔다가 철가면을 쓴 오이 요정과 사투를 벌여서 이긴 후 돌 상자를 하나 파냈는데, 그 안에 투구와 병서兵書, 보검이 들어 있었다고 한다. 이후 그는 군대에 투신하여 공을 세워 벼슬을 얻어 오겠노라 말하고 처가를 나갔다.
3. 『사기史記』「항우본기項羽本紀」에 따르면, 항우는 키가 여덟 자가 넘고 솥을 들어올릴 정도로 힘이 셌다고 한다. 본래 이름은 항적項籍이며, 진秦나라 말엽에 농민 봉기에 참여했다가 진나라가 망한 후 스스로 왕위에 올라 '서초패왕西楚覇王'으로 칭했다.
4. 옛날 부녀자들이 절하는 방식 중 하나이다. 두 손을 가볍게 쥐고 가슴 앞에서 흔들면서 가볍게 머리를 숙이는 것이다.
5. 나이가 많은 사람을 칭송하여 부르는 말이다.
6. 옛날에 어떤 사정을 진술하는 글이나 승려 및 도사들이 참배할 때 불사르던 축문祝文 따위를 '疏' 또는 '소두疏頭'라고 불렀다. 여기서는 사당을 짓는 데 필요한 자금을 모금한다는 취지의 공고문을 가리킨다.
7. 절이나 사당에서 향 사르는 일을 관장하는 사람을 '향두香頭'라고 한다.

제40회

1. 과일과 요리를 담는 찬합의 일종이다. 중간에는 둥근 틀이 있고, 사방으로 부채꼴 모양의 틀이 중앙을 향해 모여 있는 모양이다.
2. 옛날에 부귀한 집안에 붙어살면서 주인이 한가롭게 지낼 때 재미를 도와주던 사람을 '멸편[篾片]'이라고 불렀다.
3. 옛사람의 필법筆法을 따라 배울 수 있도록 모범적인 글씨를 뽑아 만든 책이다.
4. 붓을 꽂아두는 문방구이다.
5. 북송시대에 여주汝州(지금의 허난성[河南省] 린루[臨汝])에 세워진 청자 도요陶窯이다.
6. 여기서 말하는 '꽃병[花囊]'은 주둥이와 목이 일반적인 꽃병보다 크고, 입구가 막혀

있는 대신 여러 개의 둥근 구멍이 뚫려 있어서 가지가 약하고 송이가 큰 꽃을 꽂기 좋게 만든 것이다.
7. 미불米芾(1051~1107)의 자는 원장元章, 호는 양양거사襄陽居士, 해악산인海嶽山人 등을 사용했다. 호북湖北 양양과 윤주潤州(지금의 쟝쑤성〔江蘇省〕 전쟝시〔鎭江市〕)에서 오래 살았다. 시와 서예, 그림에 모두 뛰어났던 그는 교서랑校書郎, 사화박사書畫博士, 예부원외랑禮部員外郎 등을 역임하기도 했다. 오늘날 남아 있는 그의 서예 작품으로는 「상태후만사向太后挽辭」, 「촉소첩蜀素帖」, 「초계시첩苕溪詩帖」, 「초서구첩草書九帖」, 「다경루시첩多景樓詩帖」 등이 있다. 연우산수烟雨山水에 뛰어났다고 알려졌는데 그 그림은 남아 있지 않다.
8. 전하는 바에 따르면 북송 대관大觀(1107~1110), 정화政和(1111~1117) 연간에 궁정에서 직접 변경汴京(지금의 허난성 카이펑시〔開封市〕)에 도요를 설치했고, 남송 시기에는 항주杭州 봉황산鳳凰山에도 설치한 적이 있다. 일반적으로 북송 시기 변경에 설치한 관요官窯를 '대관요大觀窯', 남송 시기 변경에 설치한 관요를 '수내사관요修內司官窯'라고 부른다.
9. 주먹을 반쯤 쥐고 있는 모양의 열매이며, 가을에 노랗게 익어 달콤한 향기를 풍긴다.
10. 타악기의 일종이며, 물고기 모양으로 생겼다.
11. 중국 전통 침대 중 크기가 가장 큰 것으로, 침상 앞에 두세 자〔尺〕 가량의 공간이 있어서 침상 휘장과 침대 사이에 작은 복도를 이루게 한다. 복도 앞면에는 꽃을 조각한 가림막이 있고, 양쪽으로 물건을 담을 작은 상자가 있다. 침상 아래에는 서랍이 있고, 상자 위에는 화장갑이며 등잔대, 옷걸이, 요강 등을 두어서 그 자체로 하나의 방처럼 꾸며져 있다.
12. 이상은李商隱의 시 「낙씨 정자에 묵으며 최옹과 최곤에게〔宿駱氏亭寄懷崔雍崔袞〕」의 마지막 구절이다. 전문은 다음과 같다.

    竹塢無塵水檻淸   대숲엔 먼지 없고 물가 난간 청량한데
    相思迢遞隔重城   그리운 이는 멀리 구중 성벽 안에 있다오.
    秋陰不散霜氣晩   가을 추위 흩어지지 않아 서리 내리는 저녁
    留得枯荷聽雨聲   마른 연잎 남겨두어 빗소리 듣네.

13. 북송 시기 정주定州(지금의 허베이성〔河北省〕 취양〔曲陽〕)에 있던 정요定窯에서 만든 자기병으로, 입자가 굵은 흙으로 만들었다.
14. '생生'은 중국 전통 희곡에서 남성 등장인물을 연기하는 배역이며, 경극京劇에서 상

당히 중요한 비중을 차지한다. '생' 배역에는 노생老生, 소생小生, 무생武生, 홍생紅生, 와와생娃娃生 등 여러 종류가 있는데, 이 중 무생과 홍생을 제외한 나머지 배역은 얼굴에 여러 색의 진한 화장으로 분장하지 않기 때문에 '준분俊扮'이라고도 부른다.

15. 분향할 때 쓰는 도구이다. 제53회에 설명된 '노병삼사爐瓶三事'에 따르면 이것은 향로와 향합香盒, 그리고 방향산放香鏟을 담은 병을 가리킨다.
16. 은에 유황을 섞어 특수한 방식으로 주조하여 검은색이 나도록 만든 그릇이나 공예품 앞에 붙이는 명칭이다.
17. 2장 이상 골패骨牌의 색깔과 점의 수를 이용하여 하나의 세트를 만드는 것을 하나의 '짝〔副兒〕'이라고 한다. 여기서 원앙은 3장을 하나의 '짝'으로 만들라고 주문하고 있다.
18. 도교에서 사복진택성군賜福鎭宅聖君으로 불리는데, 섬서陝西 종남산終南山 근처의 인물이라는 설도 있고, 귀신을 쫓는 법기法器인 '종규終葵'에서 비롯된 이름이라는 설도 있다. 종규의 형상은 귀신과 역신疫神을 쫓는 의식인 나례儺禮의 오랜 전통 속에서 만들어져 왔으며, 일반적으로 얼굴 가득 구레나룻이 자라 무시무시한 모습으로 묘사되곤 한다. '종규'라는 이름은 이미 당나라 때부터 정착되었다.
19. 맨 처음 제시된 천패天牌는 위아래에 6개씩 점이 찍혀 있는데, 점의 색깔은 붉은색과 녹색으로 나뉘어 있다. "머리 위에 푸른 하늘 있고"라는 말은 "눈 위에 푸른 하늘 있고, 머리 위에 푸른 하늘 있다〔眼子上有青天 頭上有青天〕."라는 속담의 일부이다. 이 속담은 남에게 쉽게 속아 곤욕을 당하는 사람에게도 그를 지켜주는 하늘이 있다는 뜻이다. 중간에 있는 '오'와 '육'은 녹색의 점 5개와 6개가 찍힌 패를 가리킨다. 태부인이 말한 '여섯 다리'는 6개의 점을, 꽃잎이 5개인 '매화'는 5개의 점을 가리킨다. 참고로 '여섯 다리'는 북송 때 소식蘇軾이 항주杭州 서호西湖의 소제蘇堤에 세운 과홍교跨虹橋, 동포교東浦橋, 압제교壓堤橋, 망산교望山橋, 쇄란교鎖瀾橋, 영파교映波橋를 가리킨다. '육'과 '일'은 녹색 점 6개와 붉은 점 1개로 이루어진 패를 가리킨다. 그러니까 '붉은 태양'은 붉은 점 1개를, '구름'은 녹색의 점 6개를 가리킨다고 할 수 있다.
20. '관구이랑灌口二郎'이라고도 부르는 민간 도교의 신 이름이다. 그에 관한 전설은 아주 많아서, 본래 전국시기 진秦나라 사람 이빙李冰의 둘째 아들이라는 설(『주자어류朱子語類』)과 동한 말엽에 광릉태수廣陵太守를 지낸 조욱趙昱이라는 설(『삼교수신대전三教搜神大全』) 등으로 다양하다.
21. 중앙의 숭산嵩山, 동쪽의 태산泰山, 남쪽의 형산衡山, 서쪽의 화산華山, 북쪽의 항산

恒山을 가리킨다.
22. '대장오大長五'는 위아래에 녹색 점이 5개씩 찍힌 패의 이름이므로, 설씨 댁 마님은 5개의 꽃잎이 달린 매화를 '송이송이〔朵朵〕'라고 한 것이다. '대오장大五長'은 압운을 맞추기 위해 '대장오'의 글자 순서를 바꿔 부른 것이다. 설씨 댁 마님은 10개의 점을 염두에 두고 '시월'이라는 표현을 썼다. '잡칠雜七'은 녹색의 점이 위에 2개, 아래에 5개 찍힌 패이기 때문에, 설씨 댁 마님은 '이랑신二郞神'과 '오악五嶽'이라는 표현으로 숫자를 맞춰 답했다.
23. '장요長幺'는 위아래에 붉은색 점이 하나씩 찍힌 패의 이름이다. 이에 맞춰 사상운이 읊은 "해와 달 나란히 걸려 하늘과 땅을 비추고〔雙懸日月照乾坤〕"라는 구절은 이백李白의 시 「황제께서 서쪽을 순행하여 남경에 이르다〔上皇西巡南京歌〕」에 들어 있다. 그다음의 꽃 역시 2개의 붉은색 점을 가리키며, "느긋이 지는 꽃 소리 없이 떨어지는데〔閑花落地聽無聲〕"라는 구절은 유장경劉長卿의 시 「엄사원과 작별하며〔別嚴士元〕」에 들어 있다.
24. '장삼長三'은 위아래에 각기 3개의 녹색 점이 두 줄로 비스듬히 찍힌 패이다. "제비들 쌍쌍이 들보 사이에서 지저귀고〔雙雙燕子語梁間〕"라는 구절은 송나라 때 유계손劉季孫의 시 「요주 주무청의 병풍에 쓰다〔題饒州酒務廳屛〕」에 들어 있는 "재잘재잘 제비들 들보 사이에서 지저귀고〔雙雙燕子語梁間〕"를 변형한 구절인 듯하다. "마름 풀 바람에 끌려 푸른 허리띠처럼 길게 늘어졌는데〔水荇牽風翠帶長〕"라는 구절은 두보杜甫의 「곡강에서 비를 보며〔曲江對雨〕」에 들어 있다. '삼三'과 '육'은 녹색 점이 위에 3개 아래에 6개 찍힌 패이다. 합친 패의 이름을 나타내는 '쇠사슬에 외로운 배 매였구나〔鐵鎖練孤舟〕'는 원래 경원부慶遠府(지금의 광시성〔廣西省〕 이산〔宜山〕)에서 유행하던 옛 가요의 한 구절로, 전문은 "쇠사슬에 외로운 배 매여, 영원히 풀어지지 않네. 온 세상 어지러워도 이곳만은 근심 없고, 온 세상에 가뭄 들어도 이곳에선 반쯤 수확을 하지〔鐵鎖練孤舟 千年永不休. 天下大亂 此處無憂. 天下大旱 此處半收〕."이다. 여기에 나오는 패 이름 중 '삼'은 쇠사슬을, '육'은 외로운 배를 가리킨다. 한편, 이 구절은 제62회에 다시 나오는데, 거기서는 '쇄鎖'를 '색索'으로, '연練'을 '남纜'으로 표기했다. 또한 "곳곳에 풍파 일어 가는 곳마다 근심일세〔處處風波處處愁〕."라는 구절은 당나라 때 설영薛瑩의 시 「가을 호숫가에서〔秋日湖上〕」에 들어 있는 "안개 일렁이는 곳곳마다 근심일세〔烟波處處愁〕."를 변형한 구절로 보인다.
25. '금병錦屛'은 붉은색 점이 위에 4개, 아래에 6개 찍힌 패이다. 그 모양이 채색 병풍

과 비슷하다고 해서 '금병' 또는 '금병풍錦屏風'이라고 부른다. "비단 창가에서도 홍낭紅娘의 보고가 없네[紗窗也沒有紅娘報]."는 『서상기西廂記』 제1본本 제4절折에서 남자 주인공 장생張生이 부르는 노래 "비단 창밖에서 분명 홍낭紅娘의 보고가 있으리[紗窗外定有紅娘報]."라는 구절을 변형한 것인데, 처음 이렇게 변형한 이는 명말 청초의 김인서金人瑞이다(김성탄비본金聖嘆批本『서상기』「뇨재鬧齋」). '비단 창'은 6개의 녹색 점을, '홍낭'은 4개의 붉은색 점을 가리킨다. '이'와 '육'은 녹색 점이 위에 2개, 아래에 6개 찍혀 있는 패이다. "나란히 옥좌 바라보며 조정 의례를 이끄네[雙瞻玉座引朝儀]."라는 구절은 두보의 시 「자신전퇴조구호紫宸殿退朝口號」의 "문 밖의 소용昭容은 자줏빛 소매 늘어뜨리고, 나란히 옥좌 바라보며 조정 의례 이끄네[戶外昭容紫袖垂, 雙瞻御座引朝儀]."에서 따온 것이다.

26. "비에 젖은 복사꽃 색깔 더욱 진하네[桃花帶雨濃]."라는 것은 이백의 시 「대천산 도사를 찾아갔으나 만나지 못함[訪戴天山道士不遇]」에 들어 있는 구절이다.

제41회

1. '걸신들린 메뚜기[母蝗蟲]'는 유노파를 가리킨다.
2. '조유'는 찹쌀로 빚은 술에 정향丁香과 감초, 표고, 회향茴香, 소금 등을 넣어 1년 정도 재운 조미료이며, 쟝쑤성[江蘇省] 타이창현[太倉縣]의 특산물이다.
3. 유노파가 까마귀라고 한 것은 생김새가 비슷한 구관조九官鳥이다.
4. '유조油條' 또는 '유귀油鬼', '과자餜子'라고도 한다. 밀가루 반죽을 발효시키고 소금으로 간을 한 후 길쭉한 모양으로 늘이고 꼬아서 기름에 파삭하게 튀긴 것이다.
5. '운룡헌수'는 길상吉祥 도안의 일종이다. 중간에 '수壽' 자를 넣고 사방으로 구름과 용이 둘러싼 모습을 묘사한 것이다.
6. 명나라 성화成化(1464~1487) 연간에 운영되던 관요官窯이다.
7. 안휘성安徽省 육안현六安縣에서 생산된 차이다. 명나라 때 도륭屠隆이 쓴 『고반여사고반여사考槃餘事』를 보면 이 차는 품질이 뛰어나 약으로 써도 되지만 찻잎을 잘못 볶으면 향기가 나지 않고 쓴맛이 난다고 했다.
8. 호남성湖南省 동정호洞庭湖의 군산君山에서 나는 은침차銀針茶이다. 긴 눈썹 모양의 보송보송한 털이 수북한 부드러운 잎에 향기가 진하고 단맛이 나는 차이다. 이 차는 역대로 황실의 진상품으로 쓰였다. 일설에는 '육안은침六安銀針'이 바로 '노군미'라

고도 한다.

9. '반瓠'과 '포匏'는 모두 호로葫蘆의 일종으로 '가斝'는 옛날에 사용하던 큰 술잔의 명칭이다. '반포가瓠匏斝'는 '가斝' 모양으로 만든 틀을 어린 호로에 씌워 그 모양대로 자라게 한 후, 나중에 틀을 벗겨내고 술잔으로 만든 것이라고 한다. 일설에는 그냥 호로 모양으로 만든 특수한 술잔의 명칭이라고도 한다.

10. 왕개王愷의 자는 군부君夫이고, 진晉나라 동해군東海郡 담 (지금의 산동성[山東省] 탄청 城) 사람이다. 저명한 학자 왕숙王肅의 아들인 그는 진나라 무제武帝 사마염司馬炎의 외삼촌으로서 용양장군龍驤將軍과 효기장군驍騎將軍, 산기상시散騎常侍를 지냈다. 대단히 화려하고 사치를 부리며 살았던 것으로 알려졌으며, 당시의 또 다른 산기상시인 석숭石崇과 부富를 다툰 것으로도 유명하다.

11. 전서篆書 필체의 일종이며, 획의 위쪽에 둥근 점을 몇 개 찍어 장식한 것이다. 이 때문에 이 서체를 '영락전纓絡篆'이라고도 부른다.

12. 물소의 뿔로 만든 술잔의 일종이다. '교盉'는 사발 모양의 그릇인데, 일설에는 '점서교點犀盉'가 아니라 '행서교杏犀盉'라고 불러야 한다고 한다. 그 이유는 보통 물소의 뿔로 만든 그릇은 짙은 갈색의 불투명한 색이지만 최상품의 물소 뿔로 만든 것은 투명하면서도 발그레한 빛이 도는 노란색으로서 아주 귀한 것이기 때문이라고 한다.

13. 『금강경金剛經』에 "이 법은 평등하여 높고 낮음에 대한 차별이 없다[是法平等 無有高下]."라고 했다. 여기서 '법法'은 범어梵語 '다르마[達磨, Dharma]'을 가리키는데, 이것은 원래 신조나 규범이라는 뜻이지만 일체의 사물을 가리키는 뜻으로도 쓰인다.

14. 지금의 장쑤성[江蘇省] 우현[吳縣]에 있는 산 이름이다. 전설에 따르면 동진東晉 때의 욱태현郁泰玄이 이곳에 묻혔기 때문에 그런 이름이 붙여졌다고 한다. 이 산에는 매화가 많아서 꽃이 필 때 멀리서 보면 눈과 같다고 하여 '향설해香雪海'라는 칭송을 듣고 있다.

15. 옛날 쇠뇌[弩]의 화살을 쏘는 장치를 '기機'라 하고, 화살 끝에 시위를 거는 곳을 '괄栝'이라고 했는데, 이것을 합쳐서 '스위치'라는 뜻으로 쓰게 되었다. 다른 말로 '소식消息' 또는 '기관機關'이라고도 한다.

16. 본문의 '진열장[集錦橱子]'은 '다보탑多寶塔' 또는 '박고가博古架'라고도 한다. 이것은 대개 값비싼 목재로 만든 각양각색의 틀로서 건물 내부의 처마에 매달아 공간을 나누는 용도와 더불어 장식적 기능을 겸했다. 그 위에 진귀한 골동품 등을 진열할 수도 있다.

제42회

1. 귀신의 별자리와 그에 따른 운명, 길흉과 화복禍福을 논한 책이다. '수祟'는 귀신이나 귀신의 해코지라는 뜻을 지닌다.
2. '배추 시래기〔灰條菜乾子〕'는 줄기가 긴 배추를 끓는 물에 데쳐 햇볕에 말린 것으로 회백색을 띤다.
3. '조롱박 말랭이〔葫蘆條兒〕'는 신선한 조롱박의 껍질을 벗기고 길게 잘라 말린 것으로서 저장하기에 편하다. 이것을 물에 불려 부드럽게 한 후 볶아서 요리를 만들어 먹을 수 있다.
4. 원문의 '일두주一斗珠'는 '일곡주一斛珠'라고도 부른다. 아직 태어나지 않은 태속의 양을 잡아 만든 가죽은 털이 구슬처럼 말려 있어서 '진주모珍珠毛'라고도 한다.
5. 옛날 궁중에서 각종 장기長技와 함께 그에 맞는 직책을 가지고 있던 이들을 아울러 칭하는 호칭이다. 여기서는 왕태의에 대한 존칭으로 쓰였다.
6. 부종을 없애고 통증을 멈추게 하는 약이다. 주로 악창惡瘡이나 혓바늘 돋은 것을 치료하는 데 쓴다.
7. 감염을 막고 해독을 하는 약이며, 주로 따뜻하고 습한 상태에서 자주 생기는 구토나 설사, 어린아이가 가래에 목이 막히는 것을 치료하는 데 쓰인다.
8. 어혈瘀血을 없애주는 약이다. 주로 중풍으로 인한 반신불수, 바람을 쐬거나 습한 환경으로 인해 생기는 근육이나 관절의 통증 따위를 치료하는 데 쓰인다.
9. 자궁을 안정시키는 약이며 주로 난산難産을 치료하는 데 쓰인다.
10. 위쪽에 하나의 여의如意 문양과 나뭇가지 문양이 새겨진 금이나 은 덩어리를 가리킨다. '필정여의筆錠如意'라는 말은 '필정여의必定如意' 즉 모든 일이 뜻대로 이루어지리라는 말과 발음이 통한다.
11. 원나라 말엽의 극작가 고칙성高則誠이 쓴 남희南戲 극본이다. 이 작품은 채백개蔡伯가 의를 저버리고 새장가를 들자 그의 본처인 조오낭趙五娘이 머리카락을 잘라 팔아서 시부모의 장례를 치르고 구걸을 하며 남편을 찾아 나서는 이야기이다.
12. 명나라 때 장무순臧懋循이 편찬한 원나라 때 잡극雜劇 선집인 『원곡선元曲選』을 가리킨다. 여기에는 100종 가까운 작품들이 수록되어 있기 때문에 이런 별칭으로도 불리는 것이다.
13. 예로부터 『춘추』는 하나의 글자에 인물과 사건에 대한 평가를 담는 '미언대의微言大義'가 담겨 있다고 여겨져 왔다. 후세에는 깊은 은유를 담아 에둘러 말하면서 그 안

에 잘잘못에 대한 평가(襃貶)를 담아 쓰는 것을 '춘추필법春秋筆法'이라고 칭한다.
14. 책이나 비첩碑帖, 글씨, 그림 등의 앞면에 쓴 글을 '제題', 뒷면에 쓴 글을 '발跋'이라고 한다. 그 내용은 대개 작품에 대한 평가나 고증考證, 어떤 일의 전말에 대한 기록 등이다.
15. '머릿솔(抿子)'은 '민자篦子'라고도 쓴다. 머리를 곱게 빗겨 넘기기 위해 머릿기름을 발라 사용하는 작은 솔이다.
16. 중국화의 전문 용어이다. 화가가 척도尺度에 맞춰 경계선을 긋고 건물이나 누대 등이 중심이 되는 풍경을 세밀하게 그려내는 것이다. 송나라와 원나라 때는 그림을 30개의 분야로 나누었는데, 그중 열 번째가 '계화루대界畵樓臺'였다. 나중에는 정자와 누대, 전각 등을 그린 그림을 가리켜 '계화'라고 불렀다.
17. '우스운 이야기(笑話)'는 유사한 발음을 이용한 말장난으로, '우스운 그림(笑畵)'을 가리킨다.
18. 필묵筆墨의 뜻과 멋을 추구하는 문인 산수화이다. 명나라 때 동기창董其昌 등이 불교의 남종, 북종 구별법을 따라 당나라 이래 산수화를 남파와 북파로 나누었다. 남종화는 수묵의 기운氣韻과 빼어난 풍격, 준염皴染을 중시하여 그림이 비교적 간결한 맛을 풍기는데, 왕유王維 같은 이의 그림이 대표적이다.
19. '준찰皴擦'은 '준염皴染'이라고도 한다. 이 기법은 먼저 산과 바위의 윤곽선을 그린 후 다시 수묵으로 여러 차례 칠하여 층차의 방향과 질감을 표현하는데, 대개 겹겹이 이어진 산봉우리들이나 바위의 무늬와 결을 묘사하는 데 많이 쓰인다.
20. 종이나 비단에 명반을 먹이면 흡수성을 조절할 수 있다.
21. '개면開面'은 털이 강한 회화용 붓으로 매우 가늘어서 인물의 얼굴같이 세부적인 부분을 그리는 데 적합하다.
22. '전두주箭頭朱'는 양쪽이 뾰족하고 중간은 조금 굵은 주사朱沙 덩어리이다.
23. '남자南赭'는 안휘安徽, 절강浙江 지역에서 나는 천연 안료이다. '자赭'는 붉은색 또는 노란색을 띠는 광물질이다.
24. '석황石黃'은 웅황雄黃으로, 이것으로 오렌지색 안료를 만들 수 있다.
25. '석청石靑'은 남동광藍銅鑛으로 만든 짙푸른 색의 안료이다.
26. '석록石綠'은 공작석孔雀石을 갈아 만든 초록색 안료이다.
27. '관황管黃'은 등황藤黃을 정제하여 대롱 모양으로 만든 안료이다.
28. '광화廣花'는 전청靛靑으로 만든 푸른색 안료로서 광동廣東 지역에서 생산된다.

29. '광균교廣勻膠'는 광동廣東 지역에서 나는 투명하고 냄새가 나지 않는 아교이다.
30. '담필擔筆'은 양털로 만든 회화용 붓이며 먼지나 가루를 두드리는 데 쓴다. 여기서 '담擔'은 '탄揮'과 통한다.
31. '유발乳鉢'은 약재나 안료 따위를 가루로 빻는 데 쓰는 그릇이다.
32. '부탄浮炭'은 물에 뜨는 가벼운 숯이며 '부탄桴炭' 또는 '부탄麩炭'이라고도 쓴다.

제43회

1. 옛날에는 점쟁이나 이야기 및 노래를 들려주는 장님 기예인들을 보통 '선생[先兒]'이라고 불렀다.
2. 남조 송나라 때의 심회원沈懷遠이 편찬한 『남월지南越志』에 따르면, 교지交趾 땅의 밀향수密香樹 가운데 오래된 것을 찾아 그 뿌리를 잘라두고, 한 해가 지나면 껍질은 썩어도 나무의 심과 가지 마디는 썩지 않는데, 단단하고 먹처럼 검은 그것을 물에 담가 만들어내는 것이 침향沈香이다. 그것을 말리면 잔향棧香이 되고, 뿌리로 만든 것은 황숙향黃熟香이라고 했다. 또한 명나라 때 이시진李時珍이 편찬한 『본초강목本草綱目』「목부木部·일一」에 따르면, 향의 등급은 침향과 잔향, 황숙향 세 가지로 나뉘며, 그 가운데 황숙향은 가볍고 허한 기운을 가진 향으로, 세상에 명칭이 잘못 전해져 '속향速香'이라 불린다고 했다.
3. 삼국시대 조식曹植이 「낙신부洛神賦」를 지어서 상상 속의 낙수落水 여신과 만난 일을 서술한 적이 있다. 아래에 인용된 묘사 구절은 모두 이 작품에서 나온 것들이다.
4. '화청花廳'은 연회나 연극 관람, 손님 접대 등을 목적으로 지어진 내청內廳으로서, 정청正廳과는 달리 대개 정원 안이나 별도로 떨어진 정원에 지었다. 그 주위에는 호수와 바위 등으로 장식하고 꽃과 나무를 심어 정원 분위기가 물씬 풍기기 때문에 속칭 '화청'이라고 하는 것이다.
5. 「형차기荊釵記」는 원나라 때 가단구柯丹丘가 지은 남희南戱 극본이며, 부부 사이인 왕십붕王十朋과 전옥련錢玉蓮이 헤어졌다가 다시 만나는 과정을 묘사한 것이다.

제44회

1. 「남자의 제사[男祭]」는 남편 왕십붕이 다른 여자를 아내로 들였다는 헛소문을 들은

전옥련이 강물에 몸을 던져 자살하려다가 구조되었는데, 왕십붕은 또 아내가 죽었다는 헛소문을 듣고 아내의 제사를 지낸다는 내용이다.
2. 누대 모양의 받침대에 잔을 얹도록 만든 술잔이다.
3. 평생 사나운 아내에게 바가지를 긁혀야 하는 팔자를 가리킨다. 옛날 중국에서는 사람의 평생 운명이 타고난 별자리에 따라 좌우된다고 여겼다.
4. 여기서 '여우 짓'이라고 번역한 '호미염도狐媚魘道'는 본래 사악한 방법으로 남을 미혹하거나 해치는 방법을 말한다. 민간 전설에 여우가 사람으로 변해 사람을 홀린다는 이야기가 있기 때문에, 은밀하고 은근한 방법으로 사람을 미혹하는 짓을 '호미狐媚'라고 한다. 또 '염魘'은 사람의 꿈속에 들어와 놀라게 만드는 못된 귀신이라고 한다.
5. 명나라 선덕宣德(1426~1435) 연간에 운영하던 관요官窯이다. 이곳에서 만든 자기는 모양과 무늬가 정교하고 색채가 아름다운데, 특히 작은 물건들이 더욱 뛰어나다. 그중에는 붉은색 자기가 가장 유명하다.
6. '연백鉛白'이라고도 부르며, 하얀색 가루 형태의 무기 화합물로서 안료나 화장품으로 쓰인다.
7. 사건의 조사와 범인 체포 등을 담당하는 관청의 아역衙役이다.

제45회

1. '봉군封君'은 옛날에 봉읍封邑을 받은 귀족을 아울러 칭하던 호칭이다. 진晉나라 이후 역대 왕조에서 모두 봉전封典제도가 있었는데, 황제는 관리의 등급에 따라 본인이나 처, 부친, 조부에게 명예로운 칭호를 봉해주었다. 그리고 이런 봉호封號 받은 이들을 모두 '봉군'이라고 불렀다.
2. 매년 일정 시기에 개인에게 지급하거나 특정 항목에 지불하는 비용을 가리킨다.
3. 속설에 따르면 강아지가 어미 뱃속에 있을 때 꼬리가 충분히 자라면 태어난다고 한다. 이 말은 다른 사람의 생일을 가리키는 우스갯소리로 쓰인다.
4. 중국 전통 의학에서는 오곡을 먹으면 정신과 기혈을 보충할 수 있다고 여겼다. 『사기』「편작창공열전扁鵲倉公列傳」에 따르면 태창공太倉公 순우의淳于意가 양허후陽虛侯의 재상 조장趙章의 병세를 살펴보고 5일 후에 죽을 거라고 진단했는데, 그는 10일 후에 죽었다. 이에 대해 순우의는 조장이 죽을 즐겨 먹기 때문에 내장이 튼실하고,

내장이 튼실하기 때문에 죽을 기한을 5일이나 넘긴 것이라고 설명했다. 그러므로 "내장이 곡식을 받아들일 수 있으면 죽을 기한이 늦춰지고, 그렇지 않으면 기한이 되기 전에 죽는다."라고 설명했다.

5. 『논어論語』「안연顔淵」에 들어 있는 구절이다.
6. 오행의 상생상극相生相剋을 응용한 전통 의학의 이론이다. 인체의 장기 중 간은 목木에 해당하고 비위脾胃는 토土에 해당하는데, 양자는 상극 관계이다. 목은 화火와 상생 관계지만 간의 열기가 너무 왕성하면 토에 해당하는 비위를 상하게 하기 때문에, 간의 열기를 식혀서 비위를 상하게 하지 않게 만들면 위장이 음식물의 영양을 순조롭게 흡수할 수 있을 것이라는 뜻이다.
7. 여기서 '은 냄비'라고 번역한 '은조자銀銚子'는 손잡이가 달리고 주둥이가 짧은 작은 냄비[鍋]를 가리킨다.
8. 사마우司馬牛는 공자의 제자로서 본명은 사마경司馬耕이고 자字는 자우子牛이다. 『논어』「안연」에 따르면, 그는 일찍이 남들한테는 다 형제가 있는데 자기한테만 없다고 탄식한 적이 있다. 이 때문에 후세에는 종종 형제가 없음을 애석해하는 것을 '사마우의 탄식'이라고 표현하게 되었다.
9. 『악부잡고樂府雜稿』라는 책 이름과 수록된 작품들의 제목은 작가가 임의로 지어낸 것인 듯하다.
10. 악부樂府 오성가곡吳聲歌曲의 제목 중 하나이다. 송나라 때 곽무천郭茂倩이 편찬한 『악부시집樂府詩集』에 인용된 『진서晉書』「악지樂志」의 기록에 따르면, 이 작품은 진후주陳後主의 작품이라고 했으며, 나중에 수나라 양제煬帝, 당나라 때의 장약허張若虛 및 온정균溫庭筠도 모두 같은 제목의 작품을 남겼다. 여기서 임대옥이 지은 작품은 장약허 작품의 격식을 본뜬 것이다.
11. 가을이 오면 초목이 시들 터인데, 아직 초가을이라 사람이 미처 알아채지 못하고 있다는 뜻이다. 가을 꿈속에는 아직 녹음이 있지만, 비바람이 시들기를 재촉하며 창을 흔들어대는 바람에 놀라 깨어보면 어느새 시들어버린 풍경을 발견하고 세월의 무상함에 비애를 느끼게 된다는 의미이다.
12. 대략 저녁 9시에서 10시 사이를 가리킨다.
13. 굴껍질을 갈아 만든 반투명의 얇은 기와 모양의 조각이다. 옛날에 유리가 없을 때는 이걸로 창문이나 등롱을 만들었다.
14. 『자치통감資治通鑑』「당태종 정관 원년唐太宗貞觀元年」에는 당태종이 서역西域 상인

들은 훌륭한 진주를 얻으면 몸을 칼로 갈아 그 안에 진주를 숨긴다는 소문을 듣고, 그것은 진주만 아끼고 자기 몸은 돌보지 않는 어리석은 짓이라고 비평했다는 이야기가 기록되어 있다. 이후로 이것은 재물 때문에 몸을 상하거나 중요한 것과 사소한 것의 자리가 뒤바뀐 경우를 비유하는 말로 쓰이게 되었다.

제46회

1. 이 속담은 좋은 물건이나 사람은 결국 그에 어울리는 보상을 받거나 알아주는 사람을 만나게 된다는 뜻이다.
2. 원문의 '구국판낙타적九國販駱駝的'은 원래 전국시대에 여러 나라를 돌아다니며 장사하면서 교묘한 말로 물건을 속여 파는 사람을 비유한 말이며 '육국판낙타적六國販駱駝的'이라고도 쓴다.
3. 송나라 휘종徽宗 조길趙佶은 화조화花鳥畵를 잘 그렸고, 특히 매 그림에 뛰어났다고 하며, 원나라 때의 화가이자 서예가인 조맹부趙孟頫는 말 그림에 특히 뛰어났다고 한다. 여기서 '그림〔畵〕'은 '말〔話〕'과 발음이 같다는 점을 이용한 것이다. '송휘종적응조자앙적마宋徽宗的鷹 趙子昂的馬'는 헐후어歇後語인데, 그 의미는 '다 좋은 얘기〔都是好話兒〕'라는 뜻이다.
4. 이 역시 헐후어이며 '장원두아관적장아 우만시회사狀元痘兒灌的漿兒 又滿是喜事'라고 쓴다. '장원두아狀元痘兒'는 천연두天然痘를 에둘러서 표현한 것인데, 천연두에 걸렸을 때 물집이 생겨 터지면 생명을 보존할 수 있다고 해서 '경사스러운 일'이라고 하는 것이다. 원앙의 이 말은 올케가 '아주 경사스러운 일'이라고 한 것을 비꼬는 뜻으로 쓰였다.
5. 중국 전통 의학에서 담痰이 경락과 숨구멍을 막아 정신이 혼미해지는 증세를 가리키는 말이다. 중풍中風 등의 증세를 가리키기도 한다.
6. '권자卷子'는 반죽한 밀가루를 편평하게 늘여서 기름이나 소금 따위를 발라 만 뒤에 쪄낸 것이다.

제47회

1. 골패놀이를 할 때는 패를 잘 섞어 나누고 나서 노름판의 주인〔頭家〕부터 패를 던지거

나, 또는 각자 먼저 패를 하나씩 뒤집어 점수에 따라 순서를 정해 판을 시작한다. 이 때 '일[幺]'은 가장 높은 숫자이기 때문에 이렇게 선을 정하는 것을 '고요告幺'라고 한다.
2. '득등得等'이라고도 한다. 이것은 골패놀이를 할 때 패의 짝이 거의 다 맞춰져서 마지막 하나가 나오기를 기다리는 것인데, 이렇게 패가 다 맞춰지면 그 판을 이기게 된다.
3. '이통二筒'이라고도 부르며, 붉은색과 초록색의 둥근 점이 각기 하나씩 찍힌 패를 가리킨다.
4. 여기서 '아이[孩子]'는 남창男娼을 가리키는데, 대개 '상공相公' 또는 '상고相姑'라고도 불린다.

제48회

1. 원문의 '유예遊藝'는 『논어』「술이述而」의 '유어예遊於藝'를 가리킨다. 이것은 원래 육예六藝의 가르침에 깊이 빠진다는 뜻인데, 후세에는 일반적으로 기술이나 예술을 익히는 것을 가리키는 뜻으로 쓰이게 되었다.
2. 원문은 '득롱망촉得隴望蜀'이다. 이것은 『후한서後漢書』「잠팽전岑彭傳」에서 비롯된 말로, 사람이 만족을 모르고 농서隴西(지금의 간쑤성[甘肅省]에 속함) 땅을 평정하고 나면 촉蜀(지금의 쓰촨성[四川省]에 속함) 땅을 탐내게 된다는 뜻이다. 후세에는 만족할 줄 모르고 욕심을 계속 부리는 사람을 비유하는 말로 자주 쓰였다.
3. 상비죽湘妃竹은 대나무에 자주색 반점이 있어서 반죽斑竹이라고도 부르며, 호남湖南과 광서廣西 지역에서 난다. 전설에 따르면 순舜임금이 죽자 그의 두 부인이 통곡하며 흘린 눈물이 대나무에 묻어 그런 얼룩이 생겼다고 한다. 그리고 원나라 때 유미지劉美之가 편찬한 『속죽보續竹譜』에 따르면 종죽棕竹은 촉蜀 지역에 많은데 껍질과 잎이 종려나무와 비슷하고, 도화죽桃花竹이라고도 부른다고 했다. 미록죽麋鹿竹은 껍질에 사슴 뿔 같은 무늬가 있는 대나무이다. 또한 『군방보群芳譜』에 따르면 옥죽玉竹은 푸른색과 노란색이 섞여 있다고 한다.
4. 옛날 근체시近體詩의 구조에서 기起는 시상의 시작 부분을, 승承은 앞 구절의 내용을 이어서 서술하는 것을, 전轉은 어조나 분위기를 변화시켜 다른 방식으로 주제를 나타내는 것을, 그리고 결結은 전체의 마무리를 가리킨다.

5. 옛날 한자는 평平, 상上, 거去, 입入의 4가지 성조聲調가 있었다. 이 중 평성平聲은 다시 양평성陽平聲과 음평성陰平聲으로 나뉘고, 나머지 상성과 거성, 입성은 모두 측성仄聲에 해당한다. 근체시에서는 각각의 자리에 정해진 평성과 측성의 글자를 쓰도록 되어 있다.

6. 근체시를 대표하는 율시律詩는 모두 8구절로 되어 있는데 중간의 4구절은 반드시 대구對句를 이루도록 되어 있다. 대구는 단어의 성격에 따라 대비되도록 맞추는 것이다. 일반적으로 허자虛字는 대개 부사副詞나 어조사語助辭처럼 문장의 부수적인 성분으로 글자 자체의 의미가 별로 중요하지 않은 단어이다. 실자實字는 명사나 동사처럼 문장 안에서 중요한 역할을 하면서 글자 자체의 의미도 구체적인 단어를 가리킨다.

7. 율시의 평측平仄 규정에서 첫째, 셋째, 다섯째 글자는 비교적 규칙이 느슨해서 평성이나 측성 어느 글자를 써도 무방하지만 둘째, 넷째, 여섯째 글자는 정해진 규칙을 엄격히 지켜야 한다는 뜻이다. 그러나 이것은 처음 시를 배울 때 염두에 두어야 할 대략적인 요령일 뿐이고, 실제로는 첫째, 셋째, 다섯째 글자의 평측을 정해진 규칙과 달리 쓰는 것은 여러 가지 구체적인 조건이 맞을 때만 가능하다.

8. 육유(1125~1210)의 자는 무관務觀이고 호는 방옹放翁이며, 월주越州 산음山陰(지금의 저장성〔浙江省〕 사오싱시〔紹興市〕) 사람이다. 남송의 애국시인이자 고대 중국에서 가장 다작한 시인으로서 오늘날까지 약 9300여 수의 작품이 남아 있다. 저작으로『검남시고劍南詩稿』와『위남문집渭南文集』등이 있다. 인용된 시는 육유의「서재가 밝고 따뜻해서 종일 그 안에서 놀다가 물려서 지팡이 짚고 작은 정원에 갔다가 장난삼아 지은 두 수〔書室明暖 終日婆娑其間 倦則扶杖至小園 戲作長句二首〕」중 두 번째 작품으로, 원문은 다음과 같다.

美睡宜人勝按摩	달콤한 잠은 안마받는 것보다 낫고
江南十月氣猶和	강남은 시월인데도 공기가 아직 따뜻하네.
重簾不卷留香久	겹겹 주렴 걷지 않아 오래도록 향기 서려 있고
古硯微凹聚墨多	옛 벼루는 얕게 파여도 먹물 많이 고인다네.
月上忽看梅影出	달이 떠올라 홀연 매화 그림자 나타나고
風高時送雁聲過	거세지는 바람에 이따금 지나는 기러기 소리 들려오네.
一杯太淡君休笑	한잔 술 너무 묽다고 비웃지 마오
牛背吾方扣角歌	조금 전에 소 타고 뿔 두드리며 노래 불렀다오.

9. 도잠(365~427)의 원래 이름은 연명淵明, 자는 원량元亮, 호는 오류선생五柳先生, 시

호諡號는 정절선생靖節先生이다. 동진東晉 심양瀋陽(지금의 쟝시성〔江西省〕 쥬쟝시〔九江市〕) 사람인 그는 말단 지방관을 지내다가 벼슬을 내놓고 고향으로 돌아가 은거하면서 전원생활을 주제로 걸작을 많이 남긴 시인이다.

10. 응창(?~217)의 자는 덕련德璉으로 건안建安(196~219) 시기에 유정劉楨과 함께 조조曹操의 휘하에서 활동한 시인이자 문장가이다. '건안칠자建安七子' 중 한 명으로 꼽힌다.

11. 사영운(385~433)은 절강浙江 회계會稽 사람으로, 동진東晉의 명장名將 사현謝玄의 손자로서 강락공康樂公의 지위를 세습받았다. 중국 산수시의 비조鼻祖로 일컬어진다.

12. 완적(210~263)의 자는 사종嗣宗이고 진유陳留 위씨尉氏(지금의 허난성〔河南省〕에 속함) 사람이다. 위나라에서 보병교위步兵校尉를 지냈기 때문에 흔히 완보병阮步兵이라고 불린다. '죽림칠현' 중 한 사람이다.

13. 유신(513~581)의 자는 자산子山이고, 남양南陽 신야新野(지금의 허난성에 속함) 사람이다. 그는 개부의동삼사開府儀同三司에 봉해진 적이 있기 때문에 흔히 유개부庾開府라고 불린다. 특히 서능徐陵과 함께 양나라의 궁정문학을 주도하여, 문학사에서 그들의 시풍詩風은 '서유체徐庾體'라고 불린다.

14. 포조(415?~470)의 자는 명원明遠이고 동해東海(지금의 쟝쑤성〔江蘇省〕에 속함) 사람이다. 임해왕臨海王 유자욱劉子頊이 형주荊州를 다스릴 때 전군참군前軍參軍으로 임용되었으며, 훗날 유자욱이 반란을 일으켰을 때 포조는 반란군에 의해 피살되었다. 칠언의 악부시樂府詩에 뛰어났다고 평가된다.

15. 이 시는 737년에 왕유가 변방의 병사들을 위문하라는 황제의 명을 받고 사신으로 다녀오면서 지은 기행시紀行詩이다. 원래 제목은 「변방에 사신으로 가서〔使至塞上〕」이다. 전체 원문은 다음과 같다.

  單車欲問邊 홀로 변방에 위문 가면서
  屬國過居延 사신으로 거연 땅을 지나네.
  征蓬出漢塞 날리는 쑥대처럼 변방으로 나가
  歸雁入胡天 돌아가는 기러기처럼 오랑캐 땅으로 들어가네.
  大漠孤烟直 넓은 사막에 외로운 연기 곧게 솟고
  長河落日圓 긴 강에 지는 해 둥글구나.
  蕭關逢候騎 소관에서 정찰병을 만났는데
  都護在燕然 도호 연연산에 있다 하네.

16. 왕유의 시「형제邢濟 전송하며〔送邢桂州〕」에 들어 있는 구절이다. 전체 원문은 다음과 같다.

　　鐃吹喧京口　　징 소리 피리 소리 경구에 요란할 때
　　風波下洞庭　　풍파 속에서 동정호를 내려가네.
　　赭圻將赤岸　　자기 적안에서
　　擊汰復揚舲　　물결 헤치며 다시 배를 띄우네.
　　日落江湖白　　해 떨어지니 강과 호수는 새하얗고
　　潮來天地青　　조수가 밀려오니 천지는 푸르구나.
　　明珠歸合浦　　진주가 합포로 돌아가니
　　應逐使臣星　　응당 사신의 별을 따라간 것이겠지.

마지막 두 구절은 형제邢濟가 계주桂州를 다스리게 되니 정치가 올바로 되어서 백성들이 평안해지고, 고을을 떠났던 이들이 다시 모여들 것이라는 뜻이다.

17. 왕유의 시「망천輞川에 한가로이 지내며 수재 배적裴迪에게〔輞川閑居贈裴秀才迪〕」에 들어 있는 구절이다. 전체 원문은 다음과 같다.

　　寒山轉蒼翠　　추운 산은 점차 녹음 짙어지고
　　秋水日潺湲　　가을 물은 날마다 유유히 흐르네.
　　倚杖柴門外　　사립문 밖에 지팡이 짚고 서서
　　臨風聽暮蟬　　바람 맞으며 저물녘 귀뚜라미 소리 듣네.
　　渡頭餘落日　　나루터엔 낙조 기운 남아 있고
　　墟裏上孤煙　　마을에선 한줄기 연기 오르네.
　　復值接輿醉　　다시 접여의 취한 모습 보았는데
　　狂歌五柳前　　오류선생 앞에서 거침 없는 노래 부르네.

'접여'는 원래 춘추시대 초나라에서 도가道家의 삶을 추구하며 벼슬도 마다하고 미친 것처럼 가장하고 살았던 인물이지만 여기서는 배적을 비유하고 있고, '오류선생', 즉 도잠陶潛은 은거해 지내는 왕유 자신을 비유하고 있다.

18. 삼매三昧는 불교에서 심신心神이 오로지 한결같아서 잡념이 없는 상태를 가리키는 말인데, 후세에는 일반적으로 사물의 오묘한 비밀이나 정심精深한 의미라는 뜻으로 쓰이곤 했다.

19. 이 구절은 도잠의 시「전원에 돌아가 살며〔歸園田居〕」라는 5수의 연작시 중 첫째 작품에 들어 있다.

20. 시운詩韻 중 상평성上平聲 열네 번째의 '한寒'으로 시작되는 운자들을 가리킨다. 이 외에 여기에 속하는 글자들로는 한韓, 한翰, 단丹, 단單, 안安, 난難, 단壇, 탄彈, 잔殘, 간竿, 건乾, 란蘭, 간看, 완完, 단端, 단團, 산酸, 관官, 관觀, 관冠, 란鸞, 란鑾, 환歡, 반盤, 만漫, 탄嘆, 란欄, 산珊 등 50여 글자가 있다.
21. 이 구절은 『논어』「술이述而」의 "배운 것을 묵묵히 기억하고, 배우면서 싫증 내지 않고, 남을 가르치는 데 싫증 내지 않는 것이 내게 무슨 어려움이 있겠느냐[默而識之 學而不厭 誨人不倦 何有於我哉]?"에서 따왔다.

제49회

1. 이 구절은 이백李白의 시「자야오가子夜吳歌」에 들어 있는 "장안 하늘에는 한 조각 달, 집집마다 울리는 다듬이 소리[長安一片月 萬戶擣衣聲]"라는 구절을 변형하여 만든 것이다.
2. 본문의 '도롱이[綠蓑]'는 '강을 떠도는 나그네'를 가리킨다. 한편, 당나라 때 장지화 張志和의 시「어부의 노래[漁歌子]」에는 "푸른 삿갓 쓰고 초록 도롱이 걸친 채, 비껴 바람에 가랑비 몰아쳐도 돌아가지 않으리라[青箬笠 綠蓑衣 斜風細雨不須歸]!"라는 구절 이 있으니, 강 위의 어부라고 해석해도 될 듯하다.
3. 위응물(737~792)은 장안長安(지금의 산시성[陝西省] 시안[西安]에 속함) 사람으로, 소주蘇州 자사刺史를 지낸 적이 있기 때문에 흔히 '위소주韋蘇州'라고 불렸다. 그의 시는 담박하면서도 고매한 기풍을 지니고 있으며, 산수풍경과 은일隱逸의 삶을 잘 묘 사한 것으로 유명하다.
4. 온정균(812~870)의 본명은 기岐, 자는 비경飛卿이며, 태원太原 기祁(지금의 산시성 [山西省]에 속함) 사람이다. 당나라 초기의 재상 온언박溫彥博의 후예인 그는 천재적 인 시재詩才를 지닌 것으로 명성이 높았다. 당나라 때의 과거시험에서는 8개의 운韻 을 써서 율부律賦를 써야 했는데, 그는 여덟 번 손을 맞잡고 바로 8개의 운韻에 맞춰 글을 완성했다고 해서 당시 사람들이 '온팔차溫八叉' 또는 '온팔음溫八吟'이라고 불 렸다고 한다. 그는 시에서는 이상은李商隱과 나란히 명성을 날렸고, 사詞에서는 이른 바 화간파花間派 작가로서 위장韋莊과 나란히 명성을 날렸다.
5. 이상은(812?~858?)의 자는 의산義山, 호는 옥계생玉溪生 또는 번남생樊南生이며 형 양滎陽(지금의 허난성[河南省] 정저우[鄭州])에서 태어났다. 그는 당나라 말엽 이우당

쟁李牛黨爭의 혼란에 얽혀 벼슬길에 좌절을 겪고 시와 변려문騈儷文에 전념했다. 그의 시는 신선하고 기발한 구상과 화려한 수사법을 구사하여 특히 애정시의 걸작을 많이 남겼으며, 그 외에 세태를 풍자한 시들은 지나치게 은유적인 수법으로 진의를 감춰 놓아 난해하기로 유명하다.

6. 이것들은 모두 명나라 때 고명高明의 『당시품휘唐詩品彙』「총서總序」에 들어 있는 평가이다.
7. 이 내용은 『서상기』 제3본本 제2절折에 들어 있는 것이다. 본래 문장은 "경주도맹광접료량홍안更做道孟光接了梁鴻案"이라고 되어 있다. 『후한서後漢書』「양홍전梁鴻傳」에서 이 이야기는 양홍이 맹광에게 밥상을 받은 것으로 되어 있는데, 『서상기』에서는 홍낭紅娘의 말 속에서 앵앵鶯鶯이 장張선비의 사랑을 받아들였음을 비유하는 뜻으로 쓰였다. 여기서는 임대옥이 설보차의 우정을 받아들였다는 의미로 다시 활용되었다.
8. 이 역시 『서상기』 제3본 제2절에 들어 있는 노래 가사의 일부이다.
9. 검은 새의 깃털로 만든 털옷인데, 훗날에는 망토[斗篷]와 비슷하게 추위를 막아주는 외투를 가리키는 뜻으로도 쓰였다.
10. 외국에서 들어온 모직물毛織物의 일종이다.
11. '금편金片'은 남경南京에서 생산되는 직물織物의 일종이다.
12. 만주귀족滿洲貴族 가문에서 몽고족 노비를 천시하여 부르는 호칭이다.
13. '장화단粧花緞'이라고도 하며, 강녕江寧 지역에서 특수한 기법으로 직조한 비단이다.
14. 깃이 크고 밖에 입는 상의를 가리킨다. 청나라 이전에는 일반적으로 입던 평상복이지만, 청나라 때는 어른들은 입지 않았고 대개 아이들에게 해 입혔다.
15. '노설엄蘆雪广'에 대해서는 판본마다 표기가 다양하다. 중화서국 판본의 교감기〔校記〕에 따르면 '엄广'은 바위에 시렁을 얹어 만든 건물이라고 했다.
16. 수달 가죽과 비슷하게 털이 달린 가죽인데, 수달 가죽보다 색이 진하고 윤기가 난다. 외투처럼 큰 옷은 이것을 여러 장 이어 붙여 만드는데, 자연스럽게 매의 날개에 있는 무늬가 나타나게 된다.
17. 백옥초白玉草를 엮어 만든 도롱이이다. 백옥초는 청나라 때 여름 모자 등을 만드는 재료로 쓰였다.
18. 등나무 껍질을 가늘게 찢어 말린 것으로 엮은 삿갓이다. 여기에 오동나무 기름을 발라 황금색을 띠기 때문에 '금등립金藤笠'이라고 부른다.
19. 옛날 부녀자들이 쓰던 방한모防寒帽이다. 그 생김새가 관음보살이 쓰고 있는 투구

처럼 생겼다고 해서 이런 이름이 붙었다.

20. 현장의 풍경을 보고 떠오른 시상을 여러 사람이 돌아가며 읊어서 한 편의 시를 완성하는 것을 가리킨다. '연구聯句'는 여러 사람이 공동으로 한 편의 시를 쓰거나 서로 돌아가며 한 구절씩 완성하는 방식이다. 일반적으로 한 사람이 먼저 첫 구절과 셋째 구절, 또는 그보다 많은 구절의 홀수 구절을 읊다가 멈추면, 다음 사람이 짝수 구절을 읊어서 하나의 연聯을 완성한 후, 다시 다음 연의 홀수 구절을 읊은 후 또 다음 사람에게 짝을 맞추게 하는 방식으로 이어나간다. 또 어떤 경우에는 한 사람이 첫 구절만 말하면 나머지 사람들 중에서 다투어 다음 구절을 말하여 그중 가장 훌륭한 것을 뽑아 잇기도 한다. 이런 방식의 연구 짓기는 제50회에서 볼 수 있다.

21. 오언율시 형식을 늘려 장편으로 만든 것이다. 일반적으로 오언율시의 2배인 16구절, 3배인 24구절, 4배인 32구절과 같은 방식으로 지어지는데, 전체 길이가 한정되어 있지는 않다.

22. 하평성下平聲의 두 번째 운이며, 여기에 속한 글자들은 蕭소, 貂초, 挑도, 彫조, 雕조, 條조, 迢초, 調조, 廖료, 寮료, 堯요, 宵소, 消소, 超초, 朝조, 驕교, 嬌교, 焦초, 椒초, 饒요, 燒소, 遙요, 謠요, 瑤요, 昭소, 韶소, 苗묘, 猫묘, 橋교, 妖요, 飄표, 標표 등 80여 가지가 있다.

제50회

1. 옛날에는 절기節氣를 예측하기 위해 갈대 줄기 안의 얇은 막을 태운 재를 12개의 악률樂律을 조정하는 피리(律管)에 넣고, 피리를 밀실에 특별히 제작한, 바닥이 낮고 밖이 높은 나무 책상에 두었다. 그러면 특정한 계절이 되었을 때 그에 상응하는, 피리 안의 재가 날린다는 것이다.

2. 양기陽氣가 돌아왔다는 것은 음기陰氣가 극에 달해 양기가 회복되기 시작하는 시점인 동지冬至가 되었다는 뜻이다. 동지에 북두칠성의 자루는 정확히 북쪽을 가리키는데, 양기가 회복되는 것은 바로 이때부터 시작되며, 이에 따라 북두칠성의 자루는 점차 동쪽으로 돌아가게 된다.

3. 원문의 '사매麝煤'는 원래 향기로운 먹의 별칭이며, '사묵麝墨'이라고도 부른다. 여기서는 좋은 나무로 만든 숯을 가리킨다.

4. 옛날 궁정이나 귀족 집안의 규방에는 방을 따뜻하게 하면서 은은한 향을 즐길 수 있

도록 벽에 산초〔椒〕를 발랐다.
5. 날씨가 추워서 꿈이 길게 이어지지 못하고 잠깐씩 짧게 끊어진다는 뜻이다. 혹자는 원문의 '요료聊聊'가 '요료寥寥'를 잘못 쓴 것이라고 하기도 한다. 이 경우는 '날이 추워서 꿈을 꾸는 것도 드물다〔稀少〕.'라는 뜻이다.
6. 송나라 때 곽무천郭茂倩이 편찬한 『악부시집樂府詩集』에 따르면 「매화락梅花落」은 본래 피리로 연주하는 음악이라고 한다. 여기서는 떨어지는 매화로 날리는 눈송이를 비유하고 있다.
7. 『회남자淮南子』 「남명훈覽冥訓」에 따르면, 오랜 옛날 사방이 막히고 온 세상이 찢겨 있으면서 하늘과 땅이 온전히 자리를 잡지 못했을 때, 여와女媧가 오색의 바위를 단련하여 하늘을 보수하고 큰 바다거북의 다리를 잘라 네 귀퉁이에 기둥을 세웠다고 한다.
8. 큰 눈이 날리는 모습이 마치 용들의 싸움이 끝나 비늘들이 부서져 날리는 것 같다는 뜻이다.
9. 송나라 때 우무尤袤가 편찬한 『전당시화全唐詩話』에는 다음과 같은 이야기가 실려 있다. 재상 정경鄭綮이 시를 잘 지었는데, 누군가 "요즘 새로 쓴 시가 있습니까?" 하고 묻자 그는 "시상詩想은 저 눈보라 치는 파수의 다리를 노새 타고 건널 때나 생기는 것인데 여기서 어떻게 시를 쓸 수 있겠소?" 하고 대답했다고 한다. '파수灞水'는 지금의 시안시〔西安市〕 동쪽에 있는 강 이름이다.
10. 『송사宋史』 「태종본기太宗本紀」에 따르면 옹희雍熙 2년(985) 12월 계묘일癸卯日에 남강군南康軍에 눈이 두 자 가까이 내리고 장강長江의 물이 얼어붙어 무거운 것들이 지나다닐 수 있게 되자, 정미일丁未日에 조정에서 사신을 보내 변방의 병사들에게 솜옷을 하사했다고 한다.
11. 남송 때의 계유공計有功이 편찬한 『당시기사唐詩紀事』 「개원궁인開元宮人」에는 다음과 같은 이야기가 실려 있다. 개원開元 연간에 변방의 군인들에게 솜옷을 하사하기 위해 궁녀들에게 일을 맡겼는데, 어느 병사가 받은 옷에 변방 병사의 고초를 연민하며 내생에서 만나 짝이 되기 바란다는 내용의 시가 적혀 있었다. 현종玄宗이 그 사실을 보고받고, 시를 쓴 궁녀를 그 옷을 받은 병사와 결혼시켜주었다.
12. 소식蘇軾의 아들 소과蘇過가 산에서 토란을 캐 국을 끓여주자 소식이 이를 칭송하며 시를 지었다. 그중 "향기는 용의 침 같고 색깔은 새하얗네〔香似龍涎仍釅白〕."라는 구절이 들어 있는데, 여기서는 토란국의 새하얀 색을 통해 하얀 눈을 비유하고 있다.

13. 다른 판본에서는 이 구절이 "외로운 소나무는 오래전의 약속 기억하네〔孤松訂久要〕."라고 되어 있다.
14. 다른 판본에서는 이 구절이 "진흙 밟은 기러기 발자국 남기고〔泥鴻從印跡〕."라고 되어 있다.
15. 이 구절의 원문은 "림부부문林斧不聞樵"라고 되어 있으나 뜻이 잘 통하지 않기 때문에 본 번역에서는 "림부혹문林斧或聞樵"라고 되어 있는 다른 판본을 따랐다.
16. 새하얗고 밝은 눈 때문에 올빼미가 낮이 계속되는 줄 알고 슬피 운다는 뜻이다. 올빼미는 야행성이기 때문에 밤이 되어야 사냥을 한다.
17. 눈 속에서 추위도 잊고 정성스럽게 변방을 지키는 병사들의 모습을 노래한 것이다.
18. 남조 송나라 사혜련謝惠連의 「설부雪賦」에는 눈이 "한 자 가득 쌓이면 풍년의 징조일세〔盈尺則呈瑞於豐年〕."라는 구절이 있다. '구중九重'은 황제의 궁궐, 또는 황제를 가리킨다.
19. 『후한서』「원안전袁安傳」에 따르면 낙양洛陽에 큰 눈이 내려서 현령이 몸소 나가 백성들을 살펴보니, 집집마다 대문 앞의 눈을 치웠고 길거리에서 먹을 것을 구걸하는 사람들도 있었다. 그러나 원안의 집에는 대문 밖의 눈이 치워지지 않아서 죽었나 보다 생각하고 사람을 시켜 눈을 치우고 들어가 보게 했는데, 원안은 시체처럼 뻣뻣이 방 안에 누워 있었다. 이에 왜 바깥출입을 하지 않느냐고 묻자 원안은 "큰 눈이 내려 모두들 배를 곯고 있으니, 남들에게 구걸하기가 마땅치 않아서요." 하고 대답했다고 한다.
20. 왕인유王仁裕의 『개원천보유사開元天寶遺事』에 따르면 당나라 때의 거부巨富 왕원보王元寶는 큰 눈이 내리면 자기 집에서 골목 입구까지 눈을 치워 길을 내고 손님들을 초청해 잔치를 열면서, 그것을 '난한회暖寒會'라고 불렀다고 한다.
21. 전설 속의 인어〔鮫人〕가 짠 얇은 비단이다.
22. '단표簞瓢'는 『논어』「옹야雍也」에서 공자가 "훌륭하구나, 안회여! 밥 한 그릇과 물 한 바가지 마시며 누추한 곳에 살면서도 남들은 걱정을 감당하지 못하는데, 너는 그걸 즐기는 것을 바꾸려 하지 않는구나〔賢哉 回也. 一簞食 一瓢飮 在陋巷 人不堪其憂 回也不改其樂〕!" 하고 칭송한 것을 가리킨다.
23. '은빛 물결〔銀浪〕'은 표면적으로 보면 달빛을 가리키지만, 여기서는 넘실거리는 눈을 비유하고 있다.
24. 원문의 '하성霞城'은 절강성浙江省 천태현天台縣 북쪽에 있는 적성산赤城山을 가리키

는데, 이 산은 봉우리들이 이어진 모양새가 마치 성가퀴 같고, 흙이 모두 붉은색이라서 멀리서 보면 노을처럼 보인다고 해서 이런 별칭이 붙었다. '적표赤標'는 적성산의 높은 봉우리를 가리킨다.
25. 청나라 때 애국주인愛菊主人이 편찬한 『화사花史』에 실린 이야기를 염두에 둔 것이다. 즉, 송나라 때 철각도인鐵脚道人은 눈밭을 맨발로 걷기를 좋아했는데, 흥이 나면 『남화경南華經』「장자」「추수秋水」편을 낭송하고, 입안 가득 매화를 씹다가 눈과 함께 삼키면서 '차가운 향기를 폐부에 스며들게 하고 싶다.'라고 말했다고 한다.
26. 원문의 '비취교翡翠翹'는 '취교翠翹'라고도 하며, 비취의 깃털로 장식된 머리장식, 또는 비취의 꽁지 깃털처럼 생긴 머리장식을 가리킨다.
27. 꽃병의 일종으로서 '미녀견美女肩'이라고도 한다. 『청패류초淸稗類鈔』「물품류物品類」에 따르면 이 병은 목과 정강이가 모두 호리호리하고, 주둥이와 발의 크기가 같고, 배는 약간 볼록하고, 굽은 모습이 멋지다고 해서 이런 이름이 붙었다고 했다.
28. 여러 사람이 시를 쓸 때 다른 사람이 몇 개의 글자를 운자로 정해서 각자 나누어 쓰는 것을 '분운分韻'이라고 하는데, 이때 자신이 맡은 운자로 시를 쓰는 사람은 일반적으로 시 제목 아래에 "무슨 자를 얻어 씀〔得 '某' 字〕"이라고 주석을 붙인다.
29. 이른바 '5령嶺' 중 하나인 대유령大庾嶺을 가리킨다. 대유령은 강서성江西省과 광동성廣東省의 접경지에 있으며, 고개 위에 매화가 많아 '매령梅嶺'이라고도 불린다.
30. 광동성 동강東江의 북쪽 강변에 위치한 산이다. 『용성록龍城錄』에 따르면 수隋나라 때 조사웅趙師雄이 이곳 솔밭에 있는 술집 근처에서 어느 미인을 만나 함께 술을 마시고 잠을 잤는데, 이튿날 잠을 깨고 보니 자신이 커다란 매화나무 아래 누워 있었다고 한다.
31. 여기서 '강하絳河'는 은하수를 가리킨다. 은하수는 북극을 기점으로 볼 때 남쪽에 있기 때문에, 남쪽을 대표하는 색깔인 붉은색을 써서 이름을 붙인 것이다. 여기서는 홍매의 색깔을 비유하기 위해 일부러 이 표현을 찾아 썼다.
32. 원문의 '색상色相'은 불교에서 만물의 형상과 모양을 가리키는 말이기 때문에, 이 구절은 신선세계에서 자라던 홍매가 그곳과는 다른 인간세계의 모습을 보고 의아해하는 모습을 묘사한 것이라고 풀이하기도 한다. 하지만 문맥상 여기서는 홍매의 모양과 색깔은 달라졌어도 원래 신선세계에서 자라던 신령한 꽃나무였음이 분명하다는 뜻으로 풀이하는 게 더 타당할 듯하다.
33. 여러 사람이 함께 시를 지을 때 북을 울려 생각할 시간을 한정했는데, 시간이 되도

록 시를 짓지 못하거나 시간을 초과하면 벌을 받았다. 때에 따라서는 북 대신에 화로나 징 등을 울리기도 했다.

34. 두 구절에서 '붉은 눈[紅雪]'과 '자줏빛 구름[紫雲]'은 모두 홍매를 비유한 것이다. 보옥은 이 시에서 농취암을 신선세계로 간주하고, 자신들이 모여 있는 노설엄은 속세로 간주하고 있다.

35. 옛날에는 복을 기원하고 재난을 피하기 위해 승려나 비구니에게 청해서 불경을 외우게 하는데, 외우는 횟수를 지정해주면 승려나 비구니들이 한 번 욀 때마다 미리 준비한 제문祭文에 붉은 주사朱沙로 동그란 도장을 하나씩 찍어두었다. 그리고 연말이 되면 시주하는 사람 집에 보내서 신과 부처에게 제례를 올릴 준비를 한다는 명목으로 일정한 관례에 따라 보수를 받곤 했다. 이렇게 매년 한 번씩 보내는 제문을 '연소年疏'라고 한다.

36. 구영(1498~1552)은 명나라 때의 저명한 화가로서 자는 실보實父 또는 실보實甫, 호는 십주十洲 또는 십주선사十洲仙史이며, 태창太倉(지금의 장쑤성[江蘇省]에 속함) 사람으로, 오현吳縣(지금의 쑤저우시[蘇州市])으로 이주하여 살았다. 그는 세밀한 사녀도仕女圖 산수화에 뛰어나서 명나라 때 4대 화가 중 하나로 꼽힌다.

37. 이 구절은 『예기禮記』 「대학大學」에 들어 있는 것으로, 이 구절을 포함한 문장은 "큰 배움의 도리는 밝은 덕을 밝히고 백성을 혈육처럼 여기고 지극한 선의 경지에 머무는 데에 달려 있다[大學之道 在明明德 在親民 在止於至善]."이다.

38. 이 구절은 『예기』 「중용中庸」에 들어 있는 것으로, 이 구절을 포함한 문장은 "훌륭하다 해도 증명할 수 없고, 증명할 수 없으면 믿지 않으며, 믿지 않으면 백성이 따르지 않는다[雖善無徵 無徵不信 不信民弗從]."이다.

39. 이 구절은 『예기』 「중용中庸」에 들어 있는 것으로, 이 구절을 포함한 문장은 "다스림이라는 것은 갈대와 같다[夫政也者 蒲蘆也]."이다.

40. 산도(205~283)의 자는 거원巨源이며, '죽림칠현竹林七賢' 중 한 사람이다. 그는 혜강嵇康, 완적阮籍 등과 교유했으나 벼슬살이에 대한 생각의 차이로 혜강에게 절교를 당했다. 산도는 40세에 군郡의 주부主簿가 되었으나 사마의司馬懿가 조정을 농단하자 은거했다가, 나중에 사마씨가 집권하자 그들에게 붙어 벼슬살이를 했다. 진晉나라 때는 시중侍中, 이부상서吏部尙書, 태자소부太子少傅 등의 고위 관직을 지냈다.

41. 본래 사詞의 곡조[詞牌] 명칭 중 하나로, 남조 양나라 때 강엄江淹이 지은 시「미인의 봄나들이[詠美人春遊]」에 들어 있는 "밝은 진주가 붉은 입술 사이에 찍혔네[明珠點

絳脣〕."라는 구절에서 비롯된 것이다. 이 구절은 본래 미인의 붉은 입술과 하얀 이를 찬미한 것이다.
42. '구리 방울〔梵鈴〕'은 절이나 탑의 처마에 매달아 바람이 불면 흔들려 소리가 나도록 만든 것이다.
43. 전설에서 주나라 목왕穆王이 거느렸다는 8마리 준마 중 하나의 이름이다.

제51회

1. 지금의 후베이성〔湖北省〕 푸치현〔蒲圻縣〕 서북쪽 장강長江 남쪽에 있는데, 208년에 이곳에서 손권孫權과 유비劉備의 연합군이 조조曹操의 군대를 대파했다.
2. 교지交址 또는 교지交阯라고도 쓰며, 지금의 베트남 북부에 해당하는 곳이다. 기원전 116년에 서한西漢 무제武帝가 이곳에 군郡을 설치했다.
3. 마원馬援(기원전 14~기원후 49)의 자는 문연文淵이며, 동한시대의 저명한 장군으로서 복파장군伏波將軍을 지내고 신식후新息侯에 봉해졌다. 그는 강족羌族과 교지, 흉노匈奴 지역을 정벌한 것으로 유명하다. 진晉나라 때 최표崔豹가 편찬한 『고금주古今注』에 따르면, 그는 정벌 전쟁을 하던 도중 피리를 잘 부는 제자의 연주에 맞춰 「무계심武溪深」이라는 노래를 지었다고 한다.
4. 장양張良(?~기원전 186)의 자는 자방子房이며, 성보城父(지금의 안훼이성〔安徽省〕 보저우〔亳州〕 사람이다. 유방劉邦을 보좌하여 한나라를 건국하는 데 공을 세웠다. 전설에 따르면 한나라 군대가 해하垓下에서 항우의 군대를 포위했을 때 병사들에게 초나라 노래를 피리로 연주하게 하여 초나라 병사들의 사기를 저하시켰다고 한다.
5. 종산鐘山은 지금의 난징시〔南京市〕에 있으며 자금산紫金山 또는 '북산北山'이라고도 부른다. 남제南齊 때 공치규孔稚珪가 편찬한 『북산이문北山移文』에 따르면, 주자周子라는 이가 세상을 속여 명성을 얻으려고 이 산에 은거했다가 황제의 부름을 받고 산을 나와 해염海鹽 땅을 다스리는 관리가 되었다가 산을 지키는 신에게 조롱을 당했다고 한다. 이 시에서 '너〔汝〕'는 바로 '주자'를 가리킨다. 한편 『문선文選』의 주석에 따르면 '주자'는 남제 때의 주옹周顒이라는 인물이라고 하지만, 『남제서南齊書』나 『남사南史』에 수록된 주옹의 전기에는 그가 벼슬살이를 했다거나 은거한 일에 대한 기록이 없고, 그저 종산에 별장을 하나 지어놓은 정도에 지나지 않는다고 했다.
6. 회음淮陰은 지금의 장쑤성 칭장시〔淸江市〕에 해당하는데, 한나라 때의 명장 한신韓信

이 이곳에서 태어났다.
7. 『사기史記』「회음후열전淮陰侯列傳」에 따르면, 한신은 청년 시절에 회음 땅의 악당들에게 수모를 당한 적이 있다고 한다. 또한 여기에는 당시 빨래하던 아낙이 가난한 그를 불쌍히 여기고 밥을 주어서 한신이 그 은혜를 뼛속에 새겼다는 일화도 있다.
8. 원문의 '삼제三齊'는 제齊 땅을 가리킨다. 항우가 진秦나라를 멸망시킨 후 제 땅을 교동膠東, 제齊, 제북濟北의 세 지역으로 나누어 각기 왕을 봉해주었다. 한편, 한신은 항우와 유방이 패권을 다툴 때 훗날 제 땅의 제후로 봉해준다는 약속을 받고 유방을 도왔으나, 유방이 항우를 물리치고 천하를 통일하여 한나라를 세운 후에 토사구팽兎死狗烹의 운명을 맞이했다.
9. 광릉廣陵은 지금의 장쑤성 양저우시[揚州市]에 해당한다. 605년에 수나라 양제煬帝 양광楊廣이 100만 명이 넘는 백성을 동원하여 낙양洛陽에서 강도江都, 지금의 양저우시까지 폭 40보步 가량의 운하를 개척하고, 운하 옆에 어도御道를 만들었다. 이 어도의 양쪽에는 수양버들을 심었는데, 세간에서는 그 길을 '수제隋堤'라고 불렀다.
10. 도엽도桃葉渡는 지금의 난징시에 있던 곳으로서 진회하秦淮河와 청계清溪가 합류하던 곳이다. 『고금악록古今樂錄』의 기록에 따르면 진晉나라 때 왕헌지王獻之가 이곳에서 자신의 첩 도엽桃葉과 작별하면서 「도엽가桃葉歌」를 지어주었는데, 이 때문에 후세 사람들이 이곳 나루터를 '도엽도'라고 불렀다고 한다.
11. '청총青塚'은 왕소군王昭君의 무덤이며, 지금의 내몽고자치구 후허하오터시[呼和浩特市] 남쪽의 대흑하大黑河 강변에 있다. 왕소군은 한나라 명제明帝 때의 궁녀로서 이름은 장嬙이며, 당시 한나라는 흉노족과 화친하기 위해 그녀를 흉노족의 왕인 호한야선우呼韓邪單于에게 시집보냈다.
12. 마외馬嵬는 지금의 산시성[陝西省] 싱핑현[興平縣] 마웨이진[馬嵬鎭]이며, 안녹산의 반란이 일어나 사천四川으로 피난을 가던 현종玄宗 일행이 마외에 이르렀을 때, 병사들이 반란을 야기한 주범으로 양귀비와 그녀의 오빠이자 당시 조정의 재상이기도 했던 양국충楊國忠을 지목하며 처벌을 요구했다. 병사들은 먼저 양국충을 죽이고, 다시 현종에게 압력을 가해 양귀비의 목을 매달아 죽이게 했다고 한다.
13. 포동사蒲東寺는 당나라 때 원진元稹이 쓴 전기傳奇 「회진기會眞記」에서 여주인공 앵앵鶯鶯과 남주인공 장공張珙이 만났던 보구사普救寺를 가리킨다. 이 절은 산서성山西省 포진蒲津의 동쪽에 있기 때문에 포동사라고도 불렀다.
14. 『서상기西廂記』의 「고홍考紅」에서 앵앵의 어머니 정鄭부인은 홍낭을 때리고 고문하

며 앵앵이 사사로이 정을 통했는지 캐묻지만 때는 이미 늦은 뒤였다는 내용을 이야기하고 있다.

15. 매화관梅花觀은 『모란정牡丹亭』에서 두杜씨 가문의 사람들이 두여낭杜女娘의 무덤을 지키기 위해 지은 사당을 가리킨다. 남주인공 유몽매柳夢梅는 이 사당에 살고 있다가 두여낭이 살아 있을 때의 초상화를 얻게 되고, 이후에 두여낭의 영혼에게 인도를 받아 그녀의 무덤을 파고 관을 열어 그녀를 살려낸다. 이후 두 사람은 부부가 된다는 이야기이다.
16. 춘향春香은 두여낭의 하녀 이름이다.
17. '교주고슬膠柱鼓瑟'이라는 말은 원래 『사기』 「염파인상여열전廉頗藺相如列傳」에서 인상여藺相如가 조나라 왕에게 조괄趙括을 장군으로 임용하지 말라고 간언하면서 한 말이다. '주柱'는 거문고의 현을 거는 다리로서 이리저리 움직여 음조音調를 조절할 수 있는 것인데, 그것을 아교로 붙여 고정해버리면 음조를 바꿀 수 없게 된다. 이 때문에 이 말은 종종 고지식해서 임시변통을 할 줄 모르는 사람을 가리키는 뜻으로 쓰인다.
18. 『광여기廣輿記』는 명나라 때 육응양陸應暘이 편찬한 지리서地理書이다.
19. 사막에 사는 사막 여우는 복부 아래의 털이 희고 길고 부드러운데, 그것을 모아 만든 털옷을 '천마피天馬皮'라고 부른다.
20. '훈롱熏籠'은 향로에 씌우는 바구니 모양의 덮개이다.
21. 탕파湯婆는 탕호湯壺라고도 하며, 구리나 돌로 만들어 그 안에 더운 물을 넣어 몸을 따뜻하게 하는 그릇이다.
22. '소향素香'은 집에서 일상적으로 피우는 향을 가리킨다.
23. 이 부분의 원문은 '외감내체外感內滯'이다. 전통 한의학에서 '외감'은 밖으로 바람이나 한기, 더위, 습기, 건조함, 열기 따위에 영향을 받아 병이 생긴 것을, '내체'는 소화기 계통에 음식이 적체되어 생긴 현상을 가리킨다.
24. 진피陳皮는 말려 묵힌 귤껍질 따위를 가리킨다. 이 약물은 맛이 쓰고 맵지만 위장을 튼튼하게 하고 땀을 내게 하는 등의 효과가 있다.
25. 백작약의 뿌리는 피를 북돋고 통증을 멈추게 하는 효과가 있는 약재이다.
26. 『논어論語』 「자한子罕」에 들어 있는 구절이다.

445

제52회

1. 비연鼻煙은 코로 흡입하는 분말 모양의 연기를 내는 약이라는 뜻인데, 글의 내용을 보면 서양 담배를 가리킨다.
2. 지연재의 주석에 따르면 '왕흡汪恰'은 상등품의 서양 담배이다.
3. '이프나(依弗哪)'는 라틴어 'ephedra'에서 나온 말로 보이는데, 영어에서는 'ephedrine'이라고 쓰며 감기나 천식 증세에 쓰이는 약이다. 스페인어와 이탈리아어의 파생된 단어로는 'efedrina'가 있다. 최근의 한 연구에 따르면 이것은 프랑스에서 생산된 '리페이나(利翡那)'라는 약이라고 한다(楊乃濟 "'依弗哪'與溫都里納'等之〔胡〕案 査證"『紅樓夢學刊』, 1985년 제2기). 한편 저우루창(周汝昌) 같은 연구자는 '이프나(依弗哪)'가 'efedrina'를 음역音譯한 것으로 보기도 하지만, 이는 가보옥이 반대했던 마황麻黃을 원료로 만든 약이기 때문에 타당성에는 약간 의문이 있다. 일설에는 이것이 경고제硬膏劑를 뜻하는 라틴어 'emplstra'를 음역한 것이라고 하는데, 이 또한 두통약으로 쓰이기 때문에 어느 정도 설득력이 있다.
4. 선석宣石은 안휘성安徽省 선성宣城(지금의 닝궈현(寧國縣)에 속함)에서 나는 하얀색의 돌로, 정원을 장식하는 데 널리 쓰인다. 이 중 '마아선馬牙宣'이라고 불리는 돌은 책상의 장식으로 쓰이는 귀한 돌이다.
5. 「태극도太極圖」는 송나라 때 주돈이周敦頤가 유가 및 도가 사상을 뒤섞어 우주 만물의 창조와 변화를 그림으로 풀이한 것이다. 우주의 본체인 태극의 동정動靜으로 인해 음양오행의 운행 원리와 우주 만물이 생겨난다는 논리를 담고 있다. 청나라 때 건륭제乾隆帝가 정주이학程朱理學을 신봉하여 신하들에게 「태극도」를 제재로 시나 문장을 짓게 한 일이 있는데, 이 소설에서는 이러한 당시 세태를 풍자하고 있는 셈이다.
6. 하평성下平聲의 첫 번째 '선先'으로 시작되는 운자들을 가리킨다. 여기에 속하는 글자들로는 전前, 천千, 전箋, 천天, 견堅, 견肩, 현賢, 현絃, 연烟, 연燕, 전田, 련憐, 년年, 전顚, 면眠, 연淵, 연姸, 편編, 천泉, 선仙, 선鮮, 전錢, 연然, 선蟬, 련連, 련聯, 편篇, 전全, 천川, 연緣, 권權, 권拳, 전傳, 견鵑, 선禪, 선嬋 등 100여 글자가 있다.
7. '진진국眞眞國'에 대해서는 지금의 캄보디아眞臘國, 좀더 구체적으로 푸자이(柬埔寨)를 가리킨다는 설과 중앙아시아에서 아랍에 이르는 이슬람 국가들을 통칭한다는 설, 네덜란드를 가리킨다는 설 등이 있으나 모두 확실하지 않아 보인다. 『홍루몽언어사전紅樓夢語言辭典』(주정일周定一 주편主編, 상무인서관商務印書館, 1995)에 따르면 작자가 허구적으로 만들어낸 서양의 나라 이름이라고 한다.

8. '전수箭袖'는 활을 쏘기 편하도록 손등만 덮는 긴 소매 옷을 가리킨다.
9. '오운표烏雲豹'는 사막 여우의 목 아래 가죽을 가리킨다. 이것은 털이 길고 부드러우며 푸르스름한 회색을 띠고 있어서 '청호소靑狐膆'라고도 부른다.
10. '젖형〔奶兄〕'은 유모의 아들로서 자신보다 먼저 태어난 이를 일컫는 호칭이다.
11. '일장청一丈靑'은 비녀의 일종이다. 한쪽은 가늘고 뾰족하며, 조금 두꺼운 다른 한쪽에는 귀이개가 달려 있다.

| 가씨 가문 가계도 |

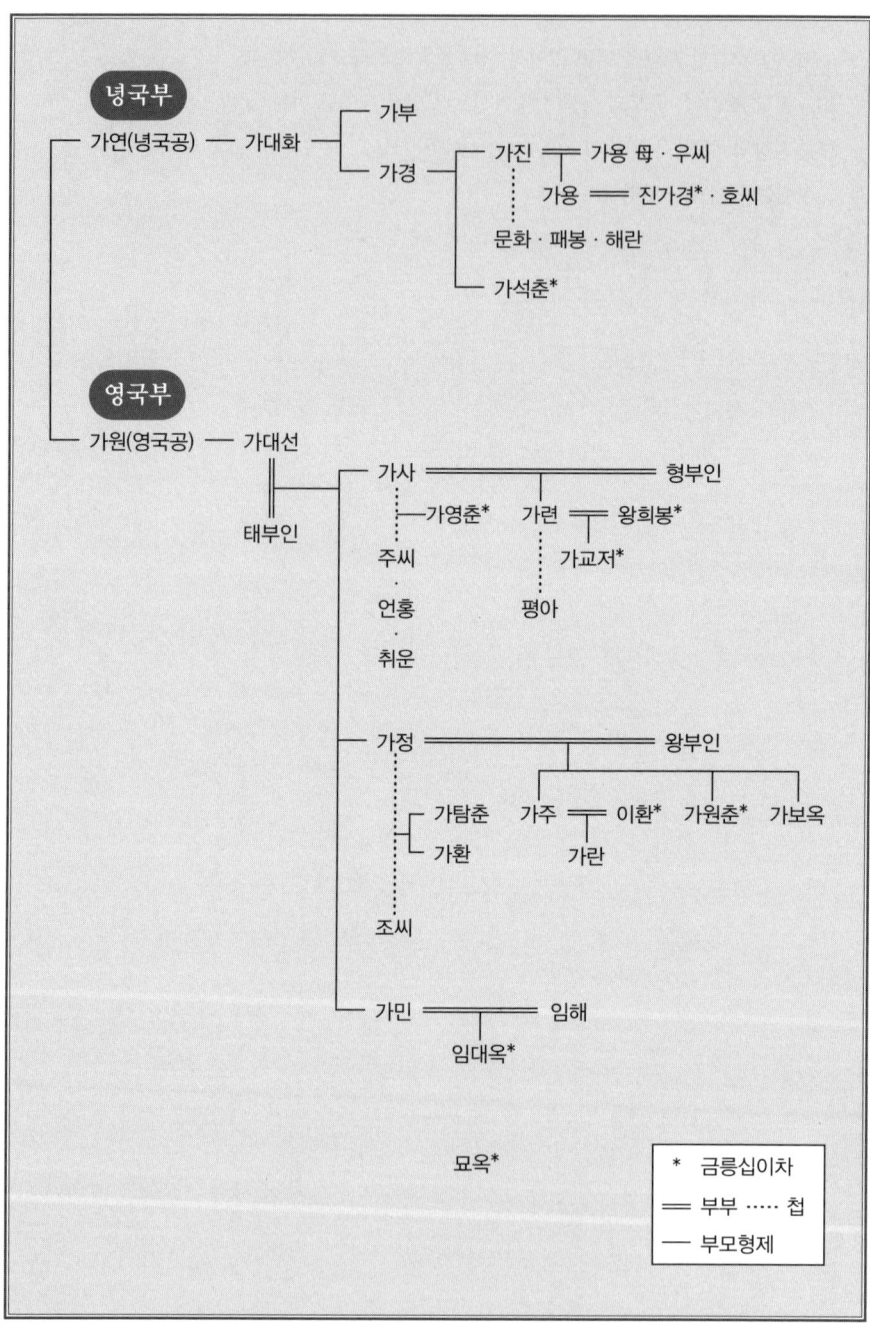

| 주요 가문 가계도 |

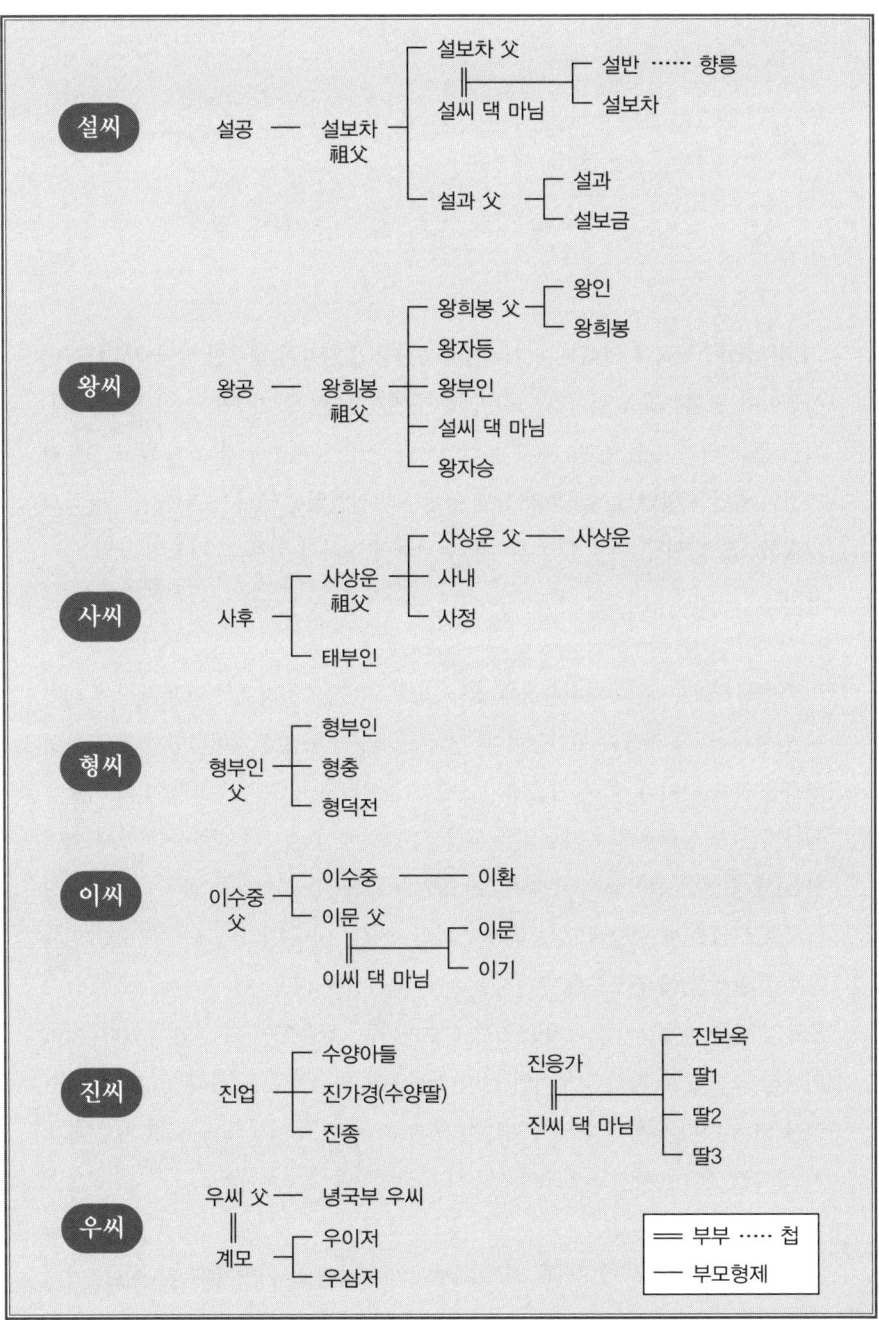

| 등장인물 소개 |

가련賈璉 영국부 가대선과 태부인의 큰아들인 가사와 형부인 사이에서 태어난 아들이며 왕희봉의 남편이자 가사의 첩 주씨가 낳은 딸 가영춘의 이복오빠이다. 그는 돈을 바치고 동지同知 벼슬을 얻었으나 관청 일에는 신경 쓰지 않고 숙부인 가정의 집안에 살면서 왕희봉과 함께 영국부의 집안일을 맡아 처리한다. 무능하고 방탕하기는 하지만 가씨 집안 전체의 살림을 유지하기 위해 그 나름의 노력을 기울인다.

가보옥賈寶玉 원래 태허환경에 있는 적하궁의 신영시자로서 인간 세상에 태어난 인물이며, 이 작품의 주인공이다. 영국부 가정의 아들로 태어나면서 입에 통령보옥을 물고 태어나, 가씨 가문에서 가장 어른이라고 할 수 있는 태부인의 사랑을 독차지한다. 통령보옥과 가보옥은 사실상 제1회에서 제시된 대황산 무계애 청경봉 아래에 있던 신령한 돌이 영육靈肉으로 분화分化한 것이라고 할 수 있다. 육신 영시자로 있을 때 서방에 있는 영하 강가의 삼생석 옆에 자라던 강주초(훗날 임대옥으로 환생함)에 감로수를 뿌려줌으로써 '목석전맹'의 인연을 맺는다. 또한 승려로부터 받은 금목걸이를 가지고 있는 설보차와는 '금옥양연'의 인연이 있다. 이야기에서 그는 주로 자신의 누이인 원비 가원춘의 친정 방문을 위해 조성한 대관원에서 여러 미녀와 함께 살면서 다양한 에피소드를 만들어낸다. 순결한 여성에 대해 병적인 애착을 가지고 있으며 세속의 부귀공명을 혐오한다.

가사賈赦 영국부 가대선과 태부인 사이의 큰아들로, 자는 은후恩侯이다. 아내 형부인과 사이에서 큰아들 가련을 낳았으며, 첩 주씨와 사이에서 가영춘을 낳았다. 또 형부인이 낳은 아들인지, 다른 첩이 낳은 아들인지는 분명하지 않으나, 둘째 아들로서 가련과 나이 차이가 많이 나는 가종賈宗이 있다. 아버지 사후에 일등장군一等將軍의 작위를 세습하지만, 벼슬살이에 무능하고 탐욕스러우며 특히 주색을 밝힌다.

가석춘賈惜春 금릉십이차. 녕국부 가경의 딸이자 가진의 여동생으로, 그림에 재능이 있다. 가경이 신선술에 빠져 집안일에 신경 쓰지 않고, 어머니도 일찍 세상을 떠나 혼자 자라는 바람에 쌀쌀한 성격을 갖게 되고, 올케인 우씨와도 사이가 나쁘다.

가영춘賈迎春 금릉십이차. 가정의 형인 가사와 첩 주씨 사이에서 태어난 딸로, 가씨 집안의 딸들 중 둘째 서열에 해당한다. 착하지만 무능하고, 유약하면서 겁이 많은 그녀는 시사詩詞에 대한 재능도 다른 자매들보다 못하고, 무른 성격으로 인해 남에게 속는 일도 많다.

가용賈蓉 녕국부 가진의 아들이다. 원래는 감생監生이었지만 아내 진가경이 죽은 후 아버지 가진이 오품 용금위龍禁尉 벼슬을 사주었다. 나중에 호胡씨와 재혼한다. 잘생기고 몸매가 호리호리하지만 아버지와 마찬가지로 방탕한 생활을 하며 숙모인 왕희봉, 이모인 우이저 등과 불륜 관계를 맺고 있다. 특히 우이저와 관계를 지속하기 위해 계책을 세워서 그녀를 가련의 첩으로 들인다. .

가우촌賈雨村 가화의 별호. 작품의 설명에 따르면 본래 호주胡州의 벼슬살이를 하던 집안 출신으로서 시와 문장에 뛰어났지만, 집안이 몰락한 데다 식구들도 다 죽어 혼자만 남게 되었다고 한다. 훗날 진비의 도움으로 경사의 가씨 집안과 연을 맺고 출세가도를 달리다가 다시 좌절을 경험하고 진비를 따라 출가하게 된다. 이 작품에서 그는 진비와 함께 이야기의 처음을 열고 끝을 마무리하는 인물로 전체 이야기의 틀을 구성하는 데 중요한 역할을 한다.

가운賈芸 가씨 가문에서 가란, 가용 등과 같이 이름자에 '풀초(艸, ⧺)'가 들어가는 항렬이다. 일찍이 아버지를 여의고 서쪽 회랑에서 어머니와 함께 어렵게 살아가지만, 영리하고 적극적으로 생계를 꾸린다. 왕희봉에게 뇌물을 주어 대관원에 나무 심는 일을 맡기도 하고, 가보옥에게 '아버지'라고 부르며 화분을 선물하는 등 적당한 아부도 한다. 왕희봉의 하녀인 임홍옥과 사랑하는 사이다. 가씨 가문이 쇠락할 즈음에는 가장 등과 어울려 술판을 벌이고 도박을 하기도 한다.

가인可人 가씨 가문의 하녀로서 화습인과 원앙 등 10여 명의 비교적 지위가 높은 하녀들과 어려서부터 친한 사이라고 했으나 무슨 이유에서인지 일찍 죽은 것으로 설정되어 있다.

가장賈薔 녕국부 적파嫡派의 현손인데, 일찍이 부모를 여의고 가진賈珍 밑에서 일을 돕는다. 이 때문에 가진과 가용을 믿고 가씨 가문의 서당[家塾]에 이름을 걸어놓고 있기는 하지만, 날마다 닭싸움이나 도박, 계집질에만 열중한다. 나중에는 가씨 가문의 배우들이 기거하는 이향원을 관리하면서 영관과 가까운 사이로 지내지만, 배우들이 해산되고 영관이 떠난 뒤에는 그녀를 잊는다.

가진賈珍 녕국부 가경의 아들로서 아버지가 신선술에 빠진 덕분에 젊은 나이에 작위를 물려받지만, 무능한데다가 방탕한 성격으로 인해 가문의 몰락을 부추기는 인물이다. 심지어 자신의 며느리인 진가경의 장례를 지나치게 호사스럽게 치름으로써 둘이 불륜 관계였다는 의심을 받고 있으며(제13회), 처제인 우이저 및 우삼저 자매들과의 관계도 애매하다(제64, 65회). 결국 나중에 온갖 못된 짓을 일삼다가 작위를 박탈당하고 귀양살이를 겪기도 한다.

가탐춘賈探春 금릉십이차. 영국부 가정과 그의 첩인 조씨 사이에서 태어난 여인으로, 가씨 집안의 딸들 중 셋째 서열에 속한다. 총명하고 마음 씀씀이가 꼼꼼하면서도 성격이 강직하여 집안일에 뛰어난 수완을 발휘하여 왕희봉이나 왕부인에게도 인정을 받는다.

금천金釧　성은 백白씨이며 옥천의 언니이다. 이들 자매는 모두 영국부 왕부인의 시녀이다. 나중에 금천은 가보옥과 농담을 주고받는 장면이 왕부인에게 발각되면서 그를 유혹한다는 오해를 받고 쫓겨나 결국 우물에 몸을 던져 자살하고 만다(제30~32회).

김문상金文翔　가씨 가문 하인이며 원앙의 오빠이다. 제42회에서 가사의 명을 받고 원앙에게 가사의 첩으로 들어가라고 설득하지만 결국 실패한다.

김채金彩　가씨 가문 하인이며 원앙의 아버지인데, 남경에서 가씨 가문의 건물을 관리하고 있다가 담미심규痰迷心窺라는 병에 걸려 죽는다.

뇌상영賴尙榮　영국부 대총관 뇌대의 아들로, 가정의 배려 하에 공부를 하고 또 돈을 바쳐서 지현 벼슬을 산다. 그러나 관리로서 그는 탐욕스럽기 그지없는 인물이며, 훗날 가씨 가문이 쇠락했을 때 가정이 태부인의 영구를 고향으로 모셔 가면서 도움을 청하지만 박하게 대했다가 곤경에 처한다. 이후 아버지 뇌대에게 청하여 자신을 하인 신분에서 벗어나게 해달라고 하지만 뜻대로 되지 않으며, 뇌대는 영국부에 휴가를 청하면서 뇌상영으로 하여금 병을 핑계로 벼슬에서 사임하라고 권한다.

명연茗烟　영국부 섭어멈의 아들로, 가보옥의 서동書童이다. 제24~34회까지는 그의 이름이 '배명焙茗'이라고 표기되었다가 제39회 이후로는 다시 '명연'으로 쓰고 있으나, 이름을 바꾼 이유에 대해서는 밝히지 않았다. 이는 『홍루몽』 판본이 전승되는 복잡한 과정에서 생긴 오류일 것이다. 다만 연변대학교에서 나온 한국어 번역본을 윤문한 국내의 기존 번역본(도서출판 예하, 1990, 2쇄)에는 이 장면 다음에 나오는 배명과 가운의 대화를 통해 가보옥이 '연烟' 자를 꺼려서 배명이라고 이름을 고쳐주었다는 내용이 들어 있다. 명연은 충직하기만 한 이귀와는 달리 말썽도 자주 피우고 상전의 분부를 무시할 때도 있지만, 가보옥의 반항적인 성격을 이해하고 비호해준다. 이 때문에 이야기 속에서 가보옥은 그를 대단히 신뢰하여

사적이고 은밀한 일을 할 때는 항상 그와 함께 하고, 심지어 그가 만아와 통정한 사실을 알고도 눈감아준다(제19회).

묘옥妙玉 금릉십이차. 소주蘇州의 벼슬아치 집안에서 태어났지만 어려서부터 병이 많아 결국 승려가 되어 머리를 기른 채 수행한다. 나중에 가씨 집안의 농취암에 초빙되어 가씨 집안의 여인들 및 대관원의 미녀들과 교유한다.

문관文官 가씨 가문에서 양성한 12명의 배우들 중 한 명으로 '소생' 배역을 연기했다. 12명의 배우들 중 우두머리로서 영리하고 말솜씨가 좋아 태부인에게 귀여움을 받았으며, 이 때문에 극단이 해체된 뒤 태부인의 하녀로 들어가게 된다. 그러나 나중에 다른 배우들과 함께 왕부인에 의해 대관원에서 쫓겨나는데, 그 이후에는 어찌 되었는지 알 수 없다.

문행文杏 설보차의 하녀인데 제48회에서 설씨 댁 마님이 한 말에 따르면 "나이가 어려서 말귀를 제대로 알아듣지 못하는" 아이라고 한다.

벽월碧月 이환의 하녀이며 잔심부름을 하는 신분이다. 이야기에서는 그다지 중요한 역할을 하지 않는다.

빈아顰兒 임대옥의 별명.

사기司棋 가영춘의 하녀로, 형부인의 하녀인 왕선보댁의 외손녀이다. 키가 훤칠하고 활달한 성격의 그녀는 자신보다 지위가 낮은 하녀들에게 거침없이 위세를 부리기도 한다.

사내史鼐 충정후忠靖侯 사정史鼎의 형을 가리킨다. 젖먹이 때 부모를 잃은 사상운을 데려다 길러준 숙부가 충정후 사정인데, 작품 전체의 맥락에서 볼 때 이 사람은 태부인의 친정 조카인 듯하다. 그의 형이 보령후 사내라고 되어 있다. 사상운의 아버지는 이들을 포함한 삼형제 중 맏이였던 것으로 보인다.

사상운史湘雲 금릉십이차. 태부인 사씨의 질손녀이다. 비록 명문가에서 태어났지만 어려서 부모를 잃고 숙부 사내史鼐와 사정史鼎 밑에서 자라면서 두 숙모에게 냉대를 당한다. 명랑하면서 솔직하고 시원한 말투를 지녔으며, 시 창작에 뛰어난 재능과 열정을 가지고 있다.

사월麝月 가보옥의 하녀 중 하나로, 직설적이고 반항적인 성격은 청문과 비슷한 데가 있다. 화습인의 말을 잘 따르고, 청문과는 가끔 다투기도 하지만 금방 잊어버리고 다시 사이 좋게 지낸다. 청문의 과격한 성격 때문에 다른 사람과 다툼이 생길 때에도 나서서 도와주곤 한다.

설과薛蝌 설보차의 사촌오빠이자 설반의 사촌동생, 설보금의 친오빠이다. 그는 아버지가 세상을 떠나고 어머니도 병환을 앓고 있어서 여동생을 미리 정혼된 곳에 시집보내기 위해 경사에 왔다가 설씨 댁 마님의 집에서 지내게 된다. 선량하고 충직한 성품을 가진 그는 화금계와 보섬의 유혹에도 넘어가지 않고, 죄를 저질러 감옥에 갇힌 설반의 뒷바라지와 쇠락해가는 설씨 가문의 살림살이를 떠맡아 성실하게 생활한다. 이후 그는 태부인의 중매로 가사의 아내 형부인의 조카인 형수연과 결혼하게 된다. 한편 '색은파索隱派'의 일부 논자들은 올챙이를 가리키는 '과蝌'라는 이름이 그에게 어울리지 않는다고 지적하면서, 용을 가리키는 '규虬'를 필사筆寫하는 과정에서 잘못 썼을 가능성이 있다고 하기도 한다. 그렇게 해야만 용이나 이무기가 똬리를 튼 것을 가리키는 '반蟠'이라는 사촌형의 이름과 어울린다는 것이다.

설반薛蟠 영국부 왕부인의 동생인 설씨 댁 마님에게서 태어난 아들이며 설보차의 오빠이다. 가보옥과는 이종사촌이 된다. 교만하고 무식하며 여색을 밝히는 인물로서 '멍청한 깡패〔獸覇王〕'라는 별명을 가지고 있다. 집안의 재산과 가씨 가문의 위세를 등에 업고 향릉을 차지하기 위해 풍연을 죽이기도 하고, 유상련에게 집적대다가 매를 맞기도 한다. 술집 종업원을 때려죽이는 바람에 사형 선고를 받고 옥에 갇히지만 설씨 댁 마님과 가정 등의 노력으로 사면을 받고 풀려나 개과천선하게 된다.

설보금薛寶琴 설과의 동생이자 설씨 댁 마님의 질녀로서 설반 및 설보차와는 이종사촌지간이다. 아주 아름답고 지혜로운 그녀는 태부인의 귀여움을 받으며 왕부인의 의붓딸이 되고, 또 태부인의 거처에서 함께 지내게 된다. 어려서부터 글공부를 했고 총명하여 사상운과 연구聯句 대결에서도 지지 않으며, 자신이 예전에 둘러본 각 지역의 유적을 제재題材로 열 수의 회고시懷古詩를 짓기도 한다(제50~51회). 이후 그녀는 어릴 적에 정해진 혼약에 따라 한림학사 매梅 아무개의 아들과 결혼하게 된다.

설보차薛寶釵 금릉십이차. 가보옥의 이모인 설씨 댁 마님의 딸이자 설반의 동생이다. 부유한 집안에서 태어난 그녀는 용모도 아름답고 행동거지도 예의 바르며, 처세에 능하고 마음 씀씀이가 주도면밀하다. 시사詩詞에도 뛰어난 재능을 보이는 그녀는 '금릉십이차' 중 임대옥과 더불어 첫머리에 꼽히는 인물이다. 운명의 암시가 적힌 금팔찌를 차고 다님으로써 가보옥과 '금옥량연金玉良緣'의 인연이 있는 것으로 여겨진다.

소라小螺 설보금의 하녀.

소운素雲 이환의 하녀이다. 제46회에서 원앙과 평아가 나누는 대화에 따르면, 그녀는 그 두 사람을 비롯하여 화습인, 호박 등 지위가 높은 시녀들과 어릴 적부터 친한 사이였다고 한다. 이환 곁에서 시중을 들면서 주로 중요한 말을 전하거나 차나 음식을 나르는 등의 일을 한다.

송할멈 가씨 가문의 하녀로, 제52회에서는 이홍원의 하녀인 추아가 평아의 금팔찌를 훔친 사실을 적발한다.

앵아鶯兒 설보차의 하녀로서 원래 이름은 황금앵인데, 설보차가 그 이름의 발음이 좋지 않다고 하여 앵아라고 바꿔 불렀다. 영리하고 손재주가 좋은 그녀는 가보옥과 설보차가 통령보옥과 금목걸이를 살펴볼 때 두 물건이 짝을 이룬다는 것을 금방 눈치챈다.

양아良兒 가씨 가문의 하녀인데, 이야기에는 직접 등장하지 않고 제52회에서 평아가 한 말에 이름만 언급될 뿐이다. 그 말에 따르면 가보옥의 시중을 들었던 그녀가 옥을 훔치다가 적발된 적이 있다고 한다. 다만 양아에게 어떤 처벌이 내려졌는지는 설명되지 않았다.

언홍嫣紅 영국부 가사의 첩으로, 제46회에서 가사가 원앙을 첩으로 들이려다 실패하자 은돈 팔백 냥을 들여서 밖에서 사들인 여인이다. 당시 그녀는 갓 열일곱 살이었다고 한다. 제74회에서 왕희봉이 왕부인에게 한 말에 따르면 그녀와 가사의 또 다른 첩인 취운은 종종 형부인을 따라 대관원을 드나들었다.

영관齡官 가씨 가문에서 극단을 만들기 위해 사들인 12명의 여자아이들 중 하나이다. 주로 소단小旦 배역을 연기하며, 용모는 임대옥을 닮은 것으로 묘사된다. 정월 대보름에 가원춘이 친정을 방문했을 때는 빼어난 연기로 칭찬을 받은 적도 있고, 가장과 사이가 좋았지만 극단이 해체된 후에는 가씨 가문을 떠나게 된다.

옥관玉官 가씨 가문에서 양성한 12명의 배우들 중 정단正旦 배역을 연기한 인물이다. 극단이 해체된 뒤에는 수양어미를 따라 대관원 밖으로 나가서 자신을 고향으로 데려갈 친부모를 기다린다.

옥천玉釧 영국부 왕부인의 시녀로서 성은 백白씨이며, 금천의 동생이다. 금천이 가보옥과 농담을 주고받는 장면이 왕부인에게 발각되면서 오해를 받고 쫓겨난 후 우물에 몸을 던져 자살한다. 이 일로 옥천은 가보옥에게 원망을 품지만 제35회에서 병상에 누워 있는 가보옥에게 연잎탕을 갖다주라는 심부름을 할 때 가보옥이 계책을 써서 그녀에게 연잎탕을 맛보게 함으로써 그에 대한 마음이 풀어진다. 또한 금천의 일로 죄책감이 생긴 왕부인이 그녀에게 언니 몫의 월급까지 합쳐서 매달 은돈 두 냥씩을 주게 하는데, 이것은 가정의 첩 조씨나 화습인이 받는 월급과 같은 액수이기 때문에, 일부 논자들은 이를 근거로 왕부인이 그녀를 훗날 가보옥의 첩으로 들일 계획을 가지고 있었다고 주장하기도 한다. 그러나 120회본에서는 그녀가 가보옥의 첩이 되었다는 이야기는 나오지 않는다.

왕부인王夫人 권세 높은 4대가문四大家門의 하나인 왕씨 가문에서 태어난 왕부인은 영국부 가정의 아내이자 경영절도사 왕자등의 동생이며, 설보차의 어머니인 설씨 댁 마님의 언니이다. 가주와 가보옥, 가원춘을 낳았으나, 가주가 일찍 죽는 바람에 가보옥에게 애정을 쏟는다. 딸 가원춘은 궁녀로 선발되어 귀비에 책봉된다. 작품 속에서 왕부인은 말수가 그다지 많지 않고 태부인의 신임을 받고 있다. 집안 살림에 대한 권한을 자신의 조카이자 가련의 아내인 왕희봉에게 맡긴 채 보고만 받는다. 왕부인은 종종 재계齋戒하고 염불을 하며 겉으로는 선한 인물처럼 보이지만, 몇 가지 사건에서 냉혹한 면을 보이기도 한다.

왕아旺兒 영국부의 하인 내왕을 가리킨다. 그의 아내는 왕희봉이 시집올 때 데려온 하녀(이름은 밝혀지지 않음)이며 왕희봉의 심복이다. 내왕댁은 왕희봉이 사채놀이를 할 때 돈을 빌려주고 이자 받는 일을 전담한다. 내왕은 왕희봉이 뇌물을 받고 관청에 손을 써서 비리를 저지를 때 심부름을 다니기도 하고, 왕희봉을 위해 바깥의 소식을 알아보고 그녀의 분부에 따라 일을 처리하기도 한다.

왕영王榮 가씨 가문의 하인으로 설정되어 있으나 이야기에서는 별로 중요한 역할을 하지 않으며, 제52회에서 가보옥이 탄 말의 고삐를 잡고 가는 장면에서만 등장한다.

왕희봉王熙鳳 금릉십이차. 영국부 가사의 아들 가련의 아내이자, 가보옥의 어머니 왕부인의 친정조카이다. 영민하면서도 냉철하고 시기심이 강한 왕희봉은 영국부의 살림을 도맡아 하면서 태부인의 신임을 얻는다. 일처리가 원만하고 뛰어난 말솜씨로 사람들의 환심을 사는 데에도 능숙하지만 재물을 탐하여 고리대금을 놓고, 시기심 때문에 가련이 첩으로 들인 우이저를 죽음으로 내몰기도 한다.

유노파〔劉姥姥〕 왕구아의 장모이자 왕판아의 외할머니인 시골 노파이다. 가난한 살림에 도움을 얻을 셈으로 가씨 집안의 먼 친척이라는 명분을 내세워 영국부를 찾아가는데, 주서댁의 도움으로 왕희봉을 만나게 됨으로써 본격적인 인연을 맺게 된다. 그녀는 세 차례 영국부에 들어가 우스꽝스러운 행동과 해학적인 말솜씨로 태부인의 마음을 사고, 가교저의 이름을 지어주어 양어머니가 된다. 작품 전체의 줄거리에서 유노파는 별로 중요하지 않은 주변 인물이지만, 세 차례의 등장을 통해 가씨 가문과 대관원의 흥성과 쇠락을 증언하는 목격자로서 줄거리의 변화에 중요한 전환점을 보여주는 인물이다.

유상련柳湘蓮 원래 명문 집안의 후손이지만 일찍이 부모를 여의어서 학업은 이루지 못했다. 호탕한 성격에 무술도 뛰어나며, 술과 도박을 좋아하고 기생집에서 지내기도 한다. 악기 연주에도 뛰어난 그는 빼어난 용모를 타고나 가끔 연극배우로 활동하기도 해서, 그를 잘 모르는 사람은 배우로 오인하기도 한다. 가보옥과 친한 사이이고, 뇌상영과도 면식이 있다. 한편, 설반은 술김에 그를 유혹하다가 갈대밭에서 흠씬 매를 맞기도 하는데, 이 사건으로 유상련은 보복을 피해 먼 타향으로 도망친다. 이후 우연한 계기에 행상을 나선 설반을 구해줌으로써 다시 화해하고 의형제가 된다.

이귀李貴 가보옥의 유모 이씨의 아들로서 가보옥보다 나이가 많다. 가보옥을 전담하는 몸종들의 우두머리가 되는데, 일자무식이긴 하지만 사리에 제법 밝아서 이런저런 말썽들을 잘 무마하는 능력을 보여주기도 한다.

이기李綺 이환의 숙모가 낳은 두 딸 중 작은딸이자 이문의 동생이며 빼어난 미모를 지녔다. 어머니, 언니와 함께 대관원에 살면서 시 모임에도 참여한다. 훗날 왕부인의 중매로 진보옥과 결혼한다.

이문李紋　이환의 숙모가 낳은 두 딸 중 큰딸이자 이기의 언니이며, 역시 빼어난 미모를 지녔다. 어머니, 동생과 함께 대관원에 살면서 시 모임에도 참여한다. 훗날 왕부인의 중매로 결혼하는 것으로 서술되어 있지만 남편에 대해서는 자세한 설명이 없다.

이환李紈　금릉십이차. 가보옥의 형 가주의 아내로 자字는 궁재宮裁이다. 남편이 스무 살이 되기도 전에 요절하여 홀로 외아들 가란을 키운다. 아버지로부터 봉건적 여성관을 주입받아 전형적인 현모양처로 살아간다.

임대옥林黛玉　금릉십이차. 전생에 삼생석三生石 옆에 자라던 강주선초로, 적하궁 신영시자가 감로수를 뿌려주어 영생을 얻는다. 훗날 신영시자가 인간 세상의 가보옥으로 환생하자 그 은혜를 눈물로 갚기 위해 인간으로 환생하여 임여해와 가민 부부의 외동딸로 태어난다. 일찍이 어머니를 여의고 외가인 영국부로 가서 외할머니인 태부인 사씨의 사랑을 받다가, 얼마 후 아버지마저 세상을 떠나자 그대로 영국부에서 살게 된다. 병약하지만 아름다운 용모와 순결한 심성을 갖춘 그녀는 금기서화琴棋書畵와 시사詩詞에도 뛰어난 재능을 보인다. 가보옥과 '목석지맹木石之盟'으로 불리는 정신적인 사랑을 나눈다.

입화入畵　가석춘의 하녀이며, 부모가 남쪽에 있는 관계로 오빠와 함께 작은아버지 집에서 지내다가 대관원으로 들어간다. 이후 그녀의 오빠는 술주정뱅이에 노름꾼인 작은아버지 내외를 피해 여기저기서 모은 재물을 그녀에게 맡기는데, 제74회에서 왕희봉과 형부인의 하녀인 왕선보댁 등이 대관원을 수색할 때 숨겨둔 물건들이 들통 나서 결국 녕국부로 쫓겨난다.

자견紫鵑　임대옥의 시녀이다. 현대의 연구자들 중에는 그녀가 원래 태부인 방에 있던 이등 하녀인 앵가와 동일인물일 가능성이 있다고 주장하는 이들이 많다.

총명하고 지혜로운 자견은 임대옥의 처지를 동정하면서 성심으로 모시며, 아울러 임대옥과 가보옥의 사랑이 결실을 맺게 하기 위해 노력한다. 이를 위해 자견은 가보옥의 마음을 떠보기 위해 임대옥이 소주로 돌아갈 거라는 거짓말을 했다가 가보옥이 정신이 혼미해져 쓰러짐으로써 한바탕 소동을 일으키기도 한다.

장덕휘張德輝 설씨 가문의 전당포를 관리하는 점원으로, 자기 재산도 이삼천 냥이나 된다. 제48회에서 그는 유상련에게 집적대다가 매를 맞은 설반이 궁여지책으로 행상을 나가려 할 때 설씨 댁 마님의 부탁을 받고 설반과 함께 다니며 뒷바라지를 해준다. 나이도 많고 후덕한 인물인 그는 설씨 집안의 가세가 기울었을 때도 설과의 결혼식을 비롯한 여러 가지 일에 도움을 준다.

장약금張若錦 가씨 가문의 하인이며 이야기에서는 별로 중요한 역할을 하지 않는다. 제52회에서 가보옥이 말을 타고 갈 때 뒤에서 따라가며 호위하는 장면에서만 등장한다.

전계錢啓 가씨 가문의 하인이며 이야기에서는 별로 중요한 역할을 하지 않는다. 제52회에서 가보옥이 말을 타고 갈 때 주서와 함께 앞에서 길을 인도하는 장면에서만 등장한다.

조씨〔趙姨娘〕 영국부 가정의 첩이며 가탐춘과 가환의 생모이다. 그러나 영국부 안에서 그녀는 실질적으로 하녀와 다름없는 신분으로 생계를 위해 주름을 짜기도 하고, 방석 따위를 나르는 일을 하기도 한다. 이 때문에 가보옥의 하녀인 방관 등이 공개적으로 그녀에게 대들기도 한다. 또한 그녀는 지극히 속이 좁고 이기적이어서 가탐춘과 잦은 갈등을 일으키기도 하고, 못난 가환 때문에 왕부인과 태부인에게 수모를 당하기도 한다. 제25회에서는 여도사 마씨와 모의하여 왕희봉과 가보옥을 해코지하기 위해 염마법을 쓰기도 한다.

조역화趙亦華 가씨 가문의 하인이며 이야기에서는 별로 중요한 역할을 하지 않는다. 제52회에서 가보옥이 말을 타고 갈 때 뒤에서 따라가며 호위하는 장면에 서만 등장한다.

주서 周瑞 영국부의 집사로서 왕희봉이 시집올 때 데려온 하녀와 결혼했다. 그들 부부 사이에는 딸이 하나 있어서 냉자홍을 사위로 삼았고, 하삼이라는 골칫덩어리 양자가 있다. 영국부에서 봄가을로 논밭을 관리하고, 한가할 때면 가진 등이 외출할 때 수행하는 등 제법 지위가 높은 몸이며, 암암리에 왕희봉의 사채놀이를 돕기도 한다.

주씨 〔周姨娘〕 영국부 가정의 첩이자 가영춘의 생모이다. 종종 가정의 또 다른 첩인 조씨와 함께 태부인의 시중을 드는 장면에 등장하는데, 조씨에 비해 인품이 훌륭하여 가씨 가문의 위아래 사람들에게 칭송을 듣는다. 다만 그녀는 아들을 낳지 못해 조씨에 비해 집안에서 체면이 떨어지는 편이며, 훗날 조씨의 비참한 죽음을 보며 첩의 운명을 한탄하기도 한다.

주아 住兒 가씨 가문의 하인이며 이야기에서는 평아를 통해 그저 이름만 한 번 언급될 뿐이다.

진종 秦鍾 자는 경경鯨卿. 영선랑營繕郎을 지내고 있는 진업이 쉰 살이 넘어서 얻은 외아들이고, 진업의 수양딸인 진가경의 동생이다. 준수한 용모를 타고났고 행동거지도 우아한 그는 가보옥과 함께 서당에서 공부하며 자주 어울려, 작품에서는 둘 사이의 동성애를 의심할 만한 서술이 보이기도 한다. 훗날 진가경이 죽은 후 그는 장례를 치르기 위해 철함사에 갔다가 왕희봉이 숙소로 정한 만두암에서 비구니 지능과 밀회를 즐긴다. 하지만 과로와 찬바람을 쐰 탓에 몸져눕게 되고, 그를 찾아왔던 지능을 내쫓은 아버지에게 매질을 당한다. 그로부터 며칠 후 진종의 아버지는 갑자기 숙환이 도져 세상을 떠나고, 진종 역시 병세가 깊어져 시름시름 앓다가 곧 숨을 거두고 만다(제15~16회).

채운彩雲 가씨 가문의 하인에게서 태어난 영국부 왕부인의 시녀 중 하나이며, 왕부인의 물건을 관리하고 가정이 외출할 때 준비를 돕는 등 신임이 두터웠다. 그런데 가정의 첩 조씨가 낳은 아들 가환을 좋아하여, 조씨의 부탁에 따라 왕부인의 방에서 갖가지 물건들을 훔쳐다가 그들 모자에게 주기도 한다. 특히 왕부인의 방에서 장미즙을 훔쳐다 가환에게 준 일은 옥천에게 발각되어 문제가 생기기도 하는데, 가보옥이 나서서 자신이 장난삼아 저지른 일이라고 둘러대 무마해주기도 한다. 그러나 가환은 채운이 가보옥에게 마음이 있다고 의심하여 그녀를 외면해버린다.

채하彩霞 가씨 가문의 하인에게서 태어나 영국부 왕부인의 시녀가 되어 왕부인의 물건을 관리하고, 가정이 외출할 때 준비를 돕는 등 신임이 두텁다. 일설에는 '채운'과 동일 인물이라고 여기기도 하지만 120회 판본에서는 별개의 인물로 설정되어 있다. 제72회에 따르면, 채하는 왕희봉의 중신을 통해 내왕의 못난 아들과 결혼하게 된다.

천설茜雪 가보옥이 대관원에 들어가기 전에 그를 시중들던 시녀들 중 비교적 지위가 높은 사람이다. 원앙, 화습인, 자견 등과 함께 가씨 가문에 뽑혀 들어왔으나, 가보옥의 풍로차를 유모 이씨에게 주었다는 이유로 가보옥에 의해 쫓겨난다.

청문晴雯 가보옥의 하녀 중 하나로 용모가 아름답고 몸매가 호리호리하며 눈과 눈썹이 임대옥을 닮았다. 총명하면서 개성적인 그녀는 직설적이고 반항적이면서 언변이 날카롭다. 하지만 왕부인의 눈 밖에 나서 병든 몸으로 내침을 당한 후 비극적으로 생을 마친다. 그녀가 죽은 후 가보옥은 「부용녀아뢰芙蓉女兒誄」를 지어 그녀의 영혼을 위로한다.

추아墜兒 가보옥의 하녀로, 평아의 금팔찌를 훔친 사실이 들통 나서 청문에 의해 내쫓긴다.

취루翠縷 사상운의 하녀이며 어리고 순진한 소녀이다. 남녀 관계에 대해서도 전혀 숙맥인 그녀는 제31회에서 사상운과 함께 가보옥의 거처인 이홍원으로 가는 도중에 음양의 이치에 대해 묻다가 사람의 음양에 대한 이야기를 꺼내는 바람에 '천한 것'이라는 핀잔을 듣기도 한다. 또 그 길에서 가보옥이 잃어버린 금 기린을 줍는다.

취묵翠墨 가탐춘의 하녀로, 수완이 좋아 종종 중요한 일을 맡아 처리한다. 제46회에서 원앙과 평아가 나누는 대화에 따르면, 그녀는 그 두 사람을 비롯하여 화습인, 호박 등 지위가 높은 시녀들과 어릴 적부터 친한 사이였다고 한다. 제60회의 일화는 그녀의 마음 씀씀이를 잘 보여주는 예이다. 가탐춘의 생모인 조씨가 가탐춘에게 푸념을 늘어놓자 애관艾官이 가탐춘에게 하할멈 때문이라고 고자질한다. 이때 취묵은 하할멈의 외손녀인 선저에게 귀띔하여 다시 말썽이 생기지 않도록 조심하라고 전하게 한다.

태부인〔賈母〕 영국부 가대선의 부인 사史씨를 가리킨다. 금릉의 세도 높은 사씨 가문의 딸로서 가씨 가문의 증손 며느리로 들어와 그 자신이 증손 며느리를 들일 때까지 영민한 능력을 발휘하고 엄격한 법도를 세워, 가씨 가문을 안정시키고 최고의 영화를 누리도록 이끈다. 노년에 들어서는 가보옥과 자매들에 둘러싸여 편안하게 지내지만, 무능하고 타락한 자손들로 인해 쇠락해가는 가문을 지켜볼 수밖에 없다. 가문의 안위를 우선적으로 생각하는 봉건적 가족 개념을 고수하기 때문에 가보옥과 임대옥의 사랑을 용납하지 않는다.

평아平兒 왕희봉이 결혼할 때 데려온 하녀이자 가련의 첩이다. 대단히 총명하고 선량한 그녀는 왕희봉을 도와 집안 살림을 처리하면서 냉혹한 왕희봉의 처사로 인해 생기는 문제들을 몰래 처리한다.

포이鮑二 소설 안에서 그의 신분은 애매하게 처리되어 있다. 먼저 제44회에 따르면 영국부의 하인인데, 그의 아내가 가련과 통정한 사실이 드러나 자살하자 가련이 그에게 돈을 주어 달래고 새로운 아내를 얻어준다. 한편, 제64회에는 같은 이름의 녕국부 하인이 등장한다. 가련이 왕희봉 몰래 우이저를 첩으로 들인 후, 가진이 포이 부부를 보내 우이저의 시중을 들게 하는 것으로 되어 있다. 제84회에 포이는 주서의 양아들 하삼과 싸운 일로 가진에 의해 내쫓기며, 나중에 관청에 붙들려 가서 가련이 양가의 처자를 억지로 첩으로 들였다고 진술한다. 120회본에서 두 사람은 한 인물인 것처럼 되어 있으나, 원래 소속이 영국부인지 녕국부인지는 여전히 혼란스럽다.

풍아 豊兒　왕희봉의 하녀로, 항상 곁에서 시중을 들며, 하녀들 중 지위도 평아보다 조금 낮다.

행노 杏奴　유상련의 하인.

향릉 香菱　소주 사람 진비의 외동딸로서 원래 이름은 진영련이다. 기구한 팔자 때문에 세 살 때 유괴를 당해 풍연에게 팔렸으나, 설보차의 오빠 설반이 풍연을 때려죽이고 강제로 사들여 첩으로 삼아, 경사로 데려와서 영국부의 이향원에서 지내게 된다. 아름다운 용모를 타고난 데다 차분하고 온순한 성격으로 임대옥에게 끈질기게 시 짓는 법을 배우기도 한다.

형수연 邢岫烟　영국부 가사의 아내 형부인의 동생인 형충 부부의 딸이다. 집안이 가난한 그들 가족은 경사로 와서 형부인에게 의탁하는데, 태부인의 배려로 형수연은 대관원에 있는 가영춘의 거처에서 함께 지내게 된다. 단아하고 예절도 바르지만 형부인의 무관심 속에서 어렵게 살아간다.

호박 琥珀　태부인의 하녀이며 주로 분부를 전달하거나 물건을 가져오는 등의 잡다한 심부름을 한다.

화자방 花自芳　가보옥의 시녀인 화습인의 오빠이다. 그는 부모가 가난하여 동생 화습인을 가씨 가문에 팔았는데, 아버지가 죽은 후 살림이 조금 나아진다.

| **찾아보기** |

감람橄欖 과일 이름. 감람나무의 열매이며 모양은 3~4센티미터 길이의 타원형이고 색깔은 푸른색이다. 한방에서 약재로 쓰고 씨로는 기름을 짠다. 서양에서는 중국 올리브라고 부른다.

감로수甘露水 달콤하고 맛있는 이슬.『본초강목本草綱目』「수水」「감로甘露」에 인용된『서응도瑞應圖』에 따르면, 감로수는 신령의 정화로서 어질고 상서로운 은택을 베풀며, 연지[脂]처럼 응어리가 져 있고 엿[飴]처럼 달콤하다고 한다. 신들이 마시는 음료수라는 뜻에서 '신장神漿' 또는 '천주天酒'라고도 부르고, 귀한 이슬이라는 뜻에서 '보로寶露'라고도 불리는 등 다양한 별칭이 있다.

강동화주絳洞花主 가보옥의 호. 제37회에서 가탐춘의 주재로 해당사 시 모임을 결성할 때, 가보옥이 이환에게 자신의 호를 지어달라고 하자, 이환은 가보옥이 이미 쓰던 호가 있지 않느냐며 '강동화주'를 언급한다.

강향降香 향 이름. 콩과 식물인 강향단이나 인도 황단의 줄기, 또는 뿌리의 심재心材를 이용해 만든 향이다. 혈액순환을 돕고 신경을 안정시켜주며 진통 효과가 있어서 약재로도 쓰인다. 강진향, 자등향, 화리모라고도 부른다.

계화당桂花糖 요리 이름. 토란[芋]과 설탕에 절인 계화를 주원료로 만든 요리이다.

골패骨牌**놀이** 노름의 한 종류. 중국에서 골패놀이는 흔히 '마작麻雀'(중국에서는 '마장麻將' 또는 '마작패麻雀牌'라고 함)이라고 하는 놀이를 가리키는데, 이 경우는 4명의 참가자가 6부류 42종의 도안에 모두 144장의 패를 가지고 짝을 맞추며 진행하는 노름을 말한다. 마작에 이용되는 패는 기본적으로 '만萬', '속束' (또는 '색索'), '통筒', 그리고 각기 4가지 색을 가진 동서남북의 풍향風向을 가리키는 '풍風'을 포함하여 총 6개의 부류로 분류된다. 놀이에서는 기본적으로 연결되는 3개의 패나 같은 패 3개를 모았을 때 하나의 세트가 되며, 놀이 방식은 각기 나눠 받은 패를 가지고 하나씩 버리고 가져오는 것을 반복하면서 다른 3명의 참가자보다 높은 패의 세트를 맞추는 것이다. 그러나 구체적인 놀이 규칙은 각 지역과 놀이 방식에 따라 대단히 다양하다.

교교皎皎　달빛이 환하게 밝은 모양.

권점圈點　문학 용어. 동그라미나 점을 가리킨다. 문장의 구두句讀를 표시하거나, 글자 옆에 표시하여 표현이 빼어나고 중요한 부분임을 나타내는 용도로 쓰인다.

규룡虯龍　옛날 전설 속의 새끼 용. 이무기에서 뿔이 갓 자란 상태의 용을 가리킨다. 『광아廣雅』「석어釋魚」에 따르면, "비늘이 있는 것은 교룡〔蛟龍〕이고 날개가 있는 것은 응룡〔應龍〕, 뿔이 있는 것은 규룡, 뿔이 없는 것은 이룡〔螭龍〕"이라고 한다.

꽃본〔花樣子〕　바느질 도구. 꽃을 수놓거나 천을 꽃무늬로 마름질할 때 모양의 본을 따르기 위해 쓰는 바탕의 무늬이다. 대개 종이에 색칠하여 정교하게 오린 것을 쓴다.

나항蘿港　나루터 이름. 제40회의 서술에 따르면 '화서花漵'에 있다고 한다.

난각暖閣　건물 이름. 큰 방과 벽으로 격리되어 있으면서 문을 통해 연결된 작은 방으로, 난로를 설치해 따뜻하게 한 곳, 또는 난로가 설치된 작은 전각을 가리킨다. 옛날 관서官署에서 공무를 처리하는 큰 탁자가 놓인 대청을 가리키기도 한다.

난향오暖香塢　건물 이름. 대관원 안의 서쪽 부분에 있는 건물이며 가석춘의 거처이다. 그 북쪽에는 이환의 거처인 도향촌이 있고, 남쪽으로는 설보차의 거처인 형무원이 있다.

남극성南極星　별 이름. 본래 용골龍骨자리(Carina)의 으뜸 항성恒星인 커노퍼스(Canopus)를 가리키는 말이었지만, 고대 중국의 신화에서는 복성福星, 녹성祿星과 함께 장수와 복록을 상징하는 '삼성三星' 중 하나로 숭배되었으며, '수성壽星', '남극노인성南極老人星' 또는 '남극선옹南極仙翁'이라고도 불린다. 이 별은 이미 진시황 때부터 사당에 모셔져서 숭배를 받았는데, 일반적인 그림에서 하얀 수염에 지팡이를 짚고 이마가 높이 솟은 노인으로 묘사된다.

남해조필南蟹爪筆　그림 그릴 때 쓰는 붓의 한 종류. 이름으로만 보면 방게의 집게발에 달린 털을 재료로 만든 붓인 듯한데, 대개 아주 가는 붓의 이름으로 쓰인다.

녕국부寧國府　『홍루몽』에 등장하는 가상의 지명이다. 녕국공은 가씨 집안의 조상 중 한 명인 가연이 공을 세워 황제에게 받은 가상의 작위 명칭인데, 그의 저택을 녕국부라고 부른다.

능주菱洲　가영춘의 호. 제37회에서 가탐춘의 주재로 해당사를 결성할 때, 설보차가 가영춘의 거처가 자릉주라는 점을 들어 지어준 것이다.

단향檀香　향 이름. 상록常綠의 기생 식물인 단향목에서 채취한 향으로, 독특한 향과 신경 안정 작용을 하기 때문에 종교 의식에 많이 사용된다.

대관루大觀樓　건물 이름. 『홍루몽』에 나오는 가상의 정원인 대관원 안에 있는 정루正樓이며, 정월 대보름에 가원춘이 친정을 방문한 후 '대관루'라는 이름을 하사했다.

대관원大觀園　정원 이름. 『홍루몽』에 나오는 가상의 정원이다. 이곳은 영국부의 맏딸로서 황제의 귀비가 된 가원춘이 친정을 방문할 때 머물 수 있도록 조성된 방대한 건축물로서, 영국부와 녕국부의 원래 구역 중 일부를 떼어 합쳐서 만들었다. 화단과 가산, 호수, 정자, 누각 등을 포함한 대관원의 전체 구조와 배치는 산자야山子野라는 인물에 의해 설계되었다.

도향노농稻香老農　이환李紈의 호. 제37회에서 가탐춘의 주재로 해당사를 결성할 때, 이환은 자신의 거처인 도향촌의 이름을 따서 이와 같은 호를 지었다.

도향촌稻香村　정원 이름. 대관원 안의 서쪽에 위치한, 가산 발치에 있는 몇 칸의 초가집을 중심으로 한 곳이다. 이곳은 진흙으로 담을 둘렀고, 볏짚으로 대문을 만들었으며, 수백 그루의 살구나무가 심어져 있다고 묘사되어 있다. 또 그 바깥에는 뽕나무와 느릅나무, 석류나무 등이 심어져 있다. 가보옥이 가정 등과 함께 막 완공된 대관원을 둘러보다가 '행렴재망杏簾在望'이라는 제시題詞를 지어 임시로 붙였는데, 정월 대보름에 가원춘이 친정을 방문한 후 '완갈산장浣葛山莊'이라는 이름을 하사했다. 하지만 그녀의 분부에 따라 가보옥이 이곳 풍경에 관한 시를 쓰자(실은 임대옥이 대신 써준 것임), 다시 그곳의 이름을 '도향촌稻香村'으로 바꾸라고 했다(제17~18회). 이곳은 훗날 이환의 거처가 된다.

동석凍石　돌 이름. 투명하거나 반투명하면서 윤기가 흐르는, 다양한 색상을 띤 돌이며, 주로 조각이나 도장을 팔 때 사용된다. 그 색상과 무늬, 산지産地에 따라 등광동, 남청전, 흑청전, 녹청전, 금옥동, 자단동 등의 다양한 종류로 나뉜다.

두보杜甫(712~770)　인명. 자는 자미子美, 자호自號는 소릉야로少陵野老로, 공현巩縣(지금의 허난[河南] 공이[巩義]) 사람이다. 이백李白과 더불어 성당盛唐 시기를 대표하는 시인으로서 '시성詩聖' 또는 '시사詩史'로도 불리며 근체시의 모범이 되는 율시律詩와 당시의 시대적 아픔을 담은 1500수首 가량의 시를 남겼다.

등자鐙子　마구 중 하나. 말을 타고 앉을 때 두 발을 넣어 디디도록 설치한 것으로, 안

장에 달아 말의 양쪽 옆구리로 늘어뜨린다.

모란정牡丹亭 희곡 작품 제목. 명나라 때 탕현조湯顯祖가 1598년에 쓴 총 55단락〔齣〕의 희곡으로서 정식 명칭은『모란정환혼기牡丹亭還魂記』이다. 이것은 명나라 때의 소설『두여낭모색환혼杜麗娘慕色還魂』을 각색한 것인데, 두여낭과 유몽매의 사랑 이야기를 묘사했다.『환혼몽還魂夢』또는『모란정몽牡丹亭夢』으로도 불리는 이 작품은 탕현조의 다른 세 작품인『남가기南柯記』,『자차기紫釵記』,『한단기邯鄲記』와 더불어 '임천사몽臨川四夢'이라고 불리는데, 그중에서도 가장 뛰어난 작품으로 평가된다. 한편, 작가 탕현조(1550~1616)의 자는 의잉義仍, 호는 약사若士, 해약海若, 청원도인淸遠道人 등을 썼으며 강서江西 임천臨川의 사대부 집안에서 태어났다. 그는 33세에 진사進士에 급제했으나 당시 조정의 정권을 쥐고 있던 장사유張四維와 신시행申時行 등에게 아부하지 않은 이유로 급사중給事中이라는 낮은 벼슬을 받았고, 49세에는 그 벼슬마저 버리고 고향으로 돌아가 문학 창작에 전념했다.

몽첨향夢甛香 향 이름. 제37회의 설명에 따르면 이것은 길이가 세 치에 굵기가 등잔 심지와 비슷한데, 시 모임에서 제한된 시간 안에 시를 짓도록 시간을 재는 용도로 태웠다.

무사망無事忙 가보옥의 별명. 제37회에서 가탐춘의 주재로 해당사를 결성할 때, 설보차가 별것 아닌 일로 항상 바쁜 가보옥을 놀리면서 호로 쓰라고 지어준 것이다.

반향사蟠香寺 절 이름. 지금의 쟝쑤〔江蘇〕쑤저우〔蘇州〕우현〔吳縣〕에 있는 현묘산에 있다는 가상의 절로, 묘옥이 경사로 오기 전에 있었던 곳이다. 그녀는 그곳에서 매화에 쌓인 눈을 모아 짙푸른 꽃 항아리에 담아서 5년 동안 보관했다가 제41회에서 가보옥과 임대옥, 설보차에게 그 물로 차를 우려내 대접한다.

벽사주碧紗櫥 건축 용어. '격선문隔扇門' 또는 '격문格門'이라고도 부른다. 청나라 때 건물의 내부 장식에서 방을 나누는 방식 중 하나이다. 틀은 대개 등불 모양으로 만드는데, 그 중앙에 그림이나 글씨가 들어 있는 종이를 바르기도 하고, 궁궐이나 부귀한 집안에서는 유리나 다양한 색깔의 비단을 설치한다. '벽사주' 안이라는 것은 이러한 벽사주로 나뉜 방의 안쪽 공간을 가리킨다.

봉요교蜂腰橋 다리 이름. 대관원 안에 있는 다리이며, 이곳에서 임홍옥은 추아의 안내를 받아 들어오는 가운과 처음 만나 서로 호감을 갖게 된다.

부귀한인富貴閑人 가보옥의 별명. 제37회에서 가탐춘의 주재로 해당사를 결성할 때,

설보차가 가보옥이 세상에서 얻기 어려운 부귀영화와 한가로움을 동시에 가지고 있다며 비꼬면서 지어주었다.

북정왕부北靜王府 저택 이름. 북정군왕 수용의 저택이자 집무실이다.

사서四書 유교의 경전 중 송나라 이래로 특별히 중시된 『논어論語』, 『맹자孟子』, 『중용中庸』, 『대학大學』을 통틀어 이르는 말이다. 특히 원나라 이래 이것은 과거시험의 교재로 활용되었다.

새우수염 팔찌 〔蝦鬚鐲〕 팔찌 이름. 왕희봉이 평아에게 준 것인데, 그 이름만 놓고 보면 새우수염처럼 가는 금실을 엮어서 만든 팔찌인 듯하다. 또한 제52회에 서술된 평아의 설명에 따르면 거기에는 상당히 귀중한 진주가 박혀 있다고 한다. 이 팔찌는 제49회에서 평아가 사상운 등과 함께 사슴 고기를 구워 먹을 때 잠시 벗어두었다가 잃어버렸는데, 제52회에 따르면 그것을 훔친 사람은 가보옥의 거처인 이홍원에서 허드렛일을 하는 추아라는 하녀였다.

서방정토西方淨土 불교 용어. 원래 부처의 나라인 서방의 극락세계를 가리킨다. 다만 『홍루몽』 제5회에서 이 용어는 태부인이 죽어서 영혼이 가게 되는 저승을 의미한다.

서상기西廂記 원나라 때의 연극〔雜劇〕 작품 제목. 당나라 때 원진元稹(779~831)이 지은 문언 소설〔傳奇〕 『앵앵전鶯鶯傳』(또는 『회진기會眞記』)을 토대로 이야기를 다듬어 만든 연극이다. 금나라 때 동량董良(또는 '동랑董琅')이 노래와 이야기를 섞은 공연 형식인 '제궁조諸宮調'로 만들었다. 이어서 원나라 때 왕실보王實甫가 이것을 다시 다듬어 여러 주인공이 등장하는 연극〔雜劇〕으로 만들었는데, 정식 제목은 『최앵앵대월서상기崔鶯鶯待月西廂記』이다. 이야기는 최앵앵과 장 아무개라는 선비 사이의 사랑에 얽힌 우여곡절을 서술한다.

선당禪堂 불교 용어. '좌선당坐禪堂'을 줄여 부르는 것으로, '선방禪房' 또는 '승당僧堂'이라고도 한다. 이것은 여러 승려들이 모여 좌선할 때 쓰는 넓은 대청이 있는 건물을 가리킨다.

선익사蟬翼紗 비단의 일종. 가볍고 부드러우며 매미 날개처럼 얇다고 해서 이런 명칭이 붙었다. 대개 창을 바르는 데 많이 사용된다.

성친별서省親別墅 패방牌坊에 적힌 글의 내용. 이 패방은 대관원 안의 정전正殿이 있는 곳으로 통하는 입구에 있다. 제17~18회에 따르면 이곳에는 원래 '천선보경天仙寶境'이라고 적혀 있었으나 가원춘이 친정에 들렀을 때 그 내용을 '성친별서'로 바꾸라고 지시했다고 서술되어 있다.

소군투昭君套　모자 이름. 위쪽이 막히지 않은 여자용 모자로, 희곡이나 그림에서 왕소군王昭君이 흉노에게 시집가는 장면을 묘사할 때 쓰는 모자와 비슷하다고 해서 이렇게 부른다.

소상관瀟湘館　정원 이름. 『홍루몽』에 나오는 가상의 정원인 대관원 안에 있는 별도의 작은 정원이자 저택이다. 가보옥이 가정 등과 함께 막 완공된 대관원을 둘러보다가 '유봉래의有鳳來儀'라는 제사題詞를 지어 임시로 붙여놓았던 곳인데, 정월 대보름에 가원춘이 친정을 방문한 후 '소상관'이라는 이름을 하사했다. 훗날 이곳은 임대옥의 거처로 사용되며, 이 때문에 항상 눈물이 많은 임대옥은 시 모임[詩社]에서 '소상비자瀟湘妃子'라는 호를 쓰게 된다.

소상비자瀟湘妃子　임대옥의 호. 제37회에서 해당사가 결성되었을 때 가탐춘이 붙여준 호이다. 가탐춘은 옛날 순임금의 두 아내 아황과 여영이 뿌린 눈물이 대나무에 얼룩이 되었다는 전설 때문에 반죽班竹을 '상비죽湘妃竹'이라고도 부른다는 사실과 임대옥의 거처가 소상관인데다 또 그녀가 울기도 잘한다는 이유를 들어서 이런 호를 지어주었다.

소식蘇軾(1037~1101)　인명. 자는 자첨子瞻 또는 화중和仲, 호는 동파거사東坡居士로서 북송 미주 미산(지금의 쓰촨[四川]에 속함) 사람이다. 그의 부친 소순蘇洵, 아우 소철蘇轍과 더불어 '삼소三蘇'라고 불리며, 이들 모두 뛰어난 고문古文 작가로서 '당송팔대가唐宋八大家'에 포함된다. 문학과 예술에서 모두 뛰어난 천재성을 보인 그는 그러나 정치적으로는 대단히 불우해서, 1057년에 아우와 함께 진사에 급제했으나 왕안석王安石의 신법新法 운동에 반대하다가 항주통판으로 좌천된 이후 줄곧 지방관으로 전전하다가 결국 57세에는 혜양(지금의 광둥[廣東] 훼이저우[惠州])으로, 60세에는 하이난[海南]까지 유배되는 지경까지 이르렀다. 이후 64세에 사면을 받아 북방으로 돌아가는 도중 상주(지금의 장쑤성[江蘇省]에 속함)에서 죽었다. 고문과 시사詩詞, 서예에서 모두 빼어난 성취를 이루었고, 그림에서도 중국 문인화文人畵의 창시자로 알려져 있다.

소주蘇州　지명. 장쑤성[江蘇省]에 속한 도시로서 아름다운 정원이 많기로 유명하며 '동방의 베니스'라고 불릴 만큼 명성이 높은 곳이다. '고소姑蘇'라고도 불린다. 『홍루몽』에서는 임대옥의 고향으로 설정되어 있다. 명·청 시대에 고급문화와 유행을 선도하는 지역으로 간주되곤 했기 때문에 『홍루몽』 가씨 가문에서도 이곳에서 극단 선생[敎習]을 초빙하고, 배우로 양성할 여자애들을 사왔으며, 악기와 분장 도구를 준비했다.

쇄루정灑淚亭 일종의 여관. 옛날에는 도로에 10리마다 장정을, 5리마다 단정短亭을 하나씩 두어서 여행객들의 휴식 장소로 제공했다. 대개 성에서 10리 떨어진 곳의 장정은 송별의 장소로 사용되곤 했다. 제37회에서는 가정이 학정學政에 임명되어 먼 길을 떠나자 가보옥을 비롯한 여러 자제들이 이곳까지 나가 전송했고, 또 제69회에서는 가진이 가경의 영구를 고향으로 옮겨갈 때 가련과 가용 등이 이곳까지 나가 사흘 밤낮 동안 송별 잔치를 하고 돌아갔다.

수선암水仙庵 절 이름. 『홍루몽』에 나오는 가상의 절로서 교외에 있으며, 낙신洛神을 모시는 비구니들의 암자이다. 왕희봉의 생일에 가보옥은 명연과 함께 잠시 몰래 빠져나와 이곳에서 금천을 위한 제사를 지낸다.

시마詩魔 문학 용어. 시를 짓거나 감상하는 데서 벗어나지 못하도록 붙잡는 어떤 마력을 가리킨다. 한편, 고대 중국에서는 당나라 때의 백거이白居易(772~846)가 지나치게 시를 읊고 짓는 데 빠져 있다가 혀에 종창이 생기고 손가락에 굳은살이 박이는 지경에 이르렀다고 해서 그를 '시마'라는 별칭으로 부르곤 한다.

시사詩社 문학 용어. 시인들이 정기적으로 모여 시를 짓기 위해 결성한 단체이다.

시사詩詞 문학 용어. 중국 사대부 문학의 대표적인 양식인 '시詩'와 '사詞'를 아울러 부르는 명칭이다.

시회詩會 '시사詩社' 항목 참조

심방정沁芳亭 정자 이름. 대관원 정문에서 가장 가까운 다리이자 정자이다.

쌍환사합여의雙環四合如意 문양紋樣 이름. 4개의 여의如意를 교차하거나 한데 모아서 만든 '사합여의' 문양의 장식이 2개가 달린 것을 가리킨다. '사합여의'는 온 천하가 태평하다는 뜻을 담고 있으며, 이 문양은 청나라 때 귀족의 옷이나 허리띠 등의 장식으로 널리 유행했다.

아속공상雅俗共賞 성어. 고상한 선비들과 속된 일반 서민들이 함께 감상하고 즐긴다는 뜻이다.

안진경顔眞卿(709~~784?) 인명. 자字는 청신淸臣이고, 당나라 때 경조京兆 만년萬年(지금의 산시[陝西] 시안[西安]) 사람이다. 734년 진사進士에 급제하여 네 차례 어사御史로 파견된 적이 있으나 당시 조정의 정권을 쥐고 있던 양국충楊國忠에게 미움을 사서 평원平原(지금의 산둥[山東] 링현[陵縣]) 태수太守로 폄적된 적이 있기 때문에 안평원顔平原이라고도 불리고, 훗날 노군공魯郡公에 봉해졌기 때문에 안노공顔魯公이라고도 불린다. 783년에는 재상 노기盧杞에게 모함을 당해 곤경에 빠졌다가 반란군 장수 이희열李希烈에게 피살당했다. 뛰어난 서예가인 그는 '안체顔體'라고 불리는 독창적인 해서楷書를 써서 조맹부趙孟頫(1254~1322), 유공권柳公權(778~865), 구양순歐陽詢(557~641)과 더불어 해서의 사대가四大家로 꼽힌다.

야차夜叉 불교의 귀신 이름. 범어梵語 'Yakṣa'를 음역한 것으로 약차藥叉, 열차閱叉, 야을차夜乙叉라고도 하며, 그 의미는 '아주 날쌔고 힘센 귀신' 내지 '깨물 줄 아는 귀신'에 해당한다. 불교의 저승세계나 민간 전설에서 야차는 조금 다르다. 불교에서 야차는 생김새가 추악하고 포악하게 힘을 쓰며 사람을 잡아먹기도 하다가 나중에 부처의 감화를 받아 불법佛法을 수호하는 신이 되어 천룡팔부天龍八部의 성원 중 하나가 되었다고 한다. 이와는 달리 민간 전설에서는 대개 흉악한 신이나 악당을 대표하는데, 그 형상이나 역할은 대단히 다양하다.

여지荔枝 과일 이름. 중국 남부에서 자라는 아열대 상록교목常綠喬木의 열매로, 비늘 모양의 껍질이 울퉁불퉁하게 돌출되어 있고 익으면 붉은색이 된다. 단단한 씨를 감싸고 있는 과육은 신선할 때 반투명한 흰빛을 띠며 독특한 향을 풍긴다. 다만 저장하기가 어렵다는 단점이 있다. 여지는 식용으로 쓰일 뿐만 아니라 진통제나 심장병, 소장의 막힘을 치료하는 약재로도 쓰인다. 바나나와 파인애플, 용안龍眼과 더불어 남국의 사대 과일로 꼽힌다.

연례年例 매년 일정 시기에 개인에게 지급하거나 특정 항목에 지불하는 비용을 가리킨다.

연연라軟煙羅 비단의 일종. 지극히 얇고 부드러우면서 가벼운 비단으로, 창을 바르거나 휘장을 만드는 데 쓰인다. 제40회에서 태부인이 설명한 바에 따르면 그것은 4가지 색깔이 있는데 비 갠 하늘색과 연한 녹색, 솔잎 같은 초록색, 연분홍색이라고 했다. 또 이것으로 휘장을 만들거나 창에 바르면 멀리서 볼 때 흡사 안개가 낀 것처럼 보이기 때문에 '연연라'라는 명칭이 붙었다고 하며, 그중 연분홍색은 '하영사霞影紗'라고도 부른다고 한다.

연와燕窩 바다제비[金絲燕]의 둥지. 바다제비는 늦봄부터 가는 해초 및 부드러운 식물, 자기 몸의 털을 이용해 입에서 나오는 침으로 반죽하여 집을 짓는다. 이 제비집은 진귀한 요리 재료로 쓰이며 폐를 튼튼하게 하여 기침이나 토혈吐血 등의 증상을 치료하고 여성의 피부를 윤택하게 하며, 정신을 맑게 해주는 효능이 있다고 알려져 있다.

영국부榮國府 저택 이름.『홍루몽』에 등장하는 가상의 지명이다. 영국공은 가씨 집안의 조상 중 하나인 가원이 공을 세워 황제에게 받은 가상의 작위 명칭인데, 영국부는 그의 저택을 가리킨다. 영국공파榮國公派는 가원의 후손을 일컫는 말이다.

예서隸書 한자의 서체 중 하나. 가로획은 길고 세로획은 상대적으로 짧아서 좌우로 약간 긴 직사각형을 이루는 것이 특징이다. 이것은 진나라 때부터 서서히 형성되어 동한 시기에 이르러 절정에 이르렀기 때문에 '한예漢隸'라고 부르기도 한다.

옥갑기玉匣記 책 제목. 동진 때의 도사 허진군許眞君이 베껴 전한 것이라고 알려져 있는, 갖가지 점복술占卜術을 적은 책으로서『옥갑기통서玉匣記通書』라고도 한다. 그러나 민간에 유통되는 책에는 대개 제갈량諸葛亮이나 귀곡자鬼谷子, 장천사張天師, 이순풍李順風, 주공周公 등 저명한 선현先賢을 작자로 내세우는 경우가 많다. 여기에는 정치는 물론 장사, 학업, 여행, 혼인과 장례, 수렵, 어업, 심지어 이발하기에 좋은 이른바 '황도길일黃道吉日'을 점치는 등의 내용이 들어 있다.

옥잠화玉簪花 꽃 이름. 중국이 원산지인 백합과의 여러해살이풀에서 피는 꽃이다. 높이는 30센티미터 정도이며, 8~9월에 향기가 있는 자주색, 또는 흰색 꽃이 핀다. 어린잎은 식용과 관상용으로 재배한다.

옥정금두玉頂金豆 새 이름. 제36회에서 가장이 영관을 위해 은돈 한 냥 여덟 전을 주고 사왔다고 했으나, 생김새에 대해서는 자세히 묘사하지 않아 정확히 어떤 새를 가리키는지는 알 수 없다. 하지만 영관은 새장에 갇혀 무대 위를 날아다니는 이 새의 모습이, 팔려 와서 배우 노릇을 하는 자신을 조롱하는 것이라고 화를 내서 가장은 결국 새를 놓아주고 둥지를 부숴버린다.

왕마힐전집王摩詰全集 책 이름. 당나라 때 왕유王維(701~761)의 시문집詩文集을 가리키는 듯하다. 그러나 왕유 본인은 이런 책을 남기지 않았기 때문에, 후세의 누군가가 모아 엮은 책으로 보인다.

왕유王維(701~761) 인명. 자는 마힐摩詰이다. 721년 진사進士에 급제하여 감찰어사 등을 지내다가 안녹산의 반란군에 협력한 혐의로 감옥에 갇히기도 했다. 하지만 이후 풀려나 상서우승尙書右丞까지 지냈기 때문에 흔히 '왕우승王右丞'이라고 불린다. 산수시山水詩에 뛰어나서 맹호연孟浩然(689~740)과 함께 명성을 날린 그는 불교를 소재로 한 시를 많이 지어 '시불詩佛'이라는 별칭도 가지고 있다.

요대瑤臺 누대 이름. 고대 중국의 전설에서 신선의 거처를 가리키며, 종종 아름다운 누대樓臺를 비유할 때 쓰이기도 한다.

요서蓼漵 제사題詞. '요정화서蓼汀花漵'를 줄인 말이다. 『홍루몽』의 주요 무대인 대관원 안에 있는 풍경구에 적히거나 새겨진 것이다. 본문의 설명에 따르면, 도향촌에서 산비탈을 돌아 샘가를 따라가다가 여러 개의 화단을 지나면 돌구멍에서 흘러나오는 물소리가 졸졸 들리는데, 돌구멍 위쪽에는 덩굴이 드리워져 있고 그 아래에는 떨어진 꽃잎들이 물에 떠다니고 있는 곳이 나오는데, 바로 이곳에 대해 가보옥이 '요정화서'라는 제사를 지었다고 한다. '요정'이란 여뀌가 자라는 물가 모래밭이라는 뜻이고, '화서'는 물가의 꽃밭이라는 뜻이다. 제40회의 서술에 따르면 '화서'에는 '나항蘿港'이라는 나루터가 있다.

우모사羽毛紗 실 이름. 안쪽의 심선芯線 바깥에 가는 털을 장식한 것으로, 옷이나 모자, 두건 따위를 만드는 데 사용한다.

우사藕榭 가석춘의 호. 제37회에서 가탐춘의 주재로 해당사를 결성할 때, 설보차가 가석춘의 거처가 우향사라는 점을 들어 지어준 것이다.

우향사藕香榭 정자 이름. 『홍루몽』에 나오는 가상의 정원인 대관원 안에서 서쪽에 위치한 연못 안에 지어진 정자이다. 사방으로 창이 나 있고 좌우로 구불구불한 회랑을 통해 육지와 연결된다고 묘사되어 있다. 우향사라는 이름은 정월 대보름에 가원춘이 친정을 방문한 후에 하사한 것이다. 이곳은 훗날 사상운이 게를 쪄서 잔치를 벌이며 해당사라는 시 모임[詩社]을 결성한 곳이기도 하고, 태부인이 철금각에서 술자리를 마련했을 때 배우들에게 노래 연습을 하게 한 곳이기도 하다. 해당사 모임에서 가석춘은 자신의 호를 '우향'이라고 지었다.

운자韻字 문학 용어. 시詩나 사詞를 지을 때 정해진 운각韻脚의 자리에 쓰도록 규정된 글자이다. 여기에 쓰는 글자들은 성조에 따라서 부류를 구분해놓은 운보韻譜에 나열된 글자들만을 쓸 수 있다. 예를 들어, 송나라 때 유연劉淵이 편찬한 운보인 『평수운平水韻』에는 상평성 15부와 하평성 15부, 상성 29부, 거성 30부, 입성 17부 등 106개의 부류와 그에 속하는 글자들을 분류하여 정리해놓았다. 가령 상평성의 세 번째에 해당하는 '강부江部'에는 강江, 항缸, 창窗, 방邦, 항降, 쌍雙, 롱瀧, 방龐, 당撞, 강矼, 강扛, 강杠, 강腔, 방垹, 장樁, 당幢, 공蚣까지 17자가 들어 있는데, 시를 지을 때 이것을 운자로 쓰는 경우는 이 17자 외에 다른 것은 쓸 수 없다.

운패韻牌 문학 용어. 시를 지을 때 쓸 운자韻字의 부류를 표시한 패이다.

운향芸香 향 이름. 다년생 초본 식물인 운향수(칠리향, 제갈초, 향모근골초, 석회초

등으로도 불림)의 노란 꽃에서 채취한 향이며 약재로도 많이 쓰인다.

월동문 月洞門　문 이름. 정원 안쪽의 담에 다양한 형태의 구멍을 뚫어 만든 문이다. 대체로 둥근 달 모양이 많으며, 주로 장식과 경관을 배려하여 만들기 때문에 열고 닫는 문은 달려 있지 않은 경우가 많다.

은서 銀鼠　동물 이름. 족제빗과의 포유류 동물로, 무산茂山 쇠족제비라고도 부른다. 몸의 길이는 14~25센티미터이며 꼬리 길이는 6~7센티미터로 식용육 중에서 가장 작다. 겨울에는 온몸이 흰색이고 여름에는 등이 엷은 붉은 갈색으로 바뀐다. 한국 북부 지방과 만주, 몽골, 시베리아 등지의 산림에 분포한다.

의문 儀門　대문 이름. 옛날 관아의 대문 안쪽에 위엄을 드러내기 위해 의례적으로 만들어놓은 문, 또는 관서官署의 옆문을 가리킨다.

이백 李白(701~762)　인명. 자는 태백太白, 호는 청련거사靑蓮居士, 적선인謫仙人이다. 두보와 더불어 고대 중국의 대표적인 시인으로 꼽히며 '시선詩仙'으로 일컬어진다.

이상은 李商隱(812?~858?)　인명. 자는 의산義山, 호는 옥계생玉溪生, 번남생樊南生이며 당나라 말엽 하남河南 형양滎陽(지금의 정저우〔鄭州〕에 속함)에서 태어났다. 당시의 저명한 시인인 두목杜牧(803?~852?)의 사촌형堂兄인 그 역시 뛰어난 시인이자 문장가였다. 문종文宗 때인 838년 진사進士에 급제하여 동천절도사판관東川節度使判官 등을 지내며 장래가 촉망되었으나, 이른바 '이우당쟁李牛黨爭'의 틈바구니에 끼어 벼슬길에서 뜻을 펼치지 못했다. 그의 시는 신기한 구상과 화려한 수사법을 활용한 애정시와 우울한 심사를 담은 상징시에서 뛰어난 성취를 이루었다고 평가된다.

이향원 梨香院　정원 이름. 이곳은 원래 영국공 가원이 만년에 정양靜養하던 곳으로, 제4회의 묘사에 따르면 작고 아기자기하게 10여 칸의 방을 갖추고 있고, 앞뒤 청사가 모두 갖추어져 있다. 또한 거리로 통하는 별도의 문이 있고, 서남쪽에도 작은 문이 있어서 담 사이의 길을 통해 왕부인이 있는 본채의 동쪽으로 갈 수 있다. 설보차와 그녀의 모친, 오빠 설반이 처음 가씨 가문에 찾아왔을 때 잠시 이곳에 머물렀다. 나중에 그들이 다른 곳으로 거처를 옮긴 후로는 소주에서 사온 12명의 배우들이 이곳에 머물면서 선생에게서 노래와 연극을 배웠다. 훗날 배우들을 해산시키고 나서는 줄곧 비어 있어서, 가련의 첩 우이저가 죽었을 때 영구를 잠시 이곳에 안치하기도 했다.

이홍공자怡紅公子 가보옥의 호. 제37회에서 가탐춘의 주재로 해당사를 결성하는 장면에 대한 서술에서는 가보옥이 이런 호를 지었다는 서술이 없지만, 나중에 보충된 '교주본校注本'에는 임대옥의 제안에 따라 가보옥의 거처인 이홍원의 이름을 따서 이런 호를 지었다고 되어 있기도 하다. 이후 가보옥은 자신이 지은 시에 이 호를 썼다.

이홍원怡紅院 대관원 안에 있는 가보옥의 거처 이름. 제17~18회에서 가보옥이 부친 가정과 함께 대관원을 둘러보면서 어느 정원 풍경에 '홍향록옥紅香綠玉'이라고 제시題詞를 지었다. 이곳은 훗날 가원춘이 친정을 방문했을 때 '이홍쾌록怡紅快綠'으로 바뀌었으니, 이곳이 바로 이홍원이다. 이 때문에 훗날 가보옥은 시 모임에서 자신의 호를 '이홍공자怡紅公子'라고 쓰게 된다.

자릉주紫菱洲 경관景觀 이름. 『홍루몽』에 나오는 가상의 정원인 대관원 안에서 서남쪽에 해당하는 요정화서蓼汀花漵 일대를 가리키며, 이곳에는 물가를 따라 건물들이 세워져 있다. 정월 대보름에 가원춘이 친정을 방문했을 때 이 안에 있는 철금각에 머물렀다.

자화책字畵冊 책의 한 종류. 서화책書畵冊이라고도 한다. 서예와 그림을 합쳐서 책으로 엮은 것이다.

전고典故 문학 용어. 전제典制와 장고掌故를 합쳐서 칭하는 말이다. 원래는 한나라 때 예악제도禮樂制度 등 역사적 사실을 담당하는 관리를 일컬었는데, 후세에는 일반적으로 역사적 인물이나 전장제도典章制度와 관련된 이야기, 또는 전설을 가리키는 뜻으로 쓰였다. 또한 시나 산문을 지을 때 고대의 역사적 사실이나 어떤 유래가 있는 어휘를 인용하는 것을 가리켜 '용전用典' 즉 전고를 사용한다고 표현한다.

주령酒令 **놀이** 놀이의 일종. 술자리에서 흥을 북돋기 위한 놀이로, 서주西周 시기부터 시작되었고 수·당 무렵에는 어느 정도 틀이 정착된 것으로 보인다. 일반적으로 주령놀이를 할 때는 술자리에 앉은 사람 중 한 명을 우두머리[令官]로 정하고, 나머지 사람들은 우두머리가 정한 규칙에 따라 순서대로 돌아가며 시사詩詞를 읊거나 연구聯句를 짓거나 기타 정해진 일을 행한다. 놀이의 방식은 아주 다양하지만, 규칙을 어긴 사람은 대개 벌주를 마시기 때문에 이 놀이를 '행령음주行令飮酒'라고도 부른다.

차선茶筅 다구茶具의 하나. 차를 끓일 때 찻잎이나 찻잎 가루를 젓는 데 쓰는 도구이다. 대나무 줄기의 마디 앞부분을 아주 가늘게 쪼개어 만든다. 현대의 일본과 한국에서 가루 차〔末茶〕를 타는 데 필수적인 도구로 쓰인다.

천당穿堂 건축 용어. 저택에서 앞뒤 양쪽의 정원 사이를 연결하는 대청이 있는 건물로, 공자工字 모양으로 연결된 앞뒤 건물 사이의 연결 부분을 가리키기도 한다. 후자의 경우는 '주랑柱廊'이라고도 부른다.

철금각綴錦閣 누각 이름. 『홍루몽』에 나오는 가상의 정원인 대관원 안의 대관루를 기준으로 동쪽에 있는 높은 누각〔飛樓〕이며, 철금루綴錦樓라고도 부른다. 이 건물의 위층은 영국부의 병풍이나 의자, 탁자, 꽃등〔花燈〕 등의 가재도구를 보관하는 창고로도 쓰인다. 정월 대보름에 가원춘이 친정을 방문한 후 이곳에 머문 바 있고, '철금각'이라는 이름을 하사했다. 훗날 이곳은 형수연의 거처로 쓰이기도 한다. 또한 이 건물은 물가에 자리 잡고 있기 때문에 태부인이 대관원에서 잔치를 벌일 때 이곳 아래층에 술자리를 마련하고, 연못 위에 있는 우향사에서 배우들에게 풍악을 연습하게 하기도 한다(제40회). 또 태부인의 생일잔치를 할 때는 가음당嘉蔭堂과 함께 손님들의 임시 휴식 장소로 쓰이기도 한다(제71회).

초서草書 한자의 서체 중 하나. 정자체인 해서에 비해 필획이 많이 생략되고 구불구불하게 이어지는 것이 특징이다. 이것은 대개 한나라 때 예서隸書에 기반을 두고 변화하여 만들어진 것으로 속기速記의 편의성과 예술적 아름다움을 동시에 추구한다. 또 초서는 그 형식에 따라 장초章草와 금초今草, 광초狂草로 구분되기도 한다.

초하객蕉下客 가석춘의 호. 제37회에서 가탐춘의 주재로 해당사를 결성할 때, 그녀는 자신이 파초를 좋아한다는 이유로 이런 호를 지었는데, 이 때문에 임대옥에게 놀림을 당한다.

총관總管 호칭. 전체를 통틀어서 통제하고 감독하는 사람을 가리킨다.

추상거사秋爽居士 가탐춘의 호. 제37회에서 가탐춘의 주재로 해당사를 결성할 때, 그녀는 자신의 거처인 추상재의 이름을 따서 이와 같은 호를 지었다.

추상재秋爽齋 서재 이름. 대관원 안 심방계 옆에 있는 건물이지만 뜰에 파초와 오동나무가 있으며, 그 안에 효취당이라는 널찍한 대청이 있다는 것 외에는 별다른 묘사가 없다. 훗날 이곳은 가탐춘의 거처가 되어 해당사라는 시 모임이 이곳에서 결성되기도 한다. 또 효취당은 태부인이 처음으로 대관원에서 잔치를 벌인 곳이기도 하다.

친칠라 동물 이름. 친칠라(chinchilla)과의 동물로서 몸길이가 25센티미터 정도이고 토끼와 생김새가 비슷하다. 등은 잿빛을 띤 청색이고 배는 누런빛을 띤 갈색이며,

눈과 귀가 크고 꼬리도 길다. 이 가죽은 상당한 고급으로 간주된다.

침하각 枕霞閣　정자 이름. 태부인의 친정인 사史씨 가문에 있었다는 정자로서 연못 위에 세워져 있었다고 한다. 제38회에 따르면 태부인은 어릴 적 그곳에서 놀다가 발을 헛디뎌 물에 빠졌다 간신히 구조를 받았는데, 당시에 나무 말뚝에 머리를 부딪혀 큰 상처가 생겼다고 한다. 그날 자매들이 게를 먹은 뒤 국화를 소재로 시를 지을 때, 설보차는 사상운에게 아직 호가 없다는 것을 알고 그 정자의 이름을 따서 '침하구우枕霞舊友'라는 호를 지어준다.

침하구우 枕霞舊友　사상운의 호. 제38회에 따르면 자매들이 게를 먹은 뒤 국화를 소재로 시를 지을 때 설보차가 사상운에게 지어준 것이다. 이 호는 사상운의 집안에 있었다는 연못 위의 정자인 '침하각'의 이름에서 따온 것이다.

큰고랭이 〔水蔥〕　풀 이름. 사초과莎草科의 여러해살이풀이며, 땅속줄기의 마디에서 줄기가 나와 80~200센티미터까지 자라는데, 7~8월에 황갈색 꽃이 핀다. '물고랭이' 또는 '물돗자리골'이라고도 부른다.

태상노군 太上老君　신 이름. 도교의 최고신인 '삼청三淸' 중 하나로서 도덕천존道德天尊으로 받들어진다. 전설에 따르면 그는 상나라 때 분신分身으로 현묘옥녀玄妙玉女의 태胎에 들어가 81년 만에 태어나서 주나라 무왕武王(기원전 1087?~기원전 1043?) 때 도서를 관리하는 주하사柱下史로 있으면서 주공周公에게 도를 전수해주었고, 이후 서쪽 지방을 유랑하다가 주나라 소왕昭王(?~기원전 1002) 때 함곡관函谷關을 지나다가 그곳을 지키던 관리 윤희尹喜에게 『도덕경道德經』을 전수해주었다고 한다. 이 외에도 그에 대한 호칭은 노자老子, 이백양李伯陽, 노자도군老子道君 등이 있다.

패방 牌坊　건축 용어. 원래는 어떤 사람의 덕행을 널리 알리기 위해 세운 기념비적인 건축물을 가리키는 말이며, 대개 2개의 기둥 위쪽에 가로로 된 편액을 걸고 거기에 덕행의 내용과 관련된 글자를 새긴 것이다. 다만 『홍루몽』에서도 그랬듯이 이것은 종종 '패루牌樓'를 가리키기도 한다. 패루는 2개 또는 4개의 기둥을 나란히 세우고, 그 위에 처마 형태의 장식을 얹은 후, 그 중앙에 편액을 붙인 형태로 지어진다. 이것은 대개 거리의 요충지나 명승지에 세워져 편액에 그곳의 지명을 새겨 놓는다.

하영사 霞影紗　비단의 일종. 제40회 태부인의 설명에 따르면 '연연라'라는 얇은 비단 중에서 특히 연분홍색을 가리키는 명칭이라고 한다.

479

한림원翰林院 관서官署 이름. 이 명칭은 당나라 때부터 시작되었는데, 각종 기예技藝와 능력을 갖춘 선비들이 모여서 맡은 바 임무를 수행하는 곳이다. 특히 문장과 시사詩詞에 뛰어난 이들은 황제의 조서詔書에 초안草案을 쓰는 등의 중요한 임무를 수행했으며, 이 일을 담당한 사람은 중서사인中書舍人의 직위를 받았다. 이후 이곳은 한림학사들의 집무실로 바뀌어 비슷한 업무를 담당했는데, 초기에 한림학사는 비록 품계가 없거나 낮았으나 점차 재상의 업무까지 맡게 되었고, 실제로 그 중에는 재상으로 승진한 사람도 많았다. 명나라 때 이곳은 역대 최고의 지위를 누리면서 제고制誥와 역사 편찬, 과거시험, 문서 작성 및 수정, 황제의 정책 자문 등을 수행했으며, 책임자인 한림학사 밑에 시독학사侍讀學士, 시강학사侍講學士, 수찬修撰, 편수編修, 검토檢討 등의 직책이 있었고, 또 별도로 한림원 소속의 예비 관료로서 서길사庶吉士라는 직함도 있었다. 청나라 때는 이전 시기에 비해 그 지위와 역할이 조금 달라지긴 했지만 여전히 중요한 곳으로 간주되었다.

한림학사翰林學士 벼슬 이름. '학사'라는 벼슬은 남북조 시기에 처음 설치되었고, 당나라 초기에는 저명한 학자에게 황제의 조령詔令의 초고草稿를 쓰게 했지만, 그런 일을 하는 이를 가리키는 전문적인 칭호는 없었다. 그러다가 현종玄宗(712~755 재위) 때는 황제의 측근을 한림학사로 임명하기 시작했는데, 이 벼슬을 받은 이는 종종 재상으로 승진했다. 북송 때도 한림학사는 제고制誥, 즉 황제의 조칙詔勅을 담당했다. 그러나 이후로는 점차 그 지위가 낮아졌는데, 그래도 명·청 시대까지 그 이름은 남아 있었다. 명나라 때는 재상에 임명된 사람은 모두 한림학사의 직무를 수행했다. 다만 청나라 때는 한림장원학사翰林掌院學士가 한림원翰林院의 장관이었고, 그냥 한림학사라고 칭하는 벼슬은 없었다.

해당사海棠社 시 모임〔詩社〕. 제37회에서 가탐춘의 주재로 결성된 것으로, 이날 모임에서 해당화를 소재로 시를 지었기 때문에 모임의 이름을 '해당사'로 정했다.

해자垓子 건축 용어. 방어를 위해 성 주위에 둘러 판 못, 또는 비교적 폭이 넓고 깊이가 깊은 도랑을 가리킨다.

행락도行樂圖 그림의 일종. 원래는 자신, 또는 다른 사람이 그린 작은 초상화를 가리키는 말인데, 여기에 덧붙여서 사람들과 어울려 나들이 나가 즐기는 모습을 그린 그림도 '행락도'라고 부른다.

행엽저荇葉渚 경관景觀 이름. 『홍루몽』에 나오는 가상의 정원인 대관원 안에 있으며 추상재 근처, 우향사 연못가에 위치해 있다. 태부인이 대관원에서 두 차례 잔치를 베풀 때 이곳에서 배를 타고 형무원으로 갔다고 서술되어 있다. 또 제59회에서 앵아가 임대옥의 거처인 소상관으로 갈 때 버들 제방을 따라가다가 버들가지를 꺾어 바구니를 엮었다고 서술되어 있다. 이곳에는 버드나무뿐만 아니라 살구나무도 심어진 것으로 묘사되어 있기 때문에 『홍루몽』에 언급된 '행엽저'나 '유엽저'는 모두 이곳과 동일한 곳으로 보인다.

형무군蘅蕪君 설보차의 호. 제37회에서 가탐춘의 주재로 해당사를 결성할 때, 이환이 설보차의 거처인 형무원의 이름을 따서 이와 같은 호를 지었다.

형무원蘅蕪苑 정원 이름. 대관원 안에 있는 정원 중 설보차의 거처로 삼은 곳이다.

화서花漵 '요정화서蓼汀花漵'를 줄인 말이다. ('요서' 항목 참조)

황주黃酒 술 이름. '미주米酒'라고도 부르는 양조주이다. 이 술은 고량주로 대표되는 백주白酒와는 달리 알코올 도수가 20도 이하이며, 색깔 또한 미색과 황갈색, 적자색 등으로 다양한데 저쟝〔浙江〕의 소흥주와 산둥〔山東〕의 즉묵로주, 푸〔福建〕의 용암침항주, 복건로주 등이 여기에 속한다.

회계방〔賬房〕 부서 이름. '장방賬房'을 번역한 것으로, 옛날에 재물이 들어오고 나가는 것을 관리하는 장소, 또는 그곳에서 일하는 사람을 가리킨다.

효취당曉翠堂 대청 이름. 대관원의 심방계 옆에 있는 가탐춘의 거처인 추상재 안에 있는 널찍한 대청으로, 제40회에서 태부인이 처음으로 대관원에서 잔치를 벌인 곳이다.

| 가부賈府와 대관원 평면도 |

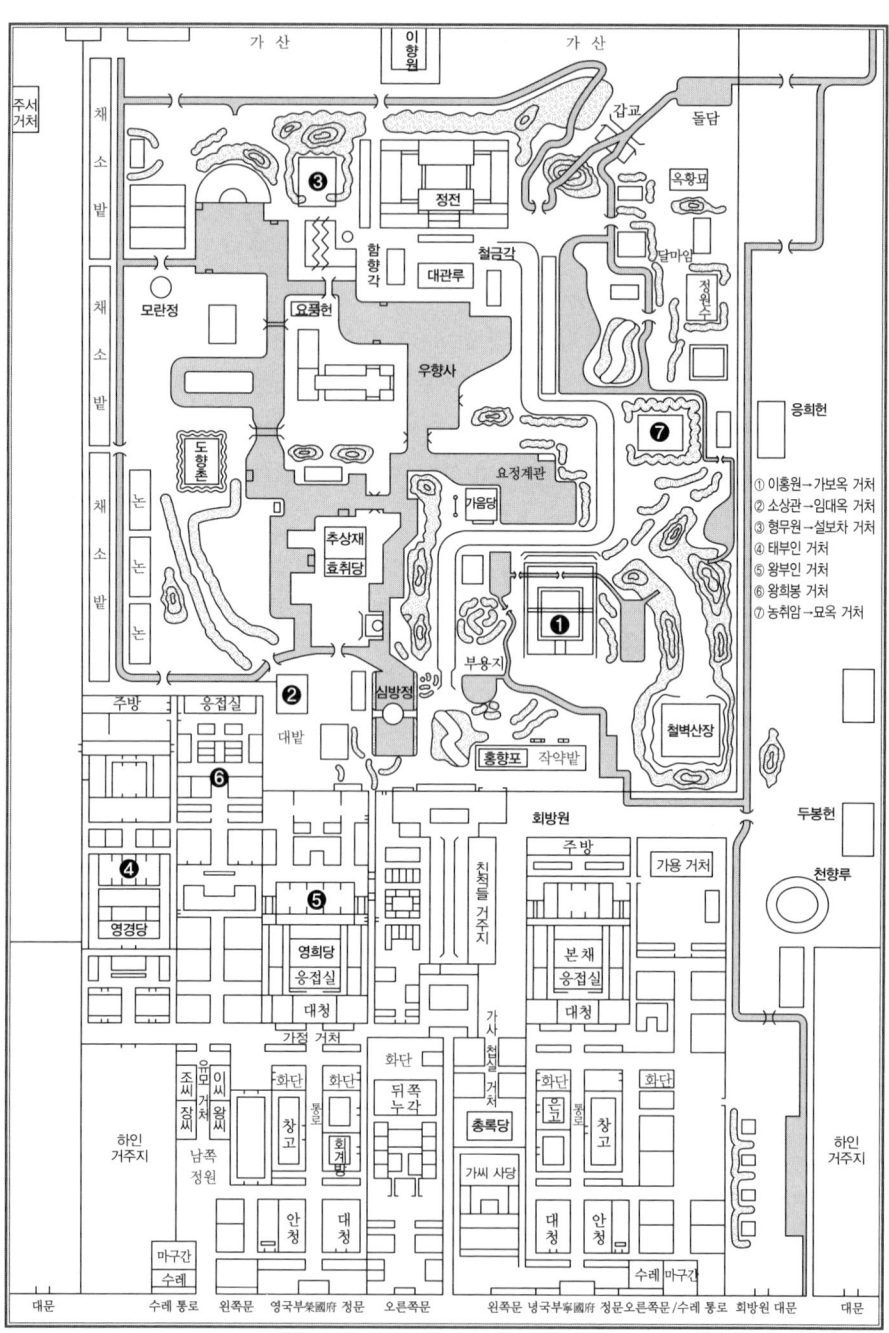

| 연표* |

회차	연차	계절/월일	주요 사건	참고
36		?	설보차, 화습인을 대신하여 원앙을 수놓음. 가보옥, 화습인에게 삶과 죽음에 대해 논함.	가보옥, 꿈속에서 '목석전맹木石前盟'에 대한 믿음을 확인(화습인이 그 잠꼬대를 들음).
		?	가보옥, 영관을 찾아갔다가 그녀와 가장 사이의 관계를 알게 됨.	
37	16	8월 20일	가정, 학정學政에 임명되어 부임지로 떠남.	시 모임이 결성된 것은 가정이 부임지로 떠난 뒤라고 되어 있으므로, 이해로 설정함.
		8월 21일	가탐춘, '해당사'의 결성 주장.	
		8월 22일	사상운, '해당사'에 가입.	
38		8월 23일	사상운, 설보차의 도움으로 게 잔치를 열며 국화시 모임 주최.	
39			유노파, 두 번째로 영국부 방문.	유노파 75세.
		8월 24일	가보옥, 명연에게 명옥의 사당을 찾게 함.	
40		8월 25일	태부인, 사상운에게 답례 잔치 열어줌.	원앙, 주령을 이끎.
41			유노파, 대관원 구경.	
		8월 26일	유노파, 가교저의 이름을 지어줌.	
42		8월 27일	왕의원, 태부인 진맥. 유노파, 자기 집으로 돌아감. 설보차, 임대옥에게 훈계.	
43		8월 28일	태부인, 돈을 추렴하여 왕희봉의 생일잔치를 열어 주자고 제의.	
		9월 2일	왕희봉과 금천의 생일.	가보옥, 교외에 나가 금천에게 제사를 지냄.
44			왕희봉, 가련의 외도를 알고 질투. 가보옥, 평아의 화장을 도와줌.	

* 이 연표는 가보옥이 태어나면서 이야기가 시작된 첫 해를 기점으로 하여 주요 사건을 날짜별로 정리한 것이다. 다만 『홍루몽』은 판본의 전승 과정이 복잡하기 때문에 연월일과 계절에 대한 기술이 정확하지 않고 뒤섞이거나 잘못된 부분도 적지 않으며, 특히 제80회 이후로는 연월일에 대한 서술이 거의 없다. 이 때문에 날짜의 경우는 간혹 문맥을 바탕으로 추측한 것도 있어서 하루 이틀 정도의 오차가 있을 수도 있음을 밝혀둔다.

45		9월 3일	가사, 원앙을 첩으로 들이려 함. 이환, 왕희봉에게 시 모임에 가입할 것을 권유.	임대옥, 설보차에 대한 오해를 풂.
		?	설보차, 임대옥을 문병하고 연와탕을 주기로 함. 임대옥, 「비바람 부는 가을 밤 창가에서〔秋窓風雨夕〕」를 지음. 가보옥, 비를 무릅쓰고 밤중에 임대옥을 찾아감.	
46		9월 10일	형부인, 원앙에게 가사의 첩이 될 것을 권함.	
		9월 11일	원앙, 평생 결혼하지 않겠다고 맹세.	
47		9월 14일	뇌대의 집안에서 태부인 등을 모시고 잔치를 벌임. 설반, 유상련에게 집적대다가 매를 맞음.	
48		10월 14일	설반, 집을 떠나 행상을 나섬. 향릉, 설보차를 따라 대관원에 들어가 살게 되고, 임대옥에게 시를 가르쳐달라고 함.	
49	16	10월 15~16일	향릉, 세 차례에 걸쳐 달을 노래한 시를 지음. 형수연, 설보금, 설과, 이문, 이기 등이 가씨 집안에 찾아와 의탁함. 사상운, 대관에서 살게 됨.	사상운, 향릉에게 시에 대한 자기 의견을 피력함.
		10월 17일	가보옥, 임대옥과 설보차가 친해진 데 놀람. 자매들과 가보옥이 함께 시 모임에 대해 상의함.	
50		10월 18일	노설엄에서 연구聯句를 지음. 가보옥, 묘옥에게 홍매紅梅를 얻어옴.	
		10월 19일	자매들과 가보옥, 등불 수수께끼를 지음. 설보금, 회고시를 지음.	
51			화습인, 어머니가 병들어 자기 집에 감.	
		10월 20일	청문, 감기로 몸져누움. 평아, 새우수염 팔찌를 훔친 추아의 일을 숨겨줌.	
52		10월 21일	설보금, 진진국眞眞國 여인이 지은 시를 읊어줌.	
		10월 22일	청문, 추아를 내쫓음. 청문, 병든 몸으로 가보옥의 공작 깃털 외투를 기워줌.	

홍루몽 3

1판 1쇄 발행 2012년 12월 5일
1판 4쇄 발행 2024년 11월 18일

지은이   조설근
옮긴이   홍상훈
펴낸이   임양묵
펴낸곳   솔출판사

주소   서울시 마포구 와우산로29가길 80(서교동)
전화   02-332-1526
팩스   02-332-1529
블로그   blog.naver.com/sol_book
이메일   solbook@solbook.co.kr
출판등록 1990년 9월 15일 제10-420호

ISBN   978-89-8133-618-9 (04820)
         978-89-8133-623-3 (세트)

• 잘못된 책은 구입한 곳에서 바꿔드립니다.
• 책값은 뒤표지에 표시되어 있습니다.